ELIZABETH HELEN

ENTRE FOGO & ESPINHOS

SÉRIE
FERAS & PRÍNCIPES
LIVRO 2

São Paulo
2025

Woven by gold
Copyright © Luna Fox Press 2023
Mapa © Tom Roberts
© 2024 by Universo dos Livros

Todos os direitos reservados e protegidos pela Lei 9.610 de 19/02/1998.
Nenhuma parte deste livro, sem autorização prévia por escrito da editora, poderá ser reproduzida ou transmitida sejam quais forem os meios empregados: eletrônicos, mecânicos, fotográficos, gravação ou quaisquer outros.

Diretor editorial
Luis Matos

Gerente editorial
Marcia Batista

Produção editorial
Letícia Nakamura
Raquel F. Abranches

Tradução
Débora Isidoro

Preparação
Aline Graça

Revisão
Gabriele Fernandes
Nestor Turano Jr.

Arte e design de capa
Renato Klisman

Diagramação
Nadine Christine

Mapa
Tom Roberts

Dados Internacionais de Catalogação na Publicação (CIP)
Angélica Ilacqua CRB-8/7057

H413q   Helen, Elizabeth
       Entre fogo e espinhos / Elizabeth Helen ; tradução de Débora Isidoro.
       –– São Paulo : Universo dos Livros, 2025.
       496 p. : il. (Coleção Feras & Príncipes ; vol 2)

       ISBN 978-65-5609-754-1
       Título original: *Woven by gold*

       1. Ficção canadense 2. Literatura erótica 3. Literatura fantástica
       I. Título II. Isidoro, Débora III. Série

25-0258   CDD 813

Índices para catálogo sistemático:
1. Ficção canadense

Universo dos Livros Editora Ltda.
Avenida Ordem e Progresso, 157 — 8º andar — Conj. 803
CEP 01141-030 — Barra Funda — São Paulo/SP
Telefone: (11) 3392-3336
www.universodoslivros.com.br
e-mail: editor@universodoslivros.com.br

Este livro é dedicado à nossa apaixonada,
acolhedora e maravilhosamente pervertida
comunidade on-line das Rosas.
Que todos os seus finais sejam felizes.

Chalé
dos
O'Connell

Marina

ORCA
COVE

Roseira

Floresta da Sarça

Livraria Goela
da Gaivota

Poussin Hunting
Lodge

Rua Principal

Salgueiro

Loja de presentes
de Orca Cove

Pequena biblioteca
de Rosalina

Lago Villeneuve

O SUPERIOR

FORTALEZA CORAÇÃO DO CARVALHO

Floresta da Brasa

Santuário da Ninfa

Coliseu do Sol

FORTALEZA SOLTIDE

Areias Suadela

Passagem do Equinócio

O VALE FEÉRICO

Grande Abismo

Ponte do Vácuo

FORTALEZA
LOBOMANDO

Abadia
da Rainha

CASTELÁRVORE

Monte
Lumidor

FORTALEZA JARDIM
DO MARTELO

Floresta
Pradomor

Lago Sylvanita

O INFERIOR

Entre fogo e espinhos é o segundo livro da série Feras & Príncipes. Trata-se de um romance não monogâmico cujo final é instigante. Aborda temas adultos e conteúdo sexual explícito, sendo, portanto, recomendado para maiores de dezoito anos. Observe a seguir os avisos de gatilho (por favor, note que eles contêm spoilers):

- Violência fictícia e conteúdo perturbador.
- Abuso emocional de relacionamentos anteriores.
- Abuso físico de relacionamentos anteriores.
- Morte de um dos pais.

PARTE 1

BANIMENTO

Rosalina

Faz quatro meses, e a roseira continua congelada. O inverno deu lugar à primavera, a chuva morna lavou a neve, flores em tons pastel brotaram da terra dura, e a roseira continua congelada. Pétalas vermelhas cristalizadas cintilam como pedras preciosas à luz rosada e turva, enquanto sombras — longas e escuras — entre os espinhos projetam dedos de escuridão no chão da floresta.

Uma fúria violenta percorre meu corpo quando enterro as unhas na palma das mãos.

Eu o *odeio*. Odeio do fundo do meu coração, onde a raiva fermenta como uma coisa selvagem. Odeio do jeito mais profundo. De um jeito como só se pode odiar a si mesma. Porque apesar de tudo, é isso que ele é. Uma parte de mim, tecido em meu ser.

Keldarion. O Alto Príncipe do Inverno.

Meu amor predestinado.

Eu não sabia o que era um amor predestinado antes de encontrar o caminho para o Vale Feérico, lar dos feéricos. O lugar onde passei todos os dias pesquisando amores predestinados, tentando encontrar um jeito de quebrar a maldição dos quatro príncipes feéricos.

Uma risada amarga brota de dentro de mim. Sempre fui a resposta — ou parte dela, pelo menos. O amor predestinado de Kel...

Aperto o peito, segurando o tecido do suéter. Uma dor sempre presente. O vínculo que despertou quando salvei a vida de Kel. Sei que ele também sentiu. Mas em vez de me aceitar e quebrar a maldição, ele me forçou a voltar para cá.

Para o mundo humano. Para Orca Cove.

Este caminho se fecha para você, para sempre. Seu beijo ainda ecoa em meus lábios, um arrepio de congelamento que nunca vai derreter.

A roseira estremece, fragmentos de gelo caem e se quebram no chão. Papai rasteja do meio dos arbustos. Ele olha para mim com um sorriso largo, tirando espinhos partidos e terra das roupas.

Atravessar os arbustos não leva mais ao Vale Feérico, agora isso é só uma trilha de três metros para outro aglomerado de árvores. Eu sei. Rastejei por essa passagem mais vezes do que posso contar nestes últimos quatro meses.

O cabelo castanho do meu pai está sujo, e tem manchas de terra em seu nariz.

— Desta vez consegui uma boa, Rosa.

— Que legal, papai.

Ele embrulha com cuidado um botão de rosa congelado em um tecido, depois o guarda em uma mochila grande.

— Venha. — Meu pai me lança um olhar por cima do ombro. — Vamos para casa.

Mas Orca Cove não é mais minha casa. Meu lar é acordar entre as flores de cerejeira que entram flutuando no meu quarto e tomar chá com Marigold e Astrid. Lar é estar cercada de livros tão antigos que as páginas endureceram, e o sorriso mais doce aparece atrás delas. Lar é o cheiro de sal e mar, e ouvir a risada tão jovial que sempre me faz rir também. Lar é o toque mais suave em meu corpo, e a segurança por trás do que os outros temem.

E lar é discutir com um cretino gelado e idiota à mesa do jantar e usar pãezinhos como munição para atacá-lo, enquanto meus amigos — minha família — riem comigo.

Saio da floresta atrás do meu pai, sentindo as botas cobertas de lama afundarem no solo úmido.

Keldarion tirou de mim esse lar.

E o odeio tanto que acho que isso vai me queimar viva.

Rosalina

É primavera em Orca Cove, e tudo é cinzento.

Não que isso seja incomum. Nuvens pesadas pairam no céu, cobrindo qualquer resquício do sol nascente. Parecem tão cheias de chuva que podem explodir.

É assim que também me sinto. Cinza e vazia por fora, mas explodindo por dentro. Como se houvesse em mim alguma coisa me arranhando, tentando sair.

Não posso permitir.

Mas não são só as nuvens pesadas lá em cima que roubam toda a cor de Orca Cove; as pessoas parecem pálidas; as construções de madeira não têm brilho. Esqueci todas as cores que tinha aprendido a ver.

Meu pai e eu andamos pela rua em direção ao nosso chalezinho no extremo da cidade. Ele vibra cheio de energia, quase saltita a cada passo. Não se importa com os olhares de soslaio que sua voz retumbante atrai, ou com como as pessoas atravessam a rua para não passarem perto de nós. Eu também não me importo. Não mais.

— Está me ouvindo, Rosa? — Meu pai balança a mão na frente do meu rosto. — Primeiro, podemos macerar a pétala de rosa e fazer o tônico daquele comprimido que encontrei na Romênia, ou podemos tentar a canção de ninar e a dança do livro infantil. Precisamos escolher uma árvore boa. Você tem uma intuição excelente. Que árvore devemos escolher?

Quase dou uma gargalhada. Minha intuição só tem errado.

— Papai, não vou pular em volta de uma árvore dançando e cantando como se fizesse parte de um musical amaldiçoado.

Ele olha para mim com os olhos azuis mais estreitos, depois suspira.

— Tudo bem. Vou tentar o tônico primeiro.

Sinto a culpa como uma pontada dentro de mim, então seguro seu braço e deito a cabeça em seu ombro. Continuamos andando. Gaivotas grasnam no porto, e inspiro o cheiro intenso dos pinheiros.

— Vamos para casa pelo caminho mais longo, o que passa pelo salgueiro.

Se tem um ponto positivo neste meu mundo cinza é que, pela primeira vez na vida, sinto que estou conectada ao meu pai. Passei meus vinte e seis anos nutrindo só ressentimento por ele, porque me deixava sozinha enquanto vivia nessas cruzadas insanas para entrar no reino feérico. Agora, sou sua cúmplice.

Depois que Keldarion me mandou embora do Vale Feérico e fechou a passagem para mim, voltei à minha primeira casa. Meu lar antes de Castelárvore.

Esperava encontrá-la vazia. Imaginava que meu pai tivesse vendido minhas coisas e desaparecido em uma de suas aventuras.

O que encontrei foi a manifestação física do luto.

O chalé estava uma bagunça: um casebre desmontado e cheio de artefatos estranhos, copos sujos com restos de café e latas de feijão vazias. Mas George O'Connell estava lá, com o rosto estranhamente abatido, o corpo alto debruçado sobre a mesa da cozinha, as mãos trêmulas marcando quadrantes em um mapa da Floresta da Sarça.

— Papai? — sussurrei ao passar pela porta destrancada.

Seus olhos vermelhos encontraram os meus. E ele fez uma coisa que nunca o tinha visto fazer. Caiu no chão e chorou.

Eu também chorei. Pelo pai que deixei sozinho, como ele me deixou sozinha durante toda a minha vida. Chorei de culpa por ter me apaixonado por um mundo novo. E de tristeza por tê-lo perdido.

No dia seguinte, tudo que eu queria era ficar encolhida na cama, mas meu pai não permitiu. Agora ele tinha a prova. Eu.

— Você está coberta de magia feérica, é isso — ele disse. — E se os residentes de Castelárvore têm o coração tão bom quanto você diz, essa conexão vai nos levar de volta.

No começo, fiquei ansiosa. E daí que Keldarion me mandou embora? Ele também disse que livros são chatos e fez um tipo de acordo com o Príncipe dos Espinhos. Obviamente, ele não era a estalactite mais afiada da caverna. E quando os outros príncipes descobrissem que eu não estava em Castelárvore, viriam atrás de mim. Meu pai disse que Keldarion o mandou de volta para Orca Cove usando o espelho mágico no interior do castelo. Se os príncipes podiam usar o espelho para se conectarem com o mundo humano, era só uma questão de tempo até me encontrarem.

Mas os dias se tornaram semanas, as semanas viraram meses.

Keldarion não mudou de ideia. A neve derreteu no nosso quintalzinho, o gelo no lago rachou. O inverno deu lugar à primavera, e ele não mudou de ideia.

Ninguém veio me buscar.

Não choro mais quando penso neles. Nem quando penso em como Farron arquearia as sobrancelhas, deixando os óculos escorregarem pelo nariz. Ou ao pensar no calor que percorria meu corpo assim que Dayton deslizava as mãos nas minhas costas, o prazer vertiginoso de desejar tanto. Ou quando me lembro do tecido áspero da capa de Ezryn, a que me agarrei tão logo o mundo pareceu ser grande demais para mim, ou como naquele momento me senti firme, acolhida e segura.

Ou quando penso em como beijei Keldarion e soube no fundo da minha essência que pertencia a ele. Que ele era meu.

— Ei, é você, Rosalina? — Uma voz rude interrompe meus pensamentos.

— Continue andando — meu pai diz. — Não pare.

Estamos passando pela livraria Goela da Gaivota, meu antigo local de trabalho. Richard, meu ex-chefe, está escrevendo algo na lousa que usa como placa, e sua letra de forma é grosseira. Não tem nada do carinho que eu usava para pensar em metáforas de livros e desenhar personagens literários.

— Rosalina! — Richard chama. — Deixei várias mensagens para você. Queria saber se não pode pegar uns plantões. Você pode até fazer alguns pedidos. Rosalina?

— Desculpe, Richard. Estou muito ocupada.

Ele resmunga um palavrão.

— Agora persegue fadas com seu pai, é?

— Feéricos, na verdade — respondo sem olhar para ele. — Devia tentar ler um livro, só para variar.

Meu pai ri e me conduz pela rua. Eu não poderia voltar a trabalhar para Richard depois de ter morado em Castelárvore. Não depois de passar meses com Astrid, Marigold e os outros criados e experimentar como é trabalhar com pessoas que te respeitam. Que gostam de você.

Ou que eu pensava que gostassem, pelo menos.

Por que Marigold e Astrid não pedem aos príncipes para virem me buscar? Não sentem minha falta como eu sinto falta delas?

Não me incomodo nem um pouco por Richard estar sobrecarregado e a loja estar mergulhando no caos. Não quero mais esse emprego que exige demais e paga pouco. Keldarion mandou meu pai para casa com pedras preciosas, e ele tem ido de carro a várias lojas em cidades a algumas horas de casa para penhorá-las.

Keldarion também me deu uma joia. O colar que usei no Baile do Solstício de Inverno.

O colar que pertenceu à mãe de Keldarion. Nunca o venderei.

Minha garganta fica apertada. *Eles não me querem no Vale Feérico. Tudo bem. Mas preciso devolver aquele colar. E tenho que me despedir de todo mundo. Nos meus termos.*

Meu pai estala a língua.

— A porcaria do imóvel tinha uma aparência melhor quando estava fechado.

Respiro fundo. Não quero olhar, mas não consigo evitar. O prédio abandonado que eu espiava todos os dias não está mais abandonado. Foi comprado pela família Poussin. Estão reformando o lugar e vão abrir uma loja de presentes de Orca Cove para os turistas de verão.

Tem um cartaz enorme e vermelho pendurado na porta. GRANDE INAUGURAÇÃO NO MÊS QUE VEM. O interior está escuro, mas vejo a mercadoria: moletons de Orca Cove em todas as cores, bonés do Poussin Hunting Lodge, e uma baleia de pelúcia pavorosa chamada Orky, que vai ser a mascote da cidade.

Tudo bem. Eu nunca teria conseguido transformar esse espaço em biblioteca, de qualquer jeito. Além do mais, que biblioteca poderia se comparar à outra com prateleiras tão altas que precisa de uma escada? Com bordos crescendo entre as estantes? Com o homem de olhos dourados e o sorriso mais doce?

— Vamos — sussurro.

— É, vamos… Ai, merda! — Meu pai me empurra para o lado da loja.

Reconheço esse tom de voz. Grudo as costas à parede rapidamente e tento me tornar imperceptível tanto quanto posso.

Faróis altos se aproximam em alta velocidade, alta demais para nossa cidadezinha tranquila. Eu reconheceria o ruído dessa caminhonete em qualquer lugar.

Mas, para ter certeza, espio pela lateral do prédio. Lucas Poussin está com a cabeça para fora da janela, olhando para a esquerda de cara feia, com a testa franzida.

Colo o corpo à parede do prédio e prendo a respiração, tentando ser menor, invisível.

Quando o barulho da caminhonete se afasta, meu pai avisa:

ELIZABETH HELEN

— Ele já foi.

— Ainda bem que você estava atento. — Fecho o suéter com mais força sobre o peito. — Hoje não tenho energia para lidar com ele.

Não me importei quando Lucas descobriu que eu tinha voltado e apareceu na porta de casa. Não me importei nem com o gaslighting, quando ele tentou me convencer de que não vi os goblins, de que nós devíamos ter caído e batido a cabeça. Tanto faz. Se é assim que ele lida com a existência dos feéricos e com meu pai ter estado certo durante todos estes anos, bom para ele. Já superei até o fato de ele ter me abandonado, sabendo que eu ia morrer... O que ele também negou, dizendo que nunca teria me deixado e me acusando de pensar o pior dele.

Àquela altura, eu não tinha mais nada para dar ao Lucas, de qualquer maneira. Não tinha dor nem tristeza. Só torpor.

Mas aí ele tentou enfiar o anel de noivado no meu dedo.

E senti uma coisa visceral queimar no peito, uma mistura de medo, repulsa e raiva. Afastei a mão.

Ainda consigo ouvir a raiva em sua voz. O desespero para ter certeza de que ainda estava no controle.

— O que é isso, princesa? Me dê sua mão.

Queria poder dizer que joguei o anel na cara dele. Que Lucas não passou todas as noites dirigindo pela cidade, à minha procura. Que ele tinha tanto medo de mim quanto eu dele.

Minha mão direita toca o punho esquerdo, sentindo a cicatriz em relevo onde um dia ele me marcou. Depois toco o suéter. O anel de noivado ainda pesa, parece abrir um buraco no bolso.

— Eu... vou precisar de um tempo. Eu te aviso. Em breve.

Isso foi tudo o que consegui dizer. E o que repeti todas as vezes que ele me encontrou andando pela rua, ou no meu quintal. Meu pai consegue ser bem eficiente e o mantém afastado, mas não tem nada que Lucas ame mais do que a caçada.

Quase posso imaginar minha cabeça na parede ao lado de todos os cervos, alces e lobos, meus olhos tão vidrados e mortos quanto os deles.

Paro um minuto para me livrar da lembrança, tento acalmar o coração. Quero sair daqui. Vejo nossa casa no horizonte, pequena e escura. Uma toca onde uma presa pode se esconder. Um lugar perfeito para mim.

Quando finalmente levanto a cabeça, vejo meu reflexo na vidraça empoeirada da janela.

Quem sou eu?

Tenho sombras escuras sob os olhos. Minha pele é pálida, o cabelo não tem vida. Essa não é a pessoa que vivia em Castelárvore. A mulher que negociou com o Alto Príncipe do Inverno sem medo. A mulher que enfrentou o encantado mais poderoso de todo o Vale Feérico.

O que Lucas tem que me causa tanto medo?

E o que tem em Castelárvore que me faz sentir tão forte?

Não consigo mais nem olhar para o meu reflexo. Essa pessoa incompleta. Essa casca vazia que só tem aquela coisa visceral presa dentro das minhas costelas, frenética e engaiolada.

— Tudo bem, Rosa. — Meu pai toca minhas costas e me incentiva a começar a andar. — Vamos para casa.

Assinto, mas sei que não posso ir para casa. *Vingança. Escapismo. Covardia. Traição.* Os príncipes foram amaldiçoados por esses pecados. Mas sou melhor do que eles?

Sou mais que um animal aterrorizado?

— Essa é uma boa árvore, não é? — Meu pai comenta pensativo. Ele olha para o salgueiro, o mesmo diante do qual esteve antes para tirar uma foto com minha mãe, minha foto preferida.

Os galhos começam a pesar com as folhas verdes que dançam como fitas ao vento.

— Sim, papai — respondo. — É, sim.

É verdade. Conheço boas árvores.

3
Rosalina

Como você volta para um lugar que não deveria existir? Como encontra o caminho para um lugar que parece ser mais sonho que realidade?

Meu pai e eu fomos lá mil vezes. Quando ele atravessou para o Vale Feérico, e Lucas e eu o seguimos horas mais tarde... Por que conseguimos passar? Qual foi a diferença?

Meu pai disse que tinha tentado voltar depois de Keldarion mandá-lo de volta, só que não havia mais caminho por entre as roseiras. Mas vou encontrar um caminho, nem que seja para amenizar esta dor sempre presente em meu peito.

Contei ao meu pai sobre minha pesquisa no Vale Feérico e sobre a tentativa de encontrar os amores predestinados dos príncipes. Até expliquei como tenho certeza de que Kel é meu amor predestinado. E quando a única evidência que apresentei foi a sensação de ardor ao lado do coração, essa força invisível que me puxa para ele... meu pai não debochou nem me chamou de maluca. Não, a única coisa que vi foi uma compreensão profunda brilhando em seus olhos azuis.

Nossa casa é uma confusão de papéis e livros, uma declaração da busca incessante de meu pai por respostas. Cada superfície é coberta de anotações de pesquisa. Prateleiras transbordam volumes empoeirados e manuscritos antigos. Eu ficava ressentida cada vez que os via, certa de que essa obsessão pelos feéricos me privou de ter uma infância normal.

Mas agora, enquanto analiso suas anotações, eu me sinto empolgada. Talvez tenha sido sempre isso que precisava acontecer. Agora não são mais apenas os copos de café e as latas de feijão dele que bagunçam nosso espaço de trabalho, mas minhas latas de Pepsi diet e as embalagens de biscoitos. Meu pai e eu estamos juntos nisso.

Keldarion fechou o portal, mas certamente há outros no mundo. Por isso meu pai estava sempre viajando, tentando encontrar outra entrada.

O Vale Feérico é vasto, mas não temos tempo para procurar em cada canto do mundo. Se eu não conseguir ajudar meus príncipes antes de as rosas em Castelárvore murcharem, eles permanecerão feras para sempre.

— E se eu deixar o colar que Kel me deu do lado de fora durante a lua cheia? — pergunto, desviando o olhar do livro. — Talvez ele fique carregado de energia mágica.

— Boa ideia, Rosa. — Meu pai acrescenta algumas pétalas à poção que está preparando sobre um queimador.

O plano atual: abrir nosso próprio caminho para o Vale. Isso significa usar toda magia e todo folclore disponíveis no mundo humano.

Uma pequena explosão ecoa pelo chalé e uma nuvem de fumaça preta envolve meu pai. Ele tosse. Pulo da cadeira ao ver o lampejo alaranjado em seu cachecol.

— Papai! — Pego meu copo de água e jogo todo o conteúdo no pequeno foco de fogo.

Ele ri com o rosto coberto de fuligem.

— Obrigado. Essa escapou ao controle.

— O que estava tentando…? — Eu me calo quando ele tira o cachecol, e alguma coisa brilha em seu pescoço. — O colar da mamãe.

— Ah, sim. — Meu pai tira o colar e o deposita em minhas mãos. — Ela usava isso sempre.

Uma vibração etérea percorre meu corpo. O colar tem uma pedra-da-lua em formato de rosa.

Já vi esse símbolo antes. Na porta de Castelárvore.

Traço o contorno da pedra com os dedos, e penso nos colares usados pelos príncipes. A concha brilhante que me levou ao calor do Reino do Verão, a folha dourada que me ajudou a escapar da rebelião e chegar à segurança de Castelárvore. Um quadradinho de madeira, um floco de neve cristalizado. Não pode ser, mas…

Minha unha traça uma costura escondida, e, com um clique abafado, ele se abre. Dentro do pingente tem um espelho.

Uma onda de esperança e alegria me invade como uma explosão de sol dentro do peito. O peso que me sufocava desaparece.

— Nunca soube que esse pingente abria — meu pai comenta.

— Pode ser isso, pai. — E embora eu tenha tentado impedir, a esperança toca minha voz. — Todos os príncipes tinham colares como este, que os levavam de volta a Castelárvore.

— Sabe como fazer isso funcionar?

Prendo o cabelo castanho em um rabo de cavalo desleixado. Meu coração dispara, e tudo ganha uma nova nitidez. Quando eu estava em Castelárvore, a magia respondeu para mim. A lembrança de uma voz perigosa tremula em minha cabeça. *Confie em seus instintos, acima de tudo.* Talvez as palavras ditas pelo Príncipe dos Espinhos no baile tivessem alguma sabedoria, afinal.

Com cuidado, seguro o pingente como vi Farron e Dayton fazerem. Meu pai acompanha cada movimento de olhos bem abertos.

Batidas fortes na porta sacodem a casa inteira. Dou um grito e um pulo, e o pingente voa das minhas mãos.

— Não! — Rapidamente me jogo no chão. Agarro o colar e o seguro contra o peito para protegê-lo. — Tudo bem. Tudo bem.

As paredes tremem com as novas batidas.

— Rosalina! Sei que está em casa. Abra.

Lucas.

Meu pai me levanta.

— Fique calma. — Ele me leva até o quarto. — Vou mandar o garoto embora.

Mais batidas furiosas. Seguro meus cotovelos, tentando conter o tremor.

— Eu sou muito idiota. — Achei mesmo que o pingente fosse funcionar comigo? Os Altos Príncipes são os encantados mais poderosos no Vale Feérico. Eu sou uma humana. — Não posso fazer *nada*.

— Não diga isso. — Meu pai olha para a porta mais uma vez, ansioso.

— Não entendo. Esta não sou eu. — Lágrimas descem por meu rosto. — Nunca tive medo de falar o que pensava para os príncipes. Quando pensei que estivesse presa, nunca parei de lutar.

Meu pai toca minhas costas para me acalmar.

— Os príncipes feéricos são muito poderosos, mas quando me deixavam com raiva, eu dizia a eles. Defendi minha posição quando estava lá... — Paro ofegante. — Não entendo por que não consigo fazer a mesma coisa agora. Por que não consigo pedir para ele ir embora? Por que não consigo dizer que não quero me casar com ele?

Meu pai olha para mim tranquilo, apesar de as batidas agora se repetirem frenéticas.

— Porque você tem medo.

— Mas Lucas é só um homem, e eles são feras.

— Talvez seu coração saiba o que temer e o que é seguro. E é difícil ver um monstro quando ele é proclamado um herói.

As palavras de meu pai penetram fundo em mim, e enxugo os olhos.

— Só queria não sentir tanto medo.

— Sua chama pode estar quase apagada agora, como brasas em uma lareira. Mas está aí, não tenho dúvida. Não tenha medo do fogo dentro de você.

— Não posso deixar você ir lá fora por mim.

— Bobagem. É para isso que os pais servem. — Ele estufa o peito. — Nem sempre fiz o que era certo por você, mas isso posso fazer.

Meu pai sai e fecha a porta do quarto, e permito que ele enfrente a batalha com que não sou capaz de lidar. Ponho a mão no bolso, toco o anel. Pensar nele tão perto de mim me dá a sensação de que isso é errado.

Levanto a manga. Está lá, entalhado no meu braço: as letras espalhadas do punho ao antebraço. O nome "Lucas".

Abaixo o tecido com força, escondendo o segredo vergonhoso. O que escondi de todos que fazem parte da minha vida.

Só Lucas sabe, e ele nunca vai me deixar esquecer.

Mas não sou aquela garota que ele marcou. Não mais. O pingente pesa em minhas mãos. Talvez não funcione para mim, mas preciso tentar. Alguma coisa me levou a Castelárvore. Algo dentro de mim respondeu à magia no Vale Feérico. E este pingente é minha melhor chance. Mesmo que ele não funcione, nunca vou parar de tentar.

Mas não posso deixar que *ele* entre aqui.

A discussão entre meu pai e Lucas atravessa a porta. Sei como vai ser... eles vão brigar por mais alguns minutos, depois Lucas vai embora furioso. E em alguns dias, tudo vai se repetir; é como assistir a uma peça que odeio, mas estou presa ao assento. Não consigo ir embora quando as cortinas se fecham.

A menos que alguém encerre isso.

A menos que eu acabe com isso.

Seguro o pingente de pedra-da-lua na mão fechada. Saio do meu quarto e me dirijo à porta da frente.

Rosalina

Os olhos de Lucas brilham quando me vê, um olhar incisivo, como se eu fosse um veado assustado que ele centraliza na mira. Mas ele não vai me derrubar. Hoje não. Não quando finalmente tive uma dica de como voltar ao lugar ao qual pertenço.

— Estamos ocupados — digo, odiando o tremor em minha voz e o sorriso gelado de Lucas quando o ouve.

— Aí está ela. Finalmente. — Lucas passa a mão no cabelo vermelho escuro.

Meu coração acelera e o estômago revira. Queria que Kel, Ezryn, Dayton ou Farron estivesse aqui.

— É grosseiro evitar seu noivo. — Lucas dá um passo em minha direção. Meu pai tenta se colocar na frente, mas ele o empurra.

Ponho a mão vazia no bolso e sinto o anel. É isso. Eu o tiro do bolso, olho para o diamante montado em ouro maciço.

— Minha resposta é não.

Ele ri, mas não tem humor em seus olhos. Não consigo acreditar que algum dia já o achei atraente.

— Você não vê, princesa? Essa não é uma escolha que você pode fazer. — Ele agarra meu punho, segura firme por cima da manga, em cima da cicatriz. Grito de dor quando a pressão me obriga a abrir a mão. O colar de pedra-da-lua cai no chão, tilinta sobre a madeira.

— Solte-a! — Meu pai se aproxima de nós.

Lucas o ignora e me puxa para perto.

— Com ou sem anel, você é minha desde que te tirei daquele lago congelado.

Salvar a vida de alguém não confere propriedade sobre ela. Keldarion me disse isso. Depois que salvamos um ao outro. Depois que meu vínculo predestinado despertou.

— Você não sabe nada sobre pertencer a alguém! — rosno, e arranco o braço da mão dele.

E talvez eu também não saiba. Mas vou fazer tudo que puder para descobrir. E isso significa voltar a Castelárvore. Para os meus príncipes.

Recuo um passo e jogo o anel na cara de Lucas.

Ele pisca, hesita, mas antes que possa se recuperar, meu pai dá um soco na cara dele.

— Fique longe da minha filha, seu vira-lata insuportável!

— Vá se foder, velho. — Lucas empurra meu pai com tanta força que ele cai do outro lado da mesa.

Mas em nenhum momento ele desvia o olhar de mim. As pupilas escurecem com fome e desejo, uma caça acuando a presa. Nunca vou dar isso a Lucas. Ele se aproxima de mim até um barulho de vidro estilhaçado ecoar na sala. Então para por um momento e olha para baixo, para o colar quebrado, que chuta para o lado, espalhando pedaços de pedra-da-lua pelo assoalho.

Minha esperança destruída pelo salto de sua bota.

— Dá um tempo, princesa. Isso está ficando ridículo — ele diz.

Quando olho do colar quebrado no chão para o rosto do homem que um dia pensei amar, alguma coisa se rompe dentro de mim.

Não...

Incendeia.

O calor inunda meu peito. Pode chamar de fogo. Pode chamar de poder. Pode chamar de fera selvagem, até. Mas com a força de uma tempestade, encaro Lucas e digo:

— Saia. Saia da minha casa. Saia da minha vida.

Ele hesita.

— O qu... o que aconteceu com você?

Suor frio cobre meu corpo trêmulo, o medo se contorce no meu peito como um animal preso em uma armadilha. Mas hoje ele não vai me consumir. Avanço na direção dele.

— Não quero mais te ver.

Lucas recua para a porta e para a varanda, piscando loucamente, sem saber o que dizer. Um vento frio invade a casa, me envolve como um abraço.

— Adeus, Lucas. — Pego o anel do chão e jogo no peito dele. — E *odeio* esse apelido, "princesa".

Rosalina

— Cuidado. Cuidado!

Papai me silencia com um gesto.

— Eu sei. Preciso de uma lasca. Em forma de triângulo. Meio centímetro de comprimento, mais ou menos. Está vendo?

— Assim?

— Boa, garota.

As mãos do meu pai são firmes quando ele usa uma pinça para pegar o pequeno fragmento de pedra-da-lua da bandeja onde reunimos todos os pedaços. Respiro fundo para estabilizar minhas mãos trêmulas e aplico um pouco de supercola na ponta do estilhaço. Papai o encaixa no colar que está remontando.

Não consigo nem me censurar pelo quanto parecemos ridículos agora. Estamos *colando* um artefato mágico, possivelmente muito antigo. É absurdo. É imprudente.

É minha única esperança.

Ainda sinto a pele em brasa depois da discussão com Lucas. Talvez a mulher que ganhou vida no Vale Feérico não esteja tão perdida, afinal. Talvez haja algo de positivo em ter uma fera dentro de você.

— Está tomando forma — meu pai resmunga. — Todos estes anos, nunca soube que o pingente abria...

— Esse colar era da mamãe. — Eu me sento ao lado dele e toco seu braço. Lentamente, ele deixa as ferramentas de lado. — Por que minha mãe tinha um objeto do Vale Feérico?

Ele balança a cabeça. Seu cabelo castanho está ficando grisalho nas têmporas, o rosto está enrugando pela exposição ao vento e ao sol e por falta de cuidado.

— Você sabe que sua mãe e eu nos conhecemos em uma escavação arqueológica no Egito. Ela era antropóloga e tinha uma carreira brilhante antes disso. Perto dela eu parecia um novato. — Ele ri, e é quase como se eu pudesse sentir o calor que irradia quando fala dela, como se as brasas adormecidas de sua alma ganhassem vida. — Anya era colecionadora, ou acumuladora, como eu gostava de dizer. Guardava todo tipo de coisas: presentes das pessoas com quem trabalhava, pinturas de artistas locais, joias estranhas.

— Mas você me disse que ela usava esse colar todos os dias — insisto.

Ele assente.

— Ela dizia que era seu primeiro tesouro.

Olho para o pingente brilhante. Durante todo o tempo, a chave para o Vale Feérico esteve no pescoço do meu pai. Como os colares que os Altos Príncipes sempre usavam, talvez este também crie um portal para casa.

Meu pai pega as ferramentas e retoma o trabalho. Mas não consigo ficar parada. Meus joelhos tremem e meus dedos batucam na mesa.

— Rosalina.

— Desculpe. — Uno as mãos sobre as pernas para fazê-las parar. — É que… é muita coincidência, não é? Nós dois fomos atraídos para Castelárvore, e mamãe sempre teve esse colar.

— Realmente — meu pai concorda, sem desviar o olhar dos cacos que está colando. A luz instável sobre nós tremula e vibra. — Na verdade, tenho certeza de que foi por isso que seu amigo Keldarion me aprisionou.

O nome dele faz minhas costas arrepiarem.

— O quê?

— Ele estava decidido a me tirar do castelo, até ver o colar no meu pescoço. — Meu pai estreita os olhos quando encaixa mais um fragmento bem pequeno. — Talvez ele saiba alguma coisa que nós não sabemos.

— É a cara do Kel, com toda certeza. Ele acha que sabe tudo.

— Isso me faz lembrar de uma coisa que sua mãe me disse certa vez. — A voz de meu pai é estável, focada. É como se eu o visse com mais clareza do que jamais vi. — Nas profundezas do conhecimento encontramos a vastidão da nossa ignorância, e é lá que a verdadeira sabedoria começa a se desenvolver.

— Pai, como tem tanta certeza de que a mamãe foi levada pelos feéricos? Ezryn disse que eles não roubam humanos. É proibido. Ela pode ter entrado no Vale por acidente e não conseguiu sair mais, mas…

Ele fecha os olhos, e vejo que suas mãos rústicas são grandes demais para as ferramentas delicadas.

— Morávamos aqui nesta casa, e Anya estava muito feliz. Ela brilhava como se refletisse a luz do sol. Amava o trabalho: a aventura, aprender idiomas, estudar culturas diferentes. Mas amava você acima de tudo.

Meus olhos se enchem de lágrimas. Quanto minha vida poderia ter sido diferente se Anya O'Connell tivesse me criado? Meu pai não falava muito dela quando eu era criança, mas quando falava, era sobre sua risada franca, sua segurança, sua teimosia. Bem, herdei a teimosia, mas queria ter um pouco da confiança.

— Ela desapareceu na noite do seu primeiro aniversário. Passou o dia todo estranha. Diferente. Pensei que fosse só a emoção da bebê fazendo um ano. E pouco antes da meia-noite, ela disse que ia dar uma caminhada e voltava logo. Mas tive um mau pressentimento. É difícil descrever. Sua mãe e eu… a gente brincava sobre haver uma conexão sobrenatural entre nós, tamanha a nossa sintonia. Percebi que havia alguma coisa errada. Por isso a segui.

— Espero que tenham chamado uma babá — brinquei. — Caso contrário, você está confessando que deixou uma criança de um ano sozinha.

— A Eve ficou com você naquela noite, que ela descanse em paz.

Eve era minha babá e morreu quando eu tinha cinco anos. Mesmo não me lembrando de muita coisa, sei que passei bastante tempo com ela naqueles cinco anos, enquanto meu pai ficava fora.

— O que aconteceu quando foi atrás da mamãe?

Ele fecha os olhos.

— O que vi ficou gravado na minha mente desde então.

Seguro a mão dele, um gesto silencioso de incentivo.

— Vi sua mãe entrar na Floresta da Sarça. Ela adorava andar entre os galhos, mas era tarde. Em um dado momento, pensei que a tivesse perdido. Mas então, quase invisível à luz da lua cheia, eu a vi ajoelhar no chão. Diante dela havia uma rosa vermelha.

Rosas vermelhas… como nos espinheiros que me levaram ao Vale Feérico.

— E então?

— E então foi como se a lua tivesse caído do céu. — A voz de meu pai fica mais profunda e atormentada. Ele fecha os olhos, e afago sua mão para lembrar que estou aqui. — Uma luz cintilante explodiu, tão intensa que eu mal conseguia enxergar. Tudo que pude fazer foi ficar ali em pé. Naquela explosão de luz, eu vi.

Meu pai empurra a cadeira para trás e se dirige à janela.

ENTRE FOGO E ESPINHOS

— Por um instante, vi um ser de extremo poder, e não era deste reino. E depois sua mãe desapareceu.

Meu coração bate forte. Conheço as habilidades aterrorizantes dos feéricos, acho que as conheço melhor que a maioria dos mortais. Mas o que um deles poderia querer com minha mãe?

— Devo ter perdido os sentidos, porque acordei ao amanhecer. Tudo que restava da sua mãe eram aquela rosa e esse colar. — Ele olha para trás, para a pedra-da-lua quebrada.

— Sinto muito, pai.

Ele balança a cabeça.

— Não, eu é que lamento. Sinto que nunca a tenha conhecido. Ela era magnífica. — Um sorriso suave e triste surge em seu rosto. — Você é muito parecida com ela.

— Não. — Eu me levanto e caminho até ele. — Falei que sinto muito por nunca ter acreditado em você. Por nunca tê-lo defendido. Mas agora estou do seu lado. — Sinto aquela coisa dentro do meu peito, aquela coragem encolhida que se libertou quando enfrentei Lucas. Ela me atrai para o colar. — E vamos voltar juntos.

Ele concorda com um movimento de cabeça, se senta e volta a trabalhar imediatamente.

— Não fui o pai do ano. Você merecia mais do que lhe dei. Ainda merece.

— Chega dessa choradeira — brinco. — Mais cola.

Meu pai ri baixinho, mas antes de pegar as ferramentas, seu olhar fica distante.

— Rosa?

— Sim, pai?

— Sei que não fiz nada para conquistar sua confiança, mas por favor… — A voz dele treme. — Confie em mim, sei que sua mãe está viva. Eu *sei*. Aqui. — Ele bate com a mão sobre o coração.

— Eu acredito em você. — E é verdade. Porque tem alguma coisa nesse mesmo espaço dentro de mim que diz que *preciso* voltar a Castelárvore. Mesmo que ninguém me queira lá.

Porém, por mais que eu queira encontrar as repostas que buscamos, ainda não consigo alimentar esperanças. Mesmo que meu pai reconstrua o colar, cada príncipe tem a própria magia relacionada a Castelárvore. *Mas aquela magia também respondeu a mim. Castelárvore me mostrou lembranças escondidas dentro de seu tronco.*

Preciso tentar de novo.

Mais alguns momentos tensos passam antes de meu pai anunciar com voz contida:

— É isso. Tudo reconectado.

Paro atrás dele, olhando por cima de seu ombro para a relíquia brilhante. Embora esteja rachada e pingando cola, ainda é bonita de uma maneira fraturada.

— Tem que ser você, Rosalina — papai sussurra.

— Eu sei. — Fecho os olhos com força. — Preciso dar a mim mesma a melhor chance que puder.

Com mãos cuidadosas, delicadas, construo um altar de magia: tudo que tenho e um dia pertenceu ao Vale Feérico. Primeiro, deposito o colar que foi da mãe de Keldarion, lembrando quem eu era quando o usei pela última vez. *A Senhora de Castelárvore*. Depois coloco a coroa de espinhos, um presente do Príncipe dos Espinhos, o feérico que drenava a magia de Castelárvore. Mas seus espinhos responderam a mim: eles me ajudaram a salvar a vida de Keldarion. Deslizo um dedo pelas pontas afiadas. A coroa se tornou uma adaga quando precisei quebrar o gelo, mas voltou a esta forma.

As únicas coisas que ainda tenho são aquelas que usava quando Kel me baniu: as roupas velhas de Ezryn que encontramos em seu esconderijo quando ele se abrigou por uma noite. Aproximo a camisa e a calça do nariz e respiro fundo. Tantos meses depois, ainda consigo sentir o cheiro dele: o cheiro da terra da Sarça, profundo e amadeirado como uma floresta densa, temperado por uma doçura branda.

Olho pela janela. Dentes-de-leão desabrocham sob a luz do fim da manhã. Grama verde lutou contra a geada e venceu a batalha. Vi até um açafrão dois dias atrás. O inverno se foi, a primavera chegou.

Não sei como vou enfrentar uma nova estação sem eles.

— Está preparada, Rosa?

Confirmo com um movimento de cabeça, e meu pai põe o pingente em forma de rosa nas minhas mãos com todo cuidado. Eu me sento no chão diante do meu altar e fecho os olhos.

Cuidadosa, abro o pingente.

— Castelárvore — sussurro —, se sua magia pode me alcançar aqui, por favor, mande-a. Preciso da sua ajuda. — Deixo meu corpo se esvaziar. Tudo, exceto aquele ardor no meu peito. — Preciso vê-los.

Que meu corpo seja seu receptáculo. Que sua magia corra através de mim. Permita-me fazer isso, só desta vez.

Com uma das mãos, seguro o pingente aberto. Com a outra, deslizo os dedos pelas pedras lisas do colar, pelas pontas afiadas da coroa e pelo tecido áspero. Minhas mãos seguram as roupas, e eu as aproximo do peito. Lágrimas correm por meu rosto, e respiro fundo. Terra molhada, chuva e a Sarça. Sinto cheiro da Sarça... sinto o cheiro dele.

— Rosalina. — A voz do meu pai.

Abro os olhos. Uma luz trêmula surge na minha frente, uma luminosidade suave que emana do próprio ar. Corro para a frente quando a luz se aglutina em uma forma, uma poça de luz prateada. As beiradas da luz vão desenhando um contorno...

Formando uma janela.

E olhando para mim com a chuva pingando de sua armadura prateada, vejo Ezryn.

Rosalina

— Isso... isso é real? Ezryn, Alto Príncipe da Primavera, está realmente diante de mim agora? A luz brilhante tremula nas extremidades, mas o meio da imagem é nítido como uma janela. Ezryn olha para mim como se estivesse no alto.

— Ez...

Ele inclina a cabeça, e embora eu não consiga ver seu rosto atrás do capacete prateado, sinto sua confusão.

— Ro... Rosa?

O som do meu nome em sua voz áspera, modificada pela vibração metálica do capacete, é muito familiar. Muito correto.

Inclino o corpo para a frente.

— Ez! — Tento agarrar a luz cintilante, mas só consigo roçar os dedos na imagem. Uma barreira invisível me impede de tocar o capacete feérico.

— Qual é o problema com isso? — Olho para o meu pai. — Devia ser um portal.

Meu pai só engole em seco e balança a cabeça.

— Eu... não sei! Talvez a pedra-da-lua não seja um condutor suficientemente forte, agora que está rachada. Ou a magia não é a certa...

Eu me atiro contra a janela, abro as mãos contra a barricada invisível entre nós. Lar. Lar, lar, lar, logo ali do outro lado. E Ezryn *está* bem na minha frente, e consigo sentir seu cheiro, e sei como seria sentir suas mãos quentes acariciando minha pele.

— Como isso é possível? — A voz de Ezryn fica mais agitada, e ele olha de um lado para o outro, tentando me tocar. A mão enluvada bate na barreira.

— Onde você está? Está em perigo?

— Não. — Meus olhos se enchem de lágrimas. — Estou segura, em casa.

Ezryn ri, uma risada trêmula que nunca ouvi dele antes.

— Está em casa? Muito bem. Espere por mim. Não estou longe de Castelárvore. Vou direto para aí. Quando você voltou? Não importa. Estou indo...

— Não... — Meu coração galopa no peito. — Estou em casa, mas em Orca Cove.

Ele desliza os dedos na barreira e inclina a cabeça para a frente, como se o capacete pesasse de repente.

— Ah.

Imagens passam por minha cabeça: suas mãos quentes curando minha pele ferida, escondendo muffins de chocolate nos bolsos embaixo da mesa, sua presença firme quando me chamou de Senhora de Castelárvore diante do vizir de Kel. Por muito tempo pensei que ele me evitasse. Ou que me odiasse. Mas na noite do baile, jurei... jurei que estava muito errada sobre tudo.

— Por que está me atormentando? — ele sussurra, e sua voz é um gemido rouco.

— Atormentando? — Minhas mãos se afastam da barreira. Lágrimas escorrem por meu rosto, mas não me importo. — Por que não veio me buscar? Pensei que fosse me manter segura.

Seu corpo inteiro estremece.

— Você foi embora. Keldarion disse...

— Keldarion me *baniu* — revelo com uma voz que é meio soluço, meio grunhido. — Não deixou nem que eu me despedisse. Ele me mandou embora. Estou tentando voltar para você e para todos em Castelárvore, mas não consigo entender como...

Ezryn fica imóvel. Mais rígido do que jamais o vi. Por um segundo, acho que a imagem além da janela congelou completamente e perdi toda conexão com o Vale Feérico. Mas depois um som que é mais fera que feérico irrompe de sua garganta.

— Keldarion fez *o quê*?

— Ezryn. — Seu nome em meus lábios é a única coisa que me mantém inteira. Sinto como se estivesse na Sarça com ele, com a chuva lavando minha pele. — Quero ir para casa.

— Rosalina, eu... — Ezryn estende a mão, e por um segundo consigo tocar a ponta de sua luva de couro. Depois ouço um estalo, e a luz explode em um branco ofuscante, antes de se apagar completamente.

Uma névoa se desprende da pedra-da-lua rachada, e sinto meu corpo repentinamente fraco.

Mas olho para minha mão e a vejo molhada de chuva. E sei bem lá no fundo daquele lugar que ferve dentro de mim: vou rasgar o véu entre nossos mundos e voltar para eles.

Ezryn

Meu corpo está inteiramente entorpecido, a cabeça está vazia. Tenho que sufocar tudo, pelo menos por um momento, ou vou me estilhaçar.

O lago está escuro e vazio onde, apenas um momento antes, o rosto dela tremulava na água e na luz. No início, pensei que fosse só minha mente me pregando peças de novo. Quantas noites passei ouvindo o fantasma da voz dela me chamar da escuridão?

Pensei que fosse me manter segura.

As lágrimas lavando seu rosto... O som entrecortado de sua voz. Ela pensa que a abandonei.

E *abandonei*.

Keldarion me baniu.

Não aguento mais. Não consigo sufocar os sentimentos. Um uivo gutural brota do meu peito, e os espinheiros estremecem com a correria dos animais em fuga. Meu lobo se contorce para romper a barreira da minha pele, mas o mantenho contido com pura determinação.

Quero ver a cara de traidor do Keldarion com meus próprios olhos.

Nuvens escuras giram no alto, fazendo parecer que é noite na Sarça, contudo sei que o sol está em algum lugar atrás da tempestade. A chuva cai em minha armadura, mas não sinto o frio nem a umidade.

Só sinto raiva.

Apoiei Keldarion em cada decisão inconsequente, em cada atitude mentirosa, em todos os momentos de apatia. Criei desculpas para ele. Eu o protegi. Eu o perdoei.

A voz baixa de Farron ecoa em minha cabeça.

— *Kel... onde ela está?*

— *Foi embora* — Kel respondeu. — *Chegou ao limite. Depois que soube a verdade sobre a Feiticeira, ela disse que não podia mais ficar aqui. Queria voltar para o mundo humano e esquecer os feéricos. Eu a levei de volta ao lugar dela. Temos que respeitar sua vontade e fingir que ela nunca entrou em nossa vida.*

Outro urro feroz reverbera embaixo do meu capacete, e desembainho a espada, atacando inutilmente os espinheiros. Ando mais depressa, a lama chapinhando a cada passo.

Não consigo pensar em seus enormes olhos castanhos cheios de lágrimas. O jeito como ela disse meu nome. O jeito como a deixei destruída e abandonada.

Porque confiei em Keldarion.

Minha capa estala com o vento forte, e espinhos afiados arranham a armadura. Saio do bosque e olho para Castelárvore. Faz meses que não volto para casa; não suportava o silêncio, ou o vazio nos olhos de Farron, nem ver Dayton se destruir de novo e de novo.

Espinhos se espalham por cada centímetro da ponte quando me dirijo à porta, mas quase nem percebo. Passei tanto tempo na Sarça que agora eles são companhia conhecida.

Contudo, o gelo rangendo sob minhas botas... isso é novo. Olho para a condição do castelo e não sinto empatia.

Sinto repulsa.

Aquele desgraçado egoísta.

Abro a porta e entro no que antes era meu lar. Tudo é tão escuro e frio que sinto vontade de destruir completamente este lugar. É isso que o senhor de Castelárvore merece.

Um rosto conhecido aparece no fundo do hall de entrada. Marigold arregala os olhos. Ela usa o costumeiro avental cor-de-rosa, mas está sujo e manchado.

— Alteza! Céus, está de volta! Faz meses. Vou preparar seu quarto agora mesmo...

Passo por ela praticamente sem reconhecer sua presença.

— Não vou ficar.

Minhas botas pesadas ecoam no piso brilhante. Mais alguns olhos espiam dos cantos e corredores quando a notícia sobre o retorno do Alto Príncipe da Primavera corre entre os criados. Todos recuam, nenhum tem a coragem de Marigold para me abordar. Não os condeno. Posso imaginar perfeitamente como está minha aparência.

Uma criatura enorme de metal escuro, marcado por monstros e manchado de sangue, com a vingança em cada passo.

Começo a subir a escada quando uma voz baixa rompe o silêncio reverberante.

— Ez? Você... voltou?

Farron está no alto da escada. E está péssimo. As olheiras são fundas, e juro que ele usa a mesma túnica que vestia quando parti meses atrás. Uma barba irregular e desgrenhada cobre seu queixo.

Tem uma parte minha, no fundo do peito, que quer abraçá-lo. Pedir desculpas por tê-lo deixado sozinho aqui no frio. Dizer que vai ficar tudo bem.

Mas essa parte é sufocada pela fúria incendiária.

— Ez? — Ele se coloca no meu caminho quando não respondo.

Nem penso. Apoio as mãos em seu peito, empurro-o e ele cambaleia. Continuo andando para a Ala Invernal.

— Ora, ora — diz uma voz pastosa —, se não é a maravilha sem rosto há muito desaparecida.

Dayton está apoiado na entrada da Ala Veranil. Como sempre, está coberto por um tecido estampado amarrado no quadril e mais nada. Estrelas, ele emagreceu. Pelo menos para os padrões dele. O peito, normalmente largo e cheio de músculos, parece estreito, a pele quase sempre bronzeada perdeu a cor e o brilho. *O que aconteceu com a gente?*

Mas eu sei o que aconteceu.

E sei quem é o culpado por isso.

O gelo se fragmenta com a força das minhas botas; sou uma ventania de primavera. Sou o trovão e o raio. Sou uma força.

O inverno dominou Castelárvore.

É hora do degelo de primavera.

Percebo que Farron e Dayton me seguem e, atrás deles, duas criadas acompanham o cortejo. Marigold e Astrid.

Abro a porta dos aposentos de Keldarion. Apesar de ser dia, o que vejo é um gigantesco lobo branco deitado, de cabeça baixa e olhos fechados. Se possível, ainda mais monstruoso do que era na última vez que o vi: pingentes de gelo azuis e cintilantes se projetam das omoplatas, e o gelo que cobre o chão tem longas marcas de garras. Nuvens de névoa se formam no ar frígido em torno do focinho, único sinal de que ele ainda está vivo.

— Keldarion — rosno. Atrás de mim, todos tremem. Até os dois Altos Príncipes.

O lobo branco mal levanta a cabeça, só abre um olho azul e brilhante, depois deita a cabeça outra vez.

Meu camarada. Meu melhor amigo. Meu irmão.

Meu traidor.

Fechei os olhos para todo o restante. Mas não para isso.

Não depois do que ele fez com ela.

Com a fúria de uma tempestade de primavera, agarro o lobo pelas costas e o jogo longe. A imensa fera branca voa, atravessa a enorme vidraça da janela fechada e cai lá embaixo, no jardim.

Dayton e Farron gritam e seguram meus braços, mas eu me solto.

Lá fora, o lobo estremece, seu corpo encolhe e vai se transformando no de um feérico. Ele se apoia nos antebraços com dificuldade e olha para mim através de uma cortina de cabelo branco.

Eu me aproximo da cama, me abaixo para pegar embaixo dela a Espada da Proteção e a arremesso pela janela quebrada.

— Ezryn! — grita Dayton. — Você enlouqueceu?

— O que está fazendo? — Farron pergunta.

Fito meus irmãos e sustento o olhar de cada um. Sei que eles não podem ver meus olhos, mas podem sentir a determinação. A vingança.

— Kel a mandou embora.

Dayton

Ele a mandou embora. Kel a mandou embora, porra.

Fúria e desespero se misturam dentro de mim. Mal consigo enxergar direito depois de toda cerveja que tomei, mas vejo Ezryn. Seu corpo de metal vibra de raiva, treme como se ele fosse saltar de dentro da pele.

Ele a mandou embora.

— Então, ela não queria ir? — Farron pergunta em voz baixa, o primeiro sussurro de esperança que ouvi em sua voz em meses.

— Não. — Ezryn sai furioso. — Rosalina usou magia para falar comigo. Não sei como. Ela disse que está tentando encontrar o caminho de volta para nós.

— Deus do Inferior. — Levo as mãos à cabeça e me curvo. A náusea revira meu estômago.

— Levante. — Farron me segura pelas axilas, e o contato de seus braços no meu peito nu me faz pular. Quanto tempo faz que não fico com ele? Meus pensamentos ficam confusos. Semanas? Meses? — Segure a onda, Day!

Ele pega alguma coisa de uma cômoda, e de repente sinto um jato de água fria. Isso é um choque para o organismo. Fecho os olhos e respiro fundo.

— Tudo bem, tudo bem.

Farron e eu corremos atrás de Ez. É mais difícil circular com a imensa quantidade de espinhos novos que brotaram nos últimos meses. Que se foda o Príncipe dos Espinhos.

Ez está quase na escada principal, andando com passos fortes, deliberados. Ele estanca ao passar por Astrid e Marigold, que assistem a tudo encolhidas.

— Peguem as roupas do mestre. Não vou lutar com um homem nu.

Farron e eu trocamos um olhar antes de sair do castelo atrás dele. Imediatamente, sou atingido por uma onda de chuva gelada e vento frio. A última tentativa do inverno contra a primavera que se aproxima.

As nuvens são tão escuras que quase penso que é noite. Mas, claro, não é. Sou um homem, não uma fera.

Contornamos Castelárvore. Olho para Farron, e tenho certeza absoluta de que lágrimas se misturam à chuva em seu rosto.

— Ez acabou de jogar Kel pela janela e você está sorrindo?

Ele limpa o rosto com a palma da mão e sorri para mim.

— Rosa não nos abandonou. Ela não odeia a gente. Não está feliz?

Eu… não sei o que sentir. Porque, honestamente, não sei o que tenho sentido nestes últimos quatro meses. Na verdade, tenho feito tudo que está ao meu alcance para não sentir nada.

Porque quando Kel voltou sem Rosalina, e eu soube que nunca mais a veria… Aquilo perfurou alguma coisa tão profunda dentro de mim que pensei que fosse morrer. E foi igualmente doloroso ver Farron. Na primeira semana ele não leu, não fez nada, só olhava para a parede com os olhos vidrados. Depois, começou a analisar tudo, cada momento que poderia ter levado Rosalina a nos deixar. Quis ajudá-lo. De verdade, quis. Mas quando ele dizia coisas como essa, a dor no meu peito começava a crescer.

É melhor não sentir nada.

Terminamos de contornar o castelo e vimos Kel ajoelhado no chão entre as topiarias e os espinheiros. Seu longo cabelo branco caía em mechas emaranhadas sobre os ombros musculosos. A Espada da Proteção estava no chão diante dele, intocada.

Ele é um homem.

Não consigo me lembrar da última vez que vi Kel como um homem. Ele tem sido o lobo branco noite e dia desde que ela partiu.

Partiu não. Desde que ele a mandou embora.

Atrás de nós, Marigold e Astrid se aproximam apressadas carregando peças de roupa. Ezryn as pega e joga aos pés de Kel.

Keldarion deixa escapar um longo suspiro.

— Cacete.

Depois se levanta, veste uma calça de couro grosso e uma camisa preta e larga.

Kel passa a mão no cabelo molhado, e só então olha para nós, um de cada vez. Para alguém que voou pela janela recentemente, ele não parece bravo. Só exausto, tomado por um cansaço profundo.

Ezryn segura a espada preta com mais força. Ele está furioso, e não consigo nem ver seu rosto.

— Por que a mandou embora?

ENTRE FOGO E ESPINHOS

Nenhuma expressão passa pelo rosto duro de Kel antes de ele olhar para o outro lado. Com a voz rouca pela falta de uso, resmunga:

— Fiz o que vocês não foram capazes de fazer.

Ezryn o segura pelos ombros.

— Você nos tirou a chance de escolher. Tirou essa chance *dela*!

Kel apenas afasta as mãos dele. O único som é o tilintar da corrente da armadura do Príncipe da Primavera.

— Rosalina encontrou um jeito de entrar em contato comigo. A magia do Vale Feérico a chama — ele diz. — Ela quer vir para casa.

Kel enrijece os ombros. Fica tenso.

— Ela está em casa.

— Não, ainda não. — Kel dá as costas a Keldarion. — Mas vou buscá-la. Irmãos, vocês estão comigo?

Ele olha para mim e para Farron.

Observo-o perplexo. Ezryn nunca desobedeceu a Keldarion. Nem quando deveria, como na Guerra dos Espinhos.

Mas agora está abrindo o próprio caminho.

Por Rosalina.

A resposta arde nos olhos dourados de Farron, e é a mesma que irradia de todo o meu ser.

— É claro que sim — digo.

Um som cristalino ressoa no jardim, o eco distante de gelo se partindo, e olho para Keldarion. Ele pegou a espada que Ezryn jogou da janela. Não a empunhava havia vinte e cinco anos, mas agora a está segurando, e juro, o desgraçado é assustador.

A lâmina de gelo em sua mão cintila em azul, projetando linhas nítidas no queixo e no cabelo branco. A chuva ao seu redor se torna fragmentos de gelo quando ele grunhe:

— Acabo com qualquer um no Vale antes de permitir que *ela* volte para cá.

O medo invade meu corpo, e Farron segura meu braço. Mas Ezryn não se abala e levanta a espada.

— Então vai ter que começar por mim.

Kel balança a cabeça, depois avança correndo, e o som de metal contra metal reverbera pelo jardim.

— Precisamos interferir — gemo.

Os olhos arregalados de Farron estão presos na cena. Kel e Ez se movem tão depressa que é quase impossível acompanhar, as espadas se chocando, os pés em movimento naquela dança contínua, nenhum dos dois cede um centímetro sequer.

— O que vamos fazer? — Farron balança a cabeça, e mechas longas de cabelo castanho caem sobre seu rosto. — Kel está…

— Fala sério, Fare. São três contra um. Não podemos perder, de jeito nenhum. — Seguro seu ombro com força. — Por Rosa.

Ele engole em seco, mas diz:

— Por Rosa.

E enfia a mão embaixo da túnica cor de laranja.

— Tenho certeza de que guardei um feitiço dos bons aqui. — Ele pega um pedaço de papel ensopado e murmura um cântico. Uma espiral de folhas e vento se levanta de sua mão aberta. Elas se colocam entre Kel e Ezryn e os afastam por um instante, antes de caírem no chão como um monte encharcado.

— Ai, demônios — Farron resmunga antes de tirar mais papel molhado de dentro da túnica. — Pensei que esse fosse melhor.

Cada Alto Governante aprende um jeito de canalizar a imensa quantidade de magia com que foi abençoado. Ez e eu normalmente manifestamos a nossa em força física. Farron prefere usar feitiços, tanto os autorais quanto os cânticos escritos que usa como condutores.

Mas Keldarion…

Keldarion é um mestre nos dois.

— Acho que é minha vez. — Levo a mão às minhas espadas e descubro que as deixei no quarto. Só tenho tempo de resmungar um palavrão rápido antes de uma torrente de granizo e gelo fino me atingir no peito, e sou jogado contra um arbusto.

— Levante daí e lute! — Mãos macias me ajudam a ficar em pé. Eu me surpreendo ao ver Marigold encolhida no meio dos arbustos e Astrid ao seu lado. — Você precisa trazê-la de volta.

Toco com cuidado minha cabeça dolorida.

— Mas não tenho minhas espadas!

— Você é ou não é um gladiador do Reino do Verão? — Astrid estreita os olhos vermelhos. — Quero minha melhor amiga de volta, não desista, entendeu?

Minha cabeça gira quando fico em pé. Ez e Kel se movem como raios de luz. Farron está… não sei que porra ele está fazendo. Pedaços de papel descartados cobrem parte do chão, junto com cogumelos vermelhos e uns gravetos espinhosos.

ENTRE FOGO E ESPINHOS

Passo por ele correndo.

— Esqueça o papel, Fare. Sinta a sua magia.

Ele suspira frustrado e corre ao meu lado.

— Não é tão fácil.

Pelo menos não há sinais de uma aparição da fera de Farron. Aquela coisa pode acabar com todos nós.

Farron corre e fica ao lado de Ez, e me coloco atrás de Keldarion. Provavelmente, conseguiria me defender dele, se não estivesse tão bêbado. E se tivesse minhas espadas. Mas acho que vou ter que usar os punhos e torcer para todos os instintos das lutas no Coliseu do Sol me socorrerem.

A espada de Kel brilha em azul contra a lâmina de obsidiana da arma de Ezryn, espalhando uma chuva de lascas de gelo.

— Deixe-nos partir, Kel! — Farron abandona os encantamentos e desliza as mãos abertas no ar: uma linha de fogo se acende com um barulho alto, mas é apagada pela chuva tão depressa quanto surgiu.

Keldarion nem olha para Farron, toda a atenção está focada na montanha de metal à sua frente.

Perfeito. Ele está distraído.

Eu ataco e acerto um golpe poderoso nas costas de Kel. Bom, essa é a intenção, pelo menos… mas ele se esquiva e empurra Farron e Ezryn para longe com uma rajada de gelo, antes de girar e me encarar.

O Príncipe do Inverno faz uma pausa breve — um momento em que eu deveria conseguir atacar, me esquivar, fazer *alguma coisa* —, mas minha cabeça está tão atordoada que não consigo pensar. Kel solta um grunhido insatisfeito e acerta um lado da minha cabeça com o cabo da espada, me segura pelos ombros e me joga longe.

Caio no chão com um impacto violento, rolo até parar ao lado de Ezryn e Farron. Kel congelou os pés deles em um trecho de gelo.

Ezryn grita e abaixa a espada, estilhaçando o gelo.

— Me tire daqui! — Farron arfa, tentando se libertar.

Estou vendo estrelas.

— *Não tenho uma arma. Eu não…*

Ezryn ataca com a espada erguida. Keldarion se defende do golpe.

— Você não sabe o que está fazendo, Ezryn.

— O que sei — Ezryn responde e desfere um corte no braço de Kel com um golpe — é que ela ouve o chamado do Vale!

Kel olha do corte no braço para Ezryn.

— E acha que não sinto? — Sua velocidade aumenta, e seus movimentos têm uma força e uma fúria que eu nunca tinha visto. — Acha que isso não me atormenta dia e noite?

Ezryn tenta acompanhar o novo ritmo de Kel. Ez está ficando mais lento, mais descuidado enquanto tenta conter os avanços de Kel.

Então, Kel desfere um golpe punitivo. Gelo, neve e magia explodem dele, e a espada de Ezryn cai no chão. Kel o agarra, segura a espada cintilante de gelo contra o pescoço do outro, entre as placas da armadura.

— Se quer me fazer parar — diz Ezryn com uma voz metálica que ecoa através da máscara e não tem uma gota sequer de medo —, vai ter que me matar.

Os olhos azuis de Kel brilham com algo tão feroz, tão primal e insano que acho que ele pode aceitar a sugestão.

Mas, no fim, ele suspira profundamente e solta Ezryn, que cai sem forças. Depois se afasta um passo, e seu corpo se transforma no imenso lobo branco.

— Se realmente gosta da garota — ele rosna —, deixe-a em paz.

Cada passo do lobo branco deixa pegadas de gelo em seu caminho de volta ao castelo.

Ezryn se levanta e olha para mim e para Farron, ainda no chão.

— Vocês vêm ou não? — ele pergunta. — Vamos buscar nossa garota.

Rosalina

Dançar em volta do salgueiro no meio da cidade ao anoitecer de um domingo não é bem o que imaginei para a minha vida. Mas depois de passar meses morando em um castelo com um bando de feéricos transmorfos, em algum momento a gente tem que ligar o foda-se.

Sapateio em torno do salgueiro que meu pai adora, usando uma coroa de margaridas e narcisos. Na base da árvore está minha mochila com as coisas do Vale Feérico. Carrego um cesto de vime com uma mistura de cogumelos moídos, lavanda seca e sementes de cenoura, que salpico como se fosse a florista mais amaldiçoada que se pode imaginar. Também estou usando meu moletom favorito, o que tem a inscrição ESTA CAMISETA FICA AZUL E BRILHA QUANDO ORCAS ESTÃO POR PERTO, mas isso é só uma escolha estética, não tem nada a ver com o ritual. Talvez o colar da minha mãe, guardado embaixo da camiseta, ajude.

— Minhas pernas estão cansando — aviso cantarolando para o meu pai, que está dançando na minha frente com seu cesto.

A maior parte dos experimentos que fizemos nos últimos meses se baseiam em folclore muito antigo do mundo todo. Este é de um livro infantil assustador que meu pai encontrou em uma das visitas que fez à área rural da Inglaterra. Mas, a essa altura, aceito tentar qualquer coisa.

Mesmo que esse "qualquer coisa" signifique que praticamente todos os moradores de Orca Cove se reuniram para apontar e cochichar enquanto meu pai e eu continuamos com nossa exibição ridícula.

— Continue! — Meu pai olha para trás com um sorriso largo. — Estamos carregando essa árvore com magia feérica!

Hoje de manhã, eu nunca teria me submetido a tamanha humilhação por uma esperança tão boba. Mas agora não dou a mínima para quem está olhando ou o quanto isso pode ser idiota.

Eu vi Ezryn. E ele me viu.

Foi minha esperança boba que me fez ouvir a felicidade em sua voz quando me viu? O alívio?

O que aconteceu em Castelárvore desde que estive lá?

Encho os pulmões com o ar do começo de primavera, me lembrando da imagem dele, da silhueta enorme como uma sentinela. Pelo menos ele ainda era um feérico; a maldição ainda não os dominou.

De soslaio, percebo os olhares contrariados das pessoas da cidade. Meu antigo chefe, Richard, balança a cabeça com as mãos na cintura. Uma senhora passa depressa por nós levando a filha pequena. *Podem olhar*, penso. *Eu vejo cores que vocês só conseguem imaginar.*

Mas uma cor emerge do grupo reunido, um rosto vermelho de raiva. Lucas empurra os espectadores e avança em nossa direção.

— Continue dançando, pai — digo. — *Não pare.*

Meu coração dispara, a garganta se contrai. Eu o mandei embora mais cedo. Posso mandar de novo.

Lucas para na minha frente, arranca o cesto de vime da minha mão e o joga no chão. O rosto que um dia achei lindo tem um hematoma de um lado, onde meu pai acertou aquele soco.

— Pare com isso agora. Está me humilhando.

— É só ir embora — respondo.

— *Não vou admitir que minha futura esposa fique dançando por aí como uma hippie pagã!* — ele rosna.

— Que bom que não sou sua futura esposa, então. — Pego meu cesto.

Lucas pisa no cesto e o quebra.

— Saia daqui, garoto! — meu pai berra. — Ela já falou uma vez. Já falou duas. Se ela tiver que falar de novo, eu arranco suas orelhas inúteis.

— Cuidado, pai — sussurro, mas é tarde demais.

Lucas se vira para a cidade.

— Durante anos, perdoamos os delírios desse homem. Sempre achamos que fosse só um velho excêntrico e inofensivo. Mas hoje de manhã, ele fez isso! — E aponta para o hematoma em seu rosto.

As brasas presas dentro de mim pegam fogo outra vez.

— Você mereceu!

— Esse homem é um perigo para ele mesmo, para Orca Cove e para a filha dele. — O olhar feroz de Lucas se volta para mim. — Precisamos separá-los para garantir a segurança dela.

Eu me afasto de Lucas, mas ele me segura pela nuca. Meu corpo todo enrijece, seu toque me paralisa. A coroa de flores cai da minha cabeça.

— *Não pode falar com ela desse jeito!* — meu pai ruge. Ele avança para nós, mas dois amigos de Lucas saem do meio do grupo e o agarram pelos braços. — Rosalina!

— Soltem meu pai! — grito. — Alguém ajude!

Mas toda Orca Cove abaixa a cabeça com a vergonha estampada no rosto. Por causa de Lucas? Ou por causa dos constrangedores O'Connell?

— Ouça seu noivo, Rosalina querida — diz uma mulher. — Ele vai cuidar de você.

— Ele não é meu noivo — respondo, e piso com força no pé de Lucas. Ele grita e me solta. Pego minha mochila e a penduro rapidamente nos ombros. Não vou deixar que ele destrua os objetos nela como fez com o cesto.

— Corra, Rosalina! — meu pai grita, tentando se livrar dos dois grandalhões. — Corra!

Ofegante, eu corro. Lucas me xinga, e ouço sua risada incomodada.

— Ela está esgotada de tanto cuidar do pai. Vou cuidar dela, vai ficar tudo bem.

Mal dei cinco passos antes de Lucas puxar o capuz do meu moletom e jogar um braço pesado sobre meus ombros. Para as pessoas que estão olhando, isso deve parecer um abraço. Mas sinto como se ele tivesse me acorrentado.

— Chega, Rosalina — ele sussurra. — Você é *minha*. Aceite casar comigo e coloque o anel no dedo na frente de toda essa gente.

— Nunca.

Lucas me puxa para mais perto. Sinto como se estivesse pressionada contra milhares de vermes.

— Está vendo aqueles dois homens segurando seu pai? Aqueles são Laughy e Aldridge. Dois velhos amigos meus.

— Conheço os dois. Praticamente bandidos.

— Pois é, esses bandidos deram uma surra em um cara que roubou de mim no jogo de cartas. Imagine o que vão fazer com seu pai.

Lágrimas inundam meus olhos.

— Você não faria isso.

— Ah, faria, faria muito. — Durante todo o tempo, ele continua olhando para as pessoas com um sorriso forçado. Todos devem estar se enganando, se convencendo de que ele está murmurando coisas fofas no meu ouvido. Não estão vendo minha cara? Não escutam meus gritos? Ou simplesmente não se importam?

Olho para meu pai, que é levado para mais longe do grupo na direção do Poussin Hunting Lodge. Não… não posso deixar que o machuquem. Não por minha causa.

— Aceite a realidade — Lucas sussurra de um jeito sinistro. — *Não tem mais ninguém para você. Você vai ser minha princesinha para sempre.*

Fecho os olhos. Não tenho opção. Faço qualquer coisa para proteger meu pai. Respiro fundo…

Um murmúrio vibra no meio das pessoas, e algumas exclamações ecoam. Pisco confusa e olho diretamente para a comoção. Um corredor se abriu. E andando pela rua em minha direção, com o sol forte iluminando suas costas, vejo três homens muito altos.

— Quem são esses caras? — Lucas se irrita.

Aperto os olhos para enxergar melhor. Quem *são* eles? Ainda não consigo ver os rostos, mas há alguma coisa estranha neles.

Estão vestidos como se tivessem saído dos anos 1990.

O mais alto à esquerda parece ter vindo direto das montanhas sem tirar o traje de esquiar, um conjunto vibrante em tons de roxo, verde e rosa. A máscara de esquiador nos mesmos tons néon cobre seu rosto inteiro, e tem até um óculos cor de laranja com lentes espelhadas.

O da direita veste jeans largo com lavagem *acid wash* e uma camiseta enorme com rabiscos e formas geométricas coloridas. Seu rosto é totalmente encoberto pelo chapéu *bucket* exagerado e holográfico, mas vejo ondas castanhas escapando por baixo da aba.

Entretanto, todos os olhos estão voltados para o do meio. Até Lucas o encara com a testa franzida e os olhos apertados. O homem usa o jeans mais justo que já vi em toda a minha vida, e o tecido abraça suas coxas enormes. Juro que poderia ver melhor, mas uma pochete de couro cobre a região inferior do ventre. A porra de uma *pochete*. Quem são essas pessoas? Uma cacharrel preta envolve seu tronco, e ele usa uma corrente de ouro.

Eu devia aproveitar a distração para fugir, mas estou tão fascinada quanto todo mundo. Fecho os olhos, depois volto a abri-los, lutando contra o brilho do sol.

Então, a cena toda ganha foco.

Não na minha visão, mas no coração.

Esses caras não são três esquisitos com um estilo totalmente ultrapassado.

São os *meus* esquisitos.

— Ezryn! Dayton! Farron! — Minha voz soa cristalina.

Eles levantam a cabeça.

Agora os vejo nitidamente: os olhos dourados de Farron cintilando na luz do entardecer, a boca meio aberta ensaiando meu nome. Dayton no meio, o rosto iluminado por um sorriso estranho e autêntico, mechas de cabelo loiro escapando do rabo de cavalo. E Ezryn, cujo rosto ainda está escondido, mas cuja postura muda. A mão enluvada se estende em minha direção.

Eles vieram.

Os Altos Príncipes de Castelárvore vieram me salvar.

Farron

Pensei que fosse o fim. Castelárvore tinha se agarrado a um fio de esperança nos últimos vinte e cinco anos, mas essa esperança desapareceu junto com ela.

Contudo, agora, quando olho para ela, para aquele cabelo castanho todo bagunçado em volta do rosto bonito, é como se o sol tivesse nascido de novo.

Rosalina. Nossa Rosa.

— Com quem ela está? — Dayton grunhe baixinho.

— Eu disse que devia ter trazido a espada — Ezryn responde com uma voz mais nítida, agora que trocou o capacete de metal pela máscara de tecido.

— Você ouviu o que Marigold falou — cochicho de volta. — Temos que nos misturar.

Estávamos prontos para usar o espelho e atravessar para Orca Cove logo depois da discussão com Keldarion, mas Marigold nos advertiu:

— Acham que vão andar pelo mundo humano vestidos como se tivessem saído de um livro de histórias de Rosalina? Deviam pelo menos *tentar* se encaixar.

Nenhum de nós tinha se aventurado no reino mortal desde a maldição, há mais de vinte e cinco anos, mas Marigold encontrou umas roupas que sobraram da nossa última jornada. Contudo, olhando em volta agora, dá para perceber que esses humanos perderam o gosto por cores.

Sacudo a cabeça para prestar mais atenção ao que os outros príncipes estão dizendo, porque fiquei hipnotizado pelo brilho dos olhos de Rosa quando ela olhou para nós. Mas então eu vejo.

Um homem com o braço em torno dela.

A raiva queima intensa e brilhante dentro de mim, como uma chama espalhada por um sopro de vento. Ela está evidentemente perturbada, e vejo marcas de lágrimas em seu rosto.

— Tire as mãos dela! — grito, mas o que produzo não são palavras. Um rugido primal brota da minha garganta.

— Calme, Fare. — Dayton toca minha nuca. A sensação é elétrica, uma das poucas vezes que a pele dele esteve junto da minha em meses. — Vamos resolver com calma.

— Quero. Minha. Espada — Ezryn resmunga do outro lado.

Dayton suspira.

— Desde quando eu sou o sensato? — Ele levanta as mãos. — Vamos quebrar o nariz dele e seguir em frente.

Começamos a correr, e ninguém ali faz nada para nos deter. Todos olham para nós perplexos; queria saber por que esses humanos esquisitos acham que somos tão interessantes. Arquivo essas observações mentalmente para estudo posterior. De soslaio, vejo um homem alto e velho brigando com dois outros, mais novos e fortes. Penso em ajudá-lo, mas ele parece estar se virando bem.

O homem com o braço sobre Rosalina nos vê. Rosa grita outra vez, nos chamando, mas ele cobre a boca dela com a mão e a arrasta para trás de um imóvel fechado por tapumes, à direita.

Dayton rosna.

— Beleza, estou com você. Esse cara vai morrer.

Minha respiração acelera. Durante todo esse tempo, pensei que ela houvesse nos deixado por vontade própria. E que fosse estar mais segura no mundo humano. Mas agora vejo...

Os humanos são tão monstruosos quanto os feéricos.

— Ele a trouxe para cá — diz Ez, nos chamando para trás do imóvel. Os espectadores humanos estão se dispersando. Não sei se os deixamos nervosos ou se perderam o interesse agora que o ruivo desapareceu de vista.

Atrás do edifício, só tem uma porta de madeira com uma maçaneta grande de bronze. Ez experimenta girá-la.

— Ele trancou a porta.

— Use a criatividade — Dayton se irrita. Ele segura a maçaneta com as duas mãos e puxa. Sua camisa é tão apertada que vejo os músculos se contraindo embaixo dela.

Com um *crac* pavoroso, a porta se solta das dobradiças. Dayton a joga longe, e entramos correndo.

O imóvel está escuro, a única luminosidade é a que entra pelas frestas entre as tábuas pregadas nas janelas. É uma sala ampla, cheia de caixas meio abertas e prateleiras parcialmente ocupadas. Reconheço a réplica em pelúcia da majestosa baleia orca, mas essa versão é aterrorizante, com olhos arregalados diante de terrores invisíveis.

Rosalina e o sujeito ruivo estão em pé no meio do espaço. A expressão do homem é de alguém quase possuído, um demônio de fúria e violência. Ele está tão concentrado nela e na própria ira que nem nota nossa presença, apesar do estrondo da porta.

Rosalina... Com o coração apertado, dou alguns passos cambaleantes à frente, sentindo os joelhos fracos. Ela é quase irreconhecível assim, amedrontada e encolhida. Já a vi com medo no Baile do Solstício de Inverno, ou quando meu lobo quase arrancou a perna dela. Mas nunca tinha visto aquele olhar de rendição.

Respiro fundo demais para meus pulmões. O sangue esquenta. Essa não é minha Rosalina. O que esse homem fez com ela?

O que fizemos com ela? Nós a abandonamos. Acreditei mais em Kel do que em mim mesmo. Mesmo sabendo, no fundo do meu coração, que Rosalina não deixaria Castelárvore, seus amigos, seu trabalho.

Ela não ia querer me deixar.

Mas tive medo de Kel estar certo. Medo demais para questionar o que ele disse.

Um rosnado violento sai de minha boca, todo meu corpo treme com a força da minha fúria.

O homem segura o punho esquerdo de Rosalina em uma das mãos e uma adaga na outra.

— Não quer usar o anel que te dei? Tudo bem. Vou te marcar de outro jeito.

Ezryn dá um passo à frente e fala com a voz rouca, atormentada:

— Você tem duas opções: ou sai daqui agora andando, ou a gente te obriga a sair e você nunca mais anda.

Rosalina olha para nós. Lágrimas cintilam em seu rosto.

— Vocês vieram.

Por um momento, consigo enxergar através do véu da fúria.

— Sempre, Rosa — murmuro.

— Não sei quem vocês três pensam que são — o ruivo reage —, mas isto aqui é entre mim e minha noiva.

— Opa, opa, opa. — Dayton joga a cabeça para trás e ri, mas não tem humor nessa risada. — Então você é o noivo famoso que não sabe satisfazer uma mulher. — Ele se aproxima com passos cadenciados. Agarra o punho da mão que está segurando Rosalina. — Não se preocupe. Eu cuidei dela para você.

O homem retrai os lábios e mostra os dentes, mas Dayton aperta o braço dele. Com força. Um *crac* ecoa na sala escura. O sujeito uiva e puxa o punho fraturado contra o peito. Rosalina cambaleia na direção de Dayton.

— Você quebrou a porra do meu braço! — o homem grita.

Dayton dá de ombros.

— Agradeça à sorte. O último cara que tocou na nossa garota ficou sem mão.

Rosalina olha desesperada de um para outro.

— Vá embora, Lucas. Vá embora.

A pele do homem, Lucas, parece ter derretido sobre os ossos.

— Quem você pensa que é? Rosalina não te conhece. Saia de perto da gente, porra!

Ele levanta a adaga, e um raio de sol ilumina a lâmina. Com um movimento tranquilo e fluido, Ezryn dá um soco no estômago dele. Lucas se dobra ao meio tossindo, e Ez arranca a adaga da mão dele.

— Última chance. — Ezryn levanta a adaga e a examina. — Vá embora. Ou vamos obrigar você a sair.

Ao lado dos outros príncipes, Rosalina treme como uma folha caindo. Seus olhos castanhos sugerem desespero. Dayton e Ez cuidam desse demônio. Ela precisa de mim. Precisa me ouvir dizer que está tudo bem. Que estamos aqui. Ela não está mais sozinha.

Mas não consigo fazer nada, porque cada nervo do meu corpo está em brasa. É como se não houvesse um único movimento que eu pudesse fazer, porque, se piscar, cada pedaço de mim vai entrar em combustão. *Eu devia ter vindo buscar você. Eu devia saber.*

Deixei você sozinha.

A vergonha me inunda, mas se transforma em fúria. Ela nunca deveria ter estado nessa posição.

Por que não fui forte o bastante para impedir tudo isso?

A raiva borbulha dentro de mim como uma poção tóxica, enchendo minhas veias de calor. Até o ar à minha volta parece ficar mais denso, e estou respirando oxigênio demais, levando muito combustível ao meu inferno interior. *Fique calmo, Farron. Fique calmo.*

Lucas olha para Dayton e Ez. Ele nem toma conhecimento da minha presença.

— Tudo bem. Leve essa sua puta de merda. Mas saiba que ela vai voltar para mim. — Seu sorriso se alarga. — Ela sempre volta.

Tenho só um momento para um último pensamento: não tem nada que eu possa fazer. Farron vai desaparecer.

E, quando acordar, vai ter que conviver com o que fez.

Uma dor dilacerante rasga meu corpo quando a fera esgarça minha pele e avança sobre Lucas.

PARTE 2

HÓSPEDES INDESEJADOS

Rosalina

Tudo está acontecendo muito depressa; mal tenho tempo para gritar quando Ezryn me joga no chão e quase esmaga meu corpo com o dele.

— Cacete! — Dayton rosna. — Farron!

Mas é tarde demais. O lobo emerge do Príncipe do Outono. A fera enorme salta no ar e joga Lucas no chão. Lucas grita, um grito ensurdecedor.

Eu me levanto e sinto a bile subir à garganta. O lobo de pelo marrom cheio de folhas mortas e gravetos secos tem Lucas preso entre as patas. Seu peito está rasgado, aberto como páginas de um livro. E ele grita, grita e grita, enquanto os dentes do lobo apertam sua cabeça...

Ezryn leva a mão à gola da jaqueta de esqui de cor cítrica e puxa o colar: um quadrado de madeira entalhado com desenhos florais. Ele abre o pingente e direciona o feixe de luz para Farron, bem ao lado dele. Um portal radiante se abre no espaço. Ezryn olha para Dayton.

— Dê um jeito nele. Encontramos você na frente do castelo.

Dayton comprime os lábios em uma linha fina, seus olhos escurecem. Mas assente, e sua pele se desfaz, substituída pelo lobo dourado. A fera salta e abocanha Farron pela pele solta da nuca.

Tampo os ouvidos, incapaz de suportar os gritos de Lucas ou os uivos do lobo marrom. Ezryn ainda está debruçado sobre mim, segurando a adaga de Lucas na direção de Farron. Dayton puxa com força, e o lobo do outono recua, se afasta da presa com a boca vermelha e pingando.

— Vá! — grita Ezryn.

A última coisa que consigo ver é a criatura marrom mover uma pata ensanguentada no ar, antes de as duas feras monstruosas reluzirem no ar e desaparecerem.

Não consigo pensar. Não tenho tempo para processar como minha vida mudou em minutos. Lucas está deitado no chão, e agora seus gritos são só gorgolejos guturais. Com mãos trêmulas, rastejo na direção dele. Seu sangue empoçado faz um barulho líquido em volta dos meus joelhos.

Suas entranhas estão expostas, os olhos vidrados não enxergam mais. Cada respiração é um ruído molhado.

Ele está morrendo, penso. Não sinto nada, nem tristeza nem piedade. É só a constatação de um fato. *Lucas está morrendo.*

Mas posso salvá-lo.

Sinto uma presença atrás de mim, olho para cima e vejo Ezryn. Independentemente do figurino estranho, ele tem a aura de um cavaleiro em sua armadura brilhante.

— Me ajude — murmuro. — Tenho uma dívida de vida com ele. Por favor, Ez.

Pela primeira vez, fico feliz por não ver o rosto de Ezryn. A julgar como seu corpo enrijece, posso imaginar sua desaprovação. E por que não?

Lucas é um monstro.

Mas Farron não é. Se Lucas morrer, Farron nunca vai se perdoar por ter matado alguém. Não posso permitir que ele viva com isso.

— Ezryn — sussurro —, você pode curá-lo.

Ezryn rosna alguma coisa em uma linguagem que não conheço, mas tenho certeza de que está me xingando. Mesmo assim, ele tira as luvas e põe as mãos dentro da ferida aberta.

— Preciso de alguma coisa para estancar o sangramento. Depressa.

Olho em volta procurando alguma coisa nesta loja de presentes horrorosa. Encontro dois moletons coloridos de Orca Cove, tiro-os de uma arara de roupas e os entrego a Ez.

Uma luz verde e fraca tremula em volta de suas mãos conforme ele segura o tecido contra a carne dilacerada.

O sangue de Lucas encharca minha legging quando me ajoelho ao lado de Ez. *Ezryn veio me buscar. Todos eles vieram.*

Bom, nem todos. As lágrimas se renovam em meus olhos, e as enxugo depressa.

Não quero distraí-lo, mas não consigo me conter. Estendo a mão e toco sua jaqueta colorida.

— O que está fazendo? — ele murmura.

— Comprovando que você é real — sussurro de volta.

Ele olha para mim. Minha garganta se contrai. Não consigo ver seus olhos atrás das lentes espelhadas, mas sinto a intensidade desse olhar.

Ele estende a mão, os dedos brilhando com magia e sangue, e toca meu braço.

— O que está fazendo? — pergunto.

— Comprovando que você é real.

— Rosalina? Rosalina! — uma voz grita, e nós dois olhamos para a porta. Um homem entra correndo, ofegante.

No mesmo momento, Ezryn pega a adaga, mas o contenho tocando seu peito.

— É meu pai!

— Ah. — Ezryn solta a adaga e volta a cuidar de Lucas.

Vejo o sangue escorrendo de um corte na têmpora do meu pai.

— Pai! — Corro para ele. — Você está bem?

— Posso ser velho, mas ainda consigo me defender de dois bandidinhos. — Ele praticamente estufa o peito. Depois seus olhos me deixam. — Caramba, o que aconteceu aqui? — Não está olhando para Lucas morrendo no chão ou para o grandalhão de roupa de esqui da década de 1990 com as mãos literalmente dentro do corpo de Lucas.

Ele está olhando para o portal radiante.

— Esse é Ezryn. Lembra que falei dele? É o meu… amigo. — A palavra soa estranha, muito íntima e muito distante ao mesmo tempo.

— Sim, sim, Alto Príncipe da Primavera, como vai? — papai resmunga, mas se aproxima do portal com a mão estendida. Ele traça o contorno de leve com os dedos.

Ezryn não responde. A pele rasgada do peito de Lucas se recompôs, mas a respiração dele é fraca. Os moletons estão amarrados em seu tronco como um torniquete. Ezryn o joga sobre um ombro.

— Minha magia é fraca no mundo humano — diz. — Consegui estabilizá-lo, mas para se recuperar, ele vai ter que ser levado para Castelárvore.

Assinto e não me permito pensar muito no que isso significa.

Ezryn caminha para o portal e olha para meu pai e para mim.

— É isso, família O'Connell — diz com voz mansa. — Vamos para casa.

Rosalina

O brilho intenso da magia me envolve quando saltamos através do portal. Seguro Ezryn com força; é muito estranho sentir a forma de seu braço embaixo da jaqueta, porque normalmente ele é coberto pela armadura.

Meus tênis tocam a terra firme, e respiro fundo. Só preciso sentir o ar denso para saber: *Voltei. Estou aqui.*

Em casa.

Pisco para adaptar a visão. Estamos na ponte do lado de fora de Castelárvore. Meu coração dispara com as lembranças. As torres altas se impõem sobre os galhos das árvores sólidas, com aqueles espinhos amaldiçoados subindo pelas laterais. Mas tem alguma coisa diferente, algo que não estava aqui antes e certamente não deveria estar aqui agora, depois da chegada da primavera.

Uma grossa camada de gelo alisa o tronco da árvore. Pingentes descem das torres, e uma geada em espiral gruda nas janelas.

O que aconteceu com Castelárvore?

Ezryn põe Lucas sobre a ponte de pedra com todo cuidado. Ao lado dele, meu pai vibra de empolgação. Era de esperar que o homem tivesse um pouco mais de cautela, considerando que, na última vez que esteve aqui, foi jogado em uma masmorra.

— Ele está estável, por enquanto — Ezryn anuncia ao se levantar. Seu traje de esqui da década de 1990 é ainda mais esquisito no Vale Feérico. — Temos problemas maiores para resolver.

— Nem me fala — responde uma voz arrogante.

Dayton está encostado na porta, novamente em sua forma feérica. Ele veste calça larga, e só o colar de conchas cobre parte do peito musculoso. Mas tem um corte profundo e vermelho na pele e um arranhão sobre o olho direito.

— Day. — Corro para ele. Seus braços me envolvem, e mergulho em seu corpo. — Você está machucado.

— Aaah, flor. — Ele beija o topo da minha cabeça. — Você está aqui. Eu poderia enfrentar um exército inteiro.

Eu me perco em seu calor, no cheiro de sal e sol.

— Farron? — Recuo um pouco, tocando um lado de seu rosto.

— Levei para a cela. Ele está bem. — Dayton dá de ombros. — Se eu não soubesse que não é bem assim, diria que a fera está ficando mais forte.

— Ele não suportou ver Rosalina em perigo. — Ezryn se aproxima de nós e olha para Lucas com desprezo.

Tenho certeza de que ele adoraria tê-lo deixado lá. No fundo, uma parte minha queria a mesma coisa. Mas não consegui deixar Lucas morrer.

Afasto esses pensamentos e, sem soltar Dayton, seguro a mão de Ezryn dentro da luva.

— Obrigada por tê-lo ajudado. E me trazido de volta. Vocês dois.

Alguma coisa se acende dentro de mim, e me inclino apertando o peito.

— Rosalina! — Ezryn, Dayton e meu pai tentam me amparar, mas afasto todos com um gesto.

— Não, estou bem — resmungo, e me endireito para olhar para o castelo. — Kel sabe que estou aqui.

Não é uma pergunta, mas Dayton responde assim mesmo.

— Sim, ele sabe que fomos procurá-la. E não ficou muito feliz com isso.

— Está na hora de resolver esse problema maior de que você falou, Ezryn — anuncio.

— Concordo. — Ezryn olha para o céu. O sol já começou seu mergulho no horizonte, e a estática intensa da magia vibra à nossa volta.

Meu pai solta um grito surpreso, mas não tenho medo do lobo dourado com conchas cintilantes e algas marinhas no pelo, nem do lobo preto coberto de musgo e ossos. Os dois se aproximam de mim e abaixam a cabeça, e afago a pelagem macia de ambos.

— Fique com o Lucas — digo ao meu pai. — Vou avisar o senhor do castelo que estou em casa.

Ezryn e Dayton me acompanham, um de cada lado, quando abro a porta de Castelárvore e entro.

Falei a Keldarion que encontraria o caminho de volta, e encontrei.

Achei o caminho de volta para o meu amor predestinado.

ENTRE FOGO E ESPINHOS

Rosalina

Quando entro em Castelárvore, um grande peso desaparece do meu coração... substituído por um intenso sentimento de medo. Existe alguma coisa muito errada aqui.

Esta não é a Castelárvore de que me lembro. Uma camada de gelo espessa e perigosa cobre todo o hall de entrada. Pingentes pendem das vigas como estalactites. Espinhos perfuram todas as superfícies, se alastram pelas extremidades e se entrelaçam no chão com tanta abundância que o piso de mármore fica escondido. *O que aconteceu aqui?*

Tudo parece pesado, como se um cobertor sufocante agora envolvesse o lugar antes animado. O ar tem um cheiro ácido, e a enfermidade de Castelárvore permanece em minha língua. A magia dos príncipes está mais fraca do que nunca.

Minhas pernas tremem, e seguro os pelos de Dayton e Ezryn para me manter firme.

Um choque elétrico percorre meu corpo, e olho para o lado da escadaria, onde vejo sua silhueta. O gigantesco lobo branco andando de um lado para o outro e rosnando. É maior do que me lembrava, com uma camada de gelo cobrindo a pelagem e um fogo azul dançando nos olhos.

— Você não devia ter voltado. — Seu grunhido profundo reverbera no ar.

— Prometi que voltaria — respondo, temperando as palavras com meu veneno particular.

O lobo sacode a cabeça com raiva antes de descer a escada, espalhando lascas de gelo a cada passo.

Ezryn e Dayton mostram os dentes, mas afago a cabeça dos dois com ternura.

— Obrigada por me defenderem — sussurro. — Mas não tenho medo.

Dou um passo à frente e saio da área de proteção dos meus príncipes amaldiçoados. É verdade; o pavor corrosivo que eu sentia em Orca Cove desapareceu completamente. Castelárvore me dá coragem. O Vale Feérico me dá força.

Este é meu *lar*. Aqui é meu lugar.

O lobo para no meio do hall de entrada, uma tumba gelada que ele mesmo criou. Dou um passo em sua direção, observando os dentes enormes tão longos quanto meu braço, a mandíbula imensa, a emoção que gira naqueles olhos gelados.

Talvez devesse sentir medo, raiva ou um sentimento de traição, mas quando olho para o Príncipe do Inverno, eu, uma garota humana de moletom e tênis, percebo um sentimento que prevalece sobre todos os outros. Lágrimas escorrem por meu rosto.

— Senti muita saudade de você — arfo antes de abraçar seu pescoço e enterrar o rosto em seu pelo. O abraço do inverno me atinge imediatamente, e um fogo arde em meu peito, amenizando uma dor que tem me dilacerado nos últimos quatro meses. — Odeio você, Kel.

E, de repente estou caindo, desabando no chão, amparada por um peito forte e por braços que me apertam com tanta força que mal consigo respirar.

Kel... Kel é um homem feérico. Embora seja noite. Como quando compartilhamos a caverna. Ele encaixa a cabeça na curva do meu pescoço. Quero tocar cada parte dele. Deslizo as mãos por seus ombros musculosos e entrelaço os dedos em seu cabelo. Um soluço escapa do meu peito.

— Minha Rosa — ele murmura no meu cabelo.

Lentamente, recuo para poder examiná-lo. Sim, ele está completamente nu. E estou no colo dele, com as pernas envolvendo seu tronco.

Dayton e Ezryn se aproximam de nós lentamente, com passos desconfiados.

O coração de Kel bate acelerado quando toco seu peito. Olho para seu rosto. À maneira clássica de Kel, seu cabelo branco e rebelde parece não ser lavado há meses. Os olhos estão meio fechados, como se me examinasse como eu o examino. No entanto, o que chama minha atenção são os lábios, a lembrança de como é senti-los nos meus.

— Você me beijou.

Um murmúrio retumba em seu peito. Ele se lembra da sensação?

Mas outro rosnado ecoa quando Ez se aproxima mais. Mesmo com as feições do lobo, posso perceber que ele está surpreso.

— Como isso é possível?

A resposta agora é muito evidente. Agora que estamos juntos, dois pedaços da mesma estrela, meu coração batendo no ritmo do dele.

— Keldarion é meu amor predestinado.

Ezryn recua como se as palavras o ferissem fisicamente. Dayton balança a cabeça.

— Kel, é verdade?

Encaro meu predestinado, sabendo que agora ele não tem como negar. Não com essa magia explodindo entre nós como uma estrela se formando.

Alguma coisa passa por suas feições, algo duro e indecifrável. Ele a afasta, e caio no chão gelado. No momento que ele deixa de me tocar, ouço a estática da magia, e ele volta a ser o lobo branco gigantesco.

— Kel? — arfo.

— É verdade. — A voz dele pinga ferocidade. — E eu não poderia ter pedido às estrelas um destino pior. A maldição da Feiticeira não é nada comparada ao tormento de ser predestinado a *você*.

E, depois disso, o Príncipe do Inverno sai do recinto.

Rosalina

— Ah, isso arde um pouco.

Mergulho o dedo na pomada cicatrizante e a espalho sobre o arranhão no olho do lobo dourado.

— Fala sério. Você não é um gladiador forte e corajoso do Reino do Verão?

— Um gladiador grande e forte ainda pode sentir que uma coisa arde.

Dou risada e limpo as mãos em um pano.

— Ei, acho que estou ficando boa nesse negócio de curar lobos.

Tampo a pomada. Dayton e eu estamos na sala de tratamento de Castelárvore, um lugar que eu nunca tinha visitado. Fica na Ala Primaveril, flores desabrocham do chão e sobem pelas paredes entre os espinhos roxos e escuros. A sala de tratamento é ampla e arejada, cheia de cadeiras estofadas. No meio do espaço tem uma fonte cuja água cintila com uma suave luz rosada. Tem várias camas cercadas por cortinas em tons pastel com flores secas e folhas penduradas em cada coluna do dossel, espalhando pelo quarto um forte perfume floral.

Eu me aproximo de uma prateleira de frascos de vidro enfeitados contendo poções feéricas. Cada um cintila com uma cor diferente, projetando uma luminosidade na sala. Leio os rótulos, tentando decifrar para que serve cada poção. Ezryn fez todas elas, ou as trouxe do Reino da Primavera? Foi o remédio em um de seus esconderijos que colaborou para a cura de Kel, depois que os goblins nos atacaram.

Volto para perto do meu paciente, o gigantesco lobo dourado com os pelos salpicados de conchas e algas marinhas podres. Ez estava muito fraco para curá-lo esta noite, e ele mencionou que estavam enfrentando dificuldades para acessar a magia na forma dos lobos. Então, cabe à veterinária Rosalina curar meu Príncipe do Verão.

Lucas está inconsciente, mas estável. Ez vai continuar o tratamento amanhã, e espero que o leve de volta ao mundo humano em um ou dois dias. Agora ele levou meu pai para acomodá-lo em seus aposentos. Só espero que esteja preparado para o milhão de perguntas que papai vai fazer sobre cada folha e raiz na Ala Primaveril.

Deslizando os dedos no pelo dourado de Dayton, pergunto:

— Está se sentindo melhor?

— Ah, isso não é nada. — Vejo o sorriso de lobo. — Não para quem tem uma enfermeira tão fofa.

— Quando você está desse jeito, sou uma veterinária. — Retribuo o sorriso, mas ele desaparece depressa. — Farron fez isso com você. Ele está…?

— Não se preocupe. Ele está bem. Fisicamente, pelo menos. — Dayton abaixa a cabeça. — Fui tão brando com ele quanto foi possível.

Aperto o tecido da legging.

— Ele está na masmorra, não é? Acha que ajudaria, se eu fosse lá e…

— Não. — Dayton me interrompe. — Não chegue perto dele, Rosa. Não importa quanto Farron goste de você. Quando está desse jeito, ele não distingue amigo de inimigo. Acredite em mim, já tentamos.

Assinto, mas meu coração se parte por meu pobre Príncipe do Outono. Posso imaginar a culpa que ele vai sentir de manhã por ter machucado Dayton, o feérico por quem tenho certeza de que é apaixonado.

— Então… — Dayton me fita com aqueles olhos azul-esverdeados. — Não devia ter duvidado da sua capacidade de encontrar nossos amores predestinados. Um deles, pelo menos. Foi tão mágico e cintilante como você descreveu para mim?

— Sim — confirmo. — Como um fogo explodindo no peito. Quando estava perto de Kel, eu sentia os sonhos dele como se fossem meus. Mas tudo acontecia tão depressa que só entendi de verdade depois que voltei para Orca Cove.

Dayton balança a cabeça.

— É inacreditável. Ele devia saber que vocês eram predestinados, e a mandou embora. Agora entendo por que Ez está transtornado.

— Ele está transtornado?

— Os pais de Ezryn eram predestinados. Ninguém entende tão bem quanto ele a força dessa conexão.

Eu não sabia o que esperava quando reencontrei Kel. Mas o jeito como ele me abraçou, como se nunca mais quisesse me soltar… Por um momento, pensei que talvez ele tivesse percebido que errou ao me mandar embora. Devia saber que não era bem isso. Mordo o lábio e tento me concentrar no lado positivo.

— Mas isso é bom, não é? É a prova de que existem predestinados por aí. Há esperanças de quebrar a maldição.

Dayton não parece nem registrar minhas palavras. Tem uma nota amarga em sua voz quando ele diz:

— Eu nunca teria feito o que ele fez. Mandar você de volta para lá. Para *ele*.

Olho para a cortina verde-clara, agora fechada.

— Não entendo — Dayton continua, seguindo meu olhar até a cama onde Lucas dorme. — Por que trazê-lo para cá? O sujeito é um cretino. Ele não merece sua ajuda.

Contei a Dayton sobre Lucas quando viajamos juntos ao Reino do Verão. Como ele havia me pedido em casamento. Naquela ocasião, uma parte de mim ainda acreditava que eu voltaria para Lucas. Agora a ideia me faz sentir náusea.

— Por que o salvei… — sussurro, e massageio meu punho. — Porque pude.

Dayton me encara com os olhos meio apertados, e continuo:

— Porque ele não merece minha bondade, mas se podemos ajudar alguém, não é isso que devemos fazer?

O lobo dourado balança a cabeça e murmura:

— Você é boa demais para este mundo, Rosa.

— Agora eu sei — respondo, olhando para a cortina verde-clara — que depois que Lucas estiver recuperado e o mandarmos de volta, nunca mais vou querer vê-lo. Nunca.

— Combinado. Mas, ei, eu avisei para não se casar com um homem que não caía de boca em você.

O momento volta à minha cabeça: minhas pernas sobre os ombros de Dayton, a língua dele me acariciando. Mas balanço a cabeça e toco de leve seu focinho.

— Tudo bem, é verdade, você me avisou.

Ele me afaga com a ponta do focinho, e enlaço seu pescoço com os braços. Algumas algas marinhas podres se soltam dos pelos. Com cuidado, eu as removo, deixando para trás apenas as conchas brilhantes.

Dayton olha para mim, intrigado.

— Como fez isso?

— Só puxei. — Dou risada. — Se for um bom menino, da próxima vez escovo você.

ENTRE FOGO E ESPINHOS

— Nunca imaginei que ouvir você me chamando de bom menino seria tão excitante.

— Dá para não flertar comigo enquanto está desse jeito? É estranho. Mas o lobo bate a cabeça gigante na minha barriga de um jeito brincalhão.

— Acho que não consigo parar de flertar com você, nem com muito esforço. Ouço uma exclamação abafada na porta, depois uma voz doce como mel.

— Olhe só, que delícia! Não é um colírio para os meus olhos?

— Você voltou! Está de volta mesmo! — guincha uma voz mais aguda. Olho para a porta e vejo um guaxinim marrom e uma lebre branca. Um soluço fica preso em minha garganta.

— Marigold! Astrid!

Caio de joelhos na frente dos animais. Astrid e Marigold pulam nos meus braços, e as abraço com toda força.

— Que alegria ver vocês!

Finalmente, depois de uma eternidade, eu as solto e engulo o restante das lágrimas.

— Ficamos sabendo que os príncipes trouxeram você para casa — diz Astrid com os olhos vermelhos brilhando. — Muito obrigada por encontrá-la, príncipe Dayton.

— Uma viagem rápida ao mundo humano, não foi nada — responde o lobo dourado. — Eu desceria ao Inferior para buscar Rosa.

Meu coração dá um pulinho quando ouço essas palavras. Foram ditas com um tom casual, mas do fundo do coração, posso sentir.

— Vou deixar vocês conversarem. — Ele passa por nós, mas para e olha para mim antes de sair. Tem alguma coisa em seus olhos azuis, uma promessa. Sei o que significa. Ele não vai me deixar ir embora de novo.

Sorrio para ele, depois olho para minhas amigas. As duas me encaram com um olhar insinuante.

— Ora, ele parece bem feliz com a sua volta. — Mesmo na forma de guaxinim, Marigold consegue balançar as sobrancelhas.

Ponho as mãos na nuca, solto o ar com um suspiro e ajeito meu cabelo.

— Isso é só o Dayton sendo Dayton.

Astrid torce o nariz.

— Faz meses que não o vemos desse jeito.

— Sério? Vocês vão ter que me contar tudo.

— É claro, meu bem — responde Marigold. — Mas venha, vamos levá-la de volta ao seu quarto. O senhor ordenou que seu jantar seja servido lá.

Meu quarto! Senti muita falta do meu quarto. Mas franzo a testa ao processar o restante das palavras. Parece que *o senhor* ainda quer comandar todos os detalhes da minha vida, apesar de eu ter sido a pior coisa que lhe aconteceu. Balanço a cabeça. Não quero que o cretino gelado estrague meu reencontro com Astrid e Marigold.

Eu as sigo pelos corredores conhecidos da Ala Primaveril, tentada a tirar os sapatos e sentir o musgo sob os pés. Talvez nem hesitasse, se os espinhos não aparecessem com tanta frequência.

Deslizo os dedos na parede, sentindo a casca de árvore macia de Castelárvore. Quando afago os espinhos, eles estremecem sob meu toque.

Quando Kel estava se afogando, jurei que tinha controlado as sarças para salvá-lo. Mas depois ele me contou que Caspian era o único que podia fazer isso.

Mas havia dentro de mim a sensação de que os espinhos se moveram sob o meu comando.

— Chegamos! Marigold cantarola, jogando as patas contra a porta.

Quase grito de alegria quando vejo o quarto com a cerejeira crescendo na parede, meu guarda-roupa cheio de vestidos bonitos e a cama de dossel — protegida pelo leão alado de pelúcia que Dayton comprou para mim no Reino do Verão. Corro até a janela que dá para o Vale Feérico: a vegetação espinhosa até onde a vista pode alcançar, as montanhas, as florestas. Estou em casa, estou em casa, estou em casa!

Contudo, percebo que um pouco da geada do Inverno invadiu até meu quarto, e algumas flores de cerejeira cristalizaram.

Astrid pula na cama, e Marigold empurra um banquinho para poder alcançar o carrinho com rodas que eu não havia notado antes. Ela levanta uma tampa, e o aroma delicioso me envolve imediatamente.

A comida no mundo humano não é nada comparada a isto, especialmente a comida que meu pai e eu temos comido: basicamente torradas e jantares congelados. Sento-me na beirada da cama e me sirvo.

— Esse é o melhor dia que já tive — diz Marigold. — Além de você ter voltado, quando íamos para a sala de tratamento, passamos por uma coisa linda, alta e magra andando com o príncipe Ezryn. Parecia muito distinto.

Quase derrubo o garfo.

— Não! Marigold, esse é meu pai.

Ela pisca para mim.

— Só estou dizendo que sei de onde você herdou essa beleza, garota.

Dou risada e continuo jantando. Saboreio cada pedacinho dos suculentos cogumelos portobello acompanhados por um cremoso molho de avocado e uma porção de chips crocantes de couve. Enquanto como, Marigold e Astrid me contam tudo sobre os últimos meses.

Meu coração dói pelos príncipes e moradores de Castelárvore. Dayton bebia todos os dias, Farron quase não falava, Ezryn vivia na Sarça e Kel confinou-se à Ala Invernal, de onde sua geada se espalhava mais e mais a cada dia.

Queria saber como estão as rosas na Torre Alta. Estavam muito murchas na última vez que as vi. Quanto tempo mais meus príncipes têm?

— Foi terrível sem você aqui — confidencia Astrid. — Quando estava aqui planejando o baile, você deu propósito à criadagem. Esperança. Encontrar você pelos corredores era suficiente para nos fazer sorrir, mas desde que foi embora...

— Tudo piorou — Marigold continua, pegando meu prato vazio com as patinhas miúdas e colocando-o sob o carrinho. Depois ela empurra uma tigela de sobremesa na minha direção.

— Eu não queria ir embora — respondo, e passo a comer a mousse de chocolate. — Uau, isso é incrível. Foi tudo coisa de Keldarion...

— Seu predestinado! — Astrid interrompe, levantando as longas orelhas brancas.

— Ah, meu bem, estava esperando para ouvir de você sobre essa novidade maravilhosa. — Marigold pula para cima da cama.

Então toda a Castelárvore sabe sobre mim e Kel. Recosto-me nos travesseiros fofos com a lebre de um lado e o guaxinim do outro.

— Um amor predestinado que não me quer. — Suspiro. Pensar nas palavras dele dói como um golpe físico.

— O mestre sempre foi cheio de segredos — Astrid comenta com tom suave. — Talvez tenha algum motivo para não querê-la por perto.

— Como posso ser tão desagradável que ele não quer nem tentar quebrar a maldição? Às vezes, ele olha para mim e juro que tem algo mais ali. Mas na maior parte do tempo, é só...

— A cara dele, gelada e assustadora? — sugere Astrid, e Marigold dá uma gargalhada.

— Isso! — Sou muito grata a elas. Mesmo nos meus piores momentos, ambas conseguem me fazer sorrir.

Marigold fala:

— Bem, mesmo que ele não veja, eu soube que tinha alguma coisa especial em você no momento que entrou aqui. Todos nós soubemos.

— Tudo é muito melhor agora, depois que você voltou — Astrid declara.

— Isso mesmo. — Marigold desce da cama, seguida por Astrid. — Mas já passou da hora de você descansar um pouco.

Eu me sento.

— Não vou desistir. Vou quebrar a maldição. Se Keldarion não quer nada comigo, tudo bem. Mas isso não significa que não posso ajudar os outros príncipes.

— Obrigada, Rosalina — agradece Astrid, saltitando atrás de Marigold. — Consigo sentir. Tem uma mudança no ar.

Sozinha outra vez, passo um tempo revendo tudo em meu lindo quarto. Abro o guarda-roupa e troco as roupas que visto por uma camisola azul de mangas longas, depois solto o cabelo do rabo de cavalo. Mas quando me deito, sinto que tem alguma coisa errada.

Um grande desconforto se instala em meu peito. Sei que Dayton e Ezryn estão dormindo, depois de uma dia tão exaustivo. Keldarion deve estar se afogando no tormento de ser o feérico mais frio, idiota e frustrado sexual que já existiu. Mas Farron…

Farron está sofrendo. Não fisicamente, mas *por dentro*. Ele está aterrorizado.

Saio da cama. Ainda tem estrelas no céu, mas sei o que preciso fazer.

Tenho que encontrar o Príncipe do Outono.

Rosalina

Atravesso o arbusto de espinhos curvos que sobe pela escada para a torre da masmorra. Em uma das minhas primeiras noites em Castelárvore, me atrevi a subir na masmorra e resgatar o prisioneiro que era mantido lá. Mas não sabia nada sobre a terrível maldição que atormentava os príncipes — uma maldição que condenava Farron a se tornar um lobo feroz ao cair da noite. Foi então que percebi o verdadeiro motivo para ele estar preso naquela cela. Porque quando a lua surge no céu e a forma animalesca emerge, ele não tem fome de liberdade, mas de carne.

Diferentemente dos outros, Farron não tem controle sobre sua fera.

Pego um livro. É o que deixei em meu quarto antes de Kel me obrigar a voltar para Orca Cove. Tinha sido recomendação de Farron, uma coleção de baladas e histórias de amor do Reino do Outono. De algum jeito, sei que ele está atormentado. É uma ideia boba, mas talvez minha presença o acalme.

A porta para a masmorra é uma imensa placa de ferro coberta de ferrugem. Atrás dela, ouço rosnados profundos e o som de correntes arrastadas. Meu coração dispara no peito, mas me obrigo a entrar. As dobradiças rangem quando empurro a porta da câmara escura e empoeirada.

Meus pés pisam silenciosos na pedra e me levam para mais perto da cela de Farron. Abro o livro, tentando ver as palavras à luz trêmula das tochas.

— *Quando atravesso a floresta com minha amada companhia, o mundo adquire um maravilhoso tom cerúleo. As folhas dançam com a carícia suave da brisa, e o solo macio sob nossos pés canta com a doce melodia de nossos passos.* — Minha voz é quase inaudível em meio ao tilintar das correntes. — *Foi naquele bosque verdejante que encontramos por acaso os fogos-fátuos. Ou devo dizer que eles nos encontraram.*

As correntes gemem quando me aproximo da cela. A tocha mais próxima está apagada, e tudo que consigo ver é uma massa escura de pelos e o brilho de dentes afiados sob o luar que entra pela janela.

— *As criaturas ariscas apareciam do nada, uma luminosidade etérea que iluminava a folhagem cor de esmeralda.* — Engulo com dificuldade e volto a olhar para as páginas. — *Elas se derramaram sobre nós, iluminando meu peito e o dela, revelando a profundidade de nosso vínculo íntimo. Naquele momento fugaz, foi como se pudessem ver a alma de nossos seres e...*

As correntes se agitam sem parar, minha presença provoca um frenesi intenso no lobo. Ele se limita à área iluminada pela lua. Gravetos, cogumelos e ramos se enroscam no pelo marrom da fera, como se a própria floresta tivesse se emaranhado na criatura. Tenho dificuldade para compreender como o horror ali na minha frente pode ser meu doce Príncipe do Outono. Os olhos do lobo encontram os meus, e tenho a sensação de mirar as profundezas de um abismo sem fundo.

Sei que deveria dar meia-volta e correr, mas meus pés estão enraizados no chão. A fera salta com a boca aberta e morde as grades que nos separam. Elas estalam, tremem na base...

Grito e dou um pulo para trás, e o livro cai da minha mão.

Um som como o de um trovão ecoa na masmorra quando uma silhueta enorme salta na minha frente. Keldarion uiva e bate as patas imensas no chão, espalhando gelo pela prisão. O rosnado do lobo do Outono se reduz a um gemido quando o gelo toca sua pata, e ele recua para um canto da cela, onde se encolhe.

Meu coração sangra de medo, dor e tristeza. Então, o gigantesco lobo branco crava em mim os olhos gelados.

— Você não devia estar aqui.

— Eu...

Ele balança a cabeça e me pega entre os dentes assustadores. Ótimo, voltamos a esse estágio. O lobo branco me carrega para o meu quarto e me põe na cama. E odeio que cada parte de mim queira muito pedir para ele ficar e também queira voltar para o lobo do Outono na masmorra.

Keldarion sai sem dizer mais nada.

Eu me encolho na cama até formar uma bola, compreendendo algo com total entendimento bem lá no fundo de mim. Tenho que salvar Farron.

Salvá-lo dele mesmo.

ENTRE FOGO E ESPINHOS

Keldarion

Uma linha fina de luz cintila no horizonte. O amanhecer logo vai chegar. Sinto o homem dentro de mim ansioso para se libertar dessa jaula de carne e pelos.

Rosalina agora está segura. Senti seu medo como um tambor ao lado do meu coração. Não tive escolha, além de segui-la até a masmorra. Ela devia saber que não é sensato provocar a fera. Por outro lado, devia saber que não era uma boa ideia voltar.

Meu quarto parece ter sido entalhado em gelo, mas não sinto o frio. Cada parte de mim está entorpecida, e sou grato por isso.

Cada vez que minha mente vaga para a sensação dos braços dela em torno do meu corpo, obrigo-me a voltar para dentro. Para o frio. Para a insensibilidade.

Garras arranham o gelo, e sinto sua presença como uma sombra pairando sobre tudo.

— Pelo jeito, não sou o único que não consegue dormir — falo sem me virar. Seu silêncio é ensurdecedor.

Eu sabia que a decisão de mandar Rosalina embora me destruiria.

Não percebi quanto isso os destruiria também.

— Veio me atacar nos meus aposentos de novo? — pergunto quando ele continua calado. — Ou será que veio explicar aquele outro cheiro humano que senti?

— Aconteceu um acidente durante nossa visita. O humano vai embora assim que estiver curado — Ezryn anuncia sem nenhuma emoção.

Bufo aborrecido. Reconheci o cheiro de Rosalina e do pai dela assim que eles entraram na área do castelo. Esse outro humano inesperado não é da minha conta.

Finalmente, Ezryn suspira e se aproxima. Tem ossos emaranhados em seu pelo escuro, crânios de aves pequenas rachados por fungos e cobertos de musgo. Mas os olhos castanhos brilham intensamente.

São os mesmos olhos do homem? É o que me pergunto. Há muito tempo anseio olhar para o rosto do meu amigo mais próximo. Talvez essa seja uma pequena bênção da maldição. Posso ver seus olhos.

— Você mentiu para nós, Kel — diz Ezryn com a voz do lobo, profunda e retumbante. — Sabia que ela era seu amor predestinado e escondeu de nós.

Dou as costas para ele.

— Fiz o que tinha de fazer. Por todos nós.

— Não tem o direito de tomar essas decisões. Devíamos poder opinar...

— Eu sou o senhor de Castelárvore! — urro, mostrando as presas.

Ele corre para mim com os caninos à mostra, pingando.

— E nós somos uma família!

— Você não entende, Ezryn. — Meu corpo treme. — Cada decisão que tomei e continuo tomando é pelo bem dela.

Ezryn solta um grunhido frustrado e bate com o focinho no meu ombro.

— Ela é seu *amor predestinado*, Kel. Não pode se esconder disso como se esconde de seu trono ou de seu povo. Você tem um dever para com ela.

— Não venha me falar de dever.

Ezryn firma as patas no gelo e eriça os pelos.

— Meus pais eram predestinados. Vi o vínculo com meus próprios olhos. Eles *precisavam* um do outro. Quando minha mãe mo... mo... Sem minha mãe, meu pai é...

— Rosalina não está morta — digo. — Ela vai encontrar um jeito de viver com alegria e contentamento. Vou dormir em paz sabendo disso.

Ezryn avança no meu pescoço e me joga no chão.

— O vínculo não pode ser desfeito. Você é o predestinado dela. Renunciou a *tudo* por ele, mas não vai fazer nada por ela?

A fúria se acende dentro de mim, e empurro Ezryn para longe, jogando-o no chão.

— Estou renunciando a tudo!

— Traidor. Sempre um traidor. Podia salvar seu reino neste momento. Libertar-se da maldição. No entanto, você trai seu povo outra vez. Trai Rosalina. Trai a si mesmo!

Ez quer me falar sobre ser um traidor?

Meus dentes afundam em sua carne, e ele ruge de dor.

— Estou finalmente fazendo o que é certo, Ez — falo contra sua pele. — Confie em mim.

Ele se levanta com um salto e me desequilibra.

— Você se tornou justamente o que quase o destruiu.

O sentimento me faz jogar a cabeça para trás e rir, uma risada que é meio uivo.

— É assim que me vê, irmão? Pois muito bem. Que o Vale me defina como o vilão. Mas vou devastar cada reino, cobrir cada campo e montanha com um inverno eterno, e vou manter você, Dayton e Farron e todas as criaturas em Castelárvore amaldiçoadas, se isso for necessário para salvá-la.

Vejo a ira iluminar seu olhar antes de ele me atacar. Ez me prende de costas no chão, e todo o peso do lobo preto cai sobre mim.

— Conte a verdade sobre seu acordo com Caspian — ele rosna. — Quero saber o que isso tem a ver com Rosalina!

Por um segundo, eu o vejo através da fúria primal do lobo. Meu irmão, meu amigo. *Ele quer me ajudar. Ele quer me manter seguro.*

Mas não posso lhe contar essa verdade.

Porque, se contasse, o fardo também pesaria sobre ele.

Prefiro ser seu inimigo a deixá-lo carregar comigo o peso dessa decisão. Tentei descansar em seu porto seguro anos atrás. Tentei confiar um segredo a ele.

Um segredo que ele traiu.

E tem algo muito mais sombrio no meu coração, algo em que não suporto nem pensar. Porque sei que atitude Ezryn tomaria. Uma atitude que poria fim à vida dele ou à vida de…

As palavras de Caspian assombram minha mente.

Ah, Kel, nós dois sabemos que, se fosse capaz disso, teria me rasgado na primeira vez que o traí.

Fico em silêncio, embora seu peso esteja esmagando meus ossos e seus caninos estejam perigosamente próximos da minha jugular.

A luz se insinua pela janela. O corpo dele treme sobre o meu, a maldição desaparece por mais um dia. Imediatamente, fecho os olhos ao sentir o contato quente de sua pele, em vez de pelos.

Poderia abrir os olhos agora e olhar para seu rosto. Provocar a maior vergonha que qualquer membro da realeza do Reino da Primavera cogitaria enfrentar. Isso o faria interromper as perguntas.

Mas ponho uma das mãos sobre os olhos. Respiramos juntos, pele contra pele.

— Tem um capacete no guarda-roupa — digo.

— Eu sei — ele resmunga.

Ele se apoia no meu peito para levantar, e espero ouvir o tilintar do metal antes de abrir os olhos. Ele firma as mãos no guarda-roupa, o corpo escuro e musculoso. Mantive o capacete neste quarto justamente para um caso como esse, quando ele poderia precisar. O visor abaixado lhe dá um ar desaprovador, uma expressão adequada.

— Não me interessa que motivo você tem, Kel — Ezryn sussurra. — Não pode tratar um amor predestinado dessa maneira. Não pode *tratá-la* dessa maneira. Se eu fosse…

— Se você fosse o predestinado dela? — rosno baixinho.

Ezryn respira fundo.

— Rosalina nunca duvidaria nem por um segundo de que eu pegaria as estrelas do céu para atender a um pedido dela.

— Bem, é aí que está a diferença entre nós, Ez. — Deito novamente no chão gelado e olho para o teto. — Não preciso esperar um pedido, já estou fazendo isso.

Ele balança a cabeça e se dirige à porta com o capacete na cabeça, nu. Meu peito fica apertado, e quero pedir para ele ficar.

Quero me abrir e admitir que destruí meu mundo por ela, e que faria isso de novo, mas é *difícil*. Porque sinto falta de Ezryn.

— Ez — murmuro.

Ele olha para mim.

— Preciso do seu perdão.

O Príncipe da Primavera permanece parado na porta, tenso.

— Por isso não, Kel — sussurra. — Nunca por isso.

Fico deitado de costas por muito tempo, depois que ele sai. Pela primeira vez em muito tempo, sinto frio. O gelo sob meu corpo encharca a pele e os ossos. Se eu nunca me movesse, o que aconteceria comigo? Eu viraria gelo, como o castelo? O que encontrariam quando viessem me procurar? Um esqueleto coberto de gelo?

Mas desconfio de que ninguém viria me procurar. E quem poderia condenar as pessoas por isso?

Talvez eu deva apenas esperar que meu inverno me congele…

Duas silhuetas escuras se movem no limite dos meus aposentos. Lentamente, me viro para não as perder de vista, e é então que alguma coisa gelada pressiona meu pescoço.

Uma adaga.

Rosalina

Lucas parece um garotinho. Deslizo um dedo sobre a cicatriz saliente no meu punho esquerdo. Quando ele está dormindo, me lembro da sensação de ser puxada do gelo e cair em seus braços. Quase posso fingir que ele é inocente.

É manhã no Vale Feérico, e fragmentos de luz do sol penetram pelas janelas da sala de tratamento, dançando pelas paredes como asas de borboleta. De todas as coisas que quis fazer desde que voltei a Castelárvore, estar com Lucas é a última. Mas precisava ter certeza de que ele estava vivo, pelo bem de Farron.

Lucas está na cama mais próxima da janela. Ezryn já estava aqui quando cheguei, sentado em uma cadeira próxima. Ele mantinha uma das mãos no peito de Lucas e a outra em sua cabeça. Estou em pé e parada há dez minutos, observando o brilho esverdeado e manso de sua magia se espalhar por sobre a pele de Lucas.

Finalmente Ezryn se recosta na cadeira.

— Ele vai continuar dormindo até se recuperar. Assim que eu tiver certeza de que seu corpo está curado, ele vai embora.

— Obrigada.

Ezryn caminha até a fonte e começa a lavar as mãos. Fico atrás dele meio sem jeito, balançando a saia de um lado para o outro. Marigold me fez usar um vestido cor-de-rosa suave que é ajustado na cintura e amplo sobre os quadris. Eu me sinto como uma flor de cerejeira levada pelo vento.

Ezryn mal olhou para mim.

Roo a unha do polegar. O príncipe está quieto hoje, mais que o habitual. Na última vez que o vi em sua forma feérica, ele estava vestido como um Ken Estação de Esqui, o que já descobri que foi ideia de Marigold, mas agora ele voltou ao traje habitual. A luz do sol reflete nas vinhas elaboradas e no relevo floral do capacete cinza-escuro. Ele não usa tanta armadura como de costume, mas uma túnica num rico tom terroso e um fino peitoral de couro. A calça marrom é larga e muito mais confortável que as perneiras de metal que ele normalmente usa. Talvez seja a luz suave do amanhecer na sala de tratamento, mas ele parece suave, o que é raro.

— Agradeço de verdade por ajudá-lo — digo, porque não consigo suportar o silêncio.

Ezryn caminha até o balcão de mármore e pega um pano para enxugar as mãos grandes. Não fala nada.

— Ele não merece sua ajuda. Ou a minha. Mas meio que tenho uma dívida de vida com ele. E agora... me sinto livre. Sabe?

Ezryn balança a cabeça para responder que sim.

Meu coração engasga no peito. Estou acostumada com o jeito reservado de Ez, mas hoje tem algo diferente nele. Estamos sozinhos na sala de tratamento, e eu esperava que pudéssemos falar sobre como fiz contato com ele pelo espelho. Mas Ezryn parece preferir a companhia de Lucas, mesmo meio morto, à minha.

Ele se aproxima de outro balcão e pega um pilão, onde despeja ervas de um frasco. Paro ao seu lado.

— Muito obrigada por ter ido. Eu... estava perdida de verdade, sem vocês. — Minhas palavras são bobas, todas trêmulas e atropeladas. Mas é como se eu nem estivesse ali, e é impossível não pensar que ele está bravo comigo.

Ezryn solta o pilão com um barulho alto e atravessa a sala em direção a um cesto cheio de roupas de cama. Ele começa a rasgar os lençóis em tiras para fazer bandagens. Eu o sigo.

— Aposto que surtou quando apareci do nada. Construí aquele altar com todas as coisas que colecionei do Vale Feérico, e tinha algumas roupas suas que peguei no esconderijo, e quando as cheirei...

Ele solta os lençóis. Volta ao balcão e começa a macerar as ervas no pilão com intensidade surpreendente.

— Bem, as roupas tinham seu cheiro. E a primavera está chegando em Orca Cove, e pensei que não pudesse ver as flores brotarem e ouvir os pássaros cantarem sem ter tido a chance de agradecer por tudo que fizeram. E então, você apareceu. Você foi me buscar, Ez, e agora tenho ainda mais coisas para te dizer...

Ele fecha as mãos. Poxa, está bravo de verdade. Provavelmente, ele me odeia por ter trazido Lucas para cá. Ou por ter desejado voltar. Talvez concorde com Kel, e eu sou mesmo um estorvo aqui.

ENTRE FOGO E ESPINHOS

Ezryn vai para um lado da sala e abre a porta de uma pequena despensa. Lá dentro tem fileiras e mais fileiras de frascos, todos rotulados com uma caligrafia elegante. Fico pensando se é a letra de Ezryn. Ele ameaça fechar a porta, mas eu a empurro e entro. A porta se fecha com um clique. Está quase escuro, exceto por uma lamparina acesa sobre uma prateleira, o que inunda o espaço com uma luz alaranjada.

— Sei que baguncei a vida de vocês, mas preciso dizer que quando vi você lá, foi como se tudo se encaixasse. — Gesticulo ao falar, apesar do espaço reduzido da despensa com a porta fechada, e acidentalmente bato no peito de Ezryn várias vezes. Ele cambaleia, bate nas prateleiras. Mas não consigo parar de falar. — Foi como se meu mundo, que estava de cabeça para baixo, estivesse se endireitando e tudo recuperasse o foco. E senti saudade de você, Ez. Senti muita saudade.

Minha garganta fica apertada. Levanto a cabeça, olho para o visor escuro do capacete.

— Está zangado comigo?

O silêncio entre nós se estende por um segundo, cheio e doloroso.

— Danem-se as estrelas — ele grunhe. Depois estende o braço esquerdo, derrubando a lamparina. Pulo de susto com o barulho, e a despensa mergulha na escuridão.

— Ez? — sussurro. — Não consigo ver nada...

— Eu sei.

O *tump* pesado do metal ecoa no piso de mármore.

E sou envolvida pelos braços dele, pelas mãos que se cruzam em minhas costas. Ele me empurra contra a parede, os frascos se chocam e tilintam nas prateleiras, mas não me importo. Ezryn faz um barulho que é puramente masculino e me beija.

Ezryn me *beija*.

Meu coração palpita, e minhas mãos tocam instintivamente seu cabelo. É muito macio enrolado na nuca. Então, ele tem cabelo ondulado. Arquivo essa informação como se fosse um tesouro.

Ele me beija com mais intensidade, com uma boca que é macia e carinhosa e, ao mesmo tempo, esmagadora. A barba arranha meu rosto, e afasto uma das mãos de seu cabelo para afagar um lado de seu rosto. Quero... não, preciso memorizar cada pedaço dele. Esse espaço entre nós que sempre senti ser tão grande agora parece imaginário, de repente, como se meu corpo tivesse encaixado no dele.

As mãos apertam minha cintura, e sua ereção me empurra. Meu estômago dá um nó, e uma vontade vertiginosa faz a parte mais íntima do meu corpo esquentar. Mais, mais, mais. Minhas mãos não se fartam, precisam sentir a extremidade pontuda de suas orelhas, arranhar o pescoço.

Ele geme na minha boca, morde meu lábio de leve antes de me beijar de novo. Meus dedos seguram a bainha de sua túnica e puxam o tecido para cima...

Ezryn se endireita. Sem seu toque, de repente me sinto vazia, oca.

— Ez... — Ouço um movimento, depois o tilintar do metal. A luz forte me ofusca quando ele abre a porta. — Ez?

Sem dizer uma palavra sequer, com o capacete novamente sobre a cabeça, Ezryn sai da despensa e da sala de tratamento.

Farron

Ele está ficando mais forte.

Ou eu estou ficando mais fraco.

De qualquer maneira, o lobo está ganhando.

Sento-me nos degraus de pedra que levam à torre da masmorra. O dia nasceu faz tempo, e Rintoulo, o mordomo, me deixou sair da cela. Mas não tenho coragem para descer e encarar os outros.

Eu devia estar feliz. Rosa voltou. Está segura.

Mas cada vez que o lobo assume o comando, ele rouba outro pedaço de mim. Massageio a região entre os olhos, sobre o nariz. Estamos ficando sem tempo para quebrar a maldição, ou eu estou ficando mais parecido com a fera?

Não consigo nem imaginar o que teria acontecido se Dayton e Ezryn não estivessem lá ontem. Rintoulo me contou que há um humano na sala de tratamento, então, não matei Lucas. Pensar nisso me enche de alívio, embora o homem não mereça nada além de sofrimento. Não quero ter sangue nas mãos por causa da fúria selvagem do lobo.

O que teria acontecido, depois que ele acabasse com aquela merda humana? Ele teria passado para a próxima presa.

Teria machucado Rosalina. *Ele não. Eu. Somos um só, a mesma criatura.*

Dou um soco raivoso no joelho.

— FARRON!

O grito ecoa lá embaixo. Keldarion. Por que ele está gritando meu nome?

Desço a escada correndo, pulando os degraus. Acho que Kel nunca me chamou diretamente em todos estes anos desde que viemos morar em Castelárvore. Abro a última porta e piso no hall de entrada.

Keldarion está parado no alto da escadaria, nu como no dia em que nasceu. Seria um belo quadro, na verdade: o majestoso Príncipe do Inverno em toda sua glória, corpo esculpido e longos cabelos brancos caindo sobre os ombros. E uma expressão assassina... que só posso deduzir que tenha a ver comigo.

Seu grito atraiu os outros. Ezryn corre da Ala Primaveril, e Dayton aparece da Veranil. Ele tem um corte enorme sobre um olho.

Tenho a sensação de que meus joelhos vão se dobrar. Eu fiz aquilo. Fiz aquilo com ele.

Rosalina aparece atrás de Ezryn com o rosto muito vermelho.

— O que está acontecendo?

Keldarion se vira e joga duas coisas escada abaixo.

Duas *pessoas*.

Elas rolam, batem em cada degrau até chegarem ao chão, onde caem imóveis.

Esfrego os olhos. Não é possível. As duas pessoas que Keldarion jogou escada abaixo com tanto descaso são Príncipes do Outono.

Meus irmãos mais novos.

— Dominic! — grito, e corro para eles. — Billagin! O que estão fazendo aqui? *Como* vieram parar aqui?

Astrid corre da Ala Invernal e entrega uma calça a Kel. Ele a pega sem nenhuma cerimônia.

— Esses delinquentes tentaram me matar dentro dos meus aposentos.

— O quê? — Caio de joelhos e me arrasto no chão até estar ao lado dos meus irmãos.

Dayton e Ezryn estão com Keldarion, um de cada lado. Uma demonstração de união, de força. Apesar da constante luta interna entre eles, a ideia de um forasteiro tentar assassinar o Protetor dos Reinos...

Mas Kel não pode estar certo. Meus irmãos não são assassinos.

— Dom. Billy. — Toco o ombro de cada um. Quanto tempo faz desde a última vez que voltei ao Reino do Outono? Foi antes de Rosalina ir embora. Há meses.

Os rapazes se sentam, e há uma dureza neles que nunca vi antes. Os gêmeos compartilham meu cabelo desajeitado, mas o deles é mais vermelho, e os dois têm o rosto coberto de sardas. Imagino que, aos olhos de Rosalina, não pareçam mais que adolescentes, diabinhos prestes a se tornarem homens.

— Eles invadiram meus aposentos e tentaram me matar. — Kel segura uma adaga com cabo de madeira entalhada, claramente o carvalho vermelho do Outono. Ele a joga escada abaixo na direção dos dois, como se quisesse mostrar como a tentativa foi inútil. Billy pega a adaga e a guarda rapidamente na bota.

— Não, não. — Toco o rosto de cada um, tentando encontrar a resposta em seus olhos. — Eles não fariam isso.

— Fizemos — Dominic confirma. — E vamos tentar de novo. Nenhuma prisão vai nos segurar.

— Pare com isso — aviso. — O que deu em vocês dois? Como chegaram aqui? A passagem entre Castelárvore e Outono foi fechada há muito tempo.

— Viemos a pé — Billy responde. — Passamos semanas viajando.

O ar fica preso em minha garganta. Quem são esses meninos na minha frente? Eles se vestem com um traje marrom e justo e usam botas de couro reforçado cujo cano alcança os joelhos. O cinto em torno da cintura de cada um sustenta adagas, chicotes e um frasco que talvez contenha veneno. Parecem guerreiros, não meus irmãozinhos.

— Vocês atravessaram a Sarça? Estrelas no Alto! Podiam ter sido *mortos*. O que nossa mãe diria?

— Fizemos isso por ela — Dom declara. — Por nosso povo.

— Por que eles haveriam de querer que atacassem Keldarion? — murmuro.

Billy balança a cabeça, e vejo o choque em seus olhos.

— Você não sabe?

Todos estão olhando para mim. Até os criados espiam dos corredores.

— Não sei o quê?

Dominic se levanta e adota uma postura defensiva, sacando uma adaga brilhante da bainha no cinto. Ele olha para Keldarion sem medo, apesar de ter sido imobilizado por Kel momentos antes.

— Uma geada chegou ao Reino do Outono. Está matando tudo: nossas árvores, as plantações. Nossa gente. E a culpa é *dele*.

Uma exclamação coletiva ecoa pelo hall de entrada.

— Não — protesto em voz baixa. — Kel nunca faria isso.

Rosalina se aproxima de Kel e toca seu braço.

— Fale para eles que você não fez isso.

Kel levanta o queixo.

— Não sei o que está acontecendo no Outono, mas garanto, não tenho nada a ver com isso. Minha morte não os libertaria desse terror.

Apesar de Castelárvore estar coberto pela geada de Kel, sei que ele está dizendo a verdade. Ele nunca faria isso.

Dom move a adaga no ar.

— Se isso é verdade, é bom você descobrir quem é o culpado.

— E depressa. — Billy se coloca ao lado do irmão. — Porque o Outono está se preparando para entrar em guerra contra o Inverno.

O metal tilinta quando Keldarion termina de algemar Billagin ao corrimão da escadaria.

— Isso é realmente necessário? — resmungo. Meus irmãos têm os pulsos contidos por aço, mas não parecem se importar. Ambos olham com interesse para o hall de entrada, notando os espinhos.

— Eles vieram a pé desde o Outono, atravessaram a Sarça e entraram nos meus aposentos sem serem detectados com a intenção de me matar — Keldarion responde contrariado. — Eles ficam algemados.

Formamos um semicírculo em volta dos dois. Meu estômago se contorce. Rosalina parece meio nervosa olhando por cima do meu ombro, atenta a eles.

— Em que está pensando? — cochicho.

Ela prende uma mecha de cabelo atrás da orelha.

— Estou conhecendo sua família. Isso é importante.

Olho para ela com um sorriso que não consigo sentir. Nesse momento, nada parece real. Meus irmãos mais novos são assassinos. Meu reino se prepara para uma guerra contra o Inverno. E durante todo o tempo, espinhos se entranham mais e mais fundo em Castelárvore.

Dayton bate no ombro dos meninos e sorri.

— Todo esse esforço só para acabar com o rabo colado no chão! Fala sério, garotada. Quando esta confusão toda for esclarecida, vou ensinar para vocês como guerreiros de verdade lutam. Vão aprender movimentos que podem derrubar até o grande Protetor dos Reinos. — Seu sorriso arrogante não revela que Kel derrotou nós três no dia anterior.

Dom e Bill olham para Dayton com adoração, de olhos muito abertos e brilhantes. Lembro-me de todas as vezes que nossas famílias estiveram juntas no passado, como Dayton brincava de luta com eles, como os três me atormentavam com pegadinhas e depois riam, como se aquilo fosse a coisa mais engraçada do mundo.

Era um tempo mais simples, mesmo que nosso relacionamento não fosse menos complicado.

Ezryn dá um passo à frente e põe as mãos na cintura.

— Vocês sabem que tentativa de assassinato contra um Alto Príncipe é passível de punição por execução.

Os gêmeos, que até olhavam com tanto afeto e admiração para Dayton, agora se viram para Ez.

— Então matem nós dois — Dominic grunhe. — A guerra entre Outono e Inverno vai acontecer, de qualquer modo. Assassinar os príncipes do Outono só vai acelerar as coisas.

— Ninguém vai matar ninguém. Não é? — Rosalina olha para cada um de nós. — Não é?

Kel grunhe irritado.

— Me expliquem essa geada.

— Começou há duas luas — diz Billy. — No começo, só vimos sinais dela nas terras fronteiriças, entre Outono e Inverno. Uma camada azulada de gelo que ia se espalhando aos poucos. Primeiro invadiu os bosques de bordo a leste do Bosquevinco. Depois cobriu as plantações de batata e abóbora no Vale da Maçã-Cravo.

Dom endurece o queixo.

— Primeiro pensamos que o gelo estivesse invadindo só nossa vegetação. Mas depois a geada continuou se espalhando. Chegou aos vilarejos.

— Centenas de pessoas foram endurecidas como estátuas — Billy revela em voz baixa. — Congeladas em poses terríveis, com a boca aberta de pavor.

É como se a geada tivesse me alcançado também. Sinto que ela sobe por minhas pernas, se esgueira para dentro dos pulmões, dificulta a respiração.

— Por que ninguém mandou me avisar?

Dom e Billy abaixam a cabeça.

Agarro os dois pela camisa e puxo, e minha voz trai o nervosismo.

— Por que ninguém mandou me avisar?

— A mãe achou que você não pudesse ajudar — Dom responde finalmente. — Ela disse que isso tinha que ser resolvido por alguém que passasse mais tempo no Reino do Outono, não com o Príncipe do Inverno.

Recuo um passo. Minha mãe foi Alta Princesa, antes de passar o título para mim. Eu a deixei como regente nos últimos vinte e cinco anos. *Ela não confia em mim. Não tem confiança.*

Um silêncio constrangedor atravessa o hall. Os outros príncipes não olham para mim, e isso é quase pior do que ser encarado.

— Bem, é simples, não é? — Rosalina se manifesta com as mãos na cintura. — É óbvio que Keldarion não está causando a geada, portanto não há necessidade de uma guerra.

Keldarion se virou de costas e agora segura o corrimão com tanta força que os dedos perderam a cor.

— Então a regente do Outono não pensou em mandar uma mensagem ao Inverno antes de enviar os dois filhos mais novos para assassinar o Alto Príncipe?

— Ela mandou várias mensagens para o Inverno — Billy revela furioso. — E não teve nenhuma resposta.

— Perth deve ter recebido essas cartas — Kel sussurra. — E devia tê-las trazido para mim.

O nome provoca um arrepio que sobe por minhas costas. Perth Quellos, o vizir de Keldarion e regente do Reino do Inverno. Rosa fica rígida ao ouvir o nome dele, e Ezryn inclina a cabeça na direção dela.

— Esse cara tem uma estaca de gelo enfiada no rabo — Dayton resmunga.

Kel ignora o comentário.

— Vou mandar buscá-lo imediatamente. Tenho certeza de que ele sabe o que está acontecendo.

Dom e Billy trocam um olhar.

— Que foi? — sussurro.

— É tarde demais — eles respondem juntos. Então Dom olha dentro dos meus olhos. — A mãe está reunindo o exército. A menos que você consiga parar essa geada agora, vai haver uma guerra declarada. E ela não vai parar até Keldarion responder pelas vidas que a magia dele eliminou.

Keldarion olha para os dois por cima do ombro, depois sobe a escada e volta à Ala Invernal.

Dayton suspira e tira as algemas dos meninos.

— Venham. Vou acomodar vocês dois em um quarto da Ala Outonal. Mas as adagas ficam comigo.

— Tudo bem — responde Billy. — Sei fazer um punhal com uma lasca de madeira e um caco de vidro.

— Fascinante. — Ele os empurra escada acima.

— Vamos nos reunir hoje à noite para discutir os próximos passos. — Ezryn olha para mim, e sinto a seriedade por trás do capacete. — Você é o Alto Príncipe do Outono, Farron. Decisões terão que ser tomadas, e depressa. Só você pode tomá-las.

Eu me afasto atordoado e saio do castelo para respirar ar fresco. Rosalina me chama, mas não paro.

— Só quero ficar sozinho — resmungo.

Na ponte, o ar frio e o cheiro de terra da Sarça me envolvem. Não consigo recuperar o fôlego, todo meu corpo treme. Estendo as mãos para segurar o corrimão, mas há espinhos por todos os lados. Um deles corta minha palma, e recuo segurando o punho, vendo o sangue escorrer.

Por um segundo, sou grato pela dor. Ela me faz lembrar que sou de verdade. Os últimos meses sem Rosalina foram como uma névoa, um hiato. Nem procurei saber da minha família.

Fecho a mão, e o sangue passa por entre os dedos. Meu povo está sofrendo. Minha família desistiu de mim.

Outono merece um Alto Príncipe melhor, não a sombra de um.

Rosalina

Meu coração dói por Farron, mas preciso respeitar seus desejos e dar espaço para ele organizar os pensamentos. Por mais que queira evitar Keldarion, há coisas mais importantes que meu orgulho.

Primeiro, verifico a Ala Invernal, que se tornou um ringue de gelo. Eu me movimento agarrada ao corrimão ou pendurada nos espinhos. Ei, eles ainda podem servir para alguma coisa.

Cadê você?

E então sinto: uma ardência cintilante no peito, um impulso que me obriga a seguir em frente.

O vínculo predestinado.

Ele me leva à porta da Torre Alta. Com cuidado, pressiono a maçaneta. Porta destrancada.

A escada é uma colcha de retalhos de espinhos. Caspian os criou, e os príncipes dizem que eles estão sugando a vida de Castelárvore. Essa é parte da razão para Kel ter me mandado embora. *Caspian quer você.* Não acredito nisso. Ele me atormentou, é verdade, mas com a intenção de provocar os príncipes. O que o Príncipe do Inferior quer de mim?

Paro na entrada da câmara, e Kel se vira para me olhar. Ele agora está vestido com uma túnica preta e ajustada. O colar de floco de gelo cintila em seu peito.

— Entre de uma vez — ele diz.

O sol entra pelos vitrais das janelas, criando a impressão de que o espaço foi pintado por um artista com tons vibrantes de vermelho, azul, laranja e verde. No entanto, aqui os espinhos são mais grossos que em qualquer outro lugar do castelo. Enroscam-se no meu vestido, cobrem o chão e se prolongam em direção ao teto como se fossem os ossos de Castelárvore.

O assoalho de ladrilhos, quase invisível embaixo dos espinhos, retrata um fascinante mural de uma chuva de estrelas. Em meio aos ladrilhos, quatro rosas desabrocham em um pequeno canteiro de terra fértil. Uma para cada príncipe: cor-de-rosa, azul-turquesa, laranja e azul-safira.

As pétalas murchas estão espalhadas pelo chão.

— Só quero conversar. — Eu me aproximo de Keldarion.

— Acha que sou eu? — ele pergunta. — Quem está congelando o Reino do Outono?

A magia de Kel se espalhou por Castelárvore. Se é tão descontrolada aqui, por que não poderia ter se espalhado pelos reinos?

— Não — respondo depois de um instante. — Não acho.

Ele olha para mim com ar cansado.

— Obrigado.

Alguma coisa chama minha atenção no fundo da sala, um pedacinho de vidro colorido entre os espinhos. Vou até lá e, quando paro, murmuro:

— Será que podem se afastar um pouco para eu ver o desenho, por favor?

Os espinhos obedecem e se retraem, revelando uma imagem de vitral.

Kel olha em volta perturbado, como se procurasse alguém. Mas Caspian não está aqui. Estudo a imagem. É o símbolo de uma rosa prestes a desabrochar — a mesma forma do emblema na porta de Castelárvore. O mesmo emblema no meu colar. Puxo a pedra para fora da roupa e a estudo.

— Foi assim que entrou em contato com Ezryn?

— Sim — confirmo, estudando a pedra-da-lua. — Era da minha mãe.

— Reconheci o símbolo no pescoço do seu pai quando ele veio ao castelo pela primeira vez. O símbolo da Rainha que nos abandonou. — As mãos ásperas de Kel tocam o colar, depois minha mão. — Eu pretendia interrogá-lo. Mas quando você chegou...

— Preferiu me manter como sua prisioneira — concluo com tom seco. Não ouso me mover, não com seus dedos ainda tocando minha palma. — Minha mãe era antropóloga. Talvez a Rainha tenha perdido o colar no mundo humano.

Ele assente, mas não está mais olhando para a pedra. Seus olhos de fogo azul estão cravados em mim. Agitada, continuo:

— Meu pai e eu pensamos que esse pudesse ser o motivo para os feéricos terem levado minha mãe. Talvez tenham pensado que ela roubou o colar da Rainha.

— A Rainha não foi vista nos últimos quinhentos anos — Kel responde sem pressa. — O nome dela ainda é reverenciado, e há discípulos que a idolatram, mas não consigo imaginar nenhum tão radical a ponto de roubar uma mulher humana.

— É só uma teoria. — Minhas palavras perdem todo o som, se transformam em pouco mais que um sopro quando Kel solta o colar e desliza a mão por meu peito até o pescoço, depois segura meu rosto.

Chego mais perto dele, mas meu olhar é atraído para sua rosa no chão. Murcha, espalhando pétalas azuis na terra ao redor. Eu me ajoelho ao lado dela.

— Ela não deveria estar com uma aparência melhor? — Olho para o príncipe. Seu rosto recuperou a dureza. — Quero dizer, a Feiticeira disse que, para quebrar a maldição, você precisava encontrar seu amor predestinado, e esse amor... sou eu.

Mesmo que ele não goste disso.

Continuo:

— Acho que podemos presumir que a maldição não foi quebrada, porque você ainda é um lobo à noite. Quando o toco, você volta a ser feérico... Mas acho que isso é só uma suspensão temporária da maldição. Preciso fazer algumas anotações com Farron sobre tudo isso.

— A maldição não foi quebrada porque não consumamos nosso vínculo predestinado — diz Keldarion.

— Ah, tipo, temos que fazer sexo? — Eu me levanto e falo sem rodeios.

Ele me encara.

Sustento seu olhar.

Depois escondo o rosto quente com as mãos.

— Ai, caramba, não acredito que acabei de dizer isso.

— Completar o vínculo predestinado é mais que sexo, Rosalina. É a união de duas almas em uma. O compartilhamento de todos os momentos, todas as alegrias, toda dor, cada respiração. É a expressão máxima de amor, um vínculo que transcende tempo e espaço, uma conexão que ninguém mais pode entender. — Seus olhos ardem com uma intensidade que me deixa sem ar. Ele não diz, mas posso ouvir as palavras dentro da minha cabeça, palavras que queria muito que ele pronunciasse: *Quero esse vínculo com você mais que tudo.*

Ouvi-lo falar sobre essa conexão me dá a sensação de que meu corpo inteiro dói por ele. Olho no fundo de seus olhos azul-gelo. *Deixe-me mostrar a você todos os jeitos de amá-lo.*

Um músculo se contrai em seu rosto, e ele engole um grunhido. É quase como... como se me ouvisse.

Depois ele se vira.

— É claro que os outros não suportam existir sem você. Não vou mais ignorar os desejos deles. Pode continuar morando e trabalhando em Castelárvore e os ajudando a encontrar seus amores predestinados. Mas não pense que saber sobre o nosso vínculo vai mudar alguma coisa entre nós.

Quero arrancar os olhos desse idiota.

— Quando você soube, Kel? Quando soube que eu era sua predestinada?

Ele apoia a mão em um espinho.

— No momento que você pisou em Castelárvore.

Eu me lembro dele olhando para mim com uma expressão furiosa. Balanço a cabeça ao entender tudo.

— Você sabia que eu era sua predestinada e me manteve na *masmorra*?

Ele rosna e anda de um lado para o outro, sinal do lobo querendo sair.

— Eu não queria mantê-la em lugar nenhum.

— Por que não? Não queria quebrar a maldição?

— Se quer saber, quando a conheci, pensei que ter você por perto pudesse ser suficiente. A Feiticeira mencionou amor e aceitação do nosso vínculo predestinado, mas eu estava disposto a tentar, mesmo assim. — Ele balança a cabeça. — À medida que a conheci melhor, ficou claro que nada neste mundo poderia me convencer a consumar o vínculo predestinado com você.

As palavras são flechas penetrantes que rasgam a frágil esperança que eu alimentava dentro de mim. Tento disfarçar a dor, mas meus olhos me traem se enchendo de lágrimas.

— Só porque sou humana?

Ele balança a cabeça e move as mãos, apontando para mim.

— Nada tão definido.

Tento deixar o orgulho de lado, junto com os desejos do meu coração idiota.

— Mas você não vê? Isso é muito mais que você e eu. Podemos... podemos tentar quebrar sua maldição agora mesmo. Você pode recuperar toda sua magia e ajudar a curar Castelárvore. Talvez até interromper a geada no Outono...

Ele sufoca uma risadinha, como se o destino de Castelárvore e dos reinos fosse insignificante para ele.

Ranjo os dentes, contendo o impulso de dar um soco naquele peito grande, largo e estúpido.

— Sei que não sou exatamente o que você queria. Mas você gosta de mim, pelo menos um pouco. Você me protege e me alimenta, e me mandou embora para garantir minha segurança. Sei disso. Seria tão difícil assim passar só uma noite comigo?

A imagem passa por minha cabeça: minhas roupas sendo arrancadas aqui nesta torre, sua boca beijando cada centímetro da minha pele. Quero esse corpo forte se movendo com o meu. Quero cada parte dele. Partiria meu coração me entregar por uma noite a alguém que, evidentemente, não quer esse vínculo. Mas por Castelárvore, pelo Vale Feérico, eu faria isso. Mesmo que me estraçalhasse.

O calor desabrocha entre nós quando seus olhos passeiam por meu corpo, e me pergunto se ele está pensando a mesma coisa que eu. Então Kel se move, me segura e me puxa para perto. Seu olhar é tão intenso que, por um momento, penso que ele vai fazer isso mesmo... arrancar minhas roupas e me possuir aqui no chão.

Sou sua, sou sua, sou sua.

Ele fecha os olhos e aproxima a boca da minha orelha.

— Vou deixar uma coisa bem clara, Rosalina. Prefiro foder todo homem e toda mulher no Vale Feérico a fazer amor com você. E nem mil exércitos na minha porta poderiam me induzir a quebrar essa maldição.

Eu me afasto dele com o coração dilacerado. A rejeição é como uma agressão física, e lágrimas queimam o canto dos meus olhos. Como ele pode ser tão frio? Tão cruel? Cerro os punhos junto do corpo e respiro fundo, tentando ser forte.

— O que você queria, Kel? Que eu ficasse em Orca Cove? Que me casasse e tivesse filhos com outra pessoa? Que esquecesse vocês todos?

Se minhas palavras têm algum efeito nele, esse efeito não aparece em seu rosto.

— Sim. Você não devia ter voltado.

— Você nunca vai me querer...

Ele dá um passo à frente, e a torre inteira parece tremer, os espinhos vibram quando ele rosna:

— Vou ver o Vale Feérico virar cinzas e Castelárvore ser dominada por espinhos, antes de completar meu vínculo com *você*.

— Ok — respondo com voz trêmula. — Fique com a sua maldição.

Dou meia-volta e saio da torre, decidida a não permitir que ele me veja desmoronar.

Rosalina

Percorro os corredores de Castelárvore sabendo que só tem um lugar onde posso me sentir melhor, depois das palavras de Kel.

Quando abro a porta da biblioteca, respiro fundo e deixo o cheiro fresco do Outono invadir minhas narinas. É o lugar mais bonito que já vi, com prateleiras que são como extensões das árvores altas que crescem lá dentro, cujos galhos pesados despejam folhas que rangem sob meus pés. Nem os espinhos que se entrelaçam em volta das árvores e rastejam pelas prateleiras conseguem diminuir a beleza.

Alguém aparece do nada de trás de uma parede e me atropela. Caio sentada no chão em meio aos livros. Meu pai está na minha frente em uma posição semelhante.

É claro que ele estaria aqui. Não posso deixar de sorrir diante de nossas semelhanças, e a raiva desaparece. Fico feliz por ele já se sentir à vontade. Hoje à noite, vou participar de um jantar privado com os príncipes para discutir uma estratégia para o Reino do Outono, e é bom saber que meu pai consegue ocupar o próprio tempo.

— Vejo que encontrou a biblioteca — comento, e o ajudo a recolher os livros que derrubou.

— Ah, sim. — Meu pai se anima. — Pensei em levar estes aqui para o meu quarto e ler um pouco. Aquela sra. Marigold disse que levaria sopa e uma caneca de chocolate quente para mim. Você acredita? Os feéricos bebem chocolate quente!

— É delicioso, pai. — Quando o ajudo a equilibrar os livros nos braços, vejo que ele reuniu uma ampla variedade, desde compêndios sobre criaturas e mitos a mapas e histórias, um pouco de tudo.

— Está tudo bem, Rosa? — ele pergunta com voz mansa.

— Estou só processando tudo. Acho que preciso de um tempo e de tranquilidade para avaliar todas as possibilidades.

— Bem, você sabe onde me encontrar. E… — Meu pai olha por cima do ombro. — Tem uma coisa aqui que você precisa ver.

Ele sai e observo em volta, notando algo que não estava aqui antes: uma grande mesa de madeira com uma poltrona vermelha em forma de cogumelo. Atrás da mesa tem uma prateleira vazia. Parece quase…

Sim, tem uma abertura na parte de baixo da mesa que se comunica com um receptáculo, sobre o qual está gravada a palavra DEVOLUÇÕES. Dou um passo para trás e examino o arranjo. Uma árvore menor se curva sobre a mesa e a prateleira, e, pendurada em seus galhos, há uma placa de madeira com uma inscrição: BIBLIOTECA DA ROSALINA.

Meus olhos ficam cheios de lágrimas. Quantas vezes uma garota pode chorar em um dia?

— Fizemos isso desejando que um dia você voltasse para nós — diz uma voz atrás de mim.

Farron sai de trás de uma das estantes. Sinto o calor desabrochar dentro de mim, e algo em meu peito relaxa quando o vejo. O cabelo castanho está uma bagunça, os olhos são de um dourado profundo. Um sorriso largo ilumina seu rosto, como se o sol espiasse de trás de uma nuvem escura de chuva.

— Farron! — Corro para ele e o abraço.

Ele me segura, e sinto seu rosto na curva do meu pescoço.

— Oi, Rosa.

Mergulho mais fundo nesse abraço. Farron veste uma túnica marrom e verde-escura com bolotas e folhas bordadas em fio dourado. A calça é feita de couro macio, e as botas são verdes como a túnica. Um manto ferrugem e amarelo farfalha enquanto nos abraçamos.

— Rosa — ele diz, e finalmente se afasta. — Estou tão…

— Não. — Cubro seus lábios com a mão. — Não se desculpe. Nada disso é sua culpa. Está tudo bem. — *Agora estamos juntos.*

O lampejo de culpa nos seus olhos revela que não fui convincente, mas ele tira minha mão de cima da boca com delicadeza e beija a palma.

— Gostou disso?

— É claro que sim! — Deslizo os dedos na madeira. Depois me sento na poltrona de cogumelo. — Uau, é confortável.

Farron dá uma risadinha.

— Eu me lembrei de quando você disse que queria ter sua biblioteca onde morava. Pedi para as árvores se moverem um pouco e nós criamos, bem, isso.

O gesto atencioso preenche meu coração, e dói pensar nele aqui acreditando que eu o havia abandonado. Minha mente ainda tem dificuldade para entender tudo isso. Esse Príncipe do Outono bom e atencioso que nunca faria mal a ninguém... e a fera em que se transforma à noite.

Um arrepio percorre meu corpo quando me lembro das presas pingando, do pelo marrom todo sujo. Ele não me reconheceu naquele momento.

— Day e Ezryn também ajudaram — continua Farron. — Ezryn trouxe flores frescas para a mesa, mas depois saiu do castelo, e elas murcharam. E Dayton fez a placa.

Consigo identificar o trabalho manual de Dayton: a caligrafia desleixada, os buraquinhos na madeira cheios de vidros do mar de cores vibrantes que refletem a luz.

As flores de Ezryn secaram no vaso sobre a mesa, mas isso não as torna menos bonitas.

— Farron, isso é incrível.

— Tenho certeza de que Kel também teria ajudado, mas não quisemos incomodá-lo — Farron comenta constrangido.

Alguma coisa brilha de um lado da caixa de devoluções: uma linha de cintilantes flocos de neve entalhados na madeira. Puxo a caixa e vejo um livro lá dentro.

Eu o reconheço imediatamente. O livro que levei ao quarto de Kel, aquele que li para ele até que adormeci.

Pego o livro com cuidado, e um pedaço de papel cai do meio das folhas. Existe uma mensagem escrita com caligrafia cursiva suave:

Talvez seus livros não sejam tão chatos. Congelar aquele patrulheiro irritante em um bloco de gelo no final foi um movimento inteligente. Só não consigo entender por que a heroína não usou seu fogo para descongelar o homem, em vez de entrar naquela batalha boba com o irmão.

Keldarion leu o livro que deixei para ele? E escreveu um bilhete para mim. Ele esperava que eu voltasse? Ou essas palavras eram para um fantasma?

— Não. — Meus olhos ardem com a fúria. Um espinho pequeno se eleva do chão e prende a nota à mesa. — Ele *esteve* aqui.

— Opa, essa é novidade. — Farron lança um olhar meio nervoso de mim para os espinhos, depois murmura: — Tentei atender às solicitações de livros dos criados, mas foi, hum... — Ele deixa escapar um suspiro e passa a mão no cabelo desgrenhado. — Foi mais difícil do que parece ser.

— Ele foi péssimo — uma voz suave e debochada ecoa do canto. Nós dois nos viramos e vemos Dayton se aproximando com uma graça fluida que me faz pensar na brisa em um dia de verão. — Lembra quando deu aquele livro a Marigold… como era mesmo o nome? Ah, sim, *Envelhecendo sem elegância: o comportamento inconveniente de uma femme fatale feérica*? Pensei que aquele fosse seu fim.

Dou risada e pulo da poltrona de cogumelo. Não sei se Dayton algum dia vai parar de me deixar sem ar, com aquela pele bronzeada pelo sol, o queixo esculpido e os olhos cor de turquesa. Ele me abraça.

— Dormiu bem?

— Depois de você cuidar tão bem de mim, dormi como um cordeirinho.

Ele levanta o olhar para alguma coisa atrás de mim, e me viro.

Farron tem os olhos cheios de lágrimas, o lábio trêmulo. Olho de novo para o Príncipe do Verão, vejo a cicatriz sobre seu olho ainda vermelha e saliente, o corte aparecendo por debaixo da camisa. Lembro que também vi uma cicatriz nas costas dele.

— Farron fez tudo isso?

Dayton olha para mim, mas sei que está falando para Farron.

— Sabe, estava pensando em pedir ao Ez para não apagar isto aqui completamente. — Ele passa um dedo sobre a linha vermelha perto do olho. — Acho que me deixa lindão. Não acha, Rosa?

Dou uma gargalhada, tentando amenizar o clima.

— Não sei se você precisa de mais charme. Mas combina com você, é verdade.

Ezryn já teria lidado com isso, mas deve estar usando grande parte de sua magia para cuidar de Lucas.

Farron não fala nada. Está retraído, de braços cruzados.

— Tudo resolvido com seus irmãos. Deixei os dois confinados em um quarto na Ala Outonal — continua Dayton. — Seu pai está se adaptando bem, não é, flor? Cada vez que o vejo, ele está sempre cercado pela criadagem. Estão todos hipnotizados por suas histórias fascinantes sobre o mundo humano.

Não contenho um sorriso. Meu pai tem um talento inato para contar histórias, e estou feliz por ele ter encontrado seu lugar aqui.

— Temos algumas horas antes da grande reunião, e tenho uma ideia perfeita. — Dayton me segura pelo ombro e estende a mão para Farron, que se esquiva do contato. — Vocês dois estão tensos. Não tem maneira melhor de relaxar do que dar um mergulho nas termas quentes.

ENTRE FOGO E ESPINHOS

Dayton

Foi uma péssima ideia entrar nas termas quentes sem roupa. Não que eu tivesse mergulhado de outra maneira. Só não esperava que Rosalina aparecesse como uma deusa. Ela havia corrido ao quarto antes de Farron e eu descermos à gruta. Só posso presumir que Marigold e Astrid a arrumaram perfeitamente para a ocasião, as duas canalhas.

Rosalina usa um vestido longo e preto que envolve os braços com uma camada justa, antes de se tornar quase transparente nas tiras que se cruzam sobre sua cintura cheia. Consigo ver o que ela usa embaixo do vestido, ou melhor, o que não usa. Só o equivalente minúsculo de sutiã e calcinha pretos.

Sob o tecido translúcido, os seios parecem muito cheios. A barriga suave e as coxas suplicam para ser agarradas. Porra, estou tão duro que vai ficar evidente assim que ela se aproximar.

Neste momento, Rosalina está parada na entrada inclinada das termas quentes, deslizando o pé na areia.

A água é cristalina e cintila com uma luminosidade etérea. O vapor que se eleva da superfície carrega o cheiro de sal e cítricos. Deixo escapar um suspiro de contentamento e afundo um pouco mais, sentindo a tensão no peito diminuir. Aqui é tranquilo. As termas em Castelárvore sempre foram meu refúgio, e estou mais que feliz por compartilhar o espaço com esses dois.

Olho para Farron sentado ao lado da cachoeira. Ele está tão carrancudo que me surpreendo por não ver uma nuvem de tempestade sobre sua cabeça. Acho que perder o controle de sua fera, me machucar, saber que os idiotas dos irmãos tentaram assassinar o Protetor dos Reinos e descobrir que a mãe passou por cima dele e declarou guerra ao Inverno é muita coisa para processar.

Mas Rosa voltou. Isso não faz tudo ficar melhor?

Caminho lentamente na direção dele. Farron nem entrou na água. Está empoleirado na beirada da pedra, com a calça enrolada até os joelhos, balançando os pés como um filhotinho desamparado.

Ele recua quando me aproximo, mas sei que não é por não querer meu toque. Ele tem medo de me machucar de novo.

Olho para nossa menina.

— Não vai entrar, flor?

— Sim — ela responde, depois levanta as sobrancelhas e toca o pingente da rosa de pedra-da-lua em seu pescoço. — Quase esqueci. Isto aqui foi colado, talvez seja melhor não molhar.

— Agora tem seu pingente especial, é?

— Mais ou menos. Está quebrado.

Farron inclina a cabeça.

— Traga aqui. Talvez eu possa consertar.

— Sempre fazendo uma gambiarra em alguma coisa — brinco.

Rosalina caminha até a beirada da fonte e põe o colar de pedra-da-lua na mão de Farron. Ele o examina por um momento antes de guardá-lo no bolso do peito.

Rosalina se senta ao lado dele e deixa o pé mergulhar na água. Inclina a cabeça para trás e solta um gemido baixo.

— Isso é muito bom.

Vejo minha reação espelhada em Farron. É muito perigoso ela continuar fazendo esses barulhos perto de nós. Rosalina abre os olhos, olha para o meu corpo, e é impossível não perceber a ereção embaixo d'água.

— Desculpe — digo, apontando para meu pau incontrolável. — Faz tempo desde a última vez.

Ela olha para Farron e para mim.

— Vocês dois não…?

— É difícil ficar com alguém que está bêbado demais para ficar em pé — responde Farron.

E é difícil transar com um fantasma. Porque foi nisso que Farron se transformou depois que ela foi embora. Ele ia à biblioteca e abria livros, mas não lia, não pesquisava. Às vezes, eu me esgueirava até a masmorra à noite para ver o lobo se debater na cela, porque ver sua fúria me lembrava de que ainda restava alguma emoção nele.

— Bem, é bom ver que não está bêbado agora — Rosalina brinca comigo.

— A única coisa que me embriaga neste momento é sua beleza — respondo.

Ela fica vermelha e Farron se inclina para jogar água em mim.

— Ei. — Chego mais perto e beijo seu joelho nu. — Você também é bonito.

Um som abafado e surpreso escapa do fundo de sua garganta, e o desejo me invade. Agora que ela está em casa, meu pau implora por Farron. E por Rosa também. Mas tento controlar esse desejo. Ela é o amor predestinado de Kel. Algo de que sempre suspeitei, mas agora temos certeza.

Quando vi Rosalina na biblioteca, percebi que ela estava perturbada. Passo a mão de leve em sua perna macia. Ela se agita, mas não me afasta.

— Está tudo bem?

Ela morde o lábio, como se tentasse decidir o que contar para nós.

— Ah, está. Bom, se tudo bem é o predestinado dizendo na sua cara que prefere trepar com qualquer um no Vale Feérico, menos com você, e se nem a possibilidade de quebrar a maldição, libertar sua magia e seu reino é suficiente para convencê-lo a tentar só uma vez, uma noite...

Respiro fundo para absorver as palavras, e depois a raiva arde em mim tão quente que juro que a temperatura da água sobe.

— Que porra é essa? Kel disse isso?

— Ele não quer nada comigo. — Ela dá de ombros. Sua voz é firme, mas posso imaginar a dor que ela esconde.

— Kel... — Farron põe as mãos atrás da cabeça. — Ele gosta de você. Eu sei que gosta. Mas mandá-la embora, rejeitar o vínculo predestinado... isso não faz sentido.

— Típico — retruco. — Keldarion sempre foi assim. O desgraçado cheio de segredos. Ele não confia em nós. Nem mesmo em Ezryn. Nem mesmo em seu amor predestinado.

Um cacho escapa do coque no topo da cabeça de Rosa. Ela tem flores presas no cabelo. Nunca vi mulher mais bonita. E daí que ela é humana? Não pode ser por isso que Kel não a aceita. Se ela fosse minha predestinada, eu...

Paro a tempo. Não vou me permitir pensar desse jeito. Esse jogo é muito perigoso. Tudo que sei é que quando, ou se, encontrar meu amor predestinado, essa pessoa não vai poder se comparar às duas sentadas aqui comigo.

— E tenho um segredo — diz Rosalina. — E vocês vão ter que guardar.

Farron e eu nos olhamos, depois deslizo os dedos para baixo, desde a panturrilha até o pé dela.

— Pela honra do príncipe.

Seus olhos castanhos se voltam para a entrada das termas quentes, depois retornam para nós.

— Ezryn… Ezryn me beijou! — Ela cobre a boca com a mão, como se não acreditasse que havia acabado de dizer o que disse.

— O quê? — Farron e eu exclamamos ao mesmo tempo.

— Você viu a cara dele?

Ela balança a cabeça.

— Não, ele foi muito dramático. Tipo, derrubou uma lamparina antes de me beijar. — Sua voz treme. — E foi embora em seguida.

— Isso não tem jeito do Ez — murmuro, ainda chocado com o relato. — Como foi?

— Mágico. — Uma expressão sonhadora passa por seu rosto, antes de os olhos se abrirem ainda mais. — Não vão cortar a mão dele, ou alguma coisa assim, vão?

Dou risada.

— Não, flor. Só fiz aquilo porque você disse não ao filho da mãe. Se o quisesse, eu teria aturado. Teria odiado, mas aturado.

Ela me estuda com atenção.

— E sobre Ezryn me beijar? Você… você odeia isso?

Caio de costas no abraço morno da água, procurando em mim qualquer sugestão de ciúme. Quando Rosa se sentou com aqueles feéricos no Reino do Verão, fiquei furioso. Não sinto nada parecido com aquela emoção quando penso em Ezryn a beijando.

Nem a descoberta de que Kel é seu predestinado me deixa enciumado. Com inveja do que eles têm, certamente. Furioso por ele não cuidar dela como um predestinado deveria fazer, com toda certeza. Mas ciúme?

— Não — respondo finalmente. — Na verdade, me excita um pouco pensar naquele grandalhão de metal pegando alguém. Bom, *alguma coisa* precisa preencher com alegria a alma obscura dele, não é?

O rosto de Farron fica um pouco corado.

— Talvez seja por todos estarmos aqui há tanto tempo, amaldiçoados. Existe uma ligação especial entre nós quatro. Mas com os outros, é diferente. Dayton, quando o vi com aquela garota que você trouxe para Castelárvore…

— O nome dela era… — Eu o interrompo, e faço uma pausa. — Como era o nome dela?

— Não importa. Eu odiei — Farron declara com um tom firme. — Mas quando o vi com Rosa, foi… — Sua respiração fica pesada, e ele muda de posição. — Foi bonito.

Rosalina olha para Farron com um brilho nos olhos.

ENTRE FOGO E ESPINHOS

— O que acha de Ezryn ter me beijado?

— Honestamente, se você gostou, fico feliz.

Ela parece satisfeita com nossa resposta e enrosca um cacho no dedo.

— Bem, não acho que vá acontecer de novo. Ele saiu de lá muito apressado. Talvez eu não beije muito bem.

Seguro sua coxa.

— Confie em mim, flor, você beija *muito* bem.

— Sério? — O sorriso de Rosalina agora é diabólico. — Vai ter que me levar ao Reino do Verão outra vez para eu poder praticar com todos aqueles feéricos bonitões.

— Não — Farron e eu respondemos ao mesmo tempo. Fico em pé, apoio as duas mãos em suas pernas expostas. Meu corpo pinga água morna.

Ela suspira, morde o lábio enquanto deixa o olhar passar por mim. Meu pau ereto está logo abaixo da superfície.

— É o seguinte, flor. — Eu a puxo mais para a beirada da fonte. — Pode beijar Ezryn o quanto quiser. E morro de vontade de ver você colada em Farron.

Os dois soltam um gemido delicioso, mas aproximo a boca molhada da orelha dela.

— Aceito até que você beije seu predestinado, se algum dia ele tirar a estaca de gelo do rabo gelado.

Ela ri.

Seguro sua nuca para ter certeza de que está olhando para mim e mostro que estou falando sério.

— No entanto, se alguém mais te tocar, e isso inclui o babaca do seu *ex*-noivo lá em cima, vou sentir um prazer enorme em acabar com a vida da criatura. Depois vou comer você no sangue derramado para te lembrar a quem você pertence.

A determinação e a intensidade das minhas palavras surpreendem até a mim mesmo. Mas Rosalina não recua. Ela me enfrenta com um brilho novo nos olhos. Como se rosnasse baixinho, diz:

— Day, você disse que me beijar foi um *erro*.

A nota de dor em sua voz me fere mais fundo que qualquer arma.

— E acha que não me arrependo daquele momento desde então? — Colo os lábios aos dela e a puxo para dentro d'água.

Rosalina

A água morna me abraça quando Dayton me puxa e captura minha boca com a dele.

Se imaginava que beijar alguém depois de descobrir que tenho um predestinado me faria sentir mal, teria me enganado duas vezes até agora. Primeiro o beijo ardente de Ezryn, e agora o toque suave dos lábios de Dayton, a língua abrindo caminho entre meus dentes.

Gemo, e quando ele tenta se afastar, não deixo. Não preciso de ar, só dele.

Suas mãos estão nas minhas costas, e ele esfrega a ereção em mim.

Calor e desejo se misturam em meu ventre. Ele está nu, *muito* nu. Só vi lampejos de seu corpo embaixo d'água, mas estou desesperada para tocar seu membro.

As mãos de Dayton descem, os dedos acompanham minhas curvas. Deduzo que isso é um convite para eu fazer a mesma coisa e acaricio o peito largo, descendo até tocar seu pau.

É enorme e grosso, e o seguro para descobrir como é a sensação de tê-lo na mão. Perfeito. Massageio seu membro. Ele joga a cabeça para trás, contrai os músculos do pescoço.

— Porra — ele grunhe com uma voz profunda e viril. — Rosa.

Um suspiro rouco me alerta para a presença próxima de Farron. Meu cabelo se soltou, e agora as mechas molhadas emolduram minha cabeça. Ele disse que me ver com Dayton foi bonito, e sua expressão confirma: os lábios entreabertos, os olhos brilhantes.

Estou paralisada, presa entre eles, nós três suspensos em um momento íntimo. É uma sensação estranha, mas de um jeito bom. *Aonde isso vai levar?*

Dayton ri quando vê que estamos nos olhando.

— Entra, Fare, a água está ótima.

Dayton me beija de novo, e enlaço seu pescoço com os braços e a cintura com as pernas. Sua ereção rígida encontra minha entrada pulsante.

O Príncipe do Verão sufoca um grunhido, depois esfrega o pênis no tecido fino do meu biquíni.

Grito quando meu corpo inteiro explode com a sensação.

— Isso, Dayton.

— Fala o nome dele inteiro — Farron sugere em voz baixa. Suas pupilas estão dilatadas.

— Nome inteiro? — arquejo, e ele não para de se esfregar em mim, movendo o corpo forte na água sem nenhum esforço.

Farron chega mais perto, e sinto a eletricidade na pele. Quando seus dedos ajeitam meu cabelo molhado atrás da orelha, Dayton segura meu seio com as mãos grandes, e não consigo conter um gritinho, quase um miado.

— Daytonales — Farron sussurra, e seus lábios macios descansam por um instante em meu rosto.

— Daytonales — pronuncio o nome como uma oração. — Combina com você. Combina com o Reino do Verão.

— Hum. — Dayton desliza um dedo para baixo do tecido do sutiã do biquíni, acaricia um mamilo. — É grande, trabalhoso. Ninguém mais me chama desse jeito.

— Eu gosto — arfo.

Farron se afasta de mim, e sinto falta de seu toque imediatamente.

— Sabe do que eu gostaria? — Dayton sorri. — De tirar isso aqui. — Ele segura a bainha da saída de praia que uso sobre o biquíni e começa a tirá-la.

— Não — reajo. A saída de praia é a única coisa que cobre a cicatriz horrorosa no meu pulso, as letras irregulares em que está escrito *Lucas*. Essa é uma história que ainda não estou disposta a compartilhar... especialmente com ele lá em cima, incapacitado. — É bonita demais para tirar.

Dayton faz biquinho.

— Mas e isso?

Dayton aponta para o biquíni.

— Sim, sim.

— Era o que eu esperava ouvir. — Ele me pega nos braços e se afasta da borda.

Percebo que nunca estive tão no fundo das termas quentes. Dayton deve perceber minha expressão, porque sussurra:

— Prenda a respiração e abra os olhos.

Ele afunda na água morna. Por um momento, tudo está escuro, até Dayton mover a mão e provocar aquele conhecido lampejo de magia.

O mundo se transforma com a chocante variedade de tons pastel. A água é cristalina, e a areia brilha, prateada. Corais e algas marinhas crescem vibrantes no fundo da piscina quente. É como se tivesse sido transportada para outro mundo. Posso até imaginar como é o oceano do Reino do Verão.

Porém o mais mágico de tudo é o macho feérico flutuando na minha frente, com os cabelos dourados boiando na água. Seu sorriso é autêntico quando ele me vê absorvendo este pedaço de seu mundo.

As palavras de Dayton voltam à minha cabeça: *Te lembrar a quem você pertence.* Ele me disse que pertenço aos príncipes de Castelárvore. Posso ser o amor predestinado de Kel, mas alguma coisa na afirmação dele soa tão correta. Este é meu lugar. E o que mais quero agora é que ele faça o que prometeu: que me pegue, me possua e me mostre que sou dele. Quero lhe dar meu corpo.

Dayton olha para mim com os olhos bem abertos, quase como se pudesse sentir meu desejo. Ele me envolve com os braços e bate as pernas para nos levar de volta à superfície. Quando emergimos, ele me põe deitada sobre uma rocha lisa no meio da piscina quente, tomando o cuidado de amparar minha cabeça com uma das mãos.

Por um momento, nós nos olhamos. Seu cabelo dourado emoldura o rosto todo bagunçado. Depois nos beijamos, um beijo furioso, e levanto o quadril desesperada, buscando contato.

Ele se afasta, depois se reaproxima, como ondas na areia. A língua encontra a minha e as mãos passeiam por meu corpo. É como se minha pele estivesse pegando fogo, consumindo nós dois.

Dayton se levanta apoiado nos antebraços.

— Você é linda, Rosalina.

Ele remove meu biquíni tomara que caia e, delicadamente, levanta meu quadril para despir a calcinha.

— Não vai destruir nada hoje?

Ele ri e beija o espaço entre minha orelha e meu pescoço de um jeito leve, divertido.

— Ainda tenho um pouco de autocontrole.

— Desde quando? — Farron ri na margem.

Inclino a cabeça para olhar para ele e me dou conta de que é a primeira vez que me vê desse jeito. Tivemos muitos momentos, e sempre suspeitei de que ele me quisesse como eu o desejava. Mas a dúvida é inevitável: o que ele pensa de mim ao me ver aqui toda exposta, nua?

— Muito bem, lobinho — Dayton fala olhando para a margem. — Vou te mostrar como posso ser generoso. Tire a roupa, coloque essa bundinha na água, e deixo você sentir o primeiro gostinho.

Farron hesita por um momento, confuso, depois gagueja:

— Pri... primeiro gostinho?

— Da nossa mulher. — Dayton bate de leve na minha coxa, depois sobe a mão e a encaixa entre minhas pernas.

O choque do contato é elétrico, e deixo escapar um gemido enquanto agarro meus seios sensíveis.

— Ela está molhada demais — Dayton geme.

A umidade desliza por sua palma quando ele a movimenta contra minha entrada.

— Farron — sussurro, levantando o quadril para me esfregar contra a mão de Dayton.

Farron deixa escapar um ruído abafado e puxa os joelhos contra o peito, quase como se sentisse dor.

— Eu vou só... — ele murmura. — Vou só olhar, por enquanto.

— Como quiser. — Dayton se ajoelha entre minhas pernas. Uma série de beijos leves acaricia minha pele, depois a língua lambe minha abertura.

— Ah! — Minhas mãos apertam a pedra lisa.

Ele ri, e as vibrações são como uma carícia. As mãos se movem e, lentamente, ele introduz dois dedos em mim.

— Hum... Preciso de mais, Day.

Tudo dentro de mim se contrai quando ele move os dedos para dentro e para fora do meu corpo, contornando o clitóris com a língua. Arqueio as costas, sinto o prazer crescer e a onda subir e subir, até que finalmente grito quando o orgasmo explode.

Quando desabo sobre a pedra ofegante e atordoada, Dayton tira os dedos de mim.

— O que achou desse começo?

Tenho dificuldade para respirar.

— Começo?

Ele beija a parte interna das minhas coxas.

— Nunca vou deixar você gozar uma vez só.

Meu corpo todo estremece com a antecipação quando me apoio sobre os braços para olhar para ele. Mas Dayton apenas sorri, depois nada para longe de mim, na direção de Farron. Ele apoia os cotovelos na beirada do lago.

— Você não tem ideia de como o sabor dela é bom. Mais doce que néctar.

Farron encara o Príncipe do Verão de um jeito reverente.

— Experimenta, Fare.

A exclamação de Farron é engolida pela boca de Day, que ergue o corpo com um impulso e o segura pela nuca. As bocas se encontram. O cabelo despenteado de Farron cai sobre a testa de Dayton. Sempre soube que o que havia entre eles era muito mais que pegação. Prova disso é o olhar intenso de Dayton, a expressão doce de Farron.

Como é possível que não tenham estado juntos durante minha ausência?

Dayton beija o ombro de Farron e grunhe:

— Você gosta disso, lobinho?

Com mão trêmula, Farron toca a própria boca. Ele sentiu meu gosto. O pensamento me acende, e quando nossos olhares se encontram, não consigo impedir meus dedos de deslizarem para baixo, pela barriga, entre as pernas.

Farron deixa escapar um som estrangulado. Dayton balança a cabeça e estala a língua em sinal de reprovação. Ouço um barulho de água e duas folhas rosadas de algas marinhas emergem e envolvem meus punhos, os levam acima da minha cabeça.

— Estou muito a fim de ver você fazendo isso — diz Dayton —, mas hoje você vai gozar quando eu disser que vai gozar. Entendeu, flor?

Tento puxar a planta que me prende, mas meu corpo derreteu com o comentário dele. Dayton olha para Farron, que ainda olha para mim como se estivesse perplexo. Então Dayton mergulha e, antes que me dê conta, o Príncipe do Verão está em cima de mim, nu e cintilante.

— Vai me foder? — Forço os punhos contra as pernas, mantendo os olhos fixos em seu pau ereto.

Ele engole em seco e, por um minuto, penso ter visto medo em seus olhos. Mas ele balança a cabeça, e o sorriso arrogante retorna.

— Sim. Mas não hoje. Quando tiver você, não vou ter nenhum horário idiota de uma reunião estúpida.

Uma onda de decepção me invade, e choramingo.

— Ah, nada disso — Dayton sorri. — Ainda tenho muita coisa planejada para você hoje.

Ele espalha beijos no meu pescoço até chegar aos seios, massageando um deles com a mão grande e pegando o outro com a boca, chupando com força.

ENTRE FOGO E ESPINHOS

Gemo e me debato contra as amarras, desejando desesperadamente enroscar as mãos em seu cabelo.

— Ai, Day, eu...

Ele troca de seio, chupando mais e mais forte, como se nunca fosse se contentar. Gemidos profundos vibram em seu peito, e ele se move para massagear meu clitóris de novo.

— Sua boceta é uma delícia.

Arfo quando as palavras despertam em mim um prazer frenético. Estou muito perto, e tudo que quero é gozar. Quando estou quase mergulhando no abismo, Day recua.

Ele sorri, e seus olhos se iluminam com a malícia.

— Lembra, flor? — provoca. — Você só goza quando eu disser.

O êxtase lateja em meu ventre, e tento respirar o ar quente.

— Você é tão...

Mas Dayton olha para trás com aquele cabelo loiro embaraçado.

— Não vai entrar, Fare? Ela está bem perto. Talvez eu não me segure vendo você com ela, mas topo correr o risco, se você topar.

Farron nos olha, depois cai de lado outra vez e solta um gemido torturado.

— Não consigo. Continue. Eu vou olhar.

Não tenho tempo para perguntar por que ele não pode vir, porque Dayton se abaixa entre minhas pernas e sopra ar morno na minha boceta. A sensação é enlouquecedora.

— Pronta?

— Pare de me atormentar.

— Então implore.

— Você é muito mau.

Ele recua.

— Bom, então...

— Dayton, por favor — arfo. — Por favor, por favor, preciso de você. Sou sua.

Ele para e mergulha em mim, boca e língua me acariciando, dois dedos me penetrando.

— Goze para mim, flor.

É o suficiente. Com as mãos ainda presas, sinto o prazer me inundar em ondas, muitas e muitas vezes, até eu começar a tremer e ofegar.

Dayton desamarra as algas dos meus punhos, me abraça e beija minha têmpora.

Estou vendo estrelas, e ele continua me beijando com suavidade. Mas sei que isso não acabou, não quando posso sentir seu membro ereto sob minhas pernas.

— Quero sentir seu gosto agora.

Ele fica tenso.

— Rosalina, não precisa...

— Eu quero... se você quiser.

— Sete reinos, sim. — Dayton se levanta e me acomodo entre as pernas dele. Seu membro balança na frente do meu rosto. É *magnífico*.

Toco suas coxas musculosas e, de repente, sinto um pouco do constrangimento retornando.

— Desculpa se não for, hum, bom ou...

Dayton segura meu cabelo.

— Você não erraria nem se tentasse.

Devagar, abro a boca e a aproximo de seu pênis.

— Comece provando a pontinha — Farron sugere. — Isso o deixa maluco.

— Ah, agora o lobinho se manifesta — Dayton responde em voz baixa. — Bem na hora de me deixar doido.

Farron nos observa com um olhar atento, os músculos tensos.

Faço o que ele diz, pego a ponta do membro de Dayton entre os lábios.

— Agora lamba o comprimento — Farron sugere.

Deixo a língua deslizar até a base.

Dayton geme e puxa meu cabelo com mais força.

— Agora abocanhe — Farron fala com uma voz cheia de desejo.

Engulo Dayton inteiro. As mãos dele seguram minha cabeça e a puxam para mais perto, e giro a língua em torno dele, cada vez mais depressa. Trabalho até ele começar a ofegar, depois diminuo um pouco a velocidade, paro para respirar.

O rosto do Príncipe do Verão se contorce de prazer, seu peito musculoso arfa. Olho para Farron em busca de aprovação.

Farron arqueia as sobrancelhas.

— Isso foi bom, mas acho que consegue engolir mais, ir mais fundo.

Tem uma autoridade na voz dele que raramente escuto do meu doce Príncipe do Outono, e isso me faz arrepiar.

— Não sei — Dayton comenta rindo. — É bem grande.

— Ela consegue — Farron garante.

Uma necessidade desesperada de satisfazer os dois me invade, e respiro fundo antes de pegar Dayton com a boca de novo. Tento relaxar a garganta e empurrar o pau dele mais para o fundo. Meus olhos lacrimejam e penso que vou sufocar, mas me controlo. Eu o quero inteiro.

— Boa menina — Farron suspira. — E você também, Day. Você é um bom menino dando esse pau grande para nossa garota. Olhe como ela está faminta por você.

— Porra. — Dayton endurece na minha boca. — Eu vou…

— Engula, Rosa — Farron ordena.

Dayton move o quadril em um ritmo frenético, e gemo a cada penetração do pau em minha boca enquanto tento desesperadamente acompanhar a dança.

Ele estremece, os músculos se contraem. Arqueio as costas e gemo. Estrelas sagradas, que sabor maravilhoso. Seu orgasmo cobre meus lábios, e lambo cada gota. Tem muito, e um pouco escapa da minha boca e escorre pelo queixo.

Farron morde o lábio, e vejo seus olhos brilhantes e cheios de desejo. Sei que nesse momento fiz algo para agradar aos dois, e o calor se espalha em meu peito. Farron sorri para mim, um reconhecimento silencioso do meu esforço.

— Vamos mostrar para o nosso menino como você foi uma boa garota — diz Dayton, me envolvendo em seu abraço e nadando para o outro lado das termas. O vapor dança em volta do corpo de Farron.

— Você sentiu o gosto dela em minha boca, Fare. — Dayton sorriu. — Agora sinta o meu nos lábios dela.

Dayton me levanta como uma oferenda para Farron, com sua porra escorrendo dos meus lábios e pelo queixo.

As pupilas de Farron estão dilatadas. Ele engole em seco, e a saliência em sua garganta se move. Ele levanta a mão trêmula.

Onde está aquele Príncipe do Outono confiante de um momento atrás?

— Decida, Farron — Dayton ordena, e uma das mãos desliza para massagear meu seio. — Ou beija, ou não beija.

Como Farron deve me ver agora, nos braços de seu amante, com o cabelo despenteado e o rosto corado, completamente desesperada por ele?

Farron fecha os olhos, e o cabelo castanho cai sobre a testa. Depois, com um movimento rápido, ele se retrai e se encolhe sobre as pedras escorregadias.

— Desculpa, não posso.

— Azar o seu, Fare. — Dayton suspira insatisfeito, e a dor da rejeição de Farron é rapidamente substituída pelo fogo do beijo de Day.

— Sinto muito — diz Farron. — Não é que eu não queira. Já vou perder Day para o predestinado dele. Um dia, Kel vai mudar de ideia. E não posso perder você também, Rosa.

— Foda-se Keldarion — Dayton grunhe no meu ouvido. — Ignore aquele lobinho assustado. Foque em mim.

A mão dele se move furiosamente entre minhas pernas, sem me dar nem um momento para pensar nas palavras de Farron.

— Você já fez muito por mim, Dayton...

— E vou te dar mais um, ok? Me dê mais um.

Antes que eu possa dizer mais alguma coisa, um grito escapa da minha garganta e o calor cresce, cresce, cresce.

Ele se senta na beirada mais baixa da piscina quente e me acomoda em seu colo, já de pau duro outra vez.

— Dessa vez você vai gritar — ele rosna. — Vai gritar alto o bastante para seu predestinado ouvir e perceber que é um idiota. Aquele babaca de merda vai sentir o prazer que não pode dar a você.

Fecho os olhos, me concentro apenas no toque de Dayton e grito de prazer.

— Mais alto, amor. — Ele lambe meu pescoço, depois morde. Dor e prazer. — Lembra quando me viu com Fare?

— Si... sim. — Inclino a cabeça para trás, quase incapaz de compreender qualquer coisa além do prazer que cresce dentro de mim.

— Ele gritou seu nome quando gozou. Agora, quando gozar, você vai olhar para ele. E vai gritar o nome dele.

Farron assiste a tudo atento, como se nada no mundo pudesse afastar seu olhar de mim.

O membro ereto de Dayton roça minha bunda. Seus dedos se movem depressa, e quando ele belisca e puxa um dos meus mamilos, vejo estrelas.

— Goze para nós.

É isso. Eu me perco nesta tempestade, ondas de prazer me inundam mais uma vez. Grito, meu corpo treme, o orgasmo explode em espasmos sucessivos.

— Farron! — grito quando chego ao limite, quando minhas paredes internas se fecham em torno dos dedos insistentes de Dayton.

Farron fecha as mãos e esmurra a superfície da piscina quente.

— Rosa. Day...

— Adoro sentir você assim — Dayton murmura no meu ouvido quando começo a me recuperar. Desabo contra o Príncipe do Verão, totalmente satisfeita. Penso nas palavras de Dayton. Meus gritos realmente alcançaram Kel?

ENTRE FOGO E ESPINHOS

Rosalina

Meus sapatos de veludo quase não fazem barulho quando me dirijo à sala de jantar entre Dayton e Farron.

Depois da nossa experiência nas termas quentes, Farron nos ajudou a lavar o cabelo, depois envolveu Dayton e a mim em toalhas felpudas. Não era exatamente assim que eu queria sentir as mãos dele em minha pele, mas ainda era reconfortante.

Prendo uma trança solta atrás da orelha. Farron fez tranças finas nos meus cabelos e nos de Dayton antes de sairmos, e explicou que tinha aprendido aquilo com a mãe dele. Sua voz tremeu quando ele falou. Sei que está preocupado com o que acontece em sua casa. Mas é por isso que vamos nos reunir com os outros príncipes agora. Para traçar um plano.

Finalmente o jantar é servido no horário normal hoje, noite de lua cheia — única noite do mês em que os príncipes e a criadagem não se transformam em feras ou animais.

Ajeito a saia quando nos aproximamos, alisando o tecido. Marigold e Astrid se superaram para o meu primeiro banquete depois do retorno a Castelárvore. Deitados em minha cama, Farron e Dayton se divertiram muito ajudando as duas a escolher o vestido. Por fim, escolheram um do Reino do Verão.

Ele é feito da mais fina seda em um tom delicado de marfim. O corpete é justo, acentuando minhas curvas, e adornado por delicados bordados dourados que brilham à luz. A saia ampla desce em camadas até o chão e balança quando ando. O decote é baixo, revelando uma porção suficiente de pele para ser provocante, mas ainda deixando muito por conta da imaginação. Não que agora esses dois príncipes tenham que imaginar alguma coisa.

Uso um xale leve sobre o vestido, não só para cobrir os braços, mas porque ainda é frio no interior do castelo, com a magia do Príncipe do Inverno se espalhando por todos os lados.

Dayton segura meu braço antes de entrarmos na sala de jantar.

— Flor, você precisa fazer uma coisa por mim antes de entrarmos.

Levanto uma sobrancelha.

— O quê?

— Não se acovarde. — Dayton crava os olhos turquesa em mim. — Você é o amor predestinado de Keldarion, e isso significa que está no mesmo nível dele. Foi ele quem anunciou que não quer estar com você, então, se ele fizer algum comentário sobre hoje à tarde, o problema é dele.

Meu corpo todo se aquece.

— Espere aí, o quê? Como ele saberia? Alguém contou?

Farron passa a mão no meu cabelo.

— Rosa, você está com o cheiro de Day. É... inebriante.

— Ai, poxa, não pensei nisso.

Dayton segura meu queixo.

— Não abaixe a cabeça. Ele disse que foderia todo mundo no reino antes de você? Mostre que é desejável. Mostre que é quem todo mundo quer, e que ele é o maior idiota de todo o Vale por não te adorar como deveria.

Tem raiva nas palavras de Dayton, e sua paixão me acende por dentro. Endireito a coluna e rio.

— Talvez eu trepe com todo mundo no Vale Feérico antes de ele ter essa oportunidade.

Sei imediatamente que falei o que não devia. Dayton e Farron me agarram pelos braços, um de cada lado.

— Não, Rosalina — Farron rosna, e o lampejo de alguma coisa feroz cintila em seus olhos. Ele balança a cabeça, depois suspira. — Pensei que fosse se comportar como uma boa menina e ouvir as regras do Dayton.

Regras do Dayton. Ele, Farron, Ezryn e aquele cretino gelado. Não me imagino desejando ninguém além deles. Mas... é muito fácil tirá-los do sério.

— Por mim, tudo bem — respondo, e ambos me soltam. Bato rapidamente com um dedo no nariz de Farron, antes de me virar para a porta. — Por ora.

Abro a porta dupla da sala de jantar.

Assim que entro, sinto que Keldarion já está ali, porque sua presença me atinge como uma onda. Mas não olho para ele, ainda não. Mantenho a cabeça erguida, o passo firme, chutando o vestido a cada movimento dos pés, como Astrid me ensinou.

Sou a Senhora de Castelárvore. Tenho tanto direito quanto qualquer um de estar aqui. Pelo menos, acho que tenho. Minha confiança vacila por um momento, e tropeço em uma videira parcialmente saliente.

O salão é exatamente como me lembro, exceto pelos montes de gelo que agora cobrem quase tudo, inclusive parte da mesa e a cadeira onde eu costumava me sentar: aquela na frente de Keldarion.

O trecho da mesa que não foi congelado é coberto por pratos de comida deliciosa. Ezryn ocupa seu assento de costume, sem nada na frente. Ele nem olha para mim.

O Alto Príncipe do Inverno está encurvado, com os cotovelos sobre a mesa e as mãos cobrindo o rosto. Como se pudesse sentir minha atenção, ele levanta o olhar.

Não contenho a exclamação de espanto que escapa de minha boca. Ele está... horrível. Pior do que estava naquela manhã na Torre Alta. O cabelo está sujo e desgrenhado, os olhos vermelhos são emoldurados por olheiras escuras.

Mas não recuo. Ele não me quer. Não confia em mim. Mas não voltei por causa dele, e sei disso com todo meu coração.

Dayton e Farron se movem para o outro lado da mesa. Meu assento habitual está ocupado. A escolha mais fácil seria me sentar entre Day e Fare, me esconder atrás deles.

Mas Dayton tem razão. *Estou à altura dele.*

Passo por Ezryn, pego uma cadeira e a puxo para a ponta da mesa, ao lado de Kel. Tem espaço mais que suficiente.

Há um instante de silêncio, e sinto que todos olham para mim com aquela cara espantada, atordoada. Eu me sento e resmungo:

— Então, vamos comer?

Dayton, é claro, dá uma risadinha.

— Estou morrendo de fome — diz, e começa a se servir. Tem cogumelos assados, vasilhas de caldo fumegante e cestos cheios de pão crocante. Frutas e vegetais de todas as cores ocupam os espaços entre os pratos. Meio desajeitado, Farron pega algumas cenouras glaceadas e um pouco de purê de batatas.

Olho para Kel esperando vê-lo rosnar para Dayton. *Ele sente o cheiro de sal e mar? A luz do sol que penetrou minha pele e se alojou embaixo dela hoje à tarde?* Mas o que vejo em seu rosto é uma expressão estranhamente vazia.

Ele não merece, mas sinto meu coração traiçoeiro doer com a ânsia de ser aceita. Quero ver atrás dessas muralhas geladas que ele construiu.

— Parece que vou ter que me servir sozinha — suspiro, e estendo a mão para a vasilha de porcelana. A mão grande que segura meu punho interrompe o movimento.

— Não — Keldarion diz com voz grave.

Todas as linhas de seu rosto são desenhadas pela tensão, mas tem algo em seus olhos, o mais breve lampejo de suavidade que derruba uma pequena barreira dentro de mim. Todo meu foco se reduz ao ponto onde a mão dele toca minha pele, e é como se o sangue ainda estivesse quente do encontro anterior: uma contração no estômago, uma tensão que se encolhe como uma mola prestes a explodir.

— Muito bem — respondo. Ele que me sirva. Alguma coisa em mim se anima com a ideia.

Enquanto Keldarion se move em volta da mesa e enche meu prato com a comida deliciosa, ajeito o guardanapo sobre as pernas e olho para o Príncipe da Primavera.

Pelo pouco que disse ou fez, ele poderia ser uma estátua.

— Boa noite, Ezryn — digo, tentando reunir toda confiança que não sinto. Não vou deixar que ele perceba quanto doeu quando ele me abandonou depois de ter me beijado. — Presumo que tenha tido um bom dia. Algo muito urgente deve ter requisitado sua atenção.

— Nada que possa ter superado seu encontro anterior — Dayton comenta rindo, e se inclina em minha direção para pegar um pedaço de pão e piscar para Ezryn.

Ezryn olha para mim e cerra os punhos. Devo estar ficando muito boa nessa coisa de interpretar linguagem corporal, porque tudo na dele grita traição.

Ele deve saber que eu contaria a Dayton. É só uma questão de educação contar a um príncipe feérico que outro príncipe feérico a beijou depois de seu predestinado a rejeitar, tudo isso antes de o primeiro príncipe feérico beijá-la enquanto o amante dele, outro príncipe feérico, assiste a tudo. Ufa, minha cabeça gira com esse pensamento. Abro e fecho a boca, sem saber o que dizer.

Felizmente, Keldarion deixa um prato cheio de comida à minha frente, e murmuro um obrigada rápido antes de começar a comer. Estou morrendo de fome.

Todos nós, menos Ezryn, começamos a jantar. Marigold me garantiu que meu pai vai ser bem cuidado enquanto estivermos em reunião. Tenho certeza de que a criadagem está muito feliz por poder passar mais tempo com ele.

Espero um dos quatro príncipes começar a reunião, mas nenhum deles faz nada.

— Humpf! — Deixo sair um som irritado, com a boca cheia de purê de batatas. Agora entendo por que nada foi feito enquanto estive fora. — Beleza, é óbvio que vamos ao Reino do Outono, certo?

Farron solta o garfo, que tilinta contra o prato.

— O que… Não, não podemos…

— Precisamos agir — insisto. — Seus irmãos disseram que sua mãe está se preparando para a guerra.

— Aqueles dois sempre foram meio malucos — Kel interfere, e volta a ser como era antes, agora que estamos tratando de assuntos comerciais. — Talvez não seja tão sério. Convoquei Perth Quellos ao castelo para saber se ele tem algum conhecimento disso.

Fico tensa ao ouvir esse nome. O vizir real de Keldarion e atual regente do Reino do Inverno. Além disso, ele também é o macho feérico que me chamou de puta e disse que eu estava distraindo Keldarion — antes de levar um soco de Ezryn.

Ez agora está olhando para mim, e percebo a leve inclinação de sua cabeça. O gesto é como palavras. *Vou proteger você.* Não importa quanto as coisas ficaram estranhas entre nós, acho que ele nunca mais vai me deixar sozinha com o vizir.

— O velho Perth — Dayton comenta. — Não o vejo desde aquele adorável Baile do Solstício. Velho insuportável e arisco, é o que ele é. Kel, por que ainda não o dispensou e encontrou um regente adequado?

Kel fica tenso e ruge baixinho.

— Quellos é vizir do Reino do Inverno há décadas. Meu avô o nomeou. Meu pai confiava nele. Nunca ouvi os conselhos de meu pai quando ele estava vivo, e isso levou ao… — Kel balança a cabeça. — Mantendo Quellos como regente, posso ao menos homenagear a memória de meu pai.

Eu me mexo na cadeira, incomodada. Kel não sabe como seu regente me tratou no Baile do Solstício. No entanto, estou começando a entender por que ele confia em Perth. Está tentando honrar a vontade do último Alto Governante… a vontade de seu pai.

— Você pelo menos sabe como estão aquelas pequenas rebeliões no seu reino, Kel? — Dayton continua. — Perth o mantém atualizado sobre isso?

— É difícil estar atualizado sobre alguma coisa quando se é mais fera que homem — diz Ezryn.

É a primeira coisa que ele diz nesta noite, e a raiva que senti mais cedo está de volta. Talvez nunca tenha tido a ver comigo. Seu olhar metálico está cravado em Keldarion. É, definitivamente, existe alguma tensão.

— Bem, que bom que ele está a caminho, então — digo, tocando o braço de Kel com uma das mãos e o de Ezryn com a outra. Nenhum dos dois se esquiva do contato, como eu esperava.

A tensão em torno da mesa diminui, e tento conduzir meus príncipes dispersos de volta aos assuntos importantes.

— Ainda acho que devemos visitar o Reino do Outono para ver o que está acontecendo. Não podemos ir pela porta aqui em Castelárvore?

Eu a abri sem querer quando Kel me mostrou que era uma conexão com os quatro reinos.

— É uma possibilidade — responde Keldarion.

— Não podemos voltar. — Farron batuca na mesa com nervosismo. — À noite...

— Podemos usar os colares para voltar a Castelárvore antes de cada pôr do sol — sugiro.

Ezryn suspira.

— Os pingentes são para casos de emergência. Não servem para uso em longo prazo, especialmente se nos afastarmos de Castelárvore. Nossa magia já está limitada, mas quanto mais tempo passarmos longe daqui, mais difícil vai ser acionar os portais.

— Muito bem, por que não vamos e voltamos no mesmo dia?

— Não existe a menor possibilidade de resolvermos isso em um dia. E meus pais vão querer saber o motivo da minha partida e... — Farron balança a cabeça. — E se me pedirem para ficar?

— Podemos pedir para ficar na Ala Brasa — sugere Dayton. — Fica longe da área principal.

— Podemos adaptar a realidade e dizer que você precisa comungar com sua magia à noite. — Levanto a cabeça. — Ou inventar alguma outra desculpa para sua indisponibilidade.

— Não é uma ideia ruim — Ezryn opina.

— Não. — Farron se levanta. — E o que vão fazer com o lobo? Não posso me trancar na masmorra da Fortaleza Coração do Carvalho. E não faz diferença. Dia ou noite, a fera não se importa. — Uma lágrima desce por seu rosto. — Olhem o que fiz com Dayton!

ENTRE FOGO E ESPINHOS

Ficamos em silêncio, e meu coração chora por ele. Tão preso que não pode nem voltar para casa e proteger seu reino.

— Você é o Alto Príncipe do Outono, Farron — digo, sentindo que ele precisa ouvir essas palavras. — Seu povo precisa de você. Temos que encontrar um jeito.

— Não tem jeito, Rosa.

A porta se abre lentamente e Astrid aparece na soleira, mais pálida que de costume.

— Estamos em reunião — diz Kel. — O que foi?

Seus olhos vermelhos passam de mim para Kel.

— Tem alguém aqui… alguém que diz ter sido convidado para o jantar.

— Não pode ser Perth, ele não teve tempo para chegar — Keldarion responde, e acena com desdém. — Não convidei ninguém.

Não, uma voz suave murmura em minha cabeça, *você convidou.*

Meu coração dispara.

— É Caspian.

Rosalina

O Príncipe dos Espinhos está em Castelárvore.

Kel se levanta tão depressa que derruba a cadeira. O gelo se espalha a partir de seus pés, uma camada que reveste o chão.

— O que *ele* está fazendo aqui?

Deixo escapar um gemido quando uma lembrança retorna.

— O quê? — Keldarion rosna.

Escondo o rosto quente entre as mãos.

— Quando estávamos dançando no Baile do Solstício do Inverno, fiz o convite em tom de brincadeira. — Vejo por entre os dedos os três rostos perplexos e meu reflexo constrangido no capacete de Ezryn. — Mas não é nenhum grande problema. Vou avisar que o convite perdeu a validade quando ele teve um ataque de birra e destruiu o salão de baile com seus espinhos.

Fico em pé antes que um deles possa me deter e saio correndo da sala. Não me surpreendo quando sou seguida por um gigante de gelo de um metro e noventa e cinco de altura. Passo correndo por Astrid e sussurro um pedido de desculpas. Coitadinha, posso imaginar quanto foi traumatizante ouvir as batidas na porta, abrir e dar de cara com o sanguinário Príncipe dos Espinhos ali parado.

Marcho em direção ao hall de entrada, pronta para mandar Caspian para o inferno, mas paro atordoada. Não consigo nem respirar quando o vejo ali radiante e sobrenatural em sua beleza.

Ele realmente caprichou para este jantar.

O Príncipe dos Espinhos está resplandecente em seu traje formal. Uma camisa marrom enfatiza as manchas púrpura nos olhos escuros e hipnóticos. Os antebraços tonificados são exibidos pelas mangas dobradas. A calça preta e justa abraça suas pernas, e o colete da mesma cor completa o look com seus brilhantes botões dourados. Um manto de sombras pretas como a noite cobre seus ombros largos, acrescentando um toque de magia à aparência já impressionante.

Um meio-sorriso distende os lábios cheios, e uma mecha de cabelo escuro cai sobre a testa, livre do gel que mantém o restante penteado para trás.

Surpreendentemente, Kel ainda não disse nada. Olho para trás e vejo que sua expressão chocada reflete a minha.

Acho que não é todo dia que se vê o arqui-inimigo em pé na entrada da sua casa, esperando o jantar. Existe algum tipo de história entre eles. Uma traição. Olho para o punho de Kel. Ele tem um acordo com Caspian, mas se recusa a falar sobre esse assunto comigo.

— Ora, se não são minhas duas pessoas favoritas no Vale — Caspian declara ao parar na minha frente.

Ele remove uma linha invisível da camisa, totalmente relaxado.

— Sério, Kel? Depois de sua predestinada ter tido a gentileza de me convidar?

Então, ele sabe que sou o amor predestinado de Kel.

— Isso foi antes de você decidir espalhar seus espinhos no Reino do Inverno — aviso.

— Hum. — Caspian sorri. — Pensei que gostasse dos meus espinhos, princesa.

Duas pequenas vinhas se levantam do chão e envolvem meus tornozelos. *Prazer e dor, lembra?*, a voz dele ecoa em minha cabeça.

Eu me lembro do dia em que ele me viu me masturbando nos jardins do castelo. A raiva me inunda, e me liberto dos espinhos.

Pedir para ele ir embora não vai ser suficiente. Ele é poderoso demais. Tem o castelo inteiro sob seus espinhos, literalmente. E a magia do príncipe é fraca por causa disso, enquanto a dele permanece inalterada. Talvez até mais forte, se ele estiver realmente sugando a magia de Castelárvore. Keldarion pode inflar o peito o quanto quiser, mas Caspian só vai sair daqui se quiser.

— Por que veio?

— É tão difícil assim acreditar que quero jantar com vocês, adoráveis feéricos?

— Sim — Keldarion e eu respondemos juntos.

— Estrelas. — Caspian levanta as mãos em um gesto de paz. — Muito bem. Ouvi dizer que vocês têm um problema impossível. E adoro resolver o impossível.

— Farron? — murmuro.

Caspian estende a mão para mim, quase como se tocasse meu rosto, mas a abaixa antes do contato.

— Francamente, amores — ele ronrona. — Não posso discutir os detalhes de estômago vazio.

Tive minha cota de jantares desconfortáveis nesta mesa. E esperava que a refeição com o Príncipe dos Espinhos fosse a mais incômoda de todas. Mas não é.

Nem um pouco.

Os três príncipes ficaram surpresos quando Keldarion e eu entramos acompanhados por Caspian? Realmente.

A cadeira vazia ao lado de Farron e a parede de gelo não o agradaram, por isso ele arrastou a cadeira para o outro lado da mesa e a empurrou entre mim e Keldarion, e agora estou entre o Príncipe dos Espinhos e Ezryn.

Mas foi isso, só esse desconforto. Porque agora o vinho está fluindo, os pratos estão vazios e... todo mundo está rindo. Até Keldarion. E o Príncipe dos Espinhos tem o sorriso mais vaidoso em seu rosto lindo.

Jogo a quinta tortinha de geleia na boca, recusando com um gesto o vinho que Dayton me oferece. Esses idiotas não percebem que o Príncipe dos Espinhos está aqui e temos que nos manter em alerta máximo? Mas todos estão muito interessados em uma história qualquer que ele trouxe. Uma lembrança de um lago perto de um lugar chamado Palácio Prismático.

— Eu sabia que tinha sido você quem pôs os sapos na cama da Tilla — Dayton ri, e vejo seu rosto corado do vinho.

Caspian apenas levanta a caneca.

Farron segura a barriga e arfa.

— Eu me lembro de ter perguntado a Day se um galo tinha escapado no palácio. Foi esse o som do grito dela.

— Quem é Tilla? — pergunto. Já perdi as contas de todos os nomes que eles mencionaram.

Caspian limpa uma migalha do meu rosto com o guardanapo.

— Querida, engula antes de fazer perguntas. Ninguém entende o que você fala com a boca cheia de tortinha.

Olho para ele e engulo furiosa.

— Quem… é… Tilla?

— Ah, *Tilla*. — Dayton pronuncia o nome lentamente. — Era a antiga paixão do Kel. Cabelo preto e longo, grande…

— Não quero ouvir isso! — rosno, e sinto um fogo se acender dentro de mim como se alguém tivesse riscado um fósforo.

— Grande *armadura*. — Dayton relaxa na cadeira. — Ela usava o aço até sobre os vestidos. Afinal, é do Reino da Primavera.

Olho para Ezryn. Pelo menos ele ainda está ao meu lado, agindo com a rigidez de sempre. Apesar de não poder ver, sinto seu olhar constante e duro para Caspian.

— Por que todos estão se comportando como se ele fosse um velho amigo que passou muito tempo sumido? — cochicho, me inclinando para Ezryn. — Ele é o Príncipe dos Espinhos.

Ezryn suspira e cochicha de volta:

— Porque, de certa forma, ele é um velho amigo. Houve um tempo em que nós cinco passávamos muitas noites assim, juntos. — Ezryn hesita, e vejo que ele cerra os punhos embaixo da mesa. — E agora não temos escolha, senão fazer esse jogo pervertido de fingimento. Com nossa magia tão fraca, não podemos expulsá-lo do castelo. Ele tem um poder ilimitado, desafiá-lo para um combate seria burrice.

Pensei a mesma coisa mais cedo; só não imaginei que fingir com o Príncipe dos Espinhos fosse tão fácil para os príncipes de Castelárvore. Especialmente Kel.

— Ezryn. — Caspian se debruça sobre a mesa, virando o corpo em nossa direção. — Você lembra? Acho que seu pai tinha vindo de Florendel para passar o dia com a gente, não foi?

— Sim — Ezryn confirma tenso. — Foi a primeira vez que ele deixou a Fortaleza Jardim do Martelo depois da morte de minha mãe.

Um silêncio cai sobre a mesa. Qual é o jogo de Caspian agora? Se está tentando conquistar a simpatia de Ez, só serviu para deixá-lo ainda mais incomodado.

— Houve uma noite — Caspian olha para cima como se fizesse um esforço para lembrar —, vocês dois saíram e foram à floresta, e quando olhamos lá para fora, os dois estavam cercados por todo tipo de criaturas.

Ezryn suspira.

— Fomos dar uma caminhada ao luar e encontramos um veado com a pata quebrada. Apesar da fama de durão, meu pai ficou com pena do animal. Nós nos ajoelhamos ao lado do coitado do bicho e trabalhamos juntos para curar sua pata.

— Com magia? — Caspian se inclina para ele e abre ainda mais os olhos.

Ezryn ri baixinho, e é como se eu pudesse sentir um peso saindo de cima de seus ombros.

— Meu pai nunca foi muito de usar magia, mas minha mãe ensinou algumas coisas a ele. Ela também havia me ensinado. Nossa magia se entrelaçou. Não pensava que fosse voltar a usar magia algum dia depois que minha mãe morreu, mas a presença de meu pai me deu força. Era quase como se... — Ele balança a cabeça. — Quase como se eu sentisse a presença da minha mãe lá conosco.

Meu coração se eleva com a felicidade em sua voz. Tudo bem, talvez a história de Caspian não seja tão ruim.

— O que estavam fazendo lá?

— Era uma celebração do Equinócio de Primavera, uma reunião dos Altos Governantes — Farron explica. — Ezryn e eu tínhamos acabado de ser coroados. Kel ainda não havia assumido o governo, mas veio como substituto do pai.

— Vocês trouxeram Dayton como convidado especial. — Caspian aponta para os Príncipes do Outono e do Verão.

Farron fica vermelho, mas Dayton o envolve com um braço.

— Você ficou muito nervoso antes de me convidar. — Ele sorri. — Mas Dâmocles ficou feliz com minha presença. E me fez ir colher frutinhas com ele.

Dâmocles. O nome chama minha atenção. Eu o ouvi no Reino do Verão. Se Dayton não compareceu como Alto Príncipe, isso significa que havia outro Alto Governante do Verão naquela época. As palavras de Caspian no baile ecoam em minha cabeça: *O bêbado que deixou os irmãos irem sozinhos para a batalha.*

Mas a lembrança não parece atormentar Dayton. Ela o energiza.

— Ei, foi uma escolha melhor que Tilla — Farron resmunga.

Os quatro gemem ao mesmo tempo. Sinto-me quase inclinada a entrar no coro. Dayton me contou que Kel já teve um grande amor. Foi essa mulher do Reino da Primavera? Por isso todos a odeiam?

E se essa foi uma ocasião para reunir os Altos Governantes, por que Caspian estava lá? Não parece que ele era inimigo dos quatro nessa época.

Mas alguma coisa em recordar esse período fez todos relaxarem. Até Kel baixou a guarda e se juntou às vozes que reclamavam de Tilla.

Qual é o plano de Caspian?

O jeito mais fácil de conquistar a simpatia de alguém é odiar alguém em comum. As palavras de Caspian passam por minha cabeça, enquanto seus lábios contam outra história.

Como ele faz isso? Magia sombria do Inferior? Tento me concentrar nas palavras do passado. *Não parece ser uma maneira muito boa de forjar laços duradouros.*

Ah, não sei, princesa. Veja como seus quatro príncipes se uniram contra mim.

— Tilla era bem durona — Caspian declara em voz alta, e volto à conversa. — Mas o cabelo dela não brilhava como mogno polido ao sol.

Cinco cabeças se voltam para mim.

— Não — Kel confirma em voz baixa, quase grave.

— Ela também não tinha o hábito irritante de enrolar o cabelo no dedo quando estava pensando — Caspian continua, e sinto a mão na minha coxa.

Todos os homens à mesa estão olhando para mim.

— Ou... — os dedos dele deslizam sobre o tecido fino, e os músculos da minha abertura se contraem involuntariamente — tem olhos como um pôr do sol dourado.

Sinto o ar preso na garganta. Eu me recuso a ser envolvida por essa conversa sedutora. Não sou um príncipe feérico idiota. Afasto a mão dele com um tapa, mas quando olho para baixo, vejo que não era a única que ele tocava. Sua outra mão está sobre a perna de Keldarion.

Keldarion olha só para mim. Será que ele percebe, pelo menos?

Alguma coisa se rompe dentro de mim. Um fogo arde em meu peito, e empurro a cadeira para trás gritando:

— Tire a mão do meu predestinado!

Os espinhos no chão explodem, envolvem a cadeira de Caspian e o jogam contra a parede.

Os outros quatro príncipes se levantam e olham para mim, boquiabertos. Caspian se recupera e dá uma risadinha.

— Boa demonstração, Rosalina. Parece que esse seu vínculo predestinado está esquentando de verdade.

Respiro com dificuldade, e não consigo fazer nada além de encará-lo. Keldarion salta em cima dele e o agarra pelo colarinho.

— Isso é coisa sua? Você deu esse poder a ela?

O Príncipe dos Espinhos revira os olhos.

— Ah, é, dei à predestinada do meu maior inimigo o poder de manipular meus espinhos. — Ele se livra das mãos dos príncipes com um movimento gracioso. — É claro que não.

— Como isso é possível? — Kel olha para mim.

— Eu disse que conseguia controlar os espinhos. — Encaro meu predestinado. — Você não acreditou em mim.

— Não pode ter pensado que o amor predestinado do Alto Príncipe do Inverno era uma simples humana. Ela tem poder borbulhando sob a superfície. Todos vocês estão distraídos demais para perceber.

— Sira sabe? — Kel grunhe.

Caspian fica sério.

— Não. Preciso ter alguns segredos. E se quiser manter as coisas como estão, Kel, é melhor se comportar.

— Então você perdeu, Caspian. — Olho para ele. — Vou remover os espinhos de Castelárvore.

Ele inclina a cabeça.

— Arranque tudo. Queime. Peça com educação para que se retirem. Fique à vontade, princesa. Mas se quer que esta árvore continue em pé, é melhor deixar os espinhos onde estão.

— Para você continuar drenando a magia? — pergunta Dayton.

Como se quisesse testar sua teoria, me concentro em um arbusto de espinhos perto da janela da sala de jantar. Minha consciência se espalha, viaja pelos espinhos como um sopro profundo. Ordeno que eles se retirem. É como se pudesse sentir sua resistência, no início, não com palavras, mas em sentimento. Quando usei os espinhos para ajudar as rosas na Torre Alta e salvar a vida de Kel, eles obedeceram prontamente ao meu comando.

— Vamos lá — sussurro.

Relutantes, os espinhos giram em espiral e descem, revelando o papel de parede da sala e uma janela iluminada. Imediatamente, o vidro se retrai e quebra. A parede esfarela, pedras e casca de árvore caem no chão.

— Rosalina! — Ezryn me segura pela cintura. Ele me puxa para longe, embora os destroços estejam do outro lado da sala.

Libero os espinhos do meu controle, e Caspian estala a língua. Com um gesto, ele cria novas vinhas que sobem e se entrelaçam entre as rachaduras na parede.

Aconteceu a mesma coisa quando Kel os arrancou. De algum jeito, Caspian entrelaçou seu feitiço com o de Castelárvore. Não sinto nenhuma

ENTRE FOGO E ESPINHOS

drenagem, como Dayton disse. Mas talvez eu ainda tenha que estudar mais profundamente essa conexão, essa magia.

— Eu avisei. — Caspian levanta uma sobrancelha escura, mas depois desvia o olhar. — Por mais agradável que tenha sido pôr a conversa em dia, vim aqui por um motivo. Seu problema impossível, Farron.

Farron balança a cabeça.

— Não tem nada que eu possa querer de você.

— Isso não tem a ver com querer, Principezinho do Outono. — Caspian se aproxima dele, e a capa preta se move como fumaça. — É mais profundo que isso. Mais insistente. Uma necessidade. Você não quer o que eu tenho. Você *precisa* disso.

— Do que está falando? — Farron sussurra.

Caspian para diante dele e abre um sorriso diabólico.

— Não entendeu? Estou aqui para oferecer a você um acordo.

Farron

Foi assim que Keldarion se sentiu tantos anos atrás, preso no cosmos dos olhos de Caspian?

Com que facilidade ele nos encantou naquela época. Não só Kel, mas todos que falavam com ele. Todos negaram essa reação por causa de sua conexão com o Inferior, mas durante aquele tempo, a criadagem corava à menor menção de seu nome e os nobres ansiavam por minutos de conversa.

E eu sabia que não devia me deixar arrastar por sua tempestade cósmica. Ainda sei.

No entanto...

— Que acordo? — pergunto.

Kel atravessa a sala como um raio, segura Caspian pelas lapelas e o joga contra a mesa. Pratos e canecas caem no chão.

— Não se atreva a fazer isso com ele.

— Estrelas — Caspian praticamente ronrona. Um sorriso malicioso se espalha por seu rosto quando ele encara Kel. — Ao menos me deixe terminar de jantar primeiro.

Toco o ombro de Kel. Ele se sobressalta, e vejo a fúria em sua expressão.

— Quero ouvir o que ele tem a dizer — falo.

O peito de Kel estremece com o esforço para respirar. Ele empurra Caspian para o lado e se vira. O Príncipe dos Espinhos sorri para mim, como se compartilhássemos alguma piada privada sobre o temperamento de Kel.

— Fale logo que acordo é esse, para eu poder rejeitar a proposta — disparo. Os outros se aglomeram à minha volta até todos nós estarmos olhando para o Príncipe dos Espinhos.

Caspian se endireita, ajeita o colete.

— Vou expor os fatos, Farron. Seu reino está à beira da guerra, e a culpa é de Keldarion. Apesar do prazer de ver Kel sofrer toda aflição que for possível, não suporto ver vocês quatro batendo cabeças sem ninguém ter ideia nenhuma.

— Ei, estou aqui também — Rosa anuncia ao cruzar os braços.

— Desculpe. — Caspian sorri. — Acredite em mim, já fui o mascote desse grupo de principezinhos de cabeça vazia, como você é agora. Infelizmente, a burrice é contagiosa.

Rosalina pisca, sem entender se havia sido ofendida ou não. Mas antes que ela possa responder, Caspian se aproxima de mim e ajeita minha gola.

— Você diz que não pode ajudar seu reino nas condições em que está agora. Deixe-me mostrar a você, Farron, que às vezes os monstros são os melhores heróis. — Ele chega mais perto, puxa meu colarinho com força até seus lábios quase tocarem minha orelha. O hálito é quente em minha pele, e sinto uma onda de calor subir por meu pescoço até o rosto. — Porque já sabemos que os heróis são os melhores monstros, não é? Os outros príncipes mostraram isso para nós. Você não é como eles. Ainda pode ser salvo. E talvez então — seus olhos buscam Rosalina — o covarde possa finalmente merecer uma rainha.

Ele recua e sorri, um sorriso tão lindo e perverso quanto o estalo de um raio.

— Não gosto disso — Dayton resmunga. — Ele não deveria estar aqui.

— Quais são os termos desse acordo? — pergunto. Todos protestam aos gritos, mas minha voz é mais alta, mais ríspida: — Quais são os termos do acordo?

Talvez seja minha imaginação, mas a sala parece escurecer, as velas tremulam na mesa. Meu campo de visão se estreita até só conseguir enxergar Caspian contornado por seus espinhos.

— O acordo é o seguinte, Farron, Alto Príncipe do Outono. — A voz dele é uma melodia hipnótica que me envolve em ecos e sussurros. — Vou conjurar um feitiço em você, um feitiço de espinhos e algemas que vai confinar sua fera. A transformação vai acontecer todas as noites, mas esse feitiço vai garantir que você permaneça… sob controle.

— Vou continuar me transformando?

— Sim, mas sem se preocupar com a possibilidade de correr pelo castelo como uma fera enlouquecida ou machucar acidentalmente alguém que ama. — Caspian olha para a perna de Rosalina, depois para o rosto de Dayton. — Até o acordo ser rompido, é claro.

— Não gosto *mesmo* disso — Dayton insiste. — Venha, Ez, vamos chutar esse cara para fora daqui...

— Farron é o Alto Príncipe do Outono — Ezryn responde em voz baixa. — A decisão de fazer o que é melhor para seu reino é só dele.

— O quê? — Dayton cruza as mãos atrás da cabeça. — Alguém me ajuda aqui. Kel?

Mas Keldarion está hipnotizado, olhando para Caspian com um misto de desgosto e reverência.

Se esse acordo funcionar, penso, *vou poder retornar ao Outono sem medo de ferir minha família e meu povo. Posso ficar escondido à noite sem me preocupar com fugir ou perder o controle durante o dia. Vou poder ser o Alto Príncipe pela primeira vez.*

— Se isso é um acordo — Rosalina se manifesta —, o que você quer em troca?

Caspian passa um braço sobre os ombros dela de um jeito casual.

— Em troca, gostaria que todos vocês fossem à minha festa de aniversário.

É minha vez de me juntar ao protesto coletivo.

Dayton bate o pé no chão.

— Isso é alguma piada de mau gosto? Por que caralhos você ia querer a gente lá?

— Para nos prender no Inferior. — Ezryn caminha na direção dele. — Não somos idiotas, Caspian.

— Não, mas você certamente é paranoico — Caspian responde sem hesitar. — Você sabe que amo uma boa festa. Vou fazer uma grande comemoração no meu Dia da Farra daqui a duas luas cheias, vai ser na área externa do Jardim Cripta. Só quero ter a satisfação de forçar você a ir lá. — Ele toca o próprio peito. — Confia em mim.

Keldarion se aproxima e arranca a mão de Caspian que está em Rosalina.

— Você não faz aniversário na lua cheia.

Tenho a impressão de que um rubor tinge o rosto de Caspian.

— Bom, mas é quando vou fazer a festa.

— Não podemos ir ao Inferior — digo. — Nossa magia não tem conexão lá embaixo.

Caspian estala a língua e tira uma sementinha do bolso da frente. Ele a joga para mim e respondo instintivamente, consigo pegá-la no ar. O pequeno grão roxo é suave ao toque.

— Plante isso e um portal vai brotar para você e permanecer aberto por doze horas. Recomendo que faça isso em algum lugar onde nenhuma pobre alma possa atravessar o portal por acidente. A semente cresce melhor em solo marcado por tragédia. — Caspian levanta uma sobrancelha. — Talvez sua velha biblioteca sirva.

Vergonha e raiva me invadem, e seguro a semente entre os dedos, pronto para esmagá-la.

Não posso fazer um acordo com Caspian. Ele traiu Kel. Está drenando a magia de Castelárvore. Ele é um vilão.

E ele é a única possibilidade que tenho de salvar minha casa e garantir que o que aconteceu na velha biblioteca nunca mais aconteça.

— O acordo inclui todo mundo. — Olho para cada membro da minha família, um a um. — Vocês vão comigo ao Jardim Cripta?

Ezryn esfrega os punhos um no outro.

— Não faz sentido. Por que o traidor quer a gente lá?

Caspian abre a boca para responder, mas Rosalina o interrompe com um olhar firme.

— Acho que é porque ele não tem amigos de verdade. — Ela segura minha mão. — Confie no seu coração, Farron. Se é o que precisa fazer por seu povo, apoio você. — Depois olha por cima do ombro. — Mesmo que para isso eu tenha que ir a uma festa de aniversário chata.

— Ah, confie em mim, querida — Caspian ronrona. — Minhas festas são tudo, menos chatas.

Dayton olha para o teto e solta um suspiro audível.

— Concordo com Rosa. Estou com você, Fare. — Ele se aproxima de Caspian e cutuca seu peito. — Mas se acontecer alguma coisa suspeita, eu uso essa semente para ir ao Inferior e corto essa sua cabecinha.

Caspian massageia o peito.

— Dayton, querido, posso te ensinar umas coisinhas sobre cabecinha.

É a vez de Dayton ficar vermelho.

Rosalina olha para Kel e Ezryn.

— E vocês dois? — pergunto.

O olhar de Kel é uma chuva de granizo me rasgando.

— Tem certeza disso, Farron?

Não tenho certeza de nada, exceto de que não consigo fazer isso sozinho.

— Sim, tenho certeza.

Kel fecha os olhos e seu rosto se transforma com uma expressão de tristeza. Ele abre um olho e fita Ezryn.

— Não vou sem você. — E baixa a voz. — Cometi esse erro da última vez.

Momentos e mais momentos passam, e Ezryn continua parado, uma imobilidade sinistra. E então ele diz:

— Se essa é a vontade do Alto Príncipe do Outono, estou com você.

O ar parece mais denso com a antecipação, e cambaleio quando Caspian me tira de perto dos outros. Rosalina estende a mão para mim, e Dayton entrelaça os dedos nos dela.

Caspian estende a mão e eu olho para ela, consciente de que o destino do meu reino depende de um trato com a encarnação das trevas.

— Negócio fechado? — ele pergunta.

Guardo a semente no bolso e aperto a mão dele. Um vento frio brota de nossa conexão e sopra meu cabelo para trás enquanto a magia do acordo nasce.

— Negócio fechado — respondo.

Caspian joga a cabeça para trás e ri, um som sombrio que vem de todos os cantos da sala.

— Sempre soube que um dia eu colocaria as mãos em você — ele fala. E agarra meu pescoço.

Dayton dá um passo à frente, mas o contenho com um gesto e me mantenho firme. Caspian arranca dois espinhos finos de um arbusto no chão. Eles se contorcem, um deles envolve meu pescoço como uma gargantilha, o outro faz a mesma coisa com o pescoço dele.

Quando Caspian recua, tento arrancar a amarra. As pontas afiadas pressionam sem romper a pele, mas apertam o suficiente para eu não conseguir removê-las.

— Pensei que todos os acordos fossem braceletes — Rosalina comenta com tom calmo, ali perto.

— Às vezes — responde Kel. — Acordos são vínculos, pode ser qualquer coisa circular.

— Mas vocês, cinco gênios, provavelmente não vão demorar para entender essa geadinha desastrosa — Caspian anuncia com tom debochado. — Tenho certeza de que nosso acordo vai acabar antes que vocês percebam.

Rosalina

Dayton segura minha mão com tanta força que estou surpresa por meus dedos não estarem quebrados. Ele contrai a mandíbula, e uma gota de suor escorre da testa. *Ele odeia isso.*

Mas tem uma pessoa que odeia mais. Keldarion parece estar controlado, indiferente. Porém sinto a fera enjaulada de sua fúria ecoando em minhas veias.

Farron se afasta de Caspian cambaleando, puxando a coleira de espinhos.

— Fare — Dayton chama com a voz sufocada. Ele acolhe Farron nos braços, e os dois tremem.

Quero muito confortá-lo, mas o máximo que posso fazer é acariciar seu cabelo despenteado.

— Você está bem? — pergunto.

— Sim, só um pouco tonto.

— Não se preocupe — diz Caspian. — Esse é um efeito colateral comum de olhar nos meus olhos.

Mas Dayton e eu olhamos para o Príncipe dos Espinhos com a mesma expressão ameaçadora. Em parte, odeio que Farron tenha feito um acordo com Caspian, mas entendo. Que escolha ele tinha? Farron precisa assumir o controle sobre o Reino do Outono, mas como poderia fazer isso se está sempre com medo de sua fera se libertar e criar o caos?

Sei como é aceitar um acordo com uma fera para salvar as pessoas que você ama. Foi o que me levou a negociar com Keldarion quando estive presa em Castelárvore pela primeira vez.

Que medo Kel sentiu quando fez o próprio acordo com o Príncipe dos Espinhos? Keldarion olha para Caspian e rosna.

— Não tem mais nada para fazer aqui. — E caminha em direção à porta. — Perth vai chegar em breve. Vou esperar por ele no hall. Ezryn, assegure-se de que Caspian vá embora.

Assim que Kel sai da sala, Ezryn segura o braço de Caspian.

— Você ouviu. O jantar acabou, hora de ir embora.

Caspian desvia lentamente o olhar da porta para Ezryn, mas parece perdido em pensamentos.

— O quê?

— Volte para o Inferior, Caspian. Se Perth souber que esteve aqui, vai ser um inferno para Keldarion — Ezryn justifica. Ele é muito mais alto e mais forte que Caspian, mas o Príncipe dos Espinhos não está intimidado.

— Já não causou sua cota de caos por hoje? — Dayton se irrita, novamente sentado à mesa. Farron mantém a cabeça apoiada em seu ombro.

— Tudo bem, estou indo. — Caspian limpa o braço onde Ezryn o segurou. — Mas antes, podemos jogar uma partida de Mestre do Luar?

Um arbusto de espinhos brota do chão e se desenvolve como uma flor desabrochando. No meio dele tem uma caixa roxa.

— Se me lembro bem — Caspian continua —, você, Alto Príncipe da Primavera, perdeu a última partida. — Ele tira um pergaminho da caixa roxa e o desenrola.

Olho para o pergaminho, que é dividido em três seções por um grande T, com um *e* e um *c* sobre cada coluna. Abaixo da linha horizontal há uma série de números. Uma contagem de pontos?

Ezryn olha entre a caixa e a porta, e novamente para a caixa. Sinto que um inacreditável debate interno acontece.

Caspian começa a enrolar o pergaminho.

— Bom, se acha que não consegue vencer...

— Uma partida — Ezryn anuncia. — Depois você vai embora.

— Perfeito. — Caspian deixa a caixa sobre a mesa.

Vou para o outro lado, e Dayton passa um braço em torno da minha cintura, me puxando para seu colo. O movimento é tão suave, fluido e reconfortante que aquece meu coração.

— O jogo é Mestre do Luar — Farron explica aparentemente recuperado, embora a voz ainda esteja rouca. — Faz anos que Ez e Cas têm essa rivalidade.

Cas. É a primeira vez que ele se refere ao príncipe desse jeito. Os príncipes têm muito mais intimidade com Caspian do que eu havia percebido. E aqui está ele, disputando uma partida de um jogo com os príncipes enquanto seus espinhos sufocam nossa casa.

É possível amar e odiar ao mesmo tempo alguma coisa? Alguém?

Enquanto vejo o Príncipe dos Espinhos remover lentamente as peças da caixa do jogo, não consigo determinar se ele tem alguma razão nefária para adiar a partida ou se está apenas... se sentindo solitário. Tudo que ele queria com o acordo era que fôssemos à sua festa de aniversário.

O tabuleiro do jogo é bonito: circular, feito de pedra branca e polida, com pequenas esferas de várias cores.

— O anel elevado em torno do tabuleiro impede que as peças caiam — explica Farron. — Cada peça corresponde a um elemento na natureza diferente, como fogo, água, ar e terra.

— Como se joga? — pergunto, torcendo para a conversa distrair Farron do acordo.

— O objetivo é usar estratégia e manipulação para controlar os caminhos de luz e sombra que atravessam o tabuleiro — ele explica. — Os jogadores se revezam movimentando as peças e usando suas habilidades para escurecer ou iluminar certas áreas do tabuleiro. O objetivo é prender o oponente em um anel de sombra ou cercar as próprias peças com luz.

Olho para Ezryn e Caspian, que estão começando a posicionar suas peças com muita intensidade.

— O vencedor ganha um prêmio, ou algo assim?

— Acho que eles podem ter feito alguma aposta ridícula quando tudo isso começou — Dayton comenta com um toque de humor. — Mas agora é mais sobre os direitos de se gabar. O que é muito importante para esses dois.

O jogo começa, e me sinto hipnotizada pelo confronto entre os príncipes. Ezryn move as peças com concentração silenciosa, enquanto Caspian finge desinteresse, antes de fazer suas jogadas de um jeito caótico. Dayton e Farron acompanham tudo com atenção e oferecem conselhos a Ezryn, que acaba frustrado com a maioria deles. Irritado, ele pede silêncio sem desviar os olhos do tabuleiro.

Queria poder só me acomodar no calor do abraço de Dayton e aproveitar a noite, mas sinto uma pressão silenciosa em meu peito. Uma inquietação.

Keldarion está sofrendo.

Eu me levanto do colo de Dayton.

— Vou ver como está Kel — sussurro.

Ezryn endireita as costas e me acompanha com o olhar.

— Volto assim que o vizir chegar — digo. — Prometo.

Ele não gosta disso, mas confia em mim. Então assente e volta ao jogo. Deixo a sala de jantar e me dirijo à entrada de Castelárvore.

Keldarion está no hall de entrada, com uma das mãos apoiada em uma coluna e contornado por espinho e gelo.

— Kel?

— Vá aproveitar sua noite, Rosalina — ele fala sem se virar. — Amanhã partimos para o Reino do Outono, e desconfio de que não vamos ter muito descanso por lá.

Paro na frente dele.

— Não posso descansar. Tem uma tempestade dentro do meu peito, nada é capaz de sufocá-la.

Ele segura um espinho.

— Seu vínculo despertou. E está se fortalecendo com a nossa proximidade.

Uma parte atrevida do meu coração palpita ao ouvir isso. Ele não pode negar o que temos. Mas também… quero estar com alguém só por causa de uma conexão mística, não porque essa pessoa realmente gosta de mim?

— Qual é o problema? Me fale — peço.

Keldarion olha em volta. Perth Quellos ainda não chegou. Quando chegar, ele vai passar pela porta. A menos que isso tenha mudado, ele é o único que tem permissão para entrar ou sair de Castelárvore. O grande espelho ao lado da entrada pode levar os príncipes a qualquer lugar, mas a porta é encantada e só abre para pontos distintos em cada um dos reinos.

— Parece que todo dia tem outra montanha — ele resmunga, se afastando da parede. — Rebeliões no meu reino, gelo no outono, Farron fazendo um acordo e você controlando os espinhos, um poder que *ele* tem e não pertence a mais ninguém.

— Hoje você vai conversar com Perth sobre as rebeliões e o congelamento. Amanhã partimos para o Outono a fim de resolver tudo. Farron fez uma escolha, e agradeça por ela ter um preço que podemos pagar todos juntos. Somos mais poderosos unidos. Quanto aos espinhos, isso é bom. Se eu conseguir entendê-los, vou poder usá-los para ajudar Castelárvore. — Ele olha para mim boquiaberto por um momento, mas aquela onda de frustração, raiva ou outra coisa só fica mais forte. — É só isso? — pergunto quando ele não fala nada.

— Saia daqui — ele responde, e começa a andar de um lado para o outro pelo hall de entrada.

Vou atrás dele, ou melhor, deslizo no chão congelado, e tenho que me agarrar à beirada de uma das mesas laterais para não cair.

— Ei — reajo furiosa. — Você pode mandar Caspian embora o quanto quiser, mas aqui é a minha casa.

Seu olhar fica mais sombrio.

— Você realmente não entende a agonia que sua presença provoca em mim?

Agora sou eu que estou de queixo caído.

— O que foi que fiz, além de tentar ajudar você?

— Volte para perto dos outros.

De repente a compreensão me invade, e fico paralisada.

— Você sente o cheiro dele.

— Eu *senti* você. — Ele gira, e o cabelo branco se move em uma onda rebelde. Sua voz agora é um grunhido primal. — As três vezes.

Quase me encolho. Mas me lembro das palavras de Dayton e mantenho o queixo erguido.

— Estou surpresa por ainda se lembrar de como é essa sensação. Quanto tempo faz? Vinte e cinco anos?

Uma expressão de choque transforma seu rosto. O Outono pode estar se preparando para a guerra contra o Reino do Inverno, mas seu príncipe começou uma guerra comigo quando disse que preferia ver o mundo pegar fogo a aceitar nosso vínculo.

Não vou deixar o Vale Feérico ou outros príncipes caírem por causa do ego desse cara.

Um rosnado rouco escapa da minha garganta.

— Você é a criatura mais irritante que já conheci.

Passo por ele segurando a saia cor de marfim.

— Você nem se incomoda tanto, Kel. Farron me contou que um vínculo predestinado pode levar uma pessoa a um surto furioso e incontrolável de ciúme.

— Por isso quase empalou Caspian nos próprios espinhos?

— Não gosto de ninguém tocando o que é me... — Mordo a língua. Kel não é meu. Ele deixou isso claro. — Aquilo foi meio maluco.

— Pelo contrário, foi a melhor coisa que vi em eras.

Meu corpo vibra com a migalha de aprovação. *Credo.* Isso é o vínculo predestinado ou meu coração traiçoeiro?

— Você não se incomodou comigo e Dayton… — digo, e deixo escapar uma nota de constrangimento na voz. — Nós nos divertimos, mas não dormimos juntos, nada disso.

Sei que Keldarion não merece uma explicação, mas apesar de rejeitar nosso vínculo predestinado, ele é parte da minha vida. Preciso ser honesta com ele.

Keldarion apoia a mão grande na ponta da mesa, segurando a beirada com força.

— Talvez meu vínculo seja tão quebrado quanto meu coração. Muitas emoções me atormentaram quando seus sentimentos encontraram os meus, mas no fim… sinto apenas contentamento por você ter ficado satisfeita.

Uma onda de incredulidade me invade, e tento entender a situação.

— Não era essa a resposta que eu esperava. Nunca pensei que você fosse do tipo que permite que a parceira fique com outra pessoa. Mesmo que não queira nada comigo.

Ele olha para mim por um segundo, depois balança a cabeça.

— Vai se sentir melhor se eu der uma surra no Dayton?

— Não.

O silêncio se prolonga por alguns instantes, depois Keldarion grunhe:

— Dayton não é *outra pessoa*.

Seguro seu braço.

— Farron tem uma teoria. Acha que não existe ciúme entre ele e Day porque há uma conexão entre os príncipes. Talvez seja a maldição, ou o fato de morarem todos juntos em Castelárvore.

— Farron é cheio das teorias. — Kel inclina a cabeça e olha para mim de outro ângulo. — Eu sei sobre você e Dayton, e Farron não consegue ser muito sutil sobre o afeto que sente por você. Aconteceu alguma coisa entre você e Ezryn?

Merda, sou a pior guardiã de segredos de Castelárvore. Meu rosto esquenta. Ezryn não me pediu segredo, antes de sair correndo.

— Ele talvez tenha me beijado.

— E o capacete?

— Teve um lance de quebrar uma lamparina para deixar tudo escuro — explico. — Não vi o rosto dele.

Keldarion parece pensar nisso por um momento, enquanto passa a mão no cabelo comprido. Sei que tenho sentido a tensão entre eles ultimamente, e não quero tornar isso pior. Mas ele diz:

ENTRE FOGO E ESPINHOS

— Faz sentido.

Talvez os métodos científicos de Farron estejam me contaminando, ou é minha necessidade de entender essa coisa mágica e nova dentro de mim, mas quero testar a teoria.

— Então, se o ciúme não afeta você — digo —, eu devia ir ao Reino do Verão e visitar uma daquelas salas de orgia e nudez de que Dayton me falou…

Keldarion aparece na minha frente em um instante. Ele me segura pela cintura e me levanta sobre a extremidade da mesinha. Seu braço cria uma gaiola em torno do meu corpo, a respiração é um rosnado morno em meu ouvido.

— Não vai fazer nada disso.

Estendo a mão, desesperada por essa demonstração de afeto. Meu vestido enrosca nos espinhos, um arrepio percorre meus ombros. Mas o peito colado ao meu me conforta.

— Acho que seu vínculo não está inteiramente quebrado.

Ele olha pra baixo quando abro as pernas para enlaçar sua cintura.

— É o que parece.

— Dayton me disse que se eu ficasse com alguém, além dos príncipes de Castelárvore, ele mataria a pessoa e me possuiria em cima do sangue dela.

Ao ouvir isso, Keldarion me puxa com mais força contra o peito, e sinto toda sua rigidez.

— Nem tudo que sai daquela boca é uma completa idiotice.

Quase derreto em seus braços, e meus pensamentos ficam confusos com essa proximidade.

— Você faria a mesma coisa?

Ele segura meu rosto.

— O que eu não faria por você?

— Deixaria eu te amar?

Ele paralisa, e volto à realidade. A realidade em que Keldarion me odeia, e esses pequenos lampejos de afeto desaparecem como um sonho.

Ele balança a cabeça e começa a recuar.

Mas eu o sigo, e mais partes do meu vestido enroscam nos espinhos. Seguro a camisa de Keldarion e o puxo para perto, ainda sentada na mesinha.

— Por que você faz isso, Kel? É cruel. Estou cansada de tentar entender.

— Sacie os seus desejos com os outros príncipes, Rosa. Esse destino não é para nós.

— Mas você é o meu *predestinado*. — Puxo seu rosto para mim até quase sentir seu nariz tocando o meu. — Nosso vínculo pode quebrar a maldição.

Seu olhar desce por meu corpo. Percebo que o vestido fino rasgou, e o tecido está solto sobre o peito, deixando à mostra a curva dos seios. Sua mão calejada desliza por minha pele delicada. Uma onda de desejo me percorre. Projeto o quadril para a frente, sinto seu prazer rígido me esperando.

Ele pressiona o polegar contra a carne macia, explora, e um gemido viril brota de sua garganta. O som simples faz a umidade escorrer entre minhas pernas.

— Me beije, Kel — sussurro em seu pescoço —, ou vou morrer por causa disso.

Ele agarra a parte de trás do meu vestido com uma das mãos e meu braço com a outra. Fecho os olhos.

Mas o beijo não acontece. Abro os olhos e vejo Keldarion completamente imóvel.

— Kel?

A mão aperta meu braço com mais força, seu corpo inteiro vibra. Alguma coisa feroz cintila em seus olhos quando ele grunhe:

— Quem fez isso com você?

Rosalina

Meu sangue gela. Tento puxar o braço, mas é tarde demais. O vestido rasgado revelou a cicatriz no meu pulso. A marca que tentei esconder durante toda a minha vida adulta.

— Lucas — Keldarion lê, misturando a palavra com puro veneno. — Aquele *menino* que tirou você do lago gelado? O que você amava?

Cubro o punho com a mão para esconder a cicatriz. Um soluço desesperado borbulha em meu peito, e meu verdadeiro medo explode.

— Você deve ter muita vergonha de um amor predestinado que permitiu isso.

Não sei quantas das minhas palavras são coerentes e quantas são uma confusão incompreensível, mas Keldarion me puxa de imediato contra seu peito.

— Não, Rosa. Não fale isso. Eu não estava lá para protegê-la, essa é a causa da minha raiva.

Enxugo os olhos.

— Faz muito tempo.

— Quando mandei você de volta, esse homem estava lá? Ele a machucou?

As mãos de Lucas na minha pele. O brilho da adaga. Se os outros não tivessem aparecido…

— Não. — Balanço a cabeça com veemência. — Eu disse para ele me deixar em paz.

Kel acaricia meu rosto com suavidade. Na mais estranha demonstração de intimidade, ele beija minha bochecha antes de se dirigir ao espelho gigante ao lado da porta.

— Aonde você vai?

— À sua casa — ele anuncia com simplicidade.

— Para quê?

— Para encontrar esse Lucas. — Os olhos de Keldarion queimam, me fazendo lembrar que esse amor predestinado não é um homem comum.

Ele é um príncipe feérico, alguém de imenso poder. — E quando o encontrar, ele vai implorar pela misericórdia da morte.

O ar fica preso em minha garganta. Ele não sabe que Lucas está aqui, no castelo. Os outros não devem ter contado.

Corro para Kel e envolvo sua cintura com os braços.

— Não tem mais nada para mim naquele mundo. Minha vida está aqui em Castelárvore.

Ele segura meu queixo com ternura.

— Agora entendo isso, Rosalina. Não pretendo mandá-la embora de novo. Os outros príncipes provaram que podem protegê-la e cuidar de você, mesmo que eu não possa. Este é o lugar mais seguro para você, mas não vou descansar até aquele homem…

Uma rajada de vento gelado varre o hall de entrada quando a porta se abre.

Perth Quellos, vizir de Keldarion, entra. Seu rosto fino é liso, sem nenhum pelo, e a cabeça careca brilha como mármore polido. A complexão é pálida, com uma coloração azulada que traz à mente o frio de uma noite de inverno.

Uma raiva feroz me invade quando olho para o regente do Reino do Inverno. Como se sentisse minhas emoções, Kel me segura com mais força.

— Ca-ham.— O vizir limpa a garganta. Seus lábios são azuis, como se tivesse comido muitos mirtilos maduros. — Vim atender ao seu chamado, senhor.

— Peço desculpas, mas surgiu uma questão mais urgente — Keldarion responde.

— Mais urgente que os desvarios do Reino do Outono? — Perth pergunta. — Sua convocação me pareceu bem urgente.

E *é* urgente. Seguro Keldarion pelos dois lados do rosto e o obrigo a olhar para mim até sua respiração se regularizar.

—Isso pode esperar. A reunião com seu vizir é importante, Kel. Por Farron.

Ele me encara com firmeza por um instante, depois endireita as costas.

— Isso não acabou, Rosalina. — Então desamarra a túnica e a despe, revelando uma camisa preta e justa. Ele me cobre com o tecido, escondendo os rasgos no vestido e a cicatriz em meu pulso.

Agora ele entende por que sempre uso mangas compridas?

—Tem certeza de que está bem? — Keldarion pergunta, focado apenas em mim enquanto Perth, impaciente, alterna o peso do corpo entre um pé e outro.

— Estou bem.

— Fique com os outros até eu voltar — Keldarion ordena antes de olhar para Perth. — Venha, vamos para a sala do conselho. A criadagem limpou tudo há pouco tempo.

Kel nunca permitiu que Perth fosse além do hall de entrada em Castelárvore. Ele deve estar ansioso para se livrar de mim.

Perth assente para Kel, depois passa por mim.

— Um prazer, como sempre, Senhora de Castelárvore. — O título com que Ezryn me apelidou depois de jogar Perth do outro lado do jardim.

Olho para ele desconfiada. Tem alguma coisa estranha no vizir hoje. Ele veste o típico manto branco com estampa geométrica azul. Mas sobre a cabeça careca tem uma coroa prateada enfeitada por uma grande pedra. Nunca tinha visto esse tom de verde, é quase espectral.

Solto o ar quando Keldarion sobe a escada a caminho da sala do conselho com Perth. O peso da presença do vizir desaparece do recinto, e o ar parece circular com facilidade. Massageio o pulso tocando a cicatriz. Ele viu. Kel viu minha cicatriz… e não me chamou de covarde, não sentiu repulsa nem imaginou que sou uma garota patética que deixou alguém a machucar tão profundamente. Não, só vi fúria em seus olhos. Um profundo instinto de proteção. Vê-lo desse jeito… *Ele cuida de mim de um jeito estranho.*

E Kel estava pronto para ir atrás de Lucas e matá-lo. Por mais que não considere Lucas digno de nenhuma compaixão, não posso ser responsável por sua morte. Talvez consiga impedir Keldarion de ir ao mundo humano, mas se ele descobrir que seu alvo está aqui no castelo, é fim de jogo.

Preciso mandar Lucas para casa. Hoje.

Lentamente, me viro para o grande espelho ao lado da porta. Alto, quase do chão até o teto, com uma moldura dourada enfeitada por delicadas rosas entalhadas que parecem desabrochar diante dos meus olhos. O vidro tem uma aparência embaçada, velha.

Castelárvore me ajudou antes abrindo as barras da grade da cela e me levando à Torre Alta. Ela me ajudaria a usar o espelho, como os príncipes conseguem fazer?

Usei o colar para fazer contato com Ezryn e consigo controlar os espinhos.

Alguma coisa borbulha em mim logo abaixo da superfície.

Vi Farron mandar alguém através do espelho. Dayton e eu o usamos para ir ao Reino do Verão. Se foi assim que os príncipes chegaram a Orca Cove, certamente posso usar o espelho para mandar Lucas para casa.

Respiro fundo. Toco o vidro. O espelho se movimenta em ondas líquidas e metálicas.

— Mostre-me Orca Cove — murmuro.

O vidro vibra com uma luz perolada e eu vejo: o salgueiro, a rua, a nova loja de presentes em Orca Cove.

Funciona.

Funciona!

Assim que afasto a mão, o espelho volta ao normal. Posso ativá-lo novamente quando Lucas chegar aqui.

Tenho tempo. Keldarion deve ficar um pouco nessa reunião. Dou uma olhada na sala de jantar quando passo pela porta. Eles ainda estão jogando Mestre do Luar, e parece que a disputa está ficando animada. Farron e Dayton se inclinam sobre Ezryn quando ele considera um movimento. Enquanto isso, Caspian se recosta na cadeira e sorri como o Gato de Cheshire.

Acho que poderia pedir a ajuda deles com Lucas, mas se descobrirem minha cicatriz, também vão surtar e ter um ataque de fúria, provavelmente. Além do mais, sei que já existe alguma tensão com Kel e não quero piorar a situação os induzindo a fazer alguma coisa pelas costas dele. Meu pai ajudaria, mas não tenho tempo para revirar o castelo até encontrá-lo.

Posso fazer isso sozinha. Uma viagem rápida ao espelho e adeus, Lucas. Até nunca mais.

A sala de tratamento está silenciosa. Eu me aproximo da cama onde Lucas dorme. Ele ainda não está recuperado por completo, mas melhorou muito desde ontem, agora que não tem mais as vísceras penduradas do lado de fora.

Eu o sacudo, mas ele nem se mexe. Ezryn deve ter induzido um sono profundo. Sopro um tufo de cabelo da frente do meu rosto e corro até a despensa, onde examino rapidamente todos os frascos rotulados.

— Arrá! — Inalantes de amônia. Tiro a rolha e aproximo o frasco do nariz de Lucas. Ele acorda, e cubro sua boca com a mão. — Se quer continuar vivo, fica quieto.

Ele balança a cabeça, sacode as mechas de cabelo ruivo em volta do rosto e fala com voz grogue:

— Rosalina? On… onde estou…

Muito bem, é isso. Preciso que ele ande, não que esteja muito acordado.

— Venha. — Passo um braço embaixo de seu corpo e o ajudo a se levantar. Meu corpo todo se revolta com o contato, mas tento sufocar as emoções para Kel não sentir nada.

ENTRE FOGO E ESPINHOS

Lucas se sustenta sobre as pernas trêmulas e geme. Ele veste uma camisa bege e calça larga.

— Estamos em um castelo dos feéricos — explico —, e vou levar você para casa. Isso é tudo que precisa saber.

Um gemido atordoado é a única resposta.

Olho para os dois lados. Os corredores estão vazios. É lua cheia, a maior parte dos criados está festejando, aproveitando a noite. Uma pequena bênção.

Andamos devagar, Lucas apoiado em mim e se queixando de dor nas pernas.

Meu coração bate forte quando chegamos ao hall de entrada. Lucas observa tudo.

— Esses espinhos… — ele murmura, mais coerente a cada segundo. — São como aqueles quando atravessamos as roseiras.

— Não fale — cochicho.

Ele me obedece, por enquanto. Sinto um desconforto. Como vai ser quando essa fadiga passar? Antes de ser atacado, ele estava tentando entalhar um anel no meu dedo.

Assim que passamos pela sala de jantar, ouço a voz dos meus príncipes feéricos ao longe, um conforto quente. O instinto tenta me fazer chamar por eles, pedir para me protegerem do monstro apoiado em mim.

Mas só mais alguns passos, e Lucas vai estar fora da minha vida para sempre. Não terá mais nenhum poder sobre mim. Então vou conseguir voltar e ajudar Ezryn no jogo, abraçar Day e Fare enquanto observo o sorriso estranho, mas bonito de Caspian… Espere, não, isso não.

Meus pensamentos se concentram no presente quando chegamos perto do espelho. Não vejo ninguém ali: tudo certo.

Ponho a mão no vidro. Mas ele não se altera.

— Mostre-me Orca Cove — ordeno, tocando o espelho com os dedos.

A única coisa que vejo é meu reflexo e Lucas apoiado em meu ombro.

— Você é uma maluca da porra, mesmo — ele diz. — Isso é um espelho.

Ouço passos no alto da escada, vozes abafadas.

— Este espelho é a única coisa que vai salvar sua vida — sussurro. Bato a mão aberta com força na superfície lisa. — Mostre-me Orca Cove.

— Como falei antes, senhor — a voz de Perth Quellos flutua até nós —, notamos uma geada estranha ao longo da fronteira, mas não pensamos que fosse perigosa. Minhas mensagens para Sua Alteza não tiveram resposta, e não recebemos nenhuma notícia da princesa Niamh.

A voz de Kel retumba:

— Mande os Cavaleiros Kryodianos para a investigação. Nossa melhor legião certamente vai conseguir destrinchar tudo isso do lado do Inverno.

Não, não, não. Se esse espelho não funcionar, Keldarion vai *matar* Lucas.

— Por favor.

As bordas douradas brilham como se o castelo estivesse ouvindo. Mas o espelho não se abre novamente para mim.

— Rosalina — chama a voz austera atrás de mim.

Keldarion.

— Não fale seu nome para ele — sussurro para Lucas quando nos viramos. — E não seja idiota.

Lucas grunhe para demonstrar que entendeu. Ele ainda tem um braço pendurado sobre meus ombros. E, sim, o vínculo predestinado deve funcionar perfeitamente, porque a fúria no rosto de Kel é evidente. Ele desce a escada como uma tempestade, deixando Perth Quellos gaguejando atrás dele.

— Quem é esse?

Quase respondi: *Ah, é o humano ferido que Ezryn curou. Estou o mandando para casa.*

Mas antes que eu possa dizer alguma coisa, Lucas se endireita.

— Não sei quem você é, mas sou Lucas Poussin, e ela é *minha* noiva.

Juro que até Castelárvore respira fundo. Eu inspiro, e Kel fica parado onde está. Depois, toda fúria explode. Uma nevasca varre o hall, granizo e neve se levantam em torno do Príncipe do Inverno quando ele se aproxima de nós e rosna:

— Tira as mãos da minha predestinada.

Rosalina

Eu achava que tivesse visto a ira de Keldarion antes — quando Farron tentou arrancar minha perna, quando Caspian invadiu o baile ou quando me atrevi a entrar na Torre Alta. Mas o que vejo agora é diferente de tudo isso.

É a posição implacável do queixo, a cadência controlada de seus passos. Uma fúria palpável que estala no ar. Uma fúria tão intensa que cada floco de neve e brisa gelada acata suas ordens.

Talvez eu devesse ter medo. Mas é como se cada parte do meu corpo quisesse correr para ele.

Lucas tira as mãos de mim, cambaleia para a porta e tenta abri-la. Mas, é claro, a porta não abre para ele.

— Que porra é essa, Rosalina? — Cada palavra dele irradia terror. — Onde é que estamos, sua vadia maluca?

— Kel, espere. — Levanto as mãos. — Eu posso explicar.

Keldarion me ignora. Atrás dele, Perth Quellos assiste a tudo com um olhar calculista. Outra explosão de medo sacode meu peito. Keldarion normalmente tem controle absoluto sobre seu lobo, e é noite de lua cheia. Mas e se ele escapar? A última coisa de que precisamos é esse vizir sórdido testemunhando a verdade sobre a maldição do príncipe.

— Ez! — chamo. — Day! Farron! — Vou precisar de ajuda se quiser impedir um assassinato e a aparição do lobo de Kel.

Em um instante, os três príncipes saem correndo da sala de jantar. Caspian deve ter ido embora, o que é melhor, porque também não seria bom Perth vê-lo aqui.

Dayton me abraça, e Farron segura minhas mãos trêmulas. Ezryn para na nossa frente, estuda a situação, cada passo carregado de autoridade.

— Eu estava tentando mandar Lucas para casa — explico —, mas o espelho não funcionou, e aí Kel desceu e...

— Kel — Ezryn chama —, o que está acontecendo? Esse homem é meu paciente a pedido de Rosalina.

Keldarion grunhe, único sinal de reconhecimento. Ele está diante de Lucas, que se encolheu na frente da porta e não para de tremer. Nunca o vi desse jeito, acuado como os animais que caça.

A voz de Keldarion retumba baixa e perigosa quando ele agarra o colarinho da camisa de Lucas.

— Este homem cometeu um crime imperdoável. Morte seria uma misericórdia que ele não merece.

Lucas solta uma sequência de palavrões incompreensíveis. Vira a cabeça de um lado para o outro, mas já sei que não existe chance de fuga para ele.

Dayton massageia meus ombros, oferecendo conforto.

— O que está acontecendo, flor?

Lágrimas escorrem por meu rosto. Farron segura meu rosto com um toque terno, os olhos cheios de empatia.

— Rosa, estamos aqui com você. Pode contar qualquer coisa para nós.

Balanço a cabeça e escapo das mãos dele.

— Vocês vão ter vergonha de mim.

Ezryn se vira ao ouvir minhas palavras, e os três formam um círculo protetor à minha volta.

— Você já viu o passado de todos nós — ele diz — e, mesmo assim, voltou.

Farron crava em mim os olhos cor de âmbar.

— Não tem nada que possa dizer para nos afastar de você.

— Nada — concorda Dayton.

Aperto o punho com os dedos.

— Lucas deixou muitas marcas em mim. Mas esta aqui é a única que pode ser vista.

Levanto a manga da túnica de Keldarion, revelando a cicatriz horrorosa, as linhas irregulares que escrevem LUCAS em minha pele.

Os três príncipes olham para a minha maior vergonha, e sinto a fúria em cada um deles como fogo crescendo na floresta.

Ezryn segura meu braço com a mão trêmula dentro da luva. Vejo meu reflexo no visor preto de seu capacete. Tem medo em meu rosto, mas alguma coisa emerge dos meus lábios trêmulos, dos meus olhos lacrimejantes.

Raiva.

De mim, por ter sentido tanto medo por tanto tempo. De Lucas, por ter causado esse sentimento em mim.

Eles não falam, mas Dayton me abraça com mais força, e Farron se aproxima pelo outro lado. Ez se vira, ainda nos bloqueando.

— Protetor dos Reinos. — A voz de Ezryn ecoa com uma intensidade ameaçadora, evocando o som de uma tempestade que se forma. — Estou com você.

— Estou com você — Dayton rosna com tom grave.

Farron respira fundo. Alguma coisa brilha em seus olhos, mas se apaga quando ele olha para Keldarion.

— Estou com você.

Eles não vão impedir isso.

A escuridão se espalha em meu peito. É a ira de Keldarion?

Não. É a minha.

— Ótimo — Keldarion responde com tom rouco, antes de segurar o colarinho de Lucas e arremessá-lo do outro lado da sala. Com um baque pavoroso, ele se choca contra um pilar adornado com espinhos medonhos e é rasgado pelas pontas afiadas. Ao cair no chão, seus gritos torturados dominam o espaço. Ele tenta se levantar, tosse e cospe sangue, mas Keldarion se aproxima e chuta um lado do corpo caído.

Os outros príncipes ainda me cercam, assistem a tudo satisfeitos, e com evidente antecipação, até serem chamados pelo Protetor dos Reinos.

Keldarion se ajoelha ao lado de Lucas e seu cabelo branco cai em volta do rosto. Os músculos de seus braços são como cordas salientes quando ele se inclina para a frente e os apoia sobre os joelhos.

— Que mão você usa para segurar a adaga?

Lucas arregala os olhos e murmura coisas incoerentes. Keldarion segura seu punho e o torce. Um estalo horrível ecoa na sala, seguido pelo grito sufocado de Lucas.

— Sabe de uma coisa? — Keldarion continua. — Decidi que não tem importância. — Ele se levanta e pisa na outra mão de Lucas com força, provocando um rangido alto.

Um uivo como o guincho de um animal à beira da morte brota do humano, que se contorce no chão. Kel quebrou as duas mãos dele. Mesmo que a fratura se solidifique, ele nunca mais vai segurar a arma ou a adaga do mesmo jeito.

Keldarion olha para ele com repulsa.

— Você vai se arrepender do dia em que pôs as mãos nela.

Ele agarra Lucas pela camisa rasgada e o levanta. O garoto com quem um dia pensei em me casar parece um boneco de pano. Keldarion o empurra contra o pilar. O gelo brota do chão e o envolve até a cintura. Seus braços pendem junto do corpo, a cabeça cai sobre o peito.

Kel flexiona os dedos, e uma adaga serrilhada de gelo cresce em sua mão.

— Não vou profanar o nome da Senhora de Castelárvore entalhando-o na sua carne miserável. Mas vou entalhar o meu, para você saber quem causou seu fim.

Lucas uiva:

— Vou matar você, porra.

— Não vou parar na carne. — Uma fúria animalesca tempera as palavras de Keldarion quando ele arrasta a adaga ao longo da clavícula de Lucas. — Vou remover sua pele, rasgar os músculos e entalhar seus ossos.

Um soluço sufocado escapa da boca de Lucas, que tem mechas de cabelo vermelho grudadas na testa suada. Um torpor invernal se arrasta por meu corpo enquanto assisto à cena.

— Mas o primeiro corte não pertence a mim. — Keldarion baixa a adaga e olha para nós. — Seu sangue pertence à minha predestinada, a Senhora de Castelárvore.

A fúria dá lugar à reverência quando Kel olha para mim e oferece a adaga de gelo.

Ezryn dá um passo para o lado e inclina a cabeça. Dayton tira a mão do meu ombro e sussurra:

— Faça-o pagar.

— Ele não merece misericórdia — diz Farron.

Eu me aproximo de Keldarion e pego a adaga. O frio da lâmina arrepia meu corpo e incendeia meu sangue. Um sorriso absolutamente devastador se espalha pelo rosto de Kel quando ele olha para mim.

— A vingança está em suas mãos, minha Rosa.

Chego mais perto de Lucas, e ele arregala os olhos.

— Me tire daqui. O monstro está ali, Rosalina!

— Cale a boca, porra, ou desta vez sou eu quem vai arrancar suas entranhas — Dayton avisa, e passa um braço sobre os ombros de Farron. — Sua sorte é que não quero negar essa satisfação à minha garota.

Farron não parece se incomodar com as palavras de Lucas. Não há sinais do lobo. Seu olhar está cravado em mim, e ele assente, encorajador.

ENTRE FOGO E ESPINHOS

— Sua garota? — Lucas parece delirar. A dor está afetando seu juízo. — Você agora é um tipo de puta, princesa?

Um rosnado coletivo emana dos príncipes, mas nenhum deles me intercepta conforme caminho lentamente diante de Lucas.

— Esses são os príncipes de Castelárvore, e você vai se dirigir a eles com o respeito que merecem — digo, dando um tom nobre às palavras. — Quanto a mim... — continuo, e dou mais um passo na direção de Lucas, até estarmos praticamente nariz com nariz. — Não sou puta de ninguém e não sou sua princesa. Sou Rosalina O'Connell, a Senhora de Castelárvore, e você vai *me* tratar com o respeito que *eu* mereço.

A expressão delirante de Lucas se transforma em medo quando ele percebe a gravidade de seu erro.

— Rosalina, esp... espera — ele gagueja. — Eu... salvei sua vida.

— Não salvou, não. Você a roubou. No dia que me tirou do gelo, você tomou minha vida, a transformou em refém e me fez acreditar que eu só poderia vê-la no brilho do seu sorriso. E, no entanto, eu ainda me afogava, como se você nunca tivesse me resgatado.

— Eu... eu... — Lucas murmura.

— Não tenho mais medo de você. — Um fogo furioso arde em meu peito, e minha pele está quente demais. — E não lhe devo nada.

Cada momento doloroso passa diante dos meus olhos. Ele deixou sua marca no meu corpo com a faca de caça naquela noite, mas essa não foi a única vez. Suas palavras venenosas eram tão cortantes quanto qualquer lâmina, e suas atitudes, a manipulação, também penetravam fundo na minha pele.

Agarro seu braço e vejo que os dedos quebrados estão ficando roxos.

— Ladrão — sussurro. — É isso que vou escrever. Por tudo que você tirou de mim.

Isso não vai trazer de volta os anos de vida que ele roubou de mim. É impossível salvar a garota que ele feriu; mesmo assim, ouvir seus gritos vai ser como ouvir uma sinfonia. Sei que a lâmina que meu predestinado fez para mim é afiada. Levanto e abaixo a faca.

Alguém pula entre mim e Lucas, segurando meu braço.

— Sinto muito, princesa — diz Caspian com o rosto parcialmente coberto pelo cabelo preto e rebelde. — Não posso deixar você fazer isso.

Rosalina

Meu coração dispara, os dedos tremem na adaga de gelo. Por que Caspian está aqui? Por que ele se importa com Lucas? Sua mão é firme em meu braço, os olhos são uma constelação de estrelas.

Uma sombra paira sobre nós.

— Não vai negar à minha predestinada o direito de se vingar.

As estrelas escurecem, e Caspian lança um olhar ressentido na direção de Keldarion.

— Entalhar a carne de um homem? Isso é loucura.

— Saia daqui — Keldarion rosna. — Você sabe muito bem que ultrapassei o limite da loucura anos atrás.

— Ah, Kel, é claro que sei. — Caspian sorri, mas depois olha para mim, e uma estranha suavidade surge em sua voz. — Mas ela não. Não permita que ela caia na nossa escuridão.

Algo em suas palavras expulsa a raiva da minha mente. A adaga de gelo cai da minha mão, e me afasto deles cambaleando. O que eu ia fazer? Marcar a carne de Lucas enquanto ele se retorcia indefeso? Ele não merece minha misericórdia, eu sei. Mas devolver sua crueldade na mesma moeda... isso não sou eu.

— O homem merece a morte — diz Keldarion.

Caspian endireita as costas, põe a mão no peito do Príncipe do Inverno.

— Concordo.

Quando Caspian chegou, os outros três príncipes se aproximaram de nós. Perth Quellos está atrás de uma coluna, assistindo a tudo com seu olhar de águia.

Não deve estar muito contente por ver o Príncipe dos Espinhos aqui.

Caspian desliza os dedos pelo peito de Kel antes de se virar para mim.

— Deixe-me levar esse monstro comigo para o Inferior — ele diz. — Você vai ter a vingança que merece, Rosalina. Há maneiras de destroçar uma alma naqueles abismos com pesadelos que você não pode nem imaginar. Vou garantir que ele tenha cada um deles antes de libertá-lo para o esquecimento.

Meu coração galopa no peito, e as batidas são o único som além dos gemidos de Lucas. Nem os outros príncipes falam, eles só focam Caspian, que me observa.

— Confie em mim. — Caspian segura minhas mãos, e algo em mim relaxa com o toque. O fogo raivoso se acalma, não apaga, mas recua para um brilho reconfortante. — Princesa, não precisa macular sua alma para saber que a justiça foi feita. Deixe esse fardo sobre meus ombros. Deixe que eu seja sua escuridão.

Isso não é um acordo ou uma troca. Não sei por que, mas tem alguma coisa na intensidade de sua expressão que me faz pensar que, pelo menos nessa questão, posso confiar no Príncipe dos Espinhos.

— Caspian...

— Confiar em você? — Uma voz suave se esgueira entre nós quando Perth Quellos avança. — Não foi isso que pôs o Inverno de joelhos tantos anos atrás?

— Ah, Perth — Caspian responde sem se abalar. — Acredite em mim, é preciso muita determinação e dose certa de súplica para pôr o Inverno de joelhos.

— Chega — Keldarion se irrita, e segura o braço de seu conselheiro. — Você vai se retirar enquanto resolvemos esse assunto.

— Que assunto pode trazer o Príncipe dos Espinhos à sua companhia novamente, Alto Príncipe do Inverno? — A voz de Perth é escorregadia como um pingente de gelo. — Depois de eu ter trabalhado tanto para sufocar aquelas rebeliões que surgiram a partir do seu Bailinho do Solstício?

— Eu convidei o Príncipe dos Espinhos — digo. — Queria tentar uma abordagem diplomática para o nosso problema dos espinhos.

— Ah, sim, a humana. — Perth dá um passo na minha direção, mas Ezryn é mais rápido e se coloca no caminho dele. Perth hesita, sem dúvida lembrando o tratamento que recebeu de Ezryn na última vez que estivemos juntos. — Ouvi corretamente, senhor? Sua predestinada, então?

Keldarion respira fundo.

— É isso mesmo.

— Que interessante. Mais algum segredo que eu deva conhecer aqui em Castelárvore?

Sim, um problema, um lobo gigantesco que baba muito. Ou melhor, *quatro* problemas, quatro lobos gigantescos que babam muito.

— Olha só, muito legal pôr a fofoca em dia — diz Dayton —, mas os gemidos desse cara estão me dando nos nervos. Podemos deixar Cas levá-lo daqui?

— Com prazer — diz Caspian, e sombras giram em torno de suas botas.

— Posso ter uma alternativa para assassinato — diz Perth, e estala os dedos. — Tem uma entrada para o mundo humano no Reino do Inverno. Permitam-me consertar as mãos dele, e depois o mando embora.

— Ele merece… — Keldarion ruge.

— A morte — completa Perth. — Sim, você já sabe. Mas essa decisão não cabe à sua predestinada?

Kel range os dentes, depois olha para mim.

— É.

Olho para meus príncipes; sei o que eles escolheriam. Entregar Lucas a Caspian e deixá-lo enfrentar todos os pesadelos do Inferior. Ou posso simplesmente pedir para acabarem com ele rapidamente. Talvez pudéssemos jogar Lucas pelo espelho, mas não sei se Perth sabe disso. Talvez esse seja outro dos segredos de Castelárvore.

A decisão pesa muito sobre mim, mas chega de oferecer a Lucas tudo que tenho. Se ele vai morrer, não vai ser por minhas mãos. E embora Perth possa ser um homem cruel, Kel confia nele. Depois que o vizir levar Lucas embora, nunca mais vou ter que pensar nele de novo.

— Leve-o — digo a Perth Quellos, tentando dar à voz um tom de autoridade.

— Rosalina, não! — Caspian rosna. — Não pode deixar esse homem viver.

— Minha decisão é definitiva — respondo, e me afasto dos príncipes. Mas quando olho para Lucas, não há gratidão em sua expressão, só um olhar vazio.

Keldarion retrai os lábios em um rosnado, levanta a mão e gesticula, como se varresse o ar. Uma onda de poder se move no espaço. O gelo que prende Lucas ao pilar se quebra como uma fina camada de vidro. Com um grito abafado, o humano cai no chão e, com as pernas tremendo, faz um esforço para se sentar. Keldarion se aproxima dele e seus olhos queimam com um fogo gelado.

— Se eu vê-lo de novo algum dia, não vou ter a misericórdia que minha predestinada teve.

Perth se ajoelha ao lado de Lucas, estalando a língua em sinal de reprovação. Ele move a mão nodosa, sua coroa incrustada emite uma estranha luminosidade esverdeada, e os dedos de Lucas voltam ao lugar lentamente.

— Muito bem. Venha comigo, humano.

— Aprendeu truques novos desde que o vi pela última vez, Quellos? — Kel resmunga.

— Nem todos têm uma Bênção. Alguns precisam estudar como alcançar um poder superior — Perth responde a caminho da porta.

Dayton se aproxima e troca a maçaneta para o emblema do floco de neve. Ela abre com um rangido, e um sopro de vento entra.

Lucas se levanta hesitante e cambaleia atrás de Perth. Ele para ao meu lado.

— Adeus, Lucas — digo, e levanto o queixo.

Ele responde com um misto de risada e suspiro.

— Sabe, tive um sonho certa vez. Dormi depois de tirar as entranhas de um cervo e sonhei que estava trepando com você. Enquanto você gritava, peguei minha adaga e abri sua pele. E removi cada um dos seus órgãos, até chegar ao coração e espremê-lo.

Um terror gelado se apodera do meu corpo quando um sorriso pervertido se espalha pelo rosto de Lucas.

— Pensei nisso muitas vezes, quando estava em cima de você. — Uma alegria doente embala sua voz. — Acho que não vou sobreviver a isso. Não mesmo. Mas pelo menos vou levar você comigo.

Com um movimento rápido, Lucas levanta o braço e revela a adaga de gelo em sua mão. Ele deve ter recolhido a arma do chão. E a empurra na direção do meu peito.

O tempo parece parar. Todos os príncipes correm para mim. Espinhos explodem em torno de Caspian. Ezryn agarra minha cintura e me puxa para trás, mas é muito lento. A lâmina corta meu braço, e meu sangue pinga no chão.

Cada gota que pinga no chão de gelo ecoa como uma explosão.

Levanto a cabeça e vejo os olhos azuis de Keldarion antes de ele se transformar. Sua pele dá lugar aos pelos, e garras se projetam quando um imenso lobo branco emerge dele. Ele salta para nós e derruba Lucas.

Lucas não tem tempo de gritar antes de ser rasgado ao meio pelas garras de Kel. O sangue esguicha, manchando o pelo branco do lobo. Dentes gigantescos cercam a cabeça de Lucas, perfuram o crânio com um rangido. Tendões são arrancados dos ossos, sua cabeça fica pendurada em um ombro. Com a boca envolvendo o tronco, Kel sacode o corpo sem vida e o joga pela porta para o Reino do Inverno.

Ezryn me segura contra sua silhueta metálica, me abraça com a força de uma prensa. Dayton protege Farron, que se encolheu como uma bola e não para de tremer.

— Ela está segura — Dayton repete para ele várias vezes. — Ele está morto. Kel o matou. Não precisamos do seu lobo agora. Ela está segura. Ela está segura. Kel nos protegeu.

Perth está caído ao lado da porta, tremendo. Kel se aproxima dele com sangue pingando dos dentes.

— Agora você sabe, vizir, que não só Castelárvore está morrendo, como nós, os príncipes, fomos amaldiçoados — Keldarion grunhe. — Volte para o Reino do Inverno e jogue os restos daquele lixo no buraco mais fundo dos Aterros Gelados. Não me desaponte, cumpra suas obrigações.

Keldarion

Meu cabelo molhado cai sobre os ombros quando saio das termas quentes. Estou finalmente limpo do sangue daquele monstro.

Não me arrependo, embora Quellos tenha visto minha verdade. Esse será o teste supremo para sua lealdade. Suas declarações de incerteza sobre a geada pareciam sinceras, e é bem provável que eu tenha ignorado suas mensagens enquanto permanecia submerso na depressão fria do meu lobo. Mas ele vai enviar patrulhas para a fronteira, como ordenei, agora que sabe que uma fera comanda seu reino? É certo que depois de todos os anos de serviço leal à minha família, ele vai conseguir perdoar uma fera.

Além do mais, ordenei que ele mandasse os Cavaleiros Kryodianos para investigar a situação. Eles são o esquadrão de elite dos guerreiros da cavalaria do Inverno, preparados por anos de treinamento rigoroso e vinculados a suas montarias de maneira perfeitamente harmoniosa. Preciso acreditar na força que restou no Inverno.

Nem as fontes quentes serviram para reduzir a exaustão no meu corpo. Dayton permaneceu na entrada da gruta, não me deu um momento de paz. O mais provável é que esteja entediado, já que Farron se recolheu cedo, esgotado pelo acordo. Ezryn murmurou alguma coisa sobre proteger a propriedade, e ouvi um tremor furioso na voz dele.

Caspian desapareceu em seus espinhos.

— Com licença, mestre, tire esse traseiro firme do caminho. — Pulo para o lado quando uma mulher passa correndo com uma grande bandeja. — Preciso levar isto aqui enquanto está quente.

— Marigold? — resmungo, antes de segui-la em silêncio.

Ela desaparece nos aposentos de Rosalina. Ouço risadas lá dentro. Paro na entrada e espio pela fresta da porta.

O quarto está cheio de criadas, todas as amigas de Rosalina estão lá dentro. Marigold serve os biscoitos e o chocolate quente que carregava na bandeja. Rosa pega uma caneca e bebe um gole, e Astrid ri ao limpar chantili do rosto dela.

No sofá, Paavak e Mandária relaxam com uma pilha alta de livros. Flavia propõe possibilidades de trajes para o Reino do Outono. Rosalina tem um sorriso lindo no rosto. Apesar das provações que enfrentou mais cedo, ela continua aqui, segura e feliz.

Seu sorriso é refletido e multiplicado por dez ao seu redor. Rosa leva luz à criadagem. Pensei que estivesse fazendo a coisa certa quando a mandei para o mundo humano. Mas só a levei para mais perto de um monstro.

Não, ela deve ficar aqui. Sinto que um novo conforto me invade. Vi hoje em primeira mão como meus irmãos a protegem com a própria vida. Sinto a estranheza do meu sorriso quando fecho a porta do quarto de Rosalina e sigo para os meus aposentos.

Lá dentro, atravesso o espaço gelado em direção ao guarda-roupa. Tiro a camisa e a jogo no cesto, depois começo a desamarrar o cordão da calça.

— Ora, não estamos ansiosos? — comenta uma voz perigosamente mansa.

Eu giro. E lá está ele, deitado na minha cama como se ali fosse seu lugar.

— Eu disse para você ir embora.

Caspian se apoia nos antebraços e contrai os lábios.

— Antes da sobremesa?

— Saia — rosno, e avanço em sua direção.

— Você tem um cheiro maravilhoso com o sangue daquele miserável no corpo. — Caspian inclina a cabeça para trás, e os cabelos pretos caem atrás dos ombros. Ele tirou a jaqueta, e agora veste apenas uma camisa simples e calça com o cordão desamarrado. — Eu queria ter a honra de torturar o infeliz, antes do fim.

— Foi escolha de Rosalina.

— E culpa do seu conselheiro. Ela queria entregar o desgraçado para mim.

— O que está fazendo aqui? — Eu me apoio em uma coluna da cama. — Já fechou seu acordo.

— Mas não consegui o que quero. — Seu olhar é morno. — Só você pode me dar isso, Kel.

Toco instintivamente o bracelete de espinho congelado que representa nosso acordo.

— Nunca vou ceder.

— Então, nunca vai quebrar a maldição.

— Não é exatamente isso que você quer? — Dou as costas para ele e me aproximo da lareira. Ela não é acesa há muito tempo.

Ele deixa escapar um suspiro longo e profundo.

— Como se essa sua mente sem brilho pudesse compreender o que quero.

Empilho as toras de madeira, depois pego um fósforo e acendo o fogo. Chamas começam a ganhar força, enchendo o quarto com seu calor. Quando me levanto, ele ainda está lá deitado. Os braços estendidos acima da cabeça levantam a camisa, expondo os ossos do quadril.

— Você estava certo — digo.

Ele se senta bruscamente, surpreso, e um sorriso autêntico transforma seu rosto.

— O que foi que disse, Keldarion?

— Que você estava certo. — Percorro a distância entre nós. — Rosalina não teve que despertar a escuridão em seu coração. Não para isso, pelo menos.

— Ah, adoro quando fala comigo desse jeito. — Caspian se ajoelha na beirada da cama e estreita os olhos.

— Você não a odeia.

— Eu até poderia esconder uns sapos na cama dela, se isso fizesse você se sentir melhor. Mas acho que ela pensaria que eram empregados sofrendo as consequências da maldição e ficaria amiga deles.

Não consigo deixar de rir da ideia, e quando olho para Caspian, ele está me observando com uma expressão peculiar.

— Talvez seja possível penetrar esse seu coração de gelo.

Ele está estranho hoje. Tem uma suavidade em Caspian que não vejo há anos. Mesmo sabendo que é uma encenação, não consigo me impedir de fazer a pergunta que me atormenta.

— O que faria se ela o procurasse?

Ele pensa um pouco, depois desliza a mão por meu peito, antes de se elevar sobre os joelhos até seu rosto estar na frente do meu.

— Faz alguma diferença o que eu digo, príncipe? Posso falar o que você quer ouvir. Ou posso declarar seu maior medo, confirmar que a seduziria até ela implorar para trepar comigo a ponto de perder os sentidos. — Um rosnado baixo emerge de minha garganta, e cerro os punhos para resistir ao impulso de esganá-lo. Caspian suspira e apoia os braços nos meus ombros. — Não importa o que eu diga, você não vai acreditar em mim. E isso não vai mudar seu período de celibato autoimposto, vai?

Ranjo os dentes.

— Você é irritante.

Ele ri e passa a mão no meu abdome enquanto diz:

— Mas essa não é a reação que imaginei que fosse ter. A gente sempre pode...

De repente ele paralisa completamente, as mãos começam a tremer, os olhos arregalam. O corpo sofre uma sucessão de espasmos e ele convulsiona. Uma explosão de lodo preto brota de sua boca e explode em meu peito nu.

— Caspian! — Agarro seus ombros, mas ele recua se arrastando, segurando os lençóis da minha cama. Mais uma convulsão, e outra onda de escuridão jorra de seus lábios. Os olhos são inundados pela escuridão, pelo mesmo lodo que escorre do nariz.

Depois de um instante, ele cai para trás segurando a barriga, ainda tremendo.

— Desculpe — ofega com a voz rouca. — Você deve ter mandado limpar tudo aqui para a lua cheia.

— Há quanto tempo está na superfície?

— Só vim para o jantar. — Ele dá de ombros.

— Antes demorava um mês, pelo menos.

Ele se vira para mim lentamente, e sua expressão é de uma imensa tristeza. Lágrimas pretas marcam seu rosto.

— É difícil ajudar a si mesmo quando a maior parte de seu poder está indo para outro lugar.

Agora noto os espinhos tremendo. Fragmentos de pedra caem no chão. Devia ter pensado nisso antes: a Sarça lá fora, as vinhas incontáveis espalhadas por Castelárvore. Quanta magia tudo isso tira dele?

Caspian é poderoso, algo que eu sempre soube. Mas ninguém é infinito.

A raiva me invade, e o seguro pela camisa, sem me importar quando as mãos dele espalham escuridão nos meus braços.

— Por que está fazendo isso? Por que corromper um castelo onde nunca vai poder morar? É tudo por causa *dela*? De Sira?

Ele bate de leve no meu rosto.

— Nunca diga nunca, meu querido Kel. Nem você conhece toda magia do mundo. Ora, tantos anos atrás, alguma vez imaginou um poder grande o bastante para o amaldiçoar?

— Você é louco. — Ele ainda treme. E está muito fraco. Eu poderia... poderia matá-lo agora. Ou prendê-lo aqui e deixar que a morte viesse buscá-lo com suas asas velozes. Mas só rosno: — Volte para o Inferior, Cas.

Ele sorri com tristeza, depois sua cabeça pende para a frente, cai sobre o meu ombro, e espinhos se elevam à sua volta.

— Vejo vocês em duas luas. Se quiser me mandar um presente antecipado, não vou reclamar. — A última parte dele que desaparece é a mão segurando meu punho, os dedos traçando o bracelete que nos une.

Ele desaparece, e fico sozinho, com meus lençóis e o corpo sujos de escuridão.

Devia tê-lo matado e me libertado. Então, finalmente poderia quebrar a maldição.

Falei a Rosalina que deixaria todo o Vale Feérico se transformar em cinzas por ela. Mas o que nunca vou poder admitir é que acendi o fogo por ele.

PARTE 3

OURO DO OUTONO

Rosalina

Minhas botas esmagam as folhas caídas no caminho sinuoso que percorremos no Reino do Outono.

— Mal posso esperar para ver a capital do Condado do Cobre — meu pai diz ao meu lado. — Os gêmeos me contaram tudo sobre o lugar.

Sorrio. Papai passou a última noite conversando com os irmãos mais novos de Farron. Aparentemente, eles saíram escondidos e se juntaram aos criados nas celebrações da lua cheia.

Nosso grupo partiu ao amanhecer, usando o espelho no hall de entrada para viajar até a periferia da capital. Decidimos que seria melhor chegar oficialmente como uma missão diplomática, em vez de surpreender os feéricos reais abrindo a porta de Castelárvore para a fortaleza.

Optamos pelo menor grupo possível: os príncipes, meu pai, os irmãos de Farron, Astrid, Marigold e eu. Não precisamos de muito, pois Farron garantiu que o Reino do Outono tenha tudo que podemos solicitar. Mesmo assim, trouxe o kit de confiança com meus tesouros: o colar que Kel me deu, o leão de pelúcia que Dayton comprou para mim no Reino do Verão e minha coroa de espinhos.

Não sei bem por que trouxe a coroa. Talvez não me sinta em casa no Reino do Outono sem alguns espinhos.

— Por enquanto, nada de incomum. — Meu pai sorri.

— Não — concordo. — Tudo muito bonito.

Castanheiros ladeiam a trilha, tão próximos uns dos outros que quase formam um túnel. Folhas em tons de vermelho, laranja e amarelo caem como chuva, copiando o feroz nascer do sol no céu. A névoa azulada envolve nossos tornozelos. Respiro fundo, me deliciando com o ar fresco e o cheiro de fumaça de madeira e maçãs que flutua na brisa leve.

À frente do grupo, Keldarion anda ao lado de Ezryn, atento ao caminho. Atrás deles, Dayton carrega sua mochila e a de Farron. Ele conversa animado com Marigold, Astrid e os gêmeos.

Astrid e Marigold estão muito engraçadas. Depois de lavarem os moletons com capuz que trouxemos do mundo humano, elas se afeiçoaram às roupas. Agora, as duas vestem as blusas de cores vibrantes que divulgam minha cidadezinha.

Atrás delas, Farron anda chutando as folhas caídas. De vez em quando, ele afrouxa o cachecol para tocar o colar de espinhos no pescoço. Tentei conversar com ele antes de partirmos, mas tive a sensação de que Farron preferia ficar sozinho com seus pensamentos. Tenho que lhe dar esse espaço.

— Ficar no Reino do Outono não vai só ajudar a causa dos príncipes — meu pai continua. — Explorar o mundo deles pode ser a melhor chance de encontrar informação sobre sua mãe. Agora, se o Condado do Cobre tiver uma biblioteca parecida com a de Castelárvore, vamos encontrar maravilhas.

Meu coração aquece quando olho para meu pai. Ele nunca vai parar de aprender, nunca vai parar de tentar encontrá-la. Mas admiro que ele ainda consiga sentir prazer na jornada. Além do mais, ele fica lindo nos trajes feéricos que Marigold providenciou. Está fazendo um grande esforço para se adaptar.

Hoje me vesti com praticidade para a jornada, com calça preta e justa e túnica verde. O decote é bordado com folhas de outono em cascata, como se fossem carregadas pelo vento. As botas marrons têm cano até a panturrilha. O manto cor de vinho completa o conjunto. O capuz enorme me envolve em seu calor conforme atravessamos a floresta. Prendi as ondas de cabelo castanho para trás com uma fivela dourada simples, deixando algumas mechas soltas para emoldurar o rosto.

Eu me sentia mais leve quando me vesti hoje de manhã.

Ele se foi. Lucas realmente se foi. A noite passada foi horrível, mas tenho uma sensação de encerramento. Meus príncipes me protegeram. Até o Príncipe dos Espinhos me protegeu.

Minha esperança é de que Perth Quellos possa ajudar o Reino do Inverno. Ainda não gosto dele e estou nervosa por ele ter tomado conhecimento do segredo de Keldarion, mas ele serviu à família real por gerações. Certamente, agora que estamos todos trabalhando juntos, podemos resolver essa questão.

— Sei que você deu um jeito naquele homem horrível...

Interrompo meus pensamentos e levanto a cabeça. Keldarion está andando ao nosso lado e conversando com meu pai. Além de algumas poucas e breves interações, a última vez que esses dois conversaram foi quando Kel jogou meu pai na masmorra.

— A partida dele deste mundo foi uma grande misericórdia — meu pai continua. — E você pode até ser esse suposto "predestinado" da minha filha, mas isso não significa que tem minha aprovação. Não que Rosalina precise disso, mas ela merece...

Keldarion crava o olhar gelado em meu pai. Espero que ele fale alguma coisa sobre não me querer nem que eu seja a última mulher no Vale Feérico, mas ele diz apenas:

— Não vou permitir que nenhum mal se aproxime dela de novo. Qualquer um que a machucar vai ter destino semelhante.

Meu pai assente, sem dúvida orgulhoso de si mesmo por conversar com o Alto Príncipe do Inverno. Sei que ele agora está tentando assumir um papel mais ativo em minha vida, e sou grata pelo gesto.

— Então — me encaixo entre eles, ansiosa para mudar de assunto —, você acha que meu pai e eu vamos nos destacar no Condado do Cobre com nossas orelhas redondas?

— Duvido — diz Keldarion. — Os reinos são bem acolhedores com humanos perdidos.

— Exceto os que vão parar em Castelárvore — provoco.

Gritos animados ecoam lá na frente. Dayton se vira e pisca.

— Estamos quase chegando.

Quando faço a curva, as árvores abrem caminho para uma vista espetacular — uma magnífica cidade feérica aninhada no vale lá embaixo.

Os edifícios são adornados com hera e guirlandas de folhas cor de laranja e vermelhas. Ao longe, um castelo se impõe sobre a cidade. É Castelárvore, mas seus galhos tremulam despejando folhas. Sei que é só uma ilusão: embora a magia da Rainha faça Castelárvore aparecer nos quatro reinos, só existe uma localização física real na Sarça.

Mas a fortaleza na base do castelo é real... e imensa. Grandes colunas se estendem para o alto, com paredes feitas de bronze e ouro reluzentes.

Os sons de risada e música flutuam em nossa direção à medida que nos aproximamos. Reduzo a velocidade até deixar Farron me alcançar. Ele olha para mim com um sorriso brando.

— Você está linda hoje, Rosa. Como se tivesse se preparado para uma aventura.

— Mas isso é uma aventura, Farron. — Seguro a mão dele. — E estamos embarcando nela juntos.

Ele assente, e a brisa gelada sopra seus cabelos castanhos para trás.

— Acho que sim.

— Estou muito animada para ver onde você cresceu — digo, tentando me manter positiva. Ainda não vi sinais de geada.

Estamos nos aproximando de uma grande muralha de pedra que cerca toda a cidade. Os portões são feitos de ouro, projetados com entalhes complexos de folhas, bolotas e criaturas feéricas.

— Chegamos — diz Farron, endireitando um pouco as costas e esboçando um sorriso. — Condado do Cobre.

Os grandes portões se abrem, e uma horda de soldados montados os atravessa. Cascos trovejam no chão quando eles formam um círculo em torno do nosso grupo. Nós nos aproximamos uns dos outros, e Keldarion me puxa contra o corpo.

— O que isso significa, Farron? — ele resmunga.

— Eu... não sei! — Farron gagueja.

Os guardas do Reino do Outono usam armadura ornamentada sobre vestes cor de laranja e amplas que prendem na cintura com corda trançada. O tecido parece ser feito de folhas e pétalas entrelaçadas que farfalham suavemente quando eles se movem. Cada um carrega uma arma feita de materiais da floresta: um arco de gravetos e cipós, ou uma lança enfeitada com folhagens e pequenas frutas.

Por que estão nos cercando como se fôssemos o inimigo?

Dois guardas puxam Billy e Dom do nosso círculo, apesar de suas queixas.

Outro soldado se adianta. Ele remove o capacete dourado, e Farron suspira.

— Capitão, o que é isso?

O capitão franze a testa.

— Estão todos presos por fraternizarem com o Alto Príncipe do Inverno.

Keldarion fica tenso ao meu lado.

— O quê?

Farron olha para o círculo de guardas. Seu lábio treme.

— Mas eu, hum, sou seu Alto Príncipe. Ficaria muito grato se vocês se retirassem.

Dayton suspira frustrado.

— Fare, ordene, não peça.

Os guardas não se movem.

— Não somos subordinados a você — pontua o capitão.

Farron abre e fecha a boca.

— Faça alguma coisa, Farron — sussurro. — Você é o Alto Príncipe deles.

Ele engole em seco, levanta os ombros, pigarreia e não fala nada.

Keldarion rosna:

— Se vocês, traidores, não respondem ao seu Alto Príncipe, a quem respondem, então?

— Eles respondem a mim.

Abro a boca quando uma mulher feérica se aproxima entre as fileiras de soldados. Ela é alta e usa um vestido elegante, e os cabelos escuros e longos salpicados com fios de prata estão trançados sobre as costas.

Os guardas abaixam a cabeça e o capitão murmura:

— Princesa.

Mas Farron a encara boquiaberto, e seu sussurro transmite uma dor profunda.

— Mãe?

Farron

Então, é assim que o Alto Príncipe do Outono volta ao seu reino. Acorrentado.

Testo a resistência das amarras, apesar de saber que são inquebráveis. O metal foi extraído no Reino da Primavera, recebido como pagamento por uma grande carga de madeira, e depois forjado em fogo ordenhado da planta boca-de-dragão. Creio que nem Keldarion poderia encontrar um jeito de se libertar desse aço.

Somos conduzidos à Fortaleza Coração do Carvalho e para a sala de guerra, depois postos de joelhos com as mãos algemadas atrás das costas. Nossas correntes são interligadas, nos prendem em uma fileira: eu, Kel, Ez, Dayton, Rosalina, George, Astrid e Marigold. Dom e Billy estão ali perto e bem nervosos, nem um pouco satisfeitos com a situação, mas relutantes em enfrentar nossa mãe.

Talvez a covardia seja uma característica de família.

Raramente estive na sala do conselho de guerra, nem mesmo depois de receber o manto de Alto Príncipe. É uma sala imponente, com móveis de madeira escura e encerada. Tapeçarias pendem diante das enormes janelas, retratando cenas de grandes batalhas travadas nas costas dos lendários Carneiros da Tempestade, uma vanguarda mística que dizem ter desaparecido há muito tempo no interior da Floresta da Brasa.

Respiro fundo, tentando acalmar meu coração disparado. Levanto a cabeça e vejo os olhos azuis e penetrantes de Dayton. Seu rosto expressa preocupação.

— Está tudo bem, Fare — ele sussurra.

Tem que estar. Se o lobo me dominar nesta sala, onde estão as pessoas que mais amo...

O acordo. O pensamento provoca uma dor ardente em meu pescoço. Caspian jurou que sua magia é capaz de controlar minha fera. *Não posso acreditar que esse é meu recurso, confiar no maldito Príncipe dos Espinhos.*

Respiro fundo e estudo meus amigos. Kel consegue se manter imponente, de alguma forma, mesmo de joelhos. Ele olha para cima com aqueles olhos de lascas de gelo totalmente firmes, a boca contraída na careta natural. Ezryn está parado, exceto pelas mãos. Ele tirou as luvas e desliza os dedos lentamente sobre todo metal que consegue tocar. Ele reconhece esse aço?

Dayton começa a puxar as correntes.

— Devia saber que me conter não é uma boa ideia, Niamh — ele rosna, chamando minha mãe pelo primeiro nome.

— Dayton — aviso.

Mas minha mãe não diz nada. Ela está atrás da enorme mesa de carvalho, cuja superfície é gravada com desenhos complexos de árvores gigantescas. Eu me lembro de deslizar os dedos por aqueles desenhos ainda menino, sentado no colo dela. Minha mãe está encarando Rosalina.

De todos nós, ela é a mais quieta. Mantém o queixo erguido, e a respiração profunda faz seu peito subir e descer. O medo cintila em seus olhos, mas também há força neles. Eu fecho os meus. *Se você pode ser forte, também posso.*

É estranho, mas George parece encantado com toda a situação. Ele olha em volta, girando a cabeça como uma coruja, e pergunta várias vezes aos guardas o que significa o emblema no peitoral da armadura, um carneiro dourado com uma coroa de folhas vermelhas e cor de laranja. Todos o ignoram.

Astrid treme. Marigold está em silêncio, felizmente. Uma novidade.

— Mãe — digo. — Por favor, me deixe explicar.

Bem devagar, ela desloca o olhar de Rosalina para mim. Seus olhos dourados tremulam como a brisa em um campo de trigo.

— Por que não deu explicações quando nosso povo caiu vítima da geada? Por que não apareceu para se explicar quando os refugiados chegaram ao Condado do Cobre e não tínhamos comida para lhes dar, pois nossas colheitas tinham sido um fracasso? — Seu corpo treme, a voz fica mais rouca. — Por que não deu explicações quando viajei até a fronteira com um pelotão e vi todos caírem um a um para a geada, e não pude fazer nada porque tinha passado a Bênção do Outono para alguém que aceitou o poder e se escondeu?

— Eu… eu… — Palavras se formam e ficam presas em minha garganta. As declarações de minha mãe caem sobre mim como uma chuva de flechas, cada uma penetrando mais fundo que a anterior. Mas não há nada que eu possa dizer para me defender. Nenhuma defesa de que eu seja merecedor. Meu corpo enfraquece, e me mantenho ereto apenas por estar acorrentado a Kel.

Minha mãe suspira profundamente.

— Eu devia obrigá-lo a me devolver a Bênção agora.

— Com licença — Rosalina interfere com uma voz suave. — Lamento por essa geada. E por suas plantações. E por seu povo. Lamento muito, de verdade. Mas você não tem ideia do que Farron tem passado. O que ele realizou.

— Rosalina — sussurro. — Não.

Não quero a proteção dela. Não a mereço. O que foi que realizei? Não temos nenhum resultado do nosso trabalho para mostrar. O único de nós que tem alguma chance de quebrar a maldição se recusa a fazer o que pode. Não tenho conclusões nem progresso. Perdi o controle do meu reino. Pior que isso, perdi o amor de minha mãe.

Ela sai de trás da mesa e para diante de Rosalina. Minha mãe tem a mesma aparência de quando era Alta Princesa: cabelo escuro com mechas prateadas preso em uma trança apertada, vestido de malha metálica de bronze com forro de tartã e uma espada dourada na bainha de um lado do corpo. Ela foi a melhor líder que o Reino do Outono já conheceu.

Por vontade própria, passou o título para mim, seu filho mais velho.

Há uma grande comoção quando os guardas são empurrados de lado e um homem absolutamente enorme entra na sala.

— Fare-Fare! — ele grita e me segura pelos ombros, me apertando e me levantando ao mesmo tempo. A força do movimento puxa Kel e os outros, e sou sufocado por sua imensa barba vermelha.

— Pai — tento falar em meio a todo aquele cabelo. Ele tem o cheiro da minha infância: fogueiras em noites frias, cidra quente com especiarias e cervo.

— Paddy — minha mãe alerta.

Padraig, meu pai, se abaixa lentamente na minha frente, acanhado.

— Niamh, isso é mesmo necessário? Você acorrentou nosso menino. Ele não é uma ameaça para ninguém!

Sei que meu pai está me defendendo, mas o comentário ainda machuca.

— Veja a quem ele está acorrentado — diz minha mãe. — Farron tem se associado ao Alto Príncipe Keldarion. Não vou admitir traidores no meu meio, mesmo que tenham meu sangue.

— Mesmo que seja o detentor das Bênçãos do Outono? — Dayton rosna. — Oi, Paddy. É bom ver você.

— Daytonales! — Meu pai se aproxima e bagunça o cabelo de Dayton. — Em boa forma como sempre, garoto.

Marigold respira profundamente.

— Ah, isso é que é homem.

Minha mãe parece a um passo de entrar em combustão, explodir em chamas como os cascos dos Carneiros da Tempestade na lenda.

— Paddy, se não parar de socializar com meus prisioneiros, vou ter que tirá-lo daqui.

— Chega disso — Keldarion grunhe. Ele se levanta, puxando todos nós. Os guardas avançam com as lanças em punho, mas minha mãe os contém com um gesto. — Princesa Niamh, por favor, confie em mim, não tenho nada a ver com o...

— Confiar em você? Confiar em você? — Ela se aproxima. Embora seja muito mais baixa que Keldarion, sua presença é imponente. — A única razão para nosso reino ainda se manter em pé é *não termos* confiado em você. Quase destruiu o Inverno anos atrás, e teria levado todos os reinos junto. "Confie em mim", ele diz. O Alto Príncipe do Inverno acha que sou boba? As notícias sobre seu Baile do Solstício de Inverno se espalharam. Você se aliou ao Inferior outra vez.

— Caspian não foi convidado ao meu reino — Keldarion protesta. — Nunca mais cometerei esse erro de novo.

A dor queima meu pescoço. Keldarion talvez não, mas eu cometi.

Minha mãe se move como um raio, tira uma adaga de bronze da manga e a segura sob o queixo de Keldarion.

— Eu não devia dar a você essa chance.

— Não tão depressa, princesa — diz Dayton com um tom sombrio. — Não vai querer criar problemas com os Altos Príncipes quando não há problema nenhum. Lembre-se de quem está sob a custódia do Verão.

O medo explode em meu peito quando ouço a ameaça, e me viro para Dayton com os olhos arregalados.

— Você se atreve a ameaçar minha filha, Daytonales? — minha mãe sussurra.

Há dois anos, recebemos em Castelárvore a notícia de que minha irmã Eleanor, a caçula de nós quatro, tinha escolhido ser uma das protegidas no Reino do Verão.

— Com todo o devido respeito, milady — Dayton responde com a voz acetinada —, é você quem está com uma adaga no pescoço do meu irmão.

Kel olha para Dayton e vejo um lampejo de respeito entre os dois, um raro presente de Keldarion.

ENTRE FOGO E ESPINHOS

Minha mãe sorri e segura o queixo de Dayton, olhando para ele com repulsa.

— Na última vez que verifiquei, Daytonales, você não tinha mais irmãos.

Um nó se forma no fundo do meu estômago quando tento compreender a crueldade de suas palavras.

Dayton a encara sem se alterar. Ela solta seu queixo e cambaleia de volta à mesa.

— Olhem só para vocês quatro. Altos Príncipes dos Reinos, de fato. Outono e Inverno à beira da guerra, Verão governado por uma criança. E não temos notícias do Reino da Primavera há meses. A Rainha deixou Altos Governantes por um motivo: manter o povo seguro. E vocês praticamente deram as costas para nós.

Um silêncio pesado permeia a sala, e abaixo a cabeça envergonhado. Ela está certa. Assim como a Feiticeira estava muito tempo atrás.

— E se pudermos consertar tudo isso? — Rosalina interfere. — Se pudermos descobrir o que está causando a geada e interrompê-la? Você desistiria da guerra contra o Inverno?

Minha mãe levanta uma sobrancelha.

— Quem é essa humana?

Fito Rosalina e vejo seus olhos brilhantes, a determinação no queixo.

— Ela é a Senhora de Castelárvore — digo. — E vai nos ajudar a interromper a geada.

Minha mãe se aproxima dela e segura o queixo de Rosalina, movendo sua cabeça de um lado para o outro.

— Você me parece familiar. Já nos encontramos antes?

Rosalina ri com nervosismo.

— Acho que eu me lembraria de você.

— Hunf. — Minha mãe passa por trás de Rosalina, alisando o longo cabelo escuro e deslizando o dedo pelas orelhas redondas dela.

— Sei que não confia em nós — diz Rosalina. — Em nenhum de nós. Por que deveria? Seu povo está morrendo. Você está com medo. Mas garanto, Keldarion não causou a geada. E Farron vai fazer qualquer coisa por seu povo. Ninguém mais precisa morrer. Vamos mostrar a você que força ainda resta no povo de Castelárvore.

Meu pai ri no canto da sala.

— A humana tem coragem. O que acha, Niamh?

Minha mãe levanta a adaga de bronze e a aponta para as costas de Rosalina. Inspiro profundamente, e meu sangue esquenta. Então, minha mãe usa a lâmina para abrir a trave das correntes. Ela percorre a fileira libertando cada um de nós.

— No ritmo em que a geada está avançando, ela vai chegar no Condado do Cobre em cerca de dois meses — afirma. — Dê um jeito nisso antes que o gelo atinja a capital. E se não houver solução… — Ela encara Keldarion. — O Reino do Outono vai invadir o do Inverno.

Rosalina

Como é possível que no Vale Feérico eu esteja sempre sendo a prisioneira em um momento e, no momento seguinte, eu seja a ocupante dos mais luxuosos aposentos que se pode imaginar?

— Olhe isso aqui! — grita Astrid, se jogando em uma poltrona de veludo e se envolvendo com um grande e grosso cobertor de tricô. — É o lugar perfeito para ler, não acha, Rosa?

— Com certeza! — Eu me espremo na poltrona ao lado dela.

Nosso grupo foi acomodado em suítes com um espaço social compartilhado. O cômodo principal é enorme, com uma lareira aberta no centro onde o fogo crepita alegremente. Em torno da lareira há diversos tipos de assentos, de poltronas fofas a almofadas espalhadas em todos os tons outonais.

Perto dessa área, uma mesa oferece maçãs e peras carnudas, cidra quente com especiarias e uma bandeja de tortas de abóbora crocantes ainda mornas, espalhando seu aroma delicioso. Marigold enfia uma na boca.

— Não é tão boa quanto as de casa.

Meu pai está na porta de entrada, discutindo com Dominic e Billagin. Os gêmeos foram instruídos a nos acompanhar até nossas acomodações.

— Não, não, não, o tempero para abóbora é registrado na história da humanidade desde 1675 — explica meu pai. — A mistura é simples: noz-moscada, canela, cravo, pimenta…

— Isso está errado, velho — Dominic protesta. — Um alquimista feérico criou essa mistura por acidente.

— Ele estava tentando enfeitiçar sementes de abóbora para produzirem outros objetos, em vez de abóboras, mas acabou chegando a isso — Billy continua. — Usamos essa mistura na culinária há séculos. É claro, quando um feérico a levou para os humanos, bem, eles criaram a própria versão. Não chega nem perto da nossa.

— Simplesmente não acredito nisso — meu pai declara.

Dom bate no ombro dele.

— Vamos até a cozinha, eu te mostro.

O rosto de meu pai se ilumina e os três saem correndo como crianças. Ele parece cheio de vida.

Mas não foi isso que o Vale fez por mim também? Não me trouxe de volta à vida?

Os príncipes andam por ali, escolhendo quartos e conversando em voz baixa. Observo a atitude prática de Kel e Ezryn planejando como manter Farron em segurança esta noite. *Alguma coisa aconteceu entre esses dois.*

Apoio a cabeça no ombro de Astrid e tento ter um momento tranquilo. Grandes janelas em arco oferecem uma vista impressionante da paisagem lá fora: uma confusão de vermelhos e dourados das árvores imensas além da fortaleza. Temos uma chance de limpar o nome de Keldarion e salvar o Reino do Outono. Podemos fazer isso juntos. Farron pode fazer isso.

Farron. Onde ele está?

— Já volto — murmuro para Astrid. Vou olhar os dormitórios, mas não o vejo em lugar nenhum.

Abro a porta para o corredor. Ele está lá parado, olhando para uma tapeçaria. Eu me aproximo e paro ao seu lado.

Não é difícil dizer que a tapeçaria é de sua família. Tem a mãe dele no meio, altiva com seu cabelo escuro, embora seja retratada com mais suavidade ali do que quando a conheci. O pai dele, sorridente e alegre. Dois meninos idênticos ao longe, cada um cavalgando um cervo. Em pé ao lado de uma grande árvore na frente do grupo, uma adolescente. *Essa deve ser Eleanor.*

E, bem ao lado da mãe, Farron: mais jovem, mas é ele, sem dúvida nenhuma. De alguma maneira, a tapeçaria consegue capturar a curiosidade em sua expressão. Deslizo os dedos em torno de sua imagem.

— Você parece muito feliz aqui.

— Por muito tempo, tive a sensação de que nada na minha vida nunca mudava. Era como se eu estivesse preso no mesmo dia, sempre revivendo as mesmas coisas. — A voz de Farron é rouca, insegura. — E agora acordei e percebi que era só eu que estava estagnado. O mundo continuou em movimento. Não consigo acompanhar.

Entrelaço os dedos nos dele.

— Eles são muito diferentes — Farron sussurra, ainda com os olhos na tapeçaria. — Meus irmãos se tornaram lutadores. Minha mãe mal consegue olhar para mim. Ela sempre foi muito doce comigo. Fazíamos longos passeios de carruagem juntos, dividíamos os mesmos livros. Agora ela ameaça ir à guerra. E não consegue nem *olhar* para mim.

— O medo muda as pessoas. Ela está com medo, Farron.

— Se tivesse a Bênção do Outono, ela já podia ter feito isso parar. Mas o Outono é obrigado a me aturar. Não consigo nem me lembrar da última vez que alguém pegou a Bênção de volta.

— Você não é responsável por tudo. — Afago sua mão. — Estamos aqui com você. Kel, Ez, Dayton. Eu. Estamos aqui com você, Farron.

— Mas isso não é pior? — Lágrimas inundam seus olhos, e ele as limpa rapidamente. — Temos que quebrar a maldição. E eles estão aqui por *minha causa*. E quanto a encontrar seus amores predestinados? Salvarem-se?

— Temos tempo. — Toco um lado de seu rosto e desvio sua atenção da tapeçaria com delicadeza. — Vamos lutar para quebrar a maldição mesmo que os reinos estejam em guerra. Sei que é difícil enxergar, mas você é muito importante para eles. Tire força do amor deles, Farron. — Minha respiração fica presa na garganta. — Tire força de mim.

Ele me encara; os olhos brilham, a boca meio aberta reflete a dúvida.

— Estou com você — afirmo. — Estava lá e estou aqui.

— Estou com você — ele repete. — Até o fim.

Enlaço seu pescoço com os braços e o puxo para mim como se assim pudesse mantê-lo seguro. Seu abraço me envolve, seu hálito acaricia meu pescoço.

Se você se visse como eu o vejo.

— Você não tem ideia de quanto senti sua falta — ele diz.

— Posso sentir seu coração batendo — sussurro. É rápido e forte, e não quero me separar disso nunca. *Amo esse coração.*

— Rosa?

— Sim, Fare?

— Acho que você é a melhor amiga que já tive.

Recuo um pouco para estudá-lo, mapear os contornos de seu rosto. Meu coração desabrocha como o sol além das nuvens cinzentas.

— Eu *sei* que você é o melhor amigo que já tive.

Ele apoia a testa na minha.

— Acho melhor voltarmos para perto dos outros.

— Sim. — Uma janela no fim do corredor deixa entrar o entardecer vermelho-alaranjado. — É quase noite.

Hora de ver se valeu a pena fazer um pacto com o diabo.

34

Rosalina

Nunca vi um pôr do sol como esse. O céu é vermelho e cor de laranja, raios de luz refletem nos telhados do Condado do Cobre. Estou na varanda do lado de fora do meu quarto, vendo a capital do Reino do Outono se estender diante de mim banhada em luz carmesim.

Quando eu era pequena em Orca Cove, tinha a impressão de que todos à minha volta estavam sempre explorando, em movimento. Meu pai conheceu cem países antes de eu completar quinze anos. A família de Lucas viajava de férias para o México ou para a Europa todos os anos no verão. Até alguns dos meus amigos de escola foram para universidades no exterior. A única viagem que eu fazia era nas minhas histórias, mas sentia que era o suficiente.

Agora, olhando para esta cidade efervescente, para os edifícios que misturam tijolos, madeira e pedras preciosas brilhantes, queria poder sair correndo do castelo e me perder nos mercados e nas vielas. Pela primeira vez, é como se o mundo inteiro estivesse à minha frente.

Mas por mais que eu queira me deliciar com esse pensamento, meu olhar vai mais longe, além da cidade e dos campos e florestas que fazem fronteira com o Condado do Cobre. Sobre as colinas queimadas de sol e alaranjadas, um brilho branco-azulado cintila no horizonte. A geada.

Esfrego os braços. Tentei me mostrar corajosa por Farron, mas também estou com medo. *Acabei de conseguir voltar para este mundo. Não posso perdê-lo.*

Os homens estão preparando o quarto de Farron da melhor maneira possível, caso o acordo de Caspian seja mentira. Mas de algum jeito, sei que vai funcionar. Havia alguma coisa em Caspian que parecia... sincera.

Você é uma boba como eles, Rosalina, me censuro.

Devia voltar para dentro e ver como todos estão. Mas não consigo desistir desse pôr do sol, da brisa com aroma de maçã que faz minhas mangas brancas tremularem como asas.

Ouço um tilintar metálico atrás de mim. Viro-me e vejo Ezryn apoiado na porta. Tenho a sensação de que ele está ali há algum tempo e só mudou de posição para a armadura me alertar de sua presença.

— Oi — digo em voz baixa.

Ele não responde, mas se aproxima do peitoril da varanda e para ao meu lado, observando o horizonte. O sol refletido em sua armadura me faz pensar em lendas de sir Lancelot cavalgando para a batalha.

— Como você está? — ele pergunta devagar, quase como se tivesse que pensar nessas palavras por muito tempo.

Meu estômago revira de nervoso. Não tive uma oportunidade real de falar com ele desde o beijo na despensa, de onde ele saiu me deixando perplexa. Meus dedos deslizam pelo peitoril, e tento esquecer como foi boa a sensação de tocar seu cabelo.

— Estou bem — respondo. — Já me acostumei a ser prisioneira de feéricos, sabe?

Ele ri.

— Pelo menos não teve que passar a noite na masmorra desta vez.

— É verdade. — O vento sopra meu cabelo comprido, que dança na frente do meu rosto. Olho para ele por entre as ondas. Vejo os ombros curvados, o corpo pesado.

— Você está bem?

Por que tenho a impressão de que ninguém nunca pergunta isso para ele?

— A princesa Niamh mencionou mensagens que ela mandou para o Reino da Primavera e nunca foram respondidas. Meu pai é o governante de lá. O reino faz fronteira com o Inverno do outro lado. — Sua capa escura balança ao vento. — Meu pai está doente há muito tempo.

Toco seu braço.

— Quer ir vê-lo?

Ele balança a cabeça, e ruídos metálicos sutis ecoam pelo ar.

— Farron e Kel precisam de mim agora. Além do mais, Primavera mandaria notícias se tivesse acontecido alguma coisa. — Ele tira de dentro do peitoral um pedaço de pergaminho. A caligrafia bonita é a mesma que vi nos rótulos dos frascos na despensa da sala de tratamento. — Mas vou mandar esta mensagem para o meu pai, só para ter certeza.

Percebo agora que ele não está usando as luvas de couro, e as mãos grandes e bronzeadas deslizam com delicadeza pelo papel. Minha respiração acelera quando me lembro do toque firme em minha cintura, da força com que ele me empurrou contra as prateleiras.

Com movimentos rápidos e elegantes, Ezryn dobra o pergaminho duas vezes e o segura na palma da mão.

— Um pássaro! — exclamo surpresa. — Que maravilha. Nunca fui boa com origami. Os meus sempre dão a impressão de que alguém sentou em cima deles.

Ele inclina a cabeça daquele jeito que, agora sei, significa que está sorrindo. *Se algum dia ele tirar esse capacete no escuro de novo, vou pedir para ele sorrir. Vou sentir o sorriso com os dedos, memorizar a mudança no rosto.*

Ele segura o pequeno pássaro de papel nas mãos, e as palmas se iluminam. Depois aproxima o origami do capacete e murmura alguma coisa em um idioma que não entendo. O pássaro salta, bate as asas de papel e alça voo na brisa.

Deixo escapar mais uma exclamação e aplaudo.

— Ez! Isso é incrível.

— Não é muito difícil. Um truquezinho que minha mãe ensinou a mim e a Kai.

— Kai?

— Sim, Kairyn — ele murmura. — Meu irmão mais novo.

Giro uma mecha de cabelo em torno do dedo, tentando me lembrar do nome da capital da Primavera. Marigold o citou em várias histórias sobre a vida dela antes de Castelárvore.

— Ele mora em Florendel com seu pai?

Ezryn fica tenso.

— Não. Ele vive em um monastério fora da cidade. Não o vejo há muito tempo.

Antes que eu possa fazer mais perguntas, Ezryn suspira.

— Não quero pensar em Kairyn agora. Vim porque queria fazer uma pergunta a você.

Sinto o rosto esquentar.

— O que é?

Ezryn fica de frente para mim. Quando estamos assim, peito com peito, eu me lembro de como ele é grande, alto e largo na armadura.

Ele segura minha mão esquerda com delicadeza. O polegar calejado acaricia minha pele até o punho. Percebo que ele está tentando aproximar os dedos do meu antebraço e tento me afastar, mas ele me segura com firmeza.

ENTRE FOGO E ESPINHOS

Com a outra mão, ele toca o punho da minha blusa e me observa. Paro de respirar por um instante, perdida no reflexo do visor escuro do capacete. Ele está pedindo minha permissão para olhar o que mantive coberto por anos, o que nem eu consigo olhar direito.

Assinto.

Ele levanta a manga e revela a cicatriz feia, as linhas irregulares e salientes que formam o nome do meu abusador.

Um pensamento incontrolável passa por minha cabeça: *Que bom que Kel o matou.*

Ezryn toca a cicatriz de leve.

— Posso apagar isso. Se você quiser.

— É tão antiga. Pode mesmo?

Ele assente.

— A Bênção da Primavera é mais forte para renovações. Se você quer um recomeço do zero, eu… posso ajudar.

Passo a mão sobre cada letra. Lágrimas inundam meus olhos, porque é exatamente isso que quero. Um começo do zero.

— Sim, Ezryn — respondo com a voz embargada. — Eu gostaria muito disso.

Ele assente de novo, desta vez mais jovial. Estico o braço, detestando ver a marca tão exposta. Nunca deixei ninguém a ver.

— Precisa de alguma coisa? Ervas, talvez? — pergunto, lembrando que a última vez que me curou ele usou uma mistura de ervas com a própria saliva.

— Não. — Ele segura meu braço com uma das mãos e põe indicador e dedo médio da outra sobre o s. — Desta vez, a magia vem de dentro.

Meu coração bate forte quando ele se inclina, olhando intensamente para o meu braço de dentro do capacete. Uma luz se acende na ponta de seus dedos e corre para a pele em relevo. Uma sensação de formigamento, como o sabor de chiclete de hortelã, acompanha cada toque.

Arregalo os olhos incrédula. As letras estão desaparecendo. Mas a voz de Lucas ecoa em minha cabeça. *Ela vai voltar para mim. Ela sempre volta.*

— Você acredita que as pessoas podem mudar? — pergunto em voz baixa.

Ezryn levanta a cabeça.

— Como assim?

— A pessoa que éramos há uma década, um ano, ou ontem mesmo… Estamos presos nessa pessoa para sempre?

Ezryn fica em silêncio por um longo momento, e começo a pensar que ele está se arrependendo de ter se oferecido para me ajudar. Mas então move os dedos sobre o A e responde:

— Quando éramos crianças, meu irmão e eu íamos sempre brincar no bosque perto do nosso castelo. Ele corria e ia pegar sapos, mas eu ficava sentado em tocos de árvore. Observando a vida à minha volta.

Continuo acompanhando seu trabalho, hipnotizada pela suavidade do toque e da voz.

— No Reino da Primavera, aprendemos que o renascimento está em tudo que nos cerca — ele continua. — A semente se torna um broto, que vira uma flor. O ovo se torna a ave, que morre e se torna a terra que abriga a minhoca que alimenta a ave. O veado alimenta o puma, que depois se deita para descansar sobre a grama que, por sua vez, alimenta o veado. E os tocos onde eu me sentava… Havia anéis e anéis e anéis, mais do que eu podia contar. Eras e eras de crescimento. Tudo isso pode começar em algum lugar, mas muda, morre, se renova.

Ouço o tom rouco em sua voz e me pergunto que lembranças são só dele naquele bosque.

Seus dedos vibram sobre o c.

— Todos nós somos parte do ciclo. E embora a semente possa ser sempre uma parte de nós, nada permanece igual. — Ele para, mantém a cabeça baixa. — Nada.

— Então, essa pessoa pode ser sempre uma parte de nós — sussurro —, mas não temos que nos apegar a ela.

— Por acaso o rio impede seu próprio fluxo?

— Às vezes é difícil deixar essa pessoa para trás — murmuro. — Aquela que fomos.

— Ainda estou tentando — ele diz, depois para por um longo momento. — E espero que você saiba, Rosalina, que o monstro era ele. Não foi culpa sua.

— Eu sei. No fundo, eu sei. — Olho para o meu antebraço. Metade do nome desapareceu, substituído por carne vermelha, viva e nova.

Eu perdoo você, penso. Não Lucas, mas a mim mesma, minha versão mais jovem. A que não sabia como ir embora. A que não sabia quanto o mundo era bonito e não se achava merecedora da beleza que poderia encontrar. *Perdoo você, e posso deixá-la ir.*

ENTRE FOGO E ESPINHOS

O momento passa em um silêncio confortável, com o sol poente nos banhando com o que resta de seu calor. E quando a luz de Ezryn ilumina o L, despertando a pele nova para curar a velha, penso: *E espero que você também possa se perdoar.*

Ezryn segura meu braço, examinando-o à luz avermelhada do poente.

— Pronto.

Tem muitas coisas que quero lhe dizer, muita emoção ali na ponta da minha língua. Mas tudo que consigo falar é:

— Finalmente vou poder usar aqueles vestidos de mangas curtas que Marigold adora. —Ele inclina a cabeça, depois se vira para a porta. Quando está prestes a entrar, chamo: — Ez?

Ele para, mas não olha para trás.

— Por que foi embora? Depois de me beijar?

— Rosalina...

Um calor me invade. Passo a mão pela pele sensível do braço, e uma sensação sufocante aperta meu peito. Ele me deu uma coisa pela qual nunca vou poder agradecer, e está indo embora.

— Vi você fazer isso com Kel — continuo com voz trêmula. — Num minuto está presente, cada parte de você ali, radiante e disponível. E no minuto seguinte... foi embora. Às vezes literalmente, correndo para a Sarça, ou sei lá para onde. Mas às vezes você consegue ficar bem na minha frente, e sinto que, se eu esticasse a mão para tocá-lo, você desapareceria.

— Rosalina — ele fala devagar —, você não sabe quem eu sou. O que fiz.

— Então, me deixe entrar — sussurro. — Plante suas raízes em mim, Ez. Vou mantê-lo seguro.

Ele se vira com o corpo todo rígido.

— Não podemos fazer isso. — Mas está se aproximando de mim.

— Por que não? — Minhas palavras são um sopro carregado pelo vento. Recuo quando ele se aproxima e encontro o peitoril. Meu coração parece um coelho assustado.

Ele apoia uma das mãos no peitoril, e o braço quase toca meu corpo.

— Porque sou perigoso.

— Não tenho medo de você.

Ele está tão perto que tenho de arquear as costas sobre o peitoril para não ser pressionada contra ele. Há algo sobrenatural em como o capacete parece me encarar, no corpo feito de aço. Eletricidade pulsa dentro de mim, um desejo de empurrar esse aço até ele se romper.

Ele segura uma mecha do meu cabelo e a enrola no dedo.

— Você está desafiando a sorte. — Sua cabeça se aproxima da curva do meu pescoço, e vejo um trecho de pele entre a armadura e o capacete. Respiro fundo, absorvendo o aroma familiar de couro, íris e sândalo. — E, no entanto, agora me vejo fazendo a mesma coisa.

Sua outra mão encontra o peitoril, e eu fico presa. Apoio o corpo na grade e respiro fundo, e o movimento empurra meu peito contra o dele. O metal frio da armadura provoca um arrepio através do tecido fino da minha blusa.

— Sabe… sou o amor predestinado de Kel — murmuro.

— É claro que sim. — Seu corpo pressiona o meu com mais força.

— E Dayton e eu gostamos de umas brincadeiras.

A voz dele é um rosnado rouco.

— Sei disso também.

— E Farron e eu… Bem, Farron é especial para mim. Muito especial. — Arfo entre uma palavra e outra.

— Por que está me dizendo tudo isso, Rosalina?

Minha boca encontra aquela brecha entre armadura e capacete.

— Porque, se me beijar de novo, quero que conheça todos esses fatos. Contei para eles que você me beijou. E eles não se incomodam. Dayton e Fare até gostaram, na verdade…

Seu joelho se encaixa entre minhas pernas e as afasta.

— Mas *você* gostou do beijo?

Arfo de prazer ao sentir aquela perna enorme entre as minhas. Meus lábios continuam naquele pedacinho de pele.

— Gostei muito.

Ele suspira, como se estivesse resignado. Depois esfrega a coxa em mim. Deixo escapar um gemidinho e entrelaço os dedos em sua nuca.

Como se tivesse consciência do quanto me enfraqueceu, Ezryn me abraça. Agarro as beiradas de sua armadura, porque não quero nada entre nós.

As mãos dele seguram meu quadril e me derreto junto de seu corpo, imaginando se seu toque vai me consumir inteira. Ele abaixa a cabeça no espaço entre meus seios e grunhe.

— Às vezes odeio esta porra.

— O… quê? — Balanço a cabeça, tentando me lembrar o que são palavras.

— O capacete. Quero sua… — As palavras dele se transformam em um rosnado feroz.

Minha respiração fica ofegante, e me abaixo ainda mais sobre seu joelho. Um prazer elétrico percorre meu corpo, e seu nome dança em meus lábios.

— Ez...

— Oi? — Uma voz chama do interior do quarto. — Rosa? Ez?

Imediatamente, nos afastamos um do outro, e sou deixada ofegante e à beira da loucura.

— Onde vocês estão? — É a voz de Dayton. — Está quase anoitecendo. Precisamos ter certeza de que o feitiço do bonitão do Caspian funciona mesmo no Fare!

— Estou... indo! — respondo.

Ezryn segura meu queixo.

— Na próxima, você vai mesmo. Comigo. — Depois a capa estala no vento e ele me deixa sozinha.

Ezryn

O cabelo comprido de Rosalina dança sobre as costas quando ela sai da varanda iluminada pelo entardecer e entra no quarto. Dayton está esperando lá com aquele sorriso arrogante de sempre. Ele a envolve com um braço quando os dois voltam juntos à área comum das suítes, mas não antes de ele olhar por cima de um ombro e piscar para mim com exagero.

Estrelas no Superior e ossos no Inferior. Inclino o corpo para a frente até o capacete se chocar com o batente da porta. Não posso fazer isso comigo. Não posso fazer isso com ela.

Desde que herdei a Bênção da Primavera, sei que é perigoso me aproximar das pessoas. De um jeito egoísta, a maldição me deu uma desculpa para não interagir com o mundo exterior. Eu ia ao Reino da Primavera de vez em quando, satisfazia minhas necessidades com mulheres que evitavam compromisso tanto quanto eu, depois voltava a Castelárvore. Para as únicas três pessoas no mundo que eu não tinha medo de machucar.

Bato a cabeça na parede. Idiota. *Tump.* Idiota. *Tump.* Idiota. Tenho mais motivos para ficar longe de Rosalina do que há estrelas no céu. Ela é humana, com um tempo de vida muito mais curto que o de um feérico. Ela é o amor predestinado de Kel. Preciso encontrar o *meu* amor predestinado para quebrar a maldição.

Você vai machucá-la, uma voz conhecida sussurra em minha cabeça. Uma voz que vem do meu recanto mais escuro, uma voz feita de lembranças. *E seus irmãos — seus* novos *irmãos — nunca vão perdoar você. Como eu não perdoei.*

— Saia da minha cabeça, Kairyn — resmungo. Sei que é só minha imaginação. Kairyn partiu, foi banido. Mesmo assim, é como se ele morasse na minha cabeça, como se estivesse ali sussurrando verdades que enterrei há muito tempo.

Balanço a cabeça para me livrar da lembrança dele e, em vez disso, me concentro no sol que desaparece. Mesmo através do visor do capacete, os raios queimam meus olhos. Tudo isso seria muito mais fácil se ela não fosse como o próprio sol, persistente e quente. Um sorriso inevitável transforma meu rosto quando penso nela sentada naquela poltrona com Astrid mais cedo, ou em como os olhos de seu pai brilham sempre que ela entra em um aposento. *Ela faz todo mundo se sentir importante.* Como o sol chamando uma semente a brotar no solo coberto de gelo, Rosalina traz à tona o melhor nas pessoas que a cercam.

Balanço a cabeça com mais firmeza. O sol quase desapareceu além do horizonte, e os outros precisam de mim.

Entro no espaço compartilhado. Cinco suítes se conectam à sala central, uma para cada príncipe e uma para Rosalina. Marigold e Astrid compartilham um quarto no andar de baixo, e George tem o quarto dele do outro lado do corredor.

Por mim, Rosalina estaria longe da primeira transformação de Farron nesse teste do feitiço de Caspian, mas ela não quis nem ouvir falar disso.

Kel, Dayton e Rosalina estão na porta do quarto de Farron. Ele anda de um canto ao outro ao lado da cama. As cortinas estão fechadas, por isso não posso dizer exatamente quando vai anoitecer, mas posso sentir. O lobo se levanta dentro de mim. Está perto.

Eu me aproximo de Kel e pergunto:

— Estamos preparados?

— Coloquei um feitiço na porta principal deste conjunto de suítes. Ninguém entra, a menos que eu permita.

Pelo menos não precisamos nos preocupar com algum pobre criado do Outono entrando no meio da noite e dando de cara com quatro feras horrendas. Aceno com a cabeça na direção de Farron.

— E como ele está?

— Agitado — Kel murmura.

— Se as coisas não acontecerem como Caspian garantiu que seriam, vai ser difícil segurá-lo.

Kel olha para o interior do quarto.

— O acordo com Caspian vai funcionar.

Suspiro. Kel e eu ainda conversamos, mas só sobre assuntos importantes. Há um distanciamento entre nós, uma distância que eu não sentia desde a nossa discussão durante a Guerra dos Espinhos. *E tive que escalar uma montanha inteira e Kel quase perder a mão para superarmos tudo isso.*

Mas Kel não é minha prioridade nesse momento. Passo por ele e entro no quarto.

— Cuidado, Ez — Dayton me alerta. — Vai acontecer a qualquer minuto.

Eu o ignoro e me aproximo de Farron. Agora ele está sentado, com as costas apoiadas na lateral da cama, olhando para a parede. Abaixo-me e toco seu pescoço logo acima da gargantilha de espinhos.

— Seu coração está batendo muito depressa — digo.

O peito de Farron sobe e desce, e é como se ele não conseguisse decidir para onde olhar. Os olhos dourados se movem de um lado a outro.

— Concentre-se em mim, Farron. — Toco seu rosto.

Ele olha, e vejo seu medo. A vergonha. É uma expressão que conheço bem, a mesma expressão que eu via no espelho muitos anos atrás.

A mãe dele ameaçou pegar a Bênção de volta — uma atitude que nunca foi tomada na história recente do Vale. A magia deve se mover sempre em frente. Sei que é uma ameaça vazia, porque uma tentativa de retomar a magia poderia matar os dois.

— E se eu estraguei tudo, Ez? — Farron pergunta com a voz trêmula. — E se Caspian fez alguma coisa terrível comigo?

— Nesse caso, a gente resolve. Todos nós.

Ele fecha os olhos, e lágrimas escorrem por seu rosto, caem nas minhas mãos.

— Não quero mais machucar as pessoas.

Meu peito fica apertado, e limpo suas lágrimas com o polegar.

— Estou aqui, Farron. Vamos ficar aqui com você, entendeu? Juro, não vou deixar você ferir ninguém.

Ele põe a mão sobre a minha.

— Promete uma coisa para mim, Ez?

— O quê?

Ele me encara com muita intensidade.

— Se não der certo, você me mata. Vai fazer isso, não vai, Ez? Você tem que prometer.

Recuo horrorizado, mas Farron me segura com mais força e implora.

— Por favor, Ez.

— Eu… prometo. Agora respire comigo. — Ponho sua mão no meu peito para ele poder sentir os movimentos da respiração. Inspiração e expiração. Sou forte por ele, uma montanha para sua ventania. Mas a tempestade se forma dentro de mim. *Fiz uma promessa que não posso cumprir.*

Respiramos fundo mais uma vez, e seus batimentos ficam mais lentos sob meus dedos.

— Acho que vai acontecer, Ez.

— Eu sei. — Puxo ele para mim. Depois levanto um pouco o capacete, só o suficiente para poder beijar o topo de sua cabeça. — Estou com você, irmãozinho.

— Você precisa sair daqui — ele diz com uma voz profunda e gutural.

Eu me levanto e volto para perto dos outros, ouvindo a armadura tilintar a cada passo. Kel e Dayton se despiram para preservar as roupas, mas Rosalina não olha para eles. Ela está concentrada em Farron.

Tiro a armadura rapidamente, exceto o capacete, que o focinho empurra durante a transformação. Depois olho para a janela grande na sala de estar. O sol mergulha no horizonte.

A energia vibra em torno do meu corpo quando meus ossos estalam, crescem, se rearranjam. No começo, a transformação me causava náuseas só de pensar no meu corpo mudando, mas agora cada metamorfose é natural. A linha entre homem e lobo fica mais fina a cada mutação.

Um rosnado brota da minha garganta, mas eu o contenho. Não deve haver barulhos suspeitos ou indícios da maldição. Posso imaginar o que a princesa Niamh faria se soubesse da nossa verdadeira natureza.

A fera gelada de Kel está na porta do quarto de Farron, mas a silhueta de Dayton, pingando água salgada, tenta se aproximar. Rosalina se espreme entre os dois.

O corpo de Farron ainda está se transformando. As costas do homem arqueiam de um jeito nada natural, as pernas ficam peludas e tortas como as de um lobo. Caninos longos emergem na boca, e os olhos brilham dourados de fome. Então o lobo emerge dele, a fera de folhas em decomposição e pelos queimados.

Não está funcionando, penso. *Caspian nos enganou. Farron vai se perder, e vou ter que...*

O colar de espinhos explode do pescoço de Farron. Ele cresce até se tornar um arbusto e sobe pelas pernas do lobo, pelo corpo até o focinho, depois crava os espinhos bem fundo no chão. A criatura fica imóvel, mexendo apenas os olhos dourados.

— Ele está preso — Kel grunhe.

Passo por eles e entro no quarto. Hesitante, farejo os espinhos. Cada centímetro de Farron é coberto por eles, menos os olhos e uma parte do nariz. Normalmente, seus uivos e os movimentos que faz se debatendo enchem a noite. Mas agora tudo que escuto é o som da respiração rápida.

— Ele não vai sair — afirmo. — Funcionou.

Rosalina corre para a frente, mas Kel segura a parte de trás de sua camisa com os dentes.

— Ele ainda é perigoso, Rosa — murmura sem soltar o tecido. — Ainda não vimos o suficiente.

— Ele está com medo — ela chora e se solta rasgando a camisa. — Não vê que está apavorado? — E se vira para Farron, estendendo a mão para a ponta do focinho visível através dos espinhos. — Ele está lá sozinho…

Kel pula na frente dela e, usando o focinho, a empurra com força.

— *Saia.*

Rosalina parece pronta para responder, mas bato com a cabeça nela.

— Ficar aqui só vai servir para deixá-lo mais agitado. Vamos fechar a porta e deixar Farron descansar.

Ela torce o nariz e luta contra as lágrimas, mas assente. Saímos do quarto, e Rosalina fecha a porta.

Dayton está sentado sobre as patas traseiras com uma almofada fofa na boca, balançando a cauda. Rosalina afaga as orelhas dele com ternura.

— Você está parecendo um golden retriever com um frisbee.

Dayton cospe a almofada no chão.

— Talvez não possamos ficar lá com ele. Mas posso ficar aqui. — Ele se deita com o focinho na fresta embaixo da porta. — Sempre vou ficar.

A ideia anima Rosalina, e um sorriso surge em seu rosto molhado de lágrimas. Ela corre para a lareira no centro da sala e começa a recolher todas as almofadas.

— O que está fazendo? — pergunta Kel.

Rosa ajeita as almofadas na frente da porta, colocando algumas sob as patas de Dayton. Depois vai correndo buscar os cobertores do sofá.

— Dayton está certo. — Ela toca a porta. — De algum jeito, Farron vai saber que estamos aqui com ele.

Vejo Rosalina e Dayton criarem um ninho de almofadas e cobertores. *Eles formam uma boa equipe*, penso. *Os dois tentam sempre ver a luz nas situações mais escuras.* Meu peito se aquece com como Dayton faz Rosalina sorrir. *Espero que ele consiga ver quanto a faz feliz.*

Enquanto os dois discutem sobre onde seria melhor dormir, sobre uma pilha de cobertores ou uma pilha de almofadas, Kel suspira irritado. Ele puxa as almofadas do sofá.

— Estas são melhores — diz por entre os dentes.

— Vou ensinar uma coisa a você, Rosa — diz Dayton, e seu sorriso de lobo é estranhamente parecido com o do homem. — A melhor maneira de induzir Keldarion a fazer alguma coisa é fazer essa coisa do jeito errado. Ele vai te corrigir, com certeza.

Keldarion está no meio do ninho — uma criação gigantesca de cobertores macios e almofadas fofas — e gira em torno dele mesmo, depois para o outro lado. Depois se deita.

— Se vou dormir aqui, que seja com conforto.

Rosalina sorri e, de algum jeito, está mais radiante que antes.

Dayton se acomoda ao lado de Kel.

— O grande e forte protetor tem que cuidar da gente?

Kel abre um olho.

— Sim.

Dayton ri, e percebo que seu pelo não está mais úmido. Na verdade, não vejo as habituais algas podres enroscadas nele.

Rosalina corre do quarto dela, onde foi vestir uma camisola cor-de-rosa, e mergulha no meio do ninho.

Sinto um calor se espalhar dentro de mim. *Mangas curtas.*

Dayton rasteja para perto dela e puxa os cobertores com a boca. Eu me sento desajeitado e observo todos eles. Keldarion está encolhido, mas Dayton mantém o focinho sobre um flanco do lobo branco. Rosalina se ajeita entre eles, quase engolida por pelos brancos e dourados.

Vou para o meu quarto sozinho.

— Ez? — Rosalina me chama. — Você não vem?

Sinto um pulsar estranho no peito. *Você merece ficar sozinho,* a voz que soa como a de Kairyn sussurra em minha cabeça.

— Depressa — Dayton fala sonolento. — Você é o último a se deitar, vai ser a conchinha maior.

Fecho os olhos com força. *Cale a boca. Cale a boca. Cale a boca,* falo para a voz na minha cabeça. *Esta é minha família.*

Com passos cautelosos, me aproximo do ninho e ponho uma pata dentro dele. Devagar, deito a frente do corpo sobre as pernas de Rosalina. Seus olhos estão fechados, mas ela sorri e estende a mão para afagar minha cabeça entre as orelhas.

A sensação é… boa.

— Boa noite para todo mundo — Rosalina sussurra sonolenta. — Boa noite, Farron.

Quando começo a pegar no sono, torço para ele saber que estamos aqui fora. A família dele está aqui, esperando por seu retorno.

Acordo antes do amanhecer. Estou tão... confortável. Sei que preciso voltar ao meu quarto antes de o sol nascer, para me transformar com privacidade e ter acesso ao capacete. Mas não quero me levantar.

Com esforço, fico em pé e olho para o estranho ninho que criamos ontem à noite. Dayton está dormindo de costas, com as quatro patas para o alto e uma grande bolha de saliva escorrendo da boca. *Rosalina tem razão. Ele parece um golden retriever.*

E Kel...

Kel é um homem, e os braços de Rosalina envolvem seu corpo nu. Eles dormem profundamente, mas o rosto relaxado de Kel me faz lembrar o amigo de anos atrás. Um garoto que nem imaginava as provações da vida adulta.

Ele pode não ter aceitado o vínculo predestinado ainda, mas a magia está lá. Prova de que a maldição da Feiticeira pode ser quebrada.

Prova de que o toque de Rosalina é mágico.

Colo o ouvido à porta e, felizmente, só escuto a respiração cadenciada. Espero que Farron tenha conseguido descansar, apesar das correntes da maldição e dos espinhos.

Vou para o meu quarto andando com cuidado, tentando não acordar ninguém. Olho para Kel nos braços de Rosalina e sinto a tristeza apertar o peito.

Você merece se deixar amar por ela, Kel, penso.

Queria poder ter a mesma sorte.

Dayton

Adoro o Outono: a calamidade brilhante das cores, as lareiras quentes crepitando no interior da fortaleza. A primeira vez que visitei o reino, ainda criança, me senti como se a brisa fresca sussurrasse segredos e histórias da floresta e de antigos feéricos. É muito diferente do Reino do Verão, com seus vastos horizontes no oceano e edifícios abertos. Alguma coisa no Outono é aconchegante, familiar, convidativa.

Como Farron.

Meu olhar encontra o Alto Príncipe do Outono empoleirado em seu grande cervo, Thrand. Ele ajeita o colarinho da túnica vermelha. Calça preta e justa, botas marrons de cano alto e um colete de couro com presilhas douradas na altura da cintura completam o traje. O cabelo castanho-avermelhado e abundante flutua na brisa, e uma mecha solitária emoldura o queixo.

Droga, quero beijá-lo.

Montada em uma bonita égua branca chamada Amalthea, Rosalina trota ao lado dele. Mas o animal decide que prefere pastar.

— Vá, Thea — ela instiga. — Você acabou de fazer um lanchinho.

Não consigo conter o riso e me aproximo trotando, pego as rédeas de sua montaria e sigo na direção de Farron. Faz uma semana que chegamos ao Reino do Outono, e assumi a responsabilidade de ensinar Rosa a cavalgar.

Ela aprendeu depressa, encantando os cavalos com a mesma facilidade com que encantou todos em Castelárvore. Agora já consegue cavalgar sozinha, na maioria das vezes, com um animal bem treinado e em terreno regular. Sinto saudade das primeiras aulas, com seu corpo macio pressionado contra o meu na mesma montaria. Ou da ocasião em que perdemos o foco e quase fomos flagrados por guardas: eu em cima dela com a mão dentro de sua calça... Não tenho culpa se ela grita tão alto quando goza — um som do qual nunca vou me cansar.

— Obrigada, Day. — Ela sorri para mim, e vejo o rubor leve em seu rosto. O cabelo comprido e castanho está preso em um rabo de cavalo alto, seguro por um anel dourado. Porra, quero agarrar seu cabelo e puxar, expor seu pescoço para conseguir morder e lamber até chegar à boca. Ela usa uma blusa justa que envolve os seios fartos. As fitas não foram amarradas completamente, deixando à mostra uma porção tentadora do decote. Um manto de veludo vermelho-escuro cobre seus ombros e a traseira do cavalo.

O Reino do Outono combina com ela também.

— Em algum momento vou pegar o jeito disso. — Ela fica vermelha.

— Tudo bem? — Ezryn pergunta lá na frente. Ele está ao lado de Kel, ambos sobre cavalos.

— Estamos chegando! — Ela olha para mim e para Farron. — Vamos apostar corrida!

Rosa bate com os calcanhares nas laterais da égua, e Amalthea começa a andar um pouco mais depressa, meio desajeitada. Farron gargalha, um som musical e fascinante que fazia tempo que eu não ouvia.

— Vamos, lobinho. — Nós dois começamos a galopar.

Quando chegamos ao topo da colina, paro impressionado diante da beleza do reino de Farron. As colinas se sucedem cobertas do roxo da urze. Um rio serpenteia pelo vale como uma faixa de prata. Lá embaixo, vejo a imensa Floresta da Brasa, um campo de crisântemos e, além dele, um aglomerado de ruínas antigas.

— É lindo — Rosalina suspira.

— Exceto a área daquela geada horrorosa — afirmo, incapaz de resistir ao impulso de apontar o óbvio. Um brilho branco-azulado sobre árvores, flores e ruínas. — Desculpe, Kel, mas seu toque não combina com este reino.

— Isso não é meu — ele resmunga.

Passamos a primeira semana aqui preparando e reunindo informações sobre o Outono. Niamh parece mais tranquila, agora que tem Kel ao alcance dos olhos, mas conheço sua ferocidade. Se não descobrirmos a origem da geada, ela vai atacar o Inverno.

O vizir carrancudo de Kel tem mandado relatórios pouco proveitosos sobre a geada que se esgueira ao longo da fronteira de Inverno e Outono, mas nenhuma descoberta ou teoria sobre suas origens. Precisamos entender como isso está se espalhando, se quisermos ter alguma chance de conter o gelo.

Hoje é a primeira vez que visitamos a área não habitada do reino. Certamente, já há respostas aqui.

— O que são aquelas pedras entre as flores? — Rosalina pergunta, olhando para o campo de crisântemos amarelos e cor de laranja.

ENTRE FOGO E ESPINHOS

Um silêncio constrangedor paira sobre o grupo, antes de Farron pigarrear.

— São lápides. Isso foi um campo de batalha durante a Guerra dos Espinhos.

Rosalina se vira para encará-lo.

— As forças do Outono partiram do Condado do Cobre para enfrentar uma legião do Inferior que marchava desde o Reino do Inverno. Porém, durante o conflito, houve um terrível deslizamento de terra que engoliu os dois exércitos. No geral, cremamos os mortos, mas os corpos ficaram soterrados muito profundamente. Plantamos as flores no local e usamos as pequenas lápides para lembrar o nome das vítimas.

Rosalina franze a testa.

— Por que forças do Inferior marcharam a partir do Reino do Inverno?

Porque Keldarion é o maior idiota que já governou, e na época ele estava pendurado na encosta de uma montanha. A tensão é palpável no ar, e lanço um olhar duro para o Alto Príncipe do Inverno. *Quando vai contar para ela?* Mas uma parte minha não quer que ela saiba. E se ela o deixar? *E se ela nos deixar?*

— Você é uma princesa? — A voz baixa interrompe o silêncio.

Meu cavalo relincha surpreso quando a criança se aproxima, fitando Rosalina. Seus olhos são azuis e brilhantes, e o menino ainda não cresceu tanto quanto suas orelhas, que parecem ter o dobro do tamanho que seria proporcional ao rosto. Cabelos castanho-claros espiam por baixo do chapéu, um cogumelo enorme e vermelho com bolinhas brancas.

— Não sou princesa. — Rosalina ri e, desajeitada, tenta descer do cavalo.

Antes que ela caia, Farron desmonta rapidamente e a põe no chão. Ela murmura um obrigada apressado, antes de se aproximar do menino.

— Mas você parece uma princesa — o garoto diz.

Um latido abafado precede a chegada de um cachorro marrom e branco, que se aproxima correndo e para atrás do garoto. Rosalina ri quando o animal lambe sua mão. É um cachorro pequeno, de pernas fortes e curtas, orelhas compridas e caídas que quase tocam o chão e uma testa enrugada.

— Não tem nenhum vilarejo por perto — diz Farron, estudando o menino. — O que está fazendo aqui?

O menino aponta confiante com o polegar para o próprio peito.

— Estou procurando cogumelos. Meu nome é Flicker, aliás. Meu antigo canteiro foi coberto pela geada, e agora Koop e eu estamos procurando um novo. Minha irmãzinha está tossindo muito, e só os cogumelos luminescentes ajudam a melhorar a tosse. — Ele estreita os olhos, e um sorriso radiante ilumina seu rosto. — Ei! Você é o príncipe, não é? Veio parar a geada?

Farron enrubesce.

— Eu, hum, nós...

— Estamos no meio de uma aventura — afirma Rosalina, afagando a barriga de Koop. — Procuramos um jeito de acabar com a geada. Viu muito gelo por aqui?

— Sim, está bem forte na floresta e no Santuário da Ninfa. — O menino aponta para as ruínas lá embaixo.

— Acho que devemos começar a procurar lá. — Rosalina se levanta. — Muito obrigada pela ajuda.

Flicker sorri.

— Você disse que não é princesa, mas vai ser, quando vocês dois se casarem, não vai?

Rosa e Farron coram com o mais lindo tom de rosa, e me inclino sobre o cavalo rindo. Ela apenas sorri e afaga o cabelo de Flicker.

Ezryn desmonta. Normalmente, um gigante vestido com uma armadura é assustador, mas Flicker levanta o queixo, e Koop cheira as botas de Ezryn, curioso.

Ezryn pega um pequeno saco de papel do alforje do cavalo e se ajoelha na frente do menino.

— Isso é um chá de ervas. Pode ajudar a acalmar a tosse de sua irmã. Misture na água fervente, desligue o fogo e deixe em infusão. Pode misturar um pouco de calda de bordo para adoçar.

Os olhos do garoto brilham quando ele agradece ao Príncipe da Primavera, antes de descer a encosta em direção à Brasa.

— Tome cuidado — Farron diz atrás dele. — Fique longe do gelo.

— Vamos ficar, príncipe — Flicker responde animado. — E obrigado por vir resolver tudo.

Farron abaixa a cabeça.

— Queria que fosse assim tão fácil.

Tenho certeza de que esse é o décimo terceiro cogumelo que Farron descreve para mim, com certeza inspirado por aquele menino que procurava cogumelos.

Nosso grupo se dividiu para ganhar tempo. Fare e eu estamos nas ruínas, e os outros seguiram para o limite da floresta. Deixamos as montarias no alto da colina e descemos a pé pela ravina rochosa até as ruínas.

— Na verdade — explica Farron, deslizando com agilidade sobre uma pedra —, há mais de setenta e cinco mil espécies diferentes de cogumelos só no Reino do Outono. Temos a maior variedade aqui, mas existem alguns tipos específicos nos outros reinos. Tem uma cepa de fungos marinhos que só cresce no oceano do Reino do Verão.

— Eu não sabia. — Olho para ele e sorrio. — Esse também é venenoso?

— É, mas você pode neutralizar o veneno com um pouco de suco de limão e… — Ele para e passa a mão no cabelo. — Faz muito tempo que estou falando sobre cogumelos, não é?

— Sim, mas agora estou maluco por aquele ensopado de portobello que você mencionou. — Passo um braço sobre seus ombros e aproximo a boca de sua orelha. — Adoro quando você fala essas cogumelagens comigo.

Ele ri, um som que não tinha ouvido ultimamente. E daí que as histórias de Farron às vezes ficam compridas demais? Não ligo. Desde que ele esteja falando comigo.

Sua risada desaparece quando nos aproximamos das ruínas, e ele suspira.

— Nem a Ninfa conseguiu deter a geada.

Ruínas se espalham pelo campo. Musgo e trepadeiras se dispersam sobre estátuas e colunas que caíram há muito tempo. Isso já foi um templo, mas agora só uma escada circular quebrada que leva a uma torre caída.

Pior que a passagem do tempo é o gelo. Ele cobre tudo com um brilho azul-claro.

— Pobre Nyn. — Sigo Farron para inspecionar a parte mais afetada. — Imagino que também saiba tudo sobre ela?

— Sei — ele confirma. A mão pende ao lado do corpo, e quase a seguro. — Ela foi a primeira Alta Governante do Outono e foi considerada uma grande amiga da Rainha Aurélia.

— Ah, sim — respondo. — Nossa rainha perdida. Seria ótimo ter a ajuda dela agora.

— Não acredita que ela vai voltar um dia, não é?

— Não sei, Fare. — Passo a mão no cabelo. — Quinhentos anos é muito tempo para ficar longe. O que você acha?

— Acho que ela está por aí — ele diz. — Só porque Castelárvore ainda está em pé. Foi a magia dela que o criou. Acho… Acho que sentiríamos, se ela tivesse desaparecido de verdade.

Damos duas voltas na ruína investigando o gelo, mas parece não haver uma origem. A trilha só leva ao riacho próximo. Vejo a frustração no rosto de Farron.

Desesperadamente, examino o local de novo, e meu olhar é atraído pela torre. Apesar das paredes caídas, tenho certeza de que ainda conseguimos chegar ao topo.

— Venha. — Seguro seu braço. — Podemos enxergar tudo lá de cima. Talvez tenha alguma pista.

Subimos a escada em espiral. Apesar de estar destruída, a torre ainda guarda uma beleza assombrosa. O sol entra pelas janelas quebradas, projetando uma luz dourada sobre a pedra. Quando subimos, Farron segura minha mão e entrelaça os dedos nos meus. Tento imaginar como esta torre foi em seu apogeu, com as paredes brilhando e as salas ocupadas pelo riso dos nobres feéricos. A própria Rainha visitava este local?

Quando chegamos ao topo da torre, encontramos os restos de um salão circular. O telhado apodreceu há muito tempo, por isso temos uma vista sem obstruções do Reino do Outono.

É magnífico. Mas nada é tão encantador quanto o homem ao meu lado.

Ele se apoia na parede meio desmoronada, e seu cabelo castanho-avermelhado dança ao vento. Seu lugar é aqui, não há dúvida.

Queria que ele pudesse ver.

— Fare.

Ele olha para mim, pisca. Seguro seu rosto entre as mãos e o beijo.

Um som suave e surpreso escapa do fundo de sua garganta. Por um momento, as ruínas desaparecem, e tudo que existe é o calor e a suavidade dos lábios de Farron nos meus.

Um sorriso dança nos cantos de minha boca.

— Faz tempo que você não me beija.

— Muito tempo. Só para deixar claro, minha boca está disponível para você o tempo todo. Meu corpo também.

Ele suspira profundamente, e meu pau endurece com o som. Beijo seu queixo, inspiro o cheiro de sua pele. Minhas mãos passeiam pelo cabelo macio e descem pelo pescoço, mas alguma coisa corta meu dedo.

Farron suspira e ajeita a camisa sobre a gargantilha de espinhos.

— Desculpe.

— Odeio essa coisa — resmungo.

— E acha que eu gosto? Mas sou grato pelo que Caspian fez, de alguma forma. Existe paz em saber que, se eu me transformar, essa *coisa* vai assumir o controle, dia ou noite. Não quero que a fera machuque mais ninguém. Não quero mais ferir *você*.

Tenho cicatrizes por todo o corpo deixadas pela fera de Farron, como as três linhas irregulares ao longo das costas desde o primeiro ano da maldição. Ez pode curar os ferimentos, mas as cicatrizes permanecem. As marcas deixadas por uma fera amaldiçoada são difíceis de apagar, mesmo com a Bênção da Primavera. As mais recentes na coleção são a do peito e mais uma no olho. Mas a maior cicatriz que ele deixou não foi feita pela fera, e sim pelo homem. A que está no coração.

Acho que ele o partiu. Deixou em tantos pedaços que não quero encontrar meu amor predestinado nunca, mesmo que isso signifique jamais quebrar a porra da maldição. Uma parte doente e corrompida de mim prefere ser fera para sempre a desistir dele.

E Rosalina... preciso dela também. Ficou óbvio quando ela nos deixou. *Nós* precisamos dela.

— Você está com uma cara estranha, Day — Farron diz hesitante.

Passo os dedos no cabelo, tentando lembrar o que ele disse.

— É difícil ver você cercado por aqueles espinhos.

— Eu não, o lobo.

— Mas você estava lá, como o lobo está em você agora.

Toco seu queixo, incapaz de desviar o foco dos espinhos. Odiei o jeito como Caspian olhou para ele quando fizeram o acordo, como se estivesse diante de um banquete delicioso, e Farron fosse o prato principal.

— Uma fera como governante — Farron murmura. — Não é à toa que meu povo não confia em mim.

— Só precisa mostrar a eles quem você é.

— O quê?

— O Alto Príncipe do Outono voltou — afirmo, elevando a voz. — Faça o povo se lembrar de quem você é.

— Não devia ser eu. O que está fazendo?

— Ajoelhando para o Alto Príncipe do Outono. — Apoio um joelho na pedra.

— Não existe um Alto Príncipe do Outono. As pessoas acham que não, pelo menos.

— Bem, eu vejo um. — Desamarro o cordão de sua calça. — É alto, bonito e inteligente. E merece ser adorado... com paixão.

— Day — ele sussurra quando abaixo sua calça. O pau duro se liberta. — Aqui? E se alguém vir?

— Não tem ninguém por perto. — Beijo a parte interna de uma coxa. — Deixe-me fazer isso por você.

Ele se segura na parede de pedra, estuda o ambiente.

— Está vendo alguém? — pergunto, e deslizo a língua por sua pele macia.

— Não, mas... — A frase é substituída por um longo suspiro quando ponho seu pau na boca.

A sensação é única. Minhas mãos escorregam por baixo da túnica para tocar sua pele. Ele projeta o quadril, penetra mais fundo em minha boca.

Segura meu cabelo.

— Daytonales...

Continuo chupando, girando a língua em torno do mastro de aço, provocando prazer até seu corpo inteiro vibrar.

— Es... espera — ele gagueja, puxando minha cabeça para trás.

— Que foi?

— Eu, hum, quero gozar com você. Se quiser...

Aperto suas coxas com força suficiente para deixar marcas.

— Um Alto Príncipe não pede. Diga o que você quer.

Ele morde o lábio.

— Quero gozar com você me fodendo.

— Então é isso. — Rio e dou um tapa em sua bunda nua. — Essa é uma promessa que posso fazer, amor. Mas lembra o que falei a Rosalina nas termas quentes? Não deixo gozar só uma vez quem é importante para mim. Primeiro, vai gozar na minha boca, depois vai levar meu pau como um bom menino. Combinado?

— Sim. — Ele sorri para mim, e fica lindo com o céu dourado se movendo atrás dele.

— Agora imagine nossa garota sentada no meu colo, cavalgando, gritando seu nome enquanto chupo esse seu pau lindo.

Com uma das mãos em sua cintura, recebo seu pau na boca e ele me penetra várias vezes. Quando os dedos puxam meu cabelo e seu corpo estremece, sei que ele está perto.

— Goze para mim — sussurro, e volto a chupar em seguida.

Ele geme, projeta o quadril mais uma vez e goza, derrama seu prazer delicioso na minha língua. Engulo tudo, e ele cai nos meus braços, ofegante.

Farron beija minha boca, e eu o deixo entrar, sei que está sentindo seu gosto em mim. Quando estamos juntos desse jeito, minha alma incendeia.

— Ainda não acabou, lobinho — eu lembro.

Ele sorri malicioso, mostrando que me quer tanto quanto eu o quero, Suas mãos deslizam por meu peito.

— Eu podia deixar você assim — provoca, massageando a saliência na minha calça.

— Não — murmuro com voz rouca —, porque esse pau duro vai te foder muito bem aqui, ao ar livre, enquanto você olha para essa terra e sabe que ela é sua. Que *eu* sou seu.

— Mas... — ele começa.

Eu o silencio com um beijo e me levanto. Agarro sua camisa e a tiro para revelar o peito forte.

— E se aparecer alguém? — Farron gagueja com o rosto corado.

Seus mamilos endurecem tocados pelo ar frio, e não resisto, belisco um deles. Ele faz uma careta, resmunga um palavrão.

— Não tem ninguém por perto. — Forço-o a se apoiar sobre a mureta formada pela parede meio caída. — Veja você mesmo.

As terras do reino se estendem diante de nós, mas a parte mais bonita do Outono está aqui comigo.

— Chupe. — Enfio os dedos em sua boca. Um arrepio percorre meu corpo quando a língua acaricia minha pele e ouço os sons suaves de seu prazer.

Eu o preparo depressa.

— Quanto tempo faz?

— O quê?

— Desde que a gente trepou?

Uma ruga fina surge em sua testa.

— Foi antes de a Rosa ir embora.

— Não é à toa que eu te quero tanto — resmungo.

Quando sinto que ele está pronto, posiciono o pau na entrada de seu corpo e empurro. Nossos gemidos são a prova de quanto nós dois precisamos disso. Balanço o quadril para a frente, sentindo ele me apertar cada vez que nossos corpos se encontram.

Empurro Farron contra a parede, usando-a como apoio para ir mais fundo. Sua respiração acelera.

— Seu pau está duro de novo — comento, sentindo a satisfação me percorrer como uma onda quando olho para o membro perfeito.

— Por você sempre — ele suspira. — Sempre, Day.

Alguma coisa dolorosa se contrai em meu peito. Sinto que estou completamente vivo nesses momentos com ele, e deixo essa energia me invadir quando o penetro mais fundo. Seus gemidos ficam mais altos e mais desesperados. Seu corpo se move em sincronia com o meu, perfeito ali ao ar livre. Perfeito, com exceção dos espinhos em seu pescoço.

— Já falei que odeio esse colar — resmungo. — Mas odiei ainda mais o jeito como ele olhou para você.

— Caspian? — Farron aperta a pedra.

— Como se fosse seu dono, como se você fosse *dele*.

Farron inclina a cabeça para trás quando o penetro mais forte.

— Isso, mais fundo, *isso*.

Atendo ao pedido com prazer, ajustando o ângulo para alcançar cada pedacinho dele.

— Mas você não é dele. É meu.

Ele geme ao ouvir minhas palavras, e acho que está babando, escorrendo pelo queixo.

— Fale — ordeno, reduzindo o ritmo para movimentos firmes, mas demorados.

— Sou seu — ele sussurra, repetindo as palavras como um mantra a cada penetração do meu pau. — Sou seu, sou seu, sou seu.

Seguro o pau duro.

— E tenho certeza de que somos os dois *dela*.

Um gemido baixo brota de sua garganta quando seu corpo inteiro enrijece e ele goza, molhando minha mão.

Gemendo também, sinto o espasmo do meu pau, muito aliviado por ter se apoderado dele.

— Farron, eu…

O prazer branco e quente explode, e tudo se derrama dentro dele, um êxtase que transborda de mim em ondas. A mais pura e fodida glória.

O corpo de Farron relaxa quando voltamos aos poucos à terra e nos deitamos juntos no chão de pedra.

Seu rosto está corado, os olhos brilham, e por um momento idiota penso que ele vai me dizer alguma coisa que nunca disse antes. Mas ele só balança a cabeça.

— Eles vão ficar furiosos, se souberem que a gente se distraiu.

— Ei. — Puxo Farron para mim. — Dá trabalho fazer você lembrar o quanto é perfeito.

Nós nos beijamos até não ter mais ar dentro dos nossos pulmões, depois nos vestimos lentamente e descemos da torre para nos limpar no riacho frio.

Quando termino de amarrar o cordão da calça, o gelo cristaliza na água.

— Fare — digo. — Tem alguma coisa estranha acontecendo no rio.

Eu me afasto bem na hora que a água sob a superfície se solidifica em gelo azul-claro.

Olhamos rio acima, onde o gelo apareceu primeiro. Tudo além do campo de crisântemos até a floresta está completamente congelado.

Rosa, Ez e Kel saem da Floresta da Brasa pelo extremo sul, longe da água, felizmente. Mas ao norte...

Há uma criatura, um ser impressionante de pele branco-azulada. Está longe demais para podermos enxergar os detalhes, mas seus passos deixam um rastro de geada.

Está indo em direção a duas silhuetas menores que caminham acompanhando o limite das árvores: um menino e um cachorro.

— Flicker e Koop — sussurro.

Farron arqueia as sobrancelhas e estremece. Depois balança a cabeça e começa a correr.

— Temos que ajudá-los.

— Estou com você, Alto Príncipe — declaro, e corro atrás dele. — Sempre.

37

Farron

Dayton e eu corremos ao longo do riacho congelado, meus pés quase escorregando para fora da margem.

— Kel! Ezryn! — Dayton grita. — Rosa! — Eles se viram em nossa direção. — Por aqui!

Eles correm para nós, e nos encontramos no limite da floresta. Minhas palavras parecem rasgar a garganta.

— É o Flicker. Ele está em perigo.

Rosalina cobre a boca com a mão e arfa:

— Ah, não.

E voltamos a correr.

— Para lá! — Aponto na direção dos bordos. O corpinho de Flicker se contorce contra o gelo que cobre seus pés, prendendo-o ao chão. A geada captura as pernas curtas de Koop, que uiva, miserável.

Ezryn é o mais rápido, não titubeia nem para analisar a situação. Ele salta no riacho congelado, usa a superfície lisa para escorregar em direção aos dois. Depois pula para a grama marrom e corre para o menino.

— Ez! — grito. — Cuidado!

Ezryn gira bem a tempo de levantar a espada para a impressionante criatura azulada.

Eu esperava que fosse uma alucinação, uma impressão criada pelo sol refletindo no gelo que se espalha sem parar. Mas percebo apavorado que essa coisa é real.

Um cadáver ambulante feito inteiramente de gelo, geada e ossos. O corpo é uma estrutura cristalina que cintila sob o sol frio do Outono. Com órbitas vazias no lugar dos olhos, ele mantém a boca aberta em um grito silencioso. Cada movimento dos membros congelados é espasmódico, sobrenatural.

A temperatura parece baixar, e tremo descontroladamente. Essa coisa não está viva — não de um jeito que eu entenda. É uma criatura de inverno, um ser de geada, neve e frio.

A criatura segura a espada de Ezryn e o empurra, fazendo seus pés deslizarem na grama. Uma geada glacial se espalha pela arma a partir do toque do cadáver. A lâmina estala e se estilhaça.

— Ezryn! — grita Rosalina. Ele salta para trás, e sua incredulidade é evidente na maneira como o capacete se inclina para os fragmentos da lâmina.

— Foda-se isto tudo. — Dayton corre. — Espada não assusta você, ossinho gelado? Vamos ver o que acha de magia. — Ele estende as mãos para a frente e projeta uma ventania, um vento de sal e tempestade invocado diretamente da Bênção do Verão.

O cadáver congelado guincha, um som que lembra gelo rachando. Buracos surgem em sua carne, revelando ossos brancos. Dayton grunhe, sustenta o vento, mas sorri quando mais e mais pele congelada se desprende da criatura.

Prendo a respiração. *Está funcionando. Ele conseguiu.*

O espectro cai.

Kel e eu corremos, e Rosa corre para Flicker. Ela toca a cabeça do menino, as mãos dele, pergunta se está bem.

Está tudo bem, digo a mim mesmo. *A coisa está morta agora.*

Ezryn bate de leve no ombro de Dayton, mas ele não reage. Está olhando diretamente para o cadáver, muito sério.

— Espere…

A criatura convulsiona, estremece. E se levanta. Os buracos que Dayton abriu em seu corpo… estão se fechando, preenchidos pelo gelo. A assombração inclina a cabeça, depois avança.

Pulo na frente de Rosa e Flicker, enquanto Ez, Day e Kel encurralam a coisa em um semicírculo. O gelo que compõe sua forma é manchado por veias escuras, como vasos sanguíneos congelados. Suas articulações chacoalham a cada movimento, como se ele fosse desmontar. E, mesmo assim, ele continua avançando, olhando para cada príncipe com aquelas órbitas leitosas.

— Vou tirar você daqui — diz Rosalina. Ela pega a adaga que deixamos aos seus cuidados hoje, antes de começarmos a jornada, e começa a perfurar o gelo aos pés do menino.

Flicker é corajoso, mas seu nariz está vermelho.

— Eu... estou com frio de verdade.

Koop uiva, agora coberto de gelo até a metade do corpo.

Afasto-me deles. Meu coração acelera. Preciso ajudar, mas o que posso fazer?

Keldarion se move na frente do espectro. A criatura tenta agarrá-lo, a boca aberta e faminta, mas ele se esquiva.

— Você não é do Reino do Inverno — ele rosna. Depois dobra os joelhos, levanta os braços e se levanta com um impulso vigoroso. — Você é uma monstruosidade!

Enormes estacas de gelo brotam do chão, empalando o cadáver através das pernas e do peito. O espectro estremece, e um grito gorgolejante ecoa no vale. Sua cabeça balança, os olhos se transformam em pontos de luz gelada. As estacas de gelo rangem e estalam... e se fundem com o ser. Ele cresce, como se envolvesse a magia. O gelo de Kel o torna maior, mais forte.

— Acho que você o alimentou — declara Dayton.

Ez segura Dayton e Kel pelas túnicas.

— Abaixem-se!

O monstro irrompe, arremessando adagas de gelo. Os príncipes mal conseguem pular para fora do caminho antes de a criatura estar sobre eles outra vez.

Ah, não, ah, não, ah, não. Agarro meu cabelo. Tenho que fazer alguma coisa. Mas se Kel não consegue parar essa coisa, o que eu posso fazer?

Rosalina olha para o confronto com desespero, depois empurra a adaga com mais força contra o gelo que sobe para o peito de Flicker.

— Koop! — ele grita, estendendo os dedos para o cão.

Os olhos grandes e tristes de Koop se voltam para seu dono, antes de o gelo cobri-lo completamente. A boca congelada fica presa em um uivo de sofrimento.

Flicker está chorando, e o gelo quase cobre seus braços. Rosalina fala um palavrão e tenta enfiar a adaga no gelo. A lâmina estala, a ponta se quebra.

— Não. — Ela cambaleia para trás. — Não, não, não. — Agora está usando as unhas, arranhando o corpo congelado de Flicker.

Mal consigo respirar; meu coração está acelerado. A abominação segura Ezryn entre as mãos. O gelo se espalha por sua armadura. Kel ruge, enfia a espada na enorme perna de gelo daquela coisa, mas a arma fica presa e é arrancada das mãos do príncipe. O monstro arremessa Ez contra Dayton e Kel, e os três caem e rolam no chão.

ENTRE FOGO E ESPINHOS

É isso que está matando meu lar. Vai congelar meus amigos primeiro, depois vai acabar com o Condado do Cobre. Minha família... e Rosa. Rosa está aqui.

A abominação estende a garra gelada para os príncipes, que olham para ela horrorizados.

Mas não posso deixar que eles enfrentem isso sozinhos.

Tem um poço dentro de mim, uma reserva de poder na escuridão profunda do meu espírito. Um poço que só necessita de uma faísca para pegar fogo.

Meus amigos, minha família, Rosalina... Eles são essa faísca.

Concentro toda minha energia na aberração. O calor se espalha em meu peito, se projeta para fora, invade minhas veias e incha na ponta dos meus dedos. Chamas explodem das minhas mãos.

Uma torrente de fogo atinge a criatura, cada labareda fazendo contato como uma explosão. A assombração cambaleia, tentando se manter em pé sobre o gelo escorregadio. Mas não lhe dou essa chance, despejo toda a minha reserva no ataque.

Sua carne congelada começa a derreter e crepitar. Um rugido brota de mim, e chamas envolvem o cadáver. O gelo derrete, e tudo que resta é osso chamuscado.

Caio de joelhos, ofegante. Kel, Ez e Dayton correm para mim. Eles batem no meu ombro, tocam meu rosto.

— Bom trabalho, garoto — Keldarion murmura. — A coisa estava feia para nós.

— Escondeu isso de mim, Fare? — Dayton brinca.

Tento sorrir para ele, mas tenho a sensação de que acabei de atravessar o inferno.

Nosso momento é interrompido pelo berro de Rosalina.

— Socorro! Depressa!

Corremos todos para ela. Suas mãos seguram o rosto de Flicker; o corpo do menino é como uma escultura de gelo, as mãos congeladas apontando para Koop. Só o rosto segue intocado, mas o gelo se move depressa, se alastra por sua pele.

— Quero ir para casa — ele chora. — Quero o Koop.

Rosalina segura os cabelos do menino e olha para nós.

— Ajudem-no.

Eu sinto: todos os olhos estão sobre em mim.

— Alto Príncipe do Outono — Ezryn diz lentamente —, seu povo precisa de você.

Caio de joelhos ao lado de Rosalina e ponho as mãos no rosto do menino. Os olhos dele estão desesperados, suplicantes.

Aquele poço dentro de mim ainda está lá, queimando mais forte do que jamais o senti antes. Mas não posso atear fogo nessa criança como fiz com a abominação de gelo.

Fecho os olhos, procuro dentro de mim. Penso em minha mãe, em quem ela foi como Alta Princesa. *Tudo de que você precisa já está dentro de você, Farron*, ela me disse quando passou o título para mim. *Mas precisa ser suficientemente corajoso para se apoderar disso.*

O calor passeia por meu corpo, mas desta vez não é um inferno. É a luz das fogueiras que acendemos à noite, as canecas fumegantes de cidra temperada compartilhada com amigos, as brasas de um fogo que limpou a floresta de destroços e abriu caminho para a regeneração.

Minhas mãos se acendem com uma luminosidade cor de laranja, e as movimento em torno de Flicker, afastando a friagem. O gelo recua e derrete sobre seu corpo. Um estalo, e os braços estão livres, e ele os sacode com força antes de se abraçar.

— Continue o que está fazendo, seja o que for — diz Dayton. — Está funcionando.

O suor escorre de minha testa, mas sustento aquela reserva no peito, mantendo o calor do Outono perto de mim. O veranico que às vezes vivemos quando os raios de sol esquentam demais; as lareiras crepitantes nos grandes salões onde realizamos festivais; o amor compartilhado por uma colheita abundante. Trago tudo isso para mim e deixo essas sensações fluírem para o menino.

Flicker cai de bruços quando os pés finalmente se libertam do gelo. Eu o pego nos braços, e ele enlaça meu pescoço, me abraça com força.

— Você me salvou, Alto Príncipe.

— Eu... acho que sim.

Mas o menino choraminga.

— E o Koop?

Chego mais perto do cachorro preso em seu túmulo gelado. *A Bênção do Outono é suficiente para salvar aqueles que pensamos ter perdido?*

Luz alaranjada ilumina o gelo quando invoco a magia mais uma vez. Meus amigos não fazem nenhum ruído, todos prendem a respiração.

Um uivo ecoa no vale quando Koop sacode gelo derretido do pelo e corre para Flicker. O menino abraça seu cachorro, e os dois caem no chão rindo.

Eu despenco.

— Você conseguiu! — Rosalina me abraça e cai comigo. — Ai, Farron, eu sabia que você era capaz.

Kel levanta uma sobrancelha.

— Talvez ainda tenhamos uma chance de lutar.

— Não sei. — Toco o peito. — Minha reserva de magia parece ser bem pequena. Não sei se posso fazer muito mais que isso.

— Se Caspian não estivesse sugando toda magia de Castelárvore... — Ezryn resmunga.

— Pelo menos sabemos como matar essa coisa — Rosalina lembra animada. Ela ainda me abraça, e a puxo para perto, respirando seu cheiro. — Aposto que podemos pensar em alguma coisa. Talvez exista um jeito de canalizar sua magia.

— Boa ideia — respondo. — O Outono tem muitos livros de feitiços bem antigos. Talvez um deles contenha...

— Ei, odeio estragar a festa — diz Dayton. Ele está em pé no topo da colina afastada da floresta. — Mas vocês deviam subir aqui.

Nós nos olhamos, depois corremos encosta acima e vamos nos juntar a Dayton no alto.

— Ai, estrelas — Rosalina murmura.

— Sim — Dayton concorda. — Acho que vamos precisar de mais poder de fogo. E depressa.

No horizonte, uma linha trôpega de branco cintilante avança cambaleando pelas colinas.

Um batalhão inteiro de cadáveres congelados trazendo consigo o gelo da morte.

Ezryn

Respiro profundamente e balanço os braços, ouvindo os ruídos reconfortantes de metal batendo em metal, dos soldados resmungando, e sentindo o cheiro de suor e aço. Não treinei com outros guerreiros durante anos, e tinha me esquecido de quanto isso é bom.

Como Alto Príncipe da Primavera, treinei com alguns dos maiores guerreiros do Vale, mas os homens e mulheres feéricos nas tropas do Outono são uma força a ser reconhecida. Um vento frio toca a pequena porção de pele exposta entre o capacete e a túnica larga que estou vestindo. A área de treino ao ar livre na Fortaleza Coração do Carvalho é bem conservada, mas inóspita. O solo é duro, de pedra marrom-avermelhada, e uma queda em posição errada pode quebrar a cabeça de um feérico.

Dayton e Kel estão ao meu lado, junto com os irmãos mais novos de Farron, Dominic e Billagin, e um punhado de magos guerreiros de elite selecionados do exército. Há uma vibração empolgada no ar, e nem consigo ficar quieto.

Faz duas semanas que descobrimos as assombrações de inverno. Depois do nosso relato, a princesa Niamh enviou grupos de batedores para patrulhar os vilarejos e despachar os espectros errantes. Mas não importa quantos matamos, mais continuam chegando. Não entendemos de onde essas assombrações vêm: estão por todo o território do Reino do Outono. E Niamh ainda não está convencida de que Keldarion não tem nada a ver com isso.

Amanhã Farron vai começar as expedições diárias para visitar os vilarejos destruídos pela geada. O que se espera é que ele consiga descongelar os moradores da mesma maneira que fez com o garoto e o cachorro duas semanas atrás. E na ausência dele, precisamos estar preparados para proteger o Condado do Cobre com nossa maior arma.

Fogo.

Até agora, soldados comuns foram bem-sucedidos contra as monstruosidades usando tochas, espadas e flechas revestidas de óleo. Mas a magia do fogo está no sangue dos feéricos do Outono.

E nenhum deles usa essa arma tão poderosamente quanto o detentor da Bênção do Outono.

— Ele vai aparecer, pelo menos? — Kel pergunta de braços cruzados. — Posso entender isso sozinho.

Dayton bate nas costas dele.

— Dê uma chance para ele. Você sabe como ele reage à necessidade de falar em público.

Os grupos hoje reunidos no campo de treinamento estão aqui para ouvir Farron. A maioria dos magos guerreiros do Outono já consegue produzir alguma forma inata de fogo, mas espera-se que as aulas de Farron sirvam para aprenderem a usar o fogo com um propósito letal.

Os Altos Governantes sempre tiveram a capacidade de criar todos os elementos de um jeito ou de outro, embora certas habilidades permaneçam adormecidas. Sei que nós três nunca usamos o fogo como Farron. Dayton e Kel estão aqui para aprender.

Eu estou aqui para observar.

Gargalhadas e resmungos chegam de um canto do campo de treinamento. O pai de Farron, Padraig, tem sido o mentor de George no manejo da espada. As lutas entre eles têm um clima de brincadeira. *Rosalina é muito parecida com o pai*, penso. *Adaptável. Resiliente.*

Falando em Rosalina… Ouço seus passos na entrada do campo, a voz temperada por aquela teimosia característica que aparece de vez em quando. Ela está empurrando Farron, tentando fazê-lo entrar. Quando ele aparece e todos se viram para vê-lo, Rosalina sorri satisfeita e desaparece, deixando o príncipe na frente do grupo, visivelmente acanhado.

— Ah, hum, oi. Obri… obrigado por terem vindo ao treinamento. Estou aqui para, hã, ensinar.

Um silêncio incômodo segue a apresentação, até Dayton gritar:

— Salve o Alto Príncipe! Compartilhe seu grande conhecimento conosco, meu soberano. — Ele se curva com aquele sorriso debochado de sempre. Kel balança a cabeça.

Estrelas, isso é difícil demais. Farron parece prestes a vomitar.

Minutos dolorosos de instruções confusas se sucedem enquanto Farron tenta conduzir o grupo pelas etapas da criação de fogo. Eu me afastei um pouco e estou encostado em uma parede nas sombras, assistindo à cena desastrosa.

Os magos guerreiros não prestam muita atenção, alguns parecem bem entediados, outros distraídos, e outros trocam piadas e risadinhas, enquanto Farron cria uma bola de fogo e, acidentalmente, incendeia a própria túnica. Kel apaga as chamas com uma nuvem irritada de neve. Dayton parece cochilar de olhos abertos, e só acorda sobressaltado quando Kel sopra uma rajada de ar frio em seu rosto. Dom e Billy se afastaram, e agora se divertem cuspindo sementes em Paddy e George.

— Tem certeza de que é qualificado para nos treinar? — pergunta um mago guerreiro.

Farron parece chocado, e a chama que ele segura entre os dedos morre.

Não suporto mais ver isso. Desencosto da parede, pronto para chamar a atenção desses soldados e lhes ensinar o significado da palavra "respeito"...

— Psiu!

Viro a cabeça e vejo Rosalina olhando para mim da muralha sobre a área de treinamento. Ela está linda com os longos cabelos escuros soltos. Imagino que subo pela parede para ir encontrá-la, mas sufoco rapidamente a ideia insana.

— Ez, você precisa ajudá-lo — ela sussurra.

— Eu sei. Estou indo tirar alguns dentes da boca daquele mago de merda.

— Não, não, não. — Ela balança a cabeça com exagero, o que faz os seios presos no corpete balançarem. Agora estou *realmente* pensando em subir por aquela parede. — Precisa ajudá-lo a conquistar o respeito dos soldados. Tem que ser ele.

Inclino a cabeça para trás, irritado. Isso é muito mais difícil que arrancar os dentes daquele imbecil. Mas ela tem razão.

— Vou ver o que posso fazer — digo.

Caminho até Farron e o seguro pelo colarinho da camisa.

— O qu... — Farron se assusta, mas o puxo para a passagem em arco na saída do campo de treinamento.

— Farron...

— Sei o que vai dizer, Ez — ele interrompe. — Tenho que assumir o controle. Sou o Alto Príncipe. Como posso liderar meu povo se não consigo liderar nem um grupo em treinamento? Olhe para eles! Como posso ensinar alguma coisa a Kel? Ele é o Protetor dos Reinos. E eu...

Bato no ombro dele.

— Na verdade, eu ia dizer que é melhor você não tentar controlar nada. Ele levanta uma sobrancelha escura.

— Kel, Dayton e eu sabemos melhor do que ninguém tudo que você tem passado. Use isso a seu favor. — Aponto seu peito. — Tem um guerreiro dentro de você. Não tenha medo dele. Acolha-o.

Farron balança a cabeça e puxa a túnica para baixo, revelando a fina gargantilha em seu pescoço. A pele está vermelha e cortada sob os espinhos.

— Fiz tudo que posso para manter essa coisa longe. Não vou dar as boas-vindas a ela agora.

— Sei que só o enxerga como uma fera cruel, mas lembre-se… ele mantém você vivo. Protege você nos momentos de perigo. — Olho para Rosalina debruçada sobre a grade. — E também protege aqueles que gostam de você. Canalize esse instinto. E acima de tudo, confie em você.

Farron se encosta na parede.

— Fale sério, Ez. Você sabe que o governo não deveria ter sido dado a mim.

Balanço a cabeça. Apesar de ser tão inteligente, o cara ainda tem muito o que aprender. Como ele pode ver Kel, Dayton e eu como governantes legítimos, se todos nós chegamos ao trono cobertos de sangue?

— Você foi escolhido para ser Alto Príncipe por uma razão. O fato de estar aqui, lutando por seu povo, mostra que tem coragem e determinação para liderar. — Seguro a parte de trás de sua cabeça. — Não deixe ninguém convencê-lo do contrário.

Farron suspira, depois endireita o corpo.

— Tenho que acreditar em você?

— Não, mas devia confiar em mim.

Ele respira fundo e volta ao campo de treinamento.

Fico apoiado no arco. Rosalina olha para mim com um sorriso largo. Sempre a otimista.

Mas… talvez alguma coisa do que eu disse tenha surtido efeito. Farron sobe em um banco de madeira.

Ele aponta dois dedos para cima e libera uma enorme explosão de fogo. A chama crepita e provoca uma coluna de fumaça, e todos olham para ele.

— Alinhem-se — Farron ordena. — Vamos começar a treinar agora. Ninguém sai do campo até eu ficar satisfeito. Entendido?

Kel e Dayton entram em posição de atenção. Mas um mago guerreiro se apoia em um boneco.

— Pode trazer a Alta Princesa Niamh para nos treinar?

Um instante de silêncio segue a provocação, e tenho que me esforçar para não arrancar a língua do desgraçado. *Não. Tem que ser ele.*

Farron salta do banco e caminha em direção ao guerreiro, e tem algo em seus passos que põe os cabelos da minha nuca em pé. O mago guerreiro cruza os braços e sorri.

— Já viu o que estamos enfrentando lá fora, soldado? Encarou um espectro invernal e sentiu o gelo envolvendo seus ossos? — Farron pergunta com tom frio.

— Não — responde o soldado. — Mas tenho certeza de que poderia... — De repente ele olha para baixo, e o medo domina sua expressão. — O que... o que está fazendo comigo?

Uma geada rápida escala as botas do soldado, sobe por suas pernas. Essa é branca e cristalina, diferente da geada nos campos. Sorrio, notando que Kel parece muito interessado em uma espada de madeira.

Farron franze a testa ao ver o gelo subindo pelo corpo trêmulo do homem.

— Esse frio vai invadir sua casa; sua família vai ser transformada em estátuas congeladas; seu sangue vai virar gelo. E o único jeito de fazer isso parar... — Ele bate com a mão aberta no peito do guerreiro. Sua pele se acende com uma chama alaranjada. — ... é acolher seu fogo interior. *Eu* sou seu Alto Príncipe, e você vai aprender comigo, ou vai se perder no abismo congelado.

A geada derrete sob o fogo de Farron, e ele se vira, deixando o soldado confuso e tremendo.

No alto da muralha, Rosalina olha para mim e pisca.

As horas seguintes passam depressa com os soldados ouvindo atentamente as instruções de Farron. Até Dom e Billy entraram em formação, e olham com devoção para o irmão mais velho.

Kel e Dayton são os melhores alunos da turma. Na verdade, acho que o espírito competitivo dos dois os ajudou, porque ambos se esforçam para produzir uma chama maior e mais quente que a do outro. A chama de Keldarion projeta um brilho azul-safira quando ele arremessa bolas e mais bolas de fogo contra a parede de pedra, enquanto Dayton faz malabarismos com várias chamas azul-turquesa e grita para alguém olhar para ele.

Farron se aproxima de mim. Assim que percebi que ele tinha tudo sob controle, segui meu treinamento com espada e adaga.

— Então, quem você acha que vai precisar de cicatrização para queimadura primeiro? — Ele ri olhando para Kel e Dayton.

— Ah, Dayton, com toda certeza. Se alguém não elogiar a performance, ele vai começar a fazer malabarismo com cabeças.

Farron dá risada, mas fica sério em seguida.

— Por que não participou do treinamento?

Mostro minha arma. Depois que a assombração destruiu minha espada, Paddy me deu de presente a dele, uma velha lâmina longa e linda da cor do cobre. Nenhuma arma pode se comparar a uma espada feita no Reino da Primavera, mas admiro a arte refinada de Paddy como ferreiro.

— Não se preocupe comigo, Fare. Vou revestir a Foice do Vento com óleo e me tornar duas vezes mais letal que qualquer mago.

Farron me encara com aquele olhar dourado.

— Ezryn… você está com medo?

Sufoco uma risadinha.

— Não gosto de magia nova. Você sabe disso.

Rápido, ataco o boneco de treinamento com a espada e enterro a lâmina na madeira. Preciso ocupar a cabeça com ação, com pensamentos. Caso contrário, *ele* vai começar a falar.

— Ezryn. — Farron toca meu braço.

Estremeço quando as lembranças passam por minha cabeça. O lindo vestido verde, tão suave, comparado à dureza do capacete de metal. O som de sangue invadindo os pulmões. Salgueiros-chorões encharcados de vermelho.

Farron segura minha mão e sorri para mim. Percebo algo muito intenso na suavidade.

— Você está sempre me dizendo que não preciso fazer isso sozinho. Você também não.

Um tremor sacode meu corpo. Porque quero acreditar em Farron. Quero que ele me treine como treinou os outros.

Entretanto, tudo que consigo visualizar é ele no chão embaixo de mim, um cadáver queimado e ensanguentado, enquanto Kairyn sussurra: *Você o matou também.*

Rosalina

Não tenha medo do fogo dentro de você. As palavras do meu pai ecoam em minha mente. Hoje faz um mês que chegamos ao Reino do Outono, e parece que não houve nada além de medo.

Ando atrás de Dayton e Farron investigando a Floresta da Brasa em busca de sinais dos espectros invernais. As árvores na clareira estão cheias de frutos. Algumas ainda têm um tom vibrante de laranja, enquanto outras cintilam com a geada.

Farron e eu passamos as últimas duas semanas cavalgando para visitar os vilarejos congelados pelas assombrações. Meu coração palpita quando penso em Farron descongelando casas que as pessoas consideravam perdidas com seu toque gentil e, ao mesmo tempo, poderoso. Mas as notícias não param de chegar; assim que descongelamos um vilarejo, outro é congelado. Kel, Ezryn e Dayton também não estão fazendo grandes progressos. A geada se espalha mais depressa do que podemos contê-la. E quanto mais ela se aproxima do Condado do Cobre, mais nervosa fica a princesa Niamh.

Tudo tem sido tão agitado que nós cinco não ficamos no mesmo espaço ao mesmo tempo, exceto à noite. Todos eles se revezam para voltar a Castelárvore. Farron explicou que a relação entre a casa e os príncipes é simbiótica; sua magia é enriquecida pelo castelo assim como a presença deles fortalece a magia do castelo.

Hoje voltamos ao primeiro local onde vimos uma aparição invernal com a esperança de encontrarmos uma pista, alguma indicação que não tenhamos visto antes sobre a origem delas. Ezryn e Keldarion varreram a região norte da floresta, mas decidi ficar com Farron e Dayton, por enquanto.

O solo sob meus pés é macio e encharcado, terra molhada com folhas em decomposição. Apesar de a luz do sol brilhar através de frestas entre os galhos, a floresta é tão escura que parece noite.

Dayton apoia um braço sobre meus ombros, interrompendo meus pensamentos.

— E aí, por que decidiu ficar com a gente? Mamãe e papai são sérios demais para você?

Reviro os olhos, mas dou risada.

— Talvez eu tenha pensado que os dois são mais capazes que vocês.

Dayton balança as sobrancelhas para Farron.

— Acabamos nos distraindo, na última vez que estivemos aqui.

Farron fica vermelho.

— Não sei do que está falando.

Alguma coisa elétrica vibra entre eles.

— O que estão escondendo?

— Nada — diz Farron. — Dayton está bancando o idiota, como sempre.

— Ah, fala sério. — Dayton abre os braços. — Você não me chamou de idiota nas ruínas.

Sim, posso ver o brilho faminto no olhar de Dayton, o esboço de sorriso nos lábios de Farron.

— Ah, não. Vocês fizeram isso mesmo na última vez.

Farron solta o ar com um sopro, mas Dayton ri.

— Não vai contar nada para os chefes. Aposto que vocês três se divertiram.

— Kel e Ez passaram uma hora discutindo a respeito de um trecho de gelo escorregadio sobre uma pedra, até percebermos que era gosma de lesma — respondo. — Pelo jeito, eu teria me divertido muito mais com vocês.

Alguma coisa feroz ilumina os olhos de Dayton, e suas pupilas dilatam. Ele se move tão depressa que mal tenho tempo para registrar o que está fazendo. Ele empurra Farron contra uma árvore e me empurra para ele, prendendo nós dois entre os braços.

— Dayton! — grito, mas minha voz sai mais como um gemido ofegante quando ele pressiona o quadril contra o meu, me espremendo entre eles.

— Day. — Farron tenta sair dali, mas só consegue se esfregar em mim.

— Nenhum dos dois vai se mexer — declara Dayton, e os músculos de seus braços se contraem. — Não enquanto Farron não te contar em quem ele estava pensando.

— Pare com isso. — Farron liberta uma das mãos e segura o braço de Dayton.

— Não faz tanto tempo, Fare — Dayton insiste. — Em quem estava pensando enquanto gozava na minha boca?

Sinto a reação dos corpos, um de cada lado.

— Kel e Ez estão aqui perto — avisa Farron, mas desistiu de tentar escapar. Em vez disso, agora ouço um ganido desesperado em sua voz.

— É melhor começar a falar, então. — Dayton acompanha as palavras com um movimento rápido, pressionando o pau contra minha calça fina. O gesto me empurra contra Farron, e minha cabeça repousa em seu ombro.

Tenho a sensação de que estar presa entre esses dois machos feéricos é a perfeição. Uma mistura de segurança total e desejo insano me invade.

A respiração de Farron é morna em meu rosto, e fecho os olhos.

— Fale.

— Em você, é claro — ele admite.

Dayton geme, um gemido viril.

— O que achou, lobinho, de ficar exposto ao ar livre e foder sentindo o vento na pele?

— Você sabe que adorei, Day.

— Rosa, quer sentir isso também?

Abro os olhos. O Príncipe feérico do Verão está olhando para mim com um sorriso predador.

— Sentir o quê?

— O ar na pele. — Dayton abaixa uma das mãos, mas Farron e eu não nos mexemos. As fitas que amarram meu corpete de couro estão entre os dedos de Dayton.

— Kel e Ez vão voltar a qualquer minuto — respondo. — Eles vão...

— Então me faça parar. — Ele se inclina para me beijar.

Seus lábios são fogo, e a pressão me empurra contra Farron. Dayton desamarra a frente do corpete com um gesto fluido. As duas partes se afastam, me deixando coberta apenas pela blusa cor de creme. Um vento frio acaricia a pele exposta, e sinto os seios pesados e soltos, sem o suporte do corpete.

— Perfeita pra caralho — Dayton murmura. — Toque-a, Fare.

Farron deixa escapar um gemido estrangulado, mas Dayton segura a mão do Príncipe do Outono e a aproxima de mim. Os dedos de Farron tocam de leve a pele delicada do meu seio.

Ele arfa, e até o mais breve contato com ele me faz apertar as pernas.

— Conheço essa cara — diz Dayton. — Fale para mim, flor, ele está de pau duro?

Ele me pressiona contra Farron e, sim, sinto o membro ereto no traseiro. Farron geme, e a mão desce lentamente por meu seio.

Ouvimos o som de galhos se partindo, e todos nós pulamos ao mesmo tempo e nos afastamos quando Ezryn e Kel surgem do meio das folhas.

— Alguma novidade? — Ezryn pergunta, olhando para cada um de nós, para cada rosto culpado.

Kel só nos encara. Não parece bravo, mas... magoado. Então me lembro de que ele pode sentir o que sinto, ou algumas versões disso, pelo menos.

— Vamos em frente — avisa Ezryn. — Temos que levar as informações para a princesa.

Keldarion balança a cabeça e se vira.

— E pelas estrelas, Rosalina, amarre esse corpete.

Olho para minha roupa. Sim, estou indecente. Sem o couro grosso mantendo tudo no lugar, meus seios pendem soltos sob o tecido fino da camisa.

Mas quando Keldarion quer que eu faça alguma coisa, a minha vontade é fazer exatamente o contrário.

— Se quer tanto o corpete amarrado, amarre você mesmo.

— Parece que está se acostumando com a vida da realeza, com criadas a vestindo — ele grunhe. — Gosta de ser tratada como uma princesa?

Quando é você que me trata assim?, penso. Mas balanço a cabeça.

— Esqueça, eu mesma amarro...

Mas agora ele está na minha frente, afastando minhas mãos e pegando as fitas com delicadeza. Seus dedos são grossos e calejados, mas introduzem as fitas nos ilhoses e amarram a frente do corpete. Cada contato das mãos na minha pele sensível provoca pulsos de calor que percorrem meu corpo, e fecho as pernas com força.

Maldito Dayton por começar tudo isso. E malditas mãos de Keldarion por tocarem minha pele de um jeito tão bom.

Os outros príncipes formam um semicírculo, assistindo à interação como se estivessem em transe. Tem algo de predador no olhar de cada um. Sinto um arrepio nas costas como se Kel e eu fôssemos encurralados por animais famintos.

Talvez seja isso.

Respiro fundo, e isso faz meu peito inchar. O movimento aumenta o contato entre as mãos de Kel e meus seios.

Os dedos dele tremem.

— Rosalina — ele diz com um tom de alerta.

Um aviso que quero ignorar, então inclino a cabeça para ele e deixo o cabelo cair sobre os ombros. *Tão fácil de rasgar, tão fácil de despir...* Palavras que eu queria que ele dissesse invadem minha cabeça, e é como se eu pudesse ouvir sua voz profunda cavando um lugar dentro de mim. *Tirar suas roupas e ter você aqui, no chão da floresta.*

— Afaste o cabelo — ele diz. Um de seus dedos mergulha no vale entre meus seios. Pressiono as coxas, sentindo que vou encharcar as roupas de baixo.

Tem uma presença pesada atrás de mim. Ezryn.

— Eu afasto. — A mão dentro da luva toca meu pescoço quando afasta o cabelo do meu rosto.

Ai, estrelas. *Ai, estrelas.* Os olhos de Kel se movem de mim para Ezryn. É como se houvesse uma conversa silenciosa entre os dois. Não consigo lidar com isso. Já fui espremida entre dois príncipes feéricos hoje.

Não consigo conter mais um gemido quando os dedos de Kel tocam delicadamente o que ainda resta de pele exposta ao terminar de amarrar o corpete.

Um grunhido baixo escapa de sua boca quando ele me encara.

— Satisfeita?

Meus olhos descem lentamente por seu corpo, passam pelo peito e encontram o volume evidente da ereção. Dura e faminta. Faminta por mim.

Ezryn puxa meu cabelo, e caio contra a armadura de metal.

— Cuidado com o que vai dizer, pétala.

Mas não quero ter cuidado. Não com eles.

— Eu poderia fazer a mesma pergunta. — Minha voz é rouca, encharcada de desejo.

Kel segura meu queixo com mais força. Pensamentos incontroláveis atravessam minha mente, e o corpo treme. Ele acabou de amarrar meu corpete, mas quero arrancar a blusa, as roupas, me jogar nua no chão da floresta e esperar um desses idiotas musculosos encher minha…

Keldarion diminui a pressão dos dedos e se vira.

— Você vai ser meu fim.

Dayton pigarreia.

— Sabem o que estou sentindo? Orgia na floresta. Escutem só, todo mundo pelado e…

Keldarion se afasta imediatamente, e Ezryn suspira contrariado, antes de soltar meu cabelo e ir atrás dele.

Dou risada. Ele leu meus pensamentos ou algo coisa assim? Caminho na direção de Dayton.

— Que pena, Day, hoje não tem orgia na floresta.

— Tudo bem. — Dayton enlaça minha cintura e a de Farron. — Amanhã é outro dia.

ENTRE FOGO E ESPINHOS

Rosalina

Ainda bem que tem uma brisa fria, porque minha pele sofreu um superaquecimento com esse último encontro. Primeiro fiquei presa entre Day e Fare, depois as mãos de Kel me tocando e Ezryn puxando meu cabelo… Preciso clarear as ideias. Temos problemas reais e sérios aqui. Não posso passar o tempo todo com tesão por esses príncipes, assim como Marigold.

Ando com cuidado pela vegetação rasteira e densa, sentindo os pés afundarem na terra. O ar traz o cheiro intenso de folhas em decomposição e o som distante de água corrente. Entre árvores tortas e raízes emaranhadas, um brejo brilha à luz pálida do sol.

Paro onde estou.

— Tem alguma coisa ali.

Uma luz saltita na beira d'água — não é o reflexo do sol, mas alguma coisa flutuando, que oscila para a frente e para trás, como uma chama dançando ao vento.

Quase em transe, eu me aproximo dela, esmagando o lodo com as botas ao chegar mais perto da margem. Olho para a escuridão, tentando enxergar através da névoa densa.

— Cuidado. — Kel segura meu antebraço.

— Já li sobre isso — respondo.

Farron assente e para ao meu lado, gesticulando para pedir silêncio aos outros.

— Isso é um fogo-fátuo? — sussurro para ele.

Seu sorriso largo é a única resposta de que preciso.

— Pode ser. É só a segunda vez que vejo isso.

— Um fogo-fátuo? — Dayton pergunta.

— Um fogo-fátuo — responde Farron. — Dizem que são corações errantes de almas predestinadas que nunca completaram o vínculo.

— Estrelas — diz Dayton. — Melhor acabar com essa sua fase de celibato, Kel, ou logo vai acabar parecendo um pouco mais... fogoso.

Kel rosna baixinho, mas eu os ignoro, quase vibrando de entusiasmo enquanto a chaminha azul dança.

— Não são perigosos — continua Farron. — Bem, a menos que você seja...

— O professor Thaddeus Goldstorm — concluo. — Caramba, o livro dele é chato. Ele passa metade do volume expondo suas credenciais de pesquisador. Todas as noites, ele acampava esperando um fogo-fátuo. São páginas e páginas falando sobre seus ferimentos, comer os cogumelos errados, ser atacado por animais, cair nas próprias armadilhas.

— Após mil páginas, ele enfim admite que nunca encontrou um. — Farron dá risada, e seus olhos brilham quando encontram os meus. — Acho que estamos bem perto de jogar aquela porcaria de livro no fogo, depois disso.

— Por mais que vocês dois sejam fofos quando entram nessa onda nerd — Dayton interfere —, têm certeza de que essas coisas não são perigosas? Porque aquele ali trouxe os amigos.

Mais duas chamas azuis ganham vida. Farron suspira.

— A Deusa da Colheita deve estar nos abençoando com vontade, para vermos tantos assim.

— Não são perigosos — repito. — As lendas contam que podem ser ardilosos, fazem viajantes se perderem. Mas outras afirmam que eles conduzem as pessoas ao seu destino.

— E por que vocês dois sabem tanto sobre essas... coisas? — pergunta Ezryn, afastando com a mão uma chama que pula muito perto dele. Farron faz um "psiu" reprovador ao ver o movimento de Ezryn. A chama acena de volta, desliza azul sobre sua armadura.

— Lemos sobre eles quando estávamos pesquisando predestinados. — Tenho uma ideia. Passamos tanto tempo tentando entender todo esse gelo que não dediquei muito tempo ao meu objetivo original: encontrar um jeito de quebrar a maldição dos príncipes. Encontrar seus amores predestinados.

Sinto o calor se espalhar por minha pele. Talvez haja outro motivo para eu estar adiando essa missão.

Mas tenho que deixar de ser egoísta. Isso é por todo o Vale Feérico.

— Farron, você se lembra daquela lenda sobre capturar um fogo-fátuo?

— A luz do vínculo predestinado. — Ele assente. — Um mito diz que, se você capturar um fogo-fátuo, ele vai iluminar temporariamente seu vínculo predestinado, e você vai poder ver um caminho até a outra metade de sua alma.

Keldarion grunhe como se tudo isso fosse ridículo. Ele já conhece seu destino e o odeia.

— Vamos lá — falo para os outros. — Mal não pode fazer.

Lentamente, eles seguem minhas instruções e se aproximam, sorrateiros, dos fogos-fátuos.

— Tem alguma lenda sobre capturar um deles e ser consumido por esse fogo sinistro? — Dayton pergunta ao se encolher embaixo de um deles.

— Só tem um jeito de descobrir. — Farron estende a mão com cautela. Fecha os olhos, estabiliza a respiração. Um sininho tilinta no ar, e o fogo-fátuo flutua para a mão dele. — Oi. — Ele sorri para a chama com os olhos brilhando.

Imitando o que viram, Ezryn e Dayton capturam suas chamas. Os três voltam com o fogo dançando alegremente na palma da mão.

— Foi surpreendentemente fácil — Dayton comenta.

— Eles apareceram — respondo, me lembrando da lenda. — Queriam ser vistos por nós.

— Acho que esse aí está esperando você. — Farron acena com a cabeça para a minha esquerda, onde uma chama azul flutua ao lado do meu rosto.

— Tenha cuidado, Rosalina — diz Keldarion com autoridade. Ele se mantém afastado, o que não me surpreende.

— Vou primeiro — avisa Farron. — Se me lembro bem, você põe o fogo-fátuo perto do peito, e a chama vai se fundir a você por um breve intervalo.

Meu coração bate nervoso quando Farron aproxima a chama do corpo. A magia estala, e seu peito se ilumina com uma luz sobrenatural. É como se pudéssemos olhar dentro dele, não para seus ossos ou sua pele, mas sim para uma outra coisa. Algo na profundidade da alma.

E ao lado de seu coração há um círculo rachado, enroscado com linhas escuras, como fio de lã preta envolvendo uma estrelinha. Em intervalos de poucos segundos acontecem explosões de luz, e depois ela diminui, estrangulada pela escuridão.

— Isso foi bem estranho. — Farron engole em seco.

— E aqui não acontece nada. — Dayton aproxima a chama do peito.

Ezryn suspira frustrado e faz a mesma coisa.

Não contenho uma exclamação de espanto quando as chamas se espalham pelo peito deles e revelam a mesma esfera de luz estrangulada. A insatisfação deixa meu coração pesado.

— Talvez isso apareça quando o vínculo predestinado está adormecido — sugiro. — Precisamos acordar essas esferas de luz. Tenho certeza de que só senti minha conexão com Kel quando ele estava preso embaixo do gelo.

Kel suspira contrariado, como faz sempre que nossa ligação é mencionada.

— Por que não tenta, Rosa? — Farron sugere. — Assim vamos poder ver como é um vínculo despertado.

Miro Kel, mas ele está evitando meu olhar. Então, aproximo a luz do meu peito com um movimento suave. Um calor vibrante se espalha a partir do coração, e a chama do fogo-fátuo se expande. Abaixo a cabeça, e sinto o desânimo ao ver a mesma esfera de luz estrangulada que vi nos outros. Talvez o fogo-fátuo não mostre vínculos predestinados, afinal.

Então uma faísca se acende, explode como uma estrela cadente e voa diretamente para Keldarion. Ele olha para o fio amarelo e brilhante como se estivesse ofendido. A linha cintila entre nós, uma amarra viva.

— É, funciona — afirma Farron. — Pelo jeito, tem alguma coisa errada com a gente.

Eu me aproximo de Dayton, que está mais perto de mim, e examino a luz estrangulada dentro de seu peito. Não faz sentido. A minha é como a dele, exceto pelo fio que me conecta a Kel. A aparência é a mesma, independentemente de o vínculo ter despertado?

— Acorda, amor predestinado. — Bato com as mãos no peito dele. Uma explosão de seu fogo-fátuo vibra em mim. — Eu posso... posso ser sua predestinada também.

Mas quando minhas mãos pousam em seu peito e nada acontece, fico vermelha e rio, constrangida.

— Não custa tentar. Mas acho que feéricos não têm dois amores predestinados, muito menos uma humana.

Farron sorri para mim.

— Já aconteceu. Você se lembra da lenda da princesa Eurydice Erato? Ela teve dois predestinados. Mas só quando decifrou aquele poema corretamente.

— Desculpe, meu bem. — Dayton segura meu queixo. — Acho que não é assim que funciona. Mas só para constar, se eu fosse seu amor predestinado, ficaria honrado. Mesmo que para isso tivesse que dividir você com o filho da mãe gelado. — Ele pisca para Kel, que revira os olhos.

— Rosalina — Ezryn me chama. — Sua luz. Está se dividindo.

Observo a luminosidade que irradia do meu peito. Ela se divide em dois fios: um leva a Kel, o outro segue para a floresta.

— Espere aí, você tem mesmo um segundo amor predestinado? — Dayton arregala os olhos.

Alguma coisa desabrocha em meu peito, porque sim... sim, tenho. Sei disso com toda a certeza do meu coração.

Saio correndo, seguindo o fio brilhante.

— Rosalina, espere! — grita Kel.

Afasto a vegetação. Folhas rangem sob meus pés. Os príncipes me seguem, mas uma parte minha deseja desesperadamente se afastar deles, de seus vínculos ainda adormecidos. Seus amores predestinados estão muito, muito longe, esperando serem encontrados. Talvez uma parte boba minha tenha pensado que eles despertariam por mim, que a sensação de pertencimento que tenho com os quatro significasse algo mais.

— Espere, Rosa! — Farron me chama. — Tenha cuidado! Mesmo que tenha outro amor predestinado, é muito... ai, cuidado com esse tronco caído... é muito improvável que ele esteja nesta floresta. O fio pode levá-la a qualquer lugar no Vale Feérico!

Eu o ignoro, sinto que estou perto.

Porque mesmo sabendo que Kel é meu amor predestinado, ainda há um vazio em meu coração que precisa ser preenchido. É porque ele se recusa a aceitar nosso vínculo... ou por outro motivo? Tem mais alguém me esperando?

A luz desce entre as árvores, e chego a uma clareira. O fim do fio. Lentamente, caminho para a luz do sol para ver aonde está me levando, mas não é uma pessoa. É só um canteiro de flores. São azuis com pétalas luminescentes, e parecem rosas sem espinhos.

Caio de joelhos no barro, olhando para as três flores e para o fio que sai do meu peito e aponta para cada uma delas. Não entendo. Lágrimas escorrem por meu rosto.

Galhos se partem atrás de mim quando os outros se aproximam.

— Ai, que coisa — Farron murmura.

— Não tem segundo amor predestinado, é? — Dayton comenta com delicadeza. — Não chore, Rosalina. Se Kel fosse meu único vínculo, eu também ficaria triste.

Kel permanece em silêncio.

Enxugo os olhos com o dorso das mãos. O que digo a eles? Como explico que estou chorando porque pensava que pertencia a eles?

— O nome dessas flores é lanterna-do-sacerdote — explica Farron, se abaixando ao meu lado. — Você se lembra de ler sobre elas?

Balanço a cabeça.

— Também são conhecidas como flor-do-enganador ou flor-do-amante-solitário — ele continua. — Tem alguma coisa no néctar que atrai o fogo-fátuo. Muitas almas errantes viram a busca por seus amores predestinados terminar nessas flores.

— Acho que me enganei sobre o que senti — sussurro, e um soluço envergonhado brota do meu peito. Tinha tanta certeza...

— Vamos — diz Keldarion, e seu rosto tem uma expressão terna quando ele estende as mãos para mim e para Farron, nos ajudando a ficar em pé.

— Você também não pode escapar da magia, Kel — declara Ezryn, apontando para o último fogo-fátuo flutuando ao lado da cabeça dele.

Keldarion suspira irritado, mas eu sussurro.

— Quero ver se ele aponta para mim.

— Você sabe que vai apontar — Kel responde carrancudo, mas aproxima a chama do peito bem devagar.

Pisco contra a repentina claridade quando seu vínculo predestinado ganha vida. Não há sombras nem fios escuros estrangulando a luz. Alguma coisa brota de dentro dele e atinge meu coração, e uma sensação vibrante e feliz percorre meu corpo.

— Ei, por que ele tem que ser tão luminoso? — Dayton reclama.

Não consigo responder, estou perdida na luz quente da nossa conexão, na força da claridade estelar que brilha no peito de Kel.

— Rosalina, não sou o predestinado que você merece — ele fala devagar. Depois se inclina e colhe três lanternas-do-sacerdote. — Mas hoje você pode fingir que tem um vínculo com aqueles que são muito mais dignos que eu da sua afeição.

Meu predestinado prende uma flor atrás da orelha de Farron, uma entre as frestas da armadura de Ezryn e uma no coque embaraçado de Dayton.

A luz em meu peito se divide outra vez, uma linha dourada apontando para cada uma das flores, para cada um dos meus príncipes. Lágrimas inundam meus olhos, e Keldarion afaga minha mão.

— Seus desgraçados, é bom que dancem com ela esta noite, e dancem bem — ele diz, e adota um tom mais sério. — E protejam Rosalina com a própria vida, se eu não puder protegê-la.

— É claro — diz Farron.

— Juro por minha espada. — Dayton sorri.

Ezryn abaixa a cabeça ligeiramente e murmura palavras em outro idioma.

Seguro a mão de Dayton, que segura a de Ezryn, que segura a de Farron, que fecha o círculo segurando a mão de Keldarion.

O fogo-fátuo brilha forte em meu peito, projetando sua luz para meu predestinado ao meu lado, mas também para as flores em cada um dos meus príncipes. Essa luz tinge o rosto deles de dourado, como se realmente houvesse um vínculo ali. Deve haver mais flores caídas no chão, porque uma quinta luz passeia embaixo da vegetação rasteira.

Faço um pedido bobo e secreto para o fogo aceso em meu coração, que eu possa nos manter unidos assim para sempre.

Rosalina

De braços cruzados com Marigold e Astrid, ando pelo maior canteiro de abóboras que já vi na minha vida. Vai haver um festival hoje à noite, uma celebração da Lua da Colheita.

Sou muito grata por uma lua cheia esta noite. Isso vai dar a Farron uma necessária aparência de normalidade.

Recebemos a importante tarefa de colher a abóbora perfeita para o centro de mesa do festival desta noite.

Na verdade, acho que a criadagem do Outono só queria Marigold fora do caminho por um tempo.

— Ninguém tem a menor noção de ordem naquela fortaleza — ela continua reclamando enquanto caminhamos. — Ordem assim como quando administrava a Fortaleza Jardim do Martelo no Reino da Primavera. Lá tudo era impecável.

Astrid e eu rimos, e me sinto grata por estar aqui fora com minhas amigas. Elas ajudaram a me deixar mais leve desde o encontro com os fogos-fátuos na floresta, e todos esperamos ansiosos pelo festival hoje à noite. A empolgação é palpável no ar, e somos recebidos com sorrisos e acenos de outros feéricos colhendo vegetais.

Esse canteiro fica do lado de fora dos portões do Condado do Cobre. As abóboras, em todos os formatos e tamanhos, estão espalhadas como pedras preciosas esperando para serem descobertas. Algumas são pequenas e redondas, outras têm formas peculiares. Também são de cores estranhas. A maioria é cor de laranja, mas há brancas, vermelhas e até azuis.

— Vamos mostrar para eles que podemos encontrar a melhor abóbora — falo, e me ajoelho para deslizar os dedos pelos sulcos de uma delas.

— Ah, não! — Astrid protesta, agarrando meu manto.

— Que foi?

— Ali. São os gêmeos! Eu sei que Dom vai me convidar para ir ao festival esta noite!

— E o que tem isso? — Marigold arqueia uma sobrancelha. — Ele é um príncipe.

Astrid torce o nariz.

— Um principezinho irritante que tentou assassinar o governante do Inverno.

Levanto-me com um sorriso no rosto.

— Vocês duas, vão buscar uma cidra na carroça no fim do canteiro. Eu distraio os dois.

— Tem certeza? — Astrid pergunta enquanto puxa minha manga.

— É claro que sim. Encontro vocês lá.

— Você é incrível, Rosalina! — Astrid me dá um abraço rápido e puxa Marigold, e as duas se afastam apressadas.

Ainda estou rindo quando Billy e Dom aparecem de trás de uma cabaça especialmente grande.

— Bela Astrid! — Dom estende a mão. — Para onde ela foi?

Cruzo os braços e olho para ambos bem séria.

— Não ia convidá-la para o festival, ia?

Dom sorri para mim.

— E se fosse?

O brilho determinado em seus olhos me faz compreender que ele não vai desistir tão fácil. Vou ter que adotar outra estratégia.

— Astrid é do Inverno, e você sabe que eles têm costumes especiais relacionados a um convite formal.

Dom me encara.

— Como assim?

Faço uma pausa, uso esse instante para respirar enquanto invento alguma coisa. Um costume do Reino do Inverno... Fecho os olhos, e por um momento é quase como se eu pudesse sentir flocos de neve no rosto.

No bosque de azevinhos, onde a luz da lua se derrama delicada,
Dois corações se entrelaçam sob folhas congeladas.
Uma troca sussurrada na noite silenciosa,
Promessas vermelhas, um toque de união fervorosa.

— Você precisa dar a ela um ramo de azevinho, e cada baga tem que ser uma promessa de como vai tratá-la. — Abro os olhos. — Promessas vermelhas, um toque de união fervorosa.

Billy dá um tapa na cabeça do irmão.

— É, seu pateta. É como a canção de ninar que mamãe cantava. — Seus olhos se iluminam e ele começa a murmurar uma música:

Em manhãs beijadas pelo gelo e no anoitecer de abraços velados,
Azevinhos guardam seus segredos em um espaço sagrado.
De dias distantes, na luz radiante do Verão,
Quando o ouro do Outono cai e traz ecos de sonhos esquecidos nas mãos.

Dom assente entusiasmado ao ouvir as palavras do irmão.

— Sim, é isso.

— O único problema é que não sei onde vou encontrar azevinho no Outono — diz Billy.

— Vamos amassar framboesas e tingir umas bolotas de vermelho — Dom sugere animado. — Isso vai resolver.

Eles me agradecem e se afastam, traçando o plano. Fico parada onde estou. Billy cantou a canção no mesmo ritmo que a ouvi em minha cabeça. Mas eu inventei tudo... não foi? Como eu poderia conhecer uma canção encantada do Vale Feérico?

A brisa de outono traz um frio repentino, e cruzo os braços. Canções, espinhos... Que outros segredos existem dentro de mim?

Uma vinha de abóbora envolve meu tornozelo e interrompe a reflexão, e puxo o pé para me soltar. Contudo, quando olho para baixo não vejo o caule verde e retorcido, mas sim espinhos roxos.

Minha respiração para por um instante ao ver a sarça recuar em meio a um emaranhado de verde e cor de laranja. Olho em volta. Astrid e Marigold ainda estão bebendo cidra em cadeiras de madeira perto do fim do canteiro. O restante dos feéricos não parece notar a estranheza.

Sigo os espinhos que vão se entrelaçando nas abóboras, me levando até o limite do campo. E lá está uma silhueta coberta por um manto, com os pés cercados por vinhas espinhosas.

Eu me aproximo e seguro seu braço.

— O que está fazendo aqui?

O Príncipe dos Espinhos gira, o capuz cai de sua cabeça e cabelos escuros dançam ao vento.

— Procurando uma abóbora, é claro.

— Você não... — começo, mas paro ao ver a cesta pendurada em seu braço e uma pequena abóbora azul dentro dela.

— Veja você mesma.

Ele mostra a cesta. Analiso ao redor para ver se tem alguém nos observando, mas estamos perto do limite do campo. Pego a cesta e olho dentro dela. Tem uma estranha variedade de objetos ali — uma caneca vazia em que serviram cidra, folhas, bolotas e raízes. Também há dois potes de vidro, um deles emitindo uma estranha luminosidade azul.

— Para que tudo isso?

— Presentes para o meu passarinho — ele diz.

Afasto as folhas secas e vejo que um dos potes contém flores azuis luminescentes, enquanto os outros têm três fogos-fátuos tremulantes. O brilho do frasco ilumina todo o interior da cesta.

— Para que precisa de fogos-fátuos? — pergunto ao pegar o pote.

Caspian inclina a cabeça.

— Você ficaria surpresa com o quanto as coisas do mundo aqui em cima são valiosas no Inferior. Da mesma forma que vocês, povo da superfície, ficam fascinados com a gente.

— Nada no Inferior me fascina.

Ele percorre a distância entre nós.

— Então me fale, princesa, por que está olhando para *mim* desse jeito?

Eu devia dizer que ele é ridículo, que com certeza não estou olhando para ele *desse* jeito. Mas quando o encaro e vejo os olhos de meia-noite, é como se tivesse pulado da beirada do mundo e caído no vácuo infinito, como se tivesse sido jogada para fora do mapa.

— Caspian. — Seu nome nos meus lábios é como um início, mas esqueci o fim, porque tudo que vejo são espinhos se levantando à nossa volta, como se quisessem nos aproximar. — O que está fazendo?

— Não estou fazendo nada.

Eu. Sou eu. De alguma forma, assumi o controle sobre seus espinhos, como consegui fazer em Castelárvore. Eles nos cercam como uma extensão da minha consciência.

Mas é preocupante minha consciência achar que me empurrar para cima do Príncipe dos Espinhos é uma boa ideia. Deixo os espinhos caírem entre as vinhas verdes e respiro fundo para me recuperar.

Tento olhar para qualquer lugar, menos para ele, e estudo o pote em minhas mãos. Os fogos-fátuos tremulam. Na cesta, os movimentos das luzes eram quase preguiçosos, mas agora estão desesperados para sair. Não sei muito sobre eles, mas tenho certeza de que o Outono não ficaria feliz com seus fogos-fátuos sendo levados para o Inferior.

— Não pode ficar com isso — aviso, e tiro a tampa do pote.

Caspian se afasta de mim com tanta urgência que não consigo controlar o riso.

— Não são perigosos.

Ele passa a mão no cabelo, acompanhando com um olhar atento as três luzes azuis que tremulam entre árvores próximas.

— Tem ideia de como foi difícil pegar aquelas coisas?

Jogo o pote vazio na cesta e a devolvo.

— Procure outra coisa para o seu pássaro.

Ele observa as luzes até elas desaparecerem, antes de levar a mão ao cesto.

— Aqui tem um presente para você também. — Caspian pega um ramo de azevinhos emoldurados por uma folha verde-esmeralda.

— Como você… — pergunto ofegante.

— Qual é a distância entre os reinos quando se tem espinhos?

— Você estava me ouvindo.

— Achei que seria gentil. Você vai à minha festa.

Os azevinhos brilham, vermelhos, na palma da mão dele.

— Na verdade, você está me obrigando a ir com esse seu acordo com Farron.

— Muito bem — ele responde irritado, e retira a mão.

— Espere — reajo, e estendo a mão para segurar seu punho. — O que significam os azevinhos?

— Canções diferentes, significados diferentes. Juras, promessas, segredos.

Com cuidado, aperto uma frutinha com um dedo.

— O que essa significa?

Ele me puxa para perto e ficamos frente a frente.

— Essa é um segredo.

— Que segredo?

Um sorriso ofuscante distende seus lábios carnudos.

— Pegue e descubra.

Promessas vermelhas, um toque de união fervorosa.

— Isso é uma pegadinha? — Ele não responde, e quando o encaro é como se nem tivesse me ouvido, tamanha a intensidade desse olhar. — Fale que não é uma pegadinha, Caspian.

Ele inclina a cabeça, os cabelos escondem parte dos olhos, e responde tão baixo que nem sei se está realmente falando.

— Acha que consigo raciocinar direito para inventar pegadinhas quando estou perto de você?

Pego os ramos de azevinho da mão dele.

— É bom que esse segredo valha a pena.

— Vale — Caspian afirma. — Um segredo que Kel não conhece.

— Então não pode ser tão bom — retruco, e prendo o azevinho atrás da orelha. — Duvido que Kel conheça muitos dos seus segredos.

Caspian balança a cabeça como se sugerisse que não sei o que estou dizendo. Ele e Keldarion parecem ter uma relação, uma história que não entendo completamente. Qual é o grau de proximidade entre os dois? A mesma de Kel e Ezryn? Maior?

— Me conte seu segredo.

Caspian desvia o olhar da cesta para mim.

— Tenho uma irmã mais nova.

— É mesmo? — pergunto. — Se ela for como você, mal posso esperar para conhecê-la.

— Ela não é como eu. — Caspian me encara por várias batidas do meu coração, antes de continuar. — É pior.

— Eu sempre quis ter um irmão — confesso, sem saber que outra resposta poderia dar. — Mas éramos só meu pai e eu.

— Eu nunca quis um. Talvez ela tenha me convencido a mudar de ideia. Ainda não decidi.

Depois disso ele fica me observando em silêncio, e não sei bem por que não vou embora. Uma névoa de fim de tarde desceu sobre o campo e dança em volta dos nossos pés. Isso foi o máximo que me aproximei de ter uma conversa normal com o Príncipe dos Espinhos.

Ele me impediu de fazer algo com Lucas de que eu teria me arrependido. Seu acordo está ajudando Farron...

— Deixe assim para o festival. — Ele aponta para as folhas de azevinho atrás da minha orelha.

— Não combina com a estética do evento.

Caspian estreita os olhos escuros.

— Estou pedindo.

— Por quê?

— Talvez eu não goste da ideia de todo mundo tocando em você hoje à noite sem um pedaço de mim aí.

— Não vai invadir a festa?

— Já passei tempo demais aqui em cima. — Ele se aproxima e toca minha orelha com uma suavidade quase hesitante. — Me fale, Rosalina, você se lembra do restante da música?

Caspian aproxima a boca da minha orelha e começa a murmurar uma canção de que acabei de me lembrar:

Então durma, princesa, na FORTALEZA DO AZEVINHO,
Onde os juramentos permanecem, em sombras profundas,
Atravessam a mortalha do Inverno e o suave alvorecer da Primavera,
Na tapeçaria do tempo, onde espinhos podem crescer.

— *Quando a lua tece histórias, e o sol se inspira nela e em seu ideal* — sussurro acompanhando a melodia. — *Nosso vínculo, como o azevinho, é para sempre real.*

Espinhos se levantam à nossa volta, envolvendo seus braços e pernas. Quando se afasta, ele diz:

— *Nesse eterno movimento, a dança de uma divina melodia, de canções. Sonhe, meu amor, enquanto se entrelaçam as estações.*

Rosalina

Apesar de toda tragédia que têm enfrentado, os feéricos do Outono sabem como festejar. Sento-me sobre um tronco caído meio afastada, com uma caneca de cidra temperada nas mãos. A caneca de argila aquece meus dedos frios enquanto observo o festival.

O cheiro de canela, abóboras assadas e fumaça de madeira domina o ar. A festa acontece fora das muralhas da cidade, em um bosque de árvores retorcidas. Fitas douradas enfeitam os troncos, e lanternas pendem dos galhos. Uma fogueira crepitante ilumina o centro do espaço. Mesas com comida, vinho e cerveja ocupam a clareira, enquanto troncos caídos e cogumelos macios foram espalhados por ali como locais de descanso. A música de flautas e gaitas é alegre, e feéricos dançam à luz mutável do fogo.

Depois do encontro com Caspian, tive tempo apenas para me arrumar com Astrid e Marigold. Escolhi um bonito vestido, com um espartilho enfeitado por um bordado complexo que brilha à luz da fogueira. A saia é ampla e esvoaçante, com camadas de tule e chiffon que lembram a mudança das folhas em tons de vermelho, laranja e dourado. Até o tecido farfalha como folhas secas ao vento. Meu cabelo cobre os ombros em ondas.

Não sei por que, mas deixei o ramo de azevinho atrás da orelha.

Dessa vez, Marigold e Astrid também se arrumaram comigo. De fato, estou aqui vendo Marigold dançar com um feérico grandalhão de cabelo vermelho e vibrante. *Confie em mim, garota*, ela me disse enquanto estávamos a caminho da festa, *você não sabe o que é foder de verdade até se deitar com um desses feéricos selvagens do Outono*.

Na hora, dei risada e lembrei que ela já tinha falado a mesma coisa sobre os encantados do Verão. Agora, dou risada de novo enquanto a observo. Espero que ela tenha uma noite fantástica.

— Gostando da festa? — A autoridade na voz que faz a pergunta interrompe meus pensamentos.

Levanto a cabeça e olho para a mãe de Farron, a antiga Alta Princesa do Outono. Ela usa um elegante vestido verde, e hoje prendeu o cabelo castanho e prateado no alto da cabeça, criando uma coroa.

— Ah! Sim, muito — respondo. — É mágica.

Ela se senta ao meu lado, e fico agitada, seguro a caneca com mais força. Só a vi um punhado de vezes desde que chegamos. Ela pode até nos deixar livres para andar pelo território, mas não me iludo, sei que ao menor sinal de problema ela não vai hesitar em acorrentar Keldarion novamente — e todos nós.

— Tenho observado você — ela afirma, e noto que seus olhos dourados são muito parecidos com os de Farron.

— Observado a mim?

— Sim. Hoje à noite, você fez todos com quem conversou mais felizes do que eram antes.

— Só estou me divertindo. — Balanço a cabeça. — É o clima.

Tudo parece realmente mágico. Como Kel os fez prometer, dancei com os três príncipes. Farron foi muito gentil, me ensinando os passos no ritmo da música. Tive que lembrar Dayton que ele devia me segurar pela cintura, em vez de apertar minha bunda, mas não me incomodei com isso. Ezryn e eu enfim tivemos a chance de terminar a dança que Caspian interrompeu no Baile do Solstício de Inverno. No entanto, não consigo deixar de pensar se Caspian vai aparecer, embora ele tenha dito que não viria.

A maioria dos feéricos preferiu não usar sapatos, e faço como eles. Sinto as folhas estalando sob meus pés. Senti a energia do Vale Feérico quando nos movemos ao som da música, e por um momento fui parte deste mundo.

Depois de dançar, meu pai e eu atacamos a mesa do bufê e devoramos maçãs cristalizadas e tortas de ruibarbo. Comemos castanhas assadas, pão macio e cogumelos de formas estranhas. Meu pai gostou especialmente da cerveja de abóbora, doce e picante, e tive que concordar com ele.

Até conversei um pouco com os irmãos mais novos de Farron. Bolotas pintadas como azevinho não serviram para seduzir Astrid, mas eles parecem ter se recuperado. Eu os encontrei ensaiando uma coreografia, e os dois me puxaram para dançar também. Fizemos duas apresentações para um grupo de crianças pequenas, antes de todos concordarem que nossa obra-prima merecia ser compartilhada com todos. Eles me levaram para cima de uma mesa no meio da festa, e cantamos e dançamos até não poder mais. Definitivamente, tenho que agradecer à cerveja de abóbora pela experiência.

Devo ter me saído bem — ou as pessoas sempre aprovam os príncipes — porque fomos muito aplaudidos. Depois disso, me senti um pouco instável. Ez me ajudou a descer da mesa e me elogiou, dizendo que aquela foi a melhor canção que ele ouviu na vida. Talvez ele também tenha bebido um pouco de cerveja de abóbora. Pensar nisso me faz rir até quase explodir imaginando Ez encaixando um enorme canudo em espiral na brecha do capacete.

Kel não dançou comigo, é claro. Ele tem se mantido nas sombras, onde bebe sua cerveja tranquilamente. Mas desconfio de que está se divertindo. De vez em quando percebo seu olhar, o jeito como acompanha o que eu e os príncipes fazemos do outro lado da fogueira.

— É uma celebração mágica — repito com um suspiro.

— Mãe. — Farron aparece corado e agitado. — Está interrogando Rosalina?

— De jeito nenhum — ela responde, chegando para o lado para ele poder se sentar.

Farron está vestido como convém a um príncipe. Uma coroa de folhas douradas descansa sobre o cabelo castanho. Uma túnica verde e elegante se ajusta ao peito musculoso. Um brinco dourado e retorcido como uma chama enfeita uma das orelhas pontudas.

— Ela estava me contando todo tipo de histórias constrangedoras sobre você — digo, cutucando sua bochecha.

Farron arregala os olhos.

— Como é que é? Sério?

— É brincadeira. — Dou risada.

Mas os olhos da princesa Niamh brilham com uma luz debochada.

— Eu nunca contaria para ninguém sobre aquela ocasião em que ficou preso na árvore até seu pai ir tirar você de lá.

Há uma leveza em seu tom que revela um lado estranho da princesa, um lado que eu nunca tinha visto. Mais mãe, menos líder defendendo seu reino.

Farron levanta o queixo.

— Eu queria ver se as folhas que recebiam mais luz eram mais fortes.

— É claro. — Ela assente séria, mas vejo o tremor de um sorriso em seus lábios. — E aquela "poção" do amor que você preparou para tentar conquistar o afeto de alguém na escola? Em vez disso, acabou sendo seguido por um unicórnio até a porta de casa.

Não consigo engolir o riso, e Farron cruza os braços, tentando esconder o sorriso.

— Sabe, aquele unicórnio podia ser uma linda menina; nunca o vimos sob a luz de uma lua crescente.

— Essas lembranças deixam meu coração mais leve — declara Niamh, alisando o cabelo dele. — Mas também teve aquela vez quando você cuidou do filhote de passarinho que caiu do ninho. Passou a noite toda acordado vigiando o bichinho. Até construiu uma tala para a asa dele.

— O que mais eu podia fazer? — Ele balança a cabeça.

— E quando Nori ficou doente e teve febre, e você montou um teatro de marionetes para ela e passou o dia todo apresentando peças. — Niamh sorri com ternura.

— Consegui fazer até o Dom e o Billy rirem como uma plateia. — Ele olha para mim. — Mas tenho certeza de que minhas piadas eram hilárias, mesmo.

A princesa Niamh segura a mão de Farron entre as dela.

— Eu não trocaria nenhuma das suas lembranças por todo o ouro do Vale Feérico. Todas são muito valiosas para mim.

Farron solta um longo suspiro.

— Eu amo você, mãe, mesmo que saiba cada coisinha vergonhosa sobre mim.

— Também amo você, meu cravo. — Ela beija o topo da cabeça dele, encostada em seu ombro.

Olho para os dois e penso na complexidade disso tudo. Há um mês ela acorrentou o filho e ameaçou pegar a Bênção de volta. E, mesmo assim, posso ver que o amor por ele é profundo e grande. Ele só precisa confiar nesse amor duradouro.

Outra emoção ganha vida dentro de mim. Como teria sido sentir o amor materno?

Olho para a festa procurando meu pai. Ele foi recrutado pelos músicos e está tocando uma espécie de bateria de bolotas, enquanto o pai de Farron e Dayton cantam uma canção sobre o mar, que deve ser do Reino do Verão. Meu coração se alegra por ver que meu pai está se encontrando aqui. Mas sei que ele nunca vai ser feliz de verdade, a menos que encontre minha mãe.

Se ela quiser ser encontrada.

Dayton ser afasta do grupo musical e caminha em nossa direção.

— Como estão as três pessoas mais bonitas do Vale Feérico?

— Será que dá para não flertar com a minha mãe? — Farron olha feio para ele.

Mas Niamh empurra Farron para o lado e convida Dayton a sentar-se ao seu lado, beijando seu rosto com afeto maternal.

— Está gostando da festa, meu querido?

— É claro. — Ele sorri. — Ensinei umas canções novas para o Paddy.

— Ah, sim. Eu ouvi. Ele vai passar a noite toda cantando. — Niamh sorri. — Recebi uma carta de Eleanor há alguns dias.

Ouvi dizer que a irmã caçula de Farron, Nori, atualmente é uma das conselheiras no Reino do Verão. Alguma coisa se transforma na expressão de Dayton.

— Ela mencionou Delphia?

Delphia, irmã mais nova de Dayton, atual regente do Reino do Verão.

— Reclamou de cada detalhe. Sabe como elas são, água e óleo.

A risada de Dayton é encantadora.

— É bem isso.

— Delphia está bem. O espírito de sol está dentro dela. Mas... — a princesa Niamh baixa o tom de voz — ... o Reino do Verão é grande. Logo vai haver um tempo em que ela vai precisar de você, Daytonales. Vai precisar da Bênção do Verão e do irmão mais velho.

Dayton respira fundo.

— É verdade. — Ele se levanta e puxa Farron. — Mas hoje, vamos dançar.

Farron dá de ombros e é levado por Dayton para o meio da festa. Sorrio ao ver os dois juntos, como o corpo inteiro de Farron parece derreter contra o peito de Day quando eles se abraçam.

Olho para Niamh, que também os observa com uma expressão de ternura.

— Sua família é muito próxima — comento em voz baixa, mais para mim mesma. — Dá para ver o quanto vocês se amam.

— É claro. O amor acende um fogo poderoso dentro de nós, uma chama capaz de invocar exércitos, criar magia e quebrar feitiços. É a maior força que temos.

— E essas palavras me mostram que também é sábia — respondo.

— Bem, não posso assumir sozinha o crédito por elas. Há muito tempo, quando eu era criança, conheci a Rainha Aurélia. Perguntei como poderia ajudar meu povo, e foi isso que ela respondeu.

— Uau, tipo, *a* rainha? A que construiu Castelárvore? Como ela era?

— Poderosa — responde Niamh, e olha para mim. — E bonita. E... boa.

— Só para constar, acho que você é uma governante incrível. Tenho certeza de que a Rainha ficaria orgulhosa.

Niamh sorri e olha novamente para Farron. Ele e Dayton agora se apresentam com Dom e Billy.

— Posso fazer uma pergunta?

— É claro — ela diz.

Respiro fundo, torcendo para ela não ficar ofendida.

— Você é uma governante incrível e o povo a ama. Por que passou a Bênção para Farron, em vez de continuar reinando?

Niamh não hesita.

— Porque olhei para ele e soube que seria um governante melhor que eu. Mas às vezes penso se o fardo da Bênção do Outono é pesado demais para seu coração bondoso.

Nós nos encaramos.

— Não, você não se enganou. Sei que ele vai dar orgulho ao Reino do Outono. Sei que ele vai deixar você orgulhosa. — A emoção me invade, trazida pela sinceridade das minhas palavras. — O coração gentil de Farron faz dele alguém poderoso.

Keldarion

Já é mais de meia-noite, mas a banda ainda toca uma melodia leve, preguiçosa. Muitos moradores do Outono estão voltando para a fortaleza. Ezryn se recolheu há algum tempo, e vejo Rosalina, Dayton e Farron em um canto do festival. Dayton tem um dos braços em torno do corpo de Farron e se inclina para cochichar alguma coisa no ouvido de Rosalina, que fica vermelha. Ela vai estar com eles esta noite, enquanto a lua cheia reina e nossas feras não se manifestam?

Seguro a caneca com mais força. Eu não devia me importar com isso. Nunca vou poder tê-la desse jeito. Não devia nem pensar nela dessa maneira. Isso só vai servir para me atormentar ainda mais. Mas é certo que ela dificulta meu esforço quando se vira daquele jeito, distribuindo seu sorriso como raios de sol.

O lugar dela é aqui.

Curiosamente, ela se despede de Dayton e Farron com um abraço. Depois começa a se afastar da festa, tocando de leve alguns cogumelos que servem de bancos. Seu olhar é distante quando inclina a cabeça para olhar o céu. Alguma coisa a incomoda.

— Alguma coisa a incomoda — ouço uma voz dizer.

Sobressaltado, vejo George O'Connell em pé ao meu lado, com uma caneca espumante de cerveja de abóbora nas mãos. Ele é um homem alto, quase da minha estatura. E, como Rosalina, não teve dificuldade para se adaptar ao mundo feérico.

— Sim — concordo enfim, depois de um silêncio prolongado.

— Bem, vamos ver o que é, então. — George segura meu braço e começa a me puxar na direção dela.

— Francamente, duvido que haja alguma coisa que eu possa...

— Bobagem — George me interrompe inabalável. — Você é o predestinado dela, não é?

— Sim, mas não... — *Não sou capaz de cuidar dela.*

— Rosalina, querida, você está com aquela cara — George anuncia quando paramos à sua frente. — Em que está pensando?

— Ah, pai, é só... — Rosalina olha para nós, mas para de falar ao ver a mão de George em meu braço. — Keldarion.

— Rosa.

Ela engole o ar e se senta. Quase quero sair dali — ela nunca confiaria em mim. Não sei bem por que o pai dela me trouxe. Ele não entende que nunca vou poder ter um vínculo real com Rosalina.

Mas não posso deixar de notar a preocupação estampada em seu rosto. Hesitante, me sento sobre um cogumelo roxo e brilhante na frente dela.

— Qual é o problema?

Ela dobra os joelhos e cobre as pernas com a saia.

— Hoje, mais cedo, pensei que tinha composto uma canção. Acontece que é uma canção de ninar dos feéricos. A letra apareceu na minha cabeça como uma lembrança. De onde ela veio?

George arqueia uma sobrancelha e se recosta em sua cadeira de cogumelo.

— Hum, que música é essa?

Rosalina olha para um e para outro, antes de começar a cantarolar algumas notas. Reconheço a melodia de imediato, uma canção comum que as crianças ouvem na hora de dormir.

— "Fortaleza do Azevinho".

George pisca os olhos azuis várias vezes, antes de um sorriso aparecer em seu rosto.

— Sua mãe cantava essa canção para você — ele explica. — Minha querida An... Au...

— Anya — diz Rosalina.

— Isso. — George ri meio constrangido. — Não esqueci o nome da minha esposa. Só tropecei nas letras por um momento. Mas sobre a música... é inacreditável que eu a tenha esquecido. Anya cantava essa canção para você na hora de dormir, enquanto a embalava na varanda ao som de um coro de grilos.

Rosalina sorri, e uma lágrima silenciosa escorre por seu rosto. Por um momento, penso em limpá-la, mas afasto a ideia da cabeça rapidamente.

— Eu sempre perguntava para ela o que significava *ouro do Outono*. — George se inclina para pegar uma folha amarela. — Ela dizia: "George, você nunca sentiu um outono de verdade até ver uma folha dourada cair do céu, folhas tão douradas que poderiam ser usadas no pescoço". — Seu olhar se perde na distância, enquanto ele gira a folha na mão.

Rosalina inclina a cabeça.

— Como o colar de Farron. Ele usa uma folha dourada pendurada no pescoço.

— Acho que sim. — George suspira e deixa a folha cair no chão.

— Como mamãe aprendeu a canção? — pergunta Rosalina.

— Às vezes encantados do Vale passam pelo mundo humano — explico. — Talvez um deles tenha ensinado a canção.

Rosalina olha para mim.

— E se for mais que isso? Ela pode ter estado no Vale antes? Foi assim que ela aprendeu o caminho.

— Eu conhecia bem sua mãe — George insiste. — Ela teria me contado se tivesse vindo a este lugar.

Mas alguma coisa brilha nos olhos de Rosalina.

— Pai, e se você não soubesse tudo? Ela... ela podia ser feérica?

Olho para George e penso nisso. O conceito é interessante. Nossa Rosa certamente tem sua cota de mistérios.

— Querida — George responde tranquilo —, conheci sua mãe ainda jovem. Eu a vi amadurecer. Tivemos problemas com as contas, com o carro, todas essas coisas corriqueiras da vida. Acho que sua magia se limitava à alegria que ela me dava. E a como ela me deu você.

O sorriso de Rosalina é triste.

— Foi uma ideia maluca, mesmo.

Eu me inclino para a frente, ajeito o cabelo dela atrás da orelha. Tem uma folha de azevinho presa ali.

— Não é uma teoria impossível. Já houve feéricos mestiços no Vale. É raro. No entanto, em geral eles não parecem...

— Não parecem humanos, já entendi. — Ela se afasta de mim.

Seguro seu queixo para mantê-la próxima.

— Feérica ou humana, nunca vi ninguém tão bonita quanto você, Rosalina. Você é perfeita.

Ela inspira profundamente, e as bochechas ficam rosadas.

George pigarreia.

— Bem, vocês dois com suas reflexões. É melhor eu ir para a cama. — Ele massageia a têmpora.

— Você está bem, pai?

— Ah, sim, perfeitamente bem. Pensei que tivesse lembrado de alguma coisa, mas sumiu... — Ele acena sem muito ânimo e se afasta.

— Desculpe, às vezes falo demais. Só queria saber o que aconteceu com ela.

— É compreensível — respondo. — Se tem alguém que pode encontrá-la, esse alguém é seu pai.

— Eu sei, mas mesmo que ele a encontre... E se ela partiu por decisão própria?

Quem teria coragem de deixar você? Quase digo isso em voz alta, mas me contenho. Porque eu tive. Eu a deixei. Em vez disso, seguro sua mão. Os dedos são macios, e ela desenha um círculo na minha palma.

— Acredita mesmo nisso, no fundo do seu coração?

— Não. — Ela balança a cabeça, e a folha de azevinho cai perto de nossas mãos.

— Azevinho, como na canção de ninar. Como encontrou isso aqui?

Ela não responde, e seu rosto se tinge de um vermelho intenso.

— Rosalina — insisto, puxando-a para mais perto.

Ela morde o lábio.

— Encontrei Caspian antes do festival. Ele me deu a folha como um convite formal para a festa de aniversário.

Tenho que fazer um esforço enorme para não a levar de volta à fortaleza. Respiro fundo. Ela deve sentir meu descontentamento, porque afaga minha mão.

— Ele não me fez nenhum mal. Acho que nem tinha a intenção de me encontrar. Eu o surpreendi pegando uns objetos estranhos para um pássaro. Tinha até uns fogos-fátuos, mas eu os libertei.

Balanço a cabeça. No começo, acreditava que a obsessão por ela era só uma consequência de Rosa ser *meu* amor predestinado. Mas isso está ficando mais perigoso. Vou ter que me manter vigilante com minha Rosa quando ela visitar o Inferior, na próxima lua.

— Precisa ter cuidado com ele, Rosalina — dizemos ao mesmo tempo, embora ela engrosse a voz consideravelmente para imitar a minha.

É tão adorável que não consigo deixar de rir e passar um braço em torno dela.

— É sério.

— Eu sei — ela responde, e se apoia em mim. — E prometo que vou tomar cuidado.

Ficamos em silêncio por um momento, e não consigo me afastar. Rosalina olha para o centro da celebração, onde alguns feéricos ainda festejam. Até os músicos e outros artistas já foram embora. A iluminação foi reduzida, e a lua cheia e radiante projeta seu brilho prateado.

— E aí, Kel? — ela diz. — O que acha de dançar só uma?

— Não tem mais música.

Ela se levanta e estende a mão. Eu a seguro.

— Tem certeza? Porque ainda consigo ouvi-la.

Permito que ela me leve além das mesas quase vazias para o limite da floresta, para a linha escura das árvores. Lá a seguro nos braços na posição adequada.

— Está ouvindo agora? — ela pergunta.

— Não.

Ela joga a cabeça, e ondas castanhas se movem sobre seus ombros.

— Talvez não esteja prestando atenção.

Eu a conduzo no ritmo de uma valsa. Gotas de orvalho cintilam na grama.

— Estou ouvindo na melodia nos grilos cricrilando — Rosalina fala baixinho. — No estalo das folhas sob nossos pés, na melodia distante do rio. Se eu prestar muita atenção, consigo ouvir até o cintilar as estrelas.

— O pio da coruja — digo. — Galhos quebrando. Às vezes, ouço até a melodia da lua sussurrando que esta noite estou livre.

Sua saia flutua quando a giro, e ela cai de volta em meus braços, rindo. Apoia a cabeça em meu peito.

— Esta é minha canção favorita da noite.

— Qual?

— As batidas do seu coração.

Eu a envolvo com os braços e me permito viver esse momento único de simplesmente abraçá-la.

— Sinto que existem duas versões de você — Rosalina murmura. — E para sua informação, gosto mais deste lado aqui.

Ela não está errada. E o problema é que também gosto deste meu lado. Um homem que pode dançar com sua predestinada sob as estrelas. Um homem que pode amá-la.

Mas que não pode mantê-la segura. Amá-la só vai atrair mais perigo para ela.

Só queria que não fosse tão bom.

Luz azul tremula no meu campo de visão, e, por um momento, penso que as estrelas podem ter descido para dançar à nossa volta. Mas então vejo...

— Rosalina — sussurro. — Abra os olhos.

Ela faz o que digo, e seus lábios produzem uma exclamação fascinada. Um brilho de safira brinca em seu rosto e ilumina seus olhos.

— Os fogos-fátuos.

Um grupo de pequenas chamas saiu da floresta e flutua à nossa volta, quase como se dançassem no mesmo ritmo que nós.

— Talvez tenham vindo me agradecer — ela sussurra com um sorriso lindo. — Por ter salvado os amigos deles mais cedo.

— Talvez — concordo. Mas quando vejo Rosalina e a magia do Reino do Outono vibrando em torno dela, sei que é algo mais profundo. Onde quer que ela vá no Vale Feérico, tudo se torna vivo.

Rosalina

Eu deveria estar exausta depois da festa dessa noite, mas não consigo dormir. Faz uma hora, pelo menos, que estou me virando de um lado para o outro na cama.

Talvez seja por esta ser a primeira noite no último mês que passo sozinha. Em todas as outras, dormi em um ninho de almofadas e cobertores na porta do quarto de Farron, cercada por meus lobos. É solitário sem o cheiro reconfortante deles, o pelo quente, ou no caso de Keldarion, a pele...

Eu me assustei na primeira vez que acordei abraçada por um homem, não um lobo. Mas Keldarion só se entrega ao nosso vínculo predestinado quando dorme profundamente e me abraça com ferocidade.

Em algumas noites, quando tenho certeza de que ele mergulhou o suficiente em seus sonhos, me viro e estudo as linhas de seu rosto, ou toco os músculos firmes do peito e me aninho em seu abraço.

Mas como esta noite não há lobos, cada um está em seu quarto, e não é só a solidão que me impede de dormir.

Uma dor persistente lateja na metade inferior do meu corpo. O calor se espalha a partir do meio das minhas pernas, e esfrego uma coxa contra a outra tentando aliviar a tensão.

O problema de estar cercada por quatro homens incrivelmente sedutores, mas também lidar com zumbis de gelo e uma maldição é que não sobra tempo para aproveitar nada.

Respiro fundo e deslizo as mãos pelo corpo. Estou usando uma camisola cor de creme que envolve minhas curvas e desce até os joelhos. Ela tem um lacinho fofo bem no busto e mangas de renda que mostram os braços que escondi durante anos.

É uma pena não ter ninguém para apreciar toda essa beleza.

Abro as mãos sobre o tecido macio. Meu coração acelera, e uma urgência latejante circula dentro de mim. Isso é estranho. Há algo urgente nesse tesão, como se ele crescesse mais e mais sem eu fazer nada.

Fecho os olhos e volto o olhar para dentro, para o desejo crescente. Posso sentir… Mãos embrutecidas, respiração irregular. Não são as minhas.

São dele.

Keldarion.

Esse tesão é dele.

O que ele está fazendo me afeta. Viaja por esse vínculo predestinado invisível que nos une.

Eu devia tentar ignorar. Em vez disso, me levanto e atravesso o quarto descalça a caminho da área comum das suítes. O quarto de Keldarion fica do outro lado. Espio a escuridão. Todas as portas estão fechadas, mas tem uma linha fina de luz escapando por baixo da dele.

Uma onda de prazer percorre meu corpo, e sufoco um gemido mordendo a mão. Anseio por alguma coisa que ainda nem sei o que é. Mas assim que o vir, vou descobrir.

Eu me aproximo e giro a maçaneta sem fazer barulho.

— Kel…

Todo o ar sai do meu corpo. Keldarion está deitado na cama enorme sobre os cobertores, e sua silhueta é iluminada pela vela acesa sobre a mesa de cabeceira.

O corpo forte está nu, cada centímetro coberto de músculos firmes. É como ver uma obra de arte. Ele está de olhos fechados, com os cabelos brancos espalhados como um halo em torno do rosto.

Uma das mãos está atrás da cabeça, revelando cada músculo do braço. E a outra… está segurando o pau enorme. O membro aponta para cima, grosso e duro. Uma onda de prazer se forma dentro de mim. *O prazer dele.*

A cama range com o movimento cadenciado da mão para cima e para baixo, e ouço um *slap* satisfatório cada vez que ele chega à base. Eu me aproximo cambaleando, como se um fio invisível me puxasse para ele.

Kel abre os olhos de repente, e a mão para. Ele olha para mim, e um momento de silêncio se prolonga entre nós.

— Você sabia que eu ia te sentir — sussurro.

Ele desliza a mão para cima lentamente pelo membro.

— Imaginei que sim.

O ar sai do meu peito em doses entrecortadas quando fecho a porta e me aproximo da beirada da cama. Ele não faz nada para me levar para mais perto, nem me afasta. Só me encara sério e continua acariciando o pau mais devagar.

— Posso ajudar você — murmuro. Não consigo decidir para onde olhar; para aqueles olhos lindos que parecem enxergar até meus ossos, para o peito que se move cada vez que ele respira, ou para o mastro monstruoso em sua mão.

A expressão no rosto de Kel... Não é de raiva. É predadora. Como se o coelho tivesse acabado de entrar na toca do lobo.

— Escute com muita atenção, Rosalina — ele grunhe. Noto que os olhos desceram do meu rosto para o decote baixo da camisola, para o tecido fino que mostra os mamilos duros, para a curva do quadril. — Você se lembra de quando chegou a Castelárvore?

— É claro. — Eu me aproximo, e agora minhas mãos estão na beirada da cama, entre os pés dele. Vejo os dedos flexionados e, depois, esticados. Ele faz um ruído feroz, avisando para não me aproximar mais.

— Você aceitou obedecer a mim, o senhor de Castelárvore. Não temos mais um acordo. E não estamos em Castelárvore. — A voz dele carrega uma promessa sombria. — Mas ainda sou seu senhor?

— Sim — respondo sem ter que pensar. — Sempre.

Ele massageia o membro mais depressa, satisfeito.

— Então, você tem que fazer exatamente o que eu mandar, e não pode agir sem minha instrução explícita. Está entendendo?

A ânsia dentro de mim só cresce quando olho com inveja para a mão tocando o que quero desesperadamente que seja meu.

— Sim, Keldarion. Mas, por favor, não me peça para sair.

Ele fecha os olhos e deixa a cabeça afundar um pouco mais no travesseiro.

— Sou só um feérico, não um deus.

Minhas pernas tremem tanto que temo que elas me derrubem quando subo na cama.

— Pare — ele diz.

Obedeço.

— Ajoelhe na minha frente.

Ajoelho, sento sobre os calcanhares na cama macia entre suas pernas fortes. Meu coração dispara quando olho para sua forma pulsante. Embora já tenha visto Keldarion nu e sentido sua ereção em mim, essa é a primeira vez que posso analisar realmente o Alto Príncipe do Inverno. Veias grossas se desenham ao longo de seu pênis, e imagino minha língua traçando cada uma delas, sentindo seu gosto doce. Respiro mais depressa enquanto resisto à urgência de cair de boca.

— Estrelas me amaldiçoem — ele murmura, deixando os olhos passearem por meu corpo. — Você é linda.

Passo a língua nos lábios.

— Cuidado, Keldarion — aviso com voz rouca. — Se me elogiar desse jeito, posso ficar confusa e deduzir que você gosta de mim.

Ele sorri e abaixa outra mão para segurar as bolas.

— Gosta de me torturar, não é?

Inclino o tronco para a frente com os olhos meio fechados e a boca aberta.

— Poderia encontrar outros métodos de tortura de que você gostaria muito mais…

— Sente-se — ele diz.

Obedeço, e sinto o calor envolver meu rosto.

Ele não para de se acariciar enquanto diz:

— Você não pode me tocar. E não vou tocar você. Entendeu?

Olho para ele por entre os cílios, mas sua expressão é séria. Ele range os dentes e afaga a base do pau. É tão grosso que só consigo imaginar como seria sentar nele, tentar empurrá-lo inteiro para dentro de mim.

Sua voz é baixa, rouca.

— Você entendeu?

Balanço a cabeça para recuperar o foco.

— Sim. Mas se não posso te tocar e você não vai me tocar…

— Levante a saia.

Com toques muito leves, levanto a bainha da camisola, revelando aos poucos a pele macia das coxas.

— Você está molhada? — ele pergunta meio rouco.

— Estou.

— Mostre.

Levanto a camisola até a cintura, e ele respira fundo. Depois introduzo um dedo em mim e estremeço com o contato. Quando afasto a mão, a luz da vela cintila na minha excitação.

— Isso o satisfaz? — pergunto.

Ele desliza a língua pelos dentes, e quase espero ver os caninos aparecerem, porque agora ele é o predador.

— Muito.

Levo o corpo para a frente, aproximando a mão molhada de seu pênis latejante.

— Quer sentir?

Ele fecha os olhos e grunhe, e a mão se move mais depressa.

— Não… me tente.

— Por que não…

— Chupe — ele ordena.

— Ponho os dedos na boca sem desviar de seu olhar. Meu coração quase para quando aqueles olhos azuis me penetram. Seu rosto é uma obra de arte, uma mistura perfeita de virilidade rústica e elegância refinada.

Tem uma intensidade em seu semblante que me atrai. Os olhos parecem guardar segredos, e quero muito descobrir todos eles. O jeito como ele franze a testa ao me observar chupando os dedos faz meu corpo queimar. Kel está imaginando minha boca o engolindo, assim como eu imagino?

Ele contrai a mandíbula.

— Coloque essa mão no lugar onde ela tem que estar.

Abaixo a mão bem devagar e deslizo os dedos para cima e para baixo entre as pernas.

— Ela é sua, Kel.

Suas narinas dilatam e ele se apoia sobre os antebraços, massageando o membro lentamente.

— Me fale em que está pensando.

Dou risada, jogo a cabeça para trás e sinto o cabelo acariciar meus ombros.

— Em que estou pensando? Imagino como é ter você dentro de mim.

Vejo o lampejo do fogo nos olhos de gelo.

— E?

— Como é sentir o atrito da sua barba áspera entre as pernas.

— E?

Minha respiração acelera e massageio o clitóris mais depressa, com mais desespero.

— E estou pensando o que você faria se eu lambesse a pontinha do seu pau.

Ele estremece, e sou inundada por seu cheiro: pinheiro, cedro e o almíscar da excitação. Tem algo primal nesse cheiro, algo que fala a uma parte minha profunda e instintual.

— Eu ficaria muito bravo.

— Estou acostumada com você bravo comigo. — Eu me inclino.

— Você disse que ia me obedecer — ele rosna, e me sento sobre os joelhos. — Toque os seios.

Minha boceta dói com a necessidade de alívio, mas afasto a mão dela para tocar os seios. Os olhos de Kel ameaçam fechar quando massageio a carne macia. Minha camisola é bem fina, sei que ele consegue ver os mamilos duros. Belisco e puxo, querendo mostrar a esse Alto Príncipe teimoso o que ele está perdendo.

Ele balança a cabeça, e a raiva transforma seu rosto. *Mas não é raiva.* Sinto através do vínculo: a necessidade desesperada, faminta.

— Me mostre — ele diz.

Sem nenhuma pressa, abaixo as mangas de renda da camisola até revelar os seios.

Ele se senta, abre bem os olhos e não pisca, me devora com o olhar. Por um segundo, penso que vai pular em cima de mim. Fecho os olhos e me delicio com as mãos, acariciando de leve os mamilos com a ponta dos dedos. Respiro fundo, e seu cheiro me envolve em uma mortalha de desejo. É como se cada inspiração trouxesse a essência dele para dentro de mim.

— Preciso ver seu corpo. Preciso de você inteira — ele diz. — Ver você inteira — ele se corrige apressado.

Sorrio e tiro a camisola pela cabeça, alongando o corpo todo para Kel ver. Ele se disse o senhor quando entrei neste quarto, mas sinto que detenho um grande poder. Sentada aos seus pés e completamente nua, tenho que admitir que essa é uma sensação estranha. Normalmente, eu estaria muito acanhada, pensando em minha barriga flácida caindo sobre as coxas grandes, mas não sinto nenhuma insegurança.

Porque consigo sentir. Sinto seu desejo pelo vínculo. Ele me acha bonita… e acredito nele.

— Porra, Rosalina. — Kel se joga deitado na cama. — Por que entrou aqui? Eu o testo de novo, engatinho entre suas pernas.

— Você me chamou.

— Eu não.

— Seu vínculo. — Deslizo a mão sobre os pelos grossos que cobrem seu peito. Ele segura meu punho. — Ele implorava por mim.

Ele me segura pelo punho, mas os olhos me prendem ainda mais. Levo o corpo para cima do dele, uma perna de cada lado do quadril, o peito quase tocando o dele.

— Coisinha inconveniente, não é? — ele diz.

— Concordo plenamente — sussurro.

Mas é mentira. Porque essa coisa entre nós não é uma coisinha. É um elo vivo, uma onda pulsante que ameaça me consumir cada vez que permito que ela se apodere de um pedacinho do meu coração. É maior do que posso compreender, uma conexão que vai além do desejo físico. Eu a vi hoje como uma estrela desabrochando entre nós. Estou aterrorizada e desesperada para seguir esse caminho ao qual ela aponta.

— Rosa...

— Em que está pensando?

Sua cabeça cai para o lado, mechas brancas emolduram a testa.

— Que estou enfeitiçado por você.

— Keldarion — sussurro, o encarando.

— Estou pensando — ele continua, e o polegar acaricia meu punho, enquanto os olhos mergulham nos meus com uma intensidade que faz minhas costas arrepiarem — que não seria nenhuma surpresa se você tivesse ódio deste mundo. Mas você, minha querida, encontra encantamento nas menores coisas e distribui bondade como se tivesse um suprimento inesgotável dela, abundante como a chuva de primavera que derrete a neve.

As palavras dele despertam alguma coisa dentro de mim, um calor que se espalha do centro do corpo até a ponta dos dedos. O vínculo brilha forte entre nós. Estou nua diante dele, mas é como se ele visse além do meu corpo, minha alma. Suas palavras me dão algo pelo qual ansiei por muito tempo. Ele viu minhas cicatrizes, mas não teve pena de mim por causa delas. Acha que sou mais forte por carregá-las, e depois de ouvir essas palavras, também acredito nisso.

Estou perdido em meu amor por você. As palavras penetram minha mente. Minha alma e a dele estão tão juntas que até meus pensamentos são atormentados por sua voz.

Nossos corpos estão muito próximos, tocando e não se tocando, juntos e não juntos. Uma explosão de desejo furioso me varre quando olho para o que deveria ser meu. Ele segura o pau e massageia mais depressa, mais forte.

— Estou no meu limite.

Continuo em cima dele, e meus dedos voltam à fenda pulsante.

— Goze comigo, Keldarion.

Sua respiração fica ofegante.

— Onde?

— Me cubra — peço em voz baixa. — Me pinte com seu desejo. Me marque e me deixe ser sua, só por esta noite.

Minhas palavras parecem iluminá-lo. Seu peito arfa e minha pele quase toca a dele.

— Rosa — ele murmura.

Um calor primal se espalha dentro de mim e esfrego o clitóris com movimentos febris. E sinto, não só o meu orgasmo crescendo dentro de mim, mas o dele.

Ele ruge, arqueia o corpo com o poder da explosão que jorra seu gozo no meu corpo. Eu grito, e meu orgasmo me atinge como uma chuva de estrelas. Uma satisfação deliciosa sobe pelas costas como um arrepio quando sinto o calor de sua porra escorrendo em minha pele. Pisco algumas vezes, tentando voltar à realidade.

Kel está deitado embaixo de mim, piscando e ofegante. Meu coração flutua. *Eu fiz isso. Fiz isso por meu predestinado.* Nosso vínculo pulsa entre nós com um coração próprio.

Preciso mais dele, preciso dele inteiro.

Eu me inclino sobre os antebraços, ainda sem tocá-lo, mas a um sopro disso.

— Não consigo lidar com essa meia devoção — sussurro com a boca quase na dele. — Me beije, Kel. Me beije, me tome e…

Ele empurra meu peito.

— Saia.

Caio sobre o colchão.

— O… quê?

Keldarion se levanta e vai para o banheiro da suíte. Ouço barulho de água, depois uma toalha molhada é jogada sobre minha cabeça. Furiosa, limpo seu prazer da minha pele.

— Volte para o seu quarto. — Ele sai do banheiro vestido com uma calça larga e o cabelo preso em um coque na base da nuca. E é tão delicioso que sinto vontade de gritar.

— Você não pode estar falando sério. — Cruzo os braços e o encaro.

— Não pode fingir que não gostou disso. — Aponto para o meu peito, que até segundos atrás tinha respingos da prova de seu desejo por mim. — Eu senti, caramba.

Ele respira fundo. Entende o que estou dizendo. Não é só sobre o prazer mútuo, mas sobre o desejo que se acendeu através do nosso vínculo. *Não só desejo. Amor. Tinha amor ali.*

Ele pega minha camisola e joga para mim. O contato é como um tapa na cara. Sinto um nó se formando no estômago quando a visto.

— É sério, então.

O colchão afunda quando ele se senta. A fúria que normalmente surge em seu rosto quando falamos sobre isso desapareceu. Agora ele parece só exausto.

ENTRE FOGO E ESPINHOS

— Você sabe qual é minha decisão, Rosa — diz com voz rouca. — Não me deitaria com você nem se minha vida dependesse disso.

Aí é que está. Não sei qual é a decisão dele. Mais cedo, dançamos ao som dos nossos corações. Agora ele está me expulsando de seu quarto. Eu me dirijo à porta com passos firmes.

— Lamento ser um inconveniente tão grande para você, Alto Príncipe. Não escolhi esse vínculo. Se pudesse, eu o rasgaria.

Ele abaixa a cabeça entre as mãos.

— Queria que pudesse.

Um nó bloqueia minha garganta e meus olhos se enchem de lágrimas.

— Muito bem. Vá vendo se me importo, Keldarion. Se me odeia tanto assim, vou ficar com alguém que me quer de verdade.

Bato a porta e marcho até o meio da área comum. Sei que devia ir para a cama. Sei que nada de bom acontece depois das duas da manhã. Mas quero cumprir a promessa: *há* alguém que me quer.

Vou para o quarto do Príncipe do Verão.

Rosalina

Abro a porta do quarto de Dayton sem bater. Raios de luar dançam sobre a cama, iluminando o feérico adormecido. Um braço musculoso cobre seu rosto, e as cobertas escondem o corpo abaixo da linha do quadril, deixando à mostra o peito definido. Encho os pulmões de ar. Fecho a porta e me aproximo da cama.

— Dayton — sussurro.

Ele geme, abre os olhos devagar.

— Flor? O que está fazendo aqui?

— Quero você, Day. — Mordendo o lábio, tiro a camisola e me exponho completamente.

Ele se apoia sobre os antebraços, perplexo.

— Porra, estou sonhando?

Um arrepio de prazer pecaminoso percorre meu corpo quando os olhos dele me devoram. Subo na cama.

— Me toque e descubra.

No segundo seguinte ele me joga de costas sobre o colchão, e todo o ar sai dos meus pulmões. Dayton toca meu rosto com delicadeza. A outra mão toca meus seios e desce pelas curvas da barriga.

— Seu corpo ainda parece um sonho.

Fecho os olhos quando ele me beija. Sim, sim, *sim*, é disso que preciso. Alguém que não tenha medo de me tocar. Levanto o quadril e descubro, chocada, que ele está nu.

— Você dorme pelado? — pergunto, rindo.

— Pois é, nunca se sabe quando uma garota linda vai aparecer na sua cama.

Beijo seu pescoço, sentindo o sabor doce de noz-moscada e cravo.

— Farron esteve aqui mais cedo.

— É claro. — A mão grande acaricia minha perna e sobe, se aproximando aos poucos do meu centro pulsante. — Não vou desperdiçar uma noite em que ele não está cercado pelos espinhos daquele filho da mãe. Devia ter vindo com a gente antes, em vez de ficar dançando.

— E onde ele está?

— No quarto dele. A gente não curte essa coisa de dormir juntos.

— Quer dizer que não devo esperar carinho depois da foda?

Os dedos dele dançam em minha coxa, disparando raios de prazer em todas as direções.

— Bom, Rosalina...

— Tudo bem — interrompo, antes que ele pense que sou uma doida grudenta. — Só vim aqui atrás do seu pau.

A risada dele se espalha pelo quarto.

— Sabia que atrás dessa carinha meiga tinha uma boca suja. Fale o que você quer com meu pau.

Apoio as mãos em seu peitoral duro e o empurro sobre a cama, depois monto em seu corpo.

— Quero que me preencha inteira, como prometeu quando fomos ao Reino do Verão. Na noite em que cortou as mãos do cara que tocou em mim.

— E eu estava controlado. Ainda não tinha beijado você. Não vai me ver tão bonzinho de novo. — Ele agarra meus quadris. — Mas este pau é para boas meninas. Você consegue ser uma boa menina, Rosa?

Alguma coisa tremula em meu peito, e assinto.

— Chupe meu pau — ele ordena com um tom dominador.

Sinto a felicidade vibrar em mim. Fiquei desesperada para satisfazer Kel, mas Dayton me quer. Posso lhe dar felicidade. Seguro suas coxas e abaixo a cabeça; uma parte do cabelo escorrega para a frente por cima do meu ombro. Dayton segura essa mecha como se fosse uma corda. Abro os lábios e ponho seu pau na boca. Ele tem cheiro de sal e suor. Lambo e giro a língua em torno da cabeça, antes de descer por todo o comprimento. As mãos puxam meu cabelo. Ele geme, e o levo mais fundo até a garganta.

— Está gostoso? — pergunto com um gemido, sentindo a saliva pingar da boca.

— Ai, porra. — Ele projeta o quadril. — Amor, você não faz ideia.

As palavras viajam até o meio das minhas pernas, e sinto a umidade escorrer. Seu pau pulsa tão fundo na minha garganta que meus olhos lacrimejam. Mas aguento. Consigo devorá-lo inteiro.

Com a mão livre, seguro a base e massageio. Dayton puxa meu cabelo e levanta minha cabeça. Arfando, respiro fundo e sei que estou completamente descomposta, com a língua para fora e aquele líquido perolado escorrendo dos lábios.

— Venha cá. — Ele me puxa sobre o corpo. Deixo os dedos mergulharem em seus cabelos dourados quando nos beijamos. Abro as pernas para montar nele, e pressiono meu centro latejante contra sua barriga, desesperada por fricção.

— Isso. — Ele me segura pelo quadril e me puxa para baixo, deslizando minha boceta molhada por todo o comprimento do membro ereto.

Eu grito, fecho os olhos. Cada nervo do meu corpo é carregado com essa sensação.

— Você é uma boa menina, Rosa. Quase me fez gozar. Mas veio buscar alguma coisa, não veio? Então me fale, onde vai querer?

— Querer? — repito confusa.

— Na boca gostosa? — Ele acaricia meus lábios com o polegar. — Nos seios macios? — E aperta um deles. — Na barriga perfeita? Ou… — A mão desce por meu ventre e escorrega entre minhas pernas.

— Isso — gemo alto, prolongando a palavra.

Um sorriso diabólico se espalha por seu rosto, e ele me penetra com um dedo. Instintivamente, balanço o quadril.

— Quero que me preencha. Quero que goze dentro de mim. — A ideia me consome. Faço um movimento mais forte contra a mão dele. — Day, preciso de você.

Ele não fala nada, mas não para de me acariciar. Abro os olhos, e meu corpo vibra. Tem uma expressão estranhamente séria em seu rosto.

— Espere, não era isso que queria dizer? Você não goza dentro?

— Não — ele diz, e remove o dedo de dentro de mim. — Normalmente não.

— Desculpe, eu…

— Deite.

Eu obedeço, deito de costas nos lençóis macios.

Ele se ajoelha aos meus pés. Não posso deixar de admirar seu físico pintado de prata pelo luar, a definição dos músculos, a curva forte do queixo. Ele acaricia minha perna, depois levanta uma delas, beija a panturrilha e a solta.

— Normalmente, não gozo dentro quando transo — ele explica. — Só com Farron. Mas se você me quer, se quer tudo de mim, eu te dou.

— Quero — arfo. — Quero você.

E apoia uma das mãos na minha barriga.

— E a proteção?

Fico vermelha.

— Faz muito tempo que não transo, de fato, com ninguém.

Dayton sorri, e suas ondas douradas refletem a luz.

— É isso que gosto de ouvir. Não quero nem pensar em nenhum humano a tocando.

— Marigold falou que tem um chá que posso beber depois — sussurro.

— É verdade. Então, você vai me querer inteiro, e vou inundar sua bocetinha fértil esta noite.

Ele beija minhas pernas e aproxima a boca do meu centro molhado. Quando me lambe, é tão glorioso quanto eu lembrava. Ele chupa, depois passa a língua sobre o clitóris sensível. Agarro os lençóis, jogo a cabeça para trás. Ele me leva ao limite, e então para.

— Você não vai gozar enquanto eu não a sentir apertando meu pau — avisa.

O desejo me incendeia. Penso se Kel pode sentir tudo isso como senti seu prazer. Uma parte cruel de mim quer que ele sinta, mas uma parte maior quer manter esse momento especial entre mim e Day.

Dayton continua idolatrando meu corpo, beijando minha barriga e subindo lentamente até os seios. Sua língua molhada contorna um mamilo antes de os dentes pressionarem de leve, mordendo de um jeito que faz fogos de artifício explodirem dentro de mim. O jeito como ele está me satisfazendo... É como se tocasse algo muito mais profundo que a pele. Os beijos reverentes preenchem uma parte do meu coração que eu nem sabia que estava vazia. Os dedos se enroscam no meu cabelo, os lábios roçam os meus, e sinto gosto de sal e sol. Ele aprofunda o beijo até eu me perder em seu abraço, até esquecer tudo que não seja ele.

— Tem certeza, Rosalina?

Abro o olhos e vejo um brilho intenso nos dele, os lábios cheios distendidos naquele sorriso estranho que é só para mim.

— Sei que tem um predestinado. Vou entender, se quiser só ele. — Dayton parece quase envergonhado. Meu coração sangra diante da vulnerabilidade que ele está me mostrando.

Seguro seu rosto entre as mãos e sei que nunca tive tanta certeza de outra coisa em toda a minha vida.

— Você me faz sorrir mesmo quando o mundo inteiro fica escuro — respondo. — Você protege as pessoas de quem gosta com uma ferocidade que admiro. É corajoso e inteligente, e toda vez que você ri, também rio, e eu quero... quero você, Day.

— Cuidado, flor — ele sussurra, e o calor em seu rosto poderia acender uma sala inteira. — Se continuar falando desse jeito, posso acabar me apaixonando.

Isso seria bem conveniente, porque tenho certeza de que já mergulhei de cabeça por ele.

Devagar, ele levanta meu quadril e abro as pernas, e Dayton se posiciona. Então sinto... a ponta arredondada do pau pressionando suavemente minha entrada. Jogo a cabeça para trás, e todo meu ser explode com a sensação de estarmos tão próximos.

Mas ele não se move.

— Tudo bem?

— Hum, sim? Talvez eu esteja nervoso. — Ele balança a cabeça e leva uma das mãos ao peito. — É, hum, um sentimento...

Alguma coisa insana desperta dentro de mim e ganha vida ao lado do meu coração, uma explosão profunda. Euforia transborda dos meus dedos quando afago seu rosto. Porque conheço esse sentimento, esse querer inato. É a mesma coisa que senti com Kel...

É igual. Eu *sabia* que Dayton era meu. Preciso completar isso e dizer que sou uma parte dele.

Seguro o rosto dele e aproximo a boca de sua orelha.

— Kel, é a mesma coisa.

Ele fica tenso e se afasta.

— Do que foi que me chamou?

Um buraco enorme se abre em meu estômago, e me sinto como se fosse jogada em um quarto escuro quando perco seu toque. Estou confusa, com a cabeça repentinamente atordoada e turva, depois da leveza e da luz de um instante atrás.

— Eu...

— Eu devia saber que isso tinha a ver com ele. — A voz de Dayton vibra com raiva, e ele se levanta e veste uma calça.

Ele está se vestindo? Não. Preciso dessa união.

— Espere...

— Você tem até o cheiro dele. Mas ignorei, porque, porra, *olha* para você.

Eu me sento. Ele não consegue ver que sou dele também?

— Dayton, eu não queria...

ENTRE FOGO E ESPINHOS

— Não queria me chamar pelo nome do seu predestinado? — E segura uma coluna da cama. — O que você queria, Rosalina?

— Queria... — Meus pensamentos começam a se organizar. Como posso dizer a ele que senti... não, *sinto* por ele a mesma coisa que sinto por meu predestinado? Como Dayton vai reagir a isso? Dayton, que não passa a noite nem com Farron, com quem se relaciona há anos? Dayton, que insinuou que não haveria carinho depois do sexo?

Não posso admitir para ele a intensidade dos meus sentimentos.

— Até parece que você se importa. — Pego a camisola do chão. — Isso não é só sexo para você?

Seu rosto empalidece, e ele se aproxima da parede e apoia as mãos nela, contraindo os músculos.

— É, para isso sou bom, não é? Diversão? Peço desculpas por querer que minha parceira soubesse meu nome, pelo menos.

— Olhe só, me desculpe, ok? — Cruzo os braços. — Eu sei o seu nome. Podemos...

— Não vou ficar com você enquanto finge que sou outra pessoa.

Dou um passo na direção dele, desejando saber me explicar.

Ele se vira.

— Saia daqui, Rosa.

Lágrimas de raiva inundam meus olhos, saio do quarto e bato a porta. Um grunhido frustrado borbulha em meu peito. Paro na frente do quarto de Kel e esmurro a porta, rosnando:

— Pode ir dormir agora, seu desgraçado presunçoso e idiota. Espero que esteja feliz.

Vou para o meu quarto sozinha. Rejeitada por dois príncipes feéricos na mesma noite. Jogo-me na cama e levo a mão ao peito, sentindo aquela mola espremida ao lado do meu coração.

Como meus sentimentos pelos dois podem ser tão semelhantes? É mágico e, ao mesmo tempo, aterrorizante.

Uma lágrima escorre por meu rosto, seguida por outras até eu não poder mais evitar os soluços. Finalmente, a exaustão se impõe e adormeço.

Rosalina

— Li o mesmo parágrafo três vezes. — Esfrego os olhos. — Era de esperar que os antigos acadêmicos do Outono pudessem ter animado um pouco sua literatura.

Farron solta o ar pelo nariz e sorri, mas não levanta o olhar de seu texto.

— Rosalina falando que um livro é chato? Está passando tempo demais com Kel.

Enterro a cara no livro para esconder o rubor. Não tenho passado tempo *nenhum* com Kel ultimamente, ou o mínimo que posso, pelo menos. Voltamos todos a dormir cada um em seu quarto. Assim é mais fácil. Além do mais, nos últimos dias Farron e eu temos estado completamente envolvidos com nossa pesquisa.

A biblioteca na Fortaleza Coração do Carvalho é bonita, com prateleiras feitas de cascas de árvore torcida que sobem até o teto salpicado de órbitas brilhantes e projetam luz âmbar por todo o espaço. O ar tem o cheiro de pergaminho antigo e couro envelhecido. Quando olho para o homem sentado ao meu lado na mesa, sou invadida por um sentimento de satisfação. Tudo fora desta sala é confuso e perigoso. Mas aqui a sensação é de estar em casa.

— Não é chato. É denso, só isso — explico.

— Os acadêmicos do Outono não são conhecidos por sua brevidade. — Farron ajeita os óculos de leitura de armação dourada, empurrando-o nariz acima.

Quando chegamos ao Reino do Outono, no mês passado, ele ainda vestia os coletes e suspensórios que usava em Castelárvore. Mas alguns dias atrás, ouvi Marigold falando duro com ele:

— Você é o Alto Príncipe, Farron. Devia se vestir de acordo com isso!

Agora ele usa uma camisa de seda de um tom queimado de laranja e casaco vermelho e comprido. A calça justa envolve as pernas fortes e desaparece dentro das botas de couro marrom polido.

Mas Marigold não conseguiu convencê-lo a cortar o cabelo. Felizmente. Eu sentiria falta dos cachos castanhos caindo nos olhos, enrolando na nuca.

Fecho o livro com um barulho alto.

— Isto aqui não tem o que estou procurando. Vou tentar outro livro. — Ando até o fundo da biblioteca e examino os títulos. Abençoada seja a antiga rainha que criou o Vale Feérico; Farron me contou há muito tempo que um dos feitiços que ela lançou sobre a área foi o da linguagem universal. Sem isso, as palavras nesses livros não teriam sentido nenhum para mim.

— Dizem que a Rainha tinha uma simpatia especial pelos humanos — Farron me informou quando perguntei sobre isso. — Ela queria ter certeza de que eles poderiam se desenvolver no Vale Feérico.

— Então, posso entender qualquer idioma feérico enquanto eu estiver aqui?

— A maioria — ele respondeu. — Alguns dialetos foram criados depois que ela lançou o feitiço. A Primavera tem uma língua específica que é falada nos monastérios. Às vezes, Ezryn xinga nesse idioma quando está muito bravo, e não tenho ideia do que ele diz.

Quando ouvi isso, engoli o riso lembrando como testemunhei um momento desse no mundo humano. Queria saber o que ele disse.

Agora examino cada título tentando encontrar um livro que ainda não li, mas não encontro nada.

— Não entendo — comento ao voltar à mesa que divido com Farron. — Todo mundo fala sobre os lendários pesquisadores do Outono e os feitiços geniais guardados em pergaminhos. Mas essa biblioteca é pequena. Não tem nem a metade do tamanho daquela em Castelárvore. Onde estão todos os livros? — Abro os braços.

Farron fica tenso, desvia o olhar da página e o volta para dentro dele, para um lugar distante onde não posso ir. Ele abre a boca, mas não emite nenhum som.

— Farron? — Toco seu ombro. — Tudo bem?

— Houve… um incêndio — ele sussurra. — A maior parte do conhecimento do Outono se perdeu.

— Ah, não. Sinto muito. — Um rubor envergonhado colore meu rosto. — Essa biblioteca é bem grande. Tenho certeza de que encontraremos respostas aqui. Só precisamos continuar procurando.

Farron suspira.

— Eu esperava que tivessem salvado alguma coisa que pudesse nos ajudar.

Estamos pesquisando coisas diferentes. Por mais urgente que seja a questão da geada, não posso esquecer a promessa de ajudar os príncipes. E depois de ver aqueles vínculos predestinados estranhos, enrolados, achei que poderia encontrar mais sentido se houvesse um texto sobre o lendário fogo-fátuo. Mas não tive sorte.

Farron, por outro lado, está revisando os livros de feitiços em busca de um encantamento que possa ajudar contra os espectros. A princesa Niamh enviou grupos bem-sucedidos com tochas e magia para eliminar parte das criaturas de gelo que invadem o território, mas enquanto não descobrimos a origem, outras continuam chegando.

Quando a geada chegar à capital, o Outono vai entrar em guerra com o Inverno.

E embora Farron seja um Alto Príncipe, ele não tem controle ou autoridade sobre seu povo como a princesa Niamh.

— Aqui tem um trecho sobre a Floresta da Brasa — digo, deslizando o dedo pela página de linhas finas. — Mas não diz nada sobre os fogos-fátuos.

— Talvez eles tenham nos mostrado tudo que precisamos saber. Dayton, Ez e eu somos quebrados por dentro, é isso.

— Não fale assim. — Seguro sua mão dele. — Não diga isso nunca.

Ele balança a cabeça e sorri.

— Sério, se tem alguém quebrado, esse alguém é Keldarion. Não consigo imaginar um dia ver meu vínculo predestinado na minha frente e não...

Meus olhos encontram o dele, e um raio parece cortar o ar entre nós.

— Não querer consumar o vínculo ali mesmo — concluo em voz baixa.

Farron respira fundo.

— Ele estaria livre. Tudo que tem que fazer é aceitar o vínculo predestinado.

O jeito como Farron está olhando para mim... É um olhar de puro sofrimento. Não sei por que, mas não consigo suportar isso. Abaixo a cabeça e finjo me concentrar na leitura.

— Kel me aceitou na cama dele há algumas noites e me mandou embora antes que alguma coisa real acontecesse. Ele prefere ver toda sua magia escoar e virar uma fera para sempre a aceitar o vínculo comigo.

— Keldarion é um idiota — Farron resmunga. Sem que eu percebesse, ele chegou mais perto e estamos lado a lado, olhando para nossos livros sem ler nada.

Eu sei, devia ficar de boca fechada, mas a rejeição me deixa em carne viva. Não consigo deixar de me lamentar.

ENTRE FOGO E ESPINHOS

— Não sei. Ele não é o único que não quer estar comigo.

Farron olha para mim através das longas mechas castanhas.

— Dayton me rejeitou na outra noite. — Não consigo parar: vomito palavras. Elas saem de mim em uma torrente patética e ridícula. — Você entende como me sinto? Ele fica com qualquer pessoa que encontra, mas diz não para mim. E sim, aconteceu porque, sem querer, falei o nome de Kel, mas não *desse jeito*. Eu só estava pensando em Kel, mas não porque fingia que Dayton era ele.

Farron está me encarando de olhos arregalados, com as sobrancelhas erguidas.

Não consigo evitar. A verborragia continua..

— Pensei que soubesse qual era minha situação com Dayton, mas agora não tenho certeza. E falando na minha situação com as pessoas, há um mês Ezryn e eu... Bem, não sei exatamente o que fizemos. Mas foi uma coisa. Uma *coisa*, entende? Só que ele voltou a agir como se eu fosse uma pária para quem ele não suporta olhar! Honestamente, eu devia agradecer pelas atitudes de Keldarion, porque pelo menos sei que ele me odeia. A dúvida... essa é a parte mais difícil.

Farron pisca uma vez, duas, depois balança a cabeça. Ele ri sem humor.

— É, eu sei — resmunga. — A dúvida é a parte mais difícil.

Depois fecha o livro e se levanta.

— Farron? Falei algo que o magoou?

Ele me dá as costas, e vejo seus ombros encurvados.

— Não, Rosa. Sou eu. Estou pensando em todas as coisas que deveria ter feito diferente. — Ele olha para trás. — Eu devia mesmo ter decidido antes nas termas quentes, não é?

— Do que está falando? — Eu me aproximo dele e seguro sua mão.

— Dayton, Ezryn, Kel... Eles tiveram coragem de agir de acordo com os sentimentos uma vez, pelo menos, e nunca vão ter que conviver com esse arrependimento. — Farron olha para o teto, um mural de relevo dourado retratando nuvens ao entardecer. — A maldição da Feiticeira está certa outra vez.

Balanço a cabeça, muito confusa.

— Farron?

Ele fecha os olhos e suspira profundamente.

— Venha comigo. — Ele me puxa para a porta. — Vou mostrar a você por que fui amaldiçoado.

Farron

— Estamos quase chegando — aviso.

Saímos da fortaleza e entramos em um pequeno bosque. Rosalina está quieta, e sou grato por sua paciência.

Ela é paciente demais. Você demorou muito, Farron. Fecho os olhos ao pensar nisso. Não foi ciúme que me motivou mais cedo na biblioteca, não no sentido tradicional, pelo menos. Os afetos de Rosalina pelos outros príncipes são compreensíveis e reconfortantes — embora ela lamente as rejeições. O que sinto é raiva de mim mesmo.

Quantas vezes estive com ela, louco para abraçá-la, colar os lábios nos dela e sussurrar meu anseio? Cada momento que passamos juntos ficou gravado em minha mente, todas as vezes que poderia ter anunciado que ela não é só uma companhia para mim, mas o foco absoluto do meu afeto.

Em vez disso, hesitei. Eu me contive.

— Ainda não vai me dizer para onde estamos indo? — ela pergunta.

Respiro fundo.

— Para a primeira livraria do Condado do Cobre.

— Ah! — Rosalina vibra de entusiasmo. — Onde é isso?

— Ela foi tratada como um local sagrado construído nos limites da Fortaleza Coração do Carvalho. Talvez a tenha visto do seu quarto, apesar de terem plantado um bosque em torno dela depois do incêndio para esconder as ruínas.

Passamos entre árvores muito próximas e chegamos a uma clareira banhada de sol.

— Bem-vinda ao Grande Scriptorium do Amieiro — digo. — Ou o que restou dele.

Os restos de uma estrutura que um dia foi grandiosa ocupam a clareira diante de nós. O fogo reduziu as paredes externas a destroços queimados, deixando apenas alguns pilares e arcos em pé. O telhado desmoronou por completo, e agora é uma confusão envergada de vigas de madeira e cinzas. Através das árvores tortas, consigo ver as torres da fortaleza, inclusive a varanda conectada aos nossos aposentos.

Apesar da destruição, ainda consigo identificar restos de inscrições complicadas nos pilares que sobreviveram. Fragmentos de vitrais forram o chão. Os tesouros ali guardados — os livros e as páginas — viraram cinzas há muito tempo.

Rosalina caminha com cuidado em direção aos destroços. Parece deslocada, muita beleza para uma devastação tão grande.

Não sei por que minha mãe nunca pediu a remoção dessas ruínas. Talvez queira deixá-las onde estão como um lembrete para mim.

Há uma árvore grande no meio dos escombros, um amieiro, cujo tronco é um pilar sólido que sobe em direção ao céu azul. A copa da árvore tem as cores do fogo, as folhas se transformaram em uma tapeçaria em tons de dourado, laranja e vermelho que brilham à luz do sol.

Seguro a mão de Rosalina e entro nas ruínas queimadas. Posso praticamente vê-la tomando forma à minha volta: a velha entrada tão familiar, o cheiro de livros e tinta. Um santuário.

Minha bota range sobre os destroços queimados.

— Eu passava o tempo todo aqui. Se você pudesse ter visto, Rosa. O teto era tão alto que parecia se misturar com o céu. As estantes de livros se moviam, e você só precisava mudar seus pensamentos para encontrar a prateleira certa à sua frente. Este lugar era o lar de escritores e visionários, filósofos e estrategistas.

Rosalina toca o que um dia pode ter sido a capa de couro de um tomo. Seus dedos ficam pretos.

— Havia mais conhecimento aqui do que em Castelárvore?

— Sim. — Eu giro, e imagens ganham vida: estantes douradas, debates políticos, as engrenagens barulhentas de uma prensa de impressão. — Mas havia mais que histórias ou feitiços. Grande parte da nossa cultura estava registrada aqui, e de civilizações de um passado muito distante. Contos do mundo Superior, um lugar tão antigo que só a Rainha o conheceu.

Rosalina olha para o céu. Estende a mão para o alto.

— O mundo Superior...

Meus olhos encontram o velho amieiro.

— E o Scriptorium guardava muitos grimórios raros.

— O que é um grimório?

— Um livro de feitiços. Mas não o tipo comum, aquele que escrevemos em pergaminho e compartilhamos com os outros. Os feitiços registrados em um grimório são... mais avançados.

Ela segura meu braço.

— Pode haver em um deles um feitiço capaz de dissipar a geada?

— É possível. Mas se existia, agora virou cinzas, provavelmente.

— Farron, como a biblioteca pegou fogo?

Meu peito fica apertado, e não sou capaz de encará-la. Todos no Outono conhecem essa história. Os outros príncipes também. Mas contá-la para Rosalina...

Ela segura meu queixo e me obriga a encará-la. Vejo em seu rosto o mais suave dos sorrisos.

— A culpa é minha — revelo. — Deixei a biblioteca ser consumida pelo fogo. — Rosalina abre a boca para responder, mas a interrompo antes que possa dizer alguma coisa. — Já contei que minha mãe era a Alta Princesa antes de mim. Ela se cansou da posição e decidiu passar o título adiante. Perguntou se eu estava preparado. Respondi que sim, não por querer ou por pensar que seria um bom líder, mas porque não queria desapontá-la.

Balanço a cabeça e dou mais alguns passos para o interior das ruínas.

— Odiei a responsabilidade, a pressão. Todo mundo sempre precisava de mim para resolver alguma coisa. Como eu poderia comandar o reino se não era capaz nem de dizer a verdade à minha mãe? — Olho para cima, para o sol, até meus olhos arderem.

Rosalina se mantém em silêncio, mas chega mais perto.

— As coisas só pioraram durante a Guerra dos Espinhos. Eu era o Alto Príncipe em um tempo de guerra. — Seguro sua mão e afago. — É difícil descrever os horrores promovidos pelo Inferior. As escolhas que tinham que ser feitas.

— Não consigo imaginar — ela sussurra. — O que você fez?

Minha risada é amarga.

— O que fiz? Eu me escondi. Todos os dias. Vinha para o Scriptorium e deixava minha mãe tomar as decisões difíceis. As que custavam algumas vidas para salvar outras. Mas ela havia passado sua magia para mim, e sem a Bênção de Outono, era cada vez mais difícil comandar o reino.

Rosalina faz uma careta.

— Entendo como é sentir medo. Não conseguir agir, apesar de todo seu ser gritar para você fazer alguma coisa, *qualquer coisa*. Eu... ainda estou me esforçando para superar isso.

— Rosalina — falo em voz baixa, e acaricio a pele onde antes estava a cicatriz —, você se ofereceu para ser prisioneira dos feéricos para salvar seu pai. Não é nenhuma covarde.

Alguma coisa se altera em sua expressão, mas ela balança a cabeça e olha para mim.

— A biblioteca…

— O Condado do Cobre foi atacado por um exército de goblins e outras criaturas do Inferior. Eles não queriam impor termos de rendição, foi só uma pilhagem pura e simples. — Consigo ver e ouvir tudo em pensamento: os gritos, o fogo, as sombras escuras se arrastando pela noite. — Minha mãe reuniu as forças, mas não foi suficiente. Ela precisava da magia da Bênção do Outono. — As palavras rasgam minha garganta. — Ela precisava de mim.

— Onde você estava, Farron?

— Aqui! — Toda energia me abandona, e me sento na fuligem. — Quando vi o ataque, corri. Minha mãe precisava de mim nas linhas de frente para proteger o povo, porém fugi para o único lugar que sempre pensei ser seguro. Mas o negócio de ser Alto Príncipe é que a magia sempre vai junto com você. E aquelas criaturas sentem o cheiro da magia de longe. Elas sabiam que eu estava escondido. — Farpas de madeira queimada rangem sob meus dedos. — E tentaram usar a fumaça para me fazer sair do esconderijo.

— Ah. — Rosalina se ajoelha e senta ao meu lado. — Eles incendiaram a biblioteca.

— Cada texto de conhecimento insubstituível, cada mapa de terras agora perdidas, cada obra de arte preciosa… tudo desapareceu.

— Mas você sobreviveu. E você é mais importante que tudo isso. — Ela me segura pelos ombros e olha em volta. — Como resistiu ao fogo?

Fico em pé e dou a volta no enorme amieiro, andando com as pernas trêmulas. Folhas sussurram no vento, carregando uma magia que sei que só eu posso sentir. A árvore não foi afetada por nenhum dano, as raízes continuam fincadas no chão entre as ruínas.

Há uma imagem entalhada no tronco, o contorno da cabeça de um carneiro: um símbolo da família real. Ponho a mão em cima dela, e luz dourada se espalha pelo entalhe.

O tronco cintila, desaparece e dá lugar a um portal luminoso.

Rosalina sufoca um grito, e seguro sua mão, puxando-a comigo para dentro da árvore. Entramos em uma sala de iluminação suave, cheia de velhas prateleiras e livros ainda mais velhos.

— Uma biblioteca secreta? — Rosalina pergunta.

— A Rainha plantou o amieiro quando criou o Reino do Outono. Ele é encantado para que só a família real possa entrar. É guardado por um feitiço de proteção muito antigo, por isso não foi afetado pelo incêndio. Fiquei aqui durante horas, mas conseguia ouvir o fogo queimando, as paredes desabando à minha volta. Os goblins rindo.

Rosalina olha para um espaço entre as estantes. Ela sabe que foi ali que me encolhi e tampei os ouvidos, ouvindo a destruição de meu reino sem fazer nada para impedi-la? As lembranças continuam voltando, indesejadas e irrefreáveis. Tento expulsá-las, mas elas voltam, uma após a outra. Cada sentimento é como um peso esmagando meu peito, me sufocando. *Covarde, covarde, covarde.*

Meu coração dispara, e só quero sair deste espaço apertado, mas minhas pernas esqueceram como trabalhar. Recuo arrastando os pés, bato em uma estante. Meus olhos estão muito abertos, mas não enxergam nada, e penso que meus pulmões podem explodir do peito...

— Farron, está tudo bem. Estou aqui. Estamos seguros agora. Nada disso vai acontecer de novo, entendeu? — As mãos de Rosalina tocam meu rosto, e ela me faz sentar. — Vamos respirar juntos. Respire fundo, segure o ar o quanto aguentar, depois solte.

Fecho os olhos e me concentro em sua voz, me deixando guiar. Finalmente, paro de sentir que meu coração vai explodir do peito e abro os olhos.

Ela está bem na minha frente, sorrindo.

— Ainda está aqui. Mesmo sabendo a verdade sobre mim.

— Ai, Farron — ela sussurra. — Você me resgatou no meu pior momento. É isso que fazemos. Ficamos juntos.

Eu me apoio no peito dela.

— Agora entende por que minha mãe não confia em mim? Por que as pessoas não acreditam em mim? — Minha voz treme. — Por que não vou conseguir deter esse inverno?

Ela me faz ficar em pé e põe as mãos na cintura.

— Você não está sozinho, Farron. Tem três outros Altos Príncipes e uma humana para o ajudar. Além do mais — ela gira e olha para o tronco gigantesco —, pense nesta árvore. Ela prospera na adversidade, ainda cresce em meio à destruição. Você tem a mesma resiliência. — Seus olhos brilham, determinados. — Floresce em meio às cinzas.

— Queria ter seu otimismo.

Ela olha para as estantes.

— O que são todos esses livros? Deviam ser importantes, se foram mantidos dentro da árvore.

— Depois do incêndio, os livros mais preciosos mantidos na Fortaleza Coração do Carvalho foram trazidos para cá por segurança. Histórias de família, diários de antigos governantes, esse tipo de coisa. Mas a maioria foi mantida escondida por um bom motivo. Existem conhecimentos que não devem ser acessados, porque as recompensas são incertas.

— Está falando sobre esses livros do mal?

— Grimórios — corrijo —, cheios de feitiços pervertidos e obscuros. Infelizmente, não vamos encontrar nenhuma ajuda aqui.

— Mas pode haver alguma coisa…

Meu coração dispara, e puxo o colarinho da túnica.

— Rosalina, já me meti com magia obscura o suficiente. Se fizer alguma coisa errada com um desses feitiços, ele pode piorar tudo.

Rosalina desliza um dedo pelo dorso de um dos livros.

— Os goblins que atacaram a biblioteca… Caspian os mandou?

— Talvez. Naquela altura, ele havia traído Kel e se juntado completamente às forças do Inferior. Mas acho mais provável que tenha sido Sira.

— Sira?

Minha garganta se contrai só por pronunciar o nome.

— Sim. Alguém de quem até Caspian tem medo.

Antes que eu possa contar mais sobre a Rainha do Inferior, Rosalina se apoia em uma estante, e noto seus ombros tremendo.

— Rosa? Qual é o problema?

— Tenho escondido um segredo de todo mundo. Acho que tenho medo da resposta.

— O quê?

Seus olhos castanhos brilham quando ela se vira para mim.

— Posso ouvi-lo na minha cabeça. Caspian. Ele fala *dentro* de mim.

Quase dou risada. É uma ideia impossível. Mas o medo em sua expressão me faz conter o riso. Rosa está falando sério.

— Quando isso começou?

— No Baile do Solstício.

Sinto o frio se espalhar por meu corpo. Já li sobre conversas telepáticas, Li sobre elas quando estávamos pesquisando… Não. Balanço a cabeça, me recuso a considerar esse pensamento. Deve ser mais um truque dele, outra semente de sua magia suja.

Massageio a região entre os olhos, tomando cuidado para manter a expressão neutra. Não quero preocupar Rosalina antes de pesquisar mais a fundo.

— Tem muita coisa que não sabemos, especialmente sobre o Inferior. Tenho certeza de que existe algum tipo de motivo para isso. Mas... eu não contaria a Kel.

— Caspian fez alguma coisa terrível com ele, não foi?

Suspiro.

— Você nem imagina.

Sua voz recupera a energia, e ela sorri, apesar de estar sofrendo com isso.

— Talvez um dia ele confie em mim o suficiente para me dizer por quê.

Seguro sua mão e a levo para fora da árvore, para a luz do sol. As árvores farfalham canções antigas para as quais os feéricos não têm mais palavras.

— Espero que sim.

— Talvez eu esteja errada, mas no jantar no mês passado, tive a impressão de que havia uma história entre vocês cinco. Quase como se um dia tivessem sido todos... amigos.

Toco a gargantilha de espinhos no meu pescoço. Odeio essa coisa medonha, mas Caspian cumpriu a promessa. O colar controlou minha fera todas as noites e manteve em segurança todos que amo.

— Todos nós aprendemos do jeito mais difícil que não é possível ter uma amizade verdadeira com alguém do Inferior. Eles não são como nós, Rosa. Enxergam o mundo como algo a ser conquistado.

Seu olhar está distante, perdido em algum lugar em meio à fuligem e às cinzas no chão.

— Não sei. Às vezes, tenho a sensação de que ele é realmente sozinho.

— Acredite em mim. Mesmo que Caspian quisesse abandonar o Inferior, ele não poderia. — Ela abre a boca para me pressionar, mas não suporto mais pensar em Caspian, em seus goblins saqueando nossos vilarejos, em seus espinhos drenando Castelárvore. Drenando a mim. Digo depressa: — Ei, quase esqueci. Tenho uma coisa para você.

Pego o pingente de rosa de pedra-da-lua que está no meu bolso.

— Ah, poxa! — Ela o pega da minha mão e segura contra o sol até ele brilhar como um prisma.

— Você conseguiu! Consertou mesmo o pingente!

— Sou muito bom com as mãos — murmuro, e sinto o rosto esquentar de repente.

Ela me devolve o colar e se vira de costas, movendo a trança para um lado. Deixo o pingente cair sobre seu peito e o fecho devagar, saboreando a beleza do pescoço longo, o cheiro de rosas cada vez que ela balança o cabelo.

— Sabe, esse é o emblema da Rainha.

— O quê?

— A rosa. — Toco a pedra com a ponta do dedo. — Como seu pai conseguiu isso?

— Era da minha mãe. Ela era antropóloga, e ele, arqueólogo. Trabalharam juntos em vários sítios diferentes. Aposto que ela encontrou o colar em uma dessas expedições.

— É um estranho milagre você poder usá-lo.

— Bem, talvez tenha mais em nós do que reconhecemos.

— Espero que esteja certa.

Saímos da área das ruínas. Esperava me sentir mais leve depois de contar tudo para ela, mas isso só serviu para me lembrar do covarde que governa o Reino do Outono.

Rosalina olha para trás.

— Sabe, meu pai fez várias escavações para recuperar artefatos de sítios queimados. Ele pode encontrar alguma coisa que valha a pena salvar.

— Ele pode olhar, se quiser, mas acho que é uma causa perdida. — Fecho os olhos. — Os feitiços que poderiam deter essa geada estão perdidos.

Abro os olhos quando sinto o toque suave em meu rosto.

— O fogo pode ter destruído o passado, mas é o que vai salvar o futuro. Só precisamos ter a coragem necessária para descobri-lo.

A luz passa entre as árvores, criando pontos de claridade e sombra em sua pele. Ela é muito bonita. Vejo o sol desenhar reflexos em seu cabelo, nos longos cílios escuros quando ela baixa o olhar. Expus meus recantos mais machucados, e ela não fugiu. Só se aproximou mais…

Queria poder dizer que ela está certa, que não tenho mais medo. Queria poder abraçá-la e beijá-la. Quero conhecê-la como conheço meus livros favoritos, ler Rosalina de uma capa à outra e saborear cada frase, aprender cada segredo entre as linhas de sua vida. Queria poder descobrir todas as maneiras de amar alguém como ela.

Mas ela é a predestinada de Kel, e meu vínculo é uma bagunça toda emaranhada dentro de mim. Não temos futuro.

E se tivermos, é um futuro que vai acabar em sofrimento e coração partido para nós dois.

Keldarion

— À sua esquerda — resmungo, e descrevo um arco com a espada justamente quando Ez escorrega pelo chão coberto de gelo. A lâmina afunda no ombro de um espectro invernal, cujo rosto é uma máscara aterrorizante de ossos congelados e pele gangrenada pelo frio. Seguro seu crânio com a mão e uma chama azul ilumina minha palma. A criatura guincha quando sua carne derrete ao meu contato.

A chuva pinga barulhenta na armadura de Ezryn quando suas botas esmagam a lama.

— Atrás de você! — ele grita, e me viro, quase sem tempo para levantar a espada e deter as garras cortantes de outro cadáver congelado.

A assombração horrenda grita e cai, e vejo a queimadura feroz de um machado recoberto de óleo arremessado contra suas costas. Aceno para Ez com a cabeça, e ele se volta para outras quatro aberrações.

Nós dois fomos a Ambardon, uma área de muitas colinas roxas, procurar mais espectros de inverno. Seguindo uma trilha gelada, encontramos mais do que esperávamos. Um batalhão inteiro cambaleando pelas terras de pastagem, deixando um rastro de frio a cada passo.

Perdemos nossas montarias entre o décimo segundo e o décimo terceiro espectro que matamos. Sinto meu poder enfraquecendo. E Ezryn arfa a cada golpe de sua espada flamejante coberta de óleo, não de magia. A chuva torrencial não ajuda em nada.

Mais assombrações vêm em nossa direção, e vejo em seus olhos mortos uma intenção excessiva para criaturas de gelo e decomposição.

— De onde vocês vêm, desgraçados? — eu os desafio. Fui patrulhar a fronteira entre o Outono e o Inverno há poucos dias, mas o relatório de Perth não mentiu. Nenhum vilarejo da fronteira do Inverno foi atacado pela geada.

Ezryn corre ao meu lado, mas escorrega na grama gelada.

— Ez! — grito quando ele cai e rola pela encosta coberta de gelo. Ele chega à base da colina e se senta ajeitando o capacete. Mas a espada de fogo se apagou na queda. Com um rugido, dou as costas para as assombrações na minha frente e corro até ele.

Mas há criaturas rastejantes no chão, subindo em suas pernas cobertas de metal. Ez se move com desespero, pega um frasco de óleo e despeja sobre a lâmina, depois tenta riscar um fósforo. A água escorre de dentro do capacete. A faísca aparece e morre, aparece e morre.

Por que não aprendeu a magia?, penso. *Desgraçado teimoso.*

Ele não consegue acender o fósforo, e um espectro que se move com uma velocidade assustadora corre para cima dele. Fragmentos de gelo brilham na ponta dos dedos que tentam tocar o capacete. Ez levanta a mão para deter a criatura...

Mas lanço uma órbita azul e flamejante sobre a cabeça da coisa. O projétil acerta o alvo, e a abominação berra, segurando o rosto em chamas.

Derrapo no gelo até Ez e o ajudo a se levantar. Ficamos de costas um para o outro, presos em um vale entre duas colinas geladas com mais espectros aparecendo dos dois lados.

— Obrigado pelo socorro — diz Ez.

— Só ganhei um pouco mais de tempo para você.

Levantamos a espada na posição de defesa, nos movendo com a sincronicidade que só duas pessoas que lutaram juntas em centenas de batalhas podem alcançar.

— Eu ataco a colina a leste, você cuida da oeste? — ele propõe.

— E vamos torcer para Farron encontrar nossos cadáveres congelados — respondo.

Uma estranha melancolia me invade. Ezryn e eu estivemos em inúmeras situações impossíveis antes. Fomos minoria contra feéricos, goblins, monstruosidades tão cruéis que nem me atrevo mais a pensar nelas.

Mas enfrentar esses espectros descendo as colinas em hordas... Pela primeira vez, o medo ameaça brotar em meu peito.

Um medo tão forte que me pergunto se Rosalina é capaz de senti-lo.

Não vou me permitir cair aqui, de jeito nenhum. Não quando ainda tenho o dever de protegê-la. Nem naquelas noites cercado por meus irmãos e nos braços quentes de Rosa, nunca me permiti adormecer antes dela.

Sei que desperto nela um sentimento de solidão. Mas só assim consigo blindá-la de verdade.

Mas até eu tenho meus limites. Olho para Ezryn. Há muitas coisas que eu deveria ter dito. Estamos no Reino do Outono há dois meses; tive tempo de sobra.

Mas ainda tenho uma chance de fazer ao menos uma coisa certa.

O corpo de Ezryn fica tenso contra o meu, e sei que ele está se preparando para atacar.

— Ez, sinto mu...

Um guincho rasga o ar, não de um espectro, mas de um animal. Um grito muito agudo. Depois, flechas com a ponta em chamas chovem à nossa volta.

Uma assombração cai, depois outra. Olho para o céu. As gigantescas asas brancas de uma coruja aparecem entre as nuvens. Sobre a criatura, uma patrulheira feérica vestida com peles azuis espia por entre as penas com o arco nas mãos. Ela dispara outra flecha de fogo.

Um estrondo retumbante precede o tremor do solo.

A silhueta sombria de uma cavalaria aparece no alto da colina e desce para o vale, vindo em nossa direção. Eles cavalgam criaturas variadas, e meu coração dispara com a antecipação. Renas abrem o cortejo com os chifres apontados para o alto, e a retaguarda é protegida por ursos-polares pesados e desajeitados. Raposas brancas imensas avançam com facilidade, saindo da formação e voltando a ela. E liderando a tropa, um alce gigantesco desce a colina com elegância e poder sobre as pernas poderosas.

Sobre cada um desses seres existe um soldado feérico vestido com o uniforme azul-safira do Inverno.

Os soldados investem contra os espectros, distraindo-os com lâminas e lanças e os envolvendo em um círculo cada vez menor. Lá do alto, a patrulheira sobre a coruja branca dispara flechas em chamas contra os invasores de gelo. Um cavaleiro sobre um urso-polar arremessa um frasco contra o grupo de espectros dentro do círculo, e um fogo azul explode em volta deles. Não sei o que fizeram com suas armas, mas serviu para tornar o fogo imune à chuva que cai sem parar.

Ezryn e eu continuamos de costas um para o outro.

— São os Cavaleiros Kryodianos — murmuro.

Farron

Não via uma tempestade como essa há anos. As nuvens pesadas pairam baixas sobre o território do reino, acendendo com os raios. Rosalina está sentada na minha frente sobre meu grande alce, Thrand. Amalthea, a égua branca de Rosalina, se assustou com um trovão e agora trota atrás de nós presa pela rédea.

— Isso foi muito rápido — Rosalina fala alto em meio ao vento.

Quando saímos hoje de manhã, o céu estava limpo, daquela cor azul-acinzentada que só vi neste reino. Rosalina e eu partimos para um vilarejo congelado pelos espectros.

Kel não se importou com a notícia de que Rosalina e eu viajaríamos sozinhos. *Ele confia em mim*, concluo. *Acredita que minha magia é suficiente para proteger sua predestinada.* Um calor desabrocha em meu peito.

Com a Bênção do Outono, sou o único com força suficiente para descongelar um vilarejo inteiro sozinho. Com o restante de nossas forças reduzidas e enfraquecidas, assumo sozinho essas missões. A viagem ao vilarejo hoje ocupou boa parte da manhã, mas ver o alívio no rosto dos cidadãos compensou o esforço.

Por mais gratos que os moradores tenham ficado por minha magia e presença, foi Rosalina quem os confortou de fato. Havia um sentimento de harmonia em como ela distribuiu suprimentos, uma confiança e um consolo em suas palavras que não soavam forçadas, mas sinceramente otimistas. Usei minhas chamas para derreter o gelo, mas ela acendeu o brilho nos olhos daquelas pessoas.

O brilho da esperança.

É a confiança que ela tem em todos nós para resolver isso, penso. *Sua confiança em mim.*

Confiança que tenho tido dificuldade para encontrar, ultimamente.

— O clima aqui é sensível. A tempestade não vai durar muito, provavelmente. — Sigo em frente conduzindo a montaria. Os cascos do alce espalham lama. O vento ataca meu rosto, e minhas roupas estão encharcadas.

E não só as minhas. A túnica bege de Rosalina está ensopada, e consigo ver o contorno escuro de seus mamilos através do tecido fino. Meus pensamentos são incontroláveis, dominados pela necessidade. Quero virá-la e capturar seu seio com a boca, com tecido e tudo, e chupar até ela se contorcer.

O alce começa a subir uma encosta rochosa, e a alteração na gravidade empurra Rosa contra mim. A calça de montaria não esconde meu pau inchado roçando em seu traseiro.

— Ah... — Rosalina suspira, e tenho a impressão de que ela está tentando decidir se deve se afastar. Ela levanta uma das mãos. — Tem beleza em uma tempestade, não acha? Alguma coisa selvagem e desinibida.

— Perigosa, você quer dizer.

— Ah, é só assim que ela é percebida? Tempestades renovam ecossistemas, enriquecem o solo e ajudam a prevenir incêndios. A calamidade de uma tempestade cura. — Ela se encosta em mim, aproxima ainda mais o corpo da minha ereção. — Imagine ser assim: selvagem e destemida, nem que seja só enquanto a chuva cai.

— Um relâmpago — murmuro, movendo as mãos para enlaçar seu corpo. — Um raio, e acabou.

— Mas que raio poderia ser. — A voz dela é baixa, faminta.

Sei o que ela está fazendo. Esses momentos só nossos me fizeram duvidar de quando me neguei a tocá-la nas termas quentes, ou de quando não consegui beijá-la na biblioteca queimada.

Meu cérebro lógico sabe que fiz as escolhas certas.

Mas enquanto a chuva cai...

— Segure aqui por um momento. — Entrego as rédeas para ela. Thrand é tão bem adestrado que não precisa de muita condução, e Amalthea o segue obediente. — Preciso me alongar.

Abro as mãos sobre a barriga de Rosa. Ela apoia a cabeça em meu peito, admirando o cenário. As árvores vermelhas e douradas se dobram e estalam, os galhos dançam impulsionados pela ventania. Explosões de luz clareiam o céu escuro do meio-dia.

— Está com frio?

— Não muito — responde Rosalina, mas o arrepio me diz o contrário.

Massageio seus braços. *Só para mantê-la aquecida*, digo a mim mesmo. Mas quando meus dedos tocam o lado de um seio, nós dois produzimos um gemido angustiado. Estamos fazendo um jogo, mas sabemos qual é a verdade. Eu a quero. Ela me quer.

— Por favor, me toque — Rosalina pede, hesitante.

Faz meses que ela tenta me mostrar o que sente. Seu coração está disponível para mim.

O problema é que sei que não vou querer devolvê-lo.

Apoio a cabeça na curva de seu pescoço, e meu cabelo molhado e bagunçado cai para a frente quando desisto de exercer o controle. Passo as mãos sobre seu seio. O tecido molhado escorrega sob meus dedos, e Rosa geme baixinho quando acaricio os mamilos duros, sensíveis ao frio, sem dúvida.

— Queria poder tirar isso de você e lamber cada gota de chuva no seu corpo — sussurro.

— Farron. — Rosalina solta as rédeas sobre o colo e agarra minhas coxas.

A carícia me faz querer arrancar suas roupas e possuir seu corpo em cima desse alce. Movo os lábios em seu pescoço.

— Tem certeza de que está confortável com isso? — ela murmura. Conhece minhas hesitações.

Mas não me importo com nada.

— Só estou tentando te manter aquecida — respondo.

Lentamente, deixo as mãos escorregarem para baixo do tecido. Sua pele é sedosa. Ela se contorce quando massageio a carne macia. Arqueia o quadril, e no confinamento molhado da calça, meu pau fica dolorosamente ereto.

Não posso deixar de imaginar como seria quente e glorioso enfiá-lo todinho dentro dela. Ezryn não a tocou desse jeito. Fiquei surpreso por saber que Dayton também não. Nem a porra do predestinado quis saber de se apossar dela.

Essa boceta está implorando para ser fodida, e o cheiro de sua excitação quase me consome.

— Fare. — A palavra é uma súplica. — Mais, por favor. Se puder.

Eu lhe daria o mundo inteiro, se pudesse. Minha mão desce da barriga para sua calça. Igualmente molhada. Esfrego o tecido liso com suavidade. Um choramingo aflito escapa de seus lábios, e respondo com um grunhido enquanto afago seu seio. *Ela precisa ser fodida.*

— Isso — ela murmura. Mas está tremendo em meus braços, e não é de prazer.

— Rosa, você está congelando.

— Não, e... eu es... estou be... bem. — Mas não consegue banir o tremor da voz. Às vezes esqueço que ela é humana, que suas necessidades são diferentes das nossas.

Pisco e tento encontrar um ponto de referência em meio à cortina de chuva. Pego as rédeas de Thrand e altero ligeiramente nosso curso para descer até um pequeno vale.

— Tem uma taverna — explico. — Podemos esperar a tempestade passar, depois voltamos para o Condado do Cobre.

Rosa assente. Thrand avança com cuidado colina abaixo, e ajeito a camisa de Rosalina para cobri-la como é apropriado. O brilho alaranjado das luzes da taverna atravessa a névoa, uma luminosidade que me faz lembrar dos fogos-fátuos que vimos.

Os fogos-fátuos que me mostraram que meu vínculo é uma tremenda confusão toda emaranhada. Não é surpreendente, na verdade. Eu sempre soube que havia alguma coisa destruída dentro de mim. Nossas pesquisas ainda não trouxeram respostas para isso, mas sei que Rosa não vai parar de procurar.

O cheiro da fumaça de lenha que brota de uma chaminé se mistura ao da terra molhada. Deixamos o cavalo de Rosalina em um estábulo ao lado da taverna, enquanto Thrand, que prefere a liberdade, se dirige sem pressa para o abrigo de um bosque. Ele vai voltar quando ouvir meu assobio, na hora de partir.

A taverna situada entre cidades à beira da estrada para o Condado do Cobre atende viajantes. É uma sólida estrutura de madeira com telhado de sapé e uma porta grande e acolhedora pintada de amarelo. As janelas são iluminadas pelo brilho de velas, e consigo ouvir gargalhadas ruidosas e o tilintar de copos lá dentro. A placa com o nome do estabelecimento, o BARDO ERRANTE, balança ao vento sobre a entrada, rangendo alto.

Uma nuvem de ar quente nos envolve quando entramos. O lugar está cheio e é pouco iluminado, e tem mesas rústicas de madeira e bancos espalhados de maneira caótica por todo o espaço. Um fogo crepita na lareira, projetando sombras nas paredes.

A dona da taverna, uma mulher forte e séria, nos recebe.

— Não sobrou muito espaço. Muita gente vem para cá fugindo da geada. — Ela me encara com mais atenção. — Príncipe Farron?

Fico vermelho e sinto a repentina atenção direta de todos na taverna. Instintivamente, puxo Rosa para mais perto, embora sinta mais curiosidade que hostilidade nesses olhares.

ENTRE FOGO E ESPINHOS

— Não precisamos de um quarto, só de um lugar para nos secar e esperar a tempestade passar.

A proprietária franze a testa, e vejo a determinação em seu rosto. Um momento depois, ela nos conduz escada acima com os braços repletos de roupas secas, que tentamos dispensar com insistência alegando que não precisamos delas. Mas ela não aceitava um "não" como resposta.

— Tenho um pouco de água quente — ela diz ao parar diante de uma porta marrom e simples. — Fiquem pelo tempo que for necessário.

— Só precisamos esperar o fim da tempestade — Rosalina repete. — Temos que voltar ao Condado do Cobre antes do anoitecer.

Meu coração fica apertado. É claro que precisamos. E não é para esconder meu lobo. Hoje é noite de lua cheia, a única noite no mês em que a fera não tem domínio sobre mim. Mas outra criatura tem. Sem perceber, puxo a coleira de espinhos no meu pescoço. Hoje à noite todos nós vamos cumprir o acordo que fiz com Caspian.

— Obrigada mais uma vez — agradece Rosalina, aceitando as roupas oferecidas pela taverneira.

— Não, eu que agradeço, lady Rosalina e príncipe Farron. — Ela sorri. — As notícias sobre o que vocês têm feito no reino já se espalharam. Não vamos deixar esta geada vencer.

Sorrio e agradeço antes de seguir Rosalina para dentro do quarto. Lá fora, o vento forte sacode as janelas lavadas pela chuva torrencial.

O calor da lareira acesa me envolve enquanto estudo o quarto simples. Tem uma cama cheia de travesseiros fofos. Mas é o objeto no meio do cômodo que chama minha atenção.

Uma banheira de madeira, de onde brota um vapor que se dissipa no ar.

Rosalina

O quarto tem uma cama e uma banheira. Eu estaria mentindo se dissesse que as duas coisas não me atraíam neste momento.

Lentamente, deixo as roupas que a mulher nos deu em cima da cama. Tem toalhas limpas sobre a colcha. Um rubor intenso tinge o rosto de Farron quando ele fecha a porta.

— Vou descer enquanto você toma um banho — ele declara. — Está tremendo de frio.

— Não seja ridículo. Não é como se não tivesse visto… — E ali está, exposta diante dos nossos olhos: a ocasião nas termas quentes, quando Dayton me satisfez e Farron assistiu a tudo… e se recusou a participar. — Basta virar de costas — sugiro.

Ele assente, e começo a tirar as roupas molhadas, sentindo os seios mais sensíveis onde ele os tocou. Vivo para estes momentos em que ele se liberta e *age*. Mas sei que não é justo pensar dessa maneira, não quando ele precisa encontrar seu amor predestinado.

Deixo escapar um suspiro quando mergulho um pé na água limpa. Arrepios percorrem minha pele fria quando entro na banheira.

— Como está a temperatura? — pergunta Farron.

— Perfeita. — Suspiro outra vez. — O barulho da chuva, um banho quente… Se alguém me der um bom livro e chocolate, isso vira um sonho.

Ele ri.

— Acho que deixamos nossos livros no alforje da Thea. Mas vou me lembrar do chocolate na próxima vez.

Deslizo a mão na água quente. Farron treme de frio perto da porta.

Saio da banheira lentamente.

— Foi incrível. Sua vez. Não quero deixar a água esfriar antes de você ter sua chance.

— Volte para o banho, Rosa. Estou bem.

Afundo de novo na água.

— E se eu virar para um lado, e você para o outro? Não vamos nem nos tocar.

A resposta dele é uma mistura de rosnado e gemido.

— Acho que não é uma boa ideia.

— Bom, é isso ou eu saio e você entra. Não posso ficar aqui vendo-o tremer.

Ele inclina a cabeça, e o cabelo castanho pinga água fria em suas costas.

— Tudo bem. Você olha para a cama.

Ouço o barulho de roupas molhadas caindo no chão e me ajeito de um lado da banheira, puxando os joelhos contra o peito.

A água quase transborda quando Farron entra. A banheira é profunda, mas não comprida o suficiente para acomodar uma mulher de quase um metro e oitenta e um príncipe feérico de um e noventa e alguma coisa. Ele se acomoda, e suas costas tocam as minhas. A pele está gelada.

Respiro fundo, resistindo ao impulso de me apoiar nele.

— A água está morna — diz Farron.

— Sim.

A chuva continua batucando na janela e, ao longe, um trovão retumba. Mas aqui dentro, o crepitar do fogo é confortável.

— Se fosse qualquer outra noite, este não seria um lugar ruim onde ficar — ele comenta.

— Só tem uma cama.

— Eu sei, Rosalina.

Afundo um pouco mais na água. O movimento faz minha coluna deslizar contra a dele. Pensar em seu corpo tão perto e nu… De pau duro? *Você me quer tanto quanto eu te quero?*

Escorrego a mão entre as pernas. Toco o feixe de nervos sensíveis e deixo escapar um gritinho abafado.

Farron fica tenso, e tiro de imediato as mãos da água.

— Não estava fazendo nada.

Ele ri.

— Quer que eu desembarace seu cabelo?

Hesitante, toco o ninho de rato na minha cabeça.

— Seria bom.

— Vou me virar. Você fica onde está.

A água respinga do lado de fora, e as mãos dele tocam meus ombros. Ele inclina minha cabeça para trás. Cruzo os braços sobre a barriga, enquanto Farron desembaraça meu cabelo delicadamente.

Olho para ele, para o rosto suave, as faces coradas da água quente, as sardas que cobrem seu nariz como uma constelação. Até o colar fino de espinhos em seu pescoço é encantador.

— Você é muito bonito, Fare — sussurro.

Os dedos param, mas tem um esboço de sorriso em seus lábios.

— Sente-se direito. — As mãos elegantes alisam meu cabelo, e ele começa a trançá-los.

— Uau, você é bom nisso.

— No Outono, a ideia de tecer ou unir coisas é muito importante — ele responde, movendo as mãos no meu cabelo.

— Essa ideia também é celebrada em muitos lugares no mundo humano — respondo. — Sou de um lugar no noroeste do Pacífico, e na costa do mar Salish as pessoas criam lindos tecidos de lã. E meu pai uma vez me falou sobre um antigo ritual celta chamado *handfasting*. Duas pessoas têm as mãos unidas por fitas para simbolizar a união de suas vidas. Um casamento.

— Seu mundo é bonito — afirma Farron. Ele abaixa a cabeça e sussurra alguma coisa que não consigo ouvir.

— Hum? — pergunto.

— Aqui, quando você trança o cabelo de alguém ou oferece um bracelete, ou outro objeto trançado, é costume imbuir à trança desejos positivos e bons pensamentos para a pessoa.

— O que está murmurando sobre mim?

Ele põe a trança sobre meu ombro.

— Isso é segredo.

Eu me viro na banheira, derrubando água fora dela até estarmos frente a frente.

— Você trança o cabelo de Dayton o tempo todo. O que imbui nessas tranças?

Ele sorri.

— Muitas coisas. Às vezes desejo que ele pare de ser um idiota. Mas na maior parte do tempo, falo do amor que sinto por ele e desejo que ele sinta a mesma coisa.

O ar fica preso em minha garganta. O jeito como Farron está olhando para mim é como se ele me dissesse a mesma coisa.

— Farron…

— Por que está segurando seus braços desse jeito?

— Ah... Não é uma posição muito atraente. Minha barriga fica toda dobrada.

Raiva surge no rosto de Farron, que segura minhas mãos e as afasta de mim.

— Fique em pé.

— Eu...

— Fique em pé, Rosalina — repete, e sua voz é um comando firme.

Mordo a boca e me levanto devagar, fico em pé diante dele na banheira. A água escorre pelas curvas do meu corpo.

— Você é absolutamente perfeita — ele afirma.

Não é só desejo, é reverência que vejo em seus olhos. Como se ele quisesse devorar até a minha essência — corpo, mente e alma.

Cada parte de mim clama por isso. Para uma fusão completa entre nós, tão completa que não vou saber onde ele acaba e eu começo.

— Posso me sentar agora?

— Não. Estou admirando a paisagem. — Farron sorri e se recosta na banheira, apoiando os braços nas laterais. O movimento e o ar de confiança são coisas que ele pode ter aprendido com nosso querido Príncipe do Verão.

Quando penso em Dayton, meu coração dói por ele em uma batida repentina e desesperada, e queria que ele estivesse aqui. *Não que ele queira alguma coisa comigo.*

— Sei que os outros me acham atraente — comento constrangida. — Kel não pode evitar, provavelmente, por causa do vínculo predestinado, mas quando me viu desse jeito, seu desejo foi intenso.

Farron lambe os lábios, mergulha a mão na água para se ajeitar. A ideia de meu predestinado me ver desse jeito o excita?

— Ezryn é o único que não me viu nua.

— Testemunhar sua nudez empurraria Ezryn para o ataque de ansiedade do século. Sinceramente, eu adoraria ver isso.

Então, Farron não gosta só da ideia de me ver com Kel, mas com Ezryn também. E apesar de não ter participado, acho que ele gostou de me ver com Dayton nas termas quentes.

— Ezryn já viu mulheres nuas antes.

— Não eram você. — Os olhos dele escurecem. — Você realmente não percebe o efeito que tem sobre eles? O efeito que tem sobre mim? Sente-se.

Obedeço, e agora estou mais perto dele, entre seus joelhos dobrados.

— Quem fez você pensar desse jeito sobre si mesma? — A voz dele se transforma, passa do flerte à seriedade, e os olhos buscam meu punho.

— Eu não queria admitir como Lucas era de verdade. Não conseguia enxergar o monstro por trás daquele sorriso. — Quando menciono esse nome, a temperatura da água cai.

Farron leva meu punho aos lábios.

— Ezryn curou a ferida, mas só você pode apagar a cicatriz. E algumas são mais profundas, vão além do nível da pele.

— Eu devia tê-lo deixado morrer. As coisas que ele disse quando tentei ajudá-lo... O jeito como tentou me agredir de novo...

Farron balança a cabeça.

— Bondade e empatia não são fraquezas, Rosalina. Essas coisas sempre vão prevalecer.

— Eu continuava repetindo os mesmos erros com ele. Pensava ter mudado no Vale Feérico, achava que tivesse aprendido tudo o que precisava saber sobre mim. Mas quando voltei para Orca Cove, não consegui nem recusar o pedido de noivado com firmeza. — Pensamentos que eu havia trancado na parte mais profunda da minha mente escapam. Mas compartilhar tudo isso com Farron não causa medo. Sei que ele não vai me julgar, por mais que me arrependa de minhas escolhas no passado. — Às vezes tenho ódio dela. Da garota que eu era. Às vezes, tenho receio de que ela seja tudo que conseguirei ser.

— Não existe um prazo para se curar, Rosalina. Você pode ser corajosa um dia e ter medo no dia seguinte. — Ele segura meu rosto, se inclina para chegar mais perto de mim na água quente. — Você está na sua jornada, e isso é tudo que importa.

— Vale para você também, Farron. Perdoe o garoto que tinha medo.

Os lábios dele tremem.

— Mas e se eu ainda for aquele garoto amedrontado?

Ponho a mão sobre a dele.

— E se eu odiar para sempre quem fui antes?

Ficamos assim por um instante que parece milhares de anos, e me vejo refletida nos olhos cor de âmbar. Nus e expostos diante do outro.

— Eu posso ser corajosa por você, Farron.

Ele encosta a testa na minha.

— E se eu puder amar você? Passado, presente e futuro? Cada parte de você, Rosalina?

Contenho um gemido e olho para ele. Mas antes que eu possa responder, ele puxa meu rosto e me beija.

ENTRE FOGO E ESPINHOS

51

Keldarion

— O que os Cavaleiros Kryodianos estão fazendo fora do Inverno? — pergunto.

Ez dá risada.

— Nem ligo. Só fico feliz pra caralho por vê-los. — Neste momento ele consegue riscar o fósforo, e sua lâmina coberta de óleo pega fogo, brilhando na chuva. Ele corre para a batalha com os Cavaleiros e logo decepa a cabeça de um espectro.

Sorrindo, corro atrás dele rugindo.

Em minutos, a área está limpa de espectros e os cadáveres congelados cobrem o chão. O fogo que lambe a área de pasto dizima a maior parte da geada destruidora. Removo a mão flamejante do monstro e me levanto, avaliando o entorno para garantir que não há mais nenhum espectro.

Ezryn se aproxima de mim com a espada livre do fogo.

— Acho que os...

Ouvimos um tropel retumbante, e a coruja branca pia novamente lá no alto. A cavalaria entra em formação, cercando Ezryn e a mim. Os patrulheiros empunham lanças, nos encurralando entre eles.

Um rugido se forma em minha garganta, mas encontro os olhos do líder do grupo sobre o alce gigantesco. Ele desmonta e remove o capacete prateado, revelando cabelos loiros e longos e uma barba densa.

— Eirik Vargsaxa — digo. — Não se lembra do Alto Príncipe que o nomeou capitão de sua cavalaria?

Os olhos azuis de Eirik brilham mais intensamente por um instante.

— Alteza. — Ele acena, e seus soldados baixam as armas. Em seguida, se curva sobre um joelho. — Não tinha certeza de que era você. Faz muito tempo que não vejo o Alto Príncipe do Inverno.

Estendo a mão para ajudá-lo a ficar em pé.

— Vejo que os Cavaleiros Kryodianos não perderam nenhuma de suas capacidades.

Eirik suspira profundamente.

— Desenvolvemos uma invencível capacidade de matar os espectros. Infelizmente, foi necessário.

— Explique-se, soldado. Por que está nas terras do Outono?

Eirik olha para seus subordinados, e vejo o sofrimento passar por seu rosto.

— Então... não sabe, Alteza?

— Não sei o quê? — pergunto preocupado.

— Fomos banidos, Alto Príncipe. Pelo vizir Quellos, pessoalmente.

Deve haver alguma confusão nisso. Quellos não me trairia. Ele serviu ao meu avô e ao meu pai com lealdade.

Ezryn se aproxima de mim e sinto a tensão em seu corpo. Ele sempre odiou meu vizir, e as estrelas sabem que Dayton e Farron não nutrem nenhum grande amor por ele. Senti até a apreensão de minha predestinada através do vínculo quando ela esteve perto dele.

Errei mais uma vez em minhas crenças e depositei minha confiança em quem não devia? *Pai, eu quis ser correto aos seus olhos. Quis tomar uma decisão com a qual você concordasse, finalmente. Por favor, diga que minha lealdade não foi traída outra vez.*

— Por que Quellos os baniria? — pergunto. — Os Kryodianos sempre foram leais ao trono.

— Aconteceu há quinze dias. Vários cavaleiros tomaram conhecimento desta geada mortal por intermédio de amigos e familiares no Outono. Quis mandar os Cavaleiros para investigar, mas Quellos disse que já tinha enviado seus soldados. E toda vez que retornavam, eles diziam que não havia perigo. — A fúria marca os traços de Eirik. — Mesmo sem permissão, fomos até a fronteira e encontramos dezenas desses monstros. Quando voltei à capital para confrontar o vizir, ele baniu toda a unidade por apologia à guerra.

Um urso-polar bate as patas imensas no chão e bufa. Respiro fundo, sentindo uma mistura de raiva e confusão.

— Quellos não pode tomar essas decisões. Por favor, voltem comigo ao Condado do Cobre. Alinhei minhas decisões às do Alto Príncipe do Outono para darmos um fim a essa destruição.

— Com todo respeito, Alteza — Eirik responde enquanto monta em seu alce —, fomos banidos do Inverno. Agora não servimos mais a um Alto

Príncipe. Buscamos por conta própria purgar a terra dessas monstruosidades. — Ele põe o capacete e acena com a cabeça em uma saudação solene. — Quellos traiu nossa lealdade. E o Protetor dos Reinos não se mostrou fiel ao povo do Inverno. Portanto, seguiremos independentes. — Ele vira a montaria e olha para mim. — Desejo tudo de bom a você, Keldarion. — E levanta a mão. — Cavaleiros, comigo!

Em meio ao estrondo dos cascos, a cavalaria se afasta e desaparece do outro lado da colina.

Fico parado, incapaz de me mover. Pensamentos pairam no fundo da minha cabeça, mas é como se uma névoa gelada os separasse da consciência.

— Minha gente prefere ser renegada a me servir.

Ezryn segura meus ombros.

— Kel, me ouça. Quellos está escondendo alguma coisa de você. A regência do Inverno sob responsabilidade dele precisa ser questionada.

— Tem razão. — Por muito tempo mantive o Inverno que o meu pai me deixou. Que direito eu tinha de designar um novo regente, considerando todas as decisões erradas que tomei? Mas agora, não me sinto mais tão sozinho como quando herdei a Bênção. Os príncipes ficaram ao lado de Farron, e vão ficar ao meu lado. E mesmo que eu jamais possa ser o amor predestinado que ela merece, Rosalina está disponível para mim. Vou fazer o que é certo por ela. — Dei muito poder a Quellos. Vou procurá-lo imediatamente e consertar isso.

— Amanhã — diz Ezryn, e olha para o céu. O sol está escondido atrás de nuvens escuras, projetando sombras sobre as colinas. — Esta noite temos um acordo a cumprir.

A lua cheia. A festa de Caspian, o Dia da Farra. Por mais que essa questão com Quellos me incomode, não vou correr riscos envolvendo esse acordo com Farron. Não vou dar ao Príncipe dos Espinhos um motivo para romper o trato com o Príncipe do Outono.

Ezryn guarda a espada na bainha e começa a andar para o sul, rumo ao Condado do Cobre. Eu o sigo em silêncio, até que, de repente, ele vira o visor do capacete para mim.

— Kel?

— Hum?

— Não faço parte do seu povo, mas só para constar, vou segui-lo.

— Até o Inferior?

— Até o Inferior.

Rosalina

O beijo de Farron explode em mim como um incêndio. Suspiro em sua boca e passo os braços por cima de seus ombros, sentindo a pressão do peito forte. Não quero me afastar, tenho medo de que ele mude de ideia.

Quando enfim nos separamos, o sorriso que encontro em seu rosto é quase delirante.

— Você me beijou — comento com uma risadinha.

Ele pisca, e uma gota de água pinga dos cílios molhados.

— Beijei.

— E aí, vai repetir?

— O quê?

— O beijo?

Ele ri. Toco seu rosto e acompanho o contorno do queixo forte, me deliciando com a sensação dos pelos curtos de barba. Seus lábios são quentes e macios, e se movem em sincronia com os meus como se fizéssemos isso há anos.

— O que mudou? — murmuro.

— Estou cansado de sentir medo. Quero essa coragem que você ofereceu. Quero você.

— Também quero você.

Ele me puxa contra o corpo, e seu membro ereto pressiona meu abdome. Não me contenho, abaixo a mão e o toco, sentindo o comprimento acetinado na palma e subindo, subindo, subindo.

— Ai, amor — murmuro, notando em mim um pouco da confiança de Dayton. — Você é uma delícia.

Ele só responde com suspiros e gemidos. Inclina a cabeça para trás, fecha os olhos e sorri satisfeito enquanto o acaricio.

Depois avança, me agarra e me beija. Cada centímetro do meu corpo pega fogo, a água está quase escaldante. Os beijos se tornam mais intensos, mais apaixonados, como se tentássemos transmitir todas as emoções que mantivemos escondidas por tanto tempo.

Quando enfim nos afastamos ofegantes, ainda com as testas em contato, sinto uma lágrima descer por meu rosto. Era isso que eu queria, com que sonhava, mas agora que está acontecendo, tenho medo de que tudo desapareça como uma miragem.

Farron enxuga minhas lágrimas com o polegar, olhando em meus olhos em busca de algum sinal de dúvida. Sem dizer nada, ele me pega nos braços e me tira da banheira. Minhas pernas envolvem sua cintura. Às vezes me esqueço de quanto o Príncipe do Outono é forte, porque ele sempre é muito gentil, sempre pronto a seguir as decisões dos outros príncipes.

Mas somos só eu e ele. E Farron está no controle.

Ele me levanta com facilidade, como se eu não pesasse mais que uma boneca de pano. Depois me joga na cama. O movimento e o poder em sua atitude me deixam sem fôlego. Ele para na minha frente, nu e cintilando com as gotas de água.

Bom, nu, sim, mas com a gargantilha de espinhos no pescoço. Há coisas que não se pode tirar completamente.

— Escuta, Rosalina. — Sua voz transmite autoridade. — Neste quarto, somos só você e eu. Não há mais ninguém. Então, neste momento, você é minha.

— Sou sua — confirmo, e alguma coisa se acende em mim.

— Lembra o que falei sobre a chuva? — Ele sorri. — Acho que lamber a água do banho do seu corpo também vai ser bem gostoso.

Passo as mãos pelo corpo, fortalecida pela confiança que ele me deu. Farron se inclina, e nossas línguas dançam juntas em um ritmo apaixonado.

— Tem uma coisa que quero fazer há muito tempo — ele murmura antes de pegar um mamilo entre os lábios.

A sensação é elétrica, e gemo de prazer quando ele chupa e morde meus seios. A ereção cresce na minha mão a cada movimento que faço.

Farron recua um pouco, e vejo a intensidade em seus olhos.

— Preciso de você inteira, Rosalina. Tem alguma coisa que você queira?

A resposta é muito clara.

— Sim.

— Mostre-me.

Afasto os joelhos e revelo minha entrada molhada.

Um grunhido brota de sua garganta, e sinto uma mudança em sua atitude. *É dele. Eu sou dele.*

Farron escorrega a mão por meu seio, sobre a barriga e até a coxa.

— Sabe o que penso quando vejo essa boceta?

— O quê?

— Que você precisa ser fodida, amada, idolatrada. Dê o nome que quiser. Vou ter você de todos os jeitos.

Ele segura o membro e o bate na minha entrada, provocando um caleidoscópio de estrelas que domina meu campo de visão. Nossos beijos se tornam frenéticos, quase animalescos. Preciso de cada centímetro de sua pele.

Esse é um lado diferente de Farron, um lado que só vislumbrei brevemente. Seus movimentos são seguros, e ele me posiciona onde quer, pronto para tomar o que é dele. E estou mais que feliz por estar à sua mercê.

— Farron — gemo.

Ele me deita na cama e esfrega a mão aberta entre minhas pernas.

— Eles não foderam você. Há quanto tempo sua boceta está implorando por um pau, meu amor?

Choramingo embaixo dele, me contorcendo com a necessidade dele, de seu pau dentro de mim.

— Preciso disso.

Ele lambe a boca, e um sorriso positivamente diabólico aparece em seu rosto terno.

— E vai ter. Vou foder você e inundá-la. Você vai ficar encharcada com minha porra, e quando formos ao Inferior hoje à noite, Caspian não vai conseguir entender onde eu termino e você começa. Meu cheiro vai consumi-la, e todo mundo vai saber.

Eu me contorço sob o olhar dominador.

— Me come, Farron.

— Agora — ele grunhe com a voz mais grave que já ouvi. — Minha.

Ele posiciona o pau na entrada da minha boceta com a mão trêmula, com um espasmo feroz nos movimentos. Mas não tenho medo — preciso dele desesperadamente. Meu corpo está tão quente que alguma coisa se espalha como um incêndio ao lado do meu coração. Quero cada parte indomada disso. Vejo um brilho em seus olhos que não é inteiramente humano, uma expressão que já vi antes.

Espere. Suas emoções são muito fortes. Essa coisa entre nós é muito forte.

Com um medo incontrolável, percebo que não é só medo ou raiva que pode modificá-lo.

A fera está aqui.

E estou nua e vulnerável diante dele.

Farron gagueja, seus olhos se iluminam com o amarelo brilhante do monstro. Seu corpo ondula, e o rosto se contorce num pânico insano.

Então, vejo o colar de espinhos se mover e brotar, apertar seu pescoço. Mais dois envolvem seus punhos. Farron grita, e o sangue já escorre por sua pele quando ele cai no chão.

Espero um pouco, depois me aproximo lentamente da beirada da cama, com medo do que vou ver ali. A fera coberta de espinhos, ou...

Meu coração sangra. Farron está encolhido. Os espinhos se retraíram, mas cortes finos riscam seus braços e a cintura, e o sangue pinga do pescoço.

Os espinhos de Caspian impediram a transformação. E salvaram minha vida.

O sol brilha na janela, e fecho a presilha do manto sobre as roupas novas. Farron olha para fora com uma expressão sombria.

A tempestade passou, e é hora de voltar ao Condado do Cobre. Olho para a banheira de água agora fria e para a cama desfeita, sinais de uma promessa desfeita.

Atravesso o quarto e me aproximo dele.

— Pronto para ir?

— Sim.

— Farron... — Estendo a mão para tocar seu braço, e ele se move para escapar do contato.

— Rosa, não.

— Eu não ia...

— Esqueça, está bem? — Ele balança a cabeça, e o cabelo bagunçado cai sobre sua testa. — Pensei que poderia ser corajoso, mas me esqueci de que o maior medo é o de mim mesmo. Além de eu ter que encontrar um amor predestinado, de *você* já ter o seu, ficarmos juntos pode matá-la.

Engulo a saliva com dificuldade.

— Você não tem como saber...

— Eu sei. E *ele* também sabe. — A expressão de Farron endurece, e ele passa por mim a caminho da porta. — É hora de ceder e ir ao Inferior, hora de mostrar ao Príncipe dos Espinhos mais um jeito de me controlar.

Rosalina

— Quanto tempo isso vai demorar? Estou congelando. — Cruzo os braços sobre o peito nu.

— Está quase pronto — responde Astrid, desviando os olhos vermelhos da poção esquisita que está preparando sobre a mesinha.

Espero ansiosa, vestida apenas com a calcinha. Tecidos, potes de maquiagem e glitter ocupam meu quarto na Fortaleza Coração do Carvalho. Hoje é um grande evento. Nós cinco vamos cumprir a parte de Farron no acordo.

Hoje à noite, vamos à festa de aniversário de Caspian no Inferior.

Marigold e Astrid estão determinadas a me preparar para a ocasião. Marigold está cortando uma saia há muito tempo. Astrid trabalha em uma poção estranha que aprendeu com Flavia, a costureira de Castelárvore, quando ela acompanhou Kel em uma das visitas ao castelo. Parece um grande pote de tinta, e não sei bem o que isso tem a ver com minha roupa.

Elas já terminaram minha maquiagem e arrumaram meu cabelo, pintaram meus olhos com sombras escuras e os lábios de vermelho. Meu cabelo está preso em um coque frouxo, amarrado com fita prateada, e alguns cachos ficaram soltos para emoldurar o rosto.

Talvez eu estivesse nervosa com o evento desta noite, se minha cabeça não estivesse tão ocupada com o que aconteceu mais cedo com Farron. A culpa me perturba; eu deveria estar facilitando as coisas para ele, não complicando. Mas uma emoção mais forte se impôs.

Raiva.

Quero mais que tudo que Farron quebre a maldição e se liberte, mas não suporto pensar nele encontrando um amor predestinado. Pensar nele com uma criatura desconhecida me faz querer gritar. Não é *certo*, simplesmente. Sinto alguma coisa se debatendo dentro de mim, um desespero para agarrá-lo e dizer que ele é meu e só meu.

Mas isso é egoísmo.

Tenho que afastar todos esses pensamentos e recuperar o foco. Vamos precisar estar em guarda hoje à noite.

— Como vocês duas vão passar a lua cheia? — pergunto, tentando me distrair.

— Evitando os irmãos mais novos de Farron — Astrid resmunga com as mãos e os cabelos salpicados de tinta preta. — Outro dia, Dom deixou uma folha em forma de coração do lado de fora da porta do meu quarto, e havia também um pedaço de papel com uma mensagem: *Estou caído por você.*

Dou risada.

— Que fofo.

— Eles são jovens demais para mim. Além do mais, ouvi os dois conversando outro dia sobre como adoram ensopado de coelho. — Ela faz uma careta.

— Vou compartilhar de todas as delícias do Outono — Marigold responde com uma voz melodiosa. — Você se lembra daquele agricultor com quem dancei no festival da lua cheia? Pois ele sabe semear mais coisas, além de um campo.

— Marigold! — Astrid a censura.

— O pobre coitado passou o mês todo atrás de mim — Marigold continua. — Ele acha que estou me fazendo de difícil. Talvez eu deva agradecer à minha guaxinim. Por causa dela, o homem está pegando fogo e incomodado com esse negócio de esperar.

Astrid dá um pulo.

— Pronto! Flavia disse que essa é a última moda no Reino do Verão, quando alguém quer ficar elegante sem passar muito calor. Aparentemente, os feéricos do Verão misturam dourado e tons pastel, mas acho que preto vai ser perfeito para esta noite.

— O que é isso, afinal? — Levanto uma sobrancelha com desconfiança.

— Vai ser mais fácil mostrar. — Astrid se senta em um banquinho na minha frente e deixa o pote em cima da mesinha. — Abaixe as mãos.

Faço o que ela diz com um suspiro, bem acostumada a ficar despida na frente dessas duas, a essa altura. Astrid mergulha um pincel na pasta colorida, depois o desliza pela minha barriga desenhando um arco em espiral.

— Pintura corporal?! — exclamo. — Acho que preciso de mais que isso.

— Espere para ver — ela diz.

A tinta seca provocando uma sensação estranha e, mais estranho ainda, ela se transforma em um material consistente que parece seda.

ELIZABETH HELEN

— Vou pintar o corpete. — Os olhos de Astrid brilham. — Tenho o modelo perfeito na cabeça.

— Ok — respondo, e agora que sinto a textura como a de um tecido de verdade, me sinto mais confiante. Astrid trabalha depressa, desenhando linhas espirais para cima e para baixo no meu tronco. A substância endurece e aperta meu corpo, oferecendo suporte enquanto ela cobre com delicadeza todas as áreas importantes.

— Isso não vai ser estranho? — pergunto. — Os quatro príncipes comparecendo a uma celebração no Inferior?

— Bem, tecnicamente, os reinos não estão em guerra — responde Marigold.

— Mas e quanto aos ataques dos goblins? E os espinhos de Caspian drenando Castelárvore?

— O Inferior declara não ter controle sobre os goblins — Astrid conta com uma risada sarcástica. — Dizem que eles são animais selvagens. Mas todo mundo sabe que é mentira. Quanto aos espinhos de Caspian, os príncipes não querem declarar guerra de novo enquanto a magia deles está sendo drenada por uma maldição.

— Talvez essa possa ser uma missão diplomática — afirmo esperançosa. Ou talvez, se a guarda de Caspian está baixa, posso imaginar o que ele quer com a magia de Castelárvore. Qual é o propósito de sufocar a árvore?

— Não vai haver muita diplomacia em uma festa no Inferior. — Marigold se aproxima com um tecido fino.

— Já esteve em alguma?

— Algumas, quando era jovem. — Ela suspira. — Eu era parte do corpo de funcionários que acompanhava o príncipe Ezryn quando ele desceu ao Inferior.

— O quê? O que Ez foi fazer lá?

— Ver Keldarion, é claro. — Marigold gesticula para eu entrar na saia que ela está segurando. — Ele sempre se preocupava com o mestre passando tanto tempo lá.

Meu coração acelera. Eles nunca me deram tanta informação, e estou ansiosa para saber tudo que puder sobre o passado de Keldarion.

— Não sabia que Kel passava muito tempo lá.

— O pai dele ainda era o Alto Príncipe — Astrid relata ao trabalhar concentrada, espalhando a pintura em meu peito. — Keldarion e o

Príncipe dos Espinhos estavam procurando uma grande arma supostamente perdida lá.

— Ai, não. — Marigold olha para mim com uma expressão insatisfeita. — Isto não vai funcionar.

Olho para a linda saia. Marigold cortou o chiffon em tiras finas que fluem leves sobre minhas pernas. O tecido é preto perto do quadril e clareia até um cinza transparente na altura dos tornozelos.

— É maravilhoso — opino —, mas mostra um pouco demais.

Ela faz um *tsc* e puxa algumas faixas para o lado para expor minha calcinha pink de bolinhas.

Fico vermelha.

— Acho que não combina.

— Tire isso. — Marigold pisca. — Tenho a peça perfeita.

Tiro a calcinha, e Astrid faz uma careta irritada ao ter seu trabalho interrompido.

Marigold se aproxima trazendo uma calcinha minúscula de renda preta.

— Tenho a sensação de que minha garota vai ter sorte esta noite.

— Não sei. — Há um mês, fui posta para fora do quarto de Kel e do de Dayton. Ez mantém a rotina de me ignorar o máximo que pode. E Farron...

Meu coração perde o ritmo. Se a fera não tivesse se manifestado, alguma coisa mágica poderia ter acontecido entre nós. Mas agora ele nunca vai se sentir seguro perto de mim.

— Talvez não perceba, mas aqueles homens olham para você como se fosse uma taça de vinho feérico em um mar de lavagem. — Marigold bate de leve no meu rosto e deixa a calcinha preta em cima da cama.

— Pronto! — Astrid anuncia.

Olho para o espelho de corpo inteiro. Astrid pintou os desenhos mais incríveis com linhas espirais. Não, não são linhas. Espinhos sobem por meu tronco, criando a ilusão de que meu peito está coberto de sarça. A pintura se solidificou em tecido preto e justo. Mas entre as linhas, minha pele está nua.

A criação combina lindamente com a saia fina, que marca com perfeição minha cintura. Quando me mexo, ela expõe minhas pernas até o alto das coxas. Sempre as achei grandes demais, mas poxa, fiquei bem sexy.

— Isso é... — Balanço a cabeça e digo a mim mesma que não vou chorar. — É incrível.

— Como quer as mangas? — pergunta Astrid.

Estudo o desenho do vestido no espelho. O corpete acompanha a curva acima dos meus seios e revela os ombros e os braços nus. Meu colar de rosa de pedra-da-lua, consertado por Farron, enfeita o colo.

Toco meu pulso esquerdo com delicadeza. *Um recomeço do zero*. Não sei se algum dia vou conseguir explicar para Ezryn o presente que ele me deu.

— Isso está perfeito.

As duas sorriem, e Marigold calça os sapatos nos meus pés, saltos altos de um tom intenso de roxo. Estive treinando nos últimos dias para andar com eles e não passar nenhuma vergonha lá embaixo.

— Espere, como tiro isto? — Aponto para o corpete.

— Gosto do seu jeito de pensar, garota. — O peito de Marigold arfa com a gargalhada.

— Ele é muito maleável, na verdade — explica Astrid. — Experimente.

Passo a mão no tecido macio sobre meu peito. Ele ondula, se afasta e revela um seio. Afasto a mão e ele volta ao lugar.

— Se quiser tirar de vez, é só segurar e puxar.

— Certo. — Olho para o espelho pela última vez. Quase não me reconheço.

— Você podia ser confundida com a Princesa dos Espinhos — Marigold comenta.

— Não diga essas coisas — Astrid a adverte. — E não deixe o mestre ouvir isso.

Mas o comentário me dá uma ideia. Corro até onde deixei a bolsa com meus tesouros mais preciosos e pego a coroa de espinhos que Caspian me deu no Baile do Solstício de Inverno. Ponho a coroa na cabeça.

— Alguém falou em Princesa dos Espinhos?

Pulamos de susto quando alguém bate à porta do quarto.

— Rosalina? — É Ezryn. — Falta muito para ficar pronta? Podemos sair quando quiser.

— Um momento — respondo.

— Use isto. — Marigold prende um manto pesado em meus ombros e puxa o capuz sobre meus cabelos.

— Obrigada. — Pego a bolsa. — Deve estar frio lá fora.

— Sim, e se os príncipes a virem vestida desse jeito, não vão deixar você sair desta fortaleza — Marigold avisa.

Caminhamos para a biblioteca destruída. Caspian sugeriu um lugar onde ninguém visse nossa passagem repleta de espinhos, e Farron decidiu que este seria o melhor lugar. O restante da realeza do Outono pensa que estamos voltando a Castelárvore para a lua cheia, o que significa que ninguém vai nos procurar.

O luar ilumina as colunas quebradas, e fuligens são levadas pela brisa. A tensão vibra no grupo quando Farron tira a semente de espinheiro do bolso e se ajoelha para cavar um buraco nas cinzas.

Keldarion olha para mim com uma expressão firme.

— Não saia de perto da gente. Um de nós tem que estar sempre com você. Entendeu, Rosalina?

Assinto e torço as mãos unidas. O nervosismo afeta meu estômago. Não sei o que esperar dessa festa.

O Príncipe do Inverno olha para os outros.

— Ela não pode ficar sozinha.

Ezryn e Dayton concordam balançando a cabeça.

Farron se levanta e dá um passo para longe da semente que plantou.

— Nada, pelo jeito.

Um estalo intenso de magia me faz estremecer. Vinhas espinhosas gigantescas explodem da terra, tão parecidas com as que cercam Castelárvore que sinto no peito uma pontada dolorosa de saudade de casa.

Os espinhos se enroscam em busca de formar um arco. Assim que se conectam, uma ondulação de encantamento desce até o chão. Parece um espelho instável.

— O caminho para o Inferior está aberto — afirma Ezryn.

Dou um passo à frente e apoio a mão nos espinhos.

— Essa passagem serve para ir e voltar.

— Porra, ainda bem — Dayton responde. — Não quero passar um momento além do necessário naquele lugar.

Meus dedos apertam a planta. Sei que a passagem se abre dos dois lados para podermos voltar para casa, mas alguma coisa não me cai bem nessa história.

— Obrigado — Farron murmura. — Obrigado a todos vocês por fazerem isso comigo.

Dayton apoia a mão no ombro dele, e Ez o imita. Kel se aproxima dos três e declara:

— Vamos carregar esse fardo com você.

— Estamos com você, Farron — afirmo.

Ele sorri, mas é um sorriso pesaroso.

— Então vamos desejar um feliz aniversário ao desgraçado.

Farron entra no portal e é seguido por Dayton e Ez. Agora somos apenas Keldarion e eu sob o luar.

Seu rosto é firme, mas vejo o lampejo de dor em seus olhos. Como deve ser comparecer à comemoração de alguém que o traiu?

— E estou com você — digo, oferecendo minha mão. Mesmo que ainda esteja zangada com ele, sei que precisa do meu apoio esta noite.

— Obrigado, Rosa — ele responde ao segurar minha mão. Juntos, passamos pelo portal.

Uma brisa fria me envolve, e sinto um arrepio gelado nas pernas.

Então percebo uma coisa.

Eu me esqueci completamente de vestir a calcinha.

PARTE 4

A DESCIDA

Rosalina

A luz ofusca minha visão, e a brisa fria desaparece quando atravesso o portal e entro no Inferior. Kel segura minha mão com força.

Inspiro o ar denso, carregado de um cheiro doce e quase floral. Estamos em uma caverna. Cristais revestem as paredes e emitem um brilho suave em tons de rosa, azul e roxo. Há uma pequena lagoa à nossa esquerda, e é possível ver a vegetação iridescente no fundo da água.

— Que lindo — falo, e me viro tentando ver tudo.

— Não é tão bonito quanto você — diz uma voz mansa. — Princesa.

Kel aperta minha mão com mais força e me puxa para trás. Do outro lado da caverna está o Príncipe dos Espinhos em pessoa.

Há quanto tempo ele está lá esperando?

Farron olha desconfiado para todos nós, e então avança.

— Caspian, estou aqui para cumprir minha parte do acordo.

Uma risada sombria reverbera na caverna, e Caspian caminha para a área iluminada. Perco o fôlego. O brilho dos cristais é refletido por uma coroa prateada adornada por uma safira. Ele usa uma jaqueta preta e justa na cintura esbelta, com espirais roxas bordadas nos punhos. A gravata é prateada. A calça é justa e desaparece dentro das botas brilhantes na altura dos joelhos. Ele para na nossa frente e põe as mãos nos bolsos, o longo cabelo escuro cai sobre os olhos.

— Bem-vindos ao Inferior, residentes de Castelárvore.

Ninguém diz nada. Absolutamente nada.

— Feliz aniversário — eu o cumprimento.

Ele arregala os olhos e sorri. Não devia ser permitido um sorriso tão lindo.

— Vamos comemorar com toda certeza. — Caspian pisca para Farron. — Bela calça. Agora está se inspirando em Kel, lobinho?

Farron fica vermelho.

— Quê? Não! — Ele veste camisa branca de mangas longas com os cordões abertos no peito e presa dentro do cós alto da calça de couro. Olho para Kel, que escolheu uma camisa azul-marinho e justa e calça de couro.

— Os dois se vestiram de um jeito bem parecido. — Dayton dá um tapinha na bunda de Farron. — Fofo.

— Cale a boca — Farron rosna.

— Vamos acabar com isso — Ezryn se manifesta em sua armadura preta e brilhante. Seus movimentos são rígidos e precisos.

Keldarion não solta minha mão quando seguimos o Príncipe dos Espinhos para o outro lado da caverna, que é completamente fechada. Para onde ele está nos levando? Observo nosso portal de espinhos, que continua brilhando. Doze horas, esse é o tempo que Caspian disse que ele passaria aberto.

Ele para na frente de uma parede brilhante da caverna.

— Pensei em plantar a outra semente em um lugar pouco movimentado. Não queria que sua chegada causasse uma cena.

Ele bate três vezes em um cristal e a parede range, depois se move e abre uma pequena passagem. Kel assente para mim e nós o seguimos. A passagem leva a um corredor. As paredes são da mesma pedra da caverna, mas foram alisadas, e o teto sobre nós é baixo. O chão também é polido e coberto com um tapete azul felpudo. Mais cristais colocados em elegantes instalações na parede iluminam o caminho.

Atrás de nós, a porta de pedra bate. Nossa saída desapareceu.

— Por aqui — Caspian nos orienta.

— Espere. — Eu paro. — Como voltamos para lá?

Caspian olha por cima do ombro.

— Eu abro a passagem para vocês quando quiserem ir embora.

Se o espelho em Castelárvore não pode nos trazer até aqui, e se os colares dos príncipes não puderem nos levar de volta? Não vou correr o risco de ficar presa, de jeito nenhum.

— Mostre-me como abrir essa passagem — peço.

Caspian suspira, depois passa pelos príncipes com passos firmes. Ele segura meu braço e me puxa para longe de Kel.

— Está vendo aquelas pedras na parede? Bata na verde duas vezes, depois uma vez na rosa e depois três vezes na azul.

Com a mão dele sobre a minha, executamos a sequência de movimentos e abrimos a porta.

— Verde duas, rosa uma, azul três — sussurro.

— Muito esperta. — Ele solta minha mão e continua nos conduzindo pelo corredor.

Kel se aproxima dele e segura seu braço.

— Se tocar nela daquele jeito hostil de novo, eu vou...

— Arrancar meus braços? Me decapitar? Me falar umas verdades? — Caspian revira os olhos.

Reduzo a velocidade dos passos, me colocando ao lado de Dayton.

Ele não reconhece minha presença, só desliza a mão pela parede lisa. De vez em quando, a parede exibe a forma de portas de pedra. Às vezes, um estalo estranho soa atrás de uma delas, e juro que ouço o chilrear de goblins.

Olho para Dayton. Há algumas semanas, senti que minha alma encontrava a dele. Agora ele parece estar a um milhão de quilômetros de distância, mesmo andando ao meu lado.

Sei que ele tem estado ocupado. Todo mundo está ocupado. Mas ele mal falou comigo desde aquela noite.

Fecho o manto sobre o peito e pergunto:

— Já esteve no Inferior antes?

— Hum? — Ele arqueia uma sobrancelha como se não tivesse percebido que eu estava ali. — Ah, não, desse jeito não.

— Você está... estamos bem?

— Por que não estaríamos?

Olho para a frente, mas Caspian e Kel ainda estão discutindo, e Farron e Ezryn tentam mediar a situação sem muito sucesso.

— Não queria magoar você — declaro, consciente de que preciso me explicar. — Só falei o nome de Kel porque...

— Rosa. — Dayton pronuncia meu nome como um suspiro. — É por isso que essa sua carinha linda está tão preocupada? Quer saber se machucou um pouco meu ego? É claro que sim. Afinal de contas, sou homem.

— Mas todas essas semanas... — *Você mal olhou para mim.*

— Têm sido uma chateação. — Ele inclina a cabeça, e os cabelos dourados caem como uma cascata sobre seus ombros. — Trabalhar, matar coisas congeladas, atravessar colinas, treinar. Chato. Por mais que eu *despreze* Cas, as festas dele são aclamadas por todos os reinos. Estou pronto para molhar a garganta e outras coisas. — Ele pisca.

Fico vermelha.

— Ah.

Ele anda de costas com as mãos estendidas.

— E você não falou que precisamos nos cercar de pessoas? Quem sabe, talvez meu amor predestinado esteja no Inferior e caia no meu pau esta noite.

É difícil engolir a saliva, imagine formar palavras. Não era essa a reação que eu esperava dele. Mas talvez seja justamente a que eu deveria esperar. Tudo que consigo fazer é assentir.

— Rosalina. — Kel para e olha para trás, e imagino se ele consegue sentir o impacto do coração partido através do nosso vínculo. Passo por Dayton e me junto ao restante do grupo.

— Estamos quase chegando — avisa Caspian.

Lá na frente, as paredes terminam em duas portas prateadas. Caspian as empurra, e sou atingida por um sopro de ar frio. É como se estivéssemos saindo, mas ainda estamos abaixo da superfície.

Entramos em uma imensa caverna. O teto desaparece em meio a uma névoa cinzenta e densa.

Uma ponte de pedra branca se estende majestosa sobre o espaço amplo. Pedras brilhantes enfeitam o corrimão, espalhando uma luminosidade rosada que clareia o caminho para o outro lado do abismo largo. Piso na ponte e espio por um dos lados. Existe uma cidade inteira lá embaixo, um labirinto de caminhos sinuosos e edifícios muito altos que se espalham até onde a vista alcança.

Finalmente, olho para o extremo mais distante da ponte. Há um castelo de mármore. Toda a estrutura é adornada por gravações complexas, janelas em arco que brilham com uma luz opalescente, e torres altas e prateadas tentam tocar a névoa no alto. É um cenário de conto de fadas, não de pesadelo.

— Bem-vindos ao Jardim Cripta — diz Caspian. Seus olhos escuros brilham quando ele cochicha na minha cabeça: *Sinta-se em casa, princesa.*

Rosalina

Nudez. Nudez por todos os lados. E sexo. Minha respiração convulsiona, e mal consigo me concentrar em qualquer outra coisa enquanto Caspian nos conduz ao Jardim Cripta, à sua casa.

Atravessamos a grande ponte e entramos na área do castelo, evitando a longa fila de espera para conseguir entrar.

Ele nos leva a um grande pátio aberto cercado de torres e varandas. O pátio é tão bonito quanto todos que vi nos reinos feéricos, todo feito em tons de azul e roxo. Árvores cristalizadas são envoltas por tecidos transparentes, e espaços reservados têm cadeiras e camas estofadas. Elegantes mesas prateadas se alinham nas beiradas do espaço, oferecendo todo tipo de preparações borbulhantes, doces e frutas. Várias fontes jorram líquido colorido, e as pessoas enchem os copos com ele. Vejo tanta coisa acontecendo que não consigo compreender nada. Cada centímetro é ocupado por feéricos.

E todos estão trepando.

Ok, não é bem assim. Mas meu rosto queima diante de tanta devassidão à nossa volta. Feéricos se movem e fluem juntos no espaço delimitado. Dançam seminus sobre um palco de mármore no meio do pátio. Um coro de prazer acompanha a música pungente que brota de um grupo reunido em uma das varandas suspensas, músicos usando máscaras de crânio.

— Venham comigo — diz Caspian, nos levando através dos grupos.

É como se a eletricidade alcançasse todo mundo ali quando o Príncipe dos Espinhos entra na própria festa. Feéricos começam a cercá-lo, mas ele os afasta com acenos. Atrás dele, ouço o nome dos meus príncipes sussurrados entre os presentes.

Keldarion passa um braço sobre meus ombros, me puxando contra o corpo forte. Esses feéricos estão vestidos com tudo que se possa imaginar, desde trajes finos e coroas de espinhos a máscaras de couro com bicos. Outros têm o corpo pintado, apenas, ou enfeitados com joias. E alguns não usam nada.

Não, não acho que minha roupa vá se destacar. Na verdade, talvez eu esteja com peças demais, mesmo tendo esquecido a calcinha.

Keldarion para e olha para mim.

— Você esqueceu o quê? — ele sussurra.

Meu corpo inteiro esquenta.

— Hã, nada. Do que está falando? — Como ele pode saber disso? Suas mãos grandes seguram as duas partes do meu manto, e as afasto com um tapa e uma careta de reprovação. — Você nunca vai saber.

Corro para alcançar os outros.

Caspian espera quase acanhado ao lado de um salgueiro incrustado de pedras preciosas, com fileiras de gemas cintilantes no lugar dos galhos. Sinto uma onda de ternura; essa árvore me lembra de outra que amo em Orca Cove.

— Esta é uma área privada, caso precisem descansar da festa — ele avisa. — Ninguém vai incomodar vocês aqui.

Os galhos enfeitados do salgueiro fecham uma área de almofadas macias e uma mesa baixa. Cortinas de tecido contribuem para a privacidade. Reservar um lugar tão bonito para nós é um gesto estranhamente atencioso. Keldarion entra, e noto em seu rosto uma expressão de profundo incômodo. Ezryn o segue, e vou atrás deles.

— Sei que voltar aqui é difícil para você, irmão — Ezryn diz em voz baixa, o suficiente para não ser ouvido pelos outros lá fora.

— Estou bem, Ez — Kel responde carrancudo.

Ezryn apoia a mão metálica no ombro de Keldarion.

— Hoje vou evitar bebida alcoólica e elixires. Juro por minha vida, não vou perdê-la de vista nem por um momento…

— Ei, não sou um bebê — reajo indignada. Mas não insisto. Keldarion não quer saber do nosso vínculo predestinado, mas pesquisei o suficiente para saber que ele sente uma forte necessidade de me manter segura, no mínimo.

Ezryn chega mais perto de Keldarion.

— Coma e beba à vontade, e confie em mim para guardar o que é mais importante em sua vida.

Importante na vida dele? Ah, sei. Antes que eu possa revirar os olhos, Dayton aparece no nosso espaço exclusivo.

— Alguém falou em bebida? — Ele carrega uma bandeja de copos azuis e borbulhantes. — Encontrei isto aqui quando vinha para cá.

Dayton põe os copos em cima da mesa baixa. Keldarion pega um deles e bebe a dose toda de uma vez. Até Caspian levanta as sobrancelhas ao entrar no espaço.

— Confiem no Príncipe do Verão para começar a comemoração.

— A festa parece estar animada. — Dayton bebe sua dose. — Estamos tentando entrar no clima. Ei, isto não é muito forte. Está servindo bebidinhas fracas aqui, princeso?

— Ah, fala sério. — Caspian encara Dayton, e os dois começam a discutir.

— Posso pegar seu manto, Rosa? — Farron se aproxima de mim, e meu coração quase salta do peito. A sensação de seu corpo nu contra o meu ainda é muito recente.

Mas ele está tentando ser normal, então, vou tentar também.

— Obrigada. — Tiro a bolsa a tiracolo que atravessei no peito.

Farron a pega e sorri.

— Está pesada. O que tem aqui?

— Meu livro de apoio emocional. Sei que não vou ter tempo para ler, provavelmente, mas gosto de tê-lo comigo, só por precaução. — Minha garganta fica apertada quando penso no segundo livro na bolsa.

— Entendo. — Farron sorri para mim. Ele é o único que entenderia. E se aproxima para tirar meu manto.

Acho que não vou conseguir me esconder atrás dele a noite toda. Vou ter que torcer para a saia feita por Marigold ser suficientemente densa para esconder meu esquecimento…

Assim que Farron tira o manto de cima dos meus ombros, todas as vozes silenciam. Olho para o meu vestido, para os espinhos finos que cobrem os seios com elegância, para a saia delicada e leve. Aperto as coxas uma contra a outra. Mas quando penso na coroa de espinhos em minha cabeça, me obrigo a endireitar as costas.

E descubro cinco pares de olhos em mim.

— Vou matar aquela guaxinim — diz Ezryn.

— Sério? — Dayton reage com um olhar quase sonhador. — Talvez eu enfim dê o beijo que ela pede há tanto tempo.

Farron balança a cabeça, abaixa o olhar.

— Rosa, você está…

Mas é o olhar de Caspian que encontro em seguida. Ele está… furioso. Não esperava que eu tivesse guardado a coroa? Reunindo toda a confiança idiota de que sou capaz, sustento seu olhar e toco delicadamente os espinhos sobre minha cabeça.

— Que foi? Você não disse que ela ficava melhor em mim?

Espinhos e sombras irrompem do chão, mas não se aproximam de mim. Eles envolvem as pernas de Kel, prendem os braços junto do corpo.

Todos os príncipes ficam tensos, esperando. Mas vão deixar Kel fazer o primeiro movimento.

— Sempre soube que você era um bruto estúpido, mas trazê-la aqui vestida *desse jeito*! — Uma risada sombria brota do peito de Caspian. — Ela vai ser comida viva.

Cruzo os braços sobre o peito, constrangida. Eu achava que estava bem.

Kel me estuda com um olhar de fogo, depois se livra dos espinhos. Gelo cobre as trepadeiras espinhosas e as quebra instantaneamente. Kel agarra Caspian pelo colarinho e levanta o Príncipe dos Espinhos do chão.

— Minha *predestinada* pode se vestir como quiser. Então, se dá algum valor à vida dos seus seguidores, é bom avisá-los que ninguém vai tocar nela. Quem tentar, vai ter que se ver comigo.

Caspian respira fundo antes de empurrar Kel e cair em pé no chão. Ele ajeita a roupa, recupera a compostura de imediato.

— Muito bem. Aproveitem a festa. O Jardim Cripta oferece muitas delícias. Tratem de experimentar todas elas.

Depois disso, o Principe dos Espinhos se vira e sai.

O ar é pesado em minha garganta quando Keldarion se aproxima e para ao meu lado, e sinto o toque leve de sua mão em minhas costas.

— A Senhora de Castelárvore está realmente incorporando aquela de quem tomou o nome. Você parece tão letal quanto está linda.

Mas eu não precisava ouvir seus pensamentos para saber que esqueceu de pôr a calcinha, Rosa, a voz dele soa em minha cabeça. *Eu teria sentido seu cheiro assim que tirou o manto.*

Sinto o corpo gelar.

— Como você faz isso? — sussurro. — Pode me ouvir?

— Só algumas coisas, fragmentos. Eu não sabia que isso ia acontecer. Mas o vínculo cresce à medida que passamos mais tempo juntos. Eu me lembro de meus avós conversando à mesa do jantar sem que nossa família pudesse ouvir.

— Como é que é?

— Predestinados podem conversar usando apenas a mente.

As palavras vibram na minha cabeça e um fato se impõe. Li sobre isso. Olho para fora da área do salgueiro e para a silhueta escura que se afasta.

Porque Keldarion não é o único que consigo ouvir dentro da minha cabeça.

Rosalina

Olho através das cortinas finas em volta do salgueiro, não consigo parar de observar os feéricos. Eles são cativantes e belos de um jeito terrível. Algumas roupas parecem ter sido feitas de teias de aranha, enquanto outras dão a impressão de terem sido mergulhadas em ouro líquido.

Até o ar é diferente no Inferior, molhado e pesado de desejo. Farron tem uma teoria de que eles misturam afrodisíaco no ar, no vinho ou na comida deliciosa. Seja o que for, o Jardim Cripta é envolto por uma implacável onda de luxúria. A sensação é intoxicante, com todas as inibições banidas.

Bem, quase todas.

Os dois feéricos sentados comigo neste espaço privado continuam firmes, controlados. Na entrada, Ezryn está acomodado em um grande banco de tronco falso. As pernas envolvidas em metal balançam enquanto ele observa a festa, uma sentinela em serviço. E o único interesse de Keldarion é nas bebidas.

No começo, Dayton achou muito bom os dois virarem uma dose atrás da outra. Mas quando percebeu que nem todo o álcool do mundo poderia transformar Keldarion em uma companhia divertida, ele arrastou Farron para a pista de dança.

Eu os observo agora. Day perdeu a camisa, e eles mais se beijam do que dançam. Sinto a felicidade vibrar dentro de mim. Tive receio de que Dayton transasse com o primeiro feérico que piscasse para ele.

Bebo um gole do meu drinque. É uma mistura de morango muito doce e bem vermelha, com uma acidez que arde no fundo da garganta.

Por que não me incomodo quando Dayton está com Farron, mas pensar nele com outro feérico qualquer me enfurece além da compreensão? Talvez seja pela mesma razão de eles não sentirem ciúme de mim com os outros príncipes. Pensei em ir dançar com os dois, mas o instinto me alerta para ficar aqui com Kel. Não por querer atender ao seu desejo esquisito de ficar de olho em mim, mas porque sinto que *ele* precisa de *mim*.

Keldarion não se comporta como se estivesse bêbado, mas não disse uma palavra, além de uns grunhidos. Tem alguma coisa errada, é evidente.

Atravesso o espaço até a pequena mesa sobre a qual Kel está debruçado com um copo de cristal na mão. Toco seu braço com delicadeza.

— Você está bem?

— Sim. — Ele bebe o que resta da bebida e bate com o copo na mesa.

— Só mais um pouco, e podemos ir embora.

Assinto e, como ele, observo a festa lá fora. Caspian saiu da pista de dança, onde se movia com a fluidez de uma sombra. Seu cabelo agora está bagunçado, uma confusão de mechas emoldurando o rosto. Ele é conduzido pela gola da camisa por uma mulher feérica. Lindíssima. O cabelo escuro e longo é encaracolado, como os desenhos em espiral que enfeitam o vestido vermelho que abraça o quadril generoso. Há um homem também. Embriagado, ele puxa a cauda do casaco de Caspian. Também é bonito, com cabelos loiros bem claros e lábios cheios. E parece ter perdido metade das roupas.

Eles passam por nosso salgueiro a caminho de uma estrutura muito alta perto do fundo do pátio. Lá, noto uma escada feita de espinhos torcidos que parecem as sarças em Castelárvore. Quando olho em volta, percebo que esses são os únicos espinhos no Jardim Cripta. A escada leva a um mezanino ocupado por um belo trono feito de mais espinhos. Caspian desaba no assento e puxa a feérica para seu colo.

Termino meu drinque e pego outro de cima da mesa. Passei a noite toda evitando olhar para o Príncipe dos Espinhos. Sim, depois que Keldarion mencionou que predestinados falam dentro da cabeça um do outro, eu me lembrei de ter lido alguma coisa semelhante durante minha pesquisa. Mas não é isso que está acontecendo entre mim e Caspian.

Por muitas, muitas, muitas razões.

A primeira delas é que já tenho um predestinado. Um predestinado furioso, gelado e resmungão que se recusa a me tocar. Mas ele é meu amor predestinado mesmo assim.

A segunda: e daí que Farron disse que algumas pessoas têm mais que um predestinado? Isso não é para mim. Porque então eu teria que ter outra linha de luz quando usamos os fogos-fátuos, não é?

E terceira, é o *Caspian*. O Príncipe dos Espinhos. O feérico que traiu Kel, que está atacando Castelárvore. Eu não poderia estar vinculada a alguém tão cruel.

Preciso mudar minha linha de pensamento. Olho para Ezryn.

— Está gostando da festa, Ez?

— Não. — A voz dele é neutra e definitiva.

Tudo bem, então. Caspian está reclinado no trono, vestido apenas com uma camisa branca e fina, com o cordão da calça desamarrado. A mulher se contorce em seu colo.

— Ele não faria isso — resmungo. — É claro que há outras pessoas fazendo sexo à nossa volta, mas ele é o príncipe desta terra. Seria muito impróprio…

Uma exclamação indignada escapa da minha boca, e cerro os punhos.

Caspian começa a foder a mulher no trono, na frente de todo mundo. É difícil ver através das camadas de vestido vermelho, mas suas pernas estão bem abertas, e ele a segura pelo quadril enquanto ela sobe e desce em seu colo. Eu sinto… ou melhor, imagino a sensação quando o pau dele a penetra. Uma emoção deliciosa, quase alegre, como quando você conta uma piada e todo mundo ri.

Kel olha para os dois com tanta intensidade que me surpreende não ver o trono se transformar em uma grande escultura de gelo. Na verdade, a bebida na mão dele está completamente congelada, e mais gelo se espalha a partir de seus dedos.

— Ei. — Seguro o braço de Kel. — Pare de olhar. Parece um pervertido. Fique frio… ou melhor, fique *menos* frio, ok?

Um arrepio percorre meu corpo. Ao mesmo tempo, a feérica no colo de Caspian grita. Keldarion e eu olhamos para o trono. Acho que somos dois pervertidos. Mas é o idiota do príncipe que está se exibindo.

Ela agora quica mais depressa, de costas para Caspian. Ele desamarra as fitas do vestido da feérica, liberta os seios. O loiro ao lado deles se inclina e a beija, agarrando seus seios. Caspian desamarra o cordão da calça do homem, e ela cai até seus joelhos. Ele afaga o membro do feérico duas vezes, antes de guiá-lo para a boca da mulher, que o engole faminta.

Deixo escapar um som de surpresa, e uma poderosa onda de desejo se desenrola dentro de mim. Mas outra emoção se espalha mais poderosa. Uma raiva profunda, feroz. Isso não é só o ar denso, é outra coisa.

É como se houvesse música e uma TV ligada ao mesmo tempo, dois sons diferentes, duas emoções distintas ocupando minha mente, e nenhuma delas parece ser minha.

Kel agarra minha coxa com dedos trêmulos. Seguro a manga da camisa dele para me equilibrar. Gozo se derrama na boca da mulher quando o loiro joga a cabeça para trás. Ela sorri, e ele oferece o membro flácido quase hesitante ao Príncipe dos Espinhos, que o dispensa com desinteresse e agarra o quadril da feérica, movendo seu corpo cada vez mais depressa em cima do dele.

Engulo em seco, sinto uma vertigem, ódio, tesão e alguma coisa mais profunda girando dentro de mim, alguma coisa que corta meu coração. Tristeza. Não entendo isso. Só sei que quero que ele pare. *Para de foder com ela, ou vou morrer.*

Uma voz acaricia o interior da minha cabeça: *Como quiser.*

Caspian empurra a mulher do colo, depois inclina a cabeça com uma expressão arrogante. E embora seu corpo seja escondido pelo da feérica, que parece ligeiramente confusa, sei que ele está derramando seu prazer. *Mas ele não gozou dentro dela.*

Os dedos de Kel apertam minha coxa com força suficiente para deixar marcas. A ideia espalha um arrepio de desejo por meu corpo, um arrepio que sei que não foi influenciado pelo Inferior. Ponho a mão sobre a dele.

— Ok, concordo. Este lugar é péssimo.

Ezryn demonstra a maior emoção que ouvi a noite toda quando ri:

— Ei, ele não aguentou muito.

Caspian está conversando com a mulher feérica. Ele olha além dela, para nós, e pisca.

Espinhos rastejam em volta dela. Depois recuam, penetram no chão em uma onda de sombras, deixando apenas Caspian amarrando a calça.

— Para onde ela foi…? — começo, antes de uma espiral de sombras e espinhos surgir diante de nós.

Ezryn se levanta e empunha a espada. Deixo escapar um gemido assustado, e Kel estende o braço para pegar outro drinque. As sombras se dissipam para revelar a última conquista de Caspian.

Rosalina

Por que Caspian mandaria à nossa alcova a mulher que ele fodeu?

Em pé, me preparo para ordenar que saia. Mas ela atravessa nosso gabinete ignorando minha presença e o homem armado com uma espada. A feérica se joga em cima de Kel e agarra sua camisa, olhando para ele com a clara intenção de seduzir.

— Keldarion? — Sua voz é rouca e baixa. — Estou aqui para você.

Respiro fundo, olhando horrorizada como ela pressiona os seios nus contra o peito de Kel e afaga seu rosto.

Uma fera explode no meu peito, e rosno:

— Saia de cima dele.

Espinhos brotam do chão e envolvem seus braços, puxando-a para trás. Ela cai sobre a mesa, derrubando os copos e espalhando bebida.

O quê... o que acabei de fazer? Os espinhos a soltam. Felizmente, parece que nenhum rasgou sua pele.

A mulher feérica se senta indiferente e nem olha para mim, mas examina a sala até encontrar Kel de novo.

— Keldarion, sou sua.

O rosto dele permanece impassível, mas minha fúria se incendeia.

— Ele não é *seu* — rosno. Passar tanto tempo com esses príncipes acabou me contaminando. — Tire os olhos dele ou os arranco da sua cara.

Ela se comporta como se não me ouvisse, e se aproxima dele.

— Você não é bem-vinda aqui — Keldarion rosna.

A mulher para, pisca algumas vezes. Uma expressão confusa transforma seu rosto quando ela olha em volta.

— Então, vocês são a segunda rodada? — Ela inclina a cabeça e faz biquinho. — Ele podia ao menos ter me deixado terminar.

— Fora daqui. — Minhas trepadeiras brotam do chão, as pontas afiadas brilhando sob a luz cinza. — Toque no *meu* predestinado de novo, e usarei esses espinhos para rasgá-la em tiras. — A sarça se movimenta em torno dos meus braços, esperando a ordem.

— Quem é você? — gagueja a feérica.

— Alguém que você não vai querer irritar. — Ezryn leva a mulher para fora da alcova.

Relaxo o controle sobre os espinhos assim que ela sai, sentindo alguma coisa se acalmar em meu peito. Sou envolvida por braços fortes e pelo cheiro de pinheiro e inverno. Keldarion me empurra contra o tronco do salgueiro cravejado de pedras, e minhas pernas envolvem sua cintura instintivamente.

Ele segura meu queixo. Uma estranha satisfação borbulha em meu coração por ter afastado aquela mulher do meu predestinado.

— Você a queria? — pergunto, mesmo sabendo a resposta.

Os olhos de Kel descem e sobem por meu corpo.

— Nunca.

— Assustei você? — Tenho menos certeza dessa resposta. Espinhos agora se enroscam em nosso salgueiro. Isso me faz lembrar de Castelárvore.

As pupilas de Kel estão dilatadas, seu hálito é doce por causa dos drinques.

— Você é feroz e linda, minha Rosa. Merece se apoderar do que é seu, depois daquela demonstração.

— Me apoderar do que é meu — repito. *Você é meu, Kel. Eu sou sua.*

As mãos dele vagam por meu corpo e me derreto em seus braços, me livrando de toda preocupação e energia acumulada.

— Nunca quis ninguém como quero você agora. — Sua boca busca meu pescoço, os dentes apertam a pele sensível. — Nunca desejei tanto mostrar isso a você.

— Mostrar o quê?

Seus lábios estão a um fio de cabelo dos meus.

— Minha devoção por você.

Suspiro e fico mole em seus braços. Balanço o quadril, sinto o membro ereto através das tiras finas da minha saia. A mão dele desliza por minha cintura, me puxa para mais perto.

Ressentida, penso: *Sinta isso, cuzão. É assim que tem que ser.*

Um instante depois, o ronronado familiar de Caspian acaricia minha mente. *E não é delicioso?*

Beijo o pescoço de Kel. Ouço o suspiro viril que ecoa em seu peito. Viro a cabeça para expor uma área maior do pescoço e ver Ezryn perto da entrada do nosso gabinete.

Ele está olhando para nós.

Um sorriso estranho distende meus lábios quando, ainda sentindo o sabor da pele de Kel, continuo olhando para Ezryn. Não me incomoda ele estar aqui durante este momento íntimo. Na verdade, me lembro daquela ocasião na floresta, quando ele agarrou meu cabelo enquanto Kel amarrava meu corpete.

Deixo escapar um gemido e lambo o pescoço de Kel. O som que ele faz desperta em mim uma vibração de pura satisfação. Olho para ele por entre os cílios. Quantas vezes posso pedir para ele me beijar? Não sei, então, não pergunto. Levanto a cabeça, abro a boca e fecho os olhos.

Ele cobre minha boca com a mão e rosna:

— Preciso ir embora, ou vou possuir você encostada nessa árvore.

Ele me solta e cambaleia, estende a mão para se apoiar no galho. Ezryn corre para ampará-lo.

— Não saia agora, Kel.

Kel segura os ombros de Ezryn, e seu rosto é uma máscara de dor.

— Não posso ficar aqui deste jeito. Olhe para ela.

Ezryn vira o visor do metal em minha direção.

— Eu a levo para dar uma volta.

— Ela...

— Não vou deixar que nada de mal aconteça — Ezryn afirma. — Confie em mim.

Keldarion range os dentes antes de assentir.

Bato com força desnecessária na armadura que protege o braço de Ezryn.

— Ei, minha opinião não importa nisso tudo?

— Não.

— Já falei que é muito irritante quando vocês dois se juntam contra mim?

Ezryn me leva ao canto da festa, e não olho para trás. Cretino gelado idiota. Kel pode perder a cabeça quando está zangado, mas quando meu vínculo predestinado se manifesta um pouquinho, sou banida como uma criança?

— Vou encontrar um lugar tranquilo para nós longe da multidão...

Eu me solto da mão de Ezryn. A raiva borbulha em cada passo que dou. Sei bem para onde estou indo.

Marcho em direção à escada de espinhos.

Ezryn corre atrás de mim.

— O que está fazendo?

— Vou falar com o Príncipe dos Espinhos.

— Não posso deixar você subir.

Giro e encaro Ezryn.

— Não vou permitir que Caspian continue atormentando meu predestinado. Confie em mim, Ezryn. Deixe que eu resolva isso.

— Eu confio em você. É em Caspian que não confio. — Um suspiro profundo e relutante escapa de dentro do capacete. — Vou estar bem aqui, acompanhando tudo.

— Ótimo.

É hora de enfrentar o Príncipe dos Espinhos.

Rosalina

Subo a escada de espinhos.

Caspian ainda está reclinado em seu trono e levanta uma sobrancelha ao ver minha aproximação. O homem feérico da pista de dança está ao lado dele. Felizmente, guardou o pinto mole.

Daqui de cima tenho uma visão completa da festa, inclusive do nosso salgueiro, de onde Kel me observa com um olhar intenso. Tenho certeza de que ele não está contente com isso.

— Princesa, que maravilha vir cumprimentar o convidado de honra. *Eu.*

Não deixo nenhum sinal de emoção aparecer em meu rosto quando paro diante dele.

— Chega de joguinhos. Pare de mandar seus restos para Keldarion…

— Não pode falar com Sua Majestade desse jeito, *humana*. — O homem ao lado de Caspian rosna.

Caspian suspira.

— Saia da minha frente.

O homem de cabelo comprido e platinado sorri satisfeito. Mas no instante seguinte, Caspian o encara sério.

— Você. Agora.

O feérico abre e fecha a boca. Depois levanta o queixo pontudo.

— Já entendi. A humana parece boa de foder. — Quando passa por mim, ele dá um tapa forte na minha bunda. Giro pronta para arrancar sua cabeça.

Mas não tenho essa oportunidade.

Caspian se levanta e empurra o homem da plataforma. Seu rosto se contorce de pavor, e ele não tem tempo de gritar antes de ser empalado por um espinho afiado que se levanta do chão.

Sangue e entranhas respingam quando o corpo destroçado escorrega pelo espinho.

A música para. Kel está saindo da alcova. Ezryn está na metade da escada. Até Dayton e Farron correm da pista de dança.

Mas Caspian se coloca na minha frente e olha para a multidão.

— Essa é Rosalina O'Connell — ele diz, e não precisa gritar para atrair a atenção de todos no pátio.

Aceno para dispensar meus príncipes, não quero que acabem envolvidos nisso. Os quatro reduzem a velocidade dos movimentos e me observam atentos.

— Ela é uma convidada muito especial. Se algum de vocês tocá-la, terá o mesmo destino do... — Caspian franze a testa para o espinho ensanguentado — seja lá quem for, vai virar decoração de festa. E, como foram avisados, não vou permitir que morram logo. Vou desfrutar de seus gritos junto à música conforme vocês são rasgados vagarosamente por meus espinhos.

A plateia está parada e silenciosa, olhando do Príncipe dos Espinhos para o homem morto pendurados no espinho.

Caspian cai de volta no trono como se estivesse irritado, depois acena preguiçoso.

— Continuem.

A música retoma a cadência elegante, e os convidados continuam o que estavam fazendo antes.

Faço contato visual com os príncipes, informando que estou bem. Caspian acena de novo, e o trono onde está sentado se contorce, fica maior. Grande o bastante para eu me sentar ao seu lado.

— Sente-se, princesa. — Um sorriso ensaiado distende seus lábios. — Estava esperando por você.

Engulo em seco e me sento.

Isso é... esquisito. Estou sentada em um trono de espinhos com Caspian na festa de aniversário dele. E não sinto medo. O que não faz nenhum sentido, considerando que acabei de ver como ele jogou um homem do mezanino.

Mas estou nervosa. Aliso a saia pela centésima vez, fingindo alisar pregas invisíveis.

— Aqui é mais bonito do que pensei que seria — digo.

— E como imaginava o Inferior?

— Não sei. — Dou de ombros. — Sangue pingando do teto. Esqueletos encostados nas paredes. O som de suas vítimas gritando.

— Desculpe se a desaponto. — Ele sorri tímido. — O que posso dizer? É minha casa, e sempre admirei a beleza. Quanto a essas outras coisas que mencionou, vai ter que ir mais fundo.

— Vim falar com você por um motivo. É sobre Keldarion — anuncio. — Precisamos conversar.

— No meu aniversário, sério? Princesa, você é sempre um pé no meu saco, mas por algum motivo, não consigo tirar você de perto. — Ele se inclina em minha direção.

— Vai ter que parar de mandar aquelas feéricas para nós depois de, hum, dormir com elas. É cruel com elas e perturba Keldarion. E a mim. Isso me perturba também. Por que se dá ao trabalho de dizer para elas se jogarem em cima de Kel? Ele não vai se vincular a nenhuma delas. Já me encontrou.

Caspian revira os olhos.

— Está gritando comigo como se eu tivesse escolha.

— Você tem. Pode escolher não ser cruel e pervertido.

— Pervertido? — Ele escorrega no trono, chega mais perto.

Levanto a mão para conter seu avanço.

— E isso deixa você com um cheiro horrível.

Ele abaixa o queixo, olha para o próprio peito. Como sempre no mundo dos feéricos, meus sentidos estão em alerta máximo. Posso sentir o cheiro dele misturado com o daquela mulher.

Caspian estreita os olhos escuros.

— Não saia daí.

Sarça se retorce em torno dele, que desaparece em uma mistura de sombras e espinhos, e fico sozinha no trono.

Ezryn olha para mim da escada, ainda no mesmo lugar. Dou de ombros. Para onde foi Caspian? Ajeito a coroa de espinhos na cabeça e dou uma olhada na festa. Por um instante, finjo que sou uma rainha má olhando seus súditos. Só me falta um corvo e um cajado legal.

Depois de alguns minutos, espinhos se levantam na frente do trono e Caspian emerge do meio deles. Seu cabelo está molhado, a coroa de prata com a pedra azul está meio torta. Ele trocou de roupa, agora veste túnica escura e calça justa.

— Você… — As palavras somem quando ele se debruça com uma das mãos de cada lado do trono, sobre mim, com o cabelo pingando.

— Melhor assim?

Não consigo evitar, respiro fundo. Ele tem cheiro de flores, terra e algo mais: mar e sol.

— Esteve nas termas quentes de Dayton. Como?

Ele sorri e se acomoda no trono.

— Seus príncipes têm os espelhinhos que os levam a Castelárvore. Eu posso viajar a qualquer lugar onde meus espinhos estejam. E você sabe que tem muitos deles em Castelárvore.

Eu não devia ter falado nada. Ele agora cheira bem... bem demais. O jeito como o cabelo molhado emoldura o queixo esculpido me deixa arrepiada.

— Então, você vai parar? Porque eu trouxe um presente de aniversário, mas não sei se merece, depois do que fez.

Um músculo treme em sua face, e sua expressão é confusa.

— Vocês não trocam presentes nos reinos feéricos?

— Os reinos feéricos têm uma tradição como essa — explica Caspian, passando os dedos no cabelo e parando na coroa prateada. — Mas não... no Inferior.

— Bom, talvez devesse ter sido mais gentil. Agradeço por ter me defendido daquele tarado. Mas não precisava matar o cara.

— Ah, não fiz aquilo por você. Foi por mim. Autopreservação. A última coisa de que preciso é um cuzão gelado vindo aqui em cima me matar porque deixei alguém tocar em você.

Olho para meus príncipes. Farron e Dayton estão comendo sentados à mesa, mas continuam olhando para cima. Ezryn terminou de descer a escada, um guarda imóvel, e Kel está ao lado do salgueiro com aquele olhar penetrante cravado em nós.

Tenho muitas coisas que preciso perguntar a Caspian, por exemplo, como ele fala dentro da minha cabeça. Mas não consigo verbalizar a pergunta.

— Por que não tem medo de mim? — Até eu me surpreendo com as palavras.

— Quem disse que não tenho? — Caspian responde. — Vi o que você fez com meu presentinho.

— Não, é que, bem, você salvou minha vida. Eu sei que sim, no dia em que cheguei à Sarça. — Minha voz treme, mas não é de medo. — Matou seus próprios goblins e me levou para Castelárvore. Sabia que eu era a predestinada de Keldarion?

Ele me encara surpreso.

— Não minta para mim, Caspian.

— Sabia — ele responde devagar.

Minha respiração vibra no peito.

— Como? — Como ele soube antes de mim? Não creio que seja possível sentir o vínculo de outra pessoa.

— Bem, não pode esperar que eu revele todos os meus segredos agora, não é?

— Podemos quebrar a maldição a qualquer momento. Kel pode recuperar sua magia. Não entendo por que não está tentando me impedir.

— Hum. — Caspian olha para longe, para o fundo do pátio ou para a própria memória. — Ele não está com muita pressa, está? Fico me perguntando por quê.

Aperto o tecido da saia, e meus ombros tremem com o esforço que faço para tentar conter as lágrimas. Merda, não quero chorar na frente do Príncipe dos Espinhos. Por que tínhamos que começar a falar sobre isso?

— Que foi? — Caspian reage surpreso. — Por que está chorando?

Limpo os olhos depressa com a palma das mãos.

— Porque sei por quê.

— Sabe por que ele não vai quebrar a maldição? Fale-me.

Respiro fundo e recupero a compostura.

— Kel tem o coração partido por um amor do passado.

Caspian fica em silêncio por um instante, depois começa a gargalhar. Gargalhadas longas e, acima de tudo, cruéis.

— Por que está…

Caspian põe as mãos sobre meus ombros, mas não há nada de sensual nisso.

— Quem disse isso?

— Dayton falou…

— Aquele idiota é ainda mais burro do que eu imaginava. — Caspian continua rindo. — Escute bem o que vou dizer, princesa, Keldarion nunca esteve apaixonado.

— Mas…

— E se ele convencê-la de que você é a praia para onde a estrela dele foi levada, não se esqueça de que ele não passa de um mentiroso egoísta.

Lentamente, empurro as mãos de Caspian dos meus ombros, e elas caem como chumbo.

— Você o odeia de verdade, não é?

— Mais do que odeio a chuva que cai na noite do Solstício de Verão, mais que uma geada antecipada que mata a colheita, mais que uma praga que assola as terras dos reinos, mais que os incêndios que varrem a floresta. — Ele para, e por um momento vejo a insanidade sombria estampada em seu rosto. — O ódio que sinto por Keldarion não tem fim.

Eu me levanto depressa, olho para ele respirando ofegante, sentindo aquela raiva feroz despertar novamente.

— Por que o trouxe aqui, então? Por que vai a Castelárvore? O que significa tudo isso?

— Porque não vou parar enquanto ele não tiver sofrido tudo que me fez sofrer.

Seguro seu braço e levanto a manga da túnica para mostrar o bracelete do acordo que fez com Keldarion, a corrente de espinhos congelados. Mas tem algo mais em seu punho, mais para cima, um bracelete de elos dourados, um pingente de pedra no formato conhecido de uma rosa.

Paro. Farron me disse que os acordos podem ser feitos com qualquer objeto circular. *Com quem mais fez acordos, Caspian?*

Seus olhos brilham. Ele me ouviu. *É um presente, não um acordo. Mas as consequências certamente são parecidas com as de uma maldição.*

— Por que consigo ouvi-lo em pensamento? — pergunto.

— Você faz perguntas para as quais só as estrelas têm respostas, Rosalina. — Ele se inclina até quase encostar o nariz no meu.

— Por que consigo controlar os espinhos como você?

O sorriso se alarga.

— Dom ou legado, a magia é a mesma, não concorda?

— Isso não faz o menor sentido. — Inspiro profundamente pelo nariz. Ele vai me enrolar, se eu deixar. Preciso me concentrar na pergunta mais importante.

— Que acordo você tem com meu predestinado? Quero saber sobre seu acordo com Keldarion.

Ele afasta o braço.

— Ah, não será tão fácil. — Caspian abre as pernas. — Sente-se aqui no meu colo. Isso vai ajudá-la a descobrir.

— Você é nojento. Por que eu faria isso? Não consegue nem fazer seus amantes terem um orgasmo.

Ele levanta as mangas, deixando à mostra o bracelete de espinhos gelados.

— Não faço, mas isso não significa que não consigo. Desamarre minha calça para mim. É evidente que você não tem barreiras embaixo desse vestido.

Fecho as pernas com força, odiando o calor que toma conta do meu corpo quando seus olhos me varrem de alto a baixo. Ele puxa a cintura da minha saia e me encaixa entre suas pernas.

— Sente-se, princesa. Deixe-me entrar em você. Prometo que vai ver estrelas que só vislumbrou em seus sonhos. — Uma das mãos brinca preguiçosa com as faixas pretas. — E não se preocupe com seu precioso predestinado. Mesmo que ainda esteja tremendo depois do meu toque, vai voltar para aqueles braços gelados.

Recuo.

— Você é ridículo. Não vou dormir com você para descobrir qual é o acordo. Você nem me diria nada, provavelmente.

— Pelo contrário. — Caspian se levanta, e é muito mais alto que eu. — Acabei de responder a três de suas perguntas.

— O qu...

Caspian passa por mim e se dirige aos convidados. Eles olham para cima de um jeito reverente.

— Acho que a música ficou um pouco chata. Que tal um gostinho das profundezas? Planejei um grande espetáculo. Vocês não vão querer perder isso. — Ele se senta e inclina a cabeça para o espaço vazio a seu lado.

Mas não suporto nem mais um segundo em sua presença dissimulada. Desço a escada de espinhos e fujo do Príncipe dos Espinhos e de seus enigmas.

Rosalina

Meu coração dispara quando desço a escada de espinhos. Pensei que Ezryn estivesse ali embaixo. Para onde ele foi? Depois das palavras de Caspian, a pista de dança ficou ainda mais cheia.

As pessoas se aglomeram. Peles suadas roçam na minha quando sou absorvida pela multidão. Todos devem estar procurando um bom lugar para ver o espetáculo. Viro-me e fico na ponta dos pés, tentando encontrar nosso salgueiro. Um mar de gente alucinada me separa dele. *Merda.*

A música fica mais alta, e um estrondo mecânico ecoa no pátio. Olho para trás. A pista de dança se abre, revelando uma fenda larga. Um grande aquário surge da escuridão.

Sua superfície lisa de vidro brilha com a luz de pedras preciosas. Água transparente ameaça transbordar dele. Canos e válvulas serpenteiam no fundo como veias, pulsando com energia. No meio do tanque tem uma criatura de beleza estonteante: uma sereia.

Fascinada, nem me importo quando um feérico bêbado e seminu me empurra para chegar mais perto do show. Ela é impressionante, com a calda reluzente e azul e os longos cabelos cor-de-rosa. Dou um passo à frente, hipnotizada pela luminosidade das escamas.

Mas mais feéricos se aglomeram à minha volta, até eu ficar presa entre corpos por todos os lados. Tento ver os príncipes, me sentindo repentinamente vulnerável sem eles por perto. *Preciso voltar para a nossa árvore.*

Uma comoção atrás de mim faz os feéricos gritarem palavrões e reclamações. Ezryn empurra a multidão com a sutileza de um touro em uma loja de porcelana. Sua armadura escura reflete o brilho fúcsia, verde-esmeralda e azul-safira das pedras do tanque.

— Saia da minha frente — ele rosna para o encantado atrás de mim. Depois agarra o sujeito pelos ombros e o joga para o lado.

Assim que sinto a armadura fria em mim, fico aliviada. Seus braços envolvem meu corpo, e me derreto entre eles.

— Está muito cheio — digo.

— Eu sei. Fui arrastado pela multidão quando Caspian anunciou o espetáculo. O povo das sombras é obcecado pelas criaturas dos reinos superiores. Segura firme. — Ezryn pega minha mão com sua grande luva de couro e vai empurrando as pessoas. Minha mão fica muito pequena na dele, e colo no tecido rústico de sua capa para não sermos separados.

Por um breve momento, vejo os olhos de Keldarion em uma brecha na multidão. Seus traços relaxam quando ele percebe que o Príncipe da Primavera está comigo.

Ezryn xinga baixinho.

— É muita gente. Vamos voltar para a nossa árvore depois do show.

A cauda da sereia se move em um ritmo envolvente.

— Acho que quero ver.

Ezryn estuda o pátio. Há bancos de obsidiana ao longo da beirada do tanque, mas são ocupados pelos sortudos que conseguiram se sentar. Mas isso não o detém. Ele se aproxima de um feérico magrelo com olheiras profundas sentado na ponta do banco.

— Saia.

O encantado levanta o olhar para ele.

— Vá se foder…

Ezryn segura sua camisa e o tira do banco, depois o joga no meio da multidão. Ninguém parece notar ou se importar. O feérico ainda lança um olhar ameaçador para Ez, antes de desaparecer no mar de gente.

Ezryn se senta no banco e me segura pelo quadril. Sinto a maciez do couro através das tiras da saia, e minha respiração acelera.

— Sente-se aqui — ele diz com voz rouca. — Vai enxergar melhor.

E me põe no colo. O choque da armadura fria sob minhas pernas nuas arranca uma exclamação sufocada de minha garganta. Maldita Marigold e seu capricho exagerado com aquela tesoura; o tecido é muito fino, e a rigidez das coxas de metal provoca arrepios.

— Está confortável? — ele pergunta.

Nunca pensei que fosse estar confortável sentada em aço, mas ele me segura com uma das mãos no meu quadril e a outra no meu joelho. Sinto-me segura no meio de todo caos que nos rodeia.

— Sim. Estou esmagando você?

ENTRE FOGO E ESPINHOS

— De jeito nenhum.

Eu me apoio nele e descanso a cabeça na curva de seu pescoço, logo abaixo do capacete. Seu cheiro é uma delícia, como andar na floresta depois da chuva.

A música para, e um momento de suspense domina a plateia. O tanque é elevado sobre um pedestal, e agora consigo ver a sereia claramente.

Sua pele é pálida, branca perolada, como se alguém a tivesse esculpido em puro mármore. Há pedras preciosas incrustadas em seu tronco, mas os seios estão nus.

O cabelo é comprido, com mechas em tons de rosa-claro e lilás que se misturam em um pastel suave. E as orelhas... estou acostumada com as orelhas pontudas dos feéricos, mas as dela têm saliências e curvas delicadas que imitam o formato e o movimento de uma barbatana. Elas parecem se mover com independência, vibrando quando a criatura olha para o público.

Apoio a cabeça no capacete de Ez.

— Por que ela está aqui? Acha que está presa?

— Olhe o braço dela.

A sereia move o corpo em um ritmo gracioso, mas vejo uma faixa de aço com estrelas em torno de seu antebraço. Um *círculo de acordo*.

— Provavelmente, está cumprindo a parte dela do acordo com alguém daqui de baixo — Ez opina. — Não sei o que ela negociou, mas deve ter sido importante.

Por alguma razão, isso me entristece.

A sereia move a cauda longa e sobe até a superfície. Ela se agarra à beira do tanque e levanta o corpo, tirando o peito da água. A plateia exclama maravilhada a cada movimento. E de repente, ela abre a boca e canta.

O som é etéreo, hipnótico. Meu coração sobe e desce acompanhando cada nota. Não entendo o idioma, mas a beleza assombrosa das palavras me faz afundar como uma âncora.

— Você a entende? — pergunto.

Ezryn se inclina para a frente, apoia o capacete no meu ombro.

— É uma linguagem de navegantes do Reino do Verão. Ela canta sobre um amor perdido. — A voz dele assume um tom melódico e profundo, e ele acompanha a sereia. — *Te conheci na beira do mar, sob o céu e o luar. Dançamos entre as ondas naquela noite, nosso amor, uma canção de ninar. Mas vieram as nuvens de tempestade para nos separar. E agora canto esta canção triste, com meu coração partido perdido no mar.*

— Sabe falar um idioma que só é falado no Verão?

— Eu falo mais de dez idiomas.

— Ah... — Minha pele arrepia, e sinto um calor se espalhando em meu ventre. Penso como seria ouvi-lo em uma dessas belas línguas.

A voz da sereia se espalha por todo o salão de baile, deixando a multidão sem fala.

— *Ah, meu amor, meu doce amor* — Ezryn murmura —, *perdido no profundo azul do mar. Vou cantar esta canção de saudade até você voltar.*

Forço meu olhar a se deslocar da bela criatura na água para Ezryn. A penumbra torna seu visor ainda mais impenetravelmente escuro do que de costume, mas posso sentir seu olhar em mim.

Ele tira as luvas de couro e as encaixa no cinto.

— Está quente aqui — murmura, e devolve as mãos nuas ao meu quadril.

— O que mais ela está dizendo? — sussurro.

Seu dedo desenha um círculo que escorrega entre as faixas de tecido da saia e toca minha pele nua.

— *Porque a maré pode ir e vir, e o vento para sempre soprar, mas meu amor por você jamais vai sumir. Como as estrelas, sempre vai brilhar.*

Fecho os olhos e reclino a cabeça para trás. Deixando-me envolver pela carícia morna de sua voz e pelo toque da mão na minha pele. É muito suave, muito provocante, e são só pequenos círculos.

Sua respiração reverbera dentro do capacete e ele muda de posição, me pressionando um pouco mais forte com a perna. Eu me mexo instintivamente, desesperada por mais fricção. A fenda entre minhas pernas pulsa, e a multidão desaparece. Só existe o canto sedutor da sereia e a coxa larga de Ezryn embaixo de mim.

A mão esquerda sobe até meu joelho, e a direta afasta as tiras de tecido e agarra minha coxa. Ele aperta tanto que deixa a marca dos dedos. Meu peito estremece com a respiração rápida. Ele finge assistir ao espetáculo, mas os dedos hábeis sobem lentamente.

Minha mão acaricia um lado do capacete.

— Fale alguma coisa no idioma da Primavera.

Ele inclina a cabeça, e quase posso imaginá-lo, essa imagem estranha que tenho, sem rosto, mas familiar, olhando para mim com uma expressão sedutora.

— Por favor. — A palavra é mais súplica que educação.

— *Anon caria mirel baelorin* — ele sussurra. — *Yavanthy caeotin. Darisfeli em onore, Rosalina.*

Cada sílaba é como uma nota musical, e tem uma sugestão de malícia que faz querer gritar. Esfrego-me nele com mais convicção, e ele continua falando comigo, como se cada palavra dançasse no ar.

A sereia ainda canta e os convidados estão perdidos em seu encanto, mas eu quase nem a ouço. Ezryn levanta a perna, e subo em seu colo até estar com as costas apoiadas em seu peito, com uma perna de cada lado de seu corpo. Esse ângulo torna a pressão da placa de aço sobre sua perna ainda mais cruel em minha fenda latejante.

Eu devia mudar de posição, mas a ideia de perder essa fricção deliciosa só me faz querer aumentar a sensação e me esfregar mais nele.

O metal frio do capacete acaricia a curva entre meu pescoço e o ombro nu. Queria muito poder sentir sua respiração na pele, conhecer o som de sua voz sem o eco do capacete. Mas tudo isso fica em segundo plano quando ele enlaça minha cintura com um braço e me puxa para ainda mais perto.

Sinto o calor entre as pernas quando ele arrasta sobre sua coxa, e tenho que morder a boca com força para sufocar um gemido. Ele sabe exatamente o que está fazendo? Finge estar atento à cantora, mas as mãos continuam acariciando minha pele...

— *Procurei nos arrecifes e nas cavernas profundas, chamando seu nome* — Ezryn cantarola. — *Nadei pelos mares dos quatro reinos, mas nada nunca mais foi igual. Porque todas as noites sonho com você* — a voz dele se torna um sussurro rouco — *e nosso amor verdadeiro volta a acontecer.*

— Ah, Ezryn — murmuro. As mãos dele são leves em mim; eu as quero firmes e ritmadas, como sei que podem me tocar. Como ele me agarrou quando nos encontramos pela primeira vez.

Arqueio as costas contra ele, desejando que não estivesse usando a porcaria da armadura. Ele está ereto? Ou está se perguntando por que não consigo parar quieta e assistir à sereia?

Cada nervo do meu corpo está em chamas. Fagulhas de prazer se espalham cada vez que balanço o quadril em cima dele. As tiras da saia se espalharam em volta das pernas, e agora só existe o contato da coxa de metal contra minha calcinha ensopada.

Então, eu lembro.

Esqueci de vestir a calcinha. Estou me esfregando nua contra ele, molhando sua perna com minha excitação.

Ai, céus. Uma onda de vergonha esquenta meu rosto quando imagino a repulsa de Ezryn ao ver que não havia nada entre mim e sua armadura.

Olho em volta e localizo o corredor de saída do pátio. Tem uma abertura na multidão.

A sereia para de cantar e todos explodem em aplausos retumbantes. Aproveito a oportunidade para saltar do colo de Ezryn e correr.

Ezryn

Respiro fundo, mas é difícil. Cada nervo do meu corpo está em alerta, mas me mantenho parado. Rosalina corre entre as pessoas, mas não me mexo para ir atrás dela. Ainda não. Espero um momento para me controlar.

Porque, caso contrário, é bem provável que a devore no meio da festa.

Meu pau pulsa dentro da armadura. A pele dela, suave como uma pétala, parece ter ficado impressa na ponta dos meus dedos. Quase nem a toquei ainda, mas foi o suficiente para despertar uma urgência indomável dentro de mim, uma coisa empolgante e aterrorizante. O rastro de sua excitação na minha armadura só alimenta minha necessidade.

Eu me levanto e atravesso a multidão com uma atitude contida, mas deliberada. Eu a perdi no meio de toda essa gente, mas vou encontrá-la depressa. Seu cheiro me conduz. Meus sentidos focam esse aroma delicioso, deixando o barulho da festa em segundo plano. Ela está aqui...

Cabelos castanhos dançam na minha frente, e vejo o perfil familiar de seu nariz. *Minha.* Estendo a mão e seguro seu braço.

— Não toque em mim — a mulher rosna, e eu a solto. É uma feérica, não Rosalina. Noto que seu cabelo é muito mais curto e os olhos brilham como uma ferocidade que nunca existiria na expressão doce de Rosa.

— Desculpe, pensei que fosse outra pessoa.

A feérica me olha da cabeça aos pés e sorri.

— Interessante.

— Com licença. — Passo por ela e balanço a cabeça. Meus sentidos devem ter se confundido no meio de toda essa gente. Mas não demoro muito para encontrar seu rastro. Ela corre para uma passagem que conecta o pátio ao restante do castelo.

Eu a sigo escondido nas sombras, paro um instante enquanto ela recupera o fôlego no corredor silencioso. *Linda.* Falei que ia matar Marigold por vesti-la daquele jeito, mas só porque não há olhos que mereçam apreciar a majestade de sua beleza. Não que eu seja mais digno... mas ela é a predestinada do meu irmão de luta.

Isso não faz dela sua, digo a mim mesmo. *Então, por que está se torturando desse jeito?*

A resposta vem em uma jogada de cabelo sobre o ombro, em um movimento do quadril largo.

Porque o prazer compensa o sofrimento.

Com um movimento rápido, eu a empurro contra a parede. Seguro seus punhos e levanto seus braços acima da cabeça. Seu peito arfa, projetando os seios que os desenhos em tinta preta mal conseguem esconder.

— Rosalina, o que falamos sobre andar por aqui sozinha?

Ela arregala os olhos e nem pisca. Lambe os lábios e abaixa a cabeça para olhar para minha perna.

— Ez...

— Olhe para mim quando eu estiver falando com você.

Um lampejo de rebeldia passa por seu rosto.

— E se eu não quiser? Vai me enforcar, lata velha?

Não consigo evitar um sorriso.

— Só se você pedir com jeitinho.

Sua boca perfeita se abre em um o perfeito. Seguro seus punhos com mais força.

— Para onde acha que ia?

— Para longe — ela sussurra. — Fiquei... constrangida.

Uso a mão livre para traçar o contorno de seu queixo.

— Que coisa mais ridícula, por que isso?

Seus seios quase tocam o peitoral da armadura. De repente, entendo Dayton e sua preferência por andar sem camisa.

— Porque não consegui me controlar.

— E nem deveria ter que tentar. — Respiro fundo e abaixo a cabeça, encaixando o capacete na curva entre seu ombro e o pescoço. — É um privilégio e um prazer estar à disposição do seu desejo.

Ela se contorce. Chego mais perto e a prendo entre meu corpo e a parede.

— Ezryn...

Abaixo a mão e passo do queixo à linha de seu pescoço.

— Você merece ser satisfeita, Pétala.

Ela dá uma gargalhada, que rapidamente é interrompida pela pressão leve da minha mão em seu pescoço.

— Falei alguma coisa engraçada?

Rosalina engole em seco, e sinto o movimento sob os dedos. Seu coração bate numa cadência nervosa, mas ela move o quadril contra o meu.

— Bem, nem todo mundo pensa desse jeito.

Um grunhido vibra em meu peito.

— Quem se atreve a não satisfazer nossa lady?

Ela olha para o lado meio acanhada.

— Dayton...

Eu a giro em meus braços, me deliciando com a pressão de seu corpo contra o meu. Rosalina olha para mim com um sorriso sincero, e por um momento me fascina pensar que estou encontrando alegria em um lugar tão horrível.

Eu a inclino, e ela joga a cabeça para trás, deixando o cabelo comprido praticamente tocando o chão.

— Dayton é um idiota — digo. — O erro deve ser reparado imediatamente.

Eu a levanto e entrelaço os dedos nos dela. E depois a levo pelo corredor.

Faz décadas que não venho ao Jardim Cripta. Minha última lembrança aqui — a fúria de Kel, a dor em seus olhos quando viu a mim e viu seu exército — ameaça dominar minha mente, mas eu a afasto. Vou me manter presente no momento. Por ela. Por mim.

Apesar de não vir aqui há uma eternidade, conheço bem esses corredores. E as coisas não mudam muito nas entranhas do Vale. *Provavelmente, ainda está aqui.*

Subo uma escada em espiral que dá muitas voltas em uma das torres.

Ela não fala nada, mas a excitação ilumina seu rosto. Meu coração galopa.

A escada nos leva às muralhas do castelo, muros recortados por uma série de portas cor de violeta.

— Os moradores do Castelo Jardim Cripta têm uma certa obsessão pelo mundo superior. Muitos se consideram colecionadores. Eles guardam tesouros da superfície nesta seção do castelo.

— Não ficariam mais felizes morando em um dos reinos? — Rosalina pergunta.

Mordo a boca por dentro, tentando me lembrar da porta certa.

— Não é tão simples. Muitos são considerados traidores por causa de conflitos anteriores à Guerra dos Espinhos. Outros buscam refúgio; é um lugar onde traficantes, contrabandistas ou a nobreza banida podem desaparecer.

Rosalina olha por cima da grande da muralha, para a cidade ampla além do castelo. Uma imagem passa por minha cabeça: Kel no alto desta mesma torre. *Admita, Ez. Tem uma certeza beleza aqui.*

Eu nunca a vi. As joias brilham com magia desviada da terra, as luzes púrpura e safira não têm fonte natural, não há céu, só uma neblina densa lá em cima.

Inspiro, tentando detectar o cheiro de madeira e terra.

— Por aqui.

Rosalina segura minha mão com força e me segue. Tento abrir a porta. Trancada.

— Com licença. — Rosalina tira um espinho da coroa e se inclina na frente da fechadura.

Seguro seu quadril e empurro o meu contra seu traseiro.

— Está me distraindo — ela diz em voz baixa, rouca. A fechadura estala, e ela olha para mim orgulhosa.

Passo a mão em seu rosto.

— Então, foi assim que escapou do seu quarto meses atrás. Você me meteu numa tremenda encrenca.

Ela me encara com um olhar meio velado.

— Posso compensar...

Seguro seu queixo e a empurro contra a porta.

— *Pode* não. Você *vai*, Pétala.

A única resposta é sua respiração mais acelerada e um rubor delicioso no rosto e no nariz. Não posso esperar nem mais um segundo. Preciso ficar sozinho com ela *agora*.

Abro a porta, seguro Rosalina pelo cabelo e a empurro para dentro.

— Uau! — ela exclama. — O que é isso?

Caspian não mudou de verdade, graças às estrelas. Eu sabia que ele ainda mantinha esse lugar. Entramos em um pequeno arboreto fechado. O espaço é iluminado por grandes cristais que crescem do chão como árvores, projetando uma luminosidade etérea em tons de azul e roxo. O ar tem o cheiro das flores de cada um dos quatro reinos: só as mais raras e as mais bonitas. Algumas brilham como pedras preciosas, com pétalas dotadas de uma luz interna.

Samambaias iridescentes brilham como vagalumes e folhas do tamanho de pratos de jantar parecem esmeraldas prontas para serem tiradas da terra. Um canteiro de musgo no meio da sala ondula com uma luz prismática.

ENTRE FOGO E ESPÍNHOS

— É um jardim secreto — Rosalina sussurra, girando em torno dela mesma.

— Ninguém pode negar que Caspian ama coisas bonitas. — Tranco a porta, depois acesso minha magia. Ela é bem fraca aqui em baixo, longe de Castelárvore, mas ainda consigo produzir uma rede de grossas trepadeiras entre os batentes. Não posso correr o risco de sermos encontrados.

Não com o que pretendo fazer.

— Algumas plantas estão meio murchas — ela comenta.

Meio murchas é gentileza dela. A maioria das plantas tem uma aparência doente, quase morta.

— As coisas nem deviam crescer aqui embaixo. A existência deste jardim é um milagre.

Nem posso imaginar que magia Caspian desviou para manter isso vivo. Mas não quero pensar mais no Inferior. Só quero pensar nela.

Agora que estamos sozinhos e o clamor da festa ficou longe, uma sensação estranha de desassossego brota em meu peito. *Estou... nervoso?*

Rosalina arqueia uma sobrancelha.

— Então, príncipe Ezryn, posso saber por que me trancou em uma sala com você? — Ela se aproxima ondulando o quadril de um lado para o outro. Move os dedos pela placa no peito da armadura. — Devia saber que sou uma humana muito perigosa.

O tom bem-humorado me contagia, e o nervosismo desaparece. Passo a mão em seu cabelo.

— Pode acreditar, estou apavorado.

— Não se preocupe. Vou ser boazinha com você. — Ela toca a área exposta entre a armadura e o capacete. — A menos que implore por outro tipo de tratamento.

Uma necessidade primal desperta em meu corpo, e a empurro contra o vaso de uma grande samambaia.

— Não exagere na pose, humaninha. Minha honra é o que mais importa para mim. — Eu me inclino e aproximo a boca de sua orelha, falo com um tom baixo e sedutor. — E fiz uma promessa a você.

Ela me abraça, e acomodo suas pernas em volta da cintura. O contato entre a armadura fria e seu sexo nu a faz gritar, e quase gemo com a doçura do som. Seguro suas coxas, e ela enlaça meu pescoço com os braços.

Já a beijei antes, mas essa é a sensação de realmente tê-la nos braços, abraçá-la com força como sempre sonhei. Todos estes meses no castelo,

ELIZABETH HELEN

quando nos sentamos frente a frente nos jantares impostos por Keldarion, mal consegui lhe dizer uma só palavra. E todos os meses que ela passou longe de nós, me odiei por minha frieza. Foi isso que perdi.

Eu me deito com ela na cama de musgos. A luz suave dos cristais pinta sua pele como uma tela de pó de estrelas.

— Você é uma obra de arte. Vou tentar não manchar seu brilho.

Ela geme e agarra os musgos. Seu corpo arqueia, a cabeça se inclina para trás e revela o pescoço longo e lindo.

Ela se senta de olhos bem abertos e segura meu capacete entre as mãos.

— Acabe comigo. Sou sua, faça o que quiser. Me pegue e me descarte, desde que eu possa ser sua por um momento.

A ideia me enche com um calor delirante: é delicioso pensar na minha mulher tão doce, com toda sua suavidade e seu humor, se oferecendo para ser degradada por mim. A fera se debate em meu peito. *Pegue. Pegue.*

— Ezryn… — ela choraminga, mas eu a silencio tocando seus lábios com um dedo. Sua expressão revela irritação, e ela abre a boca para se apoderar do meu dedo. Fecho os olhos e gemo quando a língua se move em torno dele. Os olhos permanecem fixos nos meus.

— Eu aqui, decidido a ser legal com você — digo. — E você não está se comportando.

Ela solta meu dedo depois de uma última chupada.

— E o que vai fazer com isso, Homem de Lata?

Aproximo o corpo todo do seu e toco seu pescoço.

— Me chama por esse nome mais uma vez.

Um sorriso debochado levanta os cantos de sua boca.

— Ou vai fazer o quê… Homem de Lata?

Um fogo me incendeia e monto sobre seu corpo, usando as pernas para prendê-la no chão. Uma das mãos agarra a base de seu cabelo *com força*. A que está no pescoço aperta sua garganta com um pouco mais de força.

— Era isso que você queria, sua danada?

Ela abre a boca e revira os olhos.

— Ah, sim — geme.

— Ainda consegue falar. Acho que não estou apertando o suficiente. — Pressiono seu corpo um pouco mais com meu peso. — Se for demais, pisque duas vezes, tudo bem, meu amor?

A resposta dela é projetar o quadril contra o meu. Meu pau protesta contra a contenção da armadura. Porra, ela fica linda com minha mão em seu pescoço. Puxo seu cabelo com mais força, e vejo o momento imitado pelas mãos dela no musgo. *Desculpe, Caspian.*

Afrouxo a pressão e levanto o tronco. Ela arfa, e vejo um brilho úmido em seus olhos.

— Ezryn…

Passo a mão em seu rosto.

— Boa menina.

Frustrada, ela começa a arranhar a armadura.

— Como eu tiro isso?

Dou risada e abaixo seus braços.

— Feche os olhos.

Ela me encara hesitante e curiosa por um instante. Mas obedece.

Inspiro profundamente. Nunca… nunca fiz isso antes. Nunca, com ninguém mais. Mas também nunca estive com alguém que vê o mundo com tanta alegria e positividade; nunca conheci ninguém que se importa com todos, mesmo com quem mal conhece. Nunca conheci ninguém que se dispõe a encarar o mundo com a coragem inocente que ela demonstra. Nunca ninguém *me* viu desse jeito. *Quero estar no seu mundo.*

Com cuidado, seguro a parte inferior do capacete e puxo para cima. O ar frio no arboreto toca meu cabelo. Pela primeira vez, olho para ela sem ser através do visor escurecido, mas com meus olhos nus. E ela é linda.

Sou um idiota. Se ela desobedecer e abrir os olhos, vou desonrar minha casa. Vou ser banido do Reino da Primavera e, pior de tudo, vou trair todos os compromissos que assumi com nosso credo e nosso estilo de vida.

Mas um momento para olhar para ela desse jeito compensa o risco. Deixo o capacete no chão e cubro seus olhos com uma das mãos. Ela arfa, e me inclino para capturar seu hálito doce. Deposito um beijo suave em sua boca.

— Ezryn — ela cochicha com os lábios nos meus.

O beijo é lento, íntimo, terno. Um beijo tão vulnerável quanto eu estou. Aflito, recuo.

— Continue com os olhos fechados.

Pego o capacete e o coloco em sua cabeça. Minhas mãos são ternas quando a levanto puxando pela nuca. Giro o capacete para deixar o visor na parte de trás.

Dentro do meu aço sagrado, ela é cega.

Suas mãos apalpam o capacete. Tremores ansiosos percorrem meu corpo; sua pele linda e macia coberta por tecido de tinta preta, a cabeça coroada por um capacete do Reino da Primavera... Consigo imaginá-la vagando entre as cerejeiras do lado de fora de Pradomor, vestida apenas com o próprio capacete e nada mais.

— Espere. — A compreensão faz sua voz tremer. Ela se senta e estende as mãos para mim com gestos aflitos. Os dedos tocam meu rosto, traçam as sobrancelhas, a curva do nariz. Suspiro e beijo suas mãos cada vez que passam por meus lábios.

— É como se eu pudesse ver você — ela sussurra. — Não posso, na verdade, mas quando toco seu rosto, posso vê-lo aqui. — Rosa põe a mão sobre o coração.

Sinto um nó na garganta, e preciso fazer alguma coisa antes de ser devorado vivo por meus pensamentos. As mãos dela se enroscam no meu cabelo. Eu a empurro para a cama de musgo e deslizo os lábios por seu pescoço.

— Pétala, estou morrendo de fome de você.

Lentamente, vou descendo por seu corpo, distribuindo beijos e mordidas em cada trecho de pele exposta. É como se ela não conseguisse soltar meu cabelo. Tenho que puxar a cabeça para me libertar e descer até a saliência entre suas pernas.

Afasto as faixas da saia, revelando o centro molhado. O cheiro é maravilhoso. Aproximo o rosto dela e respiro profundamente.

Ela geme quando o ar frio toca sua pele, e o quadril procura minha boca. Estou salivando com a necessidade. *Vou devorá-la.*

— Ezryn — ela choraminga. — Por favor. Preciso...

Ela não precisa concluir a frase; sei do que ela precisa.

Cubro seu calor com a boca. As mãos dela encontram meu cabelo de novo, e ela puxa com força. Sorrio contra sua umidade e a toco com a ponta da língua, girando e acariciando, antes de penetrar seu calor.

Ela arqueia contra minha boca. O calor viscoso faz minha cabeça girar, e saboreio cada gemido e grito enquanto me banqueteio. Ela tem um sabor delicioso, salgado e doce ao mesmo tempo. A cada lambida e chupada, ela fica mais molhada e mais quente. É tão delicioso que tenho medo de ter contraído um vício.

Lambo o clitóris, e suas coxas apertam minha cabeça. Meu pau está ereto dentro da armadura, e me imagino tirando tudo e a possuindo agora.

Felizmente, mantendo uma medida de bom senso em meio ao êxtase. Mas ela não.

— Tire isso, Ez — implora, batendo nos ombros da armadura. O capacete ao contrário abafa sua voz. — Quero você dentro de mim. Por favor.

Afasto-me de sua boceta e passo as mãos por seus seios. Por mais que eu queira arrancar esse vestido lindo e chupar seus mamilos, não posso destruir o traje frágil. Não vou sair daqui com ela nua.

— Quando eu te possuir, vai ser entre as cerejeiras e flores silvestres. Vai ser sob o céu salpicado de nuvens, com os pássaros como únicos ouvintes dos seus gritos. — Mordo seu ombro. — Não deitados na terra como dois cadáveres.

Ela resmunga frustrada e puxa meu cabelo.

— Mas...

— Não tem nada de "mas". — Volto a me posicionar entre suas pernas. — Vai ter que se contentar com isso por enquanto, meu amor.

Introduzo dois dedos nela e os dobro. Ela grita, um som desesperado, quase feroz, e arqueia as costas. Enterro o rosto nela outra vez e chupo o clitóris com força. Dedos e boca trabalham juntos, em um ritmo cadenciado, fazendo os músculos de sua perna se contraírem e relaxarem à minha volta.

— Ez... Ez, ai, Ez.

Não consigo evitar o sorriso que se forma em minha boca quando ela explode, derrama seu néctar doce em minha língua.

E é como se o clímax de Rosalina provocasse em mim uma onda, uma maré de alegria que desabrocha do meu coração e se estende até os dedos.

O alívio faz seu corpo tremer, mas não paro, lambendo ansioso cada gota até ela estar rígida e ofegante.

— Ah, Ez — ela sussurra. — Isso é que é festa.

Dou risada e me deito ao seu lado. Puxo seu corpo contra o meu, com o capacete de aço apoiado em meu peito. A mão dela escorrega entre minhas coxas.

— Quero satisfazer você.

Eu a seguro pelo punho. Meu pau anseia por isso, mas sei que sumimos por muito tempo.

— Os outros vão mandar uma equipe de busca, se não voltarmos logo. Além do mais, esta noite é para você. Pense nisso como uma compensação pela idiotice de Dayton.

— Ok — ela sussurra, mas se encolhe junto de mim.

— Acho que preciso pegar isso de volta. — Bato no capacete.

— Estou de olhos fechados.

Tiro o capacete de sua cabeça, me delicio com o rubor em seu rosto e com o cabelo bagunçado. A imagem de uma mulher satisfeita. Sentindo uma nova intensidade, devolvo o capacete à minha cabeça.

— Pode abrir os olhos agora.

Ela pisca e olho em volta.

— Ezryn...

— Hum?

— As flores — ela sussurra. — Parecem mais saudáveis.

Olho em volta, estudando o arboreto. Ela tem razão. As plantas, antes murchas e quase mortas, agora desabrocham de um jeito capaz de competir com qualquer prado no Reino da Primavera.

Olho para minhas mãos e noto uma luminosidade desbotada.

— Eu... eu fiz alguma coisa.

Mas quando encaro Rosalina, o pensamento se corrige em minha cabeça. *Nós fizemos alguma coisa.*

Keldarion

A música me envolve como o abraço de um amante, despertando meus sentidos quando ando pelo Jardim Cripta. Olho para as mesas de bebida cobertas por misturas coloridas que prometem liberdade. Bebo três doses borbulhantes antes de pegar mais dois copos para levar de volta à área reservada do salgueiro.

E onde fica a árvore? Minha visão vai e volta. As únicas coisas que consigo enxergar com nitidez são espinhos torcidos e o trono sobre o qual *ele* se senta.

— O que está fazendo aqui? — Uma voz metálica e austera interrompe a confusão.

Eu me viro. Rosalina e Ezryn estão na minha frente, imagens sem foco. Estão abraçados.

A mais estranha alegria explode em meu corpo quando vejo meu melhor amigo tratando minha predestinada de um jeito tão protetor. Percebo que nem estava preocupado com ela; sabia que Rosalina estava com ele; sabia que ele a protegeria com a mesma ferocidade de que eu seria capaz.

Um desejo profundo de estar mais perto deles se impõe a todo o resto. Solto os copos e cambaleio na direção de Ez, seguro seus ombros duros e sinto seu peso me amparando.

Que bom que está aqui. Ele nunca está aqui. Adora ir embora. Porque ele odeia Castelárvore. Ele me odeia. Mas sempre volta.

— Ez, senti sua falta. — Acho que estou falando alto, mas não importa. Beijo a frente do capacete de metal. Ainda apoiado nele, me inclino para a mulher que abraça sua cintura.

Ela pisca para mim, e a expressão em seu rosto é adorável. Também a beijo. Seguro seu queixo, e ela suspira. O som incendeia meu corpo.

Não. Recuo e olho para o outro lado do pátio, para a escada de espinhos. *Nunca vou permitir que ele a tenha.*

— Pelo jeito, ele bebeu mais enquanto estávamos longe — Rosalina comenta.

Ezryn suspira.

— Nunca o vi tão bêbado.

— Estou ótimo — declaro. Mas minhas palavras não têm o efeito desejado, porque Rosalina ri.

— Demoramos muito para voltar. — Ez me segura com mais força. E nós três começamos a andar. Para quem nos observa, deve ser estranho ver Ezryn arrastando duas pessoas meio atordoadas pela festa. Tenho certeza de que eu poderia andar, se quisesse, mas gosto de me apoiar nele.

Os galhos brilhantes do salgueiro farfalham, e Ezryn nos deixa sobre as almofadas macias. Caio de costas, e Rosalina cai deitada ao meu lado com os cabelos espalhados em ondas escuras. Ela levanta uma das pernas e a saia se abre, revelando uma coxa perfeita e a curva suave da panturrilha.

— Quero sentir o gosto de cada pedacinho do seu corpo.

— Keldarion. — A voz dura de Ezryn penetra minha mente confusa, e vejo que ele está em pé na nossa frente. — Onde estão Dayton e Farron?

Procuro entre as nuvens dentro da minha cabeça.

— Acho que foram procurar um lugar para trepar.

— É claro. — Ezryn suspira de novo. — Onde?

Dou de ombros.

— Vou atrás deles, e depois vamos embora. A parte de Farron no acordo já foi cumprida, chega. Rosalina, você está no comando.

Ela se senta e concorda, obediente.

— Posso mandar em Kel, então?

— Faça o que quiser. Só não saia daqui. Entendeu?

Ela sorri e assente, e Ez se inclina para acariciar seu rosto. Depois olha para mim.

— Não faça nenhuma idiotice.

— Quando foi que fiz alguma?

Depois de mais um longo suspiro, Ezryn me deixa sozinho com Rosalina. E tenho certeza de que foi ele quem fez a idiotice.

— Ez me deixou no comando — ela ronrona, e se aproxima de mim, ainda deitada sobre a pilha de almofadas.

Seus seios lindos são cobertos apenas por espinhos de tinta. Os joelhos abrem as tiras da saia a cada movimento. E sei que não tem nada entre aquele tecido fino e sua boceta.

ENTRE FOGO E ESPINHOS

Quando penso nisso, tenho que engolir um gemido. Ela é perfeita. Aquela noite em que esteve no meu quarto, quando sentiu meu prazer, foi a primeira vez que a vi nua. Cada parte de mim doeu com a necessidade de tocá-la, me enterrar dentro dela e nunca mais sair.

Sei que o vínculo predestinado provoca nela a mesma necessidade por mim. Faz Rosalina desejar um monstro. E cada dia é mais difícil não ceder a essa necessidade.

Ela apoia a cabeça em meu ombro, colando os seios macios em mim. Uma das pernas descansa sobre as minhas.

— Ez disse que posso fazer o que quiser com você — ela sussurra.

— Hum. — Deslizo um dedo por suas costas até apertar a bunda. — Tenho certeza de que está planejando alguma coisa muito perversa.

Ela empurra o traseiro contra minha mão. Escorrego os dedos entre as faixas de tecido e toco sua pele nua.

— Porra — murmuro, e não consigo me conter. Eu a puxo para cima de mim com as pernas abertas, uma de cada lado do meu corpo, com seu calor nu contra mim. — Você sente isso, Rosa? Sente quanto enfraqueço por você?

Um som de desejo intenso reverbera dentro dela, e Rosalina balança em cima do meu pau.

— Você sabe o que quero, Kel. — Ela beija meu queixo. — Mas vou começar com um beijo.

Viro o rosto para ela e nossos lábios quase se tocam.

— O que está fazendo com Ez? O cheiro dele está em você.

Ela arregala os olhos e fica vermelha.

— Estávamos…

— Espero que tenha sido bom para você, Rosa. — Pensar no meu melhor amigo a satisfazendo como eu nunca vou poder fazer preenche um vazio no meu peito.

— Ele me beijou *lá*. — Seus olhos apontam para baixo.

Bem devagar, escorrego a mão entre as tiras da saia. Meus dedos roçam seu centro quente. Macia e molhada. Preciso estar dentro dela.

— Rosa…

— Ora, se não é a imagem mais deliciosa em todo o Inferior — diz uma voz aveludada.

Eu me sento com Rosalina nos braços e vejo Caspian parado na entrada da alcova.

— Cuidado, Kel, ou vai acabar encerrando um período de vinte e cinco anos.

Seu sorriso é debochado. Vinte e cinco anos. Faz tanto tempo assim? Mas não foi difícil, de jeito nenhum. Não quando eu sabia o mal que isso causaria.

Mas isso foi até Rosalina entrar em Castelárvore. A resposta para minha maldição. E a desgraça do meu reino.

— Tem espaço para mais um? — Caspian se senta ao nosso lado.

Rosalina o encara furiosa.

— O que está fazendo aqui?

— Ah, me lembrei de você ter mencionado um presente para mim.

— Não merece presente nenhum, você se comportou como um porco.

Ele faz biquinho.

— Mas é meu aniversário.

Ela hesita, não sei se por ser sempre tão boa, ou se por ser tão suscetível quanto todo mundo ao charme dele.

— Vai ganhar seu presente, se prometer parar de mandar a Castelárvore as feéricas com quem fode.

— Como posso fazer essa promessa? Sou um príncipe, mas também sou um homem com certas necessidades.

— Encontre outro fetiche, em vez de oferecer gente pelada. — Rosalina se levanta do meu colo, e sinto falta do contato imediatamente.

— Uma coisa nova — ele reflete. — Quer me ajudar a descobrir?

Espinhos brotam do chão se contorcendo. Quase carinhosamente, envolvem os punhos dela e os unem, levantam seus braços acima da cabeça. Mais duas vinhas brotam e imobilizam cada tornozelo.

Caspian cutuca seu peito de leve, e ela cai entre as almofadas com um gemidinho.

— Solte-a — aviso.

— Aí é que está, meu querido Kel — Caspian ronrona. — Ela consegue domesticar esses espinhos, como eu. Você consegue se soltar, não consegue?

Rosalina parece testar as amarras, e seu peito arfa. A única emoção pulsando entre nós através do vínculo é... tesão. *Desgraçado.*

— Para algumas coisas é até bom se render, não é, princesa? — Caspian lambe os lábios. — Porque, no fundo, você sabe que não vou machucá-la. Que só vou lhe dar prazer. Pensou na minha proposta? Posso a dar a resposta que você procura com tanto desespero.

ENTRE FOGO E ESPINHOS

— Acha que é assim que vai ter seu presente? — ela retruca, mas a voz é rouca, baixa.

— Sou legal com você. Você é legal comigo. — Os espinhos que atam seus tornozelos se movem, abrindo ligeiramente suas pernas. A saia se afasta para os lados, e vejo entre as tiras sua boceta nua, a linha clara de pelos na frente do centro molhado. O cheiro de sua excitação é inebriante.

Chego mais perto dela e agarro sua saia.

— Ela nunca vai ser sua, Cas.

— Você é adorável, Kel. — Um sorriso lento transforma seu rosto, e em vez de combater meu domínio, ele derrete em cima de mim. As pernas se afastam e envolvem meus joelhos, e as mãos deslizam por meu peito, pelo ventre, até que tocam meu pau com a leveza de uma pena.

— Você está aflito por ela.

Ele fala como se conhecesse minha alma. Talvez conheça.

— Não devia estar me tocando — rosno. — A última pessoa que fez isso foi jogada do outro lado da sala.

— Ela não parece estar se importando. — Caspian olha para Rosalina. Ela se libertou dos espinhos e está procurando alguma coisa na bolsa.

Rosalina revira os olhos.

— Sabe, a única razão para *ele* não ter jogado você do outro lado da sala é estar completamente bêbado.

— E o que você vai fazer? — Caspian afasta as mãos de mim e as deixa cair na frente do corpo. — Vá, me amarre com seus espinhos.

— Tome. — Rosalina oferece um pacote.

Caspian se move pelo chão coberto de almofadas com a agilidade de um gato preto.

— Falei para ela não trazer nada — declaro, olhando para a mesa em busca de outra bebida.

— É claro que falou — diz Caspian, inspecionando o pacote marrom.

Rosalina se senta do outro lado dele e também pega um drinque.

— Não é certo ir a uma festa sem levar um presente — diz. — Além do mais, é só uma lembrancinha.

Os dedos longos de Caspian rasgam o papel e revelam um livrinho de capa de couro.

O rubor de Rosalina se intensifica.

— Farron e eu criamos esses cadernos para ajudar na organização da nossa pesquisa. Mas fiz um a mais.

A frente tem um azevinho desenhado com tinta e o nome dele escrito com letras cursivas.

— De onde eu vim, sempre que ficava triste, eu escrevia no meu diário — comento nervosa. — Não que você esteja triste. Bem, isso não é verdade. Acho que você está triste, sim.

Um leve toque de humor passa pelo rosto dele. Caspian abre o caderno. No alto da página está escrito: *Coisas que me fazem sorrir.*

Ele arqueia uma sobrancelha, e chego mais perto para ver o que mais ela já escreveu.

1. *Dançar uma música bonita*
2. *Roupas boas*
3. *Jogos de tabuleiro competitivos*
4. *O irritante do Keldarion*

Caspian olha para mim.

— Acho que gosto da última.

— É bom lembrar o que te faz feliz — Rosalina diz. — Pode preencher o resto.

Eu a admiro por um momento, penso na capacidade de demonstrar tanta bondade para alguém que nem a merece. Ele a está fazendo de refém, e ela ainda demonstra uma enorme empatia por ele.

Caspian vira as páginas em branco do resto do livro, depois o coloca em cima da mesa.

— Que pitoresco.

A expressão de Rosalina se apaga quando ele trata o presente com desdém e frieza. Mas ela não vê sua vulnerabilidade velada: o leve tremor do lábio, o brilho de ternura no olhar. Rosa chegou a um lugar com ele que pensei nem existir mais. Meu coração pega fogo quando o encaro.

Acreditar nisso, ver essas características nele, foi o que me meteu nessa confusão.

Meu olhar encontra o dele, e um lampejo de medo transforma seu rosto. Como se eu o tivesse pegado exposto.

— Ah, o que aconteceu? — Rosalina toca a coroa de espinhos sobre a cabeça. Mas não é mais só uma coroa de espinhos. Rosas pretas e brilhantes desabrocham em torno dela. Ela a tira da cabeça com delicadeza, sorri ao ver as flores.

— Lindas. Obrigada, Caspian.

Caspian olha para as mãos dele.

— Não... não fiz isso. Meus espinhos podem ser a sarça onde brota uma roseira, mas não florescem.

Delicadamente, Rosalina toca as pétalas sedosas.

— Mas não fui eu. Eu *senti* você.

Antes que eu possa perguntar como ela sabe que *sentiu* Cas, Rosalina devolve a coroa à cabeça e segura a mão dele. Caspian fica tenso com o contato, mas ela guia os dedos unidos para os espinhos que ainda se enroscam no chão.

— Relaxe. Você está tremendo — ela sussurra, depois o observa e sorri. — Não vou machucar você.

— Ah... — Ele engole em seco. Só vi Cas nervoso um punhado de vezes, e todas elas foram adorá...

Pego outra bebida e esvazio o copo com um só gole.

Rosalina mantém as mãos sobre os espinhos. Ela se surpreende ao ver luz cintilando sob as palmas.

— Consegue sentir isso? — sussurra. — O espinho sabe que estamos falando com ele.

Caspian a observa e franze a testa.

— Estamos... falando com ele?

Então, lentamente, alguma coisa brota da luz. Um botão bem pequenino.

— Caspian — chama uma voz feminina e firme. Tem uma mulher feérica parada na entrada da alcova. Um capuz escuro e uma máscara escondem seu rosto, e um manto cobre seu corpo.

Caspian arranca a mão da de Rosalina, fica em pé e caminha na direção dela.

— O que está fazendo aqui?

— Eu poderia perguntar a mesma coisa.

Caspian não olha para trás quando a segura pelo braço e a leva da área reservada.

— Quem é aquela? — pergunta Rosalina.

— Não sei — admito. — Nunca a vi antes.

Rosalina se aproxima do salgueiro. Eu a sigo, uso meu corpo como um escudo protetor sobre o dela.

— O que será que ele fez para deixá-la tão brava? — ela especula.

Caspian e a mulher param à sombra da escada de espinhos. Ela o encara de braços cruzados. A discussão parece ser acalorada.

Finalmente, a mulher levanta as mãos e se afasta através dos convidados. Caspian fica parado por um momento, passa a mão no cabelo. Depois olha para nós.

Rosalina me puxa para dentro, e caímos novamente sobre as almofadas no instante em que Caspian passa pelas cortinas finas.

— O que foi isso? — pergunta Rosa.

Ele fica em silêncio por um instante, e alguma coisa se suaviza em sua expressão quando a encara.

— Um pequeno desentendimento sobre a programação das atividades para hoje. Nada com que...

Ouço um clamor na entrada, e Ezryn e Dayton entram.

— Por que está aqui? — Dayton rosna para Caspian.

Caspian se abaixa para pegar de cima da mesa o livro que Rosalina fez.

— Vim pegar meu presente.

Ezryn cruza os braços.

— Vamos embora em breve. Cumprimos a parte de Farron no acordo?

— Ah, sim. Aliás, onde ele está? — Caspian pergunta.

— Pegando a última bebida — diz Dayton.

— Enfim deixou o lobinho à vontade. Vocês dois não desgrudaram a noite toda — Caspian comenta sem pressa, e alguma coisa sombria ilumina seus olhos. — Bem, aproveitem o restante da festa.

Rosalina segura minha mão.

— Conseguimos — ela diz. — Viu? Não foi tão ruim.

Ezryn olha para a comemoração.

— Ainda não estamos em casa.

62

Farron

Um líquido roxo jorra da fonte como uma catarata de ametistas. Minha cabeça está confusa, e olhar para a cascata cintilante é mais fácil do que tentar entender a festa. Bebi pouco, mas o ruído da música, a conversa, as luzes brilhantes na escuridão e a pressão constante da multidão me deixam atordoado.

Mais um drinque e podemos ir. Encho a taça de obsidiana na fonte. Não falei com ninguém de fora do meu grupo, mas isso foi socialização suficiente por um bom tempo. Quero minha cama, um quarto silencioso e sossego.

Quando estou me afastando, alguém bate a mão no balcão de pedra e me impede de sair dali.

Caspian.

Ele olha para mim com um sorriso enigmático, um brilho malicioso nos olhos escuros e uma coroa de rosas pretas no cabelo escuro.

— Ora, ora, enfim temos uma oportunidade de conversar. Não consegui ter um momento a sós com você a noite toda.

— O que você quer, Caspian? — Tento passar, mas ele continua no meu caminho. E tem razão, não saí de perto de Dayton desde que chegamos. Normalmente, em uma festa com toda essa devassidão, ele teria passado a noite com alguém diferente no colo. Mas estava de péssimo humor. Nada o animava. Nem dançar, nem beijar. Nós nem trepamos. Day quase nem bebeu; ficou dividido entre a ansiedade e o azedume.

A culpa é minha. Estamos aqui por minha causa. Por causa desse acordo. Ele não disse isso, mas me pergunto se me considera um covarde por isso, por não ter tido coragem suficiente para encontrar outro caminho.

— O que eu quero? — Caspian leva a mão ao coração como se estivesse ofendido. — Farron, você me magoou. Nós compartilhamos um vínculo.

— Do qual vou ter o prazer de me livrar — resmungo, e tento passar por ele.

De novo, Caspian se coloca na minha frente e bloqueia o caminho.

— Só queria agradecer por ter vindo à minha festa. Não tinha certeza de que todos vocês viriam.

— Tínhamos que aparecer. Faz parte do acordo. — O colar de espinhos em volta do meu pescoço parece mais apertado quando penso nisso. Resisto à urgência de puxá-lo.

Caspian olha para um caderninho que está carregando.

— Fala sério, Farron. Não foi só pelo acordo, foi?

— Pode acreditar. Foi. — Olho para o salgueiro no canto do pátio. Rosalina está sentada, cercada pelos outros príncipes, e sinto pulsar no coração uma vontade imensa de estar com ela.

Caspian acompanha meu olhar.

— É assim para homens como nós. Os que observam e os que esperam. Os poetas e os filósofos. Sempre vendo tudo do lado de fora.

Eles estão rindo, os quatro. Não sou um excluído; meu lugar é lá com eles.

— Eles são homens que tomam o que querem — Caspian continua. — Mas você e eu nos escondemos nas sombras. Nunca fazemos parte da vida de verdade. Somos traídos frequentemente pelo próprio corpo.

— Não sou como você — digo. Deixo a taça sobre o balcão, levanto as mãos e encaixo os dedos sob o colar de espinhos. As pontas penetram nos dedos, e um fio morno de sangue escorre do meu pescoço.

Caspian desliza um dedo no sangue.

— Protegi você todas as noites, Farron. Você me sentiu quando meus espinhos o abrigaram no escuro?

— Não…

— E quando sentia que estava perdendo o controle?

Sinto a respiração falhar. Ele não poderia saber sobre hoje mais cedo, no entanto… Estou lá de novo, no melhor momento da minha vida. Até sentir a fera me arranhando de dentro para fora, e tudo que conseguia pensar era: *vou matá-la*. E foi ele quem impediu.

— O que teria acontecido, sem o nosso acordo? — Ele leva o dedo à boca e chupa. Depois sorri, um sorriso perverso com os dentes manchados de vermelho. — Você a teria comido ou… devorado?

— Cale a boca. — Minha voz é rouca e ríspida. Como ele podia saber sobre mim e Rosalina na taverna? Éramos só nós dois.

E a fera e os espinhos.

— Mas conheço seu segredo — Caspian continua. — Tem uma parte de você que quer muito deixar a fera vencer. Sabe disso, não é, Farron? Nunca vai ser livre mesmo até isso acontecer.

Arregalo os olhos e sinto o pânico me invadir.

— Isso não...

— Em muitos aspectos, somos um só. Monstros dentro da nossa família.

Meu coração galopa no peito, e tiro as mãos da gargantilha.

— Você não é como eu, Caspian. Antes mesmo da Guerra dos Espinhos, nunca foi um de nós de verdade. Todos nós sentíamos isso, menos Kel. É como se houvesse uma desgraça em você, alguma coisa vil e condenada. Não sei que jogo está fazendo com a gente agora, aparecendo em nossa casa e nos fazendo vir a esta festa idiota. — Minha voz é áspera, a respiração é acelerada. — Você não faz parte da nossa família, Caspian. Nunca fez. E nunca vai fazer.

Caspian recua um passo, seus olhos se abrem um pouco mais e cintilam.

Às vezes, olho para ele e esqueço quanto é perverso. Mas ele quase destruiu Kel. Está levando a ruína a Castelárvore. E além disso, está atormentando Rosalina.

Eu sou o Alto Príncipe do Outono, e o Inferior é um inimigo do reino. Caspian é um inimigo. Se não puder ficar ao lado daqueles que amo, nunca serei capaz de defender todos no Outono.

Seguro Caspian pela lapela e o jogo contra o balcão de pedra.

— E pare de falar dentro da cabeça de Rosalina. Seja qual for a feitiçaria obscura que conjurou, ela vai ficar fora disso.

Seus olhos buscam o caderninho em sua mão. Agora o reconheço, um dos cadernos que usamos durante nossa pesquisa. Reconheço a caligrafia de Rosalina na capa.

Arranco o caderninho de sua mão e Caspian grita, tentando recuperá-lo. E, com toda raiva acumulada dentro de mim, rasgo o caderno em dois e jogo os pedaços no chão.

Com um gemido estrangulado, Caspian cai de joelhos e recolhe as partes rasgadas. Depois olha para mim furioso.

— Todos vocês são bem rápidos em me atribuir o papel de vilão. Muito bem, Farron querido, se for isso ou a exclusão, aceito. Vou desempenhar esse papel com maestria, e vocês vão se arrepender do dia em que me escolheram para ele.

Os espinhos em torno do meu pescoço vibram e tudo escurece.

Rosalina

— Flor — Dayton me chama das almofadas sobre as quais está deitado —, vai me contar por que tem o cheiro das pradarias da Primavera, ou vou ter que deduzir?

Meu corpo todo esquenta, e Ezryn fica tenso.

— Ah, fala sério — Dayton continua. — Agora vai ter que me contar.

Abro a boca, mesmo sabendo como isso vai parecer esquisito. Mas Ezryn se adianta.

— Eu estava corrigindo um erro dos mais lamentáveis, Príncipe do Verão. Como se atreve a não satisfazer a Senhora de Castelárvore?

O Príncipe do Verão não parece intimidado. Seu sorriso só se alarga.

— Então é isso. Nosso nobre cavaleiro comprometido com a justiça, dentro e fora do quarto. — Ele leva a mão ao peito. — Mas a bela dama declara como me feriu?

Escondo o rosto com as mãos.

— Irmão, espero que ela tenha lembrado seu nome no auge da paixão. Ou também teve que ouvir o nome do nosso Protetor Jurado?

Espio por entre os dedos. Kel acompanha a discussão entre os dois com uma expressão divertida, enquanto bebe a água que lhe dei. Não há o menor sinal de ciúme em seu rosto.

Ezryn agarra Dayton pela camisa e o tira do chão, colocando seu nariz no nível do visor do capacete.

— Não quero saber se ela o chamou de goblin — diz. — Se nossa mulher quer prazer, você dá prazer a ela.

Dayton apoia as mãos nos ombros de Ezryn. Mechas de cabelo loiro caem sobre sua testa, e ele sorri debochado.

— Se você diz, papai.

Ezryn o solta com um longo suspiro, e Dayton aterrissa leve sobre os pés, rindo. Estamos em uma festa há horas, e ele não ficou bêbado. Estranho.

Dayton se aproxima de mim e passa um braço sobre meus ombros. Senti falta do toque quente de sua pele.

— E aí? Consegue me perdoar? — ele sussurra no meu ouvido. — Jane?

— Você é ridículo. — Dou risada. — Cadê o Farron para te acalmar?

Um silêncio tenso paira sobre a alcova, e Kel repete:

— Cadê o Farron?

Ele desapareceu há um bom tempo. Sinto a apreensão. Lá fora, a festa começa a esvaziar. A música agora é mais lenta, uma melodia triste, e gemidos baixos de prazer substituíram os gritos altos de antes.

Ez balança a cabeça.

— Vou procurar por ele.

— Não. — Seguro o braço de Ezryn. — Acho que não devemos nos separar.

Ezryn assente.

— Ele deve ter se perdido. Farron nunca teve um senso de direção muito bom. — A voz dele perde a confiança habitual.

Olho para o trono, mas o Príncipe dos Espinhos não está lá. A apreensão aumenta.

— Quero ir para casa — murmuro.

— Ele pode ter ficado frustrado comigo — diz Dayton, e identifico o remorso em sua voz. — Saiu falando que precisava de uma bebida. Achei que ele quisesse espaço.

Vocês dois não se desgrudaram a noite toda. As palavras de Caspian para Dayton ecoam nítidas nos meus ouvidos.

— Dayton, é verdade que você e Farron passaram a noite toda juntos?

— Sim.

É como se nós dois sentíssemos ao mesmo tempo. Tem alguma coisa errada. Farron está com problemas.

— Precisamos encontrá-lo — afirma Dayton com um tom baixo e autoritário, sem nenhuma nota de alegria.

— Ez, você pode ajudar o Kel? — pergunto.

Ezryn assente, sem questionar nossa repentina seriedade. Ele apoia um braço de Kel sobre os ombros quando atravessamos a festa.

Dayton segura minha mão e a aperta com força. *Vai ficar tudo bem,* digo a mim mesma. *Vamos encontrar Farron e voltar para casa. Está tudo bem, vamos encontrá-lo.*

Não encontramos. Depois de três voltas no pátio e uma busca nos corredores do entorno, não o encontramos. Este castelo tem salas e mais salas, mas por que Farron iria a uma delas?

— Ele não iria embora sem nós — declara Dayton, e ouço o pânico em sua voz.

— Podemos encontrá-lo — Ezryn afirma. — Vamos revirar o Jardim Cripta, cada corredor, cada sala…

— Ele não está aqui — digo.

Todos olham para mim. Não sei como explicar isso. Mas tive certeza depois da primeira volta no pátio. Farron não está no Jardim Cripta. Não está nem no Inferior. Eu *sei* disso.

— O que está pensando, Rosa? — Dayton pergunta.

Sei que ele está tentando se manter forte, mas vejo em seus olhos. Está apavorado.

— Precisamos chegar ao nosso portal.

— O portal fica aberto por doze horas — diz Ez. — Se ele não estiver no Outono, podemos voltar aqui e procurar.

Keldarion vomita atrás de um banco.

Saímos apressados do Castelo Jardim Cripta e atravessamos a ponte sobre a cidade, passando por convidados bêbados e corpos inconscientes. De volta ao corredor principal, meu coração galopa no peito.

O corredor carpetado é dominado por um silêncio enervante. Não há soldados, nem convidados da festa. Paramos diante da parede de pedra em que Caspian revelou a porta escondida. Rapidamente, bato nos cristais na ordem que Caspian me mostrou.

Nada.

— Não… — murmuro. — Sei que a ordem é essa. Devia ter funcionado.

Dayton se adianta e repete o procedimento na mesma ordem. Nada acontece.

— A sequência era essa.

— O desgraçado fez alguma coisa — Ezryn rosna. Kel ainda está pendurado em seu ombro, recuperando a consciência devagar.

— Estou ouvindo alguma coisa. — Dayton cola o ouvido à pedra. — Goblins.

Imito seu gesto. Ouço distante o choque metálico e um chilrear faminto.

— O que os goblins estão fazendo perto do nosso portal? — pergunta Dayton.

— Talvez seja o lugar errado. — Aflita, olho para os dois lados no corredor estreito. Não, era aqui mesmo.

Passos ecoam antes da curva atrás de nós.

— Quem está aí?

Meu coração quase para quando vejo os guardas surgindo na curva. As armaduras são uma cacofonia de cores de pedras preciosas, os capacetes feitos de espinhos afiados. Os visores opacos escondem qualquer sinal de suas verdadeiras intenções.

— Quem são eles? — sussurro.

— Os Cavaleiros do Medo. Soldados do Inferior. — Ezryn apoia Kel na parede e se coloca na nossa frente, apoiando a mão no cabo da espada.

Atrás de nós, Dayton tirou o colar, tentando desesperadamente capturar a luz na superfície do espelho.

— Nunca funciona aqui embaixo — ele resmunga.

Inspiro profundamente, apavorada.

— Somos convidados do Príncipe dos Espinhos.

— Ah, é mesmo? — ronrona uma voz feminina. — Não o vejo aqui. Você vê?

Ela desliza para fora da formação de soldados como uma sombra. Por um momento, fico hipnotizada por essa presença. A capa preta tremula atrás dela, me faz pensar em uma cauda de penas de corvo. Um capuz largo encobre seus traços, e a máscara esconde a metade inferior do rosto, deixando visíveis apenas os olhos azuis.

Foi ela quem discutiu com Caspian sob a escada de espinhos.

— Conheço você? — Ezryn pergunta com um tom ácido.

Ela se aproxima com uma graça sombria, passos fluidos e silenciosos. Sua armadura é adornada com placas de metal incrustadas de pedras de cores diferentes. E ela tem lâminas presas à cintura e em torno das pernas.

— Eles me chamam de Rouxinol — ela responde. — Comandante dos Cavaleiros do Medo, aquela que vai enfim entregar os inúteis príncipes feéricos e sua humana de estimação à Rainha do Inferior.

— Somos convidados. Se nos prender, as consequências serão terríveis — afirma Ezryn, mas sinto que é mais uma tática para ganhar tempo, a essa altura. Vejo o movimento sutil do capacete e deduzo que ele está contando os soldados.

Dayton desiste de trabalhar com o colar e avança.

— Que porra vocês fizeram com Farron?

Onde está Caspian? Eu me apoio na parede, e alguma coisa pulsa sob minha mão.

A pulsação do Inferior.

Ajoelho-me no chão, fingindo examinar Keldarion. Rouxinol e seus soldados se aproximam dos meus príncipes.

Pressiono a mão contra a terra dura. *Seus príncipes têm os espelhinhos que os levam a Castelárvore. Eu posso viajar a qualquer lugar onde meus espinhos estejam.*

Caspian pode deixar o Inferior sempre que quiser. Não precisa de espelhos ou portais. Ele tem tudo na ponta dos dedos.

E eu também.

Uma trepadeira espinhosa brota embaixo da minha mão.

PARTE 5

MORTE
DA
VIDA

Rosalina

Você é minha. Uma possessividade feroz irradia de mim quando enterro as mãos no solo. Espinhos se levantam à minha volta. Já controlei esses espinhos antes. Até Caspian admitiu que tenho essa capacidade.

Mas nunca os invoquei dessa maneira.

Uma onda de magia se levanta dentro de mim, e minha conexão com os espinhos é mais forte do que jamais senti antes. Deve haver alguma ligação com o Inferior que alimenta esse meu elo com a magia. Seja como for, preciso dele agora mais do que nunca.

Caspian usa os espinhos como transporte, aparece e desaparece seja lá onde eles cresçam. E há espinhos no Reino do Outono: os que plantamos.

Levem-me à superfície, rosno em pensamento. *Levem-me até Caspian.*

As vinhas nos cercam. Kel esperneia, quebra um ramo que se aproxima dele. Sinto a dor como se ela fosse uma extensão do meu sistema nervoso. Eles envolvem minhas pernas e a cintura, e ordeno que façam a mesma coisa com os príncipes.

Kel os arranca assim que tocam sua pele, e até Ezryn recua na defensiva.

— Vocês são idiotas? — Dayton se irrita. Seus braços estão esticados, erguidos para a superfície. — Não há tempo para esse medo. Farron precisa de nós. Rosalina vai nos levar até ele.

Sorrio agradecida, enquanto Ez e Kel se olham. Felizmente, eles ficam quietos, e somos todos envolvidos pelos espinhos.

Olho para Rouxinol pela última vez e vejo seus olhos azuis cheios de surpresa.

Vamos.

Imaginando os espinhos que cultivamos com a semente plantada na biblioteca incendiada, deixo minha energia pulsar fora de mim, se misturando às vinhas. Estou aqui e em todos os lugares, minha consciência se espalha como luz fragmentada por um prisma. *Para cima, para cima, para cima.*

Subimos como foguetes através da terra.

Uma rede de espinhos passa por nós em alta velocidade, e somos como peixes capturados na rede. A vegetação sob a superfície se abre em um túnel, e somos levados por ele. Espinhos enroscam na minha pele e no cabelo. Sinto o efeito da velocidade no estômago e só vejo a sarça passando como raios à nossa volta. Para cima, depois à esquerda, direita e para baixo, e para cima de novo, os espinhos nos conduzem por túneis que nunca soube que existiam.

Eles se contorcem e se afastam de nós, respondendo com uma violenta pulsão de energia. Mas um pontinho prateado de luar surge no horizonte. *A superfície.*

Minha cabeça gira quando somos projetados através da vegetação rasteira e aterrissamos de cabeça no chão duro e repleto de cinzas.

— Todo mundo bem? — Ezryn pergunta com uma voz meio instável.

Levanto as mãos. Preto. Cinzas por todos os lados. Estamos na biblioteca incendiada, onde plantamos a semente que nos permite viajar ao Inferior.

— Farron? — Dayton grita, e se levanta cambaleando.

Todos ficamos em pé. Meus joelhos tremem, o corpo está completamente esgotado pela descarga de magia. Um cansaço profundo me invade, e até me manter em pé é um esforço grande demais.

A voz de Dayton treme.

— Fare…

Um enorme lobo marrom salta de trás da porta escondida no amieiro sagrado. E ele carrega na boca um grimório, um dos livros de magia obscura.

— Isso não devia estar acontecendo. É lua cheia… — começo, antes de sufocar um grito cobrindo a boca com a mão. Pela passagem aberta para a biblioteca escondida, eu vejo… destruição. Todos os livros preciosos que foram salvos do primeiro desastre: as histórias de família, os diários, os grimórios, todos rasgados, destruídos por dentes e garras. Papéis voam carregados pela brisa, e lágrimas brotam em meus olhos.

— Príncipe dos Espinhos! — Dayton ruge. — O que fez com ele?

Então o vejo sentado em um galho do amieiro, balançando uma das pernas, completamente tranquilo. Ele examina uma unha.

— Foi uma linda festa de aniversário. Farron decidiu me dar um último presente.

Farron se senta na base da árvore com os olhos vidrados. O colar de espinhos está enroscado nos pelos. Uma trepadeira brota do chão, agarra o livro em sua boca e sobe para entregá-lo a Caspian.

Um ruído metálico ecoa na noite quando Ezryn saca a espada.

— Outra traição, Caspian? Você está ficando previsível.

O Príncipe dos Espinhos sorri.

— Eu não contaria com isso.

Keldarion cai de joelhos, levantando uma nuvem de cinzas do chão.

— Já tem a porra do livro — diz Dayton. — Solte-o.

— Ah, você não vai querer que eu faça isso.

Os príncipes se provocam e discutem, e me aproximo sorrateiramente da árvore, tentando acalmar as batidas do meu coração. O lobo de Farron parece uma estátua ali sentado, imóvel.

— Farron, você está aí? Sou eu. Rosalina. Consegue me ouvir?

Mas o lobo nem pisca.

— Solte-o, ou eu rasgo sua cara! — grita Dayton.

Caspian estala a língua.

— Está aborrecido porque não teve um presentinho na festa. Não se preocupe, tenho presentes para todos vocês.

O portal para o Inferior se ilumina com uma luz roxa, e um cheiro forte e ácido brota das profundezas.

— Não — cochicho. — Não, não, não...

Goblins surgem da abertura. Aparecem em uma massa caótica e correm para nós com movimentos frenéticos, descontrolados. Dez, vinte, mais e mais chegando, criaturas de pele verde ou branca em tons doentios, com um emaranhado de mechas oleosas e desgrenhadas na cabeça. O luar brilha sobre suas armas primitivas.

— Rosalina! — Meu nome é gritado muitas vezes, mas mal consigo compreender. Preciso ajudar Farron. Se o Príncipe dos Espinhos o prendeu...

Dayton projeta uma rajada de vento contra os monstros. Eles avançam contra nós com uma ira primal, mostrando os dentes e mordendo uns aos outros na disputa por boas posições.

— Acabou para você. — Ezryn salta para os galhos.

Ele pousa ao lado de Caspian, mas o Príncipe dos Espinhos não demonstra medo.

— Sei que quer me matar há muito tempo, homem de metal, mas vai ter que ser paciente.

Com a agilidade de um gato, Caspian salta da árvore e aterrissa na frente de Farron. A malícia desaparece de seu rosto.

— Você estragou meu livro. Eu arruinei todos os seus. O que é justo é justo, amigo.

Ezryn salta para o chão de espada em punho, mas uma trepadeira espinhosa se levanta e o derruba. Dayton solta um grito assustador e corre, mas espinhos envolvem seus tornozelos e o prendem ao chão.

Caspian não desvia o olhar de Farron.

— Você foi à minha festa de aniversário. Eu controlei sua fera. Vamos dar o acordo por concluído. — Fagulhas de magia iluminam o ar, tão elétricas que as sinto na língua. Luz cintila em torno deles. O colar de espinhos se parte e cai do pescoço de Farron.

Caspian olha para mim e para Kel e pisca.

— Até a próxima, amantes. — Os espinhos envolvem seu corpo, e ele afunda na terra.

— Qual é o plano? — grita Dayton, se libertando dos espinhos e me puxando para perto.

Kel continua de joelhos, imóvel.

Os goblins estão quase nos alcançando. Eles se movem como uma elegância sobrenatural, desviando dos destroços da biblioteca. Alguns saltam sobre as prateleiras arruinadas, enterrando as garras na madeira queimada. Outros rastejam pelo chão como insetos.

Mas minha cabeça funciona depressa. O que Caspian disse quando fizeram o acordo? *Esse feitiço vai garantir que você permaneça sob controle.* É. Sob o controle de *Caspian.*

E nunca esclarecemos que Caspian teria que continuar ajudando Farron, mesmo depois da festa de aniversário. Se o acordo foi concluído, Farron não é mais submetido à magia de Caspian. Isso significa...

— Cuidado! — grito.

Mas é tarde demais.

Os olhos de Farron brilham com uma fúria selvagem e ele balança a cabeça, depois ataca.

Dayton

Sou o primeiro a admitir que já me meti em situações bem fodidas. Sozinho no meio do oceano em um barquinho ridículo, com um kraken nadando à minha volta? Sim. Acordar pelado em um celeiro e ter que entrar no castelo sem ser visto em um dia de festival? Já aconteceu. Encarar oito soldados e dois minotauros no Coliseu do Sol de olhos vendados? Sim, sim e sim.

Mas agora percebo que nenhum desses momentos foi tão ruim.

Chamas se acendem nas patas de Farron. A fera está invocando a magia do fogo. Se não fizermos alguma coisa, ele vai incendiar tudo.

Estou apavorado. Todas aquelas outras vezes, eu só estava tentando me salvar. Mas não sou mais só eu. Rosalina quase caiu de exaustão; seu corpo está esgotado pelo uso de magia que humana nenhuma deveria poder controlar. O olhar de Keldarion é distante, sinal de que ele está completamente atordoado pela bebida. Ezryn avança para o espaço onde Caspian desapareceu, apesar de não ter como alcançá-lo.

E eu não sei o que fazer.

O mundo é um borrão, um movimento que não consigo parar. Goblins correm para nós saindo do portal aberto. Através do bosque de árvores em volta das árvores, vejo lampejos de tochas e armaduras douradas. A Guarda do Outono se aproxima. O lobo usa suas patas em chamas contra a biblioteca arruinada e qualquer goblin que se atreva a chegar perto dele.

— Temos que ajudá-lo! — Rosalina berra. Alguma coisa em sua voz me faz acordar.

Ela se move na direção de Farron, mas eu a seguro pelo braço.

— Rosa, não. Ele nunca vai se perdoar, se machucar você.

Estamos vestidos para o sexo, não para uma batalha. Porra, Kel está quase inconsciente. É engraçado estar do outro lado disso pela primeira vez. E um pouco lamentável, porque percebo que é assim que me viam na maior parte do tempo. O Alto Príncipe do Inverno não vai poder nos ajudar.

Ezryn volta para perto do nosso grupo, e uma fúria insana radia dele com ondas de calor.

— Tire os dois daqui, Ez — digo. — Eu cuido disso.

— Não vou deixar Farron. — Rosalina olha para mim. — Não vou deixar vocês aqui.

O que faço é idiota, porque sei que ela não sente a mesma coisa. Mas, porra, essa pode ser a última idiotice que faço. Seguro seu rosto e a beijo. Ela tem gosto de luz de estrelas e sol, e sei exatamente o que preciso fazer.

— Vou garantir a segurança dele — murmuro com os lábios nos dela. — Mas não posso fazer isso com você aqui, entende?

— Day...

— Confie em mim, Rosalina. Não vou deixá-lo se machucar.

Enfim, ela assente, e a empurro para os braços de Ezryn.

Ezryn olha desesperado para Farron, para os soldados chegando e para os goblins. Depois joga Kel sobre um ombro com uma das mãos e enlaça a cintura de Rosalina com o outro braço. O capacete se inclina para cima, para a fortaleza visível sobre as árvores. Para a varanda de Rosa.

Uma trepadeira brota da palma de sua manopla. Ela se lança por cima das árvores e se enrosca na grade da varanda. Com um puxão forte, Ezryn testa a força da trepadeira, depois segura Rosalina e Kel com mais força e usa a trepadeira como uma tirolesa improvisada, dando impulso e deslizando para a varanda com toda força e elegância que consegue garantir.

Alguma coisa em meu peito relaxa quando vejo todos seguros na varanda.

Agora é hora de avaliar essa minha situação ferrada. Goblins ainda transbordam do portal, atualmente ocupados com a fera selvagem. Não tem nenhum sinal do desgraçado do Príncipe dos Espinhos.

Nunca devíamos ter confiado nele. Ir à sua festa de aniversário? Mentira. Foi tudo uma distração para que o Inferior pudesse atacar o Reino do Outono. Plantamos a porra de uma passagem bem no coração da cidade.

Sou um lutador. Sou um gladiador do Coliseu do Sol. Sou o Alto Príncipe do Reino do Verão. E preciso da porra de uma arma.

Corro em direção aos goblins. Alguns deles tropeçam, assustados com minha aproximação. Levanto o braço e acerto a cara de um deles com um soco.

Ele solta um grito agudo antes de cair. Rapidamente, pego sua espada feita de espinhos e um pequeno escudo de madeira.

Melhor que nada.

Não poderiam ter vindo em hora melhor. Dois goblins me atacam, mas desvio das lâminas com habilidade. Essas criaturas não são tão violentas quanto as que vivem na Sarça; devem ser uma das forças especiais do Inferior. Pedaços de metal cintilam em seus corpos pálidos, e alguns empunham armas serrilhadas de metal.

Os goblins me cercaram. Mas essa não é a primeira vez que sou superado em números em uma batalha. Isso só exige outra tática. Sinto dentro de mim a Bênção do Verão. Ela mal se move no fundo do meu peito. *A magia de Castelárvore está fraca, quase não consegue me alcançar no Outono.*

Mas então ela desperta, ganha vida. Uma barreira de vento irrompe à minha volta, mantendo os monstros afastados.

Ainda envolvido no confronto dentro da biblioteca queimada, o lobo ataca, destroça os goblins. Ele precisa se transformar de volta, mas nem a luz da lua cheia vai acalmar essa fúria, especialmente com um bando de goblins à sua volta.

Preciso tirá-lo daqui. Afastá-lo da biblioteca só o levará para dentro da cidade. Enterro a espada em dois goblins distraídos, depois recuo para trás de um pedaço de madeira podre.

Abro a concha em meu pescoço para exibir o espelho, e o coloco em uma posição que abre um portal para Castelárvore. Vou abrir um caminho para casa e empurrá-lo para lá. Sim, alguns goblins desgarrados podem nos seguir, mas me livro deles com facilidade quando chegarmos lá.

Mas nada se forma. Nenhum feixe de luz. Não consigo sentir a magia de Castelárvore. Não consigo encontrar o caminho para casa. As nossas rosas murcharam?

O pânico salta em meu peito, ameaçando me consumir. Não, sigo sendo um feérico. Ainda consigo sentir a Bênção do Verão.

Mas passei muito tempo longe de Castelárvore; a magia é muito fraca para criar o caminho entre mim e minha casa. Vou ter que pensar em outra coisa.

Fecho os olhos, me permito respirar fundo mais uma vez antes de voltar à batalha.

Goblins destroçados estão caídos aos pés flamejantes do lobo, mas até a fera gigantesca está perdendo sangue. São muitos. Eles cercam Farron, o cutucam e o empurram com lanças de ponta de espinho.

O ouro brilha no entorno da biblioteca, e os goblins guincham aterrorizados. Os gritos dos soldados ecoam no ar. A Guarda do Outono chegou.

Muitos estão montados, enquanto outros avançam a pé. Armaduras brilhantes feitas de folhas douradas entrelaçadas vestem os valentes guerreiros.

Nas mãos deles, lanças com as quais atravessam a horda de goblin com precisão fácil, sem sequer interromper as manobras rápidas e sincronizadas.

— Príncipe Dayton! — um guarda me chama. — Em nome dos sete reinos, o que está acontecendo?

Não posso contar a ele que abrimos uma porta para Caspian trazer seu exército ao Condado do Cobre. Então, minto.

— Não sei. Ouvi o barulho de goblins e acho que vi o Príncipe dos Espinhos.

O soldado do Outono assente, se aproxima de mim e, juntos, avançamos em mais um ataque. Os guerreiros são poderosos, mas isso vai ser suficiente para deter a força do Inferior?

Lanças atravessam corpos de goblins como raios. Espadas cortam carne podre, e flechas passam assobiando ao lado das minhas orelhas a caminho do alvo. Um mago do Outono levanta os braços. Encantadas por sua magia, as árvores em volta da biblioteca espalham seus galhos, abrindo caminho para mais reforços. Arqueiros ocupam as muralhas e o telhado da fortaleza.

Sangue escuro jorra como chuva, gritos ecoam no ar conforme goblins caem sob a fúria do Outono. Podemos ganhar essa. Olho para trás; Farron arranca a cabeça de um goblin. Pelo menos ele está ajudando, dessa vez.

— O grandão! — grita um dos Guardas do Outono, apontando para os arqueiros nas vigas. — Derrubem-no.

Os arqueiros abaixam as flechas e, quando as levantam novamente, elas estão em chamas. Eles puxam o arco e apontam diretamente para...
Farron.

Abandono minha posição e corro para o lobo marrom, gritando com toda a força dos pulmões.

— Parem! Não atirem!

Eles não me escutam. Flechas velozes de fogo cortam o céu e penetram no corpo do lobo. Ele rosna, e seus olhos expressam dor. O foco do lobo muda, passa dos goblins para os soldados dourados.

— Essa criatura não oferece perigo a vocês! — berro quando um soldado empurra a fera com sua lança. Farron move a pata e joga o soldado longe.

— Ele não é perigoso, desde que não se aproximem muito! — corrijo depressa, mesmo sem ter muita certeza disso. As chamas em torno dele se expandem. O que vai acontecer quando ele alcançar a cidade?

— Ai, porra — resmungo. — *Cadê você, Ez?*

Soldados cercam o Príncipe do Outono. Um deles aponta um dardo.

— Não! — Água explode da minha palma e joga a soldada para trás.

O dardo cai no chão, e ela me encara atordoada.

— O que está fazendo, Príncipe?

— Não o machuquem! Ele é… — Anunciar que esse monstro é seu Alto Príncipe não vai contribuir para melhorar a situação de Farron. Outro membro da Guarda do Outono avança contra ele empunhando uma lança.

Eu me mexo sem pensar, bloqueando o avanço do soldado. Chuto o sujeito para longe de Farron.

E, infelizmente, para perto de um goblin. A criatura chilreia contente e passa a adaga serrilhada na garganta do homem.

Merda.

Não era bem isso que eu tinha em mente.

— Você… vocês todos estão mesmo aliados ao Inferior — deduz a soldada no chão. Ela fala em voz alta, o suficiente para outros olharem para nós.

— Não, isso não é verdade — protesto, já recuando.

— Está usando as armas deles! — Outro soldado aponta um dedo condenador para mim e minha espada de espinho. — Keldarion deixou o Príncipe dos Espinhos entrar no Reino do Inverno, e agora vocês trazem esses monstros para cá!

— Não! — grito desesperado. — Só não machuquem o lobo!

O lobo que está bem atrás de mim e não exibe nenhum sinal de reconhecimento em seus olhos de fogo. Ele move uma pata e me acerta bem no meio do peito.

A dor explode e sou jogado longe, caio no chão e rolo algumas vezes antes de parar todo ensanguentado.

Pisco para tentar recuperar o foco, e vejo a imagem turva de cinco goblins em cima de mim.

— Posso pedir tempo? — gemo.

Um goblin levanta a adaga dentada, mas o movimento é interrompido e sua boca jorra sangue preto. Uma longa espada de cobre brota de sua barriga.

A espada recua, ouço um assobio baixo, e cinco cabeças de goblins caem no chão.

A mão protegida por uma luva me põe em pé, e nunca em toda a minha vida me senti tão feliz por ver o Príncipe da Primavera.

— Tive que ir buscar suas espadas — Ezryn explica.

— Atraso desculpado — respondo. — Rosa e Kel estão bem?

— Seguros no quarto dela. — Ezryn embainha a espada e pega duas lâminas curtas da cintura.

— Meus bebês. — Estendo as mãos para elas. — Eu seria capaz de beijar você, Ez. Mas só como amigo. O metal me deixa meio fora do clima.

Mas Ezryn está parado, imóvel, e minha tentativa de escapar da situação com leveza dura pouco, porque sei o que vou ver atrás de mim quando me virar.

Chamas dançam no reflexo da armadura de Ezryn. Farron se aproxima de nós.

— Precisamos protegê-lo, Ez — falo.

— Farron me fez prometer que se um dia perdesse o controle… eu o faria parar.

É minha vez de ficar imóvel. Olho para o Príncipe da Primavera.

— Sim, porque ele é um idiota. — Seguro as duas adagas com firmeza e baixo o tom de voz. — Se quiser derrubar Farron, vai ter que me matar primeiro.

Por um momento, penso se ele vai aceitar o desafio. Mas ele se vira.

— Vou destruir o portal e impedir que mais goblins cheguem.

Assinto para meu irmão. Chegamos a um acordo: vamos lutar até a morte para proteger um ao outro, mesmo que um de nós esteja lutando pela nossa morte.

Corro para o confronto, me movendo com mais agilidade e precisão, agora que tenho minhas adagas. Um uivo repentino e cortante faz o ar vibrar. Farron se contorce de dor, se debate entre um enxame de goblins e soldados. Prometi a Rosalina que não deixaria ninguém machucar Farron.

A horda de goblins me ataca de todos os lados, mas eu os recebo frente a frente, furando e cortando fileiras com precisão mortal, deixando um rastro de corpos mutilados. Chego perto de Farron, e meu coração se parte quando o vejo.

O lobo está coberto de mordidas e arranhões de goblin, com o pelo sujo de sangue. Ele olha para mim com uma mistura de dor e súplica. *Você sabe que estou aqui?*

Somos cercados pelo caos, mas me abaixo e toco sua pata fumegante, mesmo correndo o risco de me queimar.

— Fare, me escuta — falo com voz trêmula. — Você precisa lembrar quem é.

Ele uiva quando outra saraivada de flechas perfura sua pele. O lobo reage instintivamente, e eu rolo para o lado, escapando por pouco de uma das patas. Nunca consegui alcançá-lo quando ele está desse jeito. Que tipo de idiota eu sou, para pensar que conseguiria agora?

Mas posso fazer o que faço melhor: lutar.

Meu mundo se torna uma confusão de lâminas. Soldados, goblins, Farron. Combater três inimigos que querem ver suas entranhas no chão e não machucar dois deles não devia ser tão difícil, não é?

Tento não ferir a Guarda do Outono mais do que é necessário. Foco em derrubá-los, o que é uma pena, porque seria muito bom contar com a ajuda deles contra esses goblins sangrentos.

No meio da confusão, Ezryn ataca o portal de espinhos e o destrói a golpes de espada. Além dele, vejo fumaça subindo no ar.

Os goblins estão queimando o Condado do Cobre.

— Alto Príncipe do Verão! — Uma voz autoritária se eleva em meio à cacofonia, e vejo a princesa Niamh em seu traje completo de batalha, cercada por cavaleiros armados. — Onde está meu filho? Por que recebo relatos de que estão associados com os inimigos do Inferior?

— Você não entende, princesa. Não pode ferir o lobo.

— Diga onde está meu filho e baixe suas armas, Daytonales. — Reconheço a fúria na voz de Niamh. — Ou usarei as minhas sem nenhuma hesitação.

— Estou tentando protegê-lo! — grito. — Fomos amaldiçoados! Esse *é* seu filho!

Não há nenhum sinal de reconhecimento em seus olhos sombrios. *Ela não acredita em mim.*

Solto as adagas e fecho os olhos. Mergulho fundo dentro de mim, procurando meu lobo.

Farron não sabe que estou aqui, mas vou usar até a última gota do meu poder para protegê-lo. Mesmo que para isso eu tenha que revelar nosso maior segredo.

O corpo se transforma, o lobo dourado se liberta de minha pele de feérico. Os goblins se espalham quando emito um uivo feroz.

Infelizmente, o grande lobo marrom e a Guarda do Outono não parecem impressionados. A princesa Niamh e seus cavaleiros me encaram chocados.

— Não vou permitir que o machuquem — rosno.

— Você é um monstro — ela sibila, puxando a espada. — O que fez com meu filho?

Uma garra em forma de foice corta um lado do meu corpo. O grande lobo marrom morde minha barriga.

— Truques do Inferior! — A voz de Niamh ecoa. — Eliminem os dois! Fogo!

Flechas perfuram minha pele. É tarde demais. Ela já considerava Keldarion um traidor, agora acredita que todos somos.

Longe, vejo Ezryn abandonar o portal, mas tem um grande grupo de goblins entre nós. E, quando percebem que sou mortal, os desgraçados perdem o medo e atacam.

Soldados, goblins e uma fera — uma força coletiva grande demais para eu enfrentar. Mas não tenho alternativa além de tentar. A segurança de Farron é vital, e farei o que for preciso para protegê-lo de qualquer mal. Respiro fundo, fortaleço minha determinação e ataco os goblins com unhas e dentes. Uma espada enferrujada assobia perto de mim, mas me desvio dela e cravo as presas no pescoço do goblin. O gosto do sangue imundo invade minha boca, alimentando a determinação. No entanto, mais goblins me cercam, e cada vez que os afasto, o lobo marrom avança em minhas pernas, ou os arqueiros disparam mais uma chuva de flechas.

A lua cheia afrouxa meu controle sobre a fera. Estou tão ferido que meu corpo ondula, retoma a forma de feérico.

Nu e ensanguentado, caio de joelhos. A fera aproveita a oportunidade e crava as unhas em minhas costas.

É um ferimento tão profundo que sinto o sangue escorrendo dele como uma cachoeira.

— Ele está indefeso! — gritam os arqueiros. — Disparem!

A dor da primeira flecha em meu peito é a pior, penetra fundo, e o impacto é suficiente para jogar minha cabeça para trás. Mas o corpo deve estar entorpecido, porque praticamente não sinto as duas flechas que me atingem em seguida.

— Você escolheu esse destino, Alto Príncipe do Verão. — A voz de Niamh é fria como pedra. — Seja qual for o acordo que fez com o Inferior para ter esse poder horrível, ele acaba hoje com sua morte. Espero que sua irmã seja mais responsável com a Bênção.

Não consigo mais me levantar, caio sobre a terra fria e alguma coisa úmida. Ainda enxergo o suficiente para perceber o que é. Uma risada rouca escapa da minha garganta. Sempre soube que morreria em meu próprio sangue, mas imaginava que seria na areia da arena. Nunca pensei que isso aconteceria aqui no Reino do Outono, ao lado do homem que amo.

Esse pensamento é engraçado.

O lobo — Farron — se aproxima de mim, e embora seja ele quem vai me matar, estou feliz por ser ele aqui comigo. No fim disso tudo.

Rosalina

Um grito terrível escapa de minha garganta quando vejo Dayton cair. Desabo na varanda agarrada à grade. Meu corpo treme, como se as flechas atingissem meu peito.

— Dayton!

— Lady Rosalina! — Astrid corre para perto de mim. — Não devia estar aqui fora.

Felizmente, ela e Marigold estão seguras, e meu pai está em segurança na fortaleza.

— Não posso ficar só assistindo a isso — digo com o rosto lavado pelas lágrimas. Lá embaixo, o Condado do Cobre está queimando, Farron está preso dentro da fera, Ezryn é cercado por um mar de goblins e Dayton caiu. Não sei se vai se levantar...

E lá dentro, seguro depois de ter vomitado em um balde, está o Alto Príncipe do Inverno.

Alguma coisa ferve dentro de mim, e engatinho para ele apoiada sobre os braços trêmulos. Viajar pela sarça deixou meu corpo muito fraco.

— Ah, minha querida — diz Marigold, e ela e Astrid me levantam pelos braços.

— Levem-me ao meu predestinado — resmungo.

Elas trocam um olhar preocupado e me levam para dentro do quarto.

Kel está no chão, com os joelhos contra o peito, com um copo de água e um balde vazio a seu lado. Parou de vomitar, pelo menos.

Com cuidado, Marigold e Astrid me deixam sentar no chão e recuam.

Keldarion olha para mim com os olhos vidrados, vermelhos, com uma expressão atormentada.

— Eu não devia tê-lo deixado fazer aquele acordo — declara. — Eu sabia, eu *sabia*.

As mãos grandes envolvem seus antebraços. Linhas vermelhas marcam a pele sob o bracelete do acordo em seu punho, como se ele tivesse tentado arrancá-lo.

A agonia que emerge de sua alma invade a minha. Quase não consigo suportar.

— Isso também é minha culpa. — Balanço a cabeça. — Achei que ele me ouviria. Pensei que talvez houvesse alguma bondade em Caspian, bem lá no fundo dele.

Mas me enganei com ele. Devia ter ouvido Kel. Não sobrou nenhuma compaixão pelo Príncipe dos Espinhos em mim.

— Não se castigue por ele ter tirado vantagem do seu coração bom — Keldarion murmura. — Eu devia ter protegido você da escuridão dele.

Olho para a janela.

— Eles estão lá fora, Kel. Farron, Dayton e Ez. — As lágrimas escorrem por meu rosto. — Precisamos ajudá-los.

— Você se esgotou nos libertando do Inferior. — Keldarion suspira. — A bebedeira me envenenou. Não consigo fazer nada. Corrompo tudo que toco.

— Comece ficando em pé. — Seguro sua camisa e tento levantá-lo, mas meus braços estão muito fracos, e ele é pesado.

— Depois do que fiz? Desapontei meu reino, falhei com Farron. Falhei com você. Como aguenta olhar para mim?

— Não estou olhando para você. — Seguro seu rosto. — Eu *vejo* você.

Ele tenta se afastar, mas o seguro com firmeza.

— Não, escute. Você finge se esconder em Castelárvore porque não se importa. Mas isso não é verdade. Tudo que você faz é se importar. Com o reino, com os príncipes, comigo.

— Não me pinte como um herói.

— É a verdade sobre quem você é. Você foi até mim no gelo, depois me mandou embora, resistiu até ao nosso vínculo para me manter segura. Afastou-se do seu reino desde que foi amaldiçoado. Foi por vergonha? Ou teve medo de Caspian apontar seus espinhos para o Inverno, se você passasse muito tempo lá? Você veio defender o Outono de uma geada apesar das acusações. E deixou Farron tomar as próprias decisões, afastando os seus desejos.

— E tudo isso só nos trouxe até aqui.

— Onde você ainda pode consertar isso. Eles estão machucados, perdidos e com medo. Não consegue sentir? Eles precisam de nós.

— Minha Rosa, se soubesse como meu coração desgraçado é egoísta…

— Desgraçado ou não, sei o que seu coração faz melhor. — Apoio a testa na dele em um gesto de entrega. — Ele acolhe aqueles de quem gosta.

Eu o beijo com delicadeza, sentindo meu coração partido se incendiar com o contato. Sua boca se abre para a minha em um longo suspiro. O fogo cresce. O vínculo entre nós vibra com prazer e poder.

— Kel, meu amor predestinado, você é o Protetor dos Reinos — digo. — Proteja-os.

Ezryn

Uma dor lancinante se espalha por meu ombro quando me choco contra o imenso lobo marrom. Farron perde o equilíbrio e voa longe, cai no meio de um grupo de goblins. *Ele vai ficar ocupado com isso.*

Meu coração bate forte no peito quando olho em volta, procurando o corpo de Dayton em meio ao caos. Eu o vejo ensanguentado e arfante. Se tivesse demorado mais um segundo...

Farron o teria destroçado.

Goblins sobem nele e, com um rugido, agarro um e torço seu pescoço até ouvir o estalo. *Crac. Crac. Crac.* Depois caio de joelhos, e minha armadura é coberta por sangue e lama.

— Estou aqui, Day.

Ele olha para o céu escuro, mas não está vendo nada. Sua respiração é arquejante, cada vez mais rasa e mais rápida, como o bater das asas de um pássaro que está morrendo e luta para se manter vivo. Ao longe, ouço o choque de espadas e os gritos dos feridos — goblins e feéricos na mesma medida. Uma flecha encontra minha armadura com um ruído metálico, mas ignoro, nem me importo em verificar se foi uma das hastes tortas e grosseiras dos goblins ou uma das armas bem-feitas da Guarda.

— Estou aqui — repito. Estrelas no Alto, o sangue. Ele jorra de sua boca cada vez que Dayton respira. Preciso trabalhar depressa, mas tem muita coisa acontecendo. Mal tenho tempo de levar as mãos ao seu peito antes de ter que bloquear a espada de um goblin com a manopla da armadura.

— Aguenta firme, Day — murmuro ao enfiar os polegares nos olhos do goblin e derrubar seu corpo sem vida. — Vou dar um jeito em você.

Tenho que estancar o sangramento, mas sinto minha magia muito distante, presa na casca doentia de Castelárvore. A cura mais elaborada que já consegui fazer é nada, comparada ao peito de meu irmão, agora perfurado por flechas. Eu me sento sobre os calcanhares, e o sangue escorre pelo couro das luvas que cobrem minhas mãos trêmulas.

No entorno, só morte, morte e mais morte. O fogo arde, e o cheiro enjoativo de carne de goblin queimada empesteia o ar. Farron ruge quando uma flecha penetra fundo em seu ombro. Do outro lado da biblioteca incendiada, a princesa Niamh abaixa o arco e olha para ele com ódio.

De repente, enxergo tudo preto. Os sons ficam abafados e distantes quando os olhos de Dayton buscam os meus.

— Ez — ele geme, e sua voz é quase incompreensível. — Est... estou com medo.

— Day. — Abraço meu irmão e o apoio em meu peito. Dayton está morrendo. Farron vai ser morto. E vou queimar dentro desta armadura até não ser mais que um esqueleto carbonizado nesse campo.

O sangue de Dayton respinga em mim e não me contenho: um grito sobrenatural escapa de minha garganta. Não queria segurar o corpo morto de alguém que amo, nunca mais. Olho para Farron. *Não é Farron. É a fera.*

Ele me pediu para matá-lo, se perdesse o controle. Não cumpri a promessa. Agora, quando o sol se levantar no horizonte e o lobo se recolher, Farron tem que viver sabendo que causou a morte de seu amado. Ele vai ter que olhar para os olhos sem vida de Dayton e conhecer a verdade de seu fim.

Não desejo essa dor nem para o inimigo que mais odeio.

É uma dor que não posso deixar Farron carregar pelo resto da vida.

Deixo Dayton deitado na lama. Respiro fundo e seguro a primeira flecha. Meus dedos tentam ficar firmes na haste escorregadia. O som da batalha desaparece no nada quando puxo a flecha com um movimento firme, repentino. O sangue de Dayton jorra em um jato apavorante, ensopa minhas mãos e a armadura. Ele arqueia as costas e grita. Minhas mãos tremem quando seguro a segunda flecha e a arranco com outro puxão violento. O corpo de Dayton se contorce, e seus gritos ecoam em meus ouvidos. Levo as mãos à terceira flecha, e hesito por um momento antes de ranger os dentes e puxá-la de uma vez só. O corpo de Dayton fica inerte. O sangue transborda das feridas em seu peito.

Preciso parar o sangramento. Tiro as luvas e ponho a mão sobre o primeiro ferimento. Minha magia está distante. Mas a magia do Outono está próxima. Farron está perto.

— Que eu consiga fazer isso — murmuro para o Superior, para mim mesmo. — Que eu consiga salvá-lo.

Você vai matá-lo também, uma voz sussurra dentro de mim. Entretanto, dessa vez, não a escuto.

O calor explode em meu coração, uma reserva ardente que invade as veias. Sei que esse poder é devastador, mas ranjo os dentes e o modero.

O fogo irrompe dos meus dedos, ardente e luminoso. Um calor reconfortante cobre minha pele. Foco a energia no primeiro ferimento, e as chamas respondem lambendo as beiradas irregulares da pele. Dayton reage, grita, mas não paro. O calor cauteriza, sela a ferida e a recupera, como uma floresta que volta a crescer depois de um terrível incêndio.

Pele viva e vermelha emerge das chamas, e Dayton convulsiona na lama. Trabalho no segundo ferimento. Depois no terceiro. Minha visão oscila quando o fogo se apaga, mas de algum jeito, consigo tocar seu pescoço para procurar o pulso. *Estável.*

A vertigem provocada pelo esgotamento me domina, e desabo sobre o corpo de Dayton.

Além dos limites dessa escuridão, goblins olham para mim e riem. São muitos... *Pelo menos, Farron não vai morrer pensando que foi ele quem matou Dayton.*

Quase não consigo me manter consciente, mas sei que agora estamos perto do fim de tudo. Um uivo terrível ecoa quando feéricos montados cercam Farron, inclusive a mãe dele. Ela ergue uma espada dourada acima da cabeça.

Preciso chegar lá, mas não consigo me mexer. A magia que usei para curar meu irmão secou todas as fontes de poder dentro de mim. O machado de espinhos de um goblin bate no peitoral da armadura, e grito com a força do impacto. Preciso... preciso... preciso...

Uma explosão branca cintila no meio da escuridão, e um homem salta para dentro do caos, radiando magia como trovões.

Keldarion, Alto Príncipe do Inverno e Protetor dos Reinos, veio nos defender.

Ele se move como um felino na caça, correndo entre os grupos de goblins com longas lâminas feitas de gelo. A cada passo, rachaduras geladas se espalham no chão, apagando as chamas com um sibilo. Uma fúria violenta contorce seus traços.

Meus ossos doem quando tento me sentar. Kel acena com uma das mãos e o ar cristaliza. Uma energia gelada ondula em todas as direções, e uma onda de estacas geladas brota da terra. Os goblins gritam, tentam correr. Alguns ficam presos nas estacas, outros são detidos pelo congelamento.

Horrorizado, vejo seus corpos endurecerem brilhantes com o gelo. É como se fossem atacados por um espectro invernal.

— Kel — tento chamar, mas minha voz é fraca, rouca. — Chega.

O gelo brota atrás de cada passo dele, dominando tudo em seu caminho. Os restos incinerados da biblioteca, os goblins em fuga... A Guarda do Outono. Um cavalo relincha e empina, quase derruba o cavaleiro, mas o terror de Keldarion os alcança antes disso e congela os cascos no chão.

Com horror crescente, vejo a geada se espalhando em nossa direção.

— Dayton, temos que ir. — Eu me obrigo a ficar de quatro, sobre mãos e joelhos, ignorando a náusea que é consequência do uso excessivo do poder. Mas a cabeça de Dayton pende para o lado. Ele está inconsciente. Eu o seguro pelas axilas e puxo. Estrelas, ele é pesado. O frio lambe suas botas.

— Kel! — Tento gritar, mas ele não me ouve. É uma tempestade de inverno rasgando o campo de batalha com espirais de gelo girando em torno das mãos. Grandes estacas brotam do chão, e goblins e feéricos fogem de seu poder. Essa é sua magia na versão mais fraca.

— Caralho — praguejo, e solto Dayton. Usando o que me resta de energia, levanto as mãos no ar e faço crescer uma barreira grossa de raízes e trepadeiras entre nós e o congelamento.

Caio no chão, implorando ao Superior para que ela se mantenha. Enormes pilares de gelo explodem através do portal cercado de espinhos que criamos horas atrás. Kel está em pé, arfante.

— Kel — eu chamo, e é como se minha voz carregasse a brisa gelada. — Chega. — Ele olha para mim, e alguma coisa cintila em seu olhar.

A geada para de se espalhar, e Kel olha para as próprias mãos com uma expressão horrorizada. Minha barreira de raízes racha e desmorona. Queria poder me sentar, mas nem isso está ao meu alcance. Tudo que consigo fazer é olhar para a região congelada: estátuas geladas de goblins, feéricos e montarias imobilizados no meio de um grito.

Um berro lancinante rasga o ar. Princesa Niamh. Ela sai de trás de seus guardas, sentinelas congelados com seus escudos em punho. Mas a princesa não é como eles. Ela olha boquiaberta para o amieiro.

A árvore está completamente congelada, uma estrutura esquelética e fria. E sentado na base do tronco está o lobo de Farron. Com muitas flechas cravadas no corpo, ele olha para a árvore. A cabeça está inclinada para trás, e ele uiva, um som de solidão e desamparo. Sinto no fundo do peito o desespero do meu lobo para se juntar ao lamento.

ENTRE FOGO E ESPINHOS

Os olhos da princesa Niamh são febris quando encontram Keldarion.

— A verdade se revela. Abri minhas portas para você. Ofereci misericórdia. E veja o que você fez!

Kel dá um passo para trás.

— Não sou a geada que se espalha pelo Reino do Outono. Não vou me desculpar por proteger os Altos Príncipes de Castelárvore.

A princesa Niamh exibe uma expressão sombria. Ela olha para trás, para os soldados que escaparam por pouco do congelamento promovido por Kel.

— Prendam o traidor, o Alto Príncipe do Inverno. — Depois olha para mim e Dayton. — E os Altos Príncipes da Primavera e do Verão por conspirarem com ele.

Guardas com espadas em punho cercam Kel. Eles o põem de joelhos. O cabelo de Kel gruda no rosto suado, e ele range os dentes.

— Eu me rendo porque não sou seu inimigo. Não estamos aliados ao Inferior.

Sou levado pelos braços. Cordas envolvem meus punhos. Dois guardas levantam Dayton.

— Cuidado, ele está ferido.

Os guardas me ignoram.

— Levem todos para a masmorra — ordena a princesa Niamh. Ela se vira, e sua capa vermelha tremula ao luar. — E matem a fera.

— É seu filho! — Kel reage. — A fera é Farron. Não pode matá-lo.

O rosto de Niamh é tomado por tristeza e horror.

— Se isso é verdade, ele caiu para a escuridão. É uma vergonha para seu povo. Para sua casa. Para mim. — Seus olhos brilham e os lábios tremem. — Queria nunca ter passado a Bênção do Outono, porque então, nada disso teria acontecido aqui. Com a morte dele, posso retomar a Bênção para proteger nosso reino.

O lobo treme, seus olhos se acendem. E então ele corre para longe da biblioteca queimada.

Um dos soldados levanta um arco com a flecha pronta, mas Niamh acena para contê-lo.

— Deixe a fera ir. Vamos caçá-la na hora certa. — E olha para nós. — Temos execuções suficientes com que nos preocupar.

68

Rosalina

— Ah! Não consigo olhar! — Astrid cobre o rosto com as mãos. — Descreva o que está acontecendo.

— Bem... — Marigold se dirige à varanda. — Tudo está especialmente gelado. E, ai, não... — Ela baixa a voz para um tom sensual. — Ora, ora, ora...

— Por que está dizendo isso? — Corro para perto delas.

— O mestre e os outros príncipes... estão sendo algemados.

— Marigold! — Astrid a repreende.

— O que é? Não consigo evitar. Perigo é uma coisa que me faz derreter, se é que me entende.

— Marigold — suspiro —, a gente *sempre* entende você.

Mas é isso, cada um lida com situações terríveis à sua maneira. E não sou ninguém para julgar. Porque este é o momento mais terrível de todas as situações terríveis. Farron fugiu, e os príncipes estão acorrentados.

Ouço um barulho alto do lado de fora do quarto. Depois que Kel literalmente pulou da varanda, senti parte da minha energia retornar. Não sei se foi consequência do fogo compartilhado por nosso vínculo predestinado, ou se foi uma descarga de adrenalina, mas sou grata pela renovação de ânimo.

Abro um pouco a porta e observo a área comum. Um batalhão de guardas revista o local. Eles invadem o quarto de Ezryn. Fecho e tranco a porta rapidamente, mesmo sabendo que não vai adiantar muito.

— Acho que você vai mudar de ideia sobre as algemas, Marigold — sussurro —, porque estamos bem perto de ganhar um par cada uma.

— Uau. — Ela pisca, depois franze a testa. — Mas não vai ser tão divertido se eu estiver vestida.

— Precisamos pensar. Não vamos conseguir ajudar ninguém se formos pegas.

— Marigold e eu podemos nos transformar em animais e ficar escondidas — Astrid sugere.

— Talvez funcione durante um tempo. — Eu me ajoelho e ponho a mão no chão, tentando sentir os espinhos. Queria não ter esquecido minha coroa na cabeça do traidor do Caspian. Com ela foi fácil me conectar com eles no Inferior e em Castelárvore. Mas Castelárvore já estava cheio de espinhos, e devia haver no Inferior alguma reserva de força onde eu me abastecia, uma força que não consigo acessar daqui.

Minhas mãos tocam o colar de rosa em meu pescoço. Talvez…

Uma comoção acontece do lado de fora: o choque de metal com metal, o grito de um guarda, o estrondo de uma armadura caindo no chão. Astrid e Marigold reagem assustadas. Meu coração dispara, mas me controlo.

— Precisamos ver o que está acontecendo…

A porta é arrombada. Astrid grita e se transforma em uma lebre branca. Eu a pego nos braços.

Mas quem está ali não é nenhum soldado do batalhão.

— Billy e Dom? — reajo. — Pai?

— Achei que estavam precisando de ajuda. — Billy sorri.

— Ora, ora, ora — Marigold responde piscando várias vezes. — Sempre quis ser salva por um herói forte.

Meu pai sufoca uma risadinha estranha e toca meu ombro.

— Você está bem, minha menina?

— Melhor agora, com você aqui — respondo. — Ei, isso é uma frigideira?

— Ah, sim. — Meu pai exibe a ferramenta, orgulhoso. — Estava fazendo um lanchinho com os meninos, quando uma criatura nojenta apareceu e arrancou a mão do chef com uma mordida. Esta coisa mostrou quem era mais forte.

Corro de volta à porta, ainda com Astrid no colo. Lá fora, vejo os guardas amarrados com pedaços de corda e amordaçados.

— São seus guardas.

Billy fica sério.

— Depois que goblins atacaram a cozinha, fomos ver o que estava acontecendo nas ruínas da velha biblioteca. Vimos Dayton lutando como um guerreiro, tentando proteger aquele lobo grande. Ele dizia que era Farron.

— No começo, pensamos que ele estivesse maluco — Dom continua com voz trêmula. — Corrompido pelo Inferior, como diz nossa mãe. Mas então vi os olhos da fera.

— Day não saía de perto dele — Billy comenta. — É o Farron, não é? Aquele lobo é nosso irmão?

Assinto, solene.

— É, sim. Ele foi amaldiçoado. Não consegue se controlar quando está desse jeito. Caspian nos enganou para deixarmos os goblins entrarem no Condado do Cobre. A culpa foi nossa, mas estamos tentando fazer o que é melhor para a cidade, para Farron.

— Foi o que pensamos — Dom responde. — Mas minha mãe não ouve. Ela acha que tudo isso está ligado ao Inferior. Você e todos os príncipes.

— Kel só espalhou o gelo para proteger Farron e deter os goblins. Acreditem em mim.

Os dois assentem.

— Por isso vamos tirar você daqui. Só que não sabemos para onde ir. Fora da cidade, aquela geada é bem mais forte.

Distraída, acaricio o pelo branco de Astrid.

— Isso tudo é uma tremenda confusão. Os Altos Príncipes são prisioneiros, a geada está quase invadindo a cidade e Farron… está perdido.

— O lobo era poderoso — Billy aponta. — Todo aquele fogo. Por que Farron não consegue usar esse poder quando não está espumando pela boca?

— Fogo… — Imagens passam diante dos meus olhos; páginas queimando ao vento, os grimórios do amieiro. — Farron mencionou feitiços poderosos no amieiro, mas é magia obscura. Acho que ele estava com medo disso, mas agora não temos nada a perder. Acham que pode haver algo útil?

— Suspiro profundamente. — Ah, esqueçam. Mesmo que houvesse, o lobo destruiu o lugar, rasgou todos os livros. Não sobrou nada além de ruínas.

— Ei. — Meu pai me segura pelos ombros. — Passei minha vida inteira reconstruindo ruínas. Levem-me lá, e encontrarei o que vocês querem.

— Temos sangue real, podemos levar você lá — diz Dom.

Billy acrescenta:

— O problema é que só um Alto Príncipe seria suficientemente poderoso para usar qualquer um dos feitiços.

Olho pela janela.

— Vou encontrá-lo.

— Rosa, eu vi a fera — meu pai diz. — É muito perigosa.

— Farron sempre volta a ser homem ao amanhecer. O sol vai nascer em breve, e ele vai despertar assustado e sozinho. Preciso estar lá.

Meu pai me estuda.

— Minha menina corajosa. Essa sua cara me faz pensar na sua mãe. A mesma determinação inabalável.

Olho para Marigold.

— Você e Astrid vão entrar na masmorra na forma animal. Digam aos príncipes que estou segura. Não quero que eles façam nada precipitado por minha causa. No momento, precisam mostrar à princesa Niamh que não são o inimigo.

O medo ainda me atormenta, mas ter um plano acende minha esperança. E as fagulhas se refletem nos outros também, em seus olhos.

— Sou ótima para cumprir ordens, querida — Marigold responde com uma piscada.

— Estamos com você, Rosa — meu pai anuncia. — Vamos ficar de prontidão aqui para o que você precisar.

Afago a mão dele.

— Tenha coragem e não perca a esperança.

— Ah, e a doce Astrid? — Dom pergunta. — Onde ela está?

Uma explosão de pelos acontece em meus braços, e o corpo magro e nu de Astrid aparece na minha frente. Ela levanta um punho cerrado.

— Estou aqui e pronta para salvar os príncipes!

Dom e Billy ficam vermelhos.

Apesar de tudo, um sorriso se espalha em meu rosto. Marigold cobre Astrid com um cobertor, e examino nossa equipe. Os Altos Príncipes, os homens mais poderosos do Vale Feérico, estão encrencados, e talvez só um arqueólogo humano, dois jovens criadores de confusão, uma lebre tímida, um guaxinim tarado e eu, a Senhora de Castelárvore, possamos salvá-los.

Rosalina

O vento agita meu cabelo enquanto Amalthea corre pelos campos no entorno do Condado do Cobre. Com as mãos tremendo nas rédeas, engulo o ar e sinto o poder da montaria sob mim. Nunca ultrapassei a velocidade de trote antes, mas agora incentivo a égua a galopar.

Preciso encontrá-lo.

Normalmente, as manhãs no Reino do Outono são cheias de luz fria do sol que pinta as colinas de laranja e vermelho. Mas nuvens escuras cobrem o céu, e um estalo ecoa ao longe.

Depois que vesti roupas adequadas para viajar e preparei uma bolsa com roupas para Farron, Dominic e Billagin me tiraram do Condado do Cobre com minha montaria sem que ninguém visse. Eles voltaram para encontrar com meu pai nas ruínas da biblioteca queimada. Talvez consigam encontrar alguma coisa no meio dos destroços.

Onde ele está? O lobo de Farron correu pela cidade e montanhas acima, mas faz tempo que amanheceu sobre o Reino do Outono. Consigo imaginá-lo nu e com medo, encolhido.

É como posso senti-lo em meu peito: a dor, o terror, a tristeza. Ele está lá sozinho, e não vou parar enquanto não o tiver nos braços.

Uma trilha de relva queimada subindo uma encosta me alerta de que estou no caminho certo, mas é mais que isso. Um fio invisível me leva em frente. *Por aqui, por aqui, por aqui,* diz o ritmo dos cascos do cavalo. *Por aqui, por aqui, por aqui,* repete cada batida do meu coração.

Chegamos ao topo de uma colina e vejo o Santuário da Ninfa destruído, a floresta, os túmulos dos soldados entre os crisântemos. Paro. Estivemos aqui dois meses atrás, quando descobrimos os espectros invernais. A égua sapateia ansiosa. Uma sombra escura paira sobre meu coração, envolvendo aquele fio invisível. Agora não consigo ouvir a canção do coração me levando em frente. Agora o mundo parece gritar para eu ficar afastada.

As nuvens despejam sobre a terra uma chuva que faz o chão tremer.

Pisco para expulsar a água dos olhos, olhando diretamente para as ruínas.

— Vamos — ordeno a Amalthea. — Por aqui.

Mas a montaria continua parada. Relincha aflita e sapateia sem sair do lugar.

— Vamos. Para as ruínas — repito com mais firmeza, estalando as rédeas para ser mais enfática. A égua responde com um relincho desesperado.

— Tudo bem. — Desmonto e pego a mochila. De alguma maneira, encontrei o que estava procurando.

Assim que piso no chão, Amalthea dá meia-volta e corre para longe das ruínas.

Estremeço sob a chuva cada vez mais forte. Cercada apenas pelas terras desertas dos reinos, estou sozinha de verdade.

Com passos cuidadosos, me dirijo ao antigo Santuário da Ninfa. Um cheiro podre paira no ar, cheiro de decomposição e terra mofada. Sinto ânsia de vômito e cubro a boca. É como se eu pudesse sentir *o gosto*, um sabor metálico e ácido de sangue e podridão que reveste a língua. *O que é isso?*

Entro nas ruínas, encharcando as botas de viagem na camada de água empoçada no chão de pedra.

— Farron? — sussurro, mas minha voz não tem força.

Então escuto: uma respiração profunda e gutural como as entranhas de um fogo intenso. Meu coração martela dentro do peito, a boca fica seca. Colo o corpo a uma coluna e observo em volta.

E lá está ele. A fera do Outono.

Farron.

Levo as mãos aos lábios para sufocar um grito. Porque apesar de ser dia, não vejo o homem. E também não é o lobo marrom com que me acostumei.

Só vejo um monstro.

O lobo é uma criatura repulsiva de morte e podridão. Pelos emaranhados e sujos da cor da ferrugem se arrepiam cada vez que ele respira. Pedaços podres de maçãs e peras estão grudados no pelo, e o cheiro enjoativo se mistura aos outros odores repugnantes. Teias de aranha cobrem o corpo enorme, e juro que vejo insetos correndo em torno de suas orelhas. Trechos de folhas decompostas criam uma tapeçaria pavorosa sobre seu rosto.

Engulo a vontade de vomitar, seguro a pedra com força para não desmontar. Onde ele está? Onde está Farron?

Talvez a dor tenha sido demais. Talvez tenha sido o desgosto por ele mesmo. Ou sua rosa finalmente desistiu. Mas esse monstro não é meu Farron.

Preciso sair daqui antes que ele me veja. Minha panturrilha pulsa no local de um ferimento curado há muito tempo. Vi o que ele fez com Dayton, e não tem ninguém aqui para me salvar, se a fera me vir. Lentamente, começo a me afastar da coluna.

Estou quase fora das ruínas quando alguma coisa azul lampeja na periferia da minha visão. Aquele fio invisível se estica em meu peito, e me viro pela última vez para observar a fera.

Ela está olhando para mim.

Cambaleio. Os olhos são cor de âmbar, como brasas queimando em um fogo fraco, e cintilam com inteligência.

O lobo se levanta, revelando o verdadeiro tamanho. A forma anterior de Farron é como um cachorro, comparada a essa criatura; na verdade, agora ele é maior até que o lobo gigantesco de Kel.

Ele abaixa a cabeça e exibe as presas afiadas, e sua expressão é pura maldade predadora. Seu corpo treme com uma fome profunda e primal. Estou paralisada, incapaz de me mover diante daquele olhar que me avalia de acordo com algum padrão selvagem e desconhecido.

Talvez... talvez ele ainda esteja lá.

— Farron — sussurro. — Sou eu. — Minha voz quase não é audível em meio à chuva torrencial. Grandes nuvens de ar quente brotam da boca da fera.

Foi um erro vir aqui. Pensei que pudesse ser corajosa. Pensei que poderia salvá-lo.

Mas não sobrou nada para salvar.

Dou meia-volta e, espalhando água em todas as direções, corro para fora das ruínas.

Um uivo ecoa atrás de mim, alto o bastante para fazer as pedrinhas se espalharem no chão. Se eu conseguir chegar à Floresta da Brasa, talvez possa me esconder entre as árvores.

O andar retumbante do lobo vibra em meus ouvidos, mas não posso olhar para trás. Corro pelas terras cobertas de relva, com as costelas doendo pela força das batidas do coração. O medo ameaça me paralisar, mas não posso permitir. Tenho que continuar correndo, continuar em movimento, ou vou morrer.

Minhas pernas queimam, e juro que meus pulmões podem explodir antes de eu alcançar as árvores. Ouso olhar para trás e vejo a fera imensa descendo a colina e rosnando, vejo os dentes brilhantes de saliva.

Seu cheiro horrível se aproxima, e me atiro para a floresta, afastando galhos e arbustos que surgem no caminho. Com as nuvens de tempestade e as árvores altas, a floresta está escura, e galhos engancham em minha trança e nas roupas.

O lobo avança atrás de mim, os olhos selvagens de fome. A vegetação rasteira é esmagada por seu peso colossal, e ele não se incomoda com os arbustos que enroscam em seu pelo. Ele é feito de músculos contraídos e tendões salientes, e se não pensar em alguma coisa depressa, vou encontrar meu fim.

Corro entre as árvores, pulo sobre tocos caídos e passo por baixo de galhos pendurados. Um grito tenta vencer a barreira da minha garganta, mas não tem ninguém para me ouvir. Preciso de cada dose preciosa de fôlego. O lobo está perto, muito perto, seu hálito azedo aquece minha nuca.

Nunca em minha vida tinha corrido tanto: a floresta é um caleidoscópio, com árvores passando depressa e suas folhas entoando um coro de alerta.

Minhas pernas vão cansar. Os pulmões vão desistir.

Ele vai continuar me seguindo até eu ser capturada.

As árvores ficam mais compactas lá na frente. A sarça já me abrigou antes; talvez eu possa despistar a fera em meio à densa vegetação rasteira. Com um grito desesperado, me jogo em uma pequena lacuna nos espinheiros. Rastejo de barriga para dentro do emaranhado de espinhos, ignorando a dor dos arranhões no rosto e nas mãos.

Ouço um grunhido frustrado quando o lobo quebra um galho na entrada, onde os espinhos impedem o avanço de sua forma colossal. Ele recua e me encara com uma intensidade maior que a de qualquer animal, como se dissesse *eu vou ter você*.

Meu corpo todo ecoa as batidas rápidas do coração. À minha esquerda, os espinheiros tremem com passos pesados, e ouço uma farejada poderosa. Ele está procurando uma entrada.

Lágrimas e sangue se misturam em meu rosto. Não, não. Não devia ser assim. Não era para *acabar* desse jeito. Eu tinha que encontrar Farron. *Meu* Farron. Não essa fera que roubou seu corpo e sua alma.

Abraço os joelhos e me encolho. O que mais sobrou? A fera se apoderou de Farron, e vai se apoderar de mim também. Nunca o encontrarei, nunca mais vou ver aquele sorriso doce, ouvir sua risada ou passar outro momento em sua companhia tranquila.

Ele vai ficar perdido para sempre na escuridão, preso dentro da fúria e da desolação da criatura feroz. Nunca vai perceber do que é capaz. Como há força na quietude. Como tem paz em seu poder.

Meu corpo treme, mas não é de medo. É de raiva. Minhas mãos agarram a terra molhada e olho para cima do meio dos espinhos, deixando a chuva que passa entre os arbustos lavar meu rosto.

— Quem é você para julgá-lo? — sussurro para o nada, falando com a Feiticeira, onde quer que ela esteja. — Como pode dizer que o coração dele merece essa maldição se não viu como ele se esforça todos os dias para ser digno de seu reino? Se não ouviu a bondade na voz dele quando fala com a família, a de sangue e a escolhida? Se não sentiu o que é ser *amada por ele*?

Agora minha voz não é mais um sussurro. Não me importo se o lobo vai ouvir. Que ouça. Que o maldito reino inteiro me ouça. Apoio-me sobre mãos e joelhos, e meus olhos são atentos, focados.

Aquela *coisa* dolorosa dentro do meu peito reverbera como fagulhas brotando da terra. Farron. Ele está aqui em algum lugar, e está sozinho, perdido e amedrontado.

Vou mostrar a ele que o fogo queima dentro de nós. Vou me mostrar.

Saio do espinheiro e me levanto na floresta encharcada de chuva. O lobo cava do outro lado dos arbustos, mas se levanta quando me vê. Ele mostra os dentes e rosna.

Aquela luz azul de antes lampeja novamente em meu campo de visão. Movendo-se com uma fluidez graciosa, um cintilante fogo-fátuo dança no ar entre nós.

Entendo por que ele está aqui.

— Sei que você está aí, Farron — declaro. — Vim procurar você. *Sempre* vou procurá-lo. E não tenho medo. Você também não precisa ter.

O lobo rosna e tenta abocanhar o fogo-fátuo que flutua em torno de seu focinho.

— Você e eu somos parecidos, Fare. O mundo sempre foi grande demais para nós, não é? Barulhento demais. Brilhante demais. Mas quando estamos juntos, consigo encarar o maldito reino inteiro e todo mundo dentro dele. Porque você é minha força. Você é minha coragem. Sinto aqui, dentro do meu peito. — Ponho a mão sobre o coração, sentindo suas batidas estáveis. — Meu fogo está aqui dentro. Sempre tive medo de ver o que acontece quando ele queima. Mas vou iluminar o mundo inteiro para você. — Dou um passo na direção dele e levanto o queixo. — Vou acender por você.

A fera abaixa a cabeça no chão e começa a avançar. Alguma coisa cintila em seus olhos dourados. Olhos que conheço muito bem. Olhos que eu amo.

Luz azul me cerca. Mais fogos-fátuos. Eles pintam meu corpo com luz azul cintilante. Uma lágrima solitária escorre por meu rosto, mas nunca me senti mais forte.

— Os fogos do seu coração não podem me queimar, Farron. Já senti o calor deles, e deixaria que me envolvessem.

O lobo salta, e eu também. Envolvo seu pescoço imenso com os braços e deixo que ele me jogue no chão. Encosto o rosto em seu pelo. Quase nem percebo o cheiro de podre, ou a sensação repugnante de tocar em folhas se decompondo. Tudo que importa é que ele está nos meus braços.

— Eu amo você, Farron — sussurro. — Eu amo você.

No início é só o rosnado gutural do lobo, seu hálito quente em minha pele, a chuva pesada, intensa.

E então, uma fagulha.

Ela vibra em mim, se contorcendo e modificando, aquele fio invisível que está me guiando durante toda a manhã. O lobo recua para me encarar, ainda com os olhos bem abertos, mas diferentes de antes. Mais fogos-fátuos descem, e agora cobrem o lobo também. Uma luminosidade queima dentro da minha pele, invocando um fogo semelhante.

A chama do lobo.

A chama de *Farron*.

Seu corpo brilha e estremece, o pelo se torna carne, as garras são mãos carinhosas. O tempo todo, os olhos permanecem os mesmos. A magia se acende à nossa volta, e posso ouvir nossos corações como um coro: não separados, mas uma entidade única, batendo mais forte do que jamais ouvi.

O corpo feérico de Farron caiu contra o meu, ainda coberto pelos fogos-fátuos. Através das chamas azuis ondulantes, vejo alguma coisa que faz meu coração alçar voo.

Seu corpo está curado, as feridas do lobo desapareceram. E seu vínculo predestinado... não é mais emaranhado. É brilhante, radiante e lindo. Uma estrela luminosa.

Estendo a mão para ele, e os fogos-fátuos se dispersam com movimentos brincalhões, dançam para longe floresta adentro. Seguro o rosto de Farron nas mãos, olhando para ele com olhos que parecem ver pela primeira vez.

A chuva cola seu cabelo à testa, escorre por seus lábios.

— Você me encontrou — ele diz finalmente.

— Não, Farron — respondo —, você me encontrou.

Farron, Alto Príncipe do Outono e meu amor predestinado, me beija. Um beijo nascido das cinzas.

Farron

Não há nada além do sabor dos lábios dela, seu hálito doce sussurrando em meu rosto, o emaranhado de seu cabelo molhado em minhas mãos. Tudo que um dia fui flutuou para longe como cinzas ao vento, e agora existem as partes de mim que ela mantém juntas.

Ela e eu.

Unidos eternamente por nossos fios.

Ajoelhamos frente a frente, indiferentes à lama e à chuva. Afasto as mechas de cabelo molhado de sua testa. Já vi as mais preciosas obras de arte do Vale Feérico, li poesia que fariam os deuses antigos chorarem e estudei mapas de todas as maravilhas no mundo feérico e no mundo humano.

Mas nada se compara à beleza de Rosalina. É como se eu pudesse ver o coração dela — sua bondade, sua alegria, seu humor, sua generosidade — dançando em espirais de cor. Ela está brilhando.

Predestinados.

Meu amor predestinado.

Nascidos da mesma estrela.

Sei em cada parte de mim que ela é o motivo para eu ainda estar aqui. Por que a Feiticeira não permitiu que eu me encolhesse de medo para sempre.

A Feiticeira me deu uma segunda chance. Para eu poder amar Rosalina.

Para poder ser amado por ela.

Lágrimas se misturam à chuva, e pisco para não perder um segundo sequer dela. Um milhão de pensamentos competem em minha cabeça: como tive tanta sorte para encontrar meu vínculo predestinado, e ela ser Rosalina? Minha melhor amiga? E como encontramos um ao outro quando eu estava enjaulado dentro da escuridão da fera? Eu a ouvi me chamando, e pela primeira vez havia alguma coisa além das sombras.

Alguma coisa pela qual valia a pena lutar.

Outros pensamentos ameaçam inundar minha consciência: lampejos de dentes, sangue e gelo.

Mas Rosalina segura meu rosto e sorri, e é como se o raiar do dia se espalhasse em minha mente.

Só resta um pensamento.

Predestinado.

Meu amor predestinado.

Preciso tomá-la para mim.

Não tem muito espaço entre nós; meus lábios se retraem em um gesto muito familiar para o lobo dentro de mim. Uma necessidade visceral que vai além de fome ou sede. Rosalina sente a mudança em mim, sem dúvida, porque suas pupilas dilatam e o peito arfa com o esforço para respirar. Quando o aroma intenso de sua excitação invade meus sentidos, perco o controle.

Não da maneira habitual, como me perco para o lobo.

Desta vez, estou me perdendo nela. E ela pode me acolher.

Minhas mãos deslizam por seu pescoço, pelos braços. Ela desabotoa a blusa, e eu a tiro e jogo de lado. Aflita, ela leva as mãos às costas e desabotoa o sutiã.

Sinto o ar preso na garganta. A chuva pinga da ponta do nariz dela para a omoplata, escorre pelos mamilos. A alegria ilumina seu rosto.

Ajoelhado, olho para ela. Seguro sua trança e a enrolo na mão, depois a puxo com delicadeza para fazê-la olhar para mim.

— Você é meu amor predestinado — digo. — Entregue-se para mim. Aceite ser minha. Em troca, mostrarei que nosso amor sempre foi inevitável.

Seus lábios tremem, os cílios pingam gotas de chuva, mas o olhar está focado em mim.

— Farron, querido — ela sussurra —, vou ser sua para sempre. Me tome agora. Para sempre.

Com a permissão dela, me entrego ao vínculo. Eu a empurro para o chão e tiro sua saia e as roupas de baixo com um movimento rápido. Estrelas, ela é linda com seu corpo pálido e macio se contorcendo na lama. A chuva castiga minhas costas quando me coloco sobre ela, mas não me importo. Há algo selvagem em nós; a pressão da terra, o cheiro fresco das árvores e a chuva só intensificam esse sentimento de *vida*. Eu me sinto vivo como nunca me senti antes.

Nossos corpos se enroscam. Mais perto, mais perto, quero sua pele na minha, minha boca anseia pela dela, por seu pescoço, pelos ombros, pelos seios. Tudo ao mesmo tempo. Ela ri quando alterno as posições e a puxo para cima de mim, depois ri ainda mais ao ver as marcas de dedos sujos de lama em seu corpo. Deuses, amo sua risada, mas preciso de sua boca, e a tomo para mim.

— Farron — ela murmura nos meus lábios. — Meu. *Meu.*

Rolamos de novo, e eu a prendo embaixo do meu corpo, deixando escapar um rosnado instintivo quando pressiono minha ereção contra ela. No fundo, sei que vou passar cada momento da vida dela descobrindo seu corpo, encontrando maneiras novas de adorá-la.

Mas já esperei tempo demais. *Preciso* tê-la.

Ela olha para mim por entre os cílios, um olhar sensual e íntimo ao mesmo tempo. Atrevimento e necessidade lado a lado. Eu me posiciono em sua entrada e inspiro profundamente.

Há um saber profundo e ancestral em meu peito. Quando fizermos isso, nada mais será igual. Todas as muralhas que construí para me proteger vão desabar. Nunca mais serei só Farron.

Serei dela. Para sempre.

Serei sua. Para sempre. A voz dela flutua em minha mente. Em seus olhos, vejo os movimentos do cosmos, o brilho de uma estrela que sempre soube que um dia estaríamos juntos.

E eu a penetro.

Rosalina

Um grito escapa de minha boca quando meu predestinado me preenche: um som de prazer, de completude, de deixar entrar seu amor divino. Farron ampara minha cabeça, e passo os braços em volta de seu pescoço para me prender à terra.

Sinto o espaço entre nós aceso, nossa respiração e os olhares se unindo entrelaçados.

Ele me penetra mais fundo.

Lágrimas escorrem por meu rosto quando ele se move dentro de mim. Há um sentimento estranho de início. É a primeira vez que estou com Farron dessa maneira, mas também é a primeira vez que *faço amor*. Nada em meu passado pode ser comparado a isso.

O ritmo aumenta, e me perco nessa loucura. Ele me ama e me fode ao mesmo tempo. Somos duas criaturas ferozes na lama, e um ser entremeado que *é* a lama, e a chuva, e o toldo das folhos de bordo. Vejo seu reino como ele o vê: imagens de colinas douradas e campos de muita abundância pintam os contornos da minha visão, que é preenchida por ele. Seu rosto lindo tomado pela glória do prazer.

Meu amor predestinado.

Arqueio as costas, seu corpo se encaixa perfeitamente no meu, e dor e prazer se fundem a partir de seu membro dentro de mim. Minhas pernas o enlaçam, e o puxo com mais força para dentro de mim, querendo poder me dissolver dentro de sua pele.

A cada penetração, uma ferocidade torna seu olhar mais intenso, as pupilas ficam mais escuras. O ritmo aumenta: minhas unhas arranham suas costas quando um calor crescente se espalha por meu corpo.

— Fare...

Ele me penetra inteiro, e sua voz agora é um rosnado rouco. Farron é um príncipe, mas me fode como um animal.

O elo invisível entre nós canta, e seguro seu pescoço para puxar sua boca para a minha.

— Me beije — imploro.

Pelo brilho de rendição em seus olhos, sei que este é o nosso momento. É onde mergulhamos no divino.

Meu corpo explode no clímax, e ele explode dentro de mim. Um êxtase puro e sem restrições inunda meu coração. Palavras cintilam em minha cabeça em meio à explosão de cor e beleza em seu rosto: *Luz de estrelas acendendo seu corpo, preenchendo a porção vazia do seu coração.*

É isso que está acontecendo e mais, muito mais, tal qual se a energia luminosa do cosmos fluísse em minhas veias. Minha alma esteve buscando Farron desde o momento em que o vi pela primeira vez na masmorra. Como meu corpo soube encontrá-lo, quando eu não dispunha das palavras para entender. E ele sempre esteve me buscando também.

Agora, o resto do mundo derrete em um borrão distante, insignificante, deixando a intensidade pulsante do nosso vínculo. Um amor que iluminou nossos recantos mais escuros.

Farron cai sobre mim. Eu me delicio com as batidas cadenciadas do seu coração contra o meu.

— A chuva parou — murmuro ao deslizar a mão lentamente por seu cabelo, pela ponta de uma orelha.

Ele rola para o lado, olha para a copa das árvores. Eu o imito, admirada com a rapidez com que as nuvens escuras se dissiparam. Luz dourada se derrama entre as árvores, fazendo as folhas molhadas brilharem.

— Rosalina — ele murmura, e massageia o peito.

— Farron — respondo, e me deito de lado para poder segurar sua mão. — Eu amo você.

Ele olha para mim.

As palavras saíram de mim sem pressa.

— Amo você como a luz das estrelas.

Um sorriso suave levanta os cantos de sua boca.

— Amo você como a luz das estrelas.

— E é uma honra ser sua predestinada.

Alguma coisa muda em sua expressão e ele se senta.

— Rosa... — Farron fica em pé, cambaleia.

— Você está bem?

Um raio dourado explode entre as árvores, pintando sua pele com um alaranjado brilhante. Ele olha para mim, antes de seu corpo se iluminar com milhares de faíscas iridescentes.

— Farron!

Suas costas arqueiam e luz celestial se projeta à sua volta. Então, com um grande uivo, a silhueta de um lobo brilha atrás dele, antes de se dissipar como partículas de poeira em um raio de sol.

Farron cai no chão, e me jogo sobre ele.

— Farron?

Ele levanta a cabeça, e o cabelo avermelhado se afasta de seu rosto. Sufoco um grito de espanto.

Seus olhos brilham com uma nova alegria, e a pele cintila como se fosse iluminada de dentro para fora.

— Rosalina — ele diz, e segura meu rosto.

Sinto a compreensão compartilhada através do vínculo.

A maldição de Farron foi quebrada.

Rosalina

Farron e eu andamos pela floresta de mãos dadas. De vez em quando olho para ele; Farron sempre foi bonito, mas tem uma luz nele que não estava ali antes. Sinto um frio na barriga de nervoso, e ele ri.

Felizmente, trouxe duas mudas de roupas na mochila e não tive que vestir as ensopadas. Nós dois vestimos trajes simples de viagem — calça comprida, túnica longa e mantos do Outono —, mas ele nunca teve uma aparência mais principesca.

Meu corpo vibra enquanto andamos, e uma dor satisfeita pulsa entre minhas pernas. *Então, é assim que o sexo deve ser.* Vou ter que beber aquele chá de que Marigold me falou.

Outras questões ocupam minha cabeça. Tenho que perguntar a Farron se ele vai voltar ao Condado do Cobre para confrontar a mãe e seu povo. Contei-lhe sobre o que aconteceu quando ele estava perdido na fera e disse que Dayton está a salvo, mas que precisamos libertar os outros príncipes.

— Cuidado. — Farron me empurra para trás quando deixamos a proteção das árvores. O limite da floresta brilha coberto de gelo, e as colinas estão cobertas por uma geada azulada. Filamentos descem das copas, serpenteiam para fora da floresta como veias doentes.

— Tudo isto é terrível — Farron sussurra. — A geada agora está muito próxima do Condado do Cobre. Kel, Dayton e Ez são prisioneiros no meu reino. Meu povo está às portas da guerra. E minha mãe acredita que sou um monstro. — Ele balança a cabeça. — O que podemos fazer contra esses obstáculos?

Afago a mão dele três vezes.

— Podemos nos unir. O Condado do Cobre precisa de seu Alto Príncipe.

Farron abre a boca para responder, mas um estrondo sacode a terra. O som de gritos abafados e comandos é trazido pelo vento, e um bando de pássaros alça voo em meio a muito barulho.

Nós nos olhamos e corremos para o alto da colina. Farron se deita no chão e me puxa para deitar a seu lado. Sufoco um grito de medo.

Um acampamento de guerra cobre o campo de crisântemos ao lado das velhas ruínas, uma área ocupada por uma aglomeração de tendas e soldados. Sinto o coração apertado ao ver o tecido azul dos abrigos e as armaduras.

— São as tropas do Inverno — afirmo.

— Desertores, pelo jeito — Farron sussurra. — Não têm emblema nem bandeira.

Noto um tablado gelado no meio do acampamento. Sobre ele, ninguém menos que o vizir em pessoa. Perth Quellos.

Mesmo de tão longe, vejo o brilho ardiloso em seus olhos atentos ao grupo. Ele tem na cabeça uma coroa de metal com uma pedra verde no centro; lembro que o vi usar a coroa em Castelárvore. Uma névoa verde se move em torno dele como uma coisa viva.

Tem alguém ao seu lado, uma silhueta coberta por um manto. Apesar do capuz que esconde seu rosto, o mesmo brilho verde emana das sombras. Eles usam coroas iguais?

— O que está acontecendo? — sussurro para Farron.

— Não sei. — A raiva ilumina seus olhos. — Estão acampados sobre o cemitério da Guerra dos Espinhos. É um grande desrespeito à nossa história, aos nossos mortos.

Todos silenciam quando o vizir levanta as mãos. Um carisma obscuro emana dele, uma presença muito diferente do que já o vi exibir.

— Amados cidadãos do Inverno — começa Perth, e sua voz é transportada pelo vento com uma força amplificada por magia —, há muito vocês esperam que seu pródigo príncipe retorne e lidere nosso reino para o que é nosso por direito. Diante de mim estão aqueles que foram suficientemente corajosos para se libertar das algemas da lealdade e defender o que é certo.

Os soldados aplaudem. Alguns batem com a espada no escudo.

— Há muito tempo os reinos estão à mercê dos caprichos dos Altos Governantes. Há muito fingimos que eles são os defensores dos princípios da Rainha Aurélia! Mas a Rainha nos abandonou, e Keldarion logo fez a mesma coisa. É hora de pararmos de acreditar na mentira de que os Altos Príncipes querem o que é melhor para nós. Em vez disso, temos que escrever nosso próprio destino na história!

Mal consigo ouvir o estrondo dos aplausos em meio ao retumbar das batidas do meu coração. Se isso é uma rebelião do Inverno, por que eles estão no território do Reino do Outono?

O vizir abre bem os dedos, e sua voz é rouca e áspera.

— Vi com meus próprios olhos o mal que se abateu sobre o Príncipe do Inverno! Em minha cruzada para libertar o Vale de suas ligações com esses líderes fúteis, meus caminhos me trouxeram acidentalmente ao território do Outono. Mas agora recebemos a notícia de que o Condado do Cobre abriga os Altos Príncipes, e que eles pretendem declarar guerra ao Inverno. Portanto, temos que atacar primeiro!

Farron segura minhas mãos trêmulas. Um fervor domina a multidão, e a coroa de Perth brilha com aquela luminosidade interna e tóxica.

— O Condado do Cobre vai ser o primeiro a cair, mas o restante do Outono também cairá em breve. Depois tomaremos Primavera e Verão. Todos os reinos conhecerão a misericórdia de viver sob o Inverno livre. Um Reino do Inverno que não será conduzido por um menino inútil, mas pelo povo!

A multidão aplaude de novo, mas Perth levanta um dedo.

— São vocês que devem fazer isso. Vocês quem devem sacrificar seu corpo mortal para se tornarem algo maior. Algo digno do grande destino que espera o Inverno. Quem será o primeiro? — Ele estuda os soldados ali reunidos. — Quem é suficientemente corajoso para transmitir a graça do Inverno?

— Eu. — Um jovem soldado se destaca do pelotão e sobe no tablado.

Um esboço de sorriso surge no rosto de Perth. Ele tira uma adaga da manga larga da túnica.

— Então, você sabe o que tem que ser feito.

O homem aceita a adaga com dedos trêmulos e a segura junto ao peito.

— O que está acontecendo? — cochicho para Farron.

— Eu não…

Um guincho horrível ecoa no vale. As mãos do homem soltam a adaga que ele cravou no próprio coração, e o corpo cai sobre o tablado com um baque.

— Não chorem essa morte — Perth declara ao grupo reunido —, porque ele vai renascer como algo maior.

Sua coroa pulsa com uma energia verde, e os olhos frios brilham com a antecipação. Ele murmura um encantamento e levanta os braços para os lados. Um vento frio rodopia à sua volta, carregando o inconfundível cheiro da morte.

O corpo caído se contorce e convulsiona. Gelo se forma sobre a pele, e os membros sofrem espasmos, enrijecem. Os olhos do homem morto se abrem de repente, mas não há mais neles o calor da vida. No lugar dele, agora existe um vazio frio, a ausência da alma.

Um espectro invernal. É assim que são criados. Perth Quellos fez tudo isso.

— Kel confiou nele — comento.

O rosto de Farron se contorce de raiva.

— Quellos armou para ele. Deixou essas criaturas atacarem o Outono.

O espectro se levanta com movimentos espasmódicos, descoordenados, e sua pele tem um tom de azul doentio.

Ele permanece obediente ao lado da figura encapuzada em cima do palco.

— E agora, quem é o próximo? — Perth pergunta.

Farron e eu assistimos horrorizados à sequência interminável de soldados se oferecendo para o sacrifício. Cada um crava uma adaga no próprio coração e é ressuscitado para se tornar uma coisa sobrenatural e obediente.

— Temos que prevenir a cidade — digo, e Farron concorda movendo a cabeça.

A voz aterrorizada de um soldado adia nossa partida.

— Eminência, com todo respeito, não estamos aqui em número suficiente para tomar a capital! Não devíamos reunir mais tropas?

Perth responde com um sorriso sinistro.

— Ora, meu bom homem, você está cercado pelo restante de seus companheiros.

Uma luz gelada pulsa da coroa do vizir, e névoa verde parece brotar de seus olhos, das narinas e da boca quando ele levanta os braços. Um cheiro de podre, de morte e decomposição domina o ar, enquanto o território em torno do acampamento retumba. A terra se move, se revolve até que...

Mãos. Mãos feitas apenas de ossos brotam do chão. Esqueletos abrem caminho para a superfície, os membros estalando até se libertarem da terra. Não apenas feéricos, mas esqueletos de goblins também. Todos os guerreiros que foram mortos pelo deslizamento de terra durante a Guerra dos Espinhos.

Colunas de gelo se projetam dos ossos que cambaleiam pelo campo, globos oculares ocos fixos no mestre. Centenas e centenas marchando, se perfilando.

Farron respira mais depressa.

— Não… Não pode ser.

Perth acampou sobre o cemitério de propósito. Isso tudo foi planejado. A voz dele ecoa com orgulho reverente.

— Ao amanhecer, marcharemos sobre o Condado do Cobre!

Raiva e tristeza disputam a primazia nos olhos de Farron, mas seguro seu braço e o puxo para longe do exército. Saímos correndo e buscamos abrigo novamente entre as árvores.

— Aqueles são os nossos mortos — diz Farron. — São os ossos dos nossos soldados!

— Ele vai usá-los para dominar seus vivos! — Seguro o rosto de meu predestinado entre as mãos. — Precisamos alertar o Condado do Cobre imediatamente.

Farron fecha os olhos e assente.

— Minha égua fugiu. Vamos ter que encontrar outro jeito de voltar à cidade, e depressa — afirmo.

Alguma coisa cintila no olhar de Farron. Ele olha para cima, para o sol brilhante.

— Eu sei como. — E toca o espaço acima de seu coração. — Quebramos a maldição, mas acho que a Feiticeira deixou alguma coisa. Um presente.

Lentamente, ele solta a presilha do manto e o deixa cair no chão. Depois tira a camisa e a calça. Nu sob a luz dourada, meu predestinado parece angelical.

Seu corpo de feérico se desmancha, revelando um lobo majestoso com pelos da cor das folhas caídas e uma silhueta ondulante. Ele se sacode, e o ar à sua volta vibra com a energia.

A fera se foi. Diante de mim há um guardião.

Eu me aproximo do lobo e, hesitante, toco seu focinho. Ele corresponde ao afago. Depois se abaixa e move a cabeça, indicando que devo montar. Eu obedeço e seguro seu pelo denso. E quando a grande criatura se lança através do território do Outono, ela solta um uivo que faz tremer até as colinas.

Farron

Sou forte.

Não o lobo. Não a fera.

Eu, Farron, Alto Príncipe do Outono, sou forte. Por ora, o lobo e eu somos um só, a mesma coisa.

Minhas pernas fortes correm pelas ruas do Condado do Cobre e para a Fortaleza Coração do Carvalho. As coxas de minha predestinada me apertam, suas mãos seguram meu pelo.

Tudo é intensificado. Sei onde está cada guarda antes mesmo de vê-los: sinto o cheiro da armadura de couro, ouço os passos sobre as pedras do calçamento. O pulsar do meu grande coração é novo e conhecido ao mesmo tempo. *Você sempre esteve dentro de mim.*

Os guardas que não consigo evitar ficam atônitos demais com a imagem de uma bela mulher montada em um lobo gigantesco, por isso não representam uma ameaça.

O calor irradia de mim a cada passo de minhas patas enormes. Corro para as ruínas da biblioteca. Meu calor degela o frio de Keldarion. Um estalo anuncia o momento em que soldados e cavalos congelados são libertados das amarras frias, da tentativa de Kel para me salvar.

Chamas reluzem sob minhas patas, e direciono esse poder para o amieiro. Água escorre pelo tronco quando o gelo derrete. A árvore volta a respirar, e folhas se desdobram e se estendem para o sol.

Um dia, vou reconstruir sua biblioteca sagrada. Mas tenho que fazer outra coisa primeiro.

Corro para a fortaleza. Quando nos aproximamos, uma sensação quase dolorosa pressiona meu peito.

— Ali — diz Rosalina, mas não preciso do aviso. Também posso sentir... o amor predestinado do meu amor predestinado.

Keldarion.

Ele não está na masmorra.

Mudo de direção.

Existe uma grande sala dentro do perímetro da Fortaleza Coração do Carvalho, um lugar que evitei durante muito tempo, um espaço de justiça e decisão. Mas agora corro para lá, e meu coração bate com a firmeza do propósito. Rosalina fica tensa, também se prepara.

Grandes portas de mogno levam ao interior do edifício, e me levanto sobre as pernas traseiras para abri-las com as grandes patas. Rosalina dá um gritinho, mas se segura.

As portas se abrem com um estrondo, e entro na sala do trono do Reino do Outono.

A sala espaçosa ferve com a movimentação de nobres vestidos com suas melhores roupas. Madeira escura e lisa reveste as paredes, mas o chão é uma tapeçaria de folhagens. No fundo, o trono ocupa uma plataforma elevada: um assento esculpido em uma árvore gigantesca, cuja casca foi polida e entalhada com o desenho de runas. Ele se eleva até a copa de folhas vibrantes, cujos galhos escondem o teto.

O trono é ocupado por minha mãe, adornada pela coroa do carneiro dourado do Alto Governante. Meu pai está em pé ao lado dela.

Cheiros familiares invadem meu olfato: pinheiros, aço e sal. Os príncipes estão de joelhos diante de minha mãe, com as mãos acorrentadas. Atrás de cada um deles tem um guarda com uma espada afiada. No canto da sala tem uma gaiola que prende um guaxinim gordo e uma lebre branca e trêmula.

Meus pés tocam o chão com firmeza. Sei que tenho apenas um momento para decidir, antes de os guardas serem enviados contra nós, Rosalina e eu.

Ataco para libertar meus irmãos, como a fera faria?

Fujo como Farron já fez?

Mas não sou a fera. E não sou mais somente Farron.

Sou o predestinado de Rosalina. Um agraciado com o presente da Feiticeira. Um estudioso, irmão, filho.

Sou o Alto Príncipe do Reino do Outono.

Chegou a hora de agir de acordo com isso.

Com um impulso poderoso, salto sobre os nobres que gritam apavorados e aterrisso no espaço entre os príncipes e minha mãe. Medo e raiva iluminam seu olhar, e vejo seu aceno para chamar os guardas.

Mas a força tranquila de Rosalina corre em minhas veias. Ela escorrega do meu corpo, e me viro para encarar minha mãe. Quero que ela me veja assim: não como a fera raivosa de antes, mas um guardião. Ela é capaz de reconhecer os olhos do filho dentro do lobo?

Depois observo o grupo ali reunido, cativando semblantes um a um. O medo dá lugar à curiosidade, que aos poucos se torna...

Admiração.

Sinto a conexão entre meu eu feérico e o lobo. É tão clara que me espanta nunca a ter encontrado antes. Com um tremor suave, meu corpo se transforma novamente na forma encantada. Em vez de estar nu diante deles, acesso minhas reservas de magia. Um majestoso robe de folhas se levanta do chão e me veste.

As pessoas exclamam admiradas ao ver seu Alto Príncipe diante delas.

Mas ninguém está mais chocado que Keldarion, Ezryn e Dayton.

Rosalina entrelaça os dedos nos meus quando os encaro. Eles sentem nosso vínculo predestinado.

Mas mais que isso, sentem que estou livre.

Uma lágrima solitária escorre pelo rosto de Dayton. Ele sorri, um sorriso tão radiante quanto o próprio sol. *Ele está muito feliz por mim.*

Em breve vou ter que explicar tudo isso a eles, mas antes preciso fazer uma coisa que devia ter feito há muito tempo.

Rosalina afaga minha mão três vezes e olha para mim.

— Você consegue — ela murmura.

Respiro fundo e dou um passo à frente, sentindo todos os olhares em mim. Minha mãe me estuda com uma mistura de curiosidade e ceticismo. Meu pai está radiante e parece prestes a correr para mim, mas a mão de minha mãe em seu braço o detém. Não posso permitir que ela me afete com seu desprezo. As palavras serão minha armadura.

— Princesa Niamh, príncipe Padraig e nobres do Reino do Outono — começo com uma voz que alcança todos os cantos —, estou aqui hoje diante de vocês para pedir algo de que não fui merecedor no passado. Falhei com vocês, e lamento profundamente por isso. Mas o homem que está aqui agora é diferente do menino que teve a honra de ser coroado seu líder.

A sala fica em silêncio, tensão e dúvida dançam no ar. Mas continuo, e minha voz fica mais forte a cada momento que passa.

— O homem diante de vocês agora tem um coração cheio de esperança. Porque vi o que podemos fazer quando estamos juntos. — Fito Rosalina. — Quando estamos unidos.

Ela sorri para mim, e sua beleza me deixa sem ar.

Olho para meus irmãos. Meu coração dá um pulo quando encontro o olhar de Kel, amor predestinado do meu amor predestinado.

— O homem diante de vocês hoje aprendeu a defender aquilo em que acredita, custe o que custar. A confiar nas próprias decisões. A agir.

Observo o visor brilhante do capacete de Ez.

— O homem diante de vocês acolhe o medo. E o respeita. Deixa o medo passar e se levanta da trilha escura que ele abriu.

Olho para Dayton. Um tremor vibra em meu peito, e tento mantê-lo longe da voz.

— O homem diante de vocês hoje está aqui porque sabe o que significa amar. E vou lutar por isso. Hoje e todos os dias. Nunca vou desistir disso.

Olho para minha mãe.

— Portanto, peço agora algo que o menino não merecia. Confiança. Confiem no homem. Eu estarei com vocês. Lutarei com vocês. Vou liderar meu povo com honra e coragem. E não vou descansar até nossos inimigos serem derrotados e o reino estar novamente seguro.

Um silêncio retumbante invade a sala do trono, e o único som que ouço é o das batidas do meu coração.

Minha mãe caminha em minha direção. Seus passos ecoam no silêncio. Seus olhos brilham quando ficamos frente a frente. Ela é muito mais baixa que eu, mas me sinto uma criança sob esse olhar. Contudo, me mantenho firme.

A princesa Niamh tira a coroa de carneiro da cabeça e a coloca na minha. Sinto um grande peso sobre a testa.

— Concedi esta coroa a você muitas décadas atrás — ela declara. — Sempre soube que a merecia.

Em seguida ela se inclina sobre um joelho e abaixa a cabeça em reverência.

Um a um, todos na sala do trono a imitam. Meu pai, os guardas, até os príncipes abaixam a cabeça. Rosalina pisca para mim antes de se ajoelhar também.

Todos aqui… estão me oferecendo confiança.

Espero ser digno dela.

ENTRE FOGO E ESPINHOS

Rosalina

Respiro fundo algumas vezes fora da sala do trono, olhando para o céu de fim de tarde. Os príncipes ainda estão lá dentro, concluindo uma conversa com a princesa Niamh. Depois da proclamação de Farron e do endosso de sua mãe, libertamos os príncipes — e as pobres Astrid e Marigold, que foram capturadas em uma pequena gaiola antes de conseguirem retomar a forma feérica. Avisamos os príncipes sobre o exército se preparando para marchar ao amanhecer.

Também fiz contato com meu pai e os irmãos de Farron. Eles estão no amieiro agora, tentando ver se alguns feitiços sobreviveram e se podemos usá-los para ajudar Farron contra o exército de Perth. Meu pai ficou muito feliz quando contei a ele sobre meu vínculo predestinado com Farron. Mas não temos tempo para comemorações, não enquanto a cidade precisa de proteção.

A ansiedade causa um estrago em meu peito. Amanhã, o Condado do Cobre estará sob ataque. Farron convocou uma reunião do conselho de guerra hoje à tarde para traçar uma estratégia. Sei que há grande magia no Reino do Outono, mas Perth Quellos *levantou os mortos*. Seus comandados podem criar uma geada capaz de congelar qualquer ser vivo. Não há tempo para pedir reforços dos outros reinos.

Fecho os olhos com força. Tenho fé em Farron. Na força do Outono. Tenho que me apegar a isso.

As portas se abrem com um rangido, e os quatro príncipes saem preocupados e sérios. Mas Farron relaxa um pouco ao me ver.

— Rosalina.

Um sentimento de paz inunda meu corpo assim que ele enlaça minha cintura. Eu me apoio em seu peito.

Mas sinto os olhares dos outros como holofotes.

— Então, hum, acho que a gente devia conversar sobre isso — começo, tentando não parecer acanhada. — Aconteceu uma coisa entre mim e Farron...

— Rosa. — Farron entrelaça os dedos nos meus. — Tenho certeza de que eles já sabem.

Olho para Keldarion.

— Você sentiu, não é?

Para minha surpresa, ele reage apenas com um sorriso pesaroso. Não tem o menor sinal de ciúme ou posse em seu rosto.

— Vocês são predestinados. É claro que senti.

— E a maldição? — Dayton pergunta.

Farron olha para mim com amor sincero, depois encara os príncipes.

— A minha foi quebrada.

Lágrimas inundam os olhos de Dayton, e ele abraça nós dois.

— Fare, estou feliz por você. — Ele beija o rosto de Farron rapidamente, antes de sussurrar em meu ouvido: — Obrigado, Rosa.

Eu o abraço com força, sentindo suas lágrimas salgadas no meu rosto. O alívio me invade. Estava preocupada com como ele reagiria ao vínculo entre mim e Farron. Mas a alegria dele é tão pura que é quase como se eu pudesse senti-la em mim. Estou muito aliviada por ver que Dayton reagiu bem... Acho que meu coração não suportaria se o perdêssemos.

Ezryn segura o ombro de Farron. Meu predestinado enlaça a cintura do príncipe.

— Ezryn, por favor, me fale, tem um sorriso embaixo desse capacete? — pergunto.

— Tem, Pétala. — Ouço a verdade na reverberação suave de sua voz. — Estou muito feliz por vocês dois.

Só Keldarion não se junta ao abraço.

— É melhor voltarmos a Castelárvore antes da reunião do conselho de guerra para verificar o estado da Torre Alta. Podemos voltar pela porta para a Fortaleza Coração do Carvalho.

— Maravilha. — Farron levanta a cabeça do nosso abraço em grupo. — Quero ver o que está acontecendo com nossas rosas.

— Meu colar não funcionou ontem à noite — conta Dayton. — Fiquei muito tempo longe de Castelárvore. Kel, você esteve lá mais recentemente, tente usar o seu.

Keldarion leva a mão ao peito para puxar de baixo da camisa o colar de floco de neve. Sinto o pingente de rosa como um peso sobre meu peito.

— Quero tentar uma coisa.

— Fique à vontade — ele diz.

Tiro o colar do pescoço e abro o pingente, revelando um espelho.

— Minha mãe sempre usou isso. Mas é parte de Castelárvore, uma parte de todos vocês. Consegui usar o colar para fazer contato com Ezryn quando ele estava quebrado. Então, talvez eu possa usá-lo para levar a gente para casa.

— Como todos os nossos experimentos, Rosalina, você pode tentar, é claro. — Farron se coloca ao meu lado.

— Certo. — Viro o colar e tento capturar a luz como vi os príncipes fazerem antes. Respiro fundo, foco os pensamentos. Sou um recipiente, e agulhas de magia espetam meu corpo, me enchendo e esvaziando ao mesmo tempo.

Castelárvore, quero ir para casa.

Meu vínculo com Farron e Keldarion desabrocha radiante dentro de mim, mas tem outra magia aqui, a magia dos Altos Príncipes da Primavera e do Verão.

Castelárvore, me leve para casa.

A luz encontra o espelho e salta, formando um oval cintilante. A energia cresce dentro de mim, um fogo que fica mais quente a cada momento que passa.

— Consegui — sussurro.

Os príncipes me encaram, e a luz do portal ilumina o rosto de cada um.

— Para Castelárvore — diz Farron. Ele é o primeiro a atravessar a passagem, confiando em mim e na minha estranha magia.

Os outros passam rapidamente pela luz cintilante. Uma onda de euforia me inunda, como se eu tivesse encontrado uma fonte de poder e conhecimento. É um sentimento de conexão com alguma coisa maior que eu, uma sensação de pertencimento com o Vale Feérico que é toda minha.

O mundo se transforma e perde a nitidez quando os sigo. Meu estômago se contrai com um movimento repentino. Estou em casa.

Saímos pelo espelho para o grande hall de entrada. Ainda tem gelo no chão, embora tenha se dissipado um pouco com Kel passando tanto tempo no Reino do Outono. Os espinhos continuam presentes como sempre.

— Senhores! — Rintoulo, o mordomo, se aproxima correndo seguido por vários outros membros da criadagem. — Estamos muito felizes por vê-los. Está acontecendo alguma coisa com os criados do Reino do Outono. Nós nos sentimos… estranhos hoje de manhã. De um jeito bom. Uma espécie de mudança acontecendo.

— É minha maldição. — Farron sorri. — Foi quebrada. Lady Rosalina é meu amor predestinado.

Rintoulo arregala os olhos, e ouvimos uma exclamação coletiva dos outros criados em volta.

— Ainda consigo sentir o urso dentro de mim — relata o mordomo —, mas é diferente.

— Meu lobo não exerce mais domínio sobre mim, mas a magia permanece — Farron continua com a voz cheia de confiança. — Acredito que a maldição que força vocês a se transformarem em animal tenha se dissipado, deixando de presente a escolha de se transformar.

Farron toca o ombro de Rintoulo, e o mordomo o abraça.

Mais empregados do Reino do Outono nos cercam e me puxam para o abraço. Ouvimos manifestações de gratidão, e meu coração se aquece. Isso é mais que libertar os príncipes; é libertar o povo de Castelárvore também.

A maldição pode ser quebrada para todos nós.

A escada para a Torre Alta ainda tem espinhos entrelaçados. Uma estranha antecipação enche meu peito. Sei que a maldição de Farron foi quebrada, não tenho dúvida disso, mas quero saber o que a Feiticeira deixou. O que vamos encontrar onde foram plantadas as sementes do tormento?

A Torre Alta é como antes, com espinhos recobrindo todas as paredes, exceto o canteiro onde crescem as quatro rosas. Mas a rosa de Farron é alta, radiante e viçosa, como se a vida transbordasse dela. As pétalas, que antes eram cor de laranja, agora são douradas.

É lindo, mas não é isso que aperta meu peito. Os espinhos em volta da rosa dele também mudaram... Os arbustos, antes roxos, agora são dourados, e neles desabrocham rosas amarelas e vermelhas.

— Deve ser a magia de Rosalina — Ezryn sugere cauteloso. — Ela tem uma conexão estranha com esses espinhos.

Farron lança um olhar cauteloso para uma planta, antes de se ajoelhar ao lado e puxá-la. A planta mal se mexe.

— Muito firme — ele diz.

— Então, a magia de Rosalina tornou os espinhos de Caspian mais fortes? — Dayton pergunta com uma sobrancelha erguida. — Isso não faz o menor sentido.

Keldarion entra na torre e observa tudo em silêncio, atento, com a mandíbula contraída e rígida.

Farron toca com delicadeza os novos espinhos dourados. Fecha os olhos.

— Eu sinto Rosa, mas sua magia é *boa*. Eu sei.

Sinto uma mistura de incerteza e medo. Por que tenho poder sobre os espinhos? Por que alguns se fortaleceram e mudaram de cor em torno da rosa de Farron?

E ainda não esclareci a dúvida que sempre me atormenta: por que consigo ouvir Caspian em minha cabeça?

Você faz perguntas para as quais só as estrelas têm respostas. Foi o que ele me disse. Levo a mão ao peito. Caspian é um mentiroso e um traidor. Ele nos traiu e quase provocou a morte de Dayton. Nunca o perdoarei por isso.

— Os espinhos não parecem prejudicar sua rosa — comenta Ezryn. — Alegre-se, sua maldição foi quebrada para seu povo e para você.

Farron caminha até a parede, uma sólida mistura de pedras e casca de árvore coberta por linhas pretas.

— Eu soube assim que aceitamos o vínculo predestinado. A fera continua dentro de mim. Minha magia parece… mais rica. O poço é mais profundo. Mas alguma coisa ainda está errada. Castelárvore é a origem da nossa magia, e ainda está doente. Acho que não vou entender meu verdadeiro poder enquanto Caspian não desistir de nos controlar.

Ezryn segura seu ombro com firmeza.

— Confie no poder que conquistou, seja qual for. Você vai precisar dele para a batalha que se aproxima.

— Não posso fazer isso sem meus irmãos — Farron protesta. — Vocês vão me acompanhar e enfrentar nosso inimigo?

— Estou com você, Alto Príncipe do Outono — responde Ezryn.

Dayton bagunça o cabelo de Farron e sorri para ele com tristeza.

— Como se eu fosse deixar você ir para a luta sem mim.

Mas Kel se vira, olha para fora, para o sol que segue seu caminho.

— Você sabe que eu estaria com você, Farron. Mas não posso ficar ao seu lado amanhã. Tem outra coisa que preciso fazer.

— Kel… — Ezryn e Dayton tentam.

Mas Farron levanta a mão.

— Não vai lutar com o Outono amanhã, Keldarion?

Kel não o encara.

— Há coisas que preciso esclarecer.

E ele se vira, passa pela porta e desce a escada.

Olho para os outros príncipes.

— Não — Dayton rosna. — Não vai ser assim. É o desgraçado do vizir dele que está atacando o Outono! Ele não pode abandonar a gente. Agora não.

Farron olha para o chão.

— Pensei que Kel tivesse finalmente encontrado alguma coisa pela qual valesse a pena lutar.

Ezryn deixa escapar uma risada abafada, sem humor.

— Mais uma vez, Kel prova que só luta por traidores e vilões.

Não... não, eles não podem estar certos. Kel não pode estar indo embora agora, às vésperas da batalha. Apesar de todos os seus defeitos, ele *ama* a gente.

Ou ama os príncipes, pelo menos.

— Fiquem aqui — digo, e saio correndo da torre. Enfim o alcanço, bem quando ele estava saindo da escada para o saguão do hall de entrada.

— Kel, aonde você vai?

Seus ombros ficam tensos.

— Embora.

— Por quê?

Ele gira e me encara, e por um momento vejo em seus olhos uma estranha suavidade.

— Está indo embora por minha causa e de Farron? — pergunto com a voz embargada. — Porque tenho outro amor predestinado?

— É claro que não. — Ele segura meu queixo e murmura: — Sou grato por você conhecer o amor de um bom homem.

Ponho a mão sobre a dele, a seguro como se pudesse mantê-lo aqui comigo.

— *Você* é um bom homem. Prove, Kel. Fique com o Outono amanhã. Lute por...

— Rosalina. — A voz dele é baixa, mas cheia de determinação. — Você acredita que vou voltar?

Encaro-o e me perco nas espirais delicadas de azul gelado. A parte dele que parece frágil.

— Sim — murmuro.

Kel me puxa e beija minha boca. Toda raiva, todo desejo e sofrimento que nosso vínculo predestinado trouxe para nós retorna entre nossos lábios. Minhas mãos se perdem em seu cabelo, e as dele seguram minha cintura, me puxam para mais perto ainda. Eu o beijo com tudo que tenho, ao mesmo tempo uma súplica para ele não ir e uma rendição.

Finalmente, ele se afasta.

— Minha Rosa — diz, e depois mais nada. Keldarion se dirige ao espelho, e ele ondula, revelando as terras do Outono. Seu corpo estremece e se transforma no do lobo do Inverno, o amaldiçoado. A fera mergulha no espelho.

— Você vai voltar — sussurro ao vento. — Porque eu voltei.

Rosalina

Caio em uma nuvem fofa de almofadas e lençóis. Depois de passar a noite toda acordada, preciso de um cochilo.

As cortinas estão fechadas, mas o sol dourado entra pelas frestas. Meu corpo está exausto e dolorido, mas não sei se vou conseguir dormir. Não com um exército na nossa soleira.

A porta do quarto range, e ouço os ruídos de metal quando Ezryn entra. Começo a me levantar, mas ele fala baixinho:

— Não levante.

Deito novamente. Ele se senta ao meu lado e toca meu rosto com a luva.

— Acordei você?

— Não.

O visor do capacete se inclina para baixo.

— É difícil descansar à beira da batalha. Por mais guerras que eu tenha travado, nunca fica mais fácil.

— Talvez seja mais fácil descansar juntos. — Puxo seu braço. — Deite aqui comigo.

Um suspiro profundo ecoa dentro do capacete.

— Queria poder, Pétala. Mas vim me despedir.

— Despedir? — Tento recuperar o foco, apesar do sono. — Você também vai embora?

— Não, volto ao pôr do sol. Tem um grupo de batedores partindo para ir verificar quantos homens e quantas armas Quellos tem. Vou com eles.

Pensar em Ezryn partindo logo depois de Kel abre um buraco no meu estômago.

— Tenho certeza de que o Outono tem batedores competentes.

— Prefiro ver tudo pessoalmente.

Suspiro.

— Pode dizer apenas que não confia em ninguém mais para cumprir a tarefa.

Ele ri.

— Quando eu voltar, vou ajudar a preparar o terreno em volta da muralha para o ataque.

— Posso fazer alguma coisa?

— Você já resgatou o Alto Príncipe do Outono — diz Ezryn. — Você, Farron e Dayton precisam descansar. Ninguém é melhor que o Príncipe do Verão no combate próximo, e seu predestinado vai precisar de toda força para liderar amanhã. Essa é a melhor maneira de usar meu poder.

Fico em silêncio por um momento, refletindo sobre o que ele disse, antes de segurar sua mão.

— Fique comigo só mais um pouquinho?

Ele inclina o capacete. Sinto seu olhar escondido em mim como uma carícia.

— Até você dormir.

A cama afunda quando ele se deita ao meu lado. Eu me aninho junto dele, apoio a cabeça em seu ombro e uma perna sobre as dele. Meus dedos desenham espirais preguiçosas sobre as gravuras complicadas da placa que protege seu peito.

— Duvido que isso seja mais confortável que a cama — ele diz, mas envolve meu corpo com os braços.

— Mas é. Eu poderia ficar aqui para sempre.

Os dedos afagam meu cabelo.

— Quem me dera.

— Quem me dera — repito, tentando não fechar os olhos. Se esse é meu único momento tranquilo com Ezryn antes da batalha, quero prolongá-lo o máximo que puder.

Mas o sono é mais forte que eu. Quando estou quase dormindo, ouço Ezryn sussurrar:

— Confie em mim, Rosalina. É assim que posso mostrar a você, Farron, Dayton e Kel que eu... sou capaz de proteger todos vocês.

O sol poente brilha intensamente no horizonte, banhando o Condado do Cobre em sua luz dourada.

Cruzo os braços.

— Esta é a pior parte, a espera.

Farron suspira.

— Entendo o que quer dizer. Chego quase a desejar que eles apareçam logo.

É uma agonia saber que a legião de monstros de Perth Quellos vai chegar aqui amanhã. Preparamos a cidade. Os soldados estão armados, as defesas foram guarnecidas e os estoques de suprimentos, reforçados. Acordei depois de um cochilo de algumas horas. Ezryn havia partido com a equipe de batedores para buscar informações sobre números e armas. Keldarion partiu sem dar nenhuma indicação de para onde ia. Alguns sussurram que ele não vai voltar... Mas no fundo, sei que ele volta.

— Nem os livros prendem minha atenção — comento. — Devo estar nervosa de verdade.

Farron me puxa contra o peito e beija meu pescoço.

— Consigo pensar em algumas coisas com que te distrair.

Dou risada e derreto em seus braços, saboreando a sensação dos lábios do meu predestinado em minha pele.

Farron, meu amor predestinado. Pensar nisso ainda me ilumina por dentro. Seguro seu rosto entre as mãos e o beijo, sabendo com cada fibra do meu ser que ele é meu. Era para ser. Desde o primeiro momento, quando o vi encolhido na cela da masmorra, alguma coisa nele me chamou.

— Rosa, não posso ter você uma vez só. Preciso de você de novo.

Eu o abraço. Apesar de ter cochilado só por umas poucas horas, me sinto surpreendentemente desperta. Queria saber por quanto tempo Ezryn ficou comigo depois que peguei no sono.

— A ordem não foi para descansar antes do que vem amanhã?

— Você, eu, a cama? Isso é repousante.

O centro do meu corpo pulsa por ele.

— Farron, espere. Tem uma coisa que precisamos fazer. — Ele faz uma careta, porque já sabe o que vou dizer. — Precisamos conversar com Dayton.

Farron balança a cabeça, e sinto a confusão dentro dele, embora não saiba se é resultado de quase matar o Príncipe do Verão em sua forma de lobo ou de encarar o homem que ele ama depois do despertar de seu vínculo predestinado.

Toco seu braço e tento acalmar parte das preocupações.

— Espero que saiba que nunca vou querer que abra mão dele.

— Sou seu amor predestinado. Pertenço a você.

— E por causa disso sei que seu coração é grande o bastante para nós dois. Além do mais, tenho outro predestinado. Não que ele queira alguma coisa comigo.

— Conheço Kel. Antes de partir, ele sentiu uma dor profunda por ter que se separar de você.

— É só a porcaria do vínculo.

— Ei, não pode mais chamar um vínculo de porcaria. — Ele beija minha orelha.

— Você se lembra do que conversamos nas termas quentes... O vínculo muda alguma coisa para você?

Farron recua.

— Está falando sobre aquela promessa do Day de que, se você ficasse com outra pessoa, ele mataria a criatura e te foderia no sangue derramado?

Sinto o rosto vermelho.

— É. Isso!

Farron inclina a cabeça de lado, pensativo.

— Kel é seu predestinado. Conheço Dayton bem o bastante para ver quanto ele se importa com você. E Ez é muito importante para mim. A ideia de você estar ao lado dele me faz feliz. Então, não, nada mudou.

— Tudo bem — respondo.

— A menos que queira que eu rosne e tenha um ataque de ciúme. Posso tentar.

— Bom, um dos guardas gosta de olhar para o meu peito...

Farron aperta meus ombros.

— Não, não gosto nada disso.

— É brincadeira.

— Eu sei, mas ainda me faz sentir vontade de rasgar a garganta dele.

Balanço a cabeça, mas meu sorriso fica sério.

— Não vou me incomodar se você ficar com o Dayton, mas pensar em você com outra pessoa...

Farron beija minha boca.

— Meu amor, não tem ninguém no mundo para mim, além de você. — Ele inclina a cabeça para trás e geme. — E esse saco de músculos idiota no outro quarto.

— Que a gente devia ir ver.

Farron segura minha mão e, juntos, vamos procurar o Príncipe do Verão.

le está montando a armadura sobre uma grande mesa: um peitoral de ouro batido e um capacete de bronze com estampas de conchas gravadas. O brasão tem a forma de ondas recortadas contra um raio de sol. Ele está girando duas espadas curtas.

Dayton olha para nós. Seu cabelo dourado está solto, caindo sobre os ombros. Sinto um amor maior que tudo através do vínculo — os sentimentos de Farron por Day. Mas não é só isso. Os meus também se intensificam perto dele.

Dayton ficou feliz por Farron quando soube que a maldição tinha sido quebrada. Mas ele se ressente contra mim por ser o amor predestinado de Farron?

O silêncio reina no quarto, e sinto seu olhar pesado. As espadas caem sobre a armadura com um barulho metálico, e Dayton se aproxima de nós.

Ele toca meu rosto com uma das mãos e, com a outra, segura o ombro de Farron. Seus olhos azuis cintilam com uma pergunta que não é verbalizada.

Farron beija os lábios de Dayton. Suave como um primeiro beijo, lento, hesitante. Dayton segura a nuca de Farron.

A surpresa ilumina seus olhos.

— Acho bom que isso não seja um sonho.

— Não é, Day. Nada vai nos separar, nunca.

Dayton engole em seco e olha para mim, e uma sombra passa por sua expressão.

— E você, flor?

O nervosismo borbulha em meu estômago. Seu olhar é muito intenso, mas me forço a sustentá-lo.

— Dayton. Daytonales. — Falo seu nome verdadeiro com firmeza e orgulho. — Você é corajoso, forte e protetor, e não posso ficar longe de você, da mesma forma que as marés não resistem ao comando da lua.

Uma onda quente de emoção viaja através do vínculo. Mas Dayton não responde.

Ai, merda. Fui longe demais.

— É claro, se quiser continuar só com Farron, tudo bem também. — Sinto o rosto queimar e caminho apressada para a saída, sem olhar para nenhum dos dois. — E prometo que não vou mais espiar atrás de porta nenhuma…

Dayton atravessa o quarto como um raio e fecha a porta. Ele me prende entre os braços.

— Acha que eu a deixaria ir embora? — O cheiro de sol e mar me envolve.

Dayton está parado na minha frente e, atrás de mim, Farron sorri.

— Rosalina, olhe para mim. — Day segura meu queixo.

Deixo meu olhar subir de seu peito até os olhos.

Sua voz é rouca, forte.

— Se você é a maré e eu sou a lua, me puxe para o fundo de suas ondas. Quero me afogar em você.

E ele me beija.

Dayton

O quarto desaparece, e tudo que sinto é ela. Cubro seus lábios com uma fome insaciável, enquanto a aperto entre os braços. Seu gosto e seu toque dominam meus pensamentos. A língua de Rosalina se move com um desejo implacável conforme as mãos passeiam por meu corpo. Eu a levanto e empurro contra a porta, ansioso por mais, precisando dela como do ar que respiro.

Como isso é possível? Como pode haver todo esse fogo entre nós? Como ela ainda pode me querer, quando seu amor predestinado está aqui? Recuo um pouco e olho por cima do ombro para Farron. Ele está olhando para mim com uma expressão igualmente faminta.

— Venha aqui, lobinho — chamo.

Ele se aproxima com dois passos, beija minhas costas e desliza os lábios até a nuca. Rosa continua presa contra a porta. Ela veste uma túnica leve e calça preta. Mas quando escorrego a mão entre suas pernas, descubro que já está molhada.

— Está encharcada, amor. Me fale o quanto você quer isso.

— Preciso disso. — É quase como se eu pudesse sentir seu desejo, e não é só por Farron. *Ela me quer também. Os dois me querem.*

Farron desliza a mão entre nós, tocando meu pau latejante e a umidade de Rosalina.

— A gente pode ir para a cama, por favor?

Atravessamos o quarto tirando as roupas. Lábios acariciam meu corpo e mãos passeiam por minha pele até cairmos na cama em uma confusão de membros. Rosa me beija e ri, o sorriso mais doce que já vi.

Eu mataria por esse sorriso.

Estrelas, eu queimaria mundos por ele.

— Fare. — Eu o seguro e percebo que está tremendo.

Devagar, levanto o tronco e me apoio sobre os antebraços. Ele está olhando para o meu peito com os olhos arregalados, brilhantes.

Mas quando você luta contra um lobo amaldiçoado e é perfurado por uma chuva de flechas de ponta de aço do Reino da Primavera, bom, isso deixa uma marca.

Ou várias, no meu caso.

Cortes atravessam meu tronco, e perfurações salpicam meu peito onde as flechas me acertaram. Rosalina acaricia minha pele com dedos hesitantes.

— Essas cicatrizes não são tristes — ela diz. — São marcas da sua devoção, da sua bravura e da sua coragem indestrutível.

— Mas, Day... — A voz de Farron treme. — Machuquei você. Machuquei você de novo.

— Ah, pare. — Eu o puxo para mim e Rosa. — Ez estava lá, está tudo bem.

Ez praticamente se matou para me manter vivo. Acho que vou ter que dar uma segurada nas piadas sobre metal, pelo menos por um tempo. Ele achou mesmo que eu fosse tão digno assim de viver? Ou foi seu coração nobre e justo, o mesmo de que debochei durante anos? Mas até a Bênção do Alto Príncipe da Primavera tem seus limites. As cicatrizes de uma fera ainda marcam meu corpo.

Lágrimas lavam o rosto de Farron.

— Preciso saber, está chorando porque me machucou? Ou porque marcou o corpo mais lindo do mundo?

— Você é muito idiota. — Ele balança a cabeça. — Sempre vai ser perfeito para mim.

— Então pare com isso. Se eu morresse por você, teria sido a maior glória de toda a minha vida imprestável.

Seguro seu rosto e o beijo, misturando sal às lágrimas, antes que ele possa pensar muito nas minhas palavras. Farron murmura meu nome, e rolo e o pressiono contra o colchão.

Um beijo leve sobre uma cicatriz particularmente feia em minhas costas me faz gemer. Flor. Sua boca desliza sobre minha coluna, e ela sussurra:

— Tanta coragem deveria ser recompensada. O que acha, Farron?

Ele sorri com malícia.

Rosalina bate no meu peito.

— Deite.

Caio sobre os travesseiros e cruzo as mãos sob a cabeça.

— Tire a calça dele — Rosalina ordena.

— Adoro quando você fica mandona — murmuro.

Farron segura o elástico da minha calça e puxa, revelando meu pau duro.

— Vocês dois estão vestidos demais. — Aponto para eles. Rosalina perdeu a túnica e a calça, mas ainda veste calcinha e uma chemise leve cor de creme. Para minha sorte, o tecido é tão fino que consigo ver seus mamilos salientes. Respiro mais depressa quando penso em seus seios na minha boca.

Fare tirou a calça, mas ainda usa uma camisa branca e longa. Isso vai ter que sumir.

— Um problema para mais tarde — Rosa responde sorrindo.

Deixo escapar um gemido profundo quando seus lábios tocam a ponta do meu membro. Não me esqueci daquela vez nas termas quentes. Essa lembrança me atormenta todos os dias.

O cabelo macio de Farron roça minha barriga quando ele se posiciona ao lado dela. Sua língua molhada acaricia minhas bolas, provocando a mais incrível vibração no meu corpo.

— Porra, vocês são cruéis — sussurro. — O resultado disso vai ser os dois com a cara cheia de porra.

— Quer gozar na minha boca, Day? — Rosa olha para mim por entre os cílios escuros. — Implore.

— Ei, onde minha garota fofa aprendeu a falar tanta sacanagem? — Afago seu rosto.

— Com você.

Farron dá risada e põe uma das minhas bolas na boca. Ranjo os dentes e arqueio o quadril, mas Rosa me empurra para baixo. O tecido sedoso da chemise acaricia minha coxa.

— Pronto para implorar? — Ela desliza a língua da base até a cabeça do meu pau.

Farron a observa com uma expressão inebriada, antes de entrar em cena também. Os dois me lambem juntos, um de cada lado, como se eu fosse o prato mais delicioso que já provaram. As bocas molhadas são uma agonia, os sons baixos de lambidas e chupadas quase me levam além do limite.

— Porra, alguém me chupa.

Rosa se afasta depois de uma lambida molhada.

— Implore.

Tento resistir à ordem, mas Farron ainda está lambendo um lado do meu pau bem devagar.

— Coloca meu pau na boca, flor. Me engole todinho. Preciso de você.

Ela sorri satisfeita, prende o cabelo em um rabo de cavalo fofo e se abaixa para me chupar.

Farron se reclina, contente em assistir a tudo enquanto ela trabalha. Sua boca é uma glória molhada, escorregadia, e minhas bolas se contraem a cada carícia.

— Gosta de ver essa boca em mim, Fare?

— Gosto muito. Uma boa menina engolindo seu pau grande.

Rosa geme com o elogio, e aumenta a velocidade dos movimentos.

— Tire essa coisa. — Farron estende um braço, ouço um barulho de tecido rasgado e a chemise se vai. Acho que ele estava tão incomodado quanto eu com a peça de roupa. Seus seios livres afagam minhas coxas cada vez que ela se movimenta.

— Ah, Rosa. — Farron pega os dois seios e massageia lentamente. Ele esfrega um mamilo entre o indicador e o polegar. Os músculos da garganta de Rosalina se contraem em torno do meu pau, e levanto o quadril em uma resposta instintiva de prazer. Deslizo cada vez mais fundo, mais fundo.

Ela quase sufoca, mas não diminui a velocidade. Os olhos lacrimejam.

— Devora ele, meu amor — Farron ordena com tom autoritário. — Chupa até ele gozar.

Rosalina me chupa mais forte, me leva mais fundo até meu pau ocupar sua garganta. O calor molhado e escorregadio de sua boca é pura glória.

— Ai, porra — gemo. — Vou gozar para você, Rosa.

Ela continua chupando, e me derramo em sua garganta.

— Engole — Farron ordena.

Gemendo, enterro o pau mais fundo. Ela reage com uma contração e seu corpo treme, mas não para.

— Você é muito boa, amor. Demais — elogio.

Rosalina recua arfando. O cabelo se soltou, os lábios brilham com meu prazer. Ela é linda. *Droga, isso é sério.*

Farron se aproxima dela, toca seu rosto com reverência e desliza um polegar pelos lábios molhados.

— Não senti o gosto dele em você antes. Agora estou arrependido.

Ele lambe o prazer que escorre por seu queixo, antes de beijá-la.

Caio deitado na cama, tremendo. Nunca vi nada mais excitante. O colchão afunda quando os dois se aproximam de mim. Não resisto e os beijo profundamente. Talvez nunca experimente o que eles têm, mas se meu corpo puder lhes dar prazer, eu me entrego. Todas as vezes.

— Isso foi incrível — suspiro.

Farron apoia a cabeça no meu ombro.

— Não me fala que já parou?

— Ah, Príncipe do Verão, não pode ter pensado que a gente ia deixar você gozar uma vez só — Rosa anuncia.

— Caralho — gemo.

— Fale o que você quer — ela ordena.

A cama tem cheiro de sexo e rosas, e me sinto satisfeito com a pele deles na minha. Mas sei o que pedir.

— Quero ver vocês dois juntos. Quero ver meu menino te foder exatamente como eu mandar.

77

Rosalina

Meu corpo é só desejo e prazer. Dayton me empurra para me fazer deitar na cama. Lambo a boca, ainda saboreando o gosto salgado dele em minha língua. Por que isso parece tão certo? Nós três juntos...

— Antes de receber o pau de Farron — diz Dayton —, temos que garantir que sua boceta gostosa está pronta.

Farron levanta meu quadril e Dayton abaixa minha calcinha.

— Ei. — Sorrio para ele. — Pensei que ia só dar as ordens.

— Depois. — Dayton afasta meus joelhos. — Não vou perder a chance de sentir seu gosto.

Farron se apoia nos antebraços e beija a parte interna da minha coxa.

— Quanto tempo acha que leva para fazer ela gozar, Day?

— Ah, amor, a questão não é se vai ser rápido. — Dayton morde de leve a ponta da orelha de Farron. — É quanto consigo fazer demorar.

Farron sorri, e os dois olham para o meio das minhas pernas com expressão faminta.

— Vocês dois são diabólicos — comento, me contorcendo com a antecipação.

— Não dá para negar — Dayton responde.

— Relaxe — sugere Farron. — Vamos te venerar. — Ele desliza a língua quente no meu centro.

— Ai, deuses. Sim, sim — gemo, agarrando os lençóis.

Farron recua e lambe os lábios molhados, os olhos brilhando de desejo. Dayton nos observa com um sorriso predador, antes de beijar Farron.

— Que delícia.

Farron volta a me devorar, e dessa vez Dayton o acompanha. Os dois me lambem com apetite, parando apenas para dar atenção um ao outro com um beijo molhado, lento.

— Eu vou... vou... — O prazer cresce dentro de mim como uma tempestade.

— Espere, Rosa — Farron murmura. — Sinta isso. — Eles se afastam e eu protesto, mas Farron introduz os dedos em mim. Ele bombeia rapidamente, e depois flexiona os dedos para tocar meu ponto G. Ao mesmo tempo, Dayton chupa vigorosamente meu clitóris.

Ondas de prazer me envolvem quando chego ao orgasmo, sussurrando o nome deles como uma prece. Os dois príncipes massageiam minhas pernas com ternura quando desço das alturas.

Dayton me beija, antes de ficar em pé ao lado da cama.

— Acho que meu pau preferido foi terrivelmente ignorado.

Farron se senta.

— Rosalina, tira a camisa dele e chupa esse pau três vezes.

Prestativa, tiro a camisa de Farron, exibindo seu corpo esguio. Seu pau está em estado de alerta. Eu me inclino para cumprir a ordem de Dayton.

Farron choraminga quando me afasto, mas uma parte minha está ansiosa para jogar esse joguinho. Olho para o Príncipe do Verão e espero a próxima ordem.

— Boa menina. — Ele sorri. — Não seja apressado. Deita, amor.

Farron se deita, e seu pau é um mastro alto e brilhante.

— Sente nele.

Monto no meu predestinado e, lentamente, o levo para dentro de mim. Farron me encara com tanto amor e devoção que meu coração derrete. Seu cabelo é uma confusão de ondas, os lábios estão inchados de tanto beijar.

— Te amo — declaro sem som, apenas movendo os lábios.

Ele estende a mão e bate três vezes de leve sobre meu coração.

Desço bem devagar, sentindo os músculos se abrirem para acomodar seu membro. Apoio as mãos em seu peito, tomando cuidado para não ir depressa demais.

— Isso — Dayton murmura. — Fode.

O príncipe se apoia em uma coluna da cama e fecha os olhos.

— O que é isso? — pergunto.

Ele agarra a coluna, e sua voz trai o esforço.

— Vocês dois são lindos. Acho que meu coração não aguenta.

Dou risada e desço com mais força no pau de Farron.

Ele estremece, ansioso para ir mais fundo, mas me deixando assumir o controle. Seu pau é tão grande que tenho a sensação de que, se descer um pouco mais, ele vai tocar meu estômago. Mordo a boca e gemo.

— Day, não consigo.

Dayton faz um *tsc* e fica em pé na minha frente, e vejo seu pau enorme ereto outra vez.

— Pode, sim. O pau dele foi feito para você, e seu corpo foi feito para ele. — Ele segura meu queixo e beija minha boca.

Gemendo, desço um pouco mais. Alguma coisa se abre dentro de mim, e escorrego no pau de Farron. Grito com a sensação de ser tão completamente preenchida por meu predestinado. Meus músculos se contraem e o prendem.

Farron grunhe, um som animalesco. Seus dedos apertam meu quadril.

— Isso — Dayton elogia, acariciando de leve o cabelo de Farron. — Vai ser difícil, lobinho, mas não se mexa. Deixe ela se acostumar com seu tamanho.

Fecho os olhos. Sim, adoro isso. Como Dayton sabe exatamente do que preciso? A primeira vez com Farron foi uma enxurrada de emoções intensas e desejo quase primal. Mas agora posso saborear cada momento, cada sentimento, conforme exploro seu corpo com o meu.

— Está gostando, Farron? — pergunto.

— Queria morar dentro de você, se pudesse.

O calor aumenta naquela região pulsante e balanço o quadril, começando a subir e descer lentamente.

— Mais depressa — Dayton ordena com voz rouca.

— Isso — Farron concorda. — Mais, Rosa, mais.

Eu me movo, e cada penetração é mais firme, mais rápida. Arranho o peito de Farron com as unhas, e tenho certeza de que ele vai deixar hematomas nas minhas coxas.

Minhas costas arqueiam quando me abaixo para chegar mais perto de Farron, criando um ângulo para aumentar a profundidade da penetração.

— Chupe os seios dela — Dayton decide com uma urgência desesperada na voz.

Meus seios estão em cima do rosto de Farron, e ele agarra um com a boca. A língua molhada contorna o mamilo, depois ele morde de leve e puxa.

Olho para Dayton, que me observa com os olhos escuros. Meu coração dispara, o corpo incendeia. Nunca me senti tão viva.

O pau de Farron acaricia meu ponto G e grito, sentindo um prazer esmagador. Não consigo pensar. Tudo que posso fazer é continuar me movendo.

Dayton segura o outro seio e esfrega o polegar calejado no mamilo rígido.

— O que acha de passar o controle para o Alto Príncipe do Outono?

— Sim.

— Fale para ele como quer ser comida.

— Loucamente — arfo, sentindo seu pau pulsar dentro de mim. — Sou sua, me pega sem nenhum limite. Quero que me preencha inteira.

Farron geme, e Dayton bate no rosto dele de um jeito brincalhão.

— Você ouviu a garota. Obedeça, lobinho.

Farron me deita de costas, e não contenho um grito quando ele me penetra mais fundo.

— Toda molhada — ele ofega. — Você é uma delícia, Rosa.

Ele começa devagar, depois acelera, vai mais e mais fundo até estar inteiro dentro de mim. Envolvo seu quadril com as pernas e o puxo com os tornozelos.

— Gosta assim? — Dayton pergunta. — Gosta do pau de Farron te ocupando inteira?

— Sim, sim. — Mordo a boca. — Mais. Mais forte.

As mãos de Dayton agarram meu cabelo, e levanto a cabeça e o vejo em cima de mim. A luz vermelha que entra pela janela lhe dá a visão de um deus etéreo.

— Eu poderia olhar vocês dois para sempre. — Ele beija Farron antes de afastar meu cabelo suado da testa e roçar os lábios nos meus. — Vocês vão acabar comigo.

— Day — Farron arfa, bombeando forte e depressa —, você sabe que isso não acaba sem você. Estou maluco por seu pau.

Day endireita as costas, e uma expressão quase hesitante surge em seu rosto.

— Day, por favor — choramingo. Preciso dele conosco.

— Foda-se. — Ele passa a mão no cabelo dourado e abundante. Depois se aproxima da mesa de cabeceira e pega um frasco de óleo.

Farron se inclina em cima de mim, aproxima a boca da minha orelha.

— Não vou deixar você, Rosa. O que acha de ele me foder enquanto estou dentro de você?

Meus músculos se contraem e o apertam quando penso nisso.

— Sim — choramingo. — Sim.

Dayton aparece atrás de Farron e se ajoelha na cama. Ele beija sua nuca antes de sussurrar:

— Pronto, Fare?

Farron interrompe a movimentação quando Dayton o penetra. Vejo seu rosto se iluminar de prazer quando ele recebe o pau enorme de Dayton. A pressão empurra Farron mais para dentro de mim, e grito e arranho suas costas.

— Deuses, você é maravilhoso — Dayton sussurra. Ficamos ali deitados, respirando juntos e entrelaçados. A beleza da cena provoca lágrimas que inundam meus olhos. Meu vínculo predestinado com Farron se ilumina com tanto prazer que penso que ele pode me queimar completamente. Isso é *tão certo*.

— E aí, vamos trepar ou não vamos? — Farron sorri antes de me penetrar fundo e levantar o quadril para Dayton.

Nós dois gritamos e começamos a nos mover juntos. Dayton penetra Farron e lhe dá um tapa na bunda. O pau de Farron entra e sai de mim, escorregadio e molhado. É como se eu pudesse sentir os movimentos de Dayton em mim através de Farron. Vejo Dayton trabalhar; ele olha para mim.

Day se debruça sobre Farron, entrando fundo no Príncipe do Outono, e segura minha nuca para me puxar e beijar minha boca. Suspiro. O movimento nos deixa mais próximos do que jamais estivemos.

É bonito.

Interrompemos o beijo e arfamos juntos, e nossos movimentos ficam mais loucos e mais frenéticos. Farron grita de prazer e aproxima a boca do meu pescoço, mordendo e beijando a pele sensível. Seguro seu cabelo macio. Isso vai além de tudo que já senti antes, e com o vínculo predestinado, meu corpo é dominado por sensações da melhor maneira possível.

— Isso — grito, arqueando as costas. — Farron. Day!

— Você é uma delícia, Rosa — Dayton sussurra. — Gostosa demais quando devora esse pau. Parece uma deusa.

— E eu? — Farron levanta a cabeça, tão faminto quanto eu pela aprovação do Príncipe do Verão.

— Ah, amor — Dayton geme. — Adoro estar dentro de você. Adoro isso. E adoro...

Meus músculos apertam o pau de Farron.

— Pronta, meu amor? — Farron diz com voz trêmula. — Vou inundar você.

Meu corpo inteiro treme com essas palavras, mas não estou sozinha. Dayton grita, joga a cabeça para trás e se despeja em Farron.

Farron geme baixinho e também explode. Seu gozo quente jorra dentro de mim. A sensação do prazer dele provoca explosões de euforia em mim, e meu corpo sofre os espasmos do orgasmo mais poderoso que já tive. Eu me perco nele, total, completamente consumada.

Caímos na cama abraçados, ofegantes e suados. Farron ainda está dentro de mim, e sinto seu membro amolecendo. Dayton está deitado do outro lado, de olhos fechados.

— Isso foi incrível — sussurro, e levanto a mão para afagar seu peito suado.

— Adoro… adoro isso — diz Dayton. — Vocês dois são uma coisa linda.

Sorrio, sentindo o coração leve.

— Você foi mais ou menos, acho — brinca Farron sonolento, e acena com a mão.

Todos nós rimos. Fico deitada com eles, satisfeita. O fogo em minha alma ainda queima brando. Quando estou quase pegando no sono, penso se é meu vínculo predestinado com Farron, ou outra coisa, algo tão brilhante que poderia me consumir totalmente em chamas.

Rosalina

Sou carregada nos braços de alguém, talvez de Farron, para o banheiro da suíte, onde sou lavada. Ele me veste com uma camisola.

Deixamos a cama um *pouco* bagunçada e o cheiro do sexo ainda paira no ar. Nós três vamos para o quarto de Farron e nos deitamos nos lençóis limpos. Passo um braço em torno da cintura de Farron, que colou as costas ao meu peito. Dayton se acomoda atrás de mim e abraça nós dois.

Sentindo-me segura, acolhida e totalmente protegida, mergulho nos meus sonhos.

Alguma coisa me acorda, e abro os olhos de repente. Acho que não dormi por muito tempo. Farron ainda está na minha frente, respirando profundamente. Ótimo, ele precisa descansar para amanhã.

Sinto o frio atrás de mim. Eu me sento e vejo Dayton saindo do quarto.

Devia deixá-lo ir, mas saio da cama e o sigo descalça até a área de estar da suíte. Raios vermelhos de sol entram pelas grandes janelas e se derramam sobre as poltronas.

— Dayton, onde você vai?

Ele olha para trás e sorri.

— Sono leve, flor? Você sabe que Fare e eu não temos essa coisa de dormir juntos.

Eu o encaro em silêncio.

— E o sol está quase se pondo — Dayton continua quando não respondo.

— E daí? A cama é grande o bastante para você caber nela, mesmo como lobo. Ou podemos jogar todos os travesseiros no chão...

— Está tudo bem. Vá dormir com o Farron. Durmam bem. Precisamos descansar para amanhã.

— Mas... quero que você fique. Na forma que for. Não tem nenhuma versão sua que eu não...

Ele segura minhas mãos e me interrompe.

— Olhe só. O que a gente fez? Divertido pra cacete. Foi incrível, mas é só diversão. Você e Farron têm essa coisa do vínculo. Eu participo do resto e fico feliz.

Solto suas mãos.

— Não venha com essa. Não dá para nos beijar daquele jeito, fazer amor com a gente daquele jeito e dizer que é só diversão.

Ele inclina a cabeça, ainda sorrindo, como se minhas palavras não tivessem significado nenhum.

— Mas a gente não trepou, Rosa. Tecnicamente não, pelo menos.

— Eu percebi.

— Estava a fim do meu pau?

— Estou querendo você desde o momento em que a gente se conheceu. Dayton, será que não percebe?

Ele não responde por um minuto, depois dá risada.

— Desta vez você não errou meu nome...

— Você disse que tinha superado isso. — Ando de um lado para o outro na frente dele. — Quer saber por que o chamei de Kel? Não foi porque queria que você fosse ele. Foi porque estava sentindo por você a mesma coisa que tinha acabado de sentir com ele. Essa faísca queimando no peito e...

— Pare com isso, Rosalina. — A voz de Dayton é tão incisiva, tão autoritária, que eu obedeço.

— Por quê?

Agora é ele quem está andando de um lado para o outro.

— Porque não é justo, porra. Não pode dizer essas coisas. Não acha que gostaria que uma luz explodisse do meu peito e me ligasse a você e a Farron para sempre? Mas você não é meu amor predestinado. O mundo não funciona assim. — Ele belisca a parte mais alta do nariz, entre as so-brancelhas. — Talvez Fare estivesse certo...

As palavras dele rasgam alguma coisa dentro de mim.

— Certo sobre o quê?

— Talvez seja melhor não ceder. *Não posso* me render a você. Agora entendo. Pelo Reino do Verão. Por meu povo. Tenho que libertá-los, como Fare fez com você. Recuperar toda a minha magia e ajudar minha irmã.

Meus olhos ardem com a pressão das lágrimas.

— Sinto muito. Sei que você precisa encontrar seu amor predestinado. É que...

Ele enxuga minhas lágrimas com a mão calejada.

— É o seguinte, flor. Se eu ceder a você, não vou conseguir parar. Vou ficar com você, com Fare, e nunca vou querer encontrar meu amor predestinado.

— Mas...

— Porra, Rosa. Estou muito perto de me apaixonar por você. Estou me equilibrando na beirada do precipício. Um passo em falso, e vou cair e acabar empalado no seu coração. Não vai sobrar nada para mais ninguém. Então, vai ser assim. Mas ei, ainda é divertido.

Faz sentido, do ponto de vista lógico. Mas tudo em mim clama para lhe dizer que ele é um idiota. Porque o lugar dele é comigo e Farron. Quero beijar sua boca e o arrastar de volta para o quarto, com a gente, e lhe provar isso.

Mas antes que eu possa fazer alguma coisa, o sol mergulha no horizonte e Dayton ondula, se transforma no lobo dourado que se afogou no mar.

— Vá descansar — ele diz, e abaixa a cabeça. — Amanhã vamos lutar pelo Outono.

— Você também, Day. — Lentamente, volto ao quarto e me deito ao lado do meu amor predestinado.

As palavras de Dayton ainda ecoam em minha cabeça, e sei que, seja lá o que ele diga, nunca será só diversão entre mim e o Príncipe do Verão.

Farron rola para o meu lado e me abraça. Inspiro seu cheiro. Amanhã, o Condado do Cobre vai lutar pelo reino. Deitada nos braços de Farron, sei que estarei lá, lutando por meus príncipes como eles precisarem de mim.

Rosalina

O sol dourado reflete nas colinas, e não tem quase nenhuma nuvem no céu. Árvores vermelhas, cor de laranja e cobre balançam à brisa leve, enquanto uma névoa seca envolve suas raízes. *É errado haver uma batalha em uma manhã tão bonita.*

É bobagem pensar desse jeito. Preciso ser forte por meus amigos e minha família. Uno as mãos à frente do corpo para impedir que tremam.

Consegui permissão para assistir a tudo das muralhas sobre o portão, bem acima do confronto. Estou cercada por soldados. O pai de Farron está aqui, usando a altitude para observar todo o cenário da batalha e dar as ordens conforme a necessidade. Eles só permitiram que eu ficasse tão perto porque os grupos de batedores de Ezryn não relataram sinais de artilharia de longo alcance.

A maioria dos cidadãos se transferiu para a parte interna da cidade ou para os alojamentos do castelo. Soldados do Outono se perfilam do lado de fora das muralhas com flechas, óleo e recipientes em chamas ao lado deles. Mas é a imagem além dos portões que mais impressiona.

Quinhentos soldados do Outono brilham em armaduras douradas. Soldados da infantaria com espadas ou longas lanças, cavalaria e unidades de magia permanecem em alerta sob o comando do feérico montado sobre um grande alce à frente deles. Farron, o Alto Príncipe do Outono.

Meu amor predestinado.

Finalmente ele está lutando por seu reino. Farron encontrou sua coragem. Parece muito diferente da pessoa que vi pela primeira vez na cela da masmorra, do homem que se escondia na biblioteca. *Agora ele não está se escondendo.*

Ao seu lado, montada no próprio alce, vejo a princesa Niamh em sua armadura dourada, com o capacete com chifres. Dayton e Ez montam cavalos. As adagas de Dayton brilham quando ele as gira no ar, incapaz de ficar quieto. Ezryn bem poderia ser uma estátua do outro lado de Dayton.

Meus príncipes odiaram me deixar, especialmente quando me recusei a permanecer nos alojamentos do castelo. Mas ficar perto de Farron dá força a nós dois. Seguro a pedra-da-lua do colar de rosa; prometi a eles que, se a situação ficasse difícil, eu o usaria para voltar a Castelárvore. Mas como poderia deixá-los?

E Keldarion... Ele ainda não voltou.

O nervosismo está estampado no rosto dos soldados. Alguns ajeitam a armadura, apertando correias e fivelas, enquanto outros marcham no lugar. O perigo está ali na frente para todos eles. Para todos nós.

Apesar do desconforto, os soldados feéricos permanecem disciplinados e focados, cada um determinado a defender sua casa e seu povo. Volto a atenção para a colina, me preparando para a batalha que se aproxima. Tudo que posso fazer é observar e esperar.

— O Condado do Cobre não foi construído para a guerra — Padraig comenta, notando a direção do meu olhar. — Tem muralhas de pedra, mas não são muito altas nem muito fortes. Melhor enfrentar o inimigo em campo aberto.

— Não permitir que invadam a cidade — respondo, repetindo o que ouvi a manhã toda.

Os últimos meses despertaram em mim um profundo afeto pelo Condado do Cobre, pela Fortaleza Coração do Carvalho e por todo o território do Reino do Outono. Percebo que, como Castelárvore, o Reino do Outono é meu lar.

Apesar de ser apenas uma observadora dessa batalha, o Alto Príncipe achou conveniente me vestir com uma armadura — uma combinação de couro e metal que permite mais facilidade de movimentos. O peitoral dourado tem o emblema do chifre de carneiro da casa de Farron, enquanto as ombreiras de cobre brilhante se curvam como a ponta de folhas flutuando. A legging é justa, e as botas são reforçadas. Tudo isso me faz sentir parte dessa história, uma guerreira defendendo sua casa.

Mas uma guerreira não teria levado um livro de apoio emocional na mochila de guerra. Duvido que possa ler alguma coisa, mas queria estar preparada, caso Perth decida não aparecer.

— Queria poder fazer mais para ajudar — digo em voz baixa. — Não sou uma guerreira ou maga. Sou só uma humana.

A mão enorme de Padraig descansa sobre meu ombro.

— Uma humana que é vinculada ao Alto Príncipe. Você trouxe meu garoto de volta.

— Trouxe de volta? — repito surpresa.

— Nunca pensei que fosse ver Farron liderando um exército — declara Padraig. — Nem todas as batalhas são vencidas com o golpe da espada. Às vezes, basta uma palavra inspiradora, uma pequena centelha. Você, Rosalina, é essa centelha.

Fico encabulada, sem saber o que dizer. Uma corneta soa anunciando a batalha, e sinto um forte arrepio. Um aviso.

O inimigo chegou.

Espectros invernais aparecem no alto da colina dourada, com Perth Quellos à frente deles. A luz verde e sinistra em torno de sua coroa é visível até daqui.

— Atenção. — A voz de Farron é clara. — Preparar!

Perth aponta para a frente. Um trovão parece sacudir a terra quando sua força colossal desce a encosta em direção à cidade. Três mil espectros, essa é a estimativa. Três mil, contra quinhentos homens do Condado do Cobre.

Mas temos os Altos Príncipes.

Os espectros avançam com uma graça sobrenatural, com movimentos quase líquidos. Alguns ainda parecem feéricos, com uma luminosidade gelada cobrindo a armadura. Mas os outros — os feéricos há muito tempo mortos e os goblins que Perth levantou do túmulo — não são mais que esqueletos grudados com gelo.

Farron grita outra ordem. A Guarda do Outono se prepara.

Corro para a beirada da muralha e agarro a pedra quando os espectros se aproximam…

Com um barulho alto de deslocamento de ar, um *vuuush*, a primeira fileira de assombrações desaparece na trincheira cavada ontem à noite e escondida sob as sombras. Centenas caem no buraco. Os espectros atrás desses tentam parar, mas são muitos. Eles vão colidindo uns nos outros, e caem.

Farron avança sobre o alce, cujos cascos retumbam em direção à fenda. Ele move uma das mãos, e fogo explode da trincheira, acendendo o óleo espalhado no fundo. Gritos e estalos estridentes ressoam no ar. Uma parede de fogo agora separa o Condado do Cobre da colina.

A magia queima forte em meu peito quando sinto o poder de Farron pelo vínculo. Ele levanta o queixo, olhando diretamente para Perth Quellos, que permanece no alto da colina com o restante de seu exército.

— O Reino do Outono não vai tolerar sua traição. — A voz de Farron é formidável e atravessa o campo. — E nem vamos cair sob sua magia perversa. Renda-se, e posso considerar misericórdia. — Ele é lindo e letal, com sua coroa de carneiro brilhando como ouro derretido à luz flamejante.

Silêncio. Silêncio, exceto pelos espectros queimando e chiando.

Perth levanta as mãos e sua voz é transmitida de um jeito sobrenatural, como se o próprio vento a trouxesse.

— Jovem Príncipe, você tem muito o que aprender sobre magia além do Vale.

Gritos lancinantes se espalham no ar. A mão flamejante que se levanta da trincheira assusta o alce, que empina, e o príncipe o controla. Mais mãos, braços e pernas surgem na beirada da trincheira. Depois, esqueletos inteiros aparecem envoltos em fogo, chamas tingidas de verde pela magia corrompida.

— Ele está levantando os mortos outra vez — arfo.

— Isso é injusto — Padraig resmunga, e corre ao longo da muralha. — Arqueiros, preparar!

Farron bate com os calcanhares no alce e volta para a linha dos soldados.

— Preparem-se!

Dayton e Ezryn levantam as espadas. A princesa Niamh aponta sua lança para o céu e solta um grito selvagem, ecoado pelos soldados.

Os esqueletos em chamas atacam, se chocam contra os soldados. Gritos se misturam ao som do choque de metal com metal. Estilhaços de gelo voam, e o cheiro de carne queimada se espalha. As espadas de gelo dos espectros cortam armaduras sem dificuldade.

— FOGO! — Padraig ordena.

Uma onda de flechas em chamas atravessa o ar em um arco, como fitas douradas, antes de encontrar uma fileira de esqueletos do outro lado da trincheira. Os que são atingidos na cabeça não se movem mais. Então, é possível matá-los… até Perth os ressuscitar mais uma vez.

Mais e mais monstros rastejam para fora da trincheira, mortos incansáveis. Uma sombra encapuzada emerge de um grupo de espectros ainda retidos do outro lado da vala em chamas. Uma luz verde ilumina a parte interna do capuz escuro. Mais uma daquelas coroas… É a mesma silhueta coberta pelo manto que vi antes no acampamento de Perth.

A entidade de sombras move uma das mãos, e aquela estranha geada se espalha através da trincheira, estalando e abafando o fogo. *Ele está criando uma ponte.*

Um grito horrível de comemoração se levanta dos mortos, e eles atravessam a trincheira, avançando como uma onda contra os soldados do Outono.

Desesperada, procuro os príncipes no campo de batalha. Vejo Ezryn. Ainda sobre o cavalo, ele empunha sua grande espada coberta de chamas rosadas e decapita quatro espectros com um só movimento amplo.

Padraig perdeu o bom humor, e agora corre de um lado para o outro da muralha comandando os arqueiros, que disparam onda atrás de onda de flechas em chamas. Ele ordena o uso de balistas e o lançamento de imensas bolas de fogo contra as assombrações.

Toda a fortaleza estremece quando outra linha de espectros de inverno marcha colina abaixo.

Meu coração bate com esforço. Os soldados do Outono são pontos espalhados no meio de um mar de gelo. Perco os príncipes de vista em meio ao caos. *Onde vocês estão?*

Um ardor familiar queima em meu peito, o mais pálido brilho de um fio dourado. Então o vejo, meu predestinado. Farron perdeu a montaria e luta de costas para Dayton. O Príncipe do Outono levanta a mão e projeta uma torrente de chamas na forma de folhas. Dayton empurra uma fileira de espectros gelados com uma rajada de vento, antes de investir contra eles com espadas recobertas de fogo.

Continuem lutando. Tento projetar meus pensamentos para Farron, sem saber se ele vai conseguir me ouvir. *Amo vocês. Não desistam.*

Os dois olham para cima ao mesmo tempo. O lampejo de um sorriso rápido de Farron e uma piscada de Dayton são a única resposta que recebo antes de eles serem engolidos pelo caos.

O inimigo não é comum. As flechas e as balistas têm pouco efeito contra ele. Uma flecha de fogo na cabeça derruba um deles, e uma bola de fogo pode esmagar uma seção inteira. Mas imagino que um soldado de verdade fosse hesitar ao menos por um segundo, depois de assistir à queda de seus aliados.

Esses monstros congelados não têm esse tipo de emoção. Eles seguem em frente, enquanto companheiros desabam à sua volta.

É como se não se lembrassem de estarem vivos.

Eu os observo e noto padrões. Os feéricos que se sacrificaram por Perth são os comandantes. Parecem se lembrar de partes de sua antiga vida, gritando ordens para os batalhões. Mas a maioria, os esqueletos, não é mais que monstros enfurecidos.

— Rosalina! Rosalina! — A voz do meu pai.

Eu me viro e o vejo correndo em minha direção com Billy e Dom.

— Encontramos uma coisa. — Dominic está ofegante, tirando um pergaminho muito antigo de dentro do casaco.

— No amieiro?

Meu pai assente, também respirando com dificuldade.

— Aquilo estava uma confusão horrível, mas *isso* é importante.

Dominic põe o pergaminho em minhas mãos. Suas partes rasgadas foram coladas com cuidado.

— O que é isso?

— Bem, não temos certeza — diz Billy, e seu sorriso se transforma em uma careta aflita.

— Não deviam procurar alguma coisa útil?

— Isso é útil — meu pai insiste. — Confie em mim. Depois de trabalhar com tantos artefatos, tenho uma percepção especial para esse tipo de coisa. Isso vai virar o jogo.

— Tem muita coisa sobre morte e destruição nesse feitiço — Dominic afirma. — Não é à toa que foi banido para o amieiro. Foi redigido de um jeito que os antigos feéricos amavam, cheio de códigos e tudo mais. Mas você sabe quem ama decifrar esses textos.

— Nosso querido irmão — Billy conclui.

— Os rapazes vão levar isso para o seu príncipe, Rosalina, e ele vai saber o que fazer com o material — declara meu pai.

Olho para a batalha violenta. A última coisa de que precisamos é mais morte… mas confio nos irmãos de Farron. Confio em meu pai.

— Ok.

— Só tem um probleminha. Onde ele está? — Billy se debruça na muralha.

Meu coração bate como o de um coelho assustado, mas não o escuto em meio ao barulho e aos gritos da batalha lá embaixo.

— Posso encontrá-lo; o vínculo predestinado vai nos guiar.

— Rosalina, é muito perigoso. Você pode se machucar, ou pior — meu pai avisa.

Levanto o queixo e resisto às lágrimas.

— Farron precisa disso, e sou a única que pode localizá-lo rapidamente.

— Nós protegeremos você. — Billy saca uma adaga da cintura.

— Estamos treinando para isso a vida inteira! — Dominic concorda.

Respiro fundo e olho para o campo de batalha, apertando o pergaminho entre as mãos.

— Muito bem, então, vamos procurar o Alto Príncipe do Outono.

Farron

O calor explode das minhas mãos e envia uma onda escaldante na direção dos espectros. Giro e me esquivo da lâmina de outro conforme bato com a mão incandescente em seu rosto e derreto gelo e osso entre os dedos. Corro novamente e arremesso uma bola de fogo nas costas da assombração que está atacando Dayton.

— Eu ia acabar com ele! — Dayton grita ao atacar outro com a espada revestida de fogo azul.

— Relaxa, tem mais que o suficiente para todos nós — respondo.

— Menos conversa, mais cabeças rolando. — A voz de minha mãe se sobrepõe ao som dos cascos do grande alce. Ela é a única de nós que ainda tem sua montaria. Thrand foi congelado por um espectro que deixei chegar perto demais, e tive que pular de cima dele para não ser coberto de gelo também. O cavalo de Dayton está morto embaixo de um monte de ossos congelados.

Ezryn foi garantir a frente ocidental e tentar espalhar nossa força. Escutei os gritos de comemoração dos soldados quando ele chegou, mesmo com um campo de batalha entre nós. A reputação de Ezryn como general de elite é conhecida até no Outono. Meu coração se fortalece com a certeza de que sua simples presença vai elevar o moral dos meus soldados, e ele vai salvar tantas vidas quanto puder.

Quando sugiro que Dayton assuma o flanco oriental, ele revira os olhos, como se a ideia de se afastar de mim fosse ridícula.

Pisco para limpar o suor dos olhos, tentando enxergar alguma coisa no caos do campo de batalha e entender nossos números. *São muitos*. O terreno está coberto de corpos e ossos, sangue e gelo. Mas diferentemente de nossos soldados que perdem a vida, o exército de Quellos não permanece morto.

Observo-o no topo da colina do outro lado do campo. Sua coroa brilha com uma luz verde doentia. Os ossos dos espectros que derrotamos se reagrupam, grudados com gelo. *Os mortos não ficam mortos*.

— Estamos perdendo terreno, Farron — minha mãe grita ao enterrar a lança no peito de uma assombração esquelética. — Se não fizermos alguma coisa logo, teremos que recuar para a cidade.

E assim que isso acontecer, eles tomarão nossas muralhas. Todos os cidadãos dentro delas estarão mortos...

Não. Meu povo confiou em mim para liderá-los e garantir sua segurança. Não vou deixar a morte tomar nossa casa.

Meus olhos queimam quando olho para Perth Quellos, e a luz da coroa verde dança diante dos meus olhos. A coroa...

— Temos que eliminar o comandante — afirmo. — Alguma coisa naquela coroa está modificando a magia de Quellos. É aquilo que permite que ele traga os mortos de volta à vida.

— É cortar a cabeça da serpente. — Dayton esmaga um crânio com a bota. — Vamos levar você até ele.

Minha mãe assente.

— E você, meu filho, vai mandá-lo para a pira.

Legiões de mortos nos separam de Quellos. *Por que Kel nos abandonou?* Lançar feitiços das laterais é trabalho de Farron. Matar comandantes inimigos é função de Kel.

Respiro fundo. Quellos espalhou a geada nas *minhas* terras. Cercou o *meu* povo com gelo. Ameaçou o *meu* governo. Sou eu quem tem que pôr um fim nisso.

Avanço.

Não sei se pela força da família à minha volta ou se é o propósito justo que me leva adiante, mas luto com um fervor que jamais conheci. A Bênção do Outono corre em minha pele, queimando trilhas de cinzas por onde seguimos. Dayton mata com um estilo que beira a elegância. E a lança de minha mãe é mais letal que dez espadas.

Ossos se partem embaixo das minhas botas quando nos aproximamos da colina. Observo Perth, atraindo seu olhar de cobra. Fagulhas iluminam meus olhos. *Estou indo pegar você.*

Rosalina

Queria saber o que meu antigo chefe, Richard, pensaria de mim agora: Rosalina O'Connell, vendedora de livros, se atirando em um campo de batalha cheio de feéricos e monstros. Não sei por que minha mente vaga desse jeito. Talvez por ter passado muitos dias debruçada sobre um livro, perdida em uma batalha épica entre o bem e o mal, enquanto a chuva lavava as ruas de Orca Cove.

Mas minha antiga vida está muito distante, e agora preciso encontrar meu amor predestinado. O pergaminho está seguro dentro da minha bolsa, junto com o cantil de água, lanchinhos e um livro de apoio emocional.

A batalha se desenrola à nossa volta. Meu coração bate forte, e sigo o pulsar que me leva a Farron. Não sou uma guerreira, mas não consigo ficar parada enquanto meus amigos lutam pela vida. Esse feitiço *pode* ajudar. Billy e Dom estão ao meu lado, empunhando espadas cobertas de fogo e cortando os espectros que cruzam nosso caminho.

O som do choque metálico ecoa por todos os lados, e o cheiro ardido de fumaça invade meu olfato. Billy e Dom lutam com ferocidade. Os jovens gêmeos não existem mais. Agora, eles se movem com a graça e a velocidade de predadores. Suponho que tenha sido assim que conseguiram atravessar a Sarça e chegar a Castelárvore.

Linhas de tensão marcam seu rosto, mas nenhum deles hesita. O pulsar incessante me leva adiante.

— Estamos perto! — aviso.

— Ótimo! — Billy sorri e produz uma bola de fogo na palma da mão, que arremessa contra um espectro próximo de nós.

— Não vamos desanimar! — Dom segue em frente, cortando os tornozelos de outra criatura que tenta subir em uma pilha de ossos.

Ouvimos um estrondo, e o chão treme sob nossos pés quando um gigantesco espectro invernal atravessa nosso caminho. Não tão inteiro quanto os feéricos transformados recentemente, nem tão decomposto quanto os esqueletos, essa monstruosidade está entre um estágio e outro. A pele flácida quase cai dos ossos, e ele balança uma barriga enorme, inchada. Talvez tenha sido uma forma gigantesca de goblin, ou algo pior. Ele carrega um pedaço de pau com espinhos em uma das mãos.

Sinto o cheiro de podre. Dom e Billy trocam um olhar determinado, antes de atacar o monstro. A criatura move um braço e bate com o taco no chão. Os irmãos se esquivam.

Apesar de seus esforços, o espectro imenso não cai. Sua pele podre parece imune ao dano. Billy finalmente fura sua barriga, rasga a pele fina. Uma substância pútrida jorra com as entranhas pretas. Mas isso não é o suficiente para deter a criatura. Ela brande o taco novamente, e Billy quase não consegue escapar do golpe.

— Continue, Rosalina! — Dominic grita. — Estamos bem perto!

— Vamos segurar o inimigo! Não pare de correr!

O medo pulsa em meu peito. Eles querem que eu continue sozinha? De repente, os sons da batalha são muito altos. Mas o vínculo predestinado canta dentro de mim; ele não está longe.

Observo ao redor com desespero. Farron está a noroeste. Sigo nessa direção. Há um aglomerado de rochas perto da muralha do Condado do Cobre — eu poderia correr até lá e me localizar, antes de continuar.

Assinto para Dom e Billy, depois corro para o meio do caos.

Corro tanto quanto posso pelo campo de batalha, com o coração batendo forte no peito. Os soldados feéricos lutam com uma determinação violenta, atacando espectros com suas espadas de fogo, mas os gritos dos feridos e mortos embalam o confronto.

Um espectro cai no meu caminho com uma flecha na cabeça. Eu grito, tropeço. Um instante depois, ele se contorce em luz verde e se levanta, o corpo renovado pela magia obscura de seu mestre.

Como podemos lutar contra um inimigo que não fica morto?

Sigo em frente; as rochas agora estão próximas. Não consigo ver Farron, mal posso senti-lo em meio ao medo. Tento ficar fora do caminho, me esquivando e desviando dos combatentes.

Uma silhueta coberta por um manto caminha em meio ao confronto, aparentemente indiferente à destruição. Ele abaixa o capuz.

Meu sangue esfria com um pavor familiar.

Um medo que senti muito antes de chegar ao mundo dos feéricos.

O cristal verde e cintilante destaca o queixo duro, aquele sorriso cruel. Um sorriso que conheço muito bem.

— Não pode ser — sussurro, presa ao chão e incapaz de correr. Incapaz de me mexer. — Ele está morto. Ele está morto.

Um sentimento de repulsa domina meu corpo. Mas esse exército que estamos combatendo... todos estão mortos, não estão?

Lucas usa uma coroa semelhante à de Perth Quellos. Ainda tem uma coloração avermelhada em seu cabelo, e o cristal brilhante tinge a pele congelada de um verde doentio. Linhas azuis e vibrantes sobem e descem por seu pescoço como uma costura aleatória.

Keldarion jogou seu corpo sem vida pela porta de Castelárvore para o Reino do Inverno. Perth deve ter visto a oportunidade de criar mais um de seus monstros.

Vejo um soldado do Outono correr para ele, mas Lucas levanta um braço. Quando a espada toca sua pele, congela, e a geada se espalha rapidamente pelo soldado. *Esse poder...*

Ele não é como os outros espectros. A coroa e as ondas de magia maligna que emanam dele são prova disso.

O que Perth viu nele para conferir tamanho poder? Ele queria a adrenalina de transformar um humano? Ou havia dentro de Lucas alguma coisa que fazia dele o receptáculo perfeito para essa magia do mal?

A batalha segue violenta à minha volta. Sei que preciso correr, mas estou congelada quando Lucas se vira para mim. Seus traços, um dia familiares, agora são contorcidos na pele coberta de gelo.

— Rosalina.

O pânico aumenta. Preciso fazer alguma coisa...

Para o chão!

Uma onda poderosa vibra em minha cabeça, e obedeço. Quando me jogo no chão, o grande machado de um espectro invernal passa por cima da minha cabeça. Gritando, cubro o rosto com as mãos em um último esforço para me proteger.

Aço se choca contra aço. Abro os olhos e vejo um soldado do Outono bloqueando o ataque do espectro. Rápido, ele move a espada e corta o espectro em dois.

— Farron? — murmuro. O calor explode em meu peito. *Eu o encontrei.* O soldado gira, e vejo o cabelo comprido e escuro embaixo do capacete. Seus olhos brilham.

— Seria realmente uma batalha, sem uma linda princesa para salvar?

E quem mais está ali sorrindo e estendendo a mão para mim, senão Caspian, o desgraçado do Príncipe dos Espinhos.

Rosalina

Aquele calor no meu peito se transforma em um inferno flamejante quando o vejo. Bato na mão de Caspian.

— Não quero nada de você.

Caspian olha para os dois lados, depois me levanta do chão. Estou assustada demais para protestar. Quando consigo acertar um chute nele — um chute que não faz absolutamente nada — ele me deixa atrás das rochas que eu estava tentando alcançar.

Caio toda desajeitada. Mas tem alguma coisa ainda mais urgente que o Príncipe dos Espinhos. Olho de trás de uma pedra. Nem sinal de Lucas. Era ele mesmo? Ou o medo me pregou uma peça? Um arrepio de alívio percorre meu corpo. Além desse abrigo, a luta continua violenta, mas aqui tenho um pequeno descanso.

— E o que a princesinha está fazendo aqui, correndo no meio de uma batalha, sem ter nem uma espada com que se defender?

Volto para trás da rocha que me esconde.

— Não sei usar uma espada.

— Aqueles príncipes são sempre uns idiotas; deviam ter ensinado você a se defender.

— Eles me defendem bem.

— E onde estão agora?

— Lutando por liberdade. Pelo que é certo. Coisa que você desconhece.

— Não tenho nada a ver com isso. — Ele abre os braços para mostrar a batalha.

— Não, você liderou um ataque diferente contra o Condado do Cobre com seus goblins. — A lembrança daquela noite ainda é nítida em minha cabeça. Ele manipulou Farron, quase matou Dayton...

Caspian suspira.

— O que um cara precisa fazer para ouvir um obrigado?

— Não ser um cretino traidor? — Bato na placa de metal em seu peito.
— E que porcaria é essa que está usando? Você está ridículo.

— Eu precisava passar despercebido. — Ele bate no capacete do Outono.
— Não esperava ser bem recebido.

— Bem, isso acontece com quem ataca uma cidade com um exército de goblins. — Percebo alguma coisa entre as placas da armadura. É o grimório, o que Farron roubou para ele no amieiro. Ele o trouxe aqui, mesmo com os perigos de uma guerra. — Nunca teve a ver com irmos à sua festa, não é? Ou ajudar Farron? A intenção sempre foi roubar esse livro.

Um sorriso distende os lábios carnudos de Caspian.

— Pelo visto, a burrice dos príncipes não a consumiu por completo.

Lentamente, ponho a mão na bolsa e mostro meu livro, um conto de fadas feérico que peguei na biblioteca do Outono.

— Eu também trouxe um livro para a batalha. Mas o que esse tem de tão importante? Por que tanto esforço para enganar Farron?

Caspian olha em volta para ter certeza de que ainda não fomos vistos, depois se abaixa.

— Não enganei ninguém. Ofereci um acordo. Minha parte era controlar o lobo dele. É sempre bom ser específico quando se faz um acordo, flor, coisa que o Príncipe do Outono aprendeu do jeito mais difícil.

— Não fale do meu predestinado desse jeito — disparo, e aponto um dedo para o peito dele.

— É claro, seu *predestinado*. — Caspian empurra minha mão para o lado. — No mínimo, devia me agradecer por ajudá-la a destravar esse vínculo.

— Cale a boca. — Estou respirando com dificuldade. — Por que está aqui?

— Para lhe oferecer um acordo.

— Como se eu confiasse em você.

— Não precisa confiar. — Caspian levanta as mãos. Dois pequenos espinhos se enrolam em seus punhos como cobras finas. — Lembra o poder que sentiu quando libertou aquele grande idiota do gelo? Eu trouxe os espinhos para você. Com esses braceletes, você pode manter a magia dos espinhos para sempre.

Meu coração dispara quando uma imagem terrível, mas linda, passa por minha mente. Se eu tivesse os espinhos neste campo de batalha, não estaria à mercê dos espectros, nem precisaria da ajuda de ninguém.

— Eu posso invocar os espinhos — respondo de queixo erguido. — Já fiz isso antes.

— Tente.

Ponho a mão na terra, tentando sentir a feitiçaria dos espinhos como senti no Inferior. Ranjo os dentes, faço um esforço para sentir alguma coisa, mas tudo que sinto são os dois espinhos em volta dos braços de Caspian.

Ele se ajoelha e levanta meu queixo.

— Você conseguiu usar os espinhos. Talvez um dia possa invocá-los lá das profundezas do Vale Feérico. Mas enquanto estiver presa nessa pele humana, a fonte da sua magia fica muito distante. Sou o único que pode ajudá-la.

Olho dos braceletes para o campo de batalha. Sinto o pulsar distante que me chama para Farron, mas ele está muito longe. Por que senti que ele estava perto? Preciso levar o pergaminho para ele.

Rangendo os dentes, rosno para Caspian como um gato selvagem.

— O que quer em troca?

— Um beijo — ele declara, com os olhos escuros brilhando. — Um beijo seu. Nos lábios. Vale a pena ser específico, sabe como é.

Meu coração dispara. Keldarion vai me odiar por isso. Os outros também.

Sei que não devo fazer acordos com o Príncipe dos Espinhos. Sinto que tem alguma pegadinha nisso. Talvez alguma que nenhum de nós esteja vendo.

Mas vou fazer tudo que puder para salvar meu amor predestinado, para salvar o Reino do Outono. Então, seguro a mão de Caspian.

— Negócio fechado.

Ele arregala os olhos, surpreso, depois relaxa e solta um longo suspiro. Os braceletes em seus punhos se retraem, rastejam. Só uma vinha permanece no braço dele, enquanto a outra envolve o meu, formando círculos apertados. Um acordo.

Sufoco um gritinho quando sinto a magia correndo dentro de mim. Os espinhos são como uma extensão do meu corpo, recorrendo a um profundo poço interno de poder. Testando a força, uso os espinhos no meu punho para projetar ramos que se espalham pelo chão.

— Funciona.

— É claro que sim. — Caspian não pisca. Ele me encara.

Continuo testando o poder, e novas vinhas se destacam dos meus pulsos e se espalham pela terra. Sinto uma conexão profunda com cada espinho. Injetando ainda mais energia, crio pequenos ramos que envolvem o livro em minha mão e o mantém suspenso.

— É sua vez de cumprir o acordo — afirma Caspian, e ouço uma nota rouca em sua voz.

ENTRE FOGO E ESPINHOS

Meu coração bate em um ritmo estranho. Espalho mais espinhos, continuo explorando a magia e deixo as vinhas subirem brincalhonas por suas coxas.

— Isso faz cócegas.

O sorriso dele não devia ser tão bonito.

— Eu sei — respondo, e me inclino para a frente. — Você fez isso comigo. Lembra? Na primeira vez que nos vimos.

Ele ri.

— Eu jamais poderia esquecer. Mas aquela não foi a primeira vez que nos vimos.

Não, foi na primeira vez que entrei no Vale Feérico... Ele era a criatura de sombras que me salvou dos goblins e me levou a Castelárvore.

— Por que insiste em me resgatar?

— Foi só aquela vez.

— Mas você falou dentro da minha cabeça no dia em que fugi de Castelárvore. Disse para eu correr, que não conseguia me alcançar. Acho... que queria me ajudar.

Caspian examina as unhas limpas e bem cortadas.

— É, bem, seu predestinado tinha criado um situação bem difícil para mim em Castelárvore. Eu não podia sair de lá.

— Aaaah! — Puxo os cabelos. — Você é irritante! Trai amigos e inimigos igualmente? Tem alguém a quem é leal?

— Como qualquer bom cidadão do Vale Feérico, sou leal à Rainha.

— Sim, a Rainha do Inferior — disparo.

Seus olhos escurecem, e ele segura minha nuca, estendendo os dedos na direção do meu cabelo.

— Vai continuar batendo papo no meio de um campo de batalha, ou vai cumprir sua parte no acordo?

Mas a batalha parece distante, os gritos são distantes, e me forço a manter o foco. Caspian tem uma aparência curiosa com a armadura dourada do Outono. Parece mais jovem, mais suave. Deixo que ele me puxe para perto e vou parar em seu colo. Tiro seu capacete, e uma nuvem de cabelos escuros emoldura o rosto elegante.

— Um beijinho por tanto poder? — provoco, deixando meus espinhos se enroscarem em seu corpo e subirem pelas placas da armadura. — Deve estar pensando nisso por um bom tempo.

Ele fecha os olhos, e os cílios longos brilham sob a luz dourada.

— Você nem imagina, princesa.

O calor desabrocha dentro de mim, e tento ignorar a descarga de sentimentos em meu corpo. Abaixo os lábios, que quase tocam os dele.

— Fiz um acordo que envolve beijar você, Caspian.

Os dedos dele tocam minhas costas de leve.

— Sim.

Recuo, levando os espinhos comigo, e fico em pé. Guardo o livro na bolsa rapidamente.

Caspian abre os olhos e pisca, confuso.

— Fiz um acordo que envolve beijar você, mas não prometi que seria agora. E você não estipulou onde ou quando. É sempre bom ser específico quando se faz um acordo, sabe?

Por um momento, penso que ele vai ficar zangado, mas ele ri, uma risada rouca.

— Ah, princesa, você realmente foi feita para este mundo, não foi? — A risada se transforma em tosse, e seus lábios ficam manchados de preto.

— O qu...

Ele passa um dedo pela substância escura que cobre sua boca.

— Use bem o poder, Rosalina — diz, depois cai no chão, como se caísse sobre as ondas do mar. Espinheiros o cercam, e ele desaparece em espinhos e sombras.

Mas os que contornam meus punhos permanecem. Pode ser a magia do Príncipe dos Espinhos, mas agora ela é minha.

É minha para fazer com ela o que eu quiser.

Farron

Dayton, minha mãe e eu aparecemos no topo da colina, uma entidade de ouro e fogo.

Perth move a mão, e três criaturas horrendas avançam, saindo de perto dele. Os cavalos em decomposição, cujos corpos são azuis e gangrenados pelo gelo, têm crinas grudadas de geada e órbitas vazias, em vez de olhos. Dois são montados por espectros. Diferentes dos soldados de ossos expostos, esses cavaleiros foram criados recentemente.

Perth monta no terceiro cavalo morto e levanta a mão, criando uma cintilante lança de gelo que reflete aquela luz verde sobrenatural.

— Parece que chamamos a atenção dele — diz Dayton.

Estudo o campo de batalha e vejo Dayton no meio do confronto. Ele está cercado por todos os lados, atacando o inimigo com a espada. Suas fileiras já foram bem reduzidas. Logo ele vai estar defendendo o front ocidental sozinho. Preciso agir agora.

Felizmente, não tenho que esperar. Quellos grita e avança com seus cavaleiros.

— Cuidem dos espectros — oriento em voz baixa. — Quellos pertence ao Outono.

Minha mãe para a montaria ao meu lado e baixa a lança. Nós nos preparamos. Quellos e seus cavaleiros galopam em nossa direção como uma nevasca: uma comoção de frio, vento cortante e violência.

Ruídos terríveis de dor equina se espalham; não posso desviar o olhar de Quellos para verificar, mas sei que Dayton atacou os cavaleiros. Minha mãe enterra a lança nas costelas visíveis do garanhão de Quellos, e ele empina as patas dianteiras. Salto para a frente lançando fogo com as mãos.

Quellos faz um ruído estranho — meio risada, meio grito — e tenta me ferir com a lança. Salto para trás, mas sinto o deslocamento de ar quando ela passa perto de mim. Foi por pouco.

Ele tem dificuldade para recuperar o controle sobre o cavalo quando as chamas penetram entre seus ossos e ele tropeça.

— Ora, não é emocionante? — Quellos enrosca as rédeas nas mãos. — Um Alto Príncipe enfim encontra alguma coisa digna de sua presença.

— Não precisa fazer isso, Quellos. — Dou um passo para trás e abaixo as mãos. — Retire seu exército. O Outono não tem nenhuma questão com o Reino do Inverno.

— É claro que não — grunhe o vizir traidor. — Tenho certeza de que o Outono adorou ver o Inverno se devorar sob o comando de um líder patético, Keldarion. Eu o servi durante muito tempo, pensando que o idiota enfim perceberia o que era melhor para seu reino e passaria a Bênção do Inverno para mim, um governante digno dela!

Chamas lambem meus dedos.

— Então, foi por isso que serviu Keldarion durante todos esses anos. Não por lealdade ou desejo de ajudá-lo a ter sucesso. Foi porque queria que ele lhe entregasse o poder!

Minha mãe reage com uma risada cruel.

— Você é ainda mais idiota do que eu pensava, Quellos. Porque todos os Altos Governantes sabem quem é digno do reino e quem não é. — Ela gira a lança nas mãos. — Você nunca levará a paz ao Inverno.

O garanhão de Quellos relincha estrangulado e cai sobre as patas da frente. O vizir quase cai, mas se segura.

— É aí que você se engana, Niamh. Não pretendo levar a paz apenas ao Inverno, mas a todos os reinos. A paz de uma geada sem fim. — Ele olha para o campo de batalha com uma expressão reverente. — A calamidade do crescimento na Primavera vai congelar. Ventos cortantes vão acabar com o calor escaldante do Verão. E o mais importante, vou remover o tormento do Outono: a morte constante. Em vez disso, tudo estará em estase. Tudo estará em paz.

Jogo Quellos de cima do cavalo moribundo. Sua lança cintilante cai no chão. Com o corpo sobre o dele, seguro seu pescoço e aperto.

— O Outono está morto, é? — Chamas brotam dos meus dedos, uma luz vermelha que se espalha por seu rosto enrugado. — Vou lhe mostrar a morte, então.

Mas os olhos de Quellos brilham debochados, e um sorriso perturbador surge em seu rosto.

Mais fogo. Preciso de mais fogo para queimar este monstro da memória do Outono. Derreter seu corpo no chão e mandar todos os ossos ambulantes

ENTRE FOGO E ESPINHOS

para o buraco com ele. Mas quanto mais fogo explode das minhas mãos, mais largo se torna seu sorriso. A luz vermelha das minhas chamas é superada pelo brilho verde da coroa em sua cabeça.

— Seu fogo não pode me matar, príncipe — ele sibila. — Não sou gelo. Eu sou o criador, o arauto de uma nova estação. A estação da Chama Verde!

Ele está certo. Com horror crescente, percebo que minhas chamas não fazem nada: ele não queima, não é nem ferido. Caio para trás e olho para minhas mãos inúteis. Minha única arma contra ele...

Quellos se levanta radiante, com os olhos iluminados por uma alegria insana.

— Nesse caso, vou derrubar você com aço! — É a voz de minha mãe. Ela avança sobre o alce com a lança em punho, e a enfia bem no meio do peito de Quellos.

O sangue jorra de sua boca, mas o sorriso não desaparece. Em vez disso, ele joga a cabeça para trás e gargalha, enquanto o vermelho escorre de seus lábios azulados. A coroa brilha de novo, e ele levanta a cabeça. Está olhando diretamente para minha mãe.

Sem piscar, ele segura a lança e a arranca do corpo com um barulho horrível. A ferida aberta em seu peito é invadida por luz verde, depois congela, e o gelo racha e revela uma pele nova.

De soslaio, percebo Dayton queimando o cavaleiro espectral, e o outro está caído aos pés dele. Mas preciso ficar concentrado em Quellos. Um momento que parece se estender demais, mas não é longo o suficiente...

— Se está tão obcecado pela morte, Farron, filho do Outono, eu a trarei para você.

Friagem explode das mãos dele e cobre a lança, que se alonga e se transforma em uma coluna serrilhada de gelo. E antes que eu possa gritar, Quellos arremessa a lança no ar.

Ouço o baque abafado quando a lança de gelo atravessa a placa de metal no peito de minha mãe, depois um ruído baixo, gorgolejante. Ela baixa a cabeça, olha para a própria lança cravada em seu coração. Hesitante, toca a ferida, e os olhos muito abertos parecem não enxergar mais. Ela cai de cima do alce e chega ao chão com um estrondo de metal.

Gritos. O movimento de uma espada. A voz de Dayton, suas adagas travando uma batalha com Quellos. Mas acho que o vizir fez alguma coisa comigo também, porque estou entorpecido, como se o gelo me dominasse por dentro.

Caio na terra queimada e rastejo. O corpo de minha mãe convulsiona em torno da lança, e eu a viro, seguro sua mão. Vejo o vermelho em sua boca. Não entendo. Ela parece muito pequena, com aquela coisa enorme no peito. Não parece minha mãe, mas uma menina assustada.

— Mãe. — Minhas palavras são um grito arfante. — Vai ficar tudo bem.

Seguro a lança com a intenção de puxá-la, mas seus olhos sem foco encontram os meus, e ela afasta minha mão.

— Nã… não…

— Ez vai curá-la. Vamos encontrá-lo e… Ele pode curar…

— Está no meu coração, cravo. — Minha mãe ofega. — Não tem magia que possa me salvar agora.

— Não — grito, lutando desesperado contra as lágrimas. Isso não pode estar acontecendo. Minha mãe, *minha mãe*. As mãos dela tremem muito nas minhas, o rosto perdeu toda a cor. Eu a abraço, como se pudesse tecer novamente o fio de sua vida. — Não me deixe, por favor.

Sangue quente jorra entre meus dedos, e me debruço sobre seu peito chorando, um som mais de animal que de homem.

— Farron — ela fala com dificuldade. — Deixe-me ver seu rosto quando eu passar para o vento.

Seguro suas mãos de novo. Ela sorri, um sorriso que não vejo desde que era criança. Jovem, ela parece muito jovem. Eu a acomodo em meus braços, a embalo como um dia ela me embalou.

Lágrimas escorrem por meu rosto e caem sobre o dela. Mal consigo dizer as palavras enquanto ela vai se apagando.

— O que o reino vai fazer sem você?

Ela levanta a mão trêmula para tocar minha face.

— Ah, Farron. O reino tem você.

Seus olhos se voltam para o céu. Ela sorri, e vejo em seu rosto a mistura de juventude e contentamento.

Minha mãe passa deste reino para o outro.

E eu fico sozinho.

Rosalina

Caspian se foi, e sou só eu e os espinhos. Gritos e choro ecoam pelo campo de batalha. Sangue e gelo cobrem o chão. Rangendo os dentes, tento sentir o vínculo com Farron.

O fio se estica de repente, e vejo um lampejo dourado subindo a encosta até o topo da colina. Ele está se aproximando de Perth Quellos. Preciso correr.

Engulo o medo que faz meu coração tremer e corro pelo campo de batalha. Olho para trás rapidamente e vejo que Billy e Dom ainda lutam contra o espectro gigante. *Estou sozinha.*

Um espectro me ataca. Instintivamente, levanto as mãos. Os espinhos se contorcem em volta dos meus punhos, e um deles se projeta, mergulha na terra e brota maior. A ponta afiada perfura o peito do espectro.

Sinto o impacto como se o espinho fosse minha mão. *Um acordo bem feito*, penso.

Quando corro, mais dois espinhos afundam na terra, correm comigo como serpentes marinhas gêmeas, arqueando as costas para dentro e para fora do solo. Dois espectros se põem à minha frente. Paro derrapando, despejando minha consciência nas companhias espinhosas. Elas saltam, e as extremidades são afiadas como pontas de lança.

Uma ataca a órbita do olho de um espectro, esfacelando seu crânio. Mas a outra assombração é mais rápida e corta a vinha ao meio. Um arrepio gelado me percorre. Fisicamente, não estou ferida; é só uma dor fantasma.

Meus lábios se retraem, e abaixo e levanto as mãos, fazendo brotar uma terrível fúria de espinhos retorcidos que consomem o espectro. Ele cai no chão em uma confusão de arbustos emaranhados.

Fico frente a frente com um jovem soldado feérico, que segura sua espada com a mão trêmula.

— O... o... Inferior — ele gagueja. Mais soldados olham para mim.

Os espinhos subiram por meus braços. Droga. Acho que exibir a mesma magia do Príncipe dos Espinhos não causa a melhor das impressões.

Vamos lá, Rosalina. Se já houve um momento ideal para encontrar minha voz, esse momento é agora.

— Não sou inimiga — aviso, imitando o mesmo tom de autoridade que Farron usou mais cedo. — Sou a predestinada do Alto Príncipe do Outono, e estou aqui para ajudá-lo.

Não recolho os espinhos; em vez disso, mais se levantam à minha volta, e conquisto a atenção de cada soldado.

— Por favor, me ajudem a ir até ele — peço.

O primeiro soldado firma a espada na mão antes trêmula.

— Estou com você, Senhora de Castelárvore.

Os outros o estudam desconfiados, mas assentem. Cerro os punhos.

— Vamos lá, então.

Corro através do campo ladeada por meus espinhos e pelos membros da Guarda do Outono. Os espinhos se lançam contra todo espectro que passa, penetrando no crânio ou no peito de cada um. Meus movimentos são instintivos. *Tem muito mais nessa magia.* Pena que a única pessoa que poderia me ensinar a usá-la é um canalha mentiroso do Inferior.

Uma dor aguda atravessa meu corpo, como se um raio me atingisse. Levo as mãos ao peito esperando encontrar um ferimento, a lança de um dos espectros. Mas não tem nada.

A dor persiste, e caio de joelhos na lama. A Guarda do Outono faz um círculo à minha volta, e os espinhos se levantam para formar uma barreira de proteção.

A dor é tão intensa que cravo os dedos na lama para me equilibrar. *O que está acontecendo?* Meu coração bate tão forte que parece que vai explodir.

Um grito ecoa em minha mente. *Mãe!*

Esta dor… não é minha. É dele. De Farron.

Pisco para conter as lágrimas. E daqui o vejo, um brilho no horizonte, seus braços amparando a princesa Niamh. Dayton é um lampejo de ouro bloqueando Perth Quellos.

A tristeza — minha, de Farron — ameaça me consumir. *É tarde demais.*

Os soldados grunhem, gritam quando uma onda de espectros os cerca. Enterro os dedos na terra do Outono. Os espinhos à minha volta estremecem e se debatem, e novos ramos brotam e penetram no chão, se enterram mais fundo, crescem.

— Não é tarde demais — murmuro para mim mesma. Não é tarde para Ezryn. Para Dayton. Para Farron. Para Billy e Dom, para cada soldado do Outono que está lutando para defender seu lar.

Com um rosnado profundo, me levanto e trago os espinhos comigo. Eles explodem da terra, consomem cada espectro que nos cerca.

A Guarda do Outono murmura um agradecimento coletivo, mas meu olhar está cravado lá na frente. Em Perth Quellos. Em meu predestinado.

— Farron — murmuro. — Estou indo.

Farron

Aconteceu comigo também? A geada envolveu meu corpo e roubou minha vontade? Porque não consigo me mexer; tudo em mim é frio. Frio como o corpo de minha mãe nos meus braços.

Estou gritando. Sei disso, como sei que o céu é azul, e preciso de ar para respirar. Mas é uma coisa distante. Uma batalha: gelo, gritos e sangue.

Minha mãe está morta.

— Saia daqui, Farron! Vá! — A voz de alguém. Uma voz conhecida. Uma voz que eu amo. Ele acha que estou em perigo. Talvez esteja. Mas que importância tem isso, a essa altura?

Meu exército está caindo. A geada chegou. E minha mãe está morta.

— Farron.

Outra voz. Ah, talvez eu tenha errado. Não fui capturado pelo gelo; estou simplesmente sem vida. Conheço essa voz, e não existe a menor possibilidade de ela estar aqui, no campo de batalha. Fecho os olhos com força.

Essa voz é muito doce, como uma pequena gota de luz do sol sobre o gelo dentro de mim.

— Farron, olhe para mim!

Abro os olhos.

— Rosalina? — Alguma coisa estala. Pisco, e o ar fica preso na garganta. Ela está aqui na minha frente, vestida com a armadura dourada do Outono.

Rosa olha para o corpo da minha mãe.

— Sinto muito.

— Saia daqui, Rosa! — Aquela outra voz. Levanto a cabeça e vejo Dayton, e tem sangue em seu rosto. Sua espada se choca contra a lança de gelo de Quellos. Ele desfere golpe mortal atrás de golpe mortal, mas nada mata o vizir amaldiçoado. — Leve o Farron daqui! Vá!

Eu o deixei lutar sozinho contra Quellos. Com toda delicadeza, solto o corpo de minha mãe no chão e seguro Rosalina pelos ombros.

— O que está fazendo aqui? Você precisa sair do Outono.

Ela levanta o queixo em uma reação desafiadora.

— Lutei muito para chegar até você, Farron. Não vou deixá-lo fazer isso sozinho.

— Olhe em volta! A batalha está perdida!

— Não está, não. — Ela segura minha mão e põe alguma coisa nela. Um pergaminho. — Não enquanto o Alto Príncipe do Outono ainda tiver força.

Lentamente, desenrolo o pergaminho. Uma grande explosão de energia se desprende dele, soprando meu cabelo para trás e provocando arrepios gelados em minha pele.

— Isto... isto é de um grimório. — Quase não consigo pronunciar as palavras. — É um feitiço de morte.

— Veja por mim. — Rosalina desliza a mão por meu rosto, atraindo meu olhar. — Nem tudo que parece mau é mau. Aceite o que você é, Farron.

Respiro profundamente e deixo meus olhos percorrerem as palavras. Ela quer que eu use um feitiço de morte...

Por que não deveria? O Outono é a morte da vida. Isso é o que todo mundo diz. É o que Quellos teme. Que o Outono traga o fim de todas as coisas, que ele sugue, drene e roube.

No entanto...

Aceite o que você é.

Sem a morte, o fio da vida nunca se ataria para criar a amarração do mundo. A abundância de nossas colheitas não seria tão preciosa; o solo nunca ficaria coberto de folhas; e nunca veríamos a beleza das brasas depois de um fogo devastador.

Sim, o Outono é a morte.

E devo me tornar a morte para salvar a vida.

Eu me mantenho em pé sobre pernas trêmulas, segurando o pergaminho com as duas mãos, uma em cima, outra embaixo. Rosalina está ao meu lado com os olhos brilhando.

As palavras parecem se acender em chamas quando recito o encantamento em voz alta:

— Ventos ancestrais e sombras das trevas, ouça nosso clamor e colha os espíritos como ervas. — Um poder imenso cresce em meu peito. — Mande essas almas para o descanso final, onde a terra as acolha e a morte seja real.

Um estalo corta o ar quando a espada de Dayton encontra mais uma vez a lança de Quellos. Mas Quellos cambaleia para trás.

— O que está fazendo? Pare com isso! — ele rosna.

— Na escuridão e no silêncio, você vai se deitar, onde nenhum olhar vivo poderá pousar. — Minha voz é levada pela brisa como um grande eco. — Descanse em sono eterno agora, e que suas almas encontrem a paz sem demora.

Meus olhos percebem um grupo de espectros. Eles recuam, soltam as armas, voltam os olhos vazios para o alto. Seus ossos congelados vibram, grãos de poeira cintilante se espalham ao vento. Os mortos-vivos se desmancham, voltam ao lugar deles no solo.

— Durmam, ó mortos, e encontrem descanso. Seus ossos vão esfarelar, suas almas terão a bênção de um sono manso. Voltem à terra e deixem os vivos viverem. E na morte definitiva, a liberdade vai vencer.

— Está funcionando! — grita Rosalina. À nossa volta, os espectros congelados olham para o céu. Um sentimento de paz domina suas expressões frias conforme os corpos se desfazem em pó, fragmentos brilhantes como flocos de neve.

Recorrendo ao mais profundo poço de magia, recito as últimas palavras do feitiço.

— Porque a morte não é o fim, mas um novo começo. Uma parte do ciclo eternamente a girar. Seu tempo na terra acabou, uma morte tranquila, um círculo se fechou.

Uma ventania sopra sobre o campo de batalha. Meus soldados piscam e baixam as armas enquanto os pobres espectros, forçados a lutar até na morte, enfim recebem o presente da paz.

— Não! Não! — Quellos grita.

Dayton avança contra ele, mas Quellos se esquiva.

Derrubo o pergaminho, ofegante. Sinto o peito vazio, todas as reservas de magia foram esgotadas.

— Acabou, Quellos. É hora de se render.

— Nunca — ele grita. — Ainda não acabou, principezinho.

Dayton se aproxima dele.

— Você não tem exército.

Quellos recua, e tem algo desesperado e insano em sua expressão. Um animal acuado.

— Você tem razão. Não tenho exército. Por isso, vou pegar o seu.

Seus olhos verdes se iluminam com uma chama doentia; uma névoa começa a brotar de seus dedos e gira em torno de seu corpo. A boca se move, mas não produz nenhum som.

— Faça-o parar! — Rosalina grita. — Pegue a coroa!

Dayton se lança sobre o vizir, mas é tarde demais.

Com absoluto horror, olho em volta. Os mortos se levantam de novo. Não os que acabei de libertar.

Nossos mortos.

Nossos soldados vencidos.

E eles se voltam contra os vivos.

Levo as mãos ao peito, como se pudesse reabastecer o poço de magia que acabei de secar. Não, não, chegamos até aqui. Mas há muitos soldados mortos, nossas fileiras foram dizimadas. Os olhos cadavéricos se esvaziam quando se voltam para seus camaradas. Gritos horrorizados ecoam.

Não tem mais nada...

Uma corneta soa ao longe. Um som tão poderoso e retumbante quanto uma tempestade de inverno.

O chão treme sob meus pés. No alto da colina, vejo um batalhão de cavaleiros sobre montarias que variam desde ursos-polares e alces até águias.

E à frente desse exército, montado sobre uma imensa rena, vejo Keldarion.

Keldarion

Olho para a batalha do alto da colina e sei que chegamos em cima da hora.

O campo normalmente dourado na frente do Condado do Cobre brilha coberto de geada branca. Os soldados do Outono estão contra a muralha, pressionados pelos mortos que se levantam contra eles.

E Perth Quellos continua vivo.

Eirik Vargsaxa, capitão dos Cavaleiros Kryodianos, para ao meu lado sobre seu alce, radiante na armadura azul e prateada.

— Ao seu comando, meu príncipe.

Com a força total da mais valente cavalaria do Inverno, dou um grito e avanço colina abaixo. Os Cavaleiros me seguem, correndo contra os mortos-vivos com unhas e dentes. Uma coruja pia no alto e seu cavaleiro dispara flechas flamejantes. Os soldados do Outono recuam quando invadimos o campo de batalha, mas enfim percebem que viemos ajudar. Eles levantam as espadas em comemoração.

Com uma das mãos, seguro firme as rédeas da minha montaria e, com a outra, corto a cabeça de todos os espectros no meu caminho. Não há nenhum sinal de Farron ou de Quellos em meio ao caos.

Um brilho familiar de metal escuro atrai meu olhar, e galopo com minha rena. Com um movimento firme, corto ao meio o espectro que ameaça Ezryn. Sua armadura está manchada de gelo e sangue.

Ele olha para mim.

— Chegou meio atrasado para a festa.

— Está na moda.

Nós dois nos encaramos por um momento, depois balançamos a cabeça daquele jeito familiar, um jeito que anuncia que tem um sorriso largo atrás do capacete.

— Venha. — Estendo o braço para ele. — Vamos encontrar meu vizir.

Ele monta na rena atrás de mim.

— Ainda é cedo para dizer que eu avisei?

— Se eu deixar você o matar, encerramos esse assunto?

Ezryn ri, e interpreto a reação como uma resposta positiva.

— A última vez que vi Farron, ele estava a caminho do alto da colina central.

Redireciono a montaria e estalo as rédeas. Cavalgamos desviando de soldados e espectros.

Ezryn está ofegante.

— Não podia avisar que ia buscar ajuda, em vez de só ir embora?

Meus ombros ficam tensos, e sou grato por ele não poder ver meu rosto.

— Eu não sabia se conseguiria convencer os Cavaleiros a me seguirem. Não queria que contassem comigo, porque eu podia falhar.

Ezryn suspira.

— Fala sério, Kel. A gente sempre pode contar com você.

Fico em silêncio, concentrado em manobrar a montaria em meio ao conflito. Dois ursos-polares gigantescos esmagam um pequeno batalhão de espectros sob os corpos imensos, e os cavaleiros usam espadas flamejantes para eliminar os que conseguem escapar. Minha rena salta sobre um cavalo caído e congelado.

— Nunca o encontraremos neste caos… — começo, e é quando sinto. Aquela coisa horrível no peito. Aquela coisa que queria poder arrancar. *Ela está aqui.*

Cravo os calcanhares na rena, e o restante do campo de batalha desaparece quando sigo esse fio.

— Ali! — Ezryn grita e aponta.

Nossos irmãos estão lá na frente, na base da colina central. Dayton usa a espada contra a lança de Perth Quellos, enquanto Farron segura um pergaminho com uma das mãos e aperta o peito com a outra. E, ao lado dele, radiante e forte, Rosalina.

Aquela mulher amaldiçoada.

Fúria e terror se misturam dentro de mim quando a vejo no meio do confronto. Ela devia estar na fortaleza, longe de tudo isso!

Mas Rosalina é incapaz de seguir ordens, mesmo que a vida dela dependa disso.

E depende, neste momento.

Mas que mulher amaldiçoada, muito amaldiçoada!

Ezryn grunhe.

— Vamos matar o desgraçado.

Estalo a língua, e a rena abaixa os chifres. Com um rugido, minha enorme montaria avança em linha reta para o vizir e o joga longe.

Eu paro, e Ezryn e eu saltamos de cima do animal.

— Kel — Rosalina murmura, e olho para ela. Deuses no Superior e no Inferior, ela é linda. E apesar da batalha feroz à nossa volta, não há medo em seu rosto, só determinação. Resisto à urgência de tomá-la nos braços e…

— Não pode ser. — É a voz de Ezryn. Ele cai no chão ao lado de um corpo, e meu coração fica apertado. Princesa Niamh.

Uma luz se acende nas mãos de Ezryn, mas até eu posso ver que é tarde demais. Ela se foi. O único consolo é que a magia pervertida de Quellos ainda não animou seu cadáver como o dos outros soldados.

— Você veio.

Farron se levanta na minha frente, e vejo seu rosto duro. Eu o seguro pela nuca.

— Enquanto eu respirar, vou lutar por você.

— Sei, bem, vamos lutar então. — Dayton está ao lado dele, coberto de sangue. Respiro fundo. O sangue é dele.

Quellos se levanta cambaleante.

— Seu tempo acabou — aviso, e arrasto minha espada na terra.

Ele mostra os dentes e sibila.

— Keldarion, o amaldiçoado, traidor. Fera da Sarça. Estou libertando o Inverno do seu comando.

— Libertando com a morte. — Bato o pé em sua lança e a quebro. Minha família se posiciona ao meu lado, e sinto a presença de todos como uma brisa morna. Meus irmãos. Meu amor predestinado.

Os olhos de Quellos brilham.

— A morte é melhor do que servir a um monstro como você.

Chuto seu peito e puxo minha espada por cima da cabeça.

— Sua vontade será feita.

Abaixo a lâmina…

E ela encontra gelo duro. Quellos gargalha, e vejo um escudo de geada verde entre mim e ele.

— Sempre o idiota, Keldarion. Não sou como você. Sou muito mais. Não preciso da Bênção do Inverno ou da Espada da Proteção, nem mesmo da vida. Estou além disso. Sou grandiosidade. Sou…

Alguma coisa se move: um ramo de espinheiro roxo. Olho em volta. Caspian? Não. O ramo se projeta de uma pulseira no punho de Rosalina. O espinho envolve a coroa de Quellos e a leva para ela. Um rangido horrível ecoa no ar. Estendo a mão para ela, mas...

Mas não preciso ampará-la. A coroa verde de Quellos agora está embaixo do pé dela.

— Tudo que você diz é veneno — ela grunhe para o vizir, e esmaga mais a coroa com a bota. Uma névoa verde se desprende do cristal estilhaçado. — Não vai poder machucar mais ninguém. — Sua expressão se torna sombria. — Não há futuro para *você* no Vale Feérico.

Suas vinhas se contorcem em torno do vizir, entortando-o como uma prensa de espinhos. Ele se debate, mas sem a magia amaldiçoada, é só um homem velho e fraco.

Não vou suportar esse traidor vivo. Levanto a espada acima da minha cabeça...

Farron segura meu braço.

— Espere — ele diz. — Temos que levá-lo vivo para interrogá-lo sobre essa feitiçaria.

Com um grunhido pesado, abaixo o braço. Farron tem razão. Meu antigo vizir pode apodrecer em uma cela pelo resto da eternidade, não me importo.

— A coroa está quebrada, mas os espectros vivem — afirma Ezryn, chamando nossa atenção para a luta. A cavalaria eliminou muitos deles, mas nossos soldados estão recuando, e os mortos-vivos são muitos.

— Há outra coroa — Farron avisa. — Rosalina e eu vimos alguém usando essa coroa no campo de guerra.

Ezryn olha em volta.

— Nenhum sinal dele agora. Você vai ter que usar o feitiço de novo para devolver os mortos ao descanso.

Um vazio horrível domina o rosto de Farron.

— Minha magia está esgotada. Não sobrou nada.

Um medo desesperado toma conta de nós. Olho para o campo de batalha. Nossos soldados gritam, tomados por um novo pânico ao serem atacados pelos próprios companheiros. Muitos abandonam seus postos e correm para as muralhas da cidade.

Não, não pode acabar assim. Minha família abriu mão de tudo. Eu trouxe os Cavaleiros Kryodianos para a morte. Farron perdeu a mãe. Tem que haver um jeito de resolver isso...

ELIZABETH HELEN

— Use minha magia.

Olhamos para Dayton. O sangue tinge os longos cabelos que cobrem seus ombros e seu peito arfa, mas tem uma força nele, uma força que me faz lembrar seu irmão mais velho, o antigo Alto Príncipe do Verão.

Dayton segura o rosto de Farron.

— Pegue minha magia, Fare. Vá, acabe logo com isso.

Farron treme sob seu toque.

— O que está falando? Isso é impossível.

— Não é. — A expressão de Dayton endurece. — Faça um acordo comigo.

Meu peito arfa quando olho para Dayton e Farron. O ar entre eles é denso, como se a magia antiga do mundo sentisse que algo poderoso está para acontecer.

— Não posso pegar sua magia — Farron sussurra.

— Confie nele — digo, e olho para Rosalina. — Nem todos os acordos são para o mal.

Na verdade, foi um acordo com essa mulher teimosa e persistente que deu esperança a Castelárvore.

Ela sorri para mim com os olhos cheios de lágrimas.

— E nem todo mundo que faz acordos é cruel.

O bracelete de espinhos congelados no meu braço parece cantar, e o cubro com a mão. Mas minha dúvida se dissipa quando vejo a expressão dela. Rosalina está olhando para Farron e Dayton com puro afeto. Como se a felicidade deles fosse a dela também.

O *ting* de uma espada ecoa quando Ezryn dá um pulo à frente e bloqueia o ataque de um espectro.

— Só você pode nos salvar, Farron. Não importa o que nós dizemos. Confie em você!

Os espectros sentiram nossa presença, seus corpos ainda são cobertos de carne e têm a aparência dos feéricos. Saco a espada e me coloco na frente de Dayton e Farron.

— Vamos proteger vocês.

Ramos roxos irrompem do chão e rolam como ondas. Rosalina olha para trás, para Farron, quando os espinhos devoram três espectros.

— Pelo Reino do Outono.

Os olhos de Farron cintilam.

— Por todos vocês. — Ele segura a mão de Dayton. — Vamos fazer o acordo.

Dayton

Nunca fiz um acordo antes. É loucura, eu sei. Todos os feéricos fazem acordos. Mas nunca quis me comprometer com nada.

Mas agora sei que faço qualquer coisa para me comprometer com isso. A magia envolve minhas palavras, e elas borbulham como champanhe em minha boca quando me ajoelho na frente do Alto Príncipe do Outono.

Percebo que é fácil fazer um acordo. É só falar com o coração.

— Farron, filho do Outono, entrego minha magia a você. Que ela esteja sempre à sua disposição. Que você tome meu poder e faça dele seu; que eu seja um recipiente e um condutor; que você absorva minha magia e ela flua em você. Que em cada estação e em cada tempestade, eu pertença a você. — A emoção aperta minha garganta. — Em troca, jure que nunca vai esquecer este momento. Quem somos agora. Quando você me amava. E quando eu amava você.

O rosto de Farron é pura emoção, ele me levanta e me abraça. Uma luz turquesa nos envolve: a magia do acordo pairando, esperando a confirmação.

Farron assente.

— Acordo fechado, Day. Em cada tempestade e em todas as estações.

O espaço entre nós estremece e suspira. Um fio de luz dourada explode do capacete de Farron, e um ramo de prata da minha lâmina imita o movimento. Eles se enroscam, tornam-se algemas de prata e ouro, depois envolvem meu bíceps e o de Farron.

— Vá logo, Farron — falo por entre os dentes. — Pegue minha magia e salve seu povo.

Ele grita, e uma luz dourada se mistura ao brilho turquesa. Uma sensação estranha me invade; não é um esvaziamento súbito, mas um gotejar brando. *Sinto* o toque de Farron dentro de mim, sua magia chamando a minha com um movimento suave.

Farron não me solta enquanto sussurra o encantamento. Suas palavras se misturam ao vento, um suspiro em meio à brisa. Soldados do Outono e

Cavaleiros Kryodianos cortam o ar quando os inimigos viram pó e voltam à terra.

O campo de batalha fica em silêncio.

O brilho diminui e meus músculos relaxam. Farron me segura antes que eu caia.

— Funcionou, Fare? — sussurro, mas já sei a resposta.

— Funcionou — responde Kel, pondo uma das mãos sobre a minha e a outra no ombro de Farron.

— Parabéns. Você acabou de salvar seu reino.

O campo de batalha está em modo de limpeza. Perth está acorrentado em prata e é vigiado por Keldarion e Ezryn.

Os outros soldados estão ajudando os feridos ou recolhendo os mortos. Como é da natureza da guerra, corpos cobrem o chão. Mas com certeza haveria muito mais, não fosse pela bravura de Rosalina e pela coragem de Farron.

Farron estava radiante, emanando poder em ondas luminosas. A coroa de carneiro do Alto Príncipe brilha à luz da tarde. Os olhos dele ainda reluzem com uma luminosidade que me faz lembrar de seu lobo.

Estico os dedos. Ele me drenou de toda magia. Sei que uma visita a Castelárvore vai restaurar minhas reservas, mas com esse acordo, estarei para sempre à disposição dele.

Um acordo de que não me arrependo e nunca vou me arrepender.

Outono é a morte da vida. Farron sempre me dizia isso. Mas agora essa magia, a magia dele, trouxe o ciclo natural do Vale Feérico de volta à ordem.

Meu coração nunca esteve tão cheio de amor por ele.

E Rosalina, seu amor predestinado. Ela está ao seu lado, e parece uma verdadeira Princesa do Outono com os cabelos escuros emoldurando o rosto bonito. Um anseio doloroso pulsa em meu peito quando os observo.

Meu coração para por um segundo quando olho de novo para o campo de batalha. Padraig, Billigan e Dominic estão ajoelhados diante de um corpo coberto pelo manto dourado de Padraig.

Princesa Niamh. Tento afastar a tristeza que ameaça me dominar. Ela sempre foi como uma segunda mãe para mim, me confortou quando perdi minha mãe... e agora a perdemos também.

De repente me dou conta de que para nós cinco, Rosa, Kel, Ez, Fare e eu, não sobrou uma única mãe.

Olho para Rosalina, vejo sua postura forte, mas a preocupação é evidente em seu rosto.

— Em que está pensando, flor?

Ela olha de um lado para o outro.

— Estou preocupada. Vi uma silhueta com uma coroa como a de Perth mais cedo. Day, ele era parecido com...

Ouvimos uma risada molhada. Perth Quellos sorri para nós.

— Silêncio, criatura imunda. — Ezryn chuta as correntes que prendem os tornozelos do vizir, mas Perth continua rindo.

Rosalina e eu nos aproximamos devagar, e eu a seguro pela cintura com a intenção de protegê-la. Perth inclina a cabeça, como se fosse contar um segredo.

Nós cinco nos olhamos. O que ele pode fazer? Está acorrentado.

— Vocês perderam — Perth ofega.

Uma sensação ruim me invade, um medo que não consigo explicar.

— É você quem vai para a masmorra do Inverno — Kel grunhe.

Perth joga a cabeça para trás, e a gargalhada se transforma em um ataque de tosse doente.

— Eu sabia que havia uma chance de falhar. É claro que imaginava que o príncipe traidor fosse ter mais truques traiçoeiros. Por isso criei meu maior experimento até agora.

Kel o agarra pelas vestes.

— Chega de charadinha.

— Se meu exército caísse — Perth sorri com um olhar vazio —, eu queria garantir que você e sua preciosa predestinada cairiam comigo.

Endireito as costas, puxo Rosalina para mais perto. O ar parece engrossar, como se um grande peso nos empurrasse para baixo. Sinto um arrepio na nuca, os cabelos em pé.

— Uma criatura mortal que já estava cheia de ódio e desejo de vingança pelo Alto Príncipe do Inverno — Perth arqueja — era o aprendiz perfeito para os meus ensinamentos. Ele vai trazer honra à grande Chama Verde e, com isso, vai conseguir sua retaliação!

Então escuto: uma série de baques abafados e o sopro do vento. Um arrepio sobrenatural percorre meu corpo.

Do lado oriental, uma tempestade de terríveis pingentes de gelo desaba sobre um batalhão da Guarda do Outono e dos Cavaleiros Kryodianos. Cada fragmento de gelo é preciso e mortal ao empalar os soldados. Gritos de agonia e súplicas por misericórdia são transportados pelo vento.

ELIZABETH HELEN

Ezryn puxa as correntes em volta dos tornozelos de Perth.

— Como está conjurando essa perversidade?

Mas Rosalina responde com um grito de pânico.

— Não é ele! Farron, cuidado!

Farron olha em volta, agora sozinho no alto de uma pequena colina, com o pergaminho na mão.

— O que está acontecendo...

Ele não termina a frase. Gelo escuro sobe por suas pernas e pelo tronco, o devora rapidamente — como aconteceu com Koop e Flicker.

Farron! Meu coração se comprime. *Vamos tirá-lo de lá, vamos tirá-lo de lá.*

Uma silhueta coberta por um manto surge de trás de Farron, com uma coroa de cristal verde brilhando sobre a cabeça.

— Ah, o primeiro monstro que tentou acabar comigo. Vai ser *muito* fácil destroçá-lo desse jeito.

Essa voz. Conheço a porra da voz.

Ele joga o manto para trás, e vejo os traços retorcidos de Lucas. Mas ele está mudado, agora é um daqueles espectros. O crânio está fraturado, grudado com gelo. Uma radiância doentia azul-esverdeada passeia por seu corpo congelado. Enormes montes de gelo crescem sobre seus ombros e braços, e espinhos irregulares brotam do peito. Em que tipo de monstro Perth o transformou? E ele tem uma daquelas coroas...

É como se eu pudesse sentir os pensamentos de Ezryn e Kel iguais aos meus. Ele vai morrer. *De novo.*

Keldarion solta Perth no chão, puxa a espada e avança contra Lucas.

— Morrer uma vez não foi suficiente?

— Espere, Kel, não... — grita Rosalina.

Mas ele não escuta. Kel salta com a espada erguida. A lâmina encontra o pescoço de Lucas. O barulho alto lembra o choque de metal contra pedra. Keldarion para, arregala os olhos azuis, enquanto o gelo do pescoço de Lucas sobe pela espada. Envolve a lâmina, depois as mãos de Kel, seus braços. Ele tenta recuar, mas não consegue soltar a arma. Horrorizado, olha para nós enquanto é encapsulado pela friagem.

Rosalina grita apavorada.

Esse monstro acabou de neutralizar o mais poderoso feérico de todo o Vale. E nem precisou empunhar uma espada.

Ezryn rosna furioso, depois assente para mim.

— Leve-a daqui. Eu destruo a coroa.

Recuo quase instintivamente ao ouvir a ordem. O caos voltou, os soldados são abatidos pelos dardos de gelo ou correm tentando fugir dos estilhaços mortais.

— Não podemos *deixá-los* aqui — Rosalina berra.

Sinto seu desespero. Fare, Kel, Ez... não posso abandoná-los.

Ezryn ataca, mas sem sacar a espada. Não quer correr o risco de tocar Lucas, assim como Kel tocou. Uma poderosa explosão de fogo irrompe de suas mãos. Ela ondula em torno do corpo de Lucas e desaparece.

— Fogo não é suficiente. A coroa precisa ser destruída primeiro! — Rosalina avisa.

Mas é tarde demais. Lucas levanta as mãos e flexiona os dedos como garras de gelo. As unhas arranham a placa sobre o peito de Ezryn. Uma concha de gelo o devora antes que ele possa gritar.

Lucas se vira, e o cristal é iluminado por um verde radiante e repulsivo. Rosalina segura o punho. Ezryn pode ter curado a pele, mas a cicatriz permanece, visível ou não.

— Chegou a hora de estilhaçar seu príncipe — ele diz.

Paro na frente do corpo congelado de Farron e saco as duas adagas.

— Você não vai tocar nele.

— Se quer tanto ficar perto dele — Lucas grunhe —, fique com ele na morte.

Uma linha de gelo desliza pelo chão rápida e sinuosa, e ataca minhas pernas. Não tenho tempo nem para gritar, antes de ela começar a subir por meu corpo.

O último pensamento que tenho é de levantar um braço e empurrar Rosalina para longe.

— Corra! Corra, Rosa!

Ela continua onde está, olhando para os punhos cobertos de espinhos.

— Vamos lá, vamos lá.

Nada acontece.

O gelo alcança meu tronco, e sinto um frio cortante dentro de mim.

Rosalina olha para o campo de batalha, mas não se move.

— Corra! — grito de novo.

Lucas dá um passo à frente.

— Ah, ela não vai a lugar nenhum.

O gelo sobe por meu pescoço, e respiro pela última vez.

Não fui forte o bastante para salvá-la.

Rosalina

Isso… isso é tudo a que chegamos?

Respiro fundo e giro em torno de mim mesma. A magia de Lucas nos prende por todos os lados, o céu azul do Outono é fosco além do gelo denso.

Ele está na minha frente, mudado e transformado, diferentemente do homem que um dia conheci. Mas não é um desconhecido. É como se a aparência enfim combinasse com seu interior.

Meus príncipes estão presos aqui conosco, congelados, e posso ver a dor e o medo de cada um mesmo dentro do casulo frio.

Tudo levou a isso, de fato.

Estou exatamente onde estava onze anos atrás, presa sob o gelo, só com Lucas por perto.

— Eu não queria que fosse assim — ele diz com uma voz cortante. — Mas aquele feérico frio e maluco me deu uma segunda chance. E aí, salvei você dessas feras. Salvei você de novo.

Olho para ele com ódio através das lágrimas.

— Você não se importava comigo naquela época. Não se importa comigo agora. Sempre teve a ver com o que o faz se sentir poderoso.

A risada dele é cruel.

— Não preciso me sentir poderoso. Eu *sou* o poder. — Ele flexiona os punhos, e névoa verde dança entre seus dedos. — Sempre soube disso, e agora provei. Nem as feras conseguiram me derrotar. Era isso que você queria? Brincar de aventureira, de princesa? Tudo bem. Pare de resistir e venha brincar de faz de conta comigo.

Pare de resistir. Seria muito fácil apenas ir com ele, ser sua sombra outra vez. Desistir da ideia boba de que tenho alguma voz no meu mundo.

Mas não sou mais essa pessoa; meus príncipes me ensinaram isso. E provei isso para mim mesma. Meus homens estão à minha volta, sentinelas silenciosas de gelo. Levanto-me, tentando sentir a conexão dos espinhos nos punhos. Quando vi Lucas, foi como se a magia se afastasse de mim, perdida dentro do meu medo insano.

Mas não tenho alternativa senão encontrá-la agora.

O poder cresce dentro de mim, e dois espinhos se soltam, rasgam a terra dura e atacam Lucas como serpentes sibilantes. As pontas afiadas rasgam seus braços, atravessam o tecido. Sangue preto brota do ferimento. Sangue preto como o dos goblins.

Ele ri para mim. Meus passos são cuidadosos, e não desvio o olhar dele. Meus espinhos estão vivos, envolvendo meus braços.

Projeto outro espinho, e dessa vez miro sua cabeça. Mas agora Lucas está preparado, e o pega com os dedos cobertos de garras de gelo. O ramo inteiro cristaliza e se estilhaça.

— Que magia é essa? — pergunto. Em toda a minha pesquisa, nunca li sobre magia que pudesse competir com a dos Altos Príncipes do Vale Feérico. Um sorriso sinistro surge em seu rosto. Névoa verde rodopia em torno da coroa. *Preciso quebrar essa coisa maldita.*

Ponho a mão atrás das costas e deixo crescer um espinho solitário e afiado, depois me lanço sobre Lucas. Vinhas envolvem minhas pernas e me levantam. Grito e enterro o espinho no cristal verde.

Lucas não tem tempo para reagir, e acerto o alvo. Por um instante, fico suspensa no ar — o espinho tocando o cristal — e tudo se torna preto diante dos meus olhos. O mundo vira de cabeça para baixo, e uma imagem aparece na minha frente.

Uma mulher vestida de sombras, com os cabelos pretos emoldurando sua cabeça como colunas de fumaça. Ela está ajoelhada em uma caverna feita de imensos cristais verdes. Suas mãos estão abertas, e a voz ecoa em um terrível encantamento. Ela está invocando alguma coisa…

Sinto uma coisa ruim, como se algo estivesse muito errado, algo tão maléfico e terrível que não consigo apreender. Todo meu corpo esfria, e o espinho se quebra na pedra ainda intacta. O tempo acelera. Caio no chão.

— Ah, princesa. — As mãos rudes de Lucas me seguram pela cintura, e ele me arremessa do outro lado da caverna de gelo. — Isso não foi muito legal.

Bato contra a parede congelada e caio atordoada. Minha cabeça vibra. Confusa, me dou conta de que ele não me congelou, não como fez com os príncipes. Não porque não pode, mas porque não quer. Não posso me contorcer de pavor se estiver congelada.

Gemendo, tento me levantar, mas minhas mãos escorregam em sangue. De onde veio isso? Não tenho chance de pensar muito antes de ele chutar minhas costelas com a bota. Rolo no chão gritando de dor.

— Não me importo de ter que domar você — diz Lucas. — Já fiz isso antes.

Eu me obrigo a ficar em pé, chorando de dor e usando o corpo congelado de um dos meus príncipes para me ajudar. Farron. Lágrimas lavam meu rosto. Estou tão presa quanto eles.

Lucas avança, e projeto um espinho no desespero de tentar pará-lo. Mas isso não o detém por muito tempo. Vermelho cobre a parede de gelo quando apoio a mão nela, tentando me equilibrar. Silhuetas distorcidas balançam do lado externo da caverna de gelo. Soldados tentando invadir?

Os passos de Lucas ecoam atrás de mim, e me viro. Ver meu reflexo no gelo é um choque. Machucada, apavorada, impotente. Humana.

— Essa é você — diz Lucas.

Tento sair de sua frente, mas ele me segura, prende meus punhos com uma das mãos e *congela*. Eu grito. O gelo sobe por meus braços, sobre os braceletes de espinhos que recebi no acordo. O único jeito de me defender… não funciona mais.

— Não! — grito, um grito longo e agudo. Lucas faz o gelo parar na altura dos meus cotovelos, depois me levanta pelos braços congelados. Esperneio, e os chutes que o atingem são inofensivos.

— Acho que seus amigos estão tentando entrar.

Ainda me segurando com uma das mãos, Lucas acena com a outra. O gelo à nossa volta se dissipa, mostrando os soldados do Outono. Eles gritam em uma celebração conjunta da vitória e correm para nós.

Uma terrível constatação se impõe. Perth estava certo. Nós perdemos.

Lucas acena com a mão livre, e aquele cristal verde brilha mais forte. A coroa… está canalizando a magia daquela caverna que eu vi. E sem Perth e seu exército de mortos, Lucas está absorvendo tudo. Ele ruge e envia outra tempestade de gelo sobre os soldados.

— Não! — grito, sentindo cada golpe no coração. Ao longe, vejo Billy, Dom e Padraig correndo em minha direção, assistindo a tudo com os olhos arregalados, identificando os príncipes congelados. As únicas pessoas que poderiam nos salvar.

Ei, você sabe que isso não é verdade, uma voz quase inaudível sussurra em minha mente.

Lucas me puxa para perto de seu rosto congelado.

— Esqueça este lugar.

Fecho os olhos. Esquecer este lugar... Como eu poderia?

É muito mais que um *lugar*. Encontrei nesta terra mais do que jamais poderia imaginar. Encontrei uma família. Meus amores. Um propósito.

Você foi feita para este mundo, Caspian me disse. Não era só uma piada.

Esquecer este lugar seria esquecer de mim mesma.

E não vou desistir dela.

Levanto o queixo e respiro fundo.

— Não sou mais sua prisioneira.

— Vou ter que discordar. — Lucas retrai o lábio sobre os dentes, e o gelo sobe mais por meus braços. — Olhe em volta, princesa. Seus príncipes estão congelados. Seu exército está morto. Você está presa, sem magia, sem coroa. Você não é nada. Olhe para o que me tornei, muito mais que um simples humano.

O ar parece estalar, e minha pele esquenta. Palavras se acendem em minha cabeça, e percebo que tenho as respostas.

Elas chegam para mim como estrelas cadentes.

Palavras de Caspian.

Você não é uma simples humana.

Presa nessa pele humana.

— Você não é mais humano — rosno para Lucas —, mas eu também não sou. — A verdade arde radiante e dourada dentro de mim.

Minha mãe não foi raptada pelos feéricos. Ela *era* feérica. E eu também sou.

Alguma coisa se acende em meu peito: um lampejo de calor perto do coração. As brasas que sufoquei para impedir que voltassem a arder em chamas. A fera dentro de mim, escondida no canto escuro que tive medo de olhar.

Mesmo quando soube a verdade bem lá no fundo, não tive coragem de olhar. Lucas roubou minha autoconfiança. Ele me fez acreditar que não havia nada dentro de mim que fosse digno da luz.

Mas estava errado sobre mim.

Descobri isso quando vi a bondade escondida atrás do sorriso de um lobo. Quando perdoei meu pai. Quando espiei os espaços vazios entre os espinheiros.

Por um momento, tudo é silêncio. O Vale Feérico recuperando o fôlego.

Então, olho dentro de mim e deixo o incêndio explodir.

Como uma fagulha que cai sobre folhas secas, incendeio. E o que arde nestas chamas comigo é mais que minha coragem. É algo além disso, algo profundo, ancestral e poderoso.

Eu grito. Imagens lampejam diante do meu rosto: encontrar a roseira, Castelárvore obedecendo ao meu comando, os espinhos me ajudando a salvar as rosas. Um rosto de mulher, olhos cheios de estrelas radiantes, e ela sorri para mim.

Eu *fui* feita para este mundo. Sou parte dele. Ele é parte de mim.

Vou me tornar o próprio fogo para proteger quem eu amo e o que chamo de lar.

Um fogo branco explode do meu corpo. Lucas grita, cobre o rosto, mas não há como se esconder disso. Nem de mim.

Rugidos ecoam em meus ouvidos: o ruído de água, vento, terra e fogo. É como se, por um momento, eu visse o tecido do universo e os fios que o mantém inteiro. A pedra embaixo de mim é como uma segunda pele. O vento é o sangue correndo em minhas veias.

E sinto meus espinhos. Não os do punho. Os que ainda não foram feitos.

Minha consciência encontra a terra, os tece e os traz à existência, como fiz no Inferior. A névoa verde evapora em centelhas brancas. Um dos meus espinhos estala como um relâmpago e estraçalha a coroa de Lucas.

Espinhos enormes, brancos e dourados explodem da terra, rachando o solo gelado. O emaranhado da sarça se choca contra Lucas, o prende ao chão. Rosas douradas desabrocham ao longo dos meus espinhos, lindas e letais.

Um estalo, e o gelo se quebra. Pisco, e de alguma maneira registro o rosto deles em meio ao fogo e às rosas.

Kel, Ezryn, Dayton, Farron.

Minhas chamas destruíram o gelo…

Eu os libertei…

O corpo de Lucas está caído diante de mim, os olhos vazios, o peito atravessado por um espinho grosso.

Eu me libertei.

Rosalina

A mulher na minha frente é muito bonita.

E familiar também.

Ela tem olhos escuros como os meus, mas os dela são emoldurados por linhas de riso. Cabelo castanho e comprido desce em ondas sobre suas costas, iluminado por algumas mechas brancas. A pele parece ser feita de mil diamantes.

As orelhas dela... são pontudas.

Quem é você?

Ela sorri quando faço a pergunta e olha para as próprias mãos. Uma rosa dourada desabrocha de sua palma. Lentamente, ela a prende atrás da minha orelha. *Procure sob a superfície, Rosalina, e que a beleza oculta do mundo seja sua. O amor é sua maior força.*

E eu sou cercada pela escuridão.

Preciso abrir os olhos. Há uma batalha... E os príncipes.

Eles saíram do gelo? Estão bem?

Mas não consigo acordar. Ainda não. Tem alguma coisa diferente no mundo.

Ou o mundo continua igual, e tem alguma coisa diferente em mim.

— Rosa! Rosa, volte para nós!

A voz de Farron me acaricia como um bálsamo, e suas mãos macias tocam meu rosto. Meu peito canta em resposta ao toque, e a pele parece desabrochar sob seus dedos. Talvez este novo mundo não seja tão ruim.

— Rosalina! — Mãos grandes me seguram, me sacodem.

— Pare com isso! Vai machucá-la!

Sou aconchegada contra um peito frio e ouço um uivo estranho, agudo. Keldarion. Respiro profundamente, e sinto o ar vivo dentro de mim, fresco e limpo.

— Não consigo encontrar nenhum ferimento — diz outra voz preocupada. Ezryn. Sua mão está em minha testa. Não sei como consigo diferenciar o toque de cada um, mas é como se minha pele vibrasse e aquecesse ao mesmo tempo. Sorrio por dentro, notando um estranho sentimento de paz palpitando em meu peito.

— Então, por que ela não acorda? — Dayton está sério, o que é inédito. — Está me ouvindo? Abra os olhos, flor.

Não quero que fiquem preocupados. Mas não sei se estou pronta para este mundo modificado.

Mas eles estão comigo. Meus príncipes.

Pisco. Abro os olhos para o radiante sol do Outono. É muito forte, cada raio brilha como uma estrela cadente.

Ah. O mundo é lindo. O céu limpo, o ruído da brisa fresca na grama, o cheiro intenso da terra.

E mais bonito que tudo são os quatro rostos olhando para mim.

— Oi — sussurro com a voz rouca.

Farron oferece o sorriso mais largo que já vi. Ezryn balança o capacete, incrédulo. Dayton olha para mim com fervor. E Keldarion…

Keldarion está chorando.

— O que aconteceu…? — Começo a me sentar.

Eu me sinto efervescente. Como se estivesse presa à terra, mas uma parte de mim se misturasse ao ar.

— Rosalina. — Farron empurra Keldarion para o lado, segura minhas mãos e me ajuda a sentar. Olho para ele a fim de manter a respiração estável. Como é que nunca notei quantas cores giram dentro de seus olhos? Âmbar e dourado e respingos de bronze.

— Você fez alguma coisa. Acordou alguma coisa.

Minha mão treme quando a levo ao rosto. A uma face.

À ponta da minha orelha.

— Rosa, você é feérica — Farron revela com tom suave.

Levo a mão ao peito. Aquela *coisa* dentro de mim, as brasas que eu mantinha sufocadas. Agora não as sinto mais como brasas, nem como o inferno de fogo que me consumiu quando libertei minha magia. Isso esteve dormente dentro de mim durante todo esse tempo?

Eu sempre soube que havia algo mais em minha mãe. Em mim. Não me permitia acreditar. Mas agora não há como negar.

Olho para Kel.

— Você sabia?

Ele balança a cabeça.

— Não. Sabia que tinha alguma coisa em você por causa da sua conexão com Castelárvore e a capacidade para usar o espelho, mas nunca imaginei...

— Talvez tenha mais coisas para descobrir sobre sua mãe, além da localização — afirma Ezryn.

Inspiro profundamente, ainda abalada. Os príncipes não sabiam...

Mas alguém sabia.

Ouça com atenção, princesa. Confie em seus instintos, acima de tudo. O mundo vai dizer que você não se encaixa. Que é só uma humana. Que não tem domínio sobre o desenrolar do destino. Não é verdade.

As palavras de Caspian quando dançamos, meses atrás, passam por minha cabeça.

Meus dedos cavam a terra. O que mais ele escondeu de mim?

De repente sou levantada por mãos em minha cintura e puxada para perto de um corpo quente, e isso interrompe meus pensamentos.

— Não interessa se você é humana, feérica ou goblin, você é nossa Rosa. E acabou de salvar a porra da nossa vida.

Caio contra o peito de Dayton, deixando-o me amparar. Perto dali há um imenso canteiro de sarça de rosas douradas. E Lucas Poussin atravessado por um espinho. Sua coroa está rachada, não tem mais brilho nem luz verde.

Olho para Farron e assinto. Ele murmura o feitiço de morte, usando o pouco de magia que tem dentro de si para executá-lo mais uma vez. O corpo de Lucas desaparece como cinzas ao vento.

Agora você também está livre, penso.

Olho para o campo de batalha. Atrás de nós, um grupo de soldados do Outono acompanha tudo com preocupação. Outros trabalham com os cavaleiros do Inverno para levar os feridos para a cidade, ou se apresentam a seus comandantes. Não há mais espectros nem tempestades de gelo.

— Ganhamos? — sussurro.

Kel me puxa contra o peito.

— Sim. A geada desapareceu, e Farron mandou os mortos para o descanso eterno.

Ezryn toca o braço de Kel.

— E o Alto Príncipe do Inverno mostrou que ainda há em seu reino os que lutam por ele.

Estendo a mão. Eles se aproximam de mim e de Kel, e nós cinco nos abraçamos.

Porque neste momento, me apego a eles com tudo que tenho, com cada pedaço do meu coração agora feérico.

Farron

O pátio da Fortaleza Coração do Carvalho está todo enfeitado com flâmulas douradas e fitas penduradas nas árvores. Uma voz pungente canta um hino enquanto as últimas toras de madeira são postas na pira de minha mãe.

Sempre ouvi dizer que os que morrem em paz parecem dormir, mas não minha mãe. Ela está deitada em seu último trono, e mesmo na morte se vê em seu rosto uma expressão determinada. Os olhos estão fechados, as mãos descansam sobre o corpo. Logo ela vai embarcar em sua última viagem, e nós a enviaremos para o além com nossos melhores votos e nossa gratidão.

Como é habitual em um funeral no Reino do Outono, todos estão vestidos de dourado. O sol do fim de tarde banha o pátio, cobrindo minha mãe de luz.

Quando a pira é acesa, pequenos grupos se aproximam. Nosso povo amarra fios dourados nos punhos, dedos ou tornozelos de minha mãe, ou os trança em seus cabelos. E, com essa amarração, lhe oferecem uma palavra final para a transição ao reino desconhecido.

Rosalina afaga minha mão. Lágrimas silenciosas escorrem por meu rosto, mas mantenho a respiração tranquila, o corpo parado. Quando é a vez de Dayton, ele trança a fita dourada nos cabelos de minha mãe sem pressa. Sussurra palavras de gratidão. Seus olhos buscam os meus enquanto isso.

Meus irmãos gêmeos se aproximam de nossa irmã, Eleanor, que voltou do Reino do Verão, onde é conselheira, para o funeral. Seu rosto normalmente sério é marcado por lágrimas. Meus irmãos se revezam para descansar a cabeça no peito de minha mãe, oferecendo as últimas palavras de despedida.

Vejo meu pai amarrar cordões nos punhos dela. Seu corpo forte e grande treme, e apesar do brilho da dor nos olhos, ele consegue articular as palavras.

Não tem mais ninguém. Os dignitários do Outono vieram, os nobres dos reinos visitantes, cada um dos Altos Príncipes e toda a família dela.

Chegou a hora de eu dizer adeus.

Meu amor predestinado e eu nos aproximamos da pira de mãos dadas. Rosalina se ajoelha ao lado de minha mãe e amarra um cordão em seu punho.

— Obrigada — ela sussurra. — Obrigada por criar o homem mais bondoso que já conheci. Obrigada por ensinar a ele como amar com um coração forte e como o amor pode ser sua força. Você é eterna dentro dele.

Meus dedos tremem quando tento trançar minhas fitas em seus cabelos. Rosalina põe a mão sobre a minha e me ajuda a controlar os movimentos. Eu me abaixo, encosto a testa na de minha mãe.

— Obrigado, mãe. Prometo que vou fazer o certo em seu nome. Vou cuidar do meu pai, de Dom, Billy e Nori. O reino sempre se lembrará do que você fez. Do que você deu. — Minha voz treme, mas sinto a força dela dentro de mim. — Seu espírito vive nas folhas que se sucedem, na brisa que sopra os galhos das árvores. E mesmo que eu nunca mais possa abraçá-la neste mundo, sei que um dia vamos nos reencontrar em um lugar além do tempo e do espaço, onde tudo é como deve ser.

Levanto-me e seguro a mão de Rosalina novamente.

— Adeus, Alta Princesa Niamh, Mãe do Outono. Até minha estrada encontrar a sua, adeus.

Rosalina e eu tocamos a madeira. Assinto, e chamas brotam da minha mão e da dela: em laranja e branco, elas se misturam e acompanham o espírito de minha mãe para além deste reino.

Vamos para o grande salão onde acontece o banquete do fio da vida, uma comemoração alegre. Sento-me à cabeceira da mesa, com Rosalina, George, meu pai e meus irmãos ao meu lado. Meu pai vai assumir o lugar de minha mãe como regente, enquanto eu sigo em minha jornada para libertar Castelárvore dos espinhos sugadores de magia criados por Caspian. Flexiono os dedos. Recuperei muito poder depois da quebra da maldição, mas sei que ainda não alcanço a verdadeira profundidade de minha magia. Preciso ajudar os outros príncipes a quebrar cada um sua maldição para podermos destruir de vez o Príncipe dos Espinhos.

Mas não vou mais abandonar o Outono como antes. Prometi à minha mãe que cuidaria do nosso povo. Esse é um juramento que jamais deixarei de cumprir.

Dayton e a irmã dele estão sentados longe de nós. Delphia, a regente do Reino do Verão, olha feio para o irmão mais velho, que acabou de contar uma piada. Sempre me surpreendo com quanto ela é jovem, só uma criança,

ENTRE FOGO E ESPINHOS

mas há em seu rosto uma seriedade que compete com a de criaturas com o triplo de sua idade.

Olho para a braçadeira dourada e prateada em meu bíceps. Outro acordo, mas muito diferente daquele que fiz com Caspian. Dayton me deu liberdade sobre sua reserva de magia, e tudo que preciso fazer é prometer que nunca vou me esquecer daquele momento com ele. Como se pudesse. Ele vai ficar gravado na minha memória para sempre.

Kel e Ez estão sentados lado a lado na ponta da mesa com Eirik Vargsaxa, capitão dos Cavaleiros Kryodianos. Com Perth Quellos na cadeia no Reino do Inverno, é preciso nomear outro regente; Kel vai ter que escolher um em breve. Ele diz que não está preocupado, mas acho que a situação no Inverno é pior do que Kel deixa transparecer.

O cristal verde brilha em minha mente. Recolhi os fragmentos dele e guardei em uma caixa para levar para Castelárvore... para fins de pesquisa, é claro. Eu poderia ter usado magia semelhante para salvar minha mãe da morte?

Olho para a mesa. Ezryn mantém sua atitude habitual, mas percebo que ele está olhando em volta. Depois da batalha, mandamos a todos os reinos a notícia do funeral de minha mãe. Nenhuma resposta da Primavera. Embora a saúde do pai dele esteja em declínio há décadas, não é típico ele não responder a uma convocação real.

Tenho certeza de que Ez e Kel terão que voltar a seus reinos em breve. Uma pequena parte de mim questiona se Kel pode estar inspirado pelo que aconteceu aqui, por ver os Cavaleiros se aliando a ele. Talvez ele enfim queira quebrar a maldição.

Talvez enfim aceite Rosalina como seu amor predestinado.

Balanço a cabeça, ainda incapaz de compreender que compartilho um amor predestinado com o Alto Príncipe do Inverno. E que ele não a aceite.

Olho para Rosalina, e um sorriso ilumina meu rosto. Ela está completamente envolvida na conversa com minha irmã caçula, ouvindo Nori explicar a delicada arte da taxidermia. Achei Rosa bonita na primeira vez que a vi meses atrás, na minha cela na prisão. Agora ela é radiante. A ponta das orelhas e a nova luz nos olhos castanhos parecem ser dela desde sempre.

Meu amor predestinado sempre foi meio feérica. Estou aflito para ir à biblioteca pesquisar esse poder tão grande adormecido. Nosso vínculo predestinado o despertou? Sabe-se que um vínculo predestinado aumenta a magia de um feérico, mas ele não cria magia nova. Contudo, o fogo que ela usou para quebrar o gelo era muito parecido com o meu. E quanto àquelas rosas douradas...

Mistérios e mais mistérios... Com um em particular que o pai dela está determinado a solucionar. Sorrio quando olho para George, que trouxe seus mapas até para a mesa de jantar. Billy e Dom estão lá, um de cada lado dele, discutindo qual é a melhor rota a seguir.

George decidiu não voltar para Castelárvore conosco; ele vai partir para procurar a esposa. Descobrir que Anya era feérica só fortaleceu a determinação de localizá-la. E Dom e Billy não podiam deixar de aproveitar a chance de serem os guias dessa cruzada.

Respiro fundo e observo a mesa. Muitas questões continuam diante de nós, e sei que não vai haver descanso para os Príncipes e para a Senhora de Castelárvore.

Mas vamos encontrar as respostas juntos.

Rosalina

Com cuidado, guardo uma blusa dobrada na bolsa em cima da minha cama. Depois de meses no Condado do Cobre, finalmente estamos voltando para Castelárvore. É um sentimento agridoce, mas sei que o Reino do Outono sempre será minha casa.

Andando pelo quarto, paro ao notar meu reflexo no espelho de moldura dourada. As orelhas pontudas ainda são um choque, e as toco com delicadeza. Fisicamente, essa é a maior mudança. Mas por dentro...

Por dentro, tudo é diferente. Partes de mim se abriram, vastos poços de... nem sei. Magia? Poder? Os príncipes prometeram me ajudar a explorar essa transformação, e confio neles.

O mundo mudou. As cores são mais luminosas, e consigo perceber o brilho do encantamento no ar. Meu vínculo com Farron às vezes queima tão intenso que penso que vai me incendiar. E meu vínculo com Kel... Bem, também está mais forte. Uma atração insistente, uma ânsia que não pode ser saciada.

— Ei!

— Oi! Rosalina!

— Rosa, querida!

Três vozes me chamam lá fora, e corro até a varanda. Lá embaixo, sobre cavalos carregados com alforjes bem cheios, estão Billigan, Dominic e meu pai.

As árvores em torno da biblioteca queimada continuam dormentes depois da batalha, mas o que vejo não são mais ruínas. A madeira destruída agora é coberta de musgo exuberante, o chão tem grama nova e vejo até um laguinho de água cristalina. Presente dos Altos Príncipes. Um dia, sei que Farron e eu vamos reconstruir a biblioteca.

No momento, minha égua, Amalthea, e o alce de Farron, Thrand, pastam na clareira. Felizmente, Thrand se recuperou bem do congelamento na batalha. Farron o encontrou no meio de muitos soldados e outras montarias, todos congelados, e conseguiu derreter o gelo amaldiçoado. Vou sentir saudade deles. Talvez um dia Castelárvore e as terras no entorno também sejam seguras para eles.

Olho de novo para o trio.

— Não deviam ter partido? — grito.

Os três estão prestes a começar a própria aventura. Pela primeira vez, ver meu pai partir não me faz sentir solidão. Em vez disso, estou cheia de esperança. Talvez minha mãe feérica esteja realmente por aí.

— Mais uma coisa! — Meu pai olha para cima. — O que quer que eu traga para você?

— Só uma rosa!

Ele ri.

— Da última vez, isso me meteu em uma tremenda encrenca.

— Encrenca da melhor qualidade — Dominic opina rindo.

— Sim, foi isso que trouxe você para cá — Billy acrescenta.

— Acho bom vocês dois cuidarem dele — digo, e aceno. — Agora vão, antes que eu comece a chorar de novo!

— Até logo, Rosalina! — diz meu pai. — Amo você!

— Também te amo. — Limpo uma lágrima do rosto e entro.

Uma parte minha agora entende seu amor e sua devoção como eu não entendia antes. Eu nunca desistiria de tentar voltar para os meus príncipes, e ele nunca vai parar de procurar minha mãe.

Volto a arrumar minhas coisas e guardo outro suéter na bolsa. O canto de um livro aparece no meio das roupas. Meu coração palpita, como sempre acontece quando o vejo. Com cuidado, afasto as roupas que o escondem e deslizo os dedos pela capa.

É o grimório que Caspian roubou do amieiro. Não foi nada difícil controlar os espinhos que ele me deu, invadir sua armadura e trocar meu livro por este. Ele estava concentrado demais em concluir o acordo... em me *beijar*.

O material é áspero e envelhecido. Símbolos complicados gravados na capa se movem diante dos meus olhos. Cada vez que olho, eles estão em lugares diferentes, como se o livro fosse vivo.

Os espinhos em volta do meu punho encolheram, agora são só braceletes delicados, mas pesam quando olho para o livro. As páginas são amareladas e quebradiças, com as beiradas ruídas pelo tempo. Parecem frágeis, como se pudessem esfarelar a qualquer momento.

Só tive uma chance de dar uma olhada rápida nas páginas. As palavras são escritas com uma caligrafia fluida que se move pela página desafiando as linhas rígidas. É um livro sobre humanos. Este trecho fala da afeição da Rainha por pessoas, de sua curiosidade e engenhosidade.

É estranho. Estive no amieiro com Farron, e muitos livros lá pareciam mais perigosos. Aqui não tem feitiços para acabar com o mundo nem segredos sombrios. Na verdade, tudo parece puramente científico e empírico.

Mas Caspian se esforçou muito por este livro. Por quê? Não tenho dúvida de que ele vai voltar por causa disso. Vou ter que escondê-lo bem e ficar preparada para oferecer meu próprio acordo, se ele voltar.

Alguém bate à porta, e enfio rapidamente o volume no fundo da bolsa.

— Entre!

Keldarion entra no quarto e levanta uma sobrancelha, a mesma cara que faz sempre que pensa que estou aprontando alguma coisa.

— Rosalina.

Ainda não contei para nenhum deles que vi Caspian no campo de batalha, nem sobre o acordo que fiz. Eles não fizeram perguntas sobre os espinhos finos nos meus punhos. Talvez pensem que eu mesma os invoquei.

— Pronta para ir? — O Príncipe do Inverno para na minha frente.

Ele está vestido com aquela elegância simples em que é especialista, com uma camisa preta com ilhoses e fitas, calça justa e botas.

— Quase.

Kel ajeita uma mecha de cabelo atrás da minha orelha, tocando a ponta com delicadeza.

— Se sempre fui meio feérica, por que parecia humana? — pergunto.

— Não sei ao certo. — Ele balança a cabeça. — Existem feitiços de ilusão, mas mudar sua aparência física por tanto tempo exige uma magia que vai além de tudo que entendo. Mas prometo que vamos encontrar a resposta.

Ponho a mão sobre a dele.

— Oh! Ah! — Um som estranho atrai meu olhar para a porta: Farron está parado lá, de olhos arregalados e mãos trêmulas. — Não queria interromper.

— Venha aqui, Farron — diz Keldarion.

Farron range os dentes, como se realmente lamentasse ter entrado no quarto neste momento. Mas estendo a mão para ele e saboreio o sentimento dos dedos nos meus. Ele ainda fica constrangido perto de Keldarion, mas ter meus dois amores predestinados perto de mim provoca uma dor em meu peito.

Keldarion põe uma das mãos sobre meu ombro e a outra no de Farron, depois olha para nós dois.

— Tem um fio entre nós três agora. Vocês sentem?

Farron engole em seco.

— Sim.

— Eu sinto — afirmo.

— Alto Príncipe do Outono — Keldarion inclina a cabeça para Farron em uma espécie de rendição —, você é predestinado do meu amor predestinado, e juro que vou protegê-lo deste momento até meu último suspiro.

Farron fica vermelho.

— Ah, sim. É recíproco, Kel.

Kel olha para mim, e seus olhos são como chamas.

— Rosa, nunca vou afastá-la de mim de novo. Você me salvou e salvou o Reino do Outono. Sem dúvida, este é seu lugar para sempre.

Meu coração canta quando ouço essas palavras, a devoção nelas.

— Kel — respondo, sentindo o elo inquebrável entre nós três. — Farron quebrou a maldição. Ele libertou o povo dele em Castelárvore. Juntos, poderíamos…

Keldarion endireita as costas.

— Os acontecimentos aqui só fortaleceram minha determinação. Vou ajudar os outros a quebrar a maldição e espero que isso seja suficiente para curar Castelárvore. Mas essa maldição vai permanecer comigo para sempre.

Ele se vira para sair.

— Kel! — grito furiosa.

Ele acena.

— Não fique triste, Rosalina. Agora seu outro amor predestinado pode satisfazer suas necessidades.

Farron suspira.

— Ele é mesmo irritante, não é?

Passo os braços sobre seus ombros.

— Tem certeza de que não está arrependido de ser meu predestinado *para sempre*, com toda essa bagagem gelada?

— Aceito você como for. — Ele encosta o nariz no meu. — Para sempre com você não parece ruim. E agora não tenho que continuar minha pesquisa secreta sobre estender a vida humana.

Dou risada quando ele beija minhas orelhas pontudas. Ouço o barulho do vento sacudindo as folhas douradas.

— Amo você, Farron.
— Como a luz das estrelas — ele diz.
— Como a luz das estrelas.

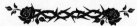

Os corredores da Fortaleza Coração do Carvalho são ocupados pela nobreza do Outono que veio se despedir dos residentes de Castelárvore. Eles sussurram que seu Alto Príncipe é um lobo guardião, que os outros Altos Príncipes são abençoados com a mesma magia. Fofocar discretamente sobre a maldição é o suficiente, por enquanto.

Marigold, Astrid e meus príncipes esperam ao lado da porta por onde vamos para casa.

Farron explicou que Castelárvore ainda está fraco demais para mantermos a porta aberta e permitir que os criados atravessassem com liberdade, como faziam antes da maldição. Mas ela não vai mais ficar fechada permanentemente. Estes corredores já foram limpos e polidos.

Dayton abraça Delphia pela última vez e a gira no ar, ignorando seus protestos. Mas quando a põe no chão, ela o abraça com força.

Farron grunhe, espremido no abraço apertado do pai.

— Volto logo — ele diz, e se solta para beijar a testa da irmã, Nori.

Padraig se endireita e limpa as lágrimas dos olhos.

— Obrigado, Altos Príncipes de Castelárvore, por tudo que fizeram pelo Reino do Outono.

Depois ele sorri para mim, e retribuo.

— E aqui temos a Senhora de Castelárvore, cuja bravura salvou meu filho. Salvou todos nós.

— Não há nada que eu não fizesse por Farron — afirmo — e pelo Reino do Outono.

— Ah, é isso. Porque você não é mais apenas a Senhora de Castelárvore. — Ele abre a mão para revelar uma simples folha dourada. — Predestinada do Alto Príncipe, uma defensora corajosa. Rosalina O'Connell, Princesa do Reino do Outono.

Ele se apoia sobre um joelho, e como folhas que caem de uma árvore, toda a nobreza o imita, um a um. De repente todos estão se curvando, e sou a única em pé.

Meus príncipes curvam a cabeça com o maior respeito. Farron se levanta e pega a folha da mão do pai dele. Delicadamente, afasta o cabelo da minha nuca e pendura a folha no meu colar. Ela cai ao lado da rosa de pedra-da-lua.

— Princesa do Outono, pode nos levar para casa? — Farron murmura.

Toco a folha dourada, sentindo a magia deste lugar no meu coração: as noites frias, as fogueiras crepitantes, a floresta de mil cores, a coragem e as lendas desta gente.

— Unidos e juntos — digo, olhando para todo mundo.

— Unidos e juntos — repetem Padraig e os outros. Ele se levanta. — Você terá sempre um lugar no Reino do Outono, Rosalina.

Lágrimas inundam meus olhos quando deixo esta casa a caminho de meu outro lar. Com o coração pesado, olho para a grande porta e toco a maçaneta. Sinto a magia de Castelárvore me chamando quando abro a porta. Farron segura minha mão, e Dayton segura a dele. Estendo a mão para segurar a luva de Ezryn, e ele pega imediatamente a mão de Keldarion. Dou um passo à frente para Castelárvore, para casa, junto com os príncipes que fizeram dele meu lar.

O Príncipe dos Espinhos

Depois de tanto tempo, ainda não entendi se os cidadãos do Inverno *gostam* de um reino tão frio, ou se só perderam toda a sensibilidade depois de anos sob o comando do desgraçado gelado do Vale.

Sopro ar quente nas mãos e as esfrego, mas isso não diminui o frio que penetra em meus ossos. Tudo bem. Não vou demorar aqui.

Ultimamente, nunca passo muito tempo na superfície.

Meus pés pisam o chão de terra batida da masmorra de Presagelada. Vários guardas se agitam e resistem aos meus espinhos, que os prendem contra a parede. Movo a mão, e os espinhos crescem e cobrem suas cabeças, me poupando de ouvir a gritaria irritante.

Uma pena, realmente. Não tenho muito tempo aqui em cima hoje em dia, e odeio desperdiçá-lo neste claustro gelado. Odeio passar este tempo fazendo serviços para *ela*.

Ela caminha na minha frente, e o longo cabelo preto ondula como uma capa. Cada passo radia comando sobre tudo, seja ladrilho de pedra, seja feérico. Ela é bonita e terrível como uma tempestade de raios.

Sira, Rainha do Inferior.

Minha mãe.

— Também não quero estar aqui.

Estremeço com a suavidade de sua voz.

— Acha que não tenho coisa melhor para fazer, além de libertar idiotas deste aterro congelado? — ela continua, sem nem sequer se dignar a olhar para mim. — Foi a oportunidade perfeita para você tomar o Outono. Podia ter invadido quando estavam no meio do tumulto. Já forçou seus irmãos e suas irmãs a lutarem na noite da sua festinha...

— Os goblins não são meus irmãos.

Ela ri, e finalmente olha para trás. Sou capturado pelo verde insinuante de seus olhos, pelo sorriso sorrateiro.

— Meu menino perfeito. Meu menino patético e perfeito.

Continuamos andando. Por instinto, levo a mão ao interior da túnica para pegar o livro, mas ele não está lá. É claro que não está lá. Porque Rosalina o pegou. Meu único consolo é que duvido que ela compreenda a magnitude do que tem em mãos.

Não que isso tenha alguma importância especial para alguém, além de mim. *A única feérica que poderia mudar de forma, realmente se transformar...*

Ah, tudo bem. Logo pegarei o livro de volta. É sempre divertido fazer uma visitinha à minha Rosa. E ainda não a vi desde que ela libertou sua forma verdadeira.

Parte dela, pelo menos.

Sira para diante de uma cela e estala os dedos, me trazendo de volta ao presente. Suspiro e envio uma onda de espinhos através do gelo. Eles arrancam a porta das dobradiças.

Perth Quellos está encolhido em um canto da cela. A derrota fez dele uma sombra do homem que era.

— Quem é você? — ele sussurra, e se encosta na parede. — Caspian? O Inferior veio me matar...

— Ai, não seja dramático. — Sira examina as unhas lixadas em forma de garras. — Vi muito potencial em você, feiticeiro gelado. Pensei que pudesse ter alguma utilidade para mim. Quem acha que deixou aquelas coroas na sua porta, afinal?

Quellos olha para ela.

— Fo... foram presentes do Inferior?

Sira se aproxima do vizir derrotado e o estuda com um olhar frio.

— Tenho utilidade para os seus talentos. Mas você vai precisar ser educado para não falhar comigo de novo. Não reajo bem ao fracasso, não é, bichinho?

— Não, mãe.

— Não vou servir a nenhum mestre — Quellos sibila, e quase me impressiono com a paixão que ainda resta nele. — Especialmente alguém do Inferior.

Sira ri.

— Vamos lá. Todo mundo serve a alguém.

Um tremor sacode meu corpo quando penso a quem minha mãe responde. À Chama Verde.

Sira se vira e, jogando os cabelos negros, volta para a porta quebrada da cela.

— Ofereça a mim seus serviços e sua lealdade e, em troca, terá vingança contra aqueles que o humilharam. Posso lhe dar um poder ainda maior que aquele da coroa. Ou... Fique aqui. Apodreça nesta cela sabendo que Keldarion governa o que deveria ser seu.

O peito de Quellos arfa. Sira acena para que eu a siga para fora da cela. Começamos a sair...

— Eu aceito. Concordo com a proposta e me torno seu subalterno — Quellos grita. — E assim vou poder me vingar daquele príncipe-fera.

Quase rio, imaginando esse velho patético impondo qualquer tipo de justiça a Kel. Mas me limito a fazer uma careta.

— Vai ter que andar na linha.

Sira olha para mim.

— Mande-o ao meu gabinete. Vou começar a reeducá-lo quando chegarmos ao Inferior.

Engulo a raiva e espalho meus espinhos em volta de Quellos, que soluça e se debate contra o contato. Com um gesto, dirijo as vinhas para o fundo da terra, mandando Quellos para as profundezas do Inferior.

— Para onde agora, mãe? — pergunto com doçura debochada. Ela sabe que, quanto mais magia uso na superfície, mais ela me esgota. Já sinto uma onda densa alterando a consistência do meu sangue.

— Temos que ver sua irmã.

— Ela não é minha irmã *de verdade* — respondo, só porque sei que isso irrita muito minha mãe.

Sira segura meu queixo, quase fura a pele com as unhas afiadas.

— Permito que você ofenda meus bebês, mas não fale mal da minha filha adotiva. Ela fez mais em vinte e cinco anos do que você em séculos. — E solta meu queixo com um empurrão brusco. — Menino ingrato.

Massageio o rosto e invoco os espinhos. Felizmente, não estamos longe da Primavera.

Acho que consigo chegar lá antes de a podridão preta me dominar.

Os espinhos carregam Sira e a mim rapidamente para baixo da superfície, e nos conduzo para cima, para as vastas cavernas do Recinto de Vernaleão, a sala do trono do Reino da Primavera.

Irrompemos no salão. Saio dos espinhos e caio no chão, sufocando com a gosma. Gotas de substância escura pingam dos meus olhos e do nariz. Preciso voltar ao Inferior...

Sira passa por cima de mim com seus sapatos de salto.

— Ora, ora, ora. As coisas parecem correr bem por aqui.

Olho para cima, tentando enxergar através da névoa que me envolve.

O Príncipe Thalionor, pai de Ezryn e regente da Primavera, caiu de joelhos, e está de cabeça baixa e com as mãos algemadas atrás das costas.

E vestido com uma armadura preta, com um elmo sinistro de placas de metal afiadas na testa que parecem formar uma grande coruja com chifres, vejo Kairyn, Príncipe da Primavera. Irmão mais novo de Ezryn. E Kairyn esmagando a cabeça de um guarda real com a bota.

O resto da guarda real do Príncipe Thalionor está caído em poças do próprio sangue, todos com o crânio esfacelado.

Meu estômago revira, e faço um esforço para ficar em pé.

E é então que a vejo reclinada sobre o trono gigantesco feito de vários elmos de metal. Seu corpo está inclinado para o lado, uma perna sobre um apoio de braço do trono, e ela segura uma taça de prata.

Rouxinol sorri para mim, os olhos azuis iluminados pelo humor.

— Já se recuperou da festinha, irmão?

Não respondo.

O peito de Kairyn arfa quando o homem morre sob sua bota, e ele cambaleia até o trono e para ao lado de minha irmã como um cachorro voltando para perto do dono.

Rouxinol desliza a mão preguiçosa pelo braço de Kairyn sem desviar os olhos dos meus.

— Ouvi dizer que o ataque dos seus goblins ao Outono foi praticamente inútil. Tentei ajudá-lo naquela noite, mas você não me ouviu. Agora estou aqui, pronta para entregar o Reino da Primavera.

Alguma coisa se contorce em meu peito e, sem pensar, seguro o punho, deixando os dedos traçarem a marca feita nele.

— Fala sério, Caspian, por que essa cara emburrada? Devia estar eufórico. — Rouxinol dá uma risadinha. — Vamos matar os Altos Príncipes. E a princesinha espinhosa também.

Registro a ameaça. Ela sabe sobre o poder de Rosalina. Vai cobrar caro para esconder esse segredo de nossa mãe.

Mas quando a atração do Inferior enfim se torna forte demais para mim, afundo dentro dos meus espinhos e caio nas profundezas.

Vou ter que tomar muito cuidado com meus próximos passos.

Traição é um jogo perigoso.

E ainda não decidi quem vou trair.